U0710100

第十二届国际

《金瓶梅》

学术研讨会论文集

黄　霖
史小军　主编

下册

国家图书馆出版社

《金瓶梅词话》卷首［行香子］词源流琐考

——兼及现存《新刻金瓶梅词话》系初刻本新证

杨国玉

内容提要　在《金瓶梅》研究中，《金瓶梅词话》卷首的四首［行香子］词颇为受人关注。本文结合新发现的有关这四首［行香子］的载录资料，在细致比勘的基础上，梳理出不同系统文本的传播路径，并对其作者问题作了深入探考。在揭示出明龚居中辑《福寿丹书》天启四年（1624）初刊本中的《自乐词》出自《金瓶梅词话》中［行香子］这一事实的基础上，进一步确证万历本在前、崇祯本在后，推断现存《新刻金瓶梅词话》应即初刻本。

关键词　《金瓶梅词话》［行香子］《福寿丹书》初刻本

在上世纪 30 年代，《新刻金瓶梅词话》在长期湮没无闻后重现于世，是一个对于现代学术史产生了重要影响的事件。这个本子与以往世人熟悉的《新刻绣像批评金瓶梅》（有明崇祯帝朱由检讳字，"由"作"繇"，"检"作"简"，学界因称"崇祯本"，或称"说散本""二十卷本"）的不同之处，最醒目地表现在卷首：崇祯本有《金瓶梅序》，署"东吴弄珠客题"，此本有同一序文，则署"万历丁巳季冬东吴弄珠客漫书于金阊道中"；除同有"廿公跋"外，此本还有三篇为崇祯本所无的文字：署"欣欣子书于明贤里之轩"之《金瓶梅词话序》、"《新刻金瓶梅词话》词曰"四首、《四贪词》（酒色财气）。在这些文字中，显然蕴含了有关《金瓶梅》作者及成书的更多信息，因而受到高度重视。东吴弄珠客序所署"万历丁巳"即明万历四十五年（1617），《新刻金瓶梅词话》因之被称为"万历本"或"词话本""十卷本"，由此为学界公认为最接近《金瓶梅》本来面目的版本。

《金瓶梅词话》（以下除必要处，均简称《金瓶梅》）卷首的这四首词，未注词牌，据其句格，应为［行香子］。兹原文迻录如次（其中误、夺之处，暂不作校补）：

词曰：

阆苑瀛洲，金谷陵楼，算不如茅舍清幽。野花绣地，莫也风流，也宜春、也宜夏、也宜秋。酒熟醹，客至须留，更无荣无辱无忧。退闲一步，着甚来由，但倦时眠、渴时饮、醉时讴。

短短横墙，矮矮疏窗，憨儿小小池塘。高低叠峰，绿水边傍，也有些风、有些月、有些凉。日用家常，竹几藤床，靠眼前水色山光。客来无酒，清话何妨，但细烹茶、热烘盏、浅浇汤。

水竹之居，吾爱吾庐，石磷磷床砌阶除。轩窗随意，小巧规模，却也清幽、也潇洒、也宽舒。懒散无拘，此等何如？倚阑干临水观鱼。风花雪月，赢得工夫，好炷心香、说些话、读些书。

净扫尘埃，惜耳苍苔，任门前红叶铺阶。也堪图画，还也奇哉！有数株松、数竿竹、数枝梅。花木栽培，取次教开，明朝事天自安排。知他富贵几时来，且优游、且随分、且开怀。

这四首［行香子］词，当年郑振铎先生曾称之为"开场词"①，徐朔方先生认为乃"分咏春夏秋冬"的四季词②。在《金瓶梅》研究中，这四首［行香子］一度颇为受人关注，论者大多以为它们为《金瓶梅》作者所作，希望从中探察出作者的生存地域、身份地位、心境襟怀等。随着《金瓶梅》研究的不断深入，先后有学者指出，这四首［行香子］词其实是见于文献的前人作品，但其时代、作者却多有异说。笔者在校注《金瓶梅词话》的过程中，发现了一些有关这四首［行香子］词的新资料，不仅有助于更加全面深入地了解其传播与流变，而且经过细致比勘，又有意外收获，为判定现存《新刻金瓶梅词话》即初刻本这一《金瓶梅》研究中的重大问题增添了新的证据。

---

① 郭源新（郑振铎）《谈〈金瓶梅词话〉》，《文学》创刊号，1933 年 7 月版。

② 徐朔方《关于〈金瓶梅〉卷首"词曰"四首》，《论金瓶梅的成书及其它》，齐鲁书社 1988 年版，第 184 页。

一、四首［行香子］词之元、明、清三代文献载录

迄今为止，已为学界所知的数量不等地载有《金瓶梅》这四首［行香子］词的文献跨越元、明、清三代，有《鸣鹤余音》《天机余锦》《花草粹编》《湖海搜奇》《续金瓶梅》《词综》《古今词话》《历代诗余》《历代词话》《传家宝》《词林纪事》诸书，笔者则新发现《稗史汇编》《福寿丹书》《买愁集》《兰皋明词汇选》《悦心集》《解人颐》等书中也收了这四首词。以下首先大致以时代为序，对各书的载录情况予以胪列，对成书、编刊年代有疑者略作考订、辨析。为避免行文过于琐碎，文本异文细列于本节末附表（顺序据《金瓶梅》，异文以"/"隔开，前为《金瓶梅》，后为其他载籍；除个别外，一般异体字、俗简字不视作异文；个别字用原形，不作简化，以见其讹变之迹）。另外，清释行冈（1613—1667）编《春花集》卷十二有署元僧中峰禅师明本的［行香子］词八首，唐圭璋先生据以收入所编《全金元词》。《春花集》今存清初刊本，藏南京图书馆，原书未见。据《全金元词》，这八首［行香子］（引首句）：一、"玉殿琼楼"；二、"木槿篱笆"；三、"无物思量"；四、"四序无穷"；五、"欲出樊笼"；六、"顿脱尘羁"；七、"不爱娇奢"；八、"松嫩堪餐"[①]。署明本的［行香子］八首中的某几首往往与《金瓶梅》的四首［行香子］共见于载籍，对于了解、判断《金瓶梅》四词的传播路径等极有参照价值，故在此一并述及，出处、异文等详细信息亦见附表（依《全金元词》次序，异文以"/"隔开，前为《全金元词》，后为其他载籍）。

（一）元彭致中辑《鸣鹤余音》

彭致中，元仙游山道士，与著名学者虞集（1272—1348）为方外之交，生活时代应接近或稍晚，生卒年不详。所辑《鸣鹤余音》九卷，系采集唐宋金元各代羽流所作诗词歌赋而成，收入《正统道藏》太玄部"随"字号，署"仙游山道士彭致中集"。另有《重刊道藏辑要》觜集亦收，不分卷。《道藏》本前有"道园道人虞集伯生"叙："会稽冯尊师，本燕赵书生，游汴，遇异人，得仙学。所赋歌曲，高洁雄畅。最传者［苏武慢］二十篇，前十篇道遗世之乐，后十篇论修仙之事。会稽费无隐独善歌之，闻者有凌云之思，无复留连光景者矣。予

---

① 唐圭璋编《全金元词》，中华书局 1979 年版，第 1161—1162 页。

山居，每登高望远，则与无隐歌而和之。无隐曰：公当为我更作十篇。居两年，得两篇半，殊未快意也。昭阳协洽之年嘉平之月，长儿固之官罗浮。予与清江赵伯友，临川黄观我、陈可立、吴文明，平阳李平幼子翁归，泛舟送之。水涸，转鄱阳湖，上豫章，遇风雪，十五六日不能达三百里。清夜秉烛危坐，高唱二三夕，得七篇半。每一篇成，无隐辄歌之。冯尊师天外有闻，必能乘风为我一来听耶。明年，舟中又得一篇并［无俗念］二首。后三年，仙游山道士彭致中，采集古今仙真歌辞，并而刻之，与瓢笠高明共一笑之乐也。"此叙专述虞集与冯尊师唱和始末，实在看不出与收录历代羽流歌辞的《鸣鹤余音》有什么紧密关联。据孙秋克先生考证，虞叙实为虞集为虞、冯二人唱和之作而撰，彭致中移用于此，这是可信的；但又推测"至正六年（1346），应当是彭本《鸣鹤余音》成书的时间"①，则未确。孙先生显然并未注意到虞叙中最为关键的时间线索："昭阳协洽之年嘉平之月。"此为古时以太岁纪干支之式。太岁在癸曰"昭阳"。《淮南子·天文》："子在癸曰昭阳。"又，《尔雅·释天》："太岁……在未曰协洽。"所谓"昭阳协洽之年"即癸未，此处应指元至正三年（1343）。至于"嘉平"则为腊月别称。《史记·秦始皇纪》："三十一年（公元前216）十二月，更名腊曰嘉平。"以至正三年（1343）为始，到"明年"，而"后三年"，为至正七年（1347）。诚如洪涛先生所说："按该书的叙文推断，其书成于1347年前后。"②

《鸣鹤余音》卷六，收有一组四首［行香子］词，不注作者。第一首"寥寥寂寂……"，第二、三、四首即《金瓶梅》卷首四首［行香子］之第一、二、四首③，其中异文不少。这是目前所知《金瓶梅》中的四首［行香子］（其中三首）最早见于文献载录的一例，只是尚无第三首。而该书中第一首"寥寥寂寂……"，也只在此惊鸿一现，之后再也未见载于他书。

（二）题明程敏政编《天机余锦》

近年，在台北"中央图书馆"发现了一部埋没已久的明蓝格抄本词选《天

① 孙秋克《再说〈金瓶梅词话〉卷首［行香子］》，《河南大学学报》2007年第6期。
② 洪涛《〈金瓶梅词话〉"四季词"的解释与金学中的重大问题》，《保定师专学报》2001年第3期。
③ 彭致中辑《鸣鹤余音》，《道藏》第24册，文物出版社、上海书店、天津古籍出版社1988年版，第287页。

机余锦》。该书四卷，按词调收录截至明初的词家作品，题"明程敏政编"，前有署"敏政识"的序。程敏政（1445—1499），字克勤，号篁墩，明徽州休宁人。成化二年（1466）进士，授翰林院编修。官至礼部右侍郎，卒赠礼部尚书。程敏政编著甚多，有《篁墩稿》《皇明文衡》等，然未见有《天机余锦》。据王兆鹏先生考证，所谓程敏政序实系伪托，乃由宋曾慥《乐府雅词》序割裂而来。[①]黄文吉先生经过考察认为，《天机余锦》所收词作大多抄录自明嘉靖二十九年（1550）顾从敬刊《类编草堂诗余》、元凤林书院辑《精选名儒草堂诗余》、宋何士信编《增修笺注妙选群英草堂诗余》及词人别集等，并据《类编草堂诗余》的刊刻时间及多次注引《天机余锦》的陈耀文编《花草粹编》的自序所署万历十一年（1583），论断"这部书恐怕是当时书贾、或贪图利益的士人所编造出来"，"《天机余锦》是在嘉靖二十九年（1550）到万历十一年（1583），这三十多年之间编成的"[②]。王兆鹏先生在此基础上，据《类编草堂诗余》何良俊序所署"嘉靖庚戌七月既望"及两次引及《天机余锦》的明杨慎《词品》自序所署"嘉靖辛亥仲春"，对该书成书时间做了进一步限定："《天机余锦》成书应在嘉靖二十九年（1550）七月后，三十年（1551）二月之前的半年时间内"，"成书行世应在嘉靖二十九年冬季"[③]。然而，以杨慎《词品》、陈耀文编《花草粹编》所引《天机余锦》与明抄本《天机余锦》对照，却多有不相吻合之处，或署作者不同，或有缺脱，或干脆未录，这说明二者原本就不是同一种书，只是异书同名而已。这一点，王先生其实也是有所怀疑的："或《天机余锦》除今传明抄本之外，曾别有传本，且收词作与明抄本不同。"自然，以《词品》《花草粹编》二书推断明抄本《天机余锦》的成书下限也就无法成立。至于明抄本《天机余锦》与《类编草堂诗余》有不少词作相同，这在古代诗词选集中属多见现象，在无直接证据的情况下很难说一定是谁抄了谁。朱志远先生根据明清文献记载，考订得出："早在元代就有《天机余锦》一书，所谓'明抄本'《天机余锦》者，

---

① 王兆鹏《词学秘籍〈天机余锦〉考述》，《文学遗产》1998 年第 5 期。

② 黄文吉《明抄本〈天机余锦〉之成书及其价值》，《词学》第 12 辑，华东师范大学出版社 2000 年版（按：又见《词学的新发现——明抄本〈天机余锦〉之成书及其价值》，《宋代文学研究丛刊》第 3 期，高雄丽文文化事业公司 1997 年版）。

③ 王兆鹏《词学秘籍〈天机余锦〉考述》，《文学遗产》1998 年第 5 期。

当为据元本《天机余锦》改窜而成。"① 此说甚是。关于该书的成书年代，孙秋克先生有云，"如果据程敏政生活的年代，把《天机余锦》的成书放在成、弘之间，那么《词品》引用它在时间上就合理了"②；朱志远先生则据《天机余锦》收明初词人之作，推测"假设此本伪作于诸人逝后，则'明抄本'当出现在瞿佑逝后或者更晚的王骥逝世之天顺四年（1460）之后"③。笔者以为，明抄本《天机余锦》虽不免有伪托程敏政之嫌，但编者无非是想借重其文名，因此最保守地估计，其编选也应在程氏中进士的成化二年（1466）之后。

《金瓶梅》中的四首［行香子］，也出现在《天机余锦》中。明抄本原书未见。据黄文吉先生所述："卷末还附有从'词注内选出'的词作：念奴娇、鸭头绿、忆秦娥、南歌子、卖花声、西江月、满江红等七个词调各一首，共七首。另有'续添'题为'张天师'的词作行香子四首。"④ 可知这四首［行香子］并不是与卷四所收十一首［行香子］在一起，而属卷末所附"续添"。今见《天机余锦》校点本，将其径置于卷四之末⑤，殊为不妥。《天机余锦》所收，题"［行香子］四首"，署作者"张天师"，这是这四首词首次共同出现，惟第一、二首与《金瓶梅》次序颠倒，且有十余处异文。

（三）明陈耀文辑《花草粹编》

陈耀文（？—1607），字晦伯，号笔山，明河南确山人。嘉靖二十九年（1550）进士，授中书舍人。历官工科右侍郎、左侍郎、淮安推官、南京户部郎中、淮安兵备副使等，于陕西行太仆寺卿任上辞官归乡。他学问博洽，专心治学，编纂有《天中记》《花草粹编》等多种。《花草粹编》十二卷（《四库全书》析为二十四卷），是明代规模最大的一部通代词选。该书初刊本为陈氏自刻本，民国二十二年（1933）南京国学图书馆陶风楼曾予影印。卷首有陈耀文

① 朱志远《〈天机余锦〉新考》，《文学遗产》2012 年第 2 期。

② 孙秋克《再说〈金瓶梅词话〉卷首［行香子］》，《河南大学学报》2007 年第 6 期。

③ 朱志远《〈天机余锦〉新考》，《文学遗产》2012 年第 2 期。

④ 黄文吉《明抄本〈天机余锦〉之成书及其价值》，《词学》第 12 辑，华东师范大学出版社 2000 年版。

⑤ （明）程敏政编，王兆鹏、黄文吉、童向飞校点《天机余锦》，辽宁教育出版社 2000 年版，第 347—348 页。

自叙，署"时万历癸未冬日之吉"，"万历癸未"即万历十一年（1583）。

《花草粹编》卷七，收录《金瓶梅》四首［行香子］之第四首，署作者"张天师"，文字与明抄本《天机余锦》大同，仅一字之差①。

（四）明王兆云辑《湖海搜奇》

王兆云，字元祯，明麻城人。其主要生活年代约当明嘉靖、万历间，生卒年不详。平生性喜聚书，多所著述，有《皇明词林人物考》《湖海搜奇》《挥麈新谭》《白醉璅言》《说圃识余》《漱石闲谈》（以上五种总名《惊座新书》）《乌衣佳话》（合前五种又称《王氏杂记》）。

《湖海搜奇》，上、下两卷，均署："麻城王兆云元祯辑著"，"吴郡王世贞元美阅订"。卷首有杨起元序，实际上是《湖海搜奇》等五种的总序，云："余友楚人王元祯氏以文章妙天下，其泛涉学海，不啻吞云梦者八九。疆圉作噩之岁，来顾余秣陵。余发其帐中秘，则有《湖海搜奇》一书在焉。询其所得，则以遨游湖海，往往求其奇事奇谈而录之，纳之奚囊中，积有岁年，因而成帙。余阅而惜其易尽也。元祯又出《挥麈新谭》《白醉璅言》《说圃识余》《漱石闲谈》以视余，总之皆搜奇类也……元祯游屐未辍，余因期元祯更为随得随增，而预弁此数语于其首。"其中所谓"疆圉作噩之岁"，即指丁酉，应为万历二十五年（1597）。查《湖海搜奇》等书，多记万历间事，其时代最晚者为万历辛丑二十九年（1601），《湖海搜奇》卷下《马生角》："万历辛丑春三月二十日，余邑庠生周师昌云……"；《白醉璅言》卷上《粪黄》："万历辛丑，仁寿令李公述职……"可见，《湖海搜奇》五种的编纂历时较长，确如杨序所云"随得随增"，其刊刻年代约在万历二十九年（1601）或稍后。同时，也不难明白，《湖海搜奇》所署"吴郡王世贞元美阅订"（其他各书同）应非虚语，王世贞（1526—1590）逝于万历十八年（1590），盖王兆云曾在其生前将该书的未完稿呈请过目。

《湖海搜奇》卷上有［行香子］一篇，全录四词，不注作者，不仅与《金瓶梅》次第不同，异文也不少。②清康熙间褚人获（1635—？）辑《坚瓠集》乙集（有"康熙辛未"即三十年（1691）彭榕序）卷三［行香子］："《湖海

---

① 陈耀文辑，龙建国、杨有山点校《花草粹编》，河北大学出版社 2004 年版，第 551 页。
② （明）王兆云辑《湖海搜奇》，《四库全书存目丛书》子部第 248 册，齐鲁书社 1995 年版，第 83—84 页。

搜奇》有［行香子］词，惜不载谁作。词云……"其下即选录了其中第一"水竹之居"、第三"阆苑瀛洲"二首，除"栏杆"作"阑干"、"浪"作"阆"外，余同①。还需提及，清末张培仁辑《静娱亭笔记》卷三也有一篇《行香子词》："《湖海搜奇》有［行香子］词，惜不知谁作。词云……"同样依次选录"水竹之居""阆苑瀛洲"二首，"阑干""阆"二处亦同，不同之处有二："阆苑瀛洲"一首中"莫"作"却"、"着甚"作"莫问"②。显而易见，张氏所录并非出自《湖海搜奇》原书，而是从《坚瓠集》转抄而来，只是对其中的疑误之处据己意又作了拟改而已。

此外，王兆云辑《说圃识余》卷下另有一篇《禅家词》，录词四首，不注词牌、作者，即依次为署明本的［行香子］之第八、七、四、三首，其中第七首上片前二句错杂而与下片相连，第八首上、下片颠倒。③二者虽多异文，然显系同词无疑。此为现在所知署明本的［行香子］词最早见于文献。

（五）明王圻辑《稗史汇编》

王圻（1530—1615），字元翰，号洪洲，明上海人。嘉靖四十四年（1565）进士，历任清江知县、万安知县、福建按察金事等，官至陕西布政参议。万历二十三年（1595），辞官归里，筑室于松江之滨，以著书为事。主要有《续文献通考》《稗史汇编》《三才图会》（与其子思义合著）等。《稗史汇编》一百七十五卷，署"海右闲民王圻纂集"，系在元仇远辑《稗史》、元陶宗仪辑《说郛》的基础上修订删补，另外增益明代著述而成。卷前有王圻自撰《〈稗史汇编〉引》，署"万历岁次丁未孟春朔日"，即万历三十五年（1607）一月初一，是为该书成书时间。

《稗史汇编》卷一百二"文史门"词曲类，也有一篇《行香子》，录《金瓶

---

① （清）褚人獲辑《坚瓠集》（乙集），《续修四库全书》子部第1260册，上海古籍出版社2001年版，第538—539页。

② （清）张培仁辑《静娱亭笔记》，《续修四库全书》子部第1181册，上海古籍出版社2001年版，第654页。

③ （明）王兆云辑《说圃识余》，《四库全书存目丛书》子部第248册，齐鲁书社1995年版，第304页。

梅》四词，不注撰人，顺序同于《湖海搜奇》，文字也最为接近。①

此外，同书卷一百十九有《禅家调》一篇，亦录无词牌、无作者四词，亦依次为署明本的［行香子］之第八、七、四、三首，文字大同于《说圃识余》卷下《禅家词》，只有两字之异②。

（六）明龚居中辑《福寿丹书》

龚居中（？—1646），字应圆，号如虚子、寿世主人，明江西金谿县人。他出身于中医世家，终生精研医术，对内、外、妇、儿各科均有所长，尤擅治疗痨瘵。著有《福寿丹书》《痰火点雪》（后改名《红炉点雪》）《小儿痘疹医镜》等。《福寿丹书》一名《五福万寿丹书》，是一部专论养生的著作，其初刊本六卷，含一福安养篇、二福延龄篇、三福服食篇、四福采补篇、五福玄修篇、六寿清乐篇，署"豫章云林如虚子龚居中纂著"（"纂著"卷五作"辑著"），有"天启甲子（按：四年，1624）仲夏上浣银台文林郎筠阳伯受敖祜拜书"序，云："予友应圆龚君，博极群书，雅擅名物……兹集名家群玉，类成一册，名曰《福寿丹书》。"该书于崇祯四年再刊，删"玄修篇""清乐篇"，而增"脏腑篇"，易名《万寿丹书》。1994年，中医古籍出版社合天启、崇祯二本而成七卷本，收入"珍本医籍丛刊"，校点排印出版。

天启四年（1624）初刊本卷六"清乐篇"，系采录典籍中有关修身养性的论述而成。序中有云："《清乐》一篇，尤为顶针，盖世人知鲜衣美食、歌童舞女、撞钟击鼓之为乐，而不知色令目盲、音令耳聋、味令口爽，孰与夫逍遥彝鼎图史之间，怡情风月山水之趣，倦则一榻侣羲皇，行则朗吟宽岁月，自非应圆君特标其旨、阐其玄，而大同之世人何由知福之得、寿之所由致哉？"（按：校点本点断多误，笔者重加标点。）卷中收《金瓶梅》四词，题《自乐词》③。以二书相较，同样不标词调、不注撰人，且次序相同，在文字上除有二字之异外，甚至明显的讹、夺亦全同。此为最堪注意之处。

---

① （明）王圻辑《稗史汇编》，《四库全书存目丛书》子部第141册，齐鲁书社1995年版，第378页。
② （明）王圻辑《稗史汇编》，《四库全书存目丛书》子部第141册，齐鲁书社1995年版，第695—696页。
③ （清）龚居中辑，广诗等点校《福寿丹书》，中医古籍出版社1994年版，第208—209页。

（七）清钱尚濠辑《买愁集》

钱尚濠，字振芝（"芝"，一作"之"），号绥山主人，长洲（今属苏州）人，应是由明而入清者，生平不详。所辑《买愁集》四卷，分想书、恨书、哀书、悟书四集，大致以时代为序，分类选录历代诗词，多有纪事，间加按语。今存原刊本，影印收入《四库未收书辑刊》。其编刊年代有清初、康熙二说，前说笼统，后说则误。据笔者考证，其编刊年代当在顺治二年至十七年（1645—1660）之间，实际的成书时间在这个时段内应该更偏前，约在顺治初年①。

《买愁集》集四《悟书》有相连二篇，属《尘悟》（前二为《禅悟》《仙悟》）：前篇开篇"中峰乐住辞云"，其下即录署明本的［行香子］八首之第一、六、八首；后篇"乐隐词云"，其下录《金瓶梅》四首［行香子］，顺序相同，只有为数不多的五处异文。②这两篇，与同书其他各篇一样，正文无题，卷前目次分别题作"乐住中峰""乐隐无名"。

（八）清丁耀亢撰《续金瓶梅》

清丁耀亢（1599—1669），字西生，号野鹤，别署紫阳道人、木鸡道人等，山东诸城人。所著《续金瓶梅》六十四回，为《金瓶梅》的第一部续书，现存顺治原刻本，书前有西湖钓史（查继佐）序，署"时顺治庚子季夏"；又有丁耀亢自撰《太上感应篇阴阳无字解序》，署"时顺治庚子孟秋"。"顺治庚子"即顺治十七年（1660）。康熙四年（1665）八月，丁耀亢因续书案而遭人攻讦下狱。同年十二月二十四日，刑部尚书龚鼎孳等为审讯丁耀亢事题本，其中记丁氏自供："此《续金瓶梅》十三卷书，乃为小的一人撰写。小的于顺治十七年（1660）独自撰写，并无他人。"③可知《续金瓶梅》成书于清顺治十七年。

该书第三十七回，写三教堂被改题"三空书院"，"有一名人题词曰……"下面即分行单列了五个半片的［行香子］词，其中第一、二片合成《金瓶梅》的第一首，第三、第四片分别为《金瓶梅》第二首上半、第三首下半，第五片作：

---

① 杨国玉《钱尚濠〈买愁集〉编刊年代小考》，《河北工程大学学报》（社会科学版），2016 年第 3 期。

② 钱尚濠辑《买愁集》，《四库未收书辑刊》10 辑 12 册，北京出版社 2000 年版，第 404 页。

③ 中国第一历史档案馆（安双成编译）《顺康年间〈续金瓶梅〉作者丁耀亢受审案》，《历史档案》2000 年第 6 期。

"万事萧然，乐守安闲，蝴蝶梦总是虚缘。看来三教一空拳，也不学仙、不学圣、不学禅。"已与《金瓶梅》无关。《续金瓶梅》所录形式特殊，异文亦复不少。

（九）清顾璟芳、李蓁生、胡应宸编《兰皋明词汇选》

《兰皋明词汇选》八卷，明词选集，收录明代及明清之交二百余人词。编者顾璟芳、李蓁生、胡应宸，俱浙江嘉兴人，由明入清者，生平不详。该书今存清康熙原刊本，卷前顾璟芳序署"康熙壬寅春三月朔"，胡应宸叙署"时壬寅花朝"，"壬寅"应指康熙元年（1662），为该书成书及版刻之年。

《兰皋明词汇选》卷五，［行香子］词牌下，先录题《乐住》一词，注明作者"释明本"，即署明本［行香子］八首之第六首，异文不少；次以《乐隐》为题，录三词，注作者"无名氏"，依次为《金瓶梅》四首［行香子］的前三首。值得注意的是，第三首有一句之差：《金瓶梅》作"说些话"，该书则作"图些画"①。

（十）清朱彝尊、汪森编《词综》

清朱彝尊（1629—1709），字锡鬯，号竹垞，浙江秀水（今嘉兴）人。举博学鸿词科，授检讨。曾参与《明史》纂修。汪森（1653—1726），字晋贤，号碧巢，休宁人。贡生，官户部郎中。《词综》为通代词选集，由朱彝尊创编，汪森增定，初刻三十卷本，成于清康熙十七年（1678）。据汪森序（署"时康熙戊午嘉平之朔休阳汪森书于裘杼楼"），该书的编纂历时八载，朱彝尊先成十八卷，三年后广为二十六卷，汪森又续补四卷，方成三十卷。

该书卷二十四，标目"宋词七十首"，收有"于真人"二词：［凤栖梧］［行香子］，而这首［行香子］即《金瓶梅》四首［行香子］之第一首。二书相较，异文不少。"于真人"是首次出现的［行香子］词的第二个署名，其名下有注云："词见彭致中《鸣鹤余音》。按：北宋有虚靖真君，词内有和于真人作。"②然《道藏》本《鸣鹤余音》中此词实未署作者，且有三字之异；查《道藏辑要》觜集所收同书，亦复如此。这一情况，颇堪玩味。

① （清）顾璟芳、（清）李蓁生、（清）胡应宸编选，王兆鹏校点《兰皋明词汇选》，辽宁教育出版社1998年版，第98—99页。

② （清）朱彝尊、（清）汪森编《词综》，《景印文渊阁四库全书》第1493册，台湾商务印书馆1986年版，第712页。

（十一）清沈雄编《古今词话》

沈雄，字偶僧，吴江（今属苏州）人，生当明万历末年，清康熙前期在世，生卒年不详。所编《古今词话》八卷，分《词话》《词品》《词辨》《词评》四门，各分上、下卷，或即以自著《柳塘词话》为基础增补而成。书前曹溶《〈词话〉序》云："岁在乙丑，余来金阊，偶僧沈子出示《词话》。""乙丑"即康熙二十四年（1685），则该书于此年已成。

该书《词话》卷下"《柳塘词话》曰：余经鸳胭湖殊胜寺，挂壁有中峰明本国师题词，后书至正年号，乃［行香子］也"，其下所录即《金瓶梅》［行香子］的第二、一首，末云："若不经意出之者，所谓一一天真、一一明妙也。"①其中出现了几处前所未见的异文，而且，这两首［行香子］第一次被系于元僧释明本名下，尤堪注意。

（十二）清沈辰垣、王奕清等编《历代诗余》

《御选历代诗余》是清康熙间由侍读学士沈辰垣、翰林院修撰王奕清等奉敕编纂的一部大型词选，成书于康熙四十六年（1707）。该书选辑自唐及明历代词作一百卷，后附王奕清独力纂辑的《词人姓氏》《词话》各十卷，其中《词话》也以《历代词话》之名单独行世。

《历代诗余》卷四十四收录《金瓶梅词话》中第一首［行香子］，文字全同《词综》，作者也署"于真人"②。同书卷一百十九，又有词话云："天目中峰禅师与赵文敏为方外交，同院冯海粟学士甚轻之。一日，松雪强中峰同访海粟，海粟出所赋《梅花》百绝句示之。中峰一览毕，走笔成七言律诗，如冯之数。海粟神气顿慑。尝赋［行香子］词云……"其下即顺次录《金瓶梅》的第二、一、三首［行香子］，末云："若不经意出之者，所谓一一天真、一一明妙也。"注引《笔记》③。此处指此［行香子］三词的作者均为天目中峰禅师即明本，与前抵牾，显然非出同手。其中第一、二首，除一字可视作异体外，文字全同《古今词话》；第三首，则基本与《兰皋明词汇选》相同。

---

① （清）沈雄编《古今词话》，《续修四库全书》第 1733 册，上海古籍出版社 2001 年版，第 238 页。

② （清）沈辰垣、（清）王奕清编《御选历代诗余》，《景印文渊阁四库全书》第 1492 册，台湾商务印书馆 1986 年版，第 99 页。

③ （清）沈辰垣、（清）王奕清编：《御选历代诗余》，《景印文渊阁四库全书》第 1493 册，台湾商务印书馆 1986 年版，第 408 页。

值得一提的还有，成于清嘉庆十年（1805）的冯金伯辑《词苑萃编》卷六也收有这篇词话，除第三首中两"鄰"误作"鄰"外，其他皆同，显然转抄自《历代诗余》，然下注出处却作"《六研斋随笔》"。[①]

（十三）清石成金辑《传家宝》

石成金（1660—1739 后），字天基，号惺斋，扬州人。所辑《传家宝》，乃杂抄或添改历代典籍中有关人伦世情的论述分类编纂而成。由于该书系随编随刊，且时加增补，致卷帙浩繁，名目庞杂，体例混乱。藏于国家图书馆的体元堂藏版本有康熙四十六年（1707）左必藩序，是该书较早的全集本。

《传家宝》初刻十种中有《赛金声》，其中有《清夜钟》，注云"集内诗词俱系新今添改，比各原本不同"，中间有一大段文字："中峰乐住辞云……"，其间所引即署明本的［行香子］八首之第一、六两首；其下尚有四词，即《金瓶梅》中的四首［行香子］，次序与《金瓶梅》《买愁集》相同，文字则与《买愁集》最为接近。

（十四）清胤禛辑《悦心集》

《悦心集》五卷，乃清世宗爱新觉罗·胤禛（雍正帝）将登基前读书时所抄录的有益于身心涵养的诗文辞赋汇编而成。书前有"雍正四年丙午（1726）正月初三日"御制序，云："前居藩邸时……批阅经史之余，旁及百家小集。其有寄兴萧闲、寓怀超脱者，佳章好句，散见简编……因随意采录若干则，置诸几案间，以备观览……（登极后）爰□□□录，汇为一书，名之曰《悦心集》。"

该书卷三，有篇《幽居自适》，下有小字注"调［行香子］四首"，注作者"僧本明"（按："本""明"二字误倒），其下所录即顺次为《金瓶梅》四首［行香子］之第三、四、二、一首，然第一首文本差异很大。词后有作者介绍："天目山释明本，字中峰，赵文敏与之友，同院学士冯海粟子振甚轻之。一日，松雪偕中峰访海粟，海粟出所制《梅花》诗百韵示之。一览，走笔立成，海粟犹未之奇；复作《九字梅花歌》求和，海粟讽咏再四，遂定交焉。"下篇题《行香子词》，小字注"二首"，注作者"僧明本"，其下所录即依次为署明本的［行香子］八首之第一、八两首，文字与《买愁集》最近，仅两字之差。[②]

---

① （清）冯金伯辑《词苑萃编》，《续修四库全书》第 1733 册，上海古籍出版社 2001 年版，第 476 页。

② （清）爱新觉罗·胤禛辑《悦心集》，《丛书集成新编》第 55 册，台湾新文丰出版公司 1985 年版，第 68 页。

（十五）清钱德苍重订《解人颐》

《新订解人颐广集》，八卷二十四集，台湾天一出版社于1985年据清刊本影印，收入《明清善本小说丛刊》初编之第六辑“谐谑篇”。该书目次署“云谿胡澹庵定本，吴门钱慎斋重增订”，各卷署“吴门钱德苍沛思氏重订”。书前序云：“坊本向有《解人颐》初集、二集，搜索古今，摭拾卮辞，最脍炙人口，诵其歌咏，深可感发人心，洗涤尘臆；观其诙谐，真堪抚掌捧腹，悦性怡情。胡子澹莽病其赘疣重复，玉石浑收，已从而删繁就简，都为一集，名之曰‘新’。今予不揣愚陋，复为去陈集新，又从而广益之。”末署“乾隆二十六年孟春上浣长洲钱德苍沛思氏书于宝仁书屋”。据此可知，该书之前已有《解人颐》初集、二集、新集三书；重订者钱德苍，字沛思，号慎斋，长洲人。另有清刊戏曲剧本选集《缀白裘》新集，亦系此人增订。

《解人颐》卷二《达观集》，有《幽居自适》，篇名下小字注“计四首”，不注作者，按三、四、二、一之序录《金瓶梅》四首［行香子］，顺序与《悦心集》相同，第一、四首文字也明显与之接近，但其他两首不同。同书卷三《旷怀集》，又有篇《中峰乐住行香子词》，所录即署明本的八首［行香子］之第一、八两首，所选与《悦心集》同，文字也全同。

（十六）清张宗橚辑《词林纪事》

张宗橚（1705—1775），字咏川，号思岩，海盐人，清康、乾间人，生平不详。《词林纪事》二十二卷，为其晚年所辑，三易其稿方成。该书卷前有陆以谦序，署“乾隆戊戌十一月二十有五日”，时在乾隆四十三年（1778），次年即付梓刊刻。

《词林纪事》卷二十二，在“天目中峰禅师”名下，录［行香子］三首，次序、文字与《历代诗余》卷一百十九全同。其下有注：“《笔记》：天目中峰禅师与赵文敏为方外交……尝赋［行香子］词云云。若不经意出之者，所谓一一天真、一一明妙也。”① 除体例有所调整外，亦同于《历代诗余》。因其晚出，因袭之迹甚明。

---

① （清）张宗橚辑《词林纪事》，《清代笔记小说》第25册，河北教育出版社1996年版，第477—478页。

［行香子］之元、明、清三代文献载录简表

	编（作）者	载籍及成书年代	出处、题署、载录篇数及次序	文本异文（据《金瓶梅词话》）	附：署明本词载录（据《全金元词》）
一	元彭致中（生卒年不详）	鸣鹤余音约元至正七年（1347）	卷六行香子一/二/四	一：陵/重；"也宜春"上有"却"；醹/篘；二：愲/憎；峰/障；也/却；竹/木；靠/据；四：耳/取；"且优游"上有"我"；"且随分"下有"过"；开/宽。	
二	题明程敏政（1445—1499）	天机余锦明成化二年（1466）之后	卷末"续添"行香子四首张天师二/一/三/四	一：陵/琼；"也宜春"上有"却"；醹/篘；二：愲/憎；低/底；峰/嶂；也/却；靠/据；清/情；无"盏"；三：磷磷/粼粼；床/装；等/乐；倚/抚；炷/注；心/些；四：耳/取；开/宽。	
三	明陈耀文（？—1607）	花草粹编明万历十一年（1583）	卷七行香子张天师四	四：耳/取；松/树；开/宽。	
四	明王兆云（明嘉、万间，生卒年不详）	湖海搜奇明万历二十九年（1601）或稍后	卷上行香子三/二/一/四	一：阆/浪；陵/琼；舍/屋；醹/篘；无"但"；二：愲/憎；峰/障；无"也"；靠/据；无"但"；三：磷磷/粼粼；床/粧；无"却"；等/乐；倚/抚；无"好"；心/些；四：耳/取；无"有"；竿/株；无"明"；"几时来"上有"是"；开/宽。	《说圃识余》卷下禅家词八/七/四/三三：粝/淡；课/果；寻/非；道/功；狂/常；竹/水；四：物/虑；同/空；空/禅；袅/吐；而/儿；尘世/城市；忘却/却想；一枝梅/数株柏；七：（上片前二句错杂与下片相连）娇/骄；繁华/喧哗；身穿着/正宜穿；行乐；竹/井；牙/芽；

续表

	编（作）者	载籍及成书年代	出处、题署、载录篇数及次序	文本异文（据《金瓶梅词话》）	附：署明本词载录（据《全金元词》）
					五／千；市恩／舍人；闲／乐）； 八：（上、下片颠倒）多艰／为难；断尘寰／任循环；若／苦；三"层"／重。
五	明王圻（1530—1615）	稗史汇编明万历三十五年（1607）	卷百二行香子三／二／一／四	一：陵／琼；舍／屋；第一"也"／比；醨／篘；无"但"； 二：憔／憎；峰／障；无"也"；靠／据；无"但"； 三：磷磷／粼粼；床／粄；无"却"；等／乐；倚／抚；无"好"；心／些； 四：耳／取；无"有"；竿／株；枝／株；"几时来"上有"是"；开／宽。	卷一百十九禅家调八／七／四／三（与《说圃识余》卷下《禅家词》有两字之异：第三首"遮"作"随"；第七首"交"作"突"，余皆同。）
六	明龚居中（？—1646）	福寿丹书明天启四年（1624）	卷六自乐词一／二／三／四	一：算（筭）／美；四：竿／枝。	
七	清钱尚濠（明末清初，生卒年不详）	买愁集清顺治刊本	集四乐隐无名一／二／三／四	二：峰／障；热／蒸；三：床／乱；心／些；四：耳／尔。	集四乐住中峰一／六／八一：翼／罢；六：处／虑；非／悲；八：尘缘／风尘；干／关；难／坚；艰／难；若空／萧条；对／看。
八	清丁耀亢（1599—1669）	续金瓶梅清顺治十七年（1660）	第三十七回名人题词一／二上／三下	一：陵／琼；莫也风流／剩却闲愁；醨／蓠；二：峰／嶂；也／又；三：懒散无拘，此等何如／此等何如，懒散无拘；工夫／消除；心／些。	

续表

	编（作）者	载籍及成书年代	出处、题署、载录篇数及次序	文本异文（据《金瓶梅词话》）	附：署明本词载录（据《全金元词》）
九	清顾璟芳、李葵生、胡应宸	兰皋明词汇选 清康熙元年（1662）	卷五 乐隐 无名氏 一/二/三	一："也宜春"上有"却"；二：峰/嶂；三：床/乱；宽/安；心/些；说些话/图些画。	卷五 乐住 释明本 六 六：处/虑；非/悲；洞/壑；青山/山青；绿水/水绿。
十	清朱彝尊（1629—1709）、汪森（1653—1726）	词综 清康熙十七年（1678）	卷二十四 于真人 行香子 一	一：陵/重；算/总；绣/铺；莫/算；"也宜春"上有"却"；醺/篘。	
十一	清沈雄（明末清初，生卒年不详）	古今词话 清康熙二十四年（1685）	《词话》卷下 中峰明本国师 行香子 二/一	一：陵/琼；"也宜春"上有"却"；一步/是好；二：忔憎/一方；峰/嶂；绿/曲；凉/香；靠/尽；烹/烘；热烘/净洗；浅浇/滚烧。	
十二	清沈辰垣、王奕清等	历代诗余 清康熙四十六年（1707）	卷四十四 行香子 于真人 一 —— 卷一百十九 天目中峰禅师 行香子 二/一/三	一：陵/重；算/总；绣/铺；莫/算；"也宜春"上有"却"；醺/篘。 —— 一：陵/琼；"也宜春"上有"却"；醺/篘；一步/是好；二：忔憎/一方；峰/嶂；绿/曲；凉/香；靠/尽；烹/烘；热烘/净洗；浅浇/滚烧；三：磷磷/粼粼；床/乱；宽/安；心/些；说些话/图些画。	
十三	清石成金	传家宝 清康熙四十六年（1707）前	《清夜钟》 中峰 乐住 一/二/三/四	一：须/堪；闲/后；二：峰/障；浇/烧；三：床/乱；炷/焚；心/些；四：耳/尔。	中峰 乐住 一/六 一：翼/罢；月/水；六：处/虑；石/草；非/悲；类/浪。

续表

	编（作）者	载籍及成书年代	出处、题署、载录篇数及次序	文本异文（据《金瓶梅词话》）	附：署明本词载录（据《全金元词》）
十四	清爱新觉罗·胤禛	悦心集清雍正四年（1726）	卷三幽居自适调行香子四首僧本明三／四／二／一	一：金谷陵楼，算不如茅舍清幽。野花绣地，莫也风流／人世丹邱，梅花绕屋豁迎眸。夭桃媚柳，丹桂红榴；"也宜春"上有"却"；醑／蒭；二：忔憎／一方；峰／嶂；凉／香；靠／尽；烹／烘；热烘／净洗；浅浇／滚烧；三：磷磷／粼粼；床／乱；等／乐；倚／俯；炷／烧；心／些；说些话／图些画；四：惜耳／护惜；阶／排；也／景；还／趣；取／几；"几时来"上有"到"；"且优游"上有"但"；开／宽。	卷三行香子词二首僧明本一／八一：翼／罢；缘／援；八：尘缘／风尘；干／关；难／艰；艰／难；若空／萧条；对／看。
十五	清钱德苍	解人颐清乾隆二十六年（1761）前	卷二《达观集》幽居自适（计四首）三／四／二／一	一：金谷陵楼，算不如茅舍清幽。野花绣地，莫也风流／人世丹丘，梅花绕屋豁迎眸。夭桃媚柳，丹桂红榴；"也宜春"上有"却"；醑／蒭；二：憎／憎；后一"小"／巧；峰／障；靠／据；无"清"；浇／烧；三：磷磷／粼粼；床／装；等／乐；倚／俯；炷／烧；心／些；四：惜耳／护惜；阶／排；也／景；还／趣；数株／几枝；取／几；"且优游"上有"但"；开／宽。	卷三《旷怀集》中峰乐住行香子词一／八一：翼／罢；缘／援；八、尘缘／风尘；干／关；难／艰；艰／难；若空／萧条；对／看。

编（作）者	载籍及成书年代	出处、题署、载录篇数及次序	文本异文（据《金瓶梅词话》）	附：署明本词载录（据《全金元词》）
十六 清张宗橚 （1705—1775）	词林纪事 清乾隆四十四年 （1779）	卷二十二 天目中峰禅师 行香子 二/一/三	一：陵/琼；"也宜春"上有"却"；醺/篘；一步/是好； 二：忔憎/一方；峰/嶂；绿/曲；凉/香；靠/尽；烹/烘；热烘/净洗；浅浇/滚烧； 三：磷磷/粼粼；床/乱；宽/安；心/些；说些话/图些画。	

二、四首［行香子］词之传播路径及署名之讹

元、明、清众多载有《金瓶梅》卷首四首［行香子］的文献的发现，最直接的——绝非最不重要的——意义自然表现在《金瓶梅》的文本校勘方面。

《金瓶梅》是一个刊刻非常粗糙的本子，其中讹误衍夺甚多。对此，学界有不同猜测。笔者则认为，这一切从根本上导源于此书据以刊刻的底本是一个经辗转流传的草书抄本，其主要责任者是专司抄正上版却不谙草书的写工。[①]这四首［行香子］中也有讹、脱之处，在此需预作简要校勘，以为下文的分析、论证提供可靠的前提。

第一首："金谷陵楼"之"陵"，不切；此字处，应与"金"字对，为形容词。此字，《福寿丹书》《买愁集》《兰皋明词汇选》《传家宝》同误（按：1936年上海杂志公司出版阿英先生校点本《买愁集》此字作"红"，属臆改）。《鸣鹤余音》《词综》《历代诗余》卷四十四作"重"，《天机余锦》《湖海搜奇》《稗史汇编》《续金瓶梅》《古今词话》、《历代诗余》卷一百十九、《词林纪事》作"琼"，《悦心集》《解人颐》则整句不同。"琼"（瓊）、"陵"草书形近，应是。另，"也宜春"，据句格应四字。《湖海搜奇》《稗史汇编》《福寿丹书》《买愁集》《续金瓶梅》《传

----

① 杨国玉《关于〈金瓶梅词话〉校勘的方法论问题》，《金瓶梅研究》第11辑，复旦大学出版社2015年版。

家宝》同缺，除《花草粹编》不收此首外，其他各书句上均有"却"字，宜补。

第二首："忔憎儿小小池塘"之"憎"，字书无此字。此字，《福寿丹书》《买愁集》《续金瓶梅》《兰皋明词汇选》《传家宝》同误，《鸣鹤余音》《天机余锦》《湖海搜奇》《稗史汇编》《解人颐》作"憎"；"忔憎"，《古今词话》《历代诗余》《悦心集》《词林纪事》作"一方"。忔憎儿：宋元习语，即"可憎"，反语，可爱貌。宋黄庭坚［好事近］："思量模样忔憎儿，恶又怎生恶？"宋刘过［清平乐］《赠妓》："忔憎憎地一捻儿年纪，待道瘦来肥不是，宜着淡黄衫子。"元关汉卿《金线池》第二折："这厮阑散了虽离我眼底，忔憎着又在心头。""憎""憎"草书形近，当是。另，"高低叠峰"之"峰"（原字作"峯"）显误，此处应叶韵。此字，惟《福寿丹书》同误，《鸣鹤余音》《湖海搜奇》《稗史汇编》《买愁集》《传家宝》《解人颐》作"嶂"，其他各本除《花草粹编》《词综》不收外均作"嶂"。"嶂""嶂"本通，不过此处底本原字当作"嶂"。"嶂"误作"峰"，又转写作异体"峯"。按：《金瓶梅》中多见抄手或写工根据自己的用字习惯而作异体转写，此为一例。

第三首："石磷磷床砌阶除"之"床"，不切。此字，惟《福寿丹书》同误，《天机余锦》《解人颐》作"装"，《湖海搜奇》作"粧"，《稗史汇编》作"粆"（明清用同"妆"），其余《买愁集》《兰皋明词汇选》《历代诗余》《传家宝》《悦心集》《词林纪事》作"乱"。"装""粧""妆"形虽有异，其义则一，此处通用。"装""床"草书形近，应为底本原字。本书第三十三回有"□"误作"装"例类似："不想那日二捣鬼打听他哥不在，大白日装酒，和妇人吃醉了，倒插了门，在房里干事。"其中"装酒"不辞。□，亦作"噇"，对吃、喝的贬称。本书第一回，"只是一味□酒"；第三十八回，"你那里□醉了，来老娘这里撒野火儿"；第八十一回，"这厮不知在那里□酒，□得这咱才来"。元无名氏《谢金吾》第三折："这早晚衙内还在那里□酒，如今也该睡了。"《喻世明言》第二卷："兄弟在此专等你的衣服，你却在那里噇酒，整夜不归？"二处可互证。另，"好炷心香、说些话、读些书"之"心"，显误。此字，惟《福寿丹书》同误，其他收录该词的各书均作"些"。"些""心"草书形近，应是。本书第九十三回有同误例：落魄的陈经济唱［粉蝶儿］"但得这济心饥钱米"，语意不明。"济饥"为一语，即解饿。元无名氏《博望烧屯》第一折："贫道便下山去呵，我其实当不得寒、济不得饥，请下这个卧龙冈待则甚的？"《西游记》第八回："汝若肯归依正果，自有养身之处。世有五谷，不能济饥？为何吃人度日？"如是，则"心"字在原处赘，实与"济"字误倒，当与上一"这"字连成"这些"常语。

第四首："惜耳苍苔"之"耳"，显误。此字，惟《福寿丹书》同误，《鸣鹤余音》《天机余锦》《花草粹编》《湖海搜奇》《稗史汇编》作"取"，《买愁集》《传家宝》作"尔"，《悦心集》《解人颐》"惜耳"二字作"护惜"。"取"字是。惜取：爱惜、珍视。唐杜秋娘《金缕衣》："劝君莫惜金缕衣，劝君惜取少年时。"宋晏殊［玉堂春］："恼乱东风、莫便吹零落，惜取芳菲眼下明。"

尚需说明：第一首"酒熟堪醁"之"醁"，正字应作"籔"。中国古代以粮谷发酵酿酒，待其熟，须经漉。"籔"即以竹篾编的漉酒具，也用作动词，指以籔漉取。宋朱翼中《北山酒经》卷下《曝酒法》："次日即大发，候酘饭消化沸止方熟，乃用竹籔籔之。"因与酒相关，动词"籔"也俗作"醁"。明末刊本《滑稽馆新编三报恩传奇》（《古本戏曲丛刊》二集）第九出："有新醁的白酒尚未煮熟，不知可用得么？"所见《金瓶梅》诗词注解均误，如"醁：饮酒"[①]；"醁：北方方言俗语称喝酒为'醁一口'"[②]。《兰皋明词汇选》校点本改"醁"作"酬"，其《校勘记》云："酬：原作'醁'，字书所无，非。应是'醻'字，醻或从州作'酬'，主人进客也，劝酒之意。"[③]亦误。该字虽不见于字书，然文献中间见用例，且可作为研判该词承传的重要参考，故不作误字校改。

在以上所列诸多文献中，《续金瓶梅》所收［行香子］形式特殊，或据小说情境进行了改写，除从几处异文可知其非出《金瓶梅》刻本外，并不能提供更多，不论；其他载录文献，则可据文字异同、题名、作者署名等，梳理出五个不同系统文本的传承路径。

（一）《鸣鹤余音》《词综》《历代诗余》卷四十四

在各种［行香子］四首的载录文献中，以《鸣鹤余音》为最早。《鸣鹤余音》所收［行香子］三首与《金瓶梅》比较，颇多异文，可以确定，该书并非《金瓶梅》引录之源。

---

① 孟昭连《金瓶梅诗词解析》，吉林文史出版社1991年版，第2页。

② 陈东有《金瓶梅诗词文化鉴赏》，巴蜀书社1994年版，第2页。

③ （清）顾璟芳、李葵生、胡应宸编选，王兆鹏校点《兰皋明词汇选》，辽宁教育出版社1998年版，第197页。

《词综》录第一首［行香子］，注出《鸣鹤余音》，"金谷陵楼"之"陵"确实与《鸣鹤余音》同作"重"，但二者又有明显不同：除了有三字之异，《词综》明署作者为宋代"于真人"。这一点，也引起了学者的猜疑。如孙秋克先生认为："我们没有根据说朱彝尊杜撰出处和作者，那么，只能解释为他另有所据。"①

朱彝尊编纂《词综》时，选录书目中确有《鸣鹤余音》，其所撰《〈词综〉发凡》即两涉该书："是集兼采……彭致中《鸣鹤余音》……诸书"；"予所见《鸣鹤余音》《洞玄金玉集》及他抄本……"，以后语观之，所据当非刻本而是抄本；又言"是编所录，半属抄本"，可为旁证。

《词综》于"于真人"名下收［行香子］外，前面还有一首［凤栖梧］："绿暗红稀春已暮。燕子衔泥，飞入垂杨处。柳絮欲停风不住，杜鹃声里山无数。竹杖芒鞋无定据。穿过溪南，独木横桥路。樵子渔师来又去，一川风月谁为主。"此词见于《鸣鹤余音》卷五，亦未注作者，词牌、上半全同，下半则异文较多："好的林泉，信脚随征驭。拚却此心生几许，一川风月那为主。"该词实非无名氏作品，而是宋代著名道士葛长庚（自号"白玉蟾"）（1134—1229）［蝶恋花］《题爱阁》，上半"飞入垂杨处"原作"飞入谁家去"，下半原作："白马青衫无定据。好底林泉，信脚随缘寓。拚却此生心已许，一川风月聊为主。"②《词综》所录虽与二书均有异文，然从其词牌作［凤栖梧］而非［蝶恋花］（二者实属同调异名），仍能看出源出《鸣鹤余音》的痕迹来，或抄本即如此，或曾参据他本而作校改。

查今传《鸣鹤余音》刻本，作者中的"真人"多以姓称，有皇甫、牛、谭、桓、吴、杨、范、赵、秦，又有"盘山真人""纯阳真人""朗然子刘真人""披云真人"（宋披云），而根本就没有什么"于真人"，倒是有一个"三于真人"，凡五出，收其词赋五篇：卷一［解红］（按："于"，《道藏辑要》本作"丰"）、卷三［满庭芳］、卷五［无愁可解］、卷六［绣停针］、卷九《心地赋》。三于真人，盖为宋元间道士，生平无考。当我们留意到《词综》所收［凤栖梧］［行香子］二词在《鸣鹤余音》中位置的共同点——都在"三于真人"的词下——时，有

---

① 孙秋克《再说〈金瓶梅词话〉卷首［行香子］》，《河南大学学报》2007年第6期。

② （宋）葛长庚《玉蟾先生诗余》，《丛书集成续编》第207册，台湾新文丰出版公司1988年版，第442页。

关"于真人"的一连串疑问也就迎刃而解了。原来这是一个由多个环节形成的错误，而这一切又与《词综》编纂的具体情况息息相关。

《词综》的编辑是由多人分工合作而最终完成的。除了朱彝尊、汪森承担选词的当然之责外，主要参与者至少还有两人：一是为词人作注的柯崇朴（字寓匏）。他在《〈词综〉后序》中指出以往词选之失："凡名姓、里居、爵仕彼此错见，后先之序几于倒置，况重以相沿日久，以讹继讹，于兹之选，可无详订以救其失？"所以，由他负责考订词人的生平资料。朱彝尊《发凡》称："是集考之正史，参以地志、传纪、小说，以集归人，以字归名，得十之八九。论世之功，柯子寓匏有焉。"一是校勘字句的周篔（字青士）。《发凡》云："周布衣青士，隐于廛市，于书无所不窥。辨证古今字句音韵之讹，辄极精当。是集藉其校雠"；汪森序对二人大加称赞："若其论世而叙次词人爵里、勘雠同异而辨其讹，则柯子寓匏、周子青士也。"所谓"于真人"之误，就是在众人各司其职的条件下发生的。

在《鸣鹤余音》卷五，［无愁可解］下署"三于真人"，其下依次有不注撰人的［木兰花慢］［自乐］［上平西］（其二）、［凤栖梧］（其二），《词综》所选［凤栖梧］即为此处［凤栖梧］六首之"其二"；卷六［绣停针］下署"三于真人"，其下依次有同样不注撰人的［贺圣朝］（其二）、［行香子］（其二），《词综》所选［行香子］也为此处［行香子］四首之"其二"。朱彝尊从《鸣鹤余音》中选词（注中"词见彭致中《鸣鹤余音》"应为其留记出处），大概以为该书作者署名按以上统下之则，于是将原本无署的［凤栖梧］［行香子］二首径归于"三于真人"名下。此一误也。可不知何故，"三于真人"之"三"在原稿脱失，柯崇朴不察，加按语对"于真人"予以简单稽考，遂致此说进一步坐实。此二误也。此后，周篔又对文字做了三处校改："野花绣地"之"绣"，抄本中当作繁体"繡"（按：《道藏》《道藏辑要》二本均作"绣"，益证《词综》所据《鸣鹤余音》为抄本），周以其形讹而改作"铺"；"莫也风流"之"莫"，周以为"算"之俗体（与"莫"形似，惟字中"日"作"目"）形讹而改；至于"算不如茅舍清幽"之"算"，因与所改下一"算"字重犯而拟改作"总"。此三误也。如此，一误而再误，遂致离其本来面目越来越远了。

《历代诗余》卷四十四所收［行香子］第一首既与《词综》文字全同，又署着原属子虚乌有的作者"于真人"，显然是从《词综》直接抄过来的。

在［行香子］四词的传播中，这是一条尽管半隐半显但却最直接、最简单的路径，图示如下：

《鸣鹤余音》──→《词综》──→《历代诗余》（卷四十四）

（二）《天机余锦》《花草粹编》

《花草粹编》所录的第四首［行香子］与明抄本《天机余锦》所收同署作者"张天师"，文字亦几同，但二者之间并不存在直接关系。前已述及，明抄本《天机余锦》乃元本《天机余锦》的改窜本，编者的主要工作应是增补明人作品。这四首［行香子］在明抄本中属于四卷正文之外的卷末所附"续添"，应该是元本没有的。陈耀文辑《花草粹编》，《四库全书》提要称："其书捃撦繁富，每调有原题者必录原题，或稍僻者必著采自某书。"当年赵万里（1905—1980）先生《校辑宋金元人词》，从《花草粹编》中辑出注引《天机余锦》（或省作《天机》）的词作十六首，当然其真正出处应是元本而非明抄本。收录于《花草粹编》中的这首［行香子］，并未注明引自《天机余锦》，同样说明原为元本所无。然以陈耀文之博雅、严谨，这首明署"张天师"的［行香子］必有所本，而绝不可能是空穴来风。或许，这首［行香子］与明抄本《天机余锦》所收四首［行香子］有一个我们至今未曾知见的共同本源。

对于［行香子］作者"张天师"，王兆鹏先生在《天机余锦》校勘记中说："此题张天师作，误。张天师乃汉代人，其时尚无词。"[1] 张仲谋先生指《花草粹编》之失，谈到"从笔记小说中采录的大量虚构人物与神仙鬼怪之词，使《花草粹编》既有淆杂之感，又有荒诞不经的色彩"，所列举的"许多隶籍神仙狐鬼的'词人'"中，就有"张天师《行香子》（净扫尘埃）（卷七）"。[2] 二说均不确。其实，"张天师"既非专指汉代的张道陵一人，也非传说中的神仙，而是掌天下道教事的张氏后裔的世袭称号。其中既有朝廷正式敕封，也有民间俗称。明沈德符《万历野获编》补遗卷四《张天师之始》："至宋真宗，赐其裔信州龙虎山道士张正随号真静先生，立授箓院及上清观，盖其时崇奉天书，故有天师之

---

[1] （明）程敏政编，王兆鹏、黄文吉、童向飞校点《天机余锦》，辽宁教育出版社 2000 年版，第 367 页。

[2] 张仲谋《文献价值与选本价值的悖离——论陈耀文〈花草粹编〉》，《文学遗产》2012 年第 2 期。

称。胡元至元十三年（1353），始命张氏三十六代道士张宗演为辅汉天师、演道灵应冲和真人，遂真拜天师。至于今俚俗相传，犹循此称。"①第四十二代天师张正常撰《汉天师世家》，载历代天师行迹，后经第四十三代天师张宇初、第五十代天师张国祥增补，收入《万历续道藏》。自有天师之称至《鸣鹤余音》成书，在位天师自第二十四代张正随至第四十代张嗣德。其间不乏工诗能文者，如第三十代天师张继先（1092—1126），宋徽宗时多次蒙召入觐，赐号虚靖先生，封为真君。其诗文由第四十三代天师张宇初编为《三十代天师虚靖真君语录》七卷，入《道藏》正一部；第三十七代天师张与棣，"为诗文，立成数千言"②；第三十八代天师张与材（？—1316），"为诗文，可立就，书翰精奇"，"延祐二年秋，与弟子遍游岩洞，或为诗绘物，皆寓意有警，人莫能测。除日，复自赞寿像，有'东风吹雪'之句"③；第四十代天师张嗣德（？—1352），"善文好诗"④。如果《天机余锦》《花草粹编》所记有据的话，那么，作［行香子］的"张天师"，或许就是他们中间的某一位。

（三）《湖海搜奇》《稗史汇编》

王圻辑《稗史汇编》中《行香子》篇所收四词与王兆云辑《湖海搜奇》中同题之篇所收次序相同、文字接近，也不署撰人；同书另有一篇《禅家调》，与王兆云所辑另一部《说圃识余》中《禅家词》同收无词牌、无作者四词，即署明本的八首［行香子］词中的四首，顺序相同，文字几同，尤其其间的错杂之状亦同。然两处均未注出处。查《稗史汇编》卷一《引书目录》，其中确有《说圃识余》，另有王兆云其他几部书：《挥麈新谈》《漱石闲谈》《白醉琐言》《王元祯小说》，却无《湖海搜奇》，只有《湖海收奇》一种。二者互证，可知《稗史汇编》所收四首［行香子］确应出自《湖海搜奇》，所谓《湖海收奇》之"收"

---

① （明）沈德符《野获编》，《续修四库全书》第 1174 册，上海古籍出版社 2001 年版，第 793 页。

② （明）张正常等《汉天师世家》，《道藏》第 34 册，文物出版社、上海书店、天津古籍出版社 1988 年版，第 830 页。

③ （明）张正常等《汉天师世家》，《道藏》第 34 册，文物出版社、上海书店、天津古籍出版社 1988 年版，第 830—831 页。

④ （明）张正常等《汉天师世家》，《道藏》第 34 册，文物出版社、上海书店、天津古籍出版社 1988 年版，第 833 页。

系"搜"音讹。

《湖海搜奇》所收［行香子］与《金瓶梅》次序不同，又颇多异文，虽在《金瓶梅》刊刻之前，但与《金瓶梅》却并无关联。

（四）《福寿丹书》《买愁集》《传家宝》《兰皋明词汇选》《古今词话》《历代诗余》卷一百十九、《词林纪事》

在载录《金瓶梅》四首［行香子］词的各种文献中，天启四年（1624）初刊本《福寿丹书》属于最为特异的一种。二者相较，有着惊人的一致：同样无词牌、无作者，次序也一样，甚至如上文简要校勘中所述，明显的讹、夺亦完全相同；区别仅仅在于：《金瓶梅》称"词曰"，《福寿丹书》则题《自乐词》；另有两字之差（按："算"俗作"筭"，《金瓶梅》即作此形，其下"廾"形又作"大"，同形字尚有"弄""弊"等，与"美"字极近。笔者颇疑此字在原书为俗体，并不误，乃排印本校点者误识。）二者之间可谓毫发毕肖，何其相似乃尔！《金瓶梅》四首［行香子］词中的误字，与正文中的大量误字一样，大都是由底本中行草形讹所致，这是万历刊《金瓶梅词话》的"特色"。因此，这些误字原原本本地出现在《福寿丹书》中，只能说明一点，即：《福寿丹书》中的这四首词不是出自另外的一部什么书，甚至也不是来自《金瓶梅词话》抄本，而是直接抄录自《金瓶梅词话》刊本。至于《自乐词》，只是编者龚居中为本来无题的四首［行香子］自取的一个题目罢了。

与《福寿丹书》的情况类似，同样令人惊奇的还有《买愁集》。该书所收［行香子］四首题《乐隐》，注作者"无名"，不注词牌，与《金瓶梅》不同的五字，除了"热"作"爇"，在《金瓶梅》都属明显的误字。《买愁集》晚于《福寿丹书》，但我们没有理由认为《买愁集》中的这四首［行香子］出自《福寿丹书》，除二书题名不同外，最主要的原因是《福寿丹书》本质上是一部医书，钱尚濠读到并引录的机会并不多。那么，只剩下了一种可能，就是《买愁集》同《福寿丹书》一样，也直接引自《金瓶梅词话》，只是加了一个标题、拟改了几处明显的错字而已。

另外，在四首［行香子］的传播中，《买愁集》还发挥了不可替代的中介作用，从中又孳乳出了《兰皋明词汇选》和《传家宝》两个文本的［行香子］词。

清顾璟芳等编《兰皋明词汇选》顺次引录了《金瓶梅》四首［行香子］的

前三首，题《乐隐》，注作者"无名氏"，文字方面与《买愁集》、当然也与《金瓶梅》有一处醒目的差异，即第三首"说些话"作"图些画"。初看起来，《兰皋明词汇选》《买愁集》二书的相似度似乎谈不上过高。但是，当联系到《兰皋明词汇选》就在这三首［行香子］之前还选有另一首署作者"释明本"的［行香子］《乐住》时，我们方才明白，这两处［行香子］词其实都来源于《买愁集》；也才清楚，编选者是何等大胆地擅改原词：署明本［行香子］八首之六末句原作"但看青山、看绿水、看云飞"，编选者或为求与"云飞"同构，而改"青山"作"山青"、"绿水"作"水绿"；原无名氏［行香子］中的"说些话"，编选者或嫌其俚俗，而另改作"图些画"。而这句"图些画"也因此而成了辨识《兰皋明词汇选》一系的重要标志。

《传家宝》所引《金瓶梅》中的四首［行香子］出在"中峰乐住辞云"中署明本的［行香子］八首之第一、六两首之下，与《买愁集》顺序相同，文字也接近，尤其是"惜耳苍苔"之"耳"同作"尔"。两相对照，完全可以确定，《传家宝》所引来自《买愁集》。由于《买愁集》中正文无题，"中峰乐住辞云……""乐隐词云……"二段相连，《传家宝》编者石成金或本无意于有所剔择，只是搬字过纸而已，却由于疏忽，遗漏了两段之间的署明本的一词及"乐隐词云"句，致使此四词被错误地归于明本名下。至于两书的异文，则或属抄误，或属石氏臆改。

再说沈雄编《古今词话》，该书引《柳塘词话》录莺脰湖殊胜寺挂壁上的"中峰明本国师题词"［行香子］二首，即《金瓶梅》四首［行香子］之第二、一首。其间异文很多，如：第一首之"退闲一步"之"一步"，此作"是好"；第二首"忔憎儿小小池塘"之"忔憎"，此作"一方"；"但细烹茶、热烘盏、浅浇汤"，此作"但细烘茶、净洗盏、滚烧汤"。这显然已是另一个文本，而且，这是到目前为止最早明指四首［行香子］中的两首作者系明本的记载。

王奕清辑《历代诗余》卷一百十九《词话》，先是记述了一则明本与冯子振（字海粟）以《梅花》诗百首唱和的逸事，然后说："尝赋［行香子］词云……若不经意出之者，所谓一一天真、一一明妙也。"后注引自《笔记》。此后的《词林纪事》又改变体例，转抄了一次。其间所引即《金瓶梅》中［行香子］词的第二、一、三首。其中第二、一两首［行香子］词及尾句与《古今词话》完全相同，出自《古今词话》是可以肯定的。然而，《笔记》是何书？唐圭璋先生编《全金元词》将第三首［行香子］收作明本词，后加案语："《历代诗余》卷一百十九录此首外，又录［行香子］'短短横墙'一首，'阆苑瀛洲'一首，注引《笔记》，不知是何《笔记》。"①上文述及，《词苑萃编》注引作"《六研斋随笔》"。此书正名作《六研斋笔记》（含二笔、三笔），收入《四库全书》，明李日华（1565—1635）撰。可遍检全书，却并无此篇。盖冯氏亦不知《笔记》何谓，以此塞责而已。徐朔方先生已指出，所谓《笔记》乃晚明陈继儒（1558—1639）所著。②该书卷二："天目中峰禅师，赵文敏公与之为方外交，同院学士冯海粟子振甚轻之。一日，松雪强拉中峰同访海粟，海粟出《梅花》百韵诗示之。中峰一览，走笔而成，如冯之数。海粟神气顿慑。"③明本与冯子振的《梅花百咏》唱和，是元代诗坛的一段佳话。记载此事的已先有明嘉靖时姜南《蓉塘诗话》卷十七、田汝成（1503—1557）《西湖游览志余》卷十四、万历间蒋一葵《尧山堂外纪》卷七十，然从文辞字句看，《历代诗余》所记确当来自《笔记》，只是未予原文照录。第三首［行香子］既与《笔记》无干，那么它又来自何处？从那句标志性的话"图些画"可知，它实际上正是出自最初拟改此句的《兰皋明词汇选》。但在《兰皋明词汇选》，这首词本来是署"无名氏"的，何以竟变成了明本之作？可以想见，编者的思路大概是这样：《兰皋明词汇选》同收"无名氏"［行香子］三首，既然《古今词话》已指第一、二首作者是明本，那么剩下的第三首也当如是。于是，这第三首［行香子］也就"顺理成章"地被归于明本名下。合而言之，《历代诗余》卷一百十九的这则注引《笔记》一书的词话，实系缀合《笔记》《古今词话》《兰皋明词汇选》三书而成，编者这种凑砌饾饤的做法和粗疏的态度着实令人吃惊。

至此，这条在四首［行香子］词流播过程中最为复杂、最为完整也最为重要的路径也就凸显出来了，图示如下：

① 唐圭璋编《全金元词》，中华书局1979年版，第1161页。

② 徐朔方《关于〈金瓶梅〉卷首"词曰"四首》，《论金瓶梅的成书及其它》，齐鲁书社1988年版，第184页。

③ 陈继儒《笔记》，《四库全书存目丛书》子部第148册，齐鲁书社1995年版，第516页。

《金瓶梅词话》──→《福寿丹书》
　　　　　└─→《买愁集》──→《兰皋明词汇选》──┐
　　　　　　　　　　　└─→《传家宝》　　　　　　│
　　　　　　　　　　　　　　　　　　　　　　　　↓
《古今词话》（《柳塘词话》）──→《历代诗余》──→《词林纪事》

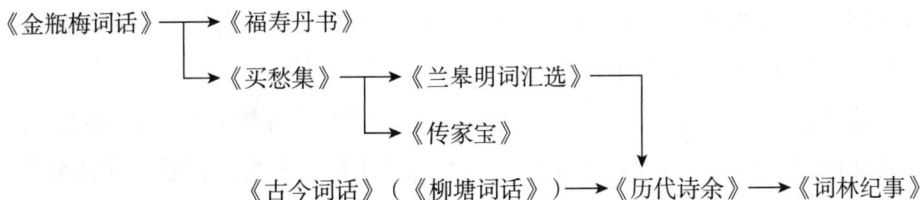

（五）《悦心集》《解人颐》

《悦心集》《解人颐》所收四首［行香子］有同有异。二书的相同之处，如：题《幽居自适》同，顺序同，第一、四首文字大同，且这是一个与其他文本区别甚大的不同文本；差异之处，如：前者署作者、词调，后者则无；前者第二、三首词文字与《历代诗余》接近，后者则更接近《湖海搜奇》。这种同异相兼的情况说明，二者之间并没有直接传承关系，却应出自一个共同的祖本。不要忘了，现存《解人颐》名《新订解人颐广集》，此前曾有过今已不存的《解人颐》初集、二集等。按常理，现存《解人颐》应保留了原本的本来面目，即只有题名《幽居自适》而无词牌、无作者。《悦心集》成书时，按体例应是借"御选"《历代诗余》补充了词牌、作者，并以其第二、三首取而代之，不过还是留下了痕迹：第三首"倚阑干临水观鱼"之"倚"，惟此二书作"俯"。二书所收署明本的八首［行香子］之第一、八两首全同，也为其同出一源提供了旁证。当然，这在无形中也使注作者明本的［行香子］词由三首又增加到了四首。

二书所收四首［行香子］的文本关系可图示如下：

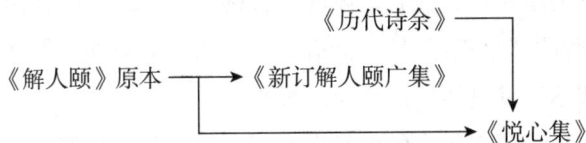

　　　　　　　　　　　　　　　　《历代诗余》──┐
《解人颐》原本──→《新订解人颐广集》　　　　　　│
　　└──────────────────→《悦心集》←┘

在以上两条传播路径中，计有五种文献注［行香子］作者为元僧明本。在此，先介绍明本其人：明本（1263—1323），以住天目山中峰而号"中峰"，又因其憩止处而称"幻住道人"，俗姓孙，钱塘（今杭州）人。少年礼佛，决志出家。至二十四岁，从天目山高峰原妙剃度。高峰圆寂后，云游山林，居无定所。晚居天目，说法慧辩，名动一时。元仁宗召聘不出，赐号"佛慈圆照广慧禅师"。卒年六十一。文宗赐谥"智觉"，顺帝时加赐"普应国师"。明本工诗能文，其诗文语录等，门人编为《天目中峰和尚广录》三十卷，另有日人所编

《天目明本禅师杂录》三卷。其书法别具一格，世称"柳叶体"。手书遗迹多留院中，不少真迹由日本留学僧携归，藏于日本。

问题是，明本《广录》《杂录》中均不载这四首[行香子]，甚至就连一首词也没有，可见明本原本即善诗而不善词。当年徐朔方先生曾就《词林纪事》所收[行香子]三首词意不类明本措辞等而对其作者"明本说"有所怀疑："这几首词究竟是不是明本的作品，还得再作查证。"①

在五种注[行香子]作者明本的载录文献中，《传家宝》原由抄误所致，上文已辨；其余四种，追根溯源，均出自沈雄编《古今词话》所引《柳塘词话》，此为"明本说"的最初源头。沈雄称在莺脰湖殊胜寺看到一幅挂壁，上有中峰明本题[行香子]二首，"后书至正年号"。这一记述大有蹊跷之处，因为明本早在元至治三年（1323）即已离世，至正（1341—1368）年号实际上已在其身后至少近二十年。对此，学界也不是没人察觉。杨宝霖先生在《词林纪事》收三首[行香子]后加按语说："《柳塘词话》谓明本题词后书至正年号。据《道园学古录》卷四十八《智觉禅师塔铭》，明本卒于至治三年八月十五日（引者按："五"，《天目中峰和尚广录》及明万历《天目山志》、明天启《西天目山志》、清嘉庆《西天目祖山志》所收虞集撰同一塔铭均作"四"），'至正'应作'至治'。'短短疏篱'（引者按："疏篱"误，应作"横墙"）及'阆苑瀛洲'词……据《柳塘词话》，可定为明本作。"②此说发现了问题，但却并没有切中要害。"治""正"二字形、音俱别，很难说属沈氏偶然手误所致。

自古以来，书画作伪或托名之风就一直盛行不衰，明清亦然。挂壁上两首[行香子]后的所谓"至正年号"，恰恰露出了伪托的破绽。作伪者应该只知道明本是元人，却不详其具体生活年代，故有此失。

无独有偶，这种死而复生的事发生在明本身上并非只有一次。清宫书画目录《钦定石渠宝笈三编》"延春阁藏三八"，著录"《元人诗翰》一册"，"纸本，十三幅"，其中："第九，半幅，纵七寸八分，横一寸六分。释明本楷书：

---

① 徐朔方《关于〈金瓶梅〉卷首"词曰"四首》，《论金瓶梅的成书及其它》，齐鲁书社 1988 年版，第 184 页。

② （清）张宗橚编，杨宝霖补正《词林纪事·词林纪事补正》，上海古籍出版社 1998 年版，第1331 页。

'乔松疏秀是谁栽，拟作明堂梁栋材。鳞甲满身多蜕化，独留清影印苍苔。至正四年春三月中峰释明本书。'钤印二：明本之印；中峰道人。"① 从后面的印章看，此册页曾经项元汴、文征明等名家鉴赏收藏。这里落款中的年代"至正四年"竟与所谓明本挂壁词的"至正年号"如出一辙，一见便知其伪。但令人困惑的是，这件所谓"释明本楷书"不仅骗过了明清收藏家的眼睛，而且在现代仍然在混淆视听，以致出现了世人不疑其伪反疑明本卒年有误的怪现象，如："又故宫博物院藏有其至正四年（1344）书《乔松疏秀七言诗轴》，如以此推之，卒年当在八十外"②；"对其卒年，《历代名人年里碑传总表》据《虞集智觉禅师塔铭》载为至治三年（1323），年六十一，然至正四年（1344）其尚作《乔松疏秀七言诗》（传世墨迹），现藏故宫博物院，故其卒年当在此后"③。直到近些年，方有专门研究明本书法的德国劳悟达（Uta Lauer）博士明指其伪："第九页传为中峰明本之作，其实并非出自他的手笔。此作纪年为 1344 年，而此时中峰明本已入寂二十一年了。它采用小楷，间杂一些行书用笔，与中峰明本笔法的相关特征毫不相干。而且唯有此处仅见题签（与他的其他已知署名也无类似之处）之后未（引者按："未"字疑误或衍）。钤'中峰明本'印和'中峰道人'印。"④ 笔者已发现，这首所谓"明本诗"的真正作者是明陈淳（1484—1544），题《画松》（"多"原作"应"）⑤。此例堪与沈雄所见挂壁明本题词例相互参证。

要之，沈雄所记所谓明本［行香子］二首属伪托无疑，原不足据信，后世不辨，辗转抄引，首数也两经增益，由二而三而四，遂致以讹传讹，贻害不浅。

综上所述，这四首［行香子］在流播过程中，由最早的不注撰人，到后来陆续有了张天师、于真人、明本三个作者。其中于真人、明本的署名或误或伪，均非；反而是看似无稽的署名"张天师"，出现既早，又与最早的载录文献《鸣鹤余音》收道流词赋的性质相合，或者四首［行香子］词的作者果出在张道陵后裔之中，倒并非没有可能。

---

① （清）英和等辑《钦定石渠宝笈三编》，《续修四库全书》第 1078 册，上海古籍出版社 2001 年版，第 517 页。

② 黄思源主编《中国书法通鉴》，河南美术出版社 1988 年版，第 626 页。

③ 吴敦木主编《中国古代书法家辞典》，浙江人民出版社 1999 年版，第 145 页。

④ 劳悟达著，毕斐等译《禅师中峰明本的书法》，中国美术学院出版社 2006 年版，第 79 页。

⑤ （明）陈淳《陈白阳集》，《四库全书存目丛书》集部第 146 册，齐鲁书社 1997 年版，第 77 页。

最后，顺便略谈一下署明本的八首［行香子］词的作者问题。

就目前所知，这八首［行香子］中的四首，最早见载于明王兆云辑《说圃识余》，题《禅家词》，无词牌，无作者；明王圻辑《稗史汇编》转录，改题《禅家调》（或"调"系"词"之讹）。至清初，钱尚濠辑《买愁集》又收了三首（其中一首重），无词牌，题《乐住》，署"中峰"。这是首次出现作者署名明本，其后《兰皋明词汇选》《传家宝》《悦心集》《解人颐》引一、二首不等，实际均由此书选录。行冈编《春花集》具体成书年代不详，一下子收录了署作者明本的无题［行香子］八首，出处不明，显得颇为突兀。明本晚居天目，然这八首［行香子］不仅《广录》《杂录》不载，也不见于明万历间徐嘉泰辑《天目山志》、明天启间张之采辑《西天目山志》，晚至清嘉庆九年（1804）刊《西天目祖山志》卷五方收入，无词牌，题《中峰隐乐辞》，且有异文（一、翼/罢；二、断/对；五、捧/棒；对/断；六、处/虑；八；若/苦）[1]。不过，大致在顺、康间，这八首［行香子］为明本所作在佛教界似乎已是比较普遍的认识，间见僧人和作。而这些僧人只知其题而不知其调，故称"歌词"或"歌"，以半片为单位，八首一分为二变成了十六首，次序也与《春花集》不同。如：撄宁智静禅师作《和中峰国师乐隐辞（十六首）》[2]，鹤峰济悟禅师作《和中峰国师乐隐词十六首》[3]，如按其和韵与《春花集》所收［行香子］对应，顺序均为：五/六/七/八/一上二上/一下二下/三/四；憨璞性聪禅师作《和中峰乐隐词》[4]，顺序更乱，为：五/六上一上/一下二上/二下六下/三上七上/七下八上/八下三下/四。并且，此八词题《乐隐》或《隐乐》已不同于初见时的《乐住》，而与另外四首［行香子］之题混淆在了一起。凡此种种，说明这八首［行香子］当时在释门应有不同文本在流传。与那四首［行香子］不同的是，这八首词中

----

① 广宾纂辑，际界增订《西天目祖山志》，沈云龙主编《中国名山胜迹志丛刊》（第 2 辑），文海出版社，出版年代不详，第 376 页。

② 智静《撄宁静禅师语录》，蓝吉富主编《禅宗全书》第 60 册，文殊文化有限公司 1989 年版，第 559—560 页。

③ 济悟《鹤峰禅师语录》，蓝吉富主编《禅宗全书》第 77 册，文殊文化有限公司 1990 年版，第 67—68 页。

④ 性聪《明觉聪禅师语录》，蓝吉富主编《禅宗全书》第 63 册，文殊文化有限公司 1990 年版，第 353—354 页。

的四首在明代一出现即被称作"禅家词"，作者是佛门中人而非道流，应是大致可信的。但是，这八首［行香子］既未见于元代文献，又原不署作者，直到明本逝后三百多年之久的清初才署作者明本，世代远隔，不知依据何在，令人难以遽信，只能存疑。

三、新证：现存《新刻金瓶梅词话》系初刻本

《新刻金瓶梅词话》于三十年代重新出现在世人的视野之中，有关此书的版本、年代问题随之也摆在了人们面前：这个本子究竟是初刻本还是重刻本？刊刻于何时？

当时的许多学者大都以为此本并非初刻本，而是重刻本。如郑振铎先生认为："这是万历末的北方刻本，白绵纸印……当是今知的最早的一部《金瓶梅》。沈德符所见的'吴中悬之国门'的一本，惜今已绝不可得见。"① 吴晗先生的说法则比较随意："但万历丁巳本并不是《金瓶梅》第一次的刻本，在这刻本以前，已经有过几个苏州或杭州的刻本行世。"② 之所以如此，应该是受鲁迅先生的影响所致。鲁迅先生在1924年由北京大学新潮社首版的《中国小说史略》中指出："万历庚戌（1610），吴中始有刻本。"③ 注引《野获编》。

明沈德符（1578—1642）《野获编》卷二十五记载了《金瓶梅》的抄本流传和刊本问世：

> 袁中郎《觞政》以《金瓶梅》配《水浒传》为外典，予恨未得见。丙午，遇中郎京邸……又三年，小修上公车，已携有其书，因与借抄挈归。吴友冯犹龙见之惊喜，怂恿书坊以重价购刻；马仲良时榷吴关，亦劝予应梓人之求，可以疗饥。予曰："此等书必遂有人板行，但一刻则家传户到，坏人心术，他日阎罗究诘始祸，何辞置对？吾岂以刀锥博泥犁哉！"仲良大以为然，遂固箧之。未几时，而吴中悬之国门矣。④

鲁迅先生所谓"万历庚戌初刻本"显然是由其中的三个时间"丙午"（万

① 郭源新（郑振铎）《谈〈金瓶梅词话〉》，《文学》创刊号，1933年7月版。
② 吴晗《〈金瓶梅〉的著作时代及其社会背景》，《文学季刊》创刊号，1934年1月版。
③ 鲁迅《中国小说史略》，《鲁迅全集》第9卷，人民文学出版社1981年版，第179页。
④ （明）沈德符《野获编》，《续修四库全书》第1174册，上海古籍出版社2001年版，第596页。

历三十四年,1606),"又三年","未几时"相叠加而推算出来的。如此,有"万历丁巳季冬"东吴弄珠客序的《新刻金瓶梅词话》当然也就只能是重刻本了。后经魏子云、马泰来等先生考证,马之骏(仲良)"榷吴关"时在万历四十一年(1613),《金瓶梅》刻本的问世无疑在此之后。又,《野获编》分正、续二编,其《续编小引》末署"万历四十七年己未岁新秋",沈氏这段话最晚写于万历四十七年(1619)七月前。由此可知,《金瓶梅》初刻本必出在万历四十一年至四十七年七月间,"庚戌初刻本"纯出误解,根本就不存在。

所谓"庚戌初刻本"既已被否定,那么现存万历四十五年(1617)东吴弄珠客序刻本《新刻金瓶梅词话》就应该是其初刻本了吧?且慢,事情远没有如此简单。进入八十年代以来,关于这个本子的版次、年代问题的争论反倒越来越激烈、越来越复杂了,而这场争论主要是围绕着一则记录《金瓶梅》刊本的新资料的披露和解读展开的。

1983年,王重民(1903—1975)先生《中国善本书提要》出版,其中有"《新刻金瓶梅词话》一百回"条,披露了明薛冈(1561—1641)《天爵堂笔余》卷二的一则新资料:

> 往在都门,友人关西文吉士以抄本不全《金瓶梅》见示,余略览数回,谓吉士曰:此虽有为之作,天地间岂容有此一种秽书!当急投秦火。后二十年,友人包岩叟以刻本全书寄敝斋,予得尽览。初颇鄙嫉,及见荒淫之人皆不得其死,而独吴月娘以善终,颇得劝惩之法。但西门庆当受显戮,不应使之病死。简端序语有云:读《金瓶梅》而生怜闵(悯)心者,菩萨也;生畏惧心者,君子也;生欢喜心者,小人也;生效法心者,禽兽耳。序隐姓名,不知何人所作,盖确论也。

这则笔记的写作时间尚难以确定,约在天启年间或崇祯初年。王先生显然已注意到了薛冈所云"简端序语"即出自东吴弄珠客序,故谓:"薛冈所见,殆即此刻本。"[1] 美籍学者马泰来先生作了较为深入的考证:"关西文吉士"是"万历二十九年(1601)举进士的三水文在兹","文在兹在北京的日子并不长久,大抵在万历三十一年(1603)离京返三水","二十年或是约数","《金

---

[1] 王重民《中国善本书提要》,上海古籍出版社1983年版,第402页。

瓶梅词话》是《金瓶梅》的最早刊本"。①刘辉先生不同意现存《新刻金瓶梅词话》即初刻本之说，认为：薛冈只引东吴弄珠客序，而不及欣欣子序、廿公跋，"亦可证薛冈所见《金瓶梅》最早刻本，没有欣欣子序，或者也没有廿公跋"，"现存《新刻金瓶梅词话》，是词话本的第二个刻本，它的特点是：翻刻万历四十五年（1617）原刻本，并另加欣欣子序和廿公跋"，刊刻时间在"万历四十七年（1619）以后"②其后，又有学者甚至提出：现存《新刻金瓶梅词话》是三刻本，"初刻书名《金瓶梅》，无序文，刊刻时间为万历四十三年（1615）；二刻书名《金瓶梅传》，三篇序文俱全，刊刻时间是万历四十七年（1619）。《新刻金瓶梅词话》为《金瓶梅传》的翻印本即三刻……翻印时间是万历四十八年之后"③。

此外，另有主张《金瓶梅词话》"后出说"。通常认为，《新刻金瓶梅词话》是现存最早的《金瓶梅》刊本，崇祯本乃由此本删改而来的后代子本，这是此前学界的共识。而香港的梅节先生则在校勘《金瓶梅》的过程中，首次提出了一个具有颠覆性的新说：《金瓶梅》"在辗转传抄过程中，开始出现两种本子，一为十卷本，一为二十卷本。二十卷本曾有人加以编纂，删削词曲，略去细节，改写了楔子、回目和回前诗，以《金瓶梅》为书名刊行，有东吴弄珠客序和廿公跋。现存之《新镌绣像批评金瓶梅》，可能是这个二十卷本的第二代刻本。二十卷本面世后风行一时，书林人士见有利可图，乃梓行十卷本《金瓶梅词话》。为了招来（徕？）读者，除录入二十卷本之弄珠客序、廿公跋外，另撰欣欣子序作为公关手段。十卷本《新刻金瓶梅词话》虽更接近评话底本，它的刊行却在二十卷本《金瓶梅》之后。"④之后，梅先生进一步补充材料，继续论证说散本刊行先于词话本之说：沈德符和薛冈看到的《金瓶梅》的最早刻本是"'简端'有弄珠客序的文人本即廿卷本，时间在万历四十七、八年……文人本大行，书林人士对金瓶梅的别本——艺人本开始重

① 马泰来《有关〈金瓶梅〉早期传播的一条资料》，《光明日报》1984 年 8 月 14 日。

② 刘辉《现存〈金瓶梅词话〉是〈金瓶梅〉的最早刊本吗？——与马泰来先生商榷》，《光明日报》1985 年 11 月 5 日。

③ 许建平《〈新刻金瓶梅词话〉是初刻抑或三刻》，《枣庄师专学报》2000 年第 1 期。

④ 梅节《全校本〈金瓶梅词话〉前言》，《吉林大学社会科学学报》1988 年第 1 期。

视。但他们得到的是一个讹误特甚，别字连篇的俗抄本。书商原拟整理，并据文人本做过部分校改。但工程浩大，又要忙着上市，便匆匆缮写上板。为广招徕，录入已刊行的文人本《弄珠客序》和《廿公跋》①（按："艺人本""文人本"是梅先生基于《金瓶梅》原系评话的认识，为规避学界习用的"万历本""崇祯本"中年号的先后顺序与其观点的明显冲突而另用的新说法）；"《金瓶梅词话》书名不见于万历、天启两朝文献"，"若说万历末初刻的就是《新刻金瓶梅词话》，这是没有可能的"，"万历末天启初刊刻的应是这个有弄珠客序、廿公跋的第一代的文人改编本，亦即崇祯本的母本"，词话本和说散本"它们是兄弟关系或叔侄关系，并不是父子关系"②。梅说受到了王汝梅、黄霖等先生的驳议，但却得到了叶桂桐先生的积极响应，并续有发挥、延伸。叶先生先就《金瓶梅》《续金瓶梅》的关系推测，"丁耀亢读过的并据以写《续金瓶梅》的是初刊本《金瓶梅词话》，那上边只有东吴弄珠客的序"，而无欣欣子序、四首［行香子］、四贪词③，其后相继提出：廿公跋写于崇祯末年（约崇祯十四年至十六年），其作者为杭州书商鲁重民或其友人④；"《新刻金瓶梅词话》当刻于清顺治年间或康熙初年"⑤；最新的观点是：《新刻金瓶梅词话》新刻的用意是反清，欣欣子序亦鲁重民所为⑥。

综观各种《新刻金瓶梅词话》"重刻说"及"后出说"，都有太多想当然的推测之词，难脱以想象填补空白之弊，却恰恰在最基本的问题上偏离了事实——东吴弄珠客序的署作时间"万历丁巳季冬"。这些具体观点尽有不同，但其思路却是一致的：对于《新刻金瓶梅词话》卷前的序、跋、词，以其未记，即断其必无。实际上，这种推论是根本靠不住的。从认识论上讲，人对对象的

① 梅节《〈金瓶梅〉词话本与说散本关系考校》，吉林大学中国文化研究所编：《金瓶梅艺术世界》，吉林大学出版社 1991 年版，第 94—95 页。

② 梅挺秀《〈新刻金瓶梅词话〉后出考》，《燕京学报》新 15 期，北京大学出版社 2003 年版。

③ 叶桂桐《从〈续金瓶梅〉看〈金瓶梅〉的版本及作者》，《吉林大学社会科学学报》1989 年第 2 期。

④ 叶桂桐《论〈金瓶梅〉"廿公跋"的作者当为鲁重民或其友人》，《烟台师范学院学报》1999 年第 4 期。

⑤ 叶桂桐《中国文学史上的大骗局、大闹剧、大悲剧——〈金瓶梅〉版本作者研究质疑》，《烟台师范学院学报》2002 年第 1 期。

⑥ 叶桂桐《〈金瓶梅〉"欣欣子序"系杭州书商鲁重民所作》，《明清小说研究》2016 年第 1 期。

反映要受到个人经验、兴趣、情感等因素的影响，是有选择性和片面性的。即便对同一个对象，不同的人反映的角度、深度等也会有所不同，表现为个体反映的差异性。即如目前所知仅有的两位明确记载《金瓶梅》初刊本的沈德符、薛冈，沈氏关注的是第五十三至五十七回"赝作"，而薛氏关注的则是东吴弄珠客序。我们当然不能因二人所记不同而相互否定，同理，也不能因二人未记而否认其他序、跋、词的可能存在。

笔者一直认为，现存的万历丁巳东吴弄珠客序刊本《新刻金瓶梅词话》就是《金瓶梅》的初刻本，并曾分别从第五十三至五十七回"赝作"、明代帝讳角度进行过论证。① 对于各种词话本"重刻说"及"后出说"，笔者虽不敢苟同，然原本无暇亦无意一一辩驳，不意却在追踪《金瓶梅词话》卷首四首［行香子］词的过程中，发现了明末、清初的两种书曾引及这四首词，从而为判定现存《新刻金瓶梅词话》即初刻本增添了新的证据。

正如上节所分析的那样，在［行香子］四首的传播路径中，龚居中辑《福寿丹书》初刊本中的《自乐词》、钱尚濠辑《买愁集》中的《乐隐词》均抄自万历本《金瓶梅词话》，而非无此四词的崇祯本《金瓶梅》。《买愁集》成于清顺治间，年代稍晚，可置不论；而《福寿丹书》初刊于明天启四年，对于《金瓶梅词话》版本研究却有着举足轻重的意义。

首先，梅节先生提出的词话本"后出说"不能成立。龚居中看到并据以抄录进《福寿丹书》初刊本的四首［行香子］词出自《金瓶梅词话》刊本，而《福寿丹书》敖祜（伯受）序署作时间"天启甲子仲夏上浣"，即天启四年（1624）五月上旬。这也就意味着，《金瓶梅词话》刊本——且不论是初刻本，抑或是重刻本——早在此前即已刊刻行世。这一事实的揭示，对于梅先生的词话本"后出说"而言，无异于釜底抽薪。它确凿地证明，刊刻于万历末的《金瓶梅》是词话本，而不是梅先生想象中的所谓"第一代的文人改编本"或"崇祯本的

---

① 杨国玉《〈金瓶梅〉第五十三——五十七回"赝作"勘疑——从语词运用的个性、地域特点看〈金瓶梅〉的"赝作"公案》，《〈金瓶梅〉与清河》（第七届国际《金瓶梅》学术讨论会论文集），吉林大学出版社 2010 年版；《明代帝讳与〈新刻金瓶梅词话〉刊本的讳字问题——从帝讳角度对现存"万历本"刊刻版次及年代的梯次考证》，《2012 台湾金瓶梅国际学术研讨会论文集》，［台湾］里仁书局 2013 年版。

母本"。同时也说明，沈德符、薛冈看到的《金瓶梅》刊本都是《金瓶梅词话》，至于所记无"词话"二字，仅是用简称而已。所以，从时间上讲，万历本在前，崇祯本在后，二者的次序是确定无疑的。

其次，现存《新刻金瓶梅词话》应为初刻本。《新刻金瓶梅词话》东吴弄珠客序署"万历丁巳季冬"，即万历四十五年（1617）十二月，这是该书刊刻年代的重要信息，如无实在证据，是不能否定的。按惯例，《金瓶梅词话》的刊刻应在此之后。《金瓶梅词话》是一部洋洋近百万言的大书，从转抄、上版、雕刻、印刷、装订到上市，至少也得一年半载的时间。这和沈德符、薛冈所记见到《金瓶梅词话》刊本的时间是大致契合的。也就是说，沈德符、薛冈所见应即《金瓶梅词话》的最早刊本，据沈德符所述，其刊刻地在"吴中"（指苏州）。再从《福寿丹书》的编者龚居中这方面看，他本贯江西，却曾长期流寓于江浙一带。崇祯本桂绍龙序称其"时托迹漫游于秣陵、维扬间，与诸名公相订正，动以岁月计"；周懋文《读脏腑纪事》也说："应圆凤游金陵，往来建阳书林，声名藉藉，达官贵人多下榻投辖，奚囊甚富，难以更仆"。《福寿丹书》天启四年（1624）初刊本，卷一至卷五署"金陵书林周如泉刊"，卷六署"金陵书林唐贞予、周如泉刊"，可见即刊于南京。他有缘看到或得到《金瓶梅词话》，应该就是在客游江浙之时，虽然具体时间难以确考，但按常理，应从敦祜序作时间天启四年五月上旬至少上推二、三年，这与《金瓶梅词话》的最早刊本的面世时间已非常逼近。这也就是说，龚居中据以抄录四首［行香子］词的《金瓶梅词话》刊本与沈德符、薛冈所记的《金瓶梅词话》的最早刊本实际上应是同一种书，即现存《新刻金瓶梅词话》。同时，目前所知《新刻金瓶梅词话》存世只有原北京图书馆藏本（现存于台湾故宫博物院）、日本日光山轮王寺慈眼堂藏本、日本德山毛利就举氏栖息堂藏本（第五回末叶异版，当为补版后印本）三部，另有日本京都大学藏残本一部，均系同版，没有任何迹象显示这个本子曾经刊刻过第二次。因此，现存《新刻金瓶梅词话》不仅是《金瓶梅》的初刻本，也应是惟一刊本。

［作者简介］杨国玉，河北工程大学文法学院副教授。

《金瓶梅词话》是正本

张传生

内容提要 《金瓶梅》的版本较多，且复杂，有刊刻本、家藏本、传抄本、修改本等。《金瓶梅》是中国甚至世界上第一部白话市井平民小说，诞生在万历二十二年（1595）甲午年，是丁惟宁撰著的，第一位序言撰著者欣欣子，是益都鸿儒，工部尚书钟羽正；第二位序言撰著者东吴弄珠客是董其昌；跋文的撰著者，"廿公"是丁惟宁的第五个儿子丁耀亢。《金瓶梅词话》是母本、主本、正本、家藏本。

关键词 《金瓶梅词话》 正本 最早面世本 序文作者 跋文作者

《金瓶梅》在我国小说史上是一部里程碑式的作品，它的诞生标志着我国古典长篇小说艺术发展到一个新的阶段。

《金瓶梅》是一部人物辐辏，场景开阔，布局繁杂的巨幅写实、腕底春秋，展示明代中晚期社会的横断面。它不像古代及同时的《水浒传》《三国演义》《西游记》那样以历史人物，传奇英雄或神鬼为表现对象，而是以方言艺术为特色，带有浓厚市井平民色彩，同传统官僚地主有区别的恶霸豪绅西门庆一家六年间兴衰荣枯的罪恶史为主轴，借宋之名写明代为实，直斥时事，真实地揭露了明代中后期，上层社会的黑暗，腐朽。以巨大的艺术力量，塑造了数百个人物艺术形象，生动、真实地描摹了封建主义末期，资本主义萌芽时代社会的市井生活，那些色彩斑斓、丰富炫目，又清晰、鲜活的众多人物面貌和灵魂，栩栩如生地再现在人们眼前，展示了包罗市民阶层生活各个重要方面的艺术天地，显示出百科全书式的知识。

一、《金瓶梅》的版本

《金瓶梅》的版本较多、且复杂，有家藏本、刊刻本、传抄本、社会人员修改本、无聊文人增删本等。

传抄本

第一，传抄本。自明代万历二十二年（1595），《金瓶梅词话》面世以来，至明代万历四十七年（1619）在吴中苏州刊刻《新刻金瓶梅词话》的二十五年间，社会上已有各种抄本在不同地区，不同的人群间流传。

第二，文献记载。明代中晚期拥有抄本《金瓶梅》的有：徐阶、王世贞，刘承禧、王肯堂、王稚登，董其昌，袁宏道、袁中道，丘志充、谢肇淛、沈德符、文在兹等人。

第三，文献记载的拥有传抄本《金瓶梅》的十二人手中的传抄本都未能传世。唯有《金瓶梅词话》家藏本传世，刊刻。

第四，手抄本《金瓶梅》有三个来源。

一、第一个来源是董其昌。万历二十三年（1596）"东武西社"成立（有杨津诗"东武西社"八友歌为证）。因董其昌与作者丁惟宁是好朋友，又是一起参加"东武西社"，是诗社八友。当时时间仓促，只抄写《金瓶梅词话》前一部分（有袁宏道给董其昌的信《与董思白》为证）。后有袁宏道在东吴之地传开。

二、第二个来源是王稚登。在"柱史丁公祠"中堂匾额，题写"羲皇上人"四个大隶书字的人，落款王稚登，他是丁惟宁的老朋友，"羲皇上人"匾额是万历三十九年（1611）题写的。王稚登于万历四十年（1612）去世。与丁惟宁是同期进士，苏州人，明代文学家。

三、第三个来源是丘志充。丘志充是丁惟宁的学生，姻亲表侄。字介子，又字六区。万历三十一年（1603）进士，任山西布政使，据《诸城名人》丛书记载。丘志充生前，其家藏有《金瓶梅》及其续书《玉娇李》的早期抄本。

第五，从董其昌手中传出的《金瓶梅》抄本。

一、第一个见到、并抄写了《金瓶梅》前半部分的是袁宏道，当时他在江苏吴县任知县，与董其昌是好朋友，他于万历二十四年（1596）读完《金瓶梅》前半部分写信给董其昌的《与董思白》："《金瓶梅》从何得来？伏枕略观，云霞满纸，胜于枚生《七发》多矣。后段在何处？抄竟当于何处倒换？幸一的示。"
（《袁中郎集》卷一《尺牍》）

二、第二个持有《金瓶梅》的人是谢肇淛。谢肇淛手中的《金瓶梅》是从两个人手中抄得的，前一部分是从袁宏道手中抄取得，后半部分是从丘志充手中抄来的。袁宏道《与谢在杭》："仁兄近况何似？《金瓶梅》料已成诵，何久不见还也？"袁宏道催谢肇淛还他《金瓶梅》。

三、谢肇淛《金瓶梅跋》："余于袁中郎（宏道）得其十三，于丘诸城（志充）得其十五，稍为厘正，而阙所未备，以俟他日。"

四、第三个持《金瓶梅》的人徐阶，第四个持《金瓶梅》的刘承禧，第五个持《金瓶梅》的袁中道，第六个持有《金瓶梅》的沈德符，其手抄本皆来自袁宏道、丘志充之手。有沈德符《万历野获编》一文作证。

第六，从王稚登手中传出的《金瓶梅》手抄本。

一、王稚登（1535—1612），明文学家，字百谷，苏州人。王稚登是丁惟宁的好朋友，比丁惟宁大七岁。比丁惟宁晚去世一年。在世七十七岁。丁惟宁在世六十九岁。屠本畯《山林经济籍》云："复从王征君百谷家又见抄本两帙，恨不得睹其全。"说明王稚登有全本《金瓶梅》抄本。屠本畯手中的《金瓶梅》抄本有两帙是从王稚登处抄得的。

二、王宇泰（1549—1613），名王肯堂，江苏金坛人，早年习读文史，律学，兼精医学，曾任福建参政。屠本畯《山林经济籍》云："往年予过金坛，王太史宇泰出此，云以重资购抄本两帙。"屠本畯路过金坛见王肯堂有手抄本《金瓶梅》并以"重资购抄本两帙"。说明屠本畯比较晚看到《金瓶梅》。

三、王世贞（1526—1589），明文学家，字元美，号凤洲，弇州山人，太仓人，嘉靖进士，官至南京刑部尚书。屠本畯《山林经济籍》云："王大司寇凤洲家藏全书。"谢肇淛《金瓶梅跋》："此书向无镂版，钞写流传，参差散失，唯弇洲家藏者最为完好。"

四、丘志充有一部手抄《金瓶梅》，有谢肇淛《金瓶梅跋》为证。另外《诸城县志》《诸城名人传》丛书，都有详尽的记载。

五、有文字记载明末文人具有手抄本《金瓶梅》的，有十位手抄本是有来源，有出处的，其中：董其昌、袁中道、袁宏道、谢肇淛、沈德符、王稚登、王肯堂，刘承禧、徐文贞、丘志充。

六、文徵明手抄不全本《金瓶梅》，不知从何而来。薛冈《天爵堂笔余》："往在都门，友人关西文吉士以抄本不全《金瓶梅》见示。余略览数回。"薛冈在都门见过文吉士不全《金瓶梅》，但没说此本的来源。

七、据记载，王弇洲手持全本手抄本《金瓶梅》有谢肇淛《金瓶梅跋》、屠本畯《山林经济籍》为证。但是，"今已失散"。看完这两篇典籍后有两点疑问：一是，既然王世贞有全本手抄本《金瓶梅》如此珍贵的书，难道保存了十多年就轻易"失散"了吗？二是王世贞晚年曾在山东青州为官三年，但是，三年时间掌握不了山东各地那么多方言。应当排除《金瓶梅》作者王世贞说。三是王世贞去世于万历十七年（1589），《金瓶梅》是万历二十二年（1595）诞生，王世贞死后六年后才有《金瓶梅》诞生。四是有人说，王世贞为了毒死严世藩而写《金瓶梅》所谓"复仇说"，据考证：严世藩卒于嘉靖四十四年乙丑（1565），其父严嵩卒于隆庆元年丁卯（1567）严世藩死后三十年，严嵩死后二十八年，《金瓶梅》才面世。所以"复仇说"是讹传。

刊刻本

人民文学出版社 2000 年 10 月出版发行的《金瓶梅词话》本，在《前言》中，说道："《金瓶梅》的版本也很复杂。""在这部小说刊本问世之前，社会上已有各种抄本在不同地区流传。"

第一，"据文献记载，当时拥有抄本的有徐阶、王世贞、刘承禧、王肯堂、王稚登、董其昌，袁宏道、袁中道，丘志充、谢肇淛，沈德符，文在兹等人。这些抄本都未能传世。"从地方文史资料的考证看，以上十二人的手抄本《金瓶梅》主要来自董其昌、丘志充、王稚登，董其昌、王稚登是丁惟宁的好朋友。董其昌是"东武西社"成员丁惟宁的会友、诗友。王稚登为丁惟宁祠堂"柱史丁公祠"中堂题"羲皇上人"匾额，并写诗赞扬丁惟宁。丘志充是丁惟宁的学生、姻亲表侄。以上十二人的手抄《金瓶梅》皆出自董其昌、丘志充、王稚登收藏的手抄本《金瓶梅》，而董其昌、丘志充、王稚登的手抄本《金瓶梅》来自丁惟宁的家藏本《金瓶梅词话》。

第二，"现存最早的刊本《新刻金瓶梅词话》一百回"，系刊刻之印本。其正文前顺序列欣欣子《金瓶梅词话序》、廿公《跋》和东吴弄珠客《金瓶梅序》。东吴弄珠客序署"万历丁巳冬、东吴弄珠客漫书于金阊道中"。

第三，崇祯年间（1628—1644）《新刻绣像批评金瓶梅》面世。全书共一百回，有图一百零一幅，首东吴弄珠客序。此本较《新刻金瓶梅词话》，从回目到内容，均作了大量删削，增饰和修改。如删去了原书约三分之二的词曲韵文，砍去一些枝蔓，对原书明显的破绽之处作了修补，加工了一些文字。在此，非常肯定的说，崇祯本《新刻绣像批评金瓶梅》是来自万历四十七年（1619）《新刻金瓶梅词话》，《新刻绣像批评金瓶梅》是母本。但是，这两部刊刻本有很多区别，后来的《新刻绣像批评金瓶梅》从形式，到内容，从装帧到画作，从词曲韵文到字里行间都有改删之处。

第四，另外结构上也作了调整，如《新刻金瓶梅词话》第一回是"景阳冈武松打虎"，《新刻金瓶梅词话》则改为"西门庆热结十兄弟"。此本传世有数种，在社会上比较普及。

第五，另外还有一部清初同行本，即《皋鹤堂批评第一奇书金瓶梅》一百回，也就是彭城张竹坡评本。本书初刻于康熙乙亥年（1695），

一、首有序，署"康熙岁次乙亥清明中浣，秦中觉天者谢颐题于皋鹤堂"。

二、正文前有《竹坡闲话》《金瓶梅寓意说》《苦孝说》《批评第一奇书金瓶梅读法》《冷热金针》等总评文字。

三、正文内有眉批、旁批、行内夹批，每回前又有回评，均出自张竹坡之手。

四、继李渔、张竹坡之后，《金瓶梅》的第三个重要的评点者是文龙。他对该书的评点始于清光绪五年（1879），光绪六年（1880）作补评，光绪八年（1882）再评，有回评，眉评、旁批约六万言。其回评极富特色，对全书的思想、艺术有较深入的分析。

第六，自清代中期，乾隆以后出现了各种低劣的《金瓶梅》印本，且大都标榜"古本""真本"，然而均系据《第一奇书》本大删大改之版本，几乎完全失去《金瓶梅》原貌，可称为伪本，这些版本的出现，混淆了《金瓶梅词话》是家藏本，母本、正本的视线。

二、《金瓶梅》是一部什么样的文学著作

《金瓶梅》是中国甚至世界上第一部白话市井平民小说。郑振铎在《中国文学史》第六十章"长篇小说的进展"中写道："《金瓶梅》版本甚多，以万

历版《金瓶梅词话》为最好。今有北平古佚小说刊行会影印本。惜仅印百部，且为非卖品。卿云书局的《古本金瓶梅》即从民国五年存宝斋的《真本金瓶梅》翻印的，秽亵的地方已都除去，最易得？"的出现，可谓中国小说的发展极峰。在文学的成就上说来，《金瓶梅》实较《水浒传》《西游记》《封神传》尤为伟大，《西游》《封神》只是中世纪的遗物，结构事实，全是中世纪的，不过思想及描写为新颖些而已。《水浒传》也不是严格的近代作品；其中的英雄们也多半不是近代式（简直可以说是超人式的）。只有《金瓶梅》却彻头彻尾是一部近代期的产品。不论其思想，其事实，以及描写方法全部是近代的。在始终未尽超脱古旧的中世纪传奇式的许多小说中，《金瓶梅》实是一部诡异的伟大的写实小说。她不是一部传奇，实是一部名不愧实的最合于现实意义的小说，她不写神与魔的争斗，不写英雄的历险，也不写武士的出身，像《西游记》《水浒传》《封神》诸作。她写的乃是在宋、元话本中昙花一现的真实民间社会日常故事。

第一，欣欣子所写《金瓶梅词话序》中说道：

"吾友笑笑生为此，爰罄平日所蕴者，著所传，凡一百回，其中语句新奇，脍炙人口，无非明人伦，戒淫奔，分淑慝，化善恶，知盛衰消长之机，取报应轮回之事，如此目前，始终如脉络贯通，如万系迎风而不乱也，使观者庶几可以一哂而忘忧也。"

第二，东吴弄珠客写道：

"袁石公（袁宏道）极称之，亦自寄其牢骚耳，非有取于《金瓶梅》也。然作者亦自有意，盖为世戒，非为世劝也。

读《金瓶梅》而生怜悯心者，菩萨也；生畏惧心者，君子也；生欢喜心者，小人也；生效法心者，乃禽兽耳。"

第三，丁惟宁的第五位儿子丁耀亢，在苏州刊刻《金瓶梅词话》时，以"廿公"的笔名，写了一篇《金瓶梅跋》说道：

"《金瓶梅传》，为世庙时（明世宗朱厚熜的庙号）明世宗（1522—1566在位，年号为嘉靖）—钜公（钜公，指丁惟宁的父亲、丁耀亢的爷爷丁纯，因他在河北省钜鹿县任过训导，当地人尊称他为钜公）寓言。盖有所刺也。然曲尽人间丑态，其亦先师不删郑卫之旨乎？中间处处埋伏因果，作者亦大慈悲矣。今后流行此书。功德无量矣。不知者竟目为淫书，不惟不知作者之旨，併亦冤却流行者之心矣。特为白之。"

第四，董其昌的好友袁宏道在给《与董思白》书中写道：

"《金瓶梅》从何得来？伏枕略观，云霞满纸，胜于枚生《七发》多矣。后段在何处，抄竟当于何处倒换？幸一的示。"

这是袁宏道于万历二十四年，在《金瓶梅》问世第三年，丙申（1596）在江苏吴县写给书画家、文学家董其昌（思白）的信。《金瓶梅》在明代社会上流传抄的记录第一次见于此书信。说明董其昌手抄本《金瓶梅》只有前半部，袁宏道是最早评价《金瓶梅》的人之一。这时袁宏道还没看到全本《金瓶梅》。

第五，谢肇淛《金瓶梅跋》写道：

"书凡数百万言，为卷二十，始末不过数年事耳。其中朝野之政务，官私之晋接，闺闼之媟语，市里之猥谈，与夫势交利合之态，心输背笑之局。桑中濮上之期，尊罍枕席之语，驵马会之机械意智，粉黛之自媚争妍，狎客之从谀逢迎，奴怡之稽唇淬语，穷极境象，马戒意快心。譬之范工抟泥，妍媸老少，人鬼万殊，不徒肖其貌，且并其神传之。信稗官之上乘，炉锤之妙手也。"

第六，袁中道在《游居杮录》中记道：

"往晤董太史思白，共说小说之佳者。思白曰：'近有一小说，名《金瓶梅》，极佳。'"

董太史思白，即董其昌，他是《金瓶梅》作者丁惟宁的好朋友，在万历二十三年（1596）"东武西社"成立时，他来参加西社成立，手抄《金瓶梅》前半部分，袁宏道看完这半部《金瓶梅》后，写信问董其昌，下半部分在那里。袁宏道只看到半部《金瓶梅》。董其昌知道《金瓶梅》的作者是丁惟宁，但是他守口如瓶，从未告诉任何人。因而，他的好友袁宏道、袁中道压根儿就没弄明白《金瓶梅》作者为何人。

第七，鲁迅在《中国小说史略》中写道：

"诸'世情书'中《金瓶梅》最有名，初惟抄本流传，袁宏道见数卷，即以配《水浒传》为'外典'（《觞政》），故声誉顿盛，世又益以《西游记》称三大奇书。万历庚戌（1610），吴中有刻本，计一百回，其五十三至五十七回原阙，刻时所补也（见《野获编》二十五）。

作者之于事情，盖诚极洞达，凡所形容，或条畅，或曲折，或刻露而尽相，或幽伏而含讥，或一时写两面，使之相形，变幻之情，隋在显见……"

第八，吴晗《论明史》指出：

"《金瓶梅》是一部现实主义作品，所集中描写的是作者所处时代的市井社会的奢靡淫荡的生活，它的细致生动的白描技术和汪洋恣肆的气势，在未有刻本以前，即已为当时的文人学士所叹赏惊诧。但因为作者敢对于性生活作无忌惮的大胆的叙述，便使社会上一般假道学先生感觉到逼协而予以摈斥，甚至怕把它刻板行世会有堕落地狱的危险，但终之不能不佩服它的艺术的成就。另一方面一般神经过敏的人又自作聪明地替它解脱，以为这书是'别有寄托'，替它捏造一串可歌可泣悲壮凄烈的故事。"

第九，郑振铎《中国文学史》写道：

"在文学的成就上说来，《金瓶梅》实较《水浒传》《西游记》《封神传》尤为伟大，《西游》《封神》只是中世纪的遗物，结构事实，全是中世纪的，不过思想及描写为新颖些而已。《水浒传》也不是严格的近代作品；其中的英雄们也多半不是近代式（简直可以说是超人式的）。只有《金瓶梅》却彻头彻尾是一部近代期的产品。不论其思想，其事实，以及描写方法全部是近代的。在始终未尽超脱古旧的中世纪传奇式的许多小说中，《金瓶梅》实是一部诧异的伟大的写实小说。她不是一部传奇，实是一部名不愧实的最合于现代意义的小说。"

第十，毛泽东倡导阅读《红楼梦》，对它给予很高的评价，引以为民族的骄傲。同时，也非常关注《金瓶梅》，对《金瓶梅》进行研究，并批准限量印刷，发行过《金瓶梅》，他特别注意作者对明代社会经济生活的描写。他说：

"《东周列国志》写了很多国内斗争和国外斗争的故事，讲了许多颠覆敌对国家的故事，这是当时上层建筑方面复杂尖锐的斗争。缺点是没写当时的经济基础，当时的社会经济的剧烈变化。揭露封建经济生活的矛盾，揭露统治者和被压迫者矛盾方面，《金瓶梅》是写得很细致的。"（逢先知《记毛泽东读中国文史书》）

第十一，近几年来，学术界共同接受的见解和定论

（一）《金瓶梅》是一部具有里程碑性质的伟大写实小说，开创了这个小说发展史的新阶段，开拓了新的题材，扩展了审美领域，在中国小说史与世界小说史上都占有重要地位。

（二）《金瓶梅》启示结构的本文蕴含着多种潜在的效果，具有美学、寓言、

民俗、性文化、宗教、政治、经济、历史等方面价值和意义，堪称为有明代的百科全本。

（三）《金瓶梅》为《红楼梦》的创作提供了艺术经验。曹雪芹的创作继承和发展了《金瓶梅》的艺术成就。在这种意义上说，没有《金瓶梅》，也就不可能产生《红楼梦》。

（四）《金瓶梅》存在两系三类版本：明万历年间刊刻《新刻金瓶梅词话》，是正本、母本、家藏本；明崇祯年间刊刻《新刻绣像批评金瓶梅》；清康熙年间刊《皋鹤堂批评第一奇书金瓶梅》。

（五）《金瓶梅》不是"淫书"，而是一部世情书，清代小说批评家张竹坡写有一篇专论《第一奇书非淫书论》，已解决了这一争议问题，早已被学术界认可。

（六）《金瓶梅》作为一部伟大的著作，形象有限，意蕴无穷。对它的阅读接受是一个无止境的过程。

《金瓶梅》是一部描写市井平民，平淡生活的白话小说；是一部描写官商结合，利用权力经商赚钱，利用合法身份，贪占大量钱财的官场经商小说；是第一部深刻揭露封建王朝，批判王道思想，从朝廷命官知县，写到宰相、各级官府官吏的封建小说；是第一部揭露社会腐败，官员奢靡，腐化，贪赃枉法，偷税漏税，买官卖官，侵蚀经济实体，贪污钱财，暴光贪官污吏丑恶咀脸的小说；是第一部反腐倡廉，弘廉刺贪，揭露和批判贪官污吏的小说；是第一部大量应用方言、土语，歇后语，俗语写成的地方语小说。

三、《金瓶梅》诞生时间的确定

《金瓶梅》的诞生时间，在历史上是一个争论不休的话题，众说纷纭，各执一词，从来没有过统一认识，由于缺乏历史资料以及确切佐证，比较权威的定论很难形成，经过反复的考证，我认为，《金瓶梅》诞生在万历二十二年（1595）甲午年，是有据可证的。

第一，《金瓶梅》成书时间的三种说法。

《金瓶梅》成书时间，在历史上有三种说法，这三种说法，都是模糊的，都有不确定性，都是证据不够确凿，形成公说公有理，婆说婆有理的局面。

第一种说法：嘉靖年间说，屠本畯《山林经济籍》："相传嘉靖时，有人为陆都督炳诬奏。朝廷籍其家。其人沉冤，托之《金瓶梅》。"

沈德符《野获编》："闻此为嘉靖间大名士手笔，指斥时事，如蔡京父子则指分宜，林灵素则指陶仲文，朱勔则指陆炳，其他各有所属云。"

袁中道的"游居柿录"："旧时京师，有一西门千户，延一绍兴老儒于家。老儒无事，逐日记其家淫荡风月之事。以西门庆影其主人，以余影其诸姬。"

谢肇淛《金瓶梅跋》："《金瓶梅》一书，不著作者名代。相传永陵中有金吾戚里，凭怙奢汰，淫纵无度，而其门客病之，采摭日逐行事，汇以成编，而托之西门庆也。"

第二种说法：《金瓶梅》是隆庆年间作品，坚持这种说法的人不太多，从现有资料看，唯有周钧韬提出和坚持这一观点。（周钧韬《金瓶梅》新探）

第三种说法：《金瓶梅》诞生在万历年间说，这是上世纪三十年代文学家郑振铎和历史学家吴晗，经过严谨的考证得出的结论。但是，他们把成书年代"放在"大约是在万历十年到三十年这二十年中。此说证据确凿，但具体时间仍无确定。

第二，中国《金瓶梅》研究会会长，复旦大学教授黄霖利用小说天干支年月、人物生肖的推算科学准确，令人可信。

（一）黄霖说："由于作者仓促成书，全书年月天干甚多参差错乱，独人物生肖从壬辰年为立足点来推算却往往不误。"例如西门庆，第四回说他是"属虎的，二十七岁"。若从壬辰倒推上去，则知他生于丙寅年。而二十九回写吴神仙为西门庆一家算命和三十九回西门庆玉皇庙打醮时表明西门庆生于"丙寅"，丝毫不差。

（二）再看潘金莲，她与西门庆交谈时说："奴家虚度二十五岁，属龙的……"西门庆道："与家下贱内同庚，也是庚辰属龙的。"这里的"庚辰"是搞错的或抄错的，以壬辰年算，二十五岁，当为戊辰年出生。故在三十九回将"同庚"的吴月娘的生年改成了"戊辰"。可见作者最后也没搞错。

（三）再如第十回写冯妈妈说："他今年五十六岁，属狗儿的。"第二十四回写冯妈妈家的丫头时说："他今年属牛，十七岁了。"这一年都是西门庆与潘金莲相识后的第二年，因此，若以壬辰的次年倒算的话，冯妈妈当为戊戌年生，确属狗；其丫头为丁丑年生，确属牛。所有这些不可能都是巧合，它们说明了作者很可能就在壬辰年着手开始创作的。

（四）这是因为用生活中同一干支来构思历史故事的发生和借用现实中人物的生肖年龄都比较方便。特别是写到人物生肖，作者很可能就是根据当时周围人物情况来移花接木，这也就无意留下了他从壬辰年来考虑问题的痕迹。

（五）据此，我认为《金瓶梅》写于万历二十年（1592）左右是可信的。这样，"早已故世的李开先、薛应旗、冯惟敏，濒临死亡的王世贞，徐渭，尚属年幼的沈德符，还未出世的李渔，均无写作之可能。"（黄霖《金瓶梅》作者屠隆考）

第三，吴晗《论明史》明确《金瓶梅》是万历中期作品。

吴晗说："最近我们得到一个较早的《金瓶梅词话》刻本，在这本子中我们知道许多以前人所不知道的事。这些事都明显地刻有时代的痕迹。因此我们不但可以断定这部书的著作时代，并且可以明白这部书产生的时代背景，和为什么这样一部名著却含有那么多描写性生活部分的原因。"

（一）太仆寺马价银

朝廷向太仆寺借银子用，这是明代中叶以后的事。《明史》卷九二《兵志·马政》：太仆寺之贮马价银是从成化四年（1468）起，但为数极微。到隆庆二年（1568）百年后定例卖种马之半，藏银始多。到万历六年（1573）张居正做首相尽卖种马。藏银始建四百余万两，《金瓶梅词话》中所指"朝廷爷还问太仆寺借马价银子来使"必为万历十年以后的事。

（二）佛教的盛衰和小令

明代武宗时为佛教得势时代，嘉靖为道教化时代，万历时佛教又得势。《金瓶梅词话》中，对佛教的描写，六十多种小令的描写，与《野获编》沈德符记载的时间相符，《野获编》成书于万历三十四年丙午（1606），由此可见《金瓶梅词话》是万历三十四年以前的作品。

（三）太监、皇庄、皇木的描写记载了当时的社会现状

万历朝从初年冯保、张宏、张鲸柄国作威，高拱任首相，因不附冯保而被逐。张居正与冯保勾结，所以得势。

到张居正死后，宦官无所忌惮，权势更盛，派镇守，采皇木，领皇庄，榷商税，采矿税。万历朝是宦官最得势的时代。

《金瓶梅词话》中有很多关于宦官的描写，如清河一地就有看皇庄的薛太监，管砖厂的刘太监，花子虚的叔叔就是花太监，王招宣家与太监缔姻。以上

这些描写正是万历中期出现的事情。

（四）古刻本发现将《金瓶梅》诞生年代划定

最近北平图书馆得到了一部刊有万历丁巳序文的《金瓶梅词话》，这本子不但在内容方面和后来的本子有若干处不同，并且在东吴弄珠客的序上也明显地载明是万历四十五年（丁巳，1617）冬季所写的序言。这本子可以说就是现存的《金瓶梅》最早的刊本。其内容最和原本相近。

袁宏道写给董思白的信，写于万历二十四年丙申（1596），是在吴县知县位置上写信给董其昌（思白）的，《金瓶梅》诞生早于万历二十四年，这是铁的证据。

第四，董其昌于万历二十三年参加"东武西社"成立得到《金瓶梅》之前半部分。证明《金瓶梅》诞生于万历二十三年前。（万历二十四年袁宏道看完了董其昌手抄《金瓶梅》前半部分后，写信给董其昌问另一部分在那里，如何倒换？）董其昌是钟羽正为《金瓶梅词话》撰序的第二年见到《金瓶梅词话》。

第五，鲁迅在《中国小说史略》中指出："万历时又有名《玉娇李》者，云亦出《金瓶梅》作者之手。袁宏道曾闻大略，谓'与前书各设报应因果，武大后世化为淫夫，上烝下极；潘金莲亦作河间妇，终以极刑；西门庆则一骏憨男子，坐视妻妾外遇，以见轮回不爽。'"鲁迅虽无意考证《金瓶梅》与《玉娇李》的撰著时间，却在笔下，留下了这两部书的诞生时间，是在"万历时"。

第六，从属相的推算中，我们得知《金瓶梅词话》是万历二十年开始写作的。

《金瓶梅词话》的作者丁惟宁在嘉靖二十一年（1542），这年是壬寅年（属虎）。《金瓶梅词话》的主要艺术人物西门庆出生于丙寅年，明嘉靖四十五年（1566，属虎）。丁惟宁与西门庆相差二十四岁，丁惟宁大二十四岁，但是二人同属，都属虎。

丁惟宁在《金瓶梅词话》中所写西门庆是从二十七岁开始，一直写到三十三岁，西门庆从开始发达到死亡共有六年时间。这六年时间里，西门庆娶过一妻五妾，收用女仆、奶子、妓女 22 名女性，从平民百姓，到山东提刑院副千户提刑；巴结各级官府，官商结合，大发横财，成为暴发户。由于过度淫欲，服了过量胡僧药，淋血而死。这一龌龊、短暂、肮脏的一生，告诉世人，无论何时何地，何种情况，人不能贪，贪色、贪财，贪欲太重，死路一条。

丁惟宁写《金瓶梅词话》时刚 51 岁，西门庆时年 27 岁，正是万历二十年

（1592）壬辰年。这与黄霖先生的考证"作者很可能就是壬辰年着手开始创作"
完全相吻合。《金瓶梅词话》是万历二十年（1592）壬辰年开始创作，非常确凿。
在此，揭开了一个玄机，一个奥秘。

第七，笔名为欣欣子的撰写《金瓶梅词话序》及《甲午游东武丁氏小园即
景》，证明《金瓶梅》脱稿于万历二十二年（1594）甲午年。据《青州县志》记载：
钟羽正，万历八年（1580）进士及第，官至工部尚书，万历二十年（1592）为
册玄太子事，被削职为民，罢官还乡后第三年夏天，去看望老朋友丁惟宁，万
历二十二年甲午（1595）夏天在丁惟宁书房（明贤里之轩）写下了《甲午游东
武丁氏小园即景》一诗。读完《金瓶梅词话》家藏本，写下了《金瓶梅词话序》，
并署有"欣欣子"之笔名。《金瓶梅》诞生，即甲午年，万历二十二年（1595）
毫无疑义。

四、丁惟宁撰著《金瓶梅》的动因是什么

丁惟宁撰著《金瓶梅》是历史的必然，是中国古典小说发展的必然，是历
史文化发展的客观要求和必然结果，是中国古典小说发展到一定程度，文化底
蕴沉淀到一定程度的客观反映，也就是说《金瓶梅》的出现，不是偶然的文化
现象，而是小说发展，文化发展的必然。因而，丁惟宁撰著《金瓶梅》既有客
观原因，也有主观原因；既有外在因素，又有内在因素，而外因是通过内因起
决定作用的。

第一，受家庭环境的影响。丁惟宁出生在胶南丁家大村一个书香门第家庭，
其父亲曾是钜鹿县训导，后任长垣县教谕，官不大，只有八品之职，但是，他
同社会最低层的人民群众有着千丝万缕的联系，对基层社会人民的声音直接可
以听到。50多岁时，升任四川道监察御史，为了回避"父子同朝为官"，告老
还乡。他讲述《金瓶梅》的主要故事情节，让丁惟宁积累材料，积累知识，有
时间撰著《金瓶梅》。爷儿俩共同完成了《金瓶梅词话》的构思、设计和创作。

第二，邱橓对丁惟宁有很大影响。邱橓（1516—1585），字懋实，号月林，
嘉靖二十二年（1543）举乡试第二名，嘉靖二十九年（1550）中进士，官至左
副都御史，左侍郎，南京吏部尚书。赠封为太子太保，谥号"简肃"。

邱橓性格耿直，嫉恶如仇，廉洁奉公，与海瑞齐名。邱橓一生著作颇丰，
有《四书摘训》二十卷，《礼证摘训》十卷，《奏疏》《诗文集》等存世。邱橓

是丁惟宁的老师，又有姻亲关系。邱橓对丁惟宁的做人、为文影响颇大。《金瓶梅词话》是我国第一部反腐倡廉、弘廉刺贪的白话小说，这与受邱橓治学思想的影响是有直接关系的。

第三，《金瓶梅》一书中的方言，有江南语系和江北语系，两大类方言、土语。江南语系有江苏、江陵、上海、浙江、江西、湖北方言。江北语系有：山东、河北、北京、天津、河南、陕甘、山西等方言。在山东方言中：有济宁、菏泽、聊城、德州运河方言；有济南、滨州、临沂、青岛、日照、、潍坊方言。但百分之九十五以上是鲁东南五莲方言、土语。在《金瓶梅》一书中，可摘录4600多句五莲方言、土语，这是一个惊人的数字。只有丁惟宁曾在以上十二个省市任过官，他有文学语言的天赋，吸取各地大量的方言。他在鲁东南前后生活了四十六年时间，对于这一带的方言土语，有童子功，在著作《金瓶梅》时，可信手拈来，应用得非常准确。

第四，对五莲茶文化掌握的非常精到。《金瓶梅》中，描写茶文化的细节有629处，除了竹笋泡茶，橄榄仁茶，橘子茶，木樨茶和乌舌茶外，其他茶种，茶的炮制，茶具，茶食。茶肴，茶风俗，茶的烧制、炖法等全部是五莲的茶文化，同当地人生活习俗、习惯的融合是密不可分的。

第五，潞绸的使用与丁惟宁曾任潞州长治县知县是密不可分的。丁惟宁在潞州长治县任知县时，为发展潞绸做出了极大贡献，为扩大潞绸生产，为减少潞绸生产者的赋税和负担，为潞绸在全国的销售，倾注了心血，得到百姓的拥护，本来名气不大的潞绸，在《金瓶梅》中出现了十七处，西门庆的妻子、小妾，收用的女仆、奶子、仆人的妻子，同他发生性关系的妓女，全部都穿潞州的丝绸，这是丁惟宁脑海中潞绸情结的流露，这是挥之不去的。

第六，丁惟宁曾"侍经筵"，当过万历皇帝的经史老师，对于朝廷内部情况，皇宫争权夺利事实，皇帝的生活起居，皇帝的日常生活都比较了解。他曾当过知县，当过监察御史、巡按监察御史、兵备佥事、兵宪、兵备副使等，对于各级官府衙门的运作流程，官宦之间的关系，都非常了解，因而《金瓶梅》从市民百姓，各级政府，到朝廷内宫，每一个层次的叙述与描写，都是有条不紊，按部就班，有张有弛，层次分明。

第七，丁惟宁嫉恶如仇、耿介、公道、正派的天性，使他这样一名四品高官，对于社会上的贪官污吏，贪赃枉法，官商勾结，偷税漏税，损人利己，破坏经济秩序的行为，非常地气愤，他撰著《金瓶梅》就是为了揭露封建主义社会的虚伪性，揭露封建社会的黑暗统治，揭露贪官污吏的罪恶行径，揭示封建主义必然要灭亡的规律，唤起人们的斗争热情。

第八，"三上三下"的人生经历，使丁惟宁看破红尘，丁惟宁本来是当朝的鸿儒，进士及第，是四品官员，对朝廷、皇帝忠心耿耿，但是，由于万历皇帝长期不理朝政，宰相张居正同冯保这个太监头子相勾结，把持朝政，干着"顺我者昌，逆我者亡"的勾当。丁惟宁受到三次诬陷，两次坐牢，两次降官，两次降薪，由四品降为七品。这"三上三下"的经历，使他看破红尘，产生了撰著《金瓶梅》的内在动力。

第九，对腐败奢侈、奢靡之风及腐化的社会厌倦，对社会的黑暗憎恶、憎恨，对腐败社会失去信心，一个有良心、有良知的知识分子，必然会挥动自己手中的笔，揭露黑暗、无聊的没落社会制度。丁惟宁是一个廉洁一生的封建文人，社会责任感，文人的良心，促使他挥动自己手中如椽巨笔，奋力疾书，用了两年多时间，写出《金瓶梅》，发泄内心世界的痛苦、痛心与挣扎，揭露社会的黑暗，批判社会制度的没落，揭露封建主义制度必然灭亡的社会规律。

第十，明朝末年，西方资本主义思想的侵入，封建主义的道德观念，伦理观念受到严重的冲击，社会上受到资本主义伦理观念的洗礼，出现了个性解放的现象，男女之间的关系在伦理道德范畴，发生了巨大的变化，婚外情、婚外恋、露水夫妻比比皆是。许多小说、话本、剧本中有了男女婚恋、嫁娶的内容，妓女暗娼到处可见，一人娶几个妻子，合理合法，像西门庆那样娶一妻五妾并不稀奇，有几房妻妾受法律保护，多占几个女人是时尚，在这样的生活环境，社会风气环境中，出现《金瓶梅》这样的作品是必然的，不足为奇，不足为怪。

丁惟宁一生娶了四个老婆。大老婆纪氏是胶州名门之后，二老婆徐氏，安丘县徐家大户的闺阁小姐，三老婆仪氏，四老婆田氏，黄县人。丁惟宁驾驭《金瓶梅》写作，从文学修养，文化底蕴，生活基础，方言掌握，艺术造就各个方面都有得天独厚的条件，都会驾轻就熟，非常得心应手，这些是丁惟宁撰著《金瓶梅》的有利条件，也是《金瓶梅》诞生在五莲的先决条件。

丁惟宁的文学底蕴，驾驭语言的能力，艺术修养，生活基础，以及他的经历，阅历积淀了撰著《金瓶梅》的条件，《金瓶梅》的作者非他莫属。

五、丁惟宁是一个怎么样的人

长期以来，《金瓶梅》受不公正的对待，社会上过去有许许多多没接触过《金瓶梅》，没看到、没阅读过《金瓶梅》的人，却在大肆渲染《金瓶梅》是什么"黄色"书籍，是什么"淫"书，是不堪入目的黄书，是不可解禁的"禁"书等等。对于《金瓶梅》的作者，只有贬低，只有批评、评判，而无公正、公道、公理的评判，使《金瓶梅》作者蒙受了数百年的不白之冤。现在《金瓶梅》的作者，已大白于天下，他就是明代嘉靖四十四年（1565）进士，曾任过知县、四川道监察御史、巡按监察御史、湖广兵备副使，万历皇帝老师的丁惟宁。丁惟宁像是有些人想象的那么龌龊，那么肮脏吗？我理直气壮、斩钉截铁地说："绝非如此！"

丁惟宁是一个清官，是一个出污泥而不染的爱民之官，是一生清正廉洁，勤政廉政，受到当时民众热爱和欢迎的有德有才的好官，

第一，丁惟宁出生在藏马山下，天台故里，丁家大村，是天台丁氏的第七代子孙，丁氏乃周太公姜氏后裔，太公封于齐，仲子伋食邑于丁，以地名为姓氏。

明朝初年，武官丁普郎建立赫赫战功，被洪武皇帝封于武昌，他的子孙以百户世荫，食屯于海州卫。

永乐初年，迁来藏马山下（胶南丁家大村）定居，当时人们称为"天台丁氏"。天台丁氏的始祖为丁推，二世祖丁彦德，三世祖丁伯中，四世祖丁宗本，五世祖丁珍，六世祖丁纯，丁惟宁为七世，共兄弟三人，老大丁惟愚，老二丁惟宁，老三丁唯一。

丁惟宁的父亲丁纯，字质夫，号海滨，27岁乡试考中秀才，后做了"岁贡"，50岁时，授矩鹿县训导，家乡人尊称为"钜公"，后升任长垣县教谕，四川道监察御史。丁惟宁出生在这样一个书香门第。自小刻苦读书，二十三岁，嘉靖四十四年（1565）中进士及第。

第二，嘉靖四十四年，步入仕途，任河北清苑县知县。上任后整治了骄横跋扈的驻地官兵，改善了军民关系，使社会风气焕然一新。经过三年的努力，"政绩为之一新"，受到当地百姓的爱戴。他意气风发，干练利落，颇有政绩，

当地百姓有口皆碑。

第三，隆庆三年（1569），丁惟宁的母亲不幸去世，丁惟宁回乡为母亲守孝，在母亲墓前搭一简陋的棚子，每日除去读书、写字，三次祭拜，磕头、焚香、烧纸钱。当地民众无不交口称赞他是一位孝子。

第四，服孝期满，授山西长治知县，来到长治后，整顿了潞绸销售市场，取消了各级官府强加给潞绸生产者繁重的贡品和税收；扩大了桑蚕生产规模，增加了植桑面积，增加了织绸的机器，扩大了销售市场，吸引全国商人来长治做买卖，加强了运输能力，百姓爱戴，当地给他建了生祠。隆庆六年（1572）升四川道监察御史。

第五，万历元年（1573）奉召回京，侍经筵（皇帝为解决研读经史时遇到的疑难而特设的御前讲席），用现在的语言说，成为万历皇帝研读经史的老师，他讲课认真，博引旁征，触类旁通，讲得生动，受到万历皇帝的赞许。

第六，万历二年（1574）被擢拔为巡按监察御史，代皇帝巡狩，巡按畿北，处决了宰相张居正一个"恃势稔恶"的亲戚，风度严正，声闻于朝；重审"白莲教"一案，无辜者一律释放，在巡狩直隶时，拆了正在建设的太监头子冯保生祠，张居正勾结冯保，押解丁惟宁回京打入牢狱，经邱橓等人营救获得赦免，被委任河南佥事、佥判。

第七，万历四年（1576）丁惟宁的父亲丁纯去世，丁惟宁回乡守孝三年，在其父墓前天天祭祀，焚香，烧纸从未间断。万历六年（1578）冬守制期满，吏部命令"兼程进京，听候差遣"。在按察司供职，分领陇右兵备事宜，受诬陷后，被安排江西参议，抗洪救灾，病在任上。万历八年（1580）被批准辞官归里，长期养病。六年后，万历十四年（1580）四月七日，朝廷再次启用丁惟宁，去陕西督军饷，接着任泰州兵宪，板凳未坐热又授"湖广兵备副使"，万历十五年（1587）十二月十三日，在郧阳遭暗算，降官三级，丁惟宁离开郧阳，辞官归里。

第八，万历十六年（1588）丁惟宁谢绝八百两白银的薪俸，因为丁惟宁辞官归里，还没有得到朝廷批准，还算在职，付给他薪俸也是惯例，而丁惟宁却坚辞不收，好酒好饭热情招待来人并搭上来回路费，让来人将带来的八百两银子带回郧阳让后来者处置。在金钱面前，丁惟宁毫不动心一尘不染，一直克己奉公，分文不贪，每次御任归里，只带自己的行李与书籍，两袖清风，清廉无私，受到百姓好评。

第九，丁惟宁严格要求自己，严格要求家人，加强邻里团结。在修建房屋时，工匠将丁惟宁的房子多加了几层砖被丁惟宁发现后，他认为这样做脱离当地百姓，坚决让工匠将高出的砖层拆除。生活上更是克勤克俭，为了添补家用，在院子里栽种几十畦韭菜，除自己改善生活外，拿到集市上去卖补充家用。在他生活无来源，平日没有收入的情况下，把自己仅有的积蓄全部贡献出来，修建城墙，加固防御工事之用。

丁惟宁是当地著名的清官、廉官，出污泥而不染，刚正不阿，正义、公道、公正、廉明，艰苦能干，善于吃苦的好官。

六、《金瓶梅》作者之谜

《金瓶梅》作者为"兰陵笑笑生"，首见于词话本欣欣子序。看来兰陵笑笑生，是一个笔名，他的真实姓名是如何称呼呢？他是明代中晚期哪位历史文人的笔名呢？

四百多年来，历史上许多文人雅士在苦思冥想，力图解开这一历史哑谜，但是都无济于事。

第一，万历二十四年丙申（1596），袁宏道写信给董思白，我们从这封简短的信中，得到如下信息：一是董思白即是董其昌，在他手中有《金瓶梅》手抄本，并且只是前半部分；二是《金瓶梅》脱稿于万历二十二年（1594）甲午年，有欣欣子《金瓶梅词话序》及《甲午游东武丁氏小园即景》一诗，即署时间可证。三是据时间推算，董其昌于万历二十三年（1595）参加"东武西社"时，手抄半部《金瓶梅词话》，董其昌知道《金瓶梅词话》是丁惟宁所著，但是，他没对任何人言及。四是袁宏道既不知道《金瓶梅词话》的作者是谁，也不知道后半部分到何处倒换，因此写信给董其昌说："《金瓶梅》从何得来？伏枕略观，云霞满纸，胜于枚生《七发》多矣，后段在何处抄竟，当于何处倒换？幸一的示。"

第二，袁中道于万历四十二年（1614）所写《游居柿录》中说："往晤董太史思白，共说小说之佳者，思白曰：'近有一小说，名《金瓶梅》，极佳'予私识之。后从中郎真州，见此书之半。"

这说明《金瓶梅》问世二十年时，袁中道、袁宏道只是见到从董其昌处得到的"此书之半"。

袁中道、袁宏道皆不知道《金瓶梅》的作者是谁，于是袁中道推测道："旧时京师，有一西门千户，延一绍兴老儒于家。老儒无事，逐日记其家淫荡风月之事，以西门庆影其主人，以余影其诸姬。琐碎中有无限烟波，亦非慧人不能。"

第三，沈德符《野获篇》中证实袁宏道在万历三十四年（1606）时，也就是丙午年，在《金瓶梅》问世十二年后，还没看到"全帙"《金瓶梅》，并透露道："今惟麻城刘延白承禧家有全本，盖从其妻家徐文贞录得者。"又三年，即十五年后，小修上公车，已携有其书，冯犹龙见了此书，怂恿书坊重价购刻。

沈德符推测说："闻此为嘉靖大名士手笔，指斥时事如蔡京父子则指分宜，林灵素则指陶仲文，朱勔则指陆炳，其他各有所云。"

第四，屠本畯在《山林经济籍》中写道："相传嘉靖时，有人为陆都督炳诬奏，朝廷籍其家。其人沉冤托之《金瓶梅》。王大司寇凤洲先生（即王世贞，从此产生王世贞是《金瓶梅》作者之说）家藏全书，今已失散。（这是不可能的，他若是作者，能将书稿"失散"吗？）往年予过金坛，王太史宇泰（王肯堂）出此，云以重资购抄本二帙。予读之，语句宛似罗贯中笔。复从王征君百谷家（王稚登），观抄本二帙。恨不得睹其全。"

以上数条材料证实王凤洲、王肯堂、王稚登有《金瓶梅》手抄本，并且他们互相传抄，凑齐了《金瓶梅》的内容。

第五，谢肇淛在《金瓶梅跋》中说："《金瓶梅》一书，不著作者名代，相传永陵中有金吾戚里，凭怙奢汰，淫纵无度，而其门客病之，采摭日逐行事，汇以成编，而托之西门庆也。"一个"相传"二字显得此说法是不真实的。谢肇淛还说："此书向无镂版。钞写流传，参差散失。唯弇州家藏者最为完好。余于袁中郎得其十三，于丘诸城得其十五，稍为厘正，而阙所未备，以俟他日。"

在此证实，一，王世贞有全本《金瓶梅》；二，邱诸城，即邱志充手中有全本《金瓶梅》；三，谢肇淛手中的手抄《金瓶梅》，有十分之三的内容是从袁宏道手中抄本抄得的，有十分之五的内容是从邱志充手中手抄本《金瓶梅》抄得的。

第六，谢颐在《批评第一奇书金瓶梅叙》中说："《金瓶梅》一书，传为凤洲门人之作也，或云即凤洲乎。"

自此之后，《金瓶梅》问世后三百多年间，有文献资料记载的历史文人评判《金瓶梅》的人有二百六十多人，几乎是千篇一律，众口一辞，认为《金瓶梅》作者是王世贞。直到上世纪三十年代，鲁迅、郑振铎、吴晗三位学者从历史和文学的角度，彻底否定了"王世贞说"，从《金瓶梅》所用方言、土白看，作者应当是山东人。

传说王世贞写《金瓶梅》是为了复仇，药死严世蕃。据考证：严世蕃卒于嘉靖四十四年乙丑（1565），严嵩卒于隆庆元年丁卯（1567）。严世蕃死后三十年，严嵩死后二十八年，《金瓶梅》才面世。王世贞于万历十八年庚寅（1590）去世，王世贞去世第六年《金瓶梅》才刚刚撰写完稿。从现有资料看，王世贞绝对不是《金瓶梅》的作者，更不是为了毒死严世蕃而写《金瓶梅》。

第七，兰陵笑笑生是丁惟宁的笔名。

丁惟宁（1542—1611），字汝安，又字养静，号少滨。嘉靖二十一年（1542）生于胶南藏马山下天台故里（丁家大村）。嘉靖四十四年（1565）中进士。自嘉靖四十四年（1565）步入仕途，至万历十五年（1587）十二月十三日辞官归里。为了躲开不必要的应酬，为了离开喧嚣的城镇生活，到离家八十里外的五莲山、九仙山之阳，兰陵峪南岸修建一座草庐，自称为"司空庐"，在此用了两年多时间，撰著了《金瓶梅词话》，于万历二十二年（1595）完稿。

书的署名为《金瓶梅词话》，有此书第一位撰序作者欣欣子于甲午年，在丁惟宁家"明贤里之轩"，也就是书房里所写的《金瓶梅词话序》为证。欣欣子在序文第一句话中写道，"窃谓兰陵笑笑生作《金瓶梅传》"，其文章题目为"《金瓶梅词话序》"。铁证如山，《金瓶梅词话》是《金瓶梅》的原创本。"兰陵笑笑生"是《金瓶梅》的作者，无可非议。

三百多年来，有人说"兰陵"是个地名，因而许多文人展开想象的翅膀，认为是武进的兰陵；有人说是峄城的兰陵，还有人说苍山的兰陵镇（今属兰陵县）。各持一辞，众说纷纭，莫衷一是，争吵不休。我认为"兰陵"是个地名，一点也不错，但是作者既然隐名埋姓，还需要找个著名的地名以弘扬自己吗？不会的。作者丁惟宁所说的"兰陵"，是一个名不见经传，在地图上找不到，又没有多大名气，只有当地人知道的小地方。这个地方总共有五平方公里的流域，几十户人家居住，在九仙山东南方向，有一座山峰被称为兰陵顶子，有一座明代崇祯年代由当朝进士吕一奏题写"洗耳"的地方，被称为兰陵口子，兰陵口子的山溪流水被称为兰陵峪，兰陵峪北岸是兰楼村，兰陵峪南岸是苏轼所建的白鹤楼，白鹤楼脚下便是丁惟宁居住的"草庐"，丁惟宁在这不起眼的兰陵峪这块风水宝地，居住了二十年，与此地结下不解之缘，有了深厚的感情，于是将自己称作"兰陵笑笑生"，意思是居住在兰陵峪，看破红尘，笑傲江湖的一介书生，这就是大名鼎鼎明代著名的清正廉洁，一尘不染，洁身自好，会弹古琴古筝，德艺俱佳，大书法家，大诗人丁惟宁的笔名。

七、兰陵笑笑生即是丁惟宁的证据

兰陵笑笑生即是丁惟宁，这是研究《金瓶梅》三十年来，最早攻破的一个历史之谜。我是一九八四年开始接触《金瓶梅》一书的，当我读完《金瓶梅》全书一百回后，我有一个挥之不去的感觉，那就是我感到书中的语言非常丰富，所描写人物的生活习俗，就像我身边的人们差不多，特别是大量的方言、土语基本上是五莲周边的方言，当时我记录二千多句并做了解释。从研究方言开始，研究《金瓶梅》之谜。因而，写出了《岱东五莲柱史公——丁惟宁传》（山东友谊出版社）、《纵论'金瓶梅'之谜》《〈金瓶梅〉诞生在五莲》《〈金瓶梅〉五莲方言研究》《〈金瓶梅〉五莲茶文化探微》《〈金瓶梅〉人物、风物趣谈》《〈金瓶梅〉主要人物解析》《〈金瓶梅〉艺术解析》《〈金瓶梅词话〉（台湾罗梅馆校本）五莲方言注释》《品味〈金瓶梅〉的历史文人》等著作。为什么说兰陵笑笑生就是丁惟宁的笔名呢？

第一，廿公当《金瓶梅词话》在苏州首次刊刻时，写下了九十六个字的"跋"文，说道："《金瓶梅传》为世庙时一钜公寓言，盖有所刺也。"南海爱日老人为《续金瓶梅》题序说："天台智师，性善兼明性恶；六祖，七祖，善恶莫思量。"这里所说的"钜公""天台智师""六祖"，是一个人，即是：丁惟宁的父亲丁纯，出生在"藏马山下，天台故里"尊称为"天台智师"。"六祖"是丁氏家族自海州迁至胶南藏马山下、天台故里（即丁家大村）是第六代，人们尊称"六祖"。"钜公"是因丁纯为官后曾任过钜鹿县训导，长垣县教谕，他任的第一个职务是钜鹿县训导，所以乡里乡亲尊称其为"钜公"。《金瓶梅词话》是"六祖"丁纯寓言的，用现代词说是丁纯策划的，是"七祖"即丁惟宁撰著的。

第二，《新刻金瓶梅词话》开首词所说："阆苑瀛州，金谷陵楼，算不如茅舍清幽。""短短横墙，矮矮疏窗。忔憎儿小小池塘，高低叠峰，绿水边傍。""水竹之居，吾爱吾庐。石磷磷床砌阶除。轩窗隋意，小巧规模。""净扫尘埃，惜耳苍苔。任门前红叶铺阶，也堪图画，还也奇哉。"这四首词描写了"茅舍"的"清幽"，"吾庐"的"奇哉"。正是将丁惟宁撰著《金瓶梅词话》的环境，描写得淋漓尽致，惟妙惟肖。

第三，《新刻金瓶梅词话》开首词中的"酒""色""财""气"的感悟，是丁惟宁隐居于九仙山之阳，兰陵峪南岸"茅庐"中，远离尘世，远离喧嚣之后，静心思考的结晶，是当时生活状况的真实描写，也是他孤独，苦闷，内心挣扎的表现，又是他当时心态、心迹的流露，还表现出丁惟宁质朴、善良、诚实、德高望重的优良品质，以及丁惟宁心胸宽阔，能屈能伸的大丈夫气概和人格魅力。

第四，在九仙山之阳，苏轼白鹤楼脚下，兰陵峪南岸丁家楼子村东首立有万历三十八年（1610）竣工的一石到顶结构的"仰止坊"和"柱史丁公祠"，"仰止坊"正面匾额为："赐进士中宪大夫湖广副使前巡按直隶监察御史丁公讳惟宁"。中间题有遒劲有力的正楷大字"仰止坊"，后边落款：万历三十八年孟冬吉旦男燿斗建。此牌坊是丁惟宁长子丁燿斗所建。

从"仰止坊"进去是"柱史丁公祠"，门上匾额是江南文学家、诗画家张凤翼题写，中堂丹青画像"丁惟宁先生像"是张凤翼绘。中堂匾额由明代文学家、书法家王稚登题写"羲皇上人"。祠内有八块石碑刻有：万历四十年壬子春三月王化贞撰书，吴尚端镌刻的《柱史丁公祠记》；唐文焕题写《题少滨丁宪副公祖石祠记》；茂苑沙舜风书《山中即事少滨主人著》，还有东吴陆士仁书，云间乔拱宿书的诗。

有万历四十年壬子（1612）三月，王化贞、王坦、孙振基、吕一奏、王来安、王台、王壤写的诗文；有万历乙酉三十七年（1609）王华瞻、邱名西、张献之、孙信甫《游览诸公留题》；有王稚登《赠丁道枢九仙五莲胜遥寄小诗一首》；有寿光李不伐、临淄王俊、吕一奏、王化贞、陈其献、张献之、陈坦、陈埴、长洲徐升、魏天斗、乔师稷、僧谦、钱希言等明末进士、官宦、文人留下的笔墨和诗文。

第五，丁惟宁于明代万历二十二年（1595）撰著《金瓶梅词话》，其五子丁耀亢过了60年，于顺治十一年（1654）至顺治十六年（1659）在直隶容城任教谕时，在经济拮据，生活困难，居住环境恶劣的情况下，撰著了《续金瓶梅》。这一年，正是《金瓶梅词话》在五莲九仙山之阳"茅庐"诞生六十周年的纪念日。丁耀亢的《续金瓶梅》诞生，佐证了《金瓶梅词话》的作者就是丁耀亢其父丁惟宁。丁耀亢自称："甲午之春，北行就官。敝车疲驴，环堵不完。僦居而居，如是五年。"在容城生活之艰辛，可想而知。

第六，丁耀亢是丁惟宁的第五个儿子，字西生，号野鹤，又号紫阳道人、木鸡道人、西湖鸥史，是明末清初文学家、诗人、剧作家和小说大师，生于万历二十七年（1599），死于康熙八年（1669），一生写下了二千多首诗、词、歌赋，其中有九十八首是写其父丁惟宁撰著《金瓶梅》内容的诗。

第七，《金瓶梅词话》第一百回描写普静大师荐拔群冤之后，当下化阵清风不见了。正是：

三降尘寰人不识，倏然飞过岱东峰。

岱是指泰山，岱东的山峰就是著名的五莲山和九仙山，《金瓶梅词话》诞生在五莲山和九仙山之间，一目了然。

第八，丁耀亢《续金瓶梅》第六十二回，讲了一段仙家因果，一脉相传，在五百年前的精气，如投胎合体一般，当初东汉年间，辽东三朝地方，有一邑名鹤野县，出了一个神仙，在华表庄，名丁令威，三次转世，名丁野鹤，是五百年后的后身故事，称作："坐见前身与后身，身身相见已成尘。亦知华表空留语，何待西湖始问津。丁固松风终是梦，令威鹤背未为真。还如葛井寻园泽，五百年来共一人。"这"三降尘寰人不识"的是丁纯、丁惟宁、丁耀亢，这三代人完成了《金瓶梅词话》《续金瓶梅》的创作撰著。

第九，丁耀亢在《续金瓶梅》第六十四回《三教同归感应天，普世尽成极乐地》说道："今日讲《金瓶梅》的感应结果，忽讲入道学，岂不笑为迂腐？不知这《金瓶梅》讲了六十四回，从色字入门，就是太极图中的一点阴精，犯了贪淫盗杀，就是个死机。到了廉净寡欲，就是个生路……"

丁耀亢在此高度评价其父亲丁惟宁所著的《金瓶梅词话》，他认为：《金瓶梅词话》是讲佛道轮回、感应的。像西门庆那样贪淫、盗杀，死路一条。人只要廉净寡欲，就会有生路。这才是《金瓶梅》揭示的真相。他所写的这一部《续金瓶梅》是"替世人说法，做《太上感应篇》的注脚"。由此让我们清楚地看到《金瓶梅》与《续金瓶梅》前后呼应，如初一笔。

第十，丁惟宁的后人、裔孙，口口相传，认为他们的祖宗在明朝做过大官，曾经是万历皇帝的老师，后来遭诬陷被关了大牢，从此一再降官。一气之下，他那倔脾气上来了不干了，来到这深山隐居，写了一本不地道的书，被抄了家。

当问他们：你们的老祖写了一本什么样"不地道"的书时，他们摇摇头说：是写了一些流流氓氓的事，弄得俺后人灰头土脸的，抬不起头来。

第十一，丁惟宁去世后，一些朋友、后生写了许多诗篇、文章、骈文等，还有许多与朋友唱和的诗篇，特别是当朝几十位进士、官宦写了几十篇赞颂他的诗文，既赞颂他的人品，又赞颂他的才华，许多诗句都以"野鹤""华表""丁令威"为比喻，称赞丁惟宁。

明末进士王化贞撰文说："丁公起家进士，为邑令，为柱下史，为潘臬大夫，皆有声，所至，民歌咏之……宾从如云拜祠下，低回不能去。田父村妪时时过而膜拜焉，呜呼！此足以盖公之为人矣。公之殁也，与人慕焉颂焉，为之纪德，勒之贞珉，公之不朽，不在高山丹楹刻，实藏衣冠。祠何为者于斯？嘻，公志也，公亭亭有物外之致，平居课儿外，无所事事，日与客啸咏往来于墅中。及得此山，大乐之。凡旬日一至，至辄留。昼憩树下，夜宿草庐，扶杖逍遥于烟水之间，曰：'是何必减羲皇上人，歌于斯，哭于斯，又岂不是吾所耶？'伯子逆探公意，因伐石作室，既成，公来觞客于此，笑曰：'是我司空庐！'……"

明代陕西进士唐文焕题诗，《题少滨丁宪副公祖石祠（四首）其二》："愧我浮名客，来过尘外都，九仙成十友，千载颂鸿儒。魂共云霞乐，灵沾草木濡，后昆多玉立，次第显丕漠。"《题少滨丁宪副公祖石祠其四》："不揽奇踪大，何知界世尘。自恋仙骨具，早谢帝书频。白鹤归华表，青山作主人。君家不朽业，今古复谁论？"

明末进士吕一奏诗曰："花间鸟语连云落，天外鹤鸣戴月还。百世风流如觌面，但看长水与高山。"

明代文人张献之诗曰："……清风白云不染尘，先生高节堪能偶。只有秀色娱游人，山鸟山花来供酒。就中神气何氤氲，飒飒凉风生户牖。来时如月去如烟，白鹤玄芝常作友。东望五莲西九仙，鼎峙并成三不朽。"

明代长洲文人徐升诗云："琅琊雄峙枕大海，九仙群飞跃灵彩。峰峰奇秀结云门，东来紫气真人在。令威翩翩一柱史，早薄荣名谢天子。自是君身有仙骨，洗耳浮丘酌泓水……公子天涯本绝伦，高士山中推第一。"

海上后学乔师稷《题丁侍御先生石祠》诗云："华表不归丁令鹤，武东空说九仙峦。"

明末清州官员，河南祥符进士周亮工《寄野鹤》诗曰："仙霞岭外鹤飞还，著尽奇书但看山。"他认定丁惟宁"著尽奇书"。

明代合肥进士龚鼎兹《赠仙词十五首》诗云："千载归来城廓非，人间何地不斜晖。偏怜白鹤空多语，翻使辽阳话令威。""辽海传闻旧令威，东还华表语应非。"

在《度辽》诗中云："华表归来城郎非。千年应叹识丁稀。当时误说求仙语，翻使辽阳话令威。"丁耀亢有九十多首诗，同他撰写《续金瓶梅》六十二回，所讲的丁令威三世下凡的故事联系在一起，用以证明《金瓶梅》《续金瓶梅》是丁纯、丁惟宁、丁耀亢三代人完成的著作。

丁惟宁发起成立了"东武西社"，在万历二十三年（1596）成立西社时，成员杨津将西社八友每人写了一首诗，把每位成员描写得栩栩如生。这首诗将丁惟宁的朋友圈子及同董其昌的关系，公诸于众。

第十二，《金瓶梅词话》第五十一回，王姑子道："六祖传灯既闻其祥，敢问昔日有个庞居士，舍家私送穷船归海，以成正果。如何说？"薛姑子道："庞居士善知识。放债来生济贫苦，驴马夜间私相居。只修的抛弃妻子上法舡，才成了南无妙乘妙法伽蓝耶。"

这庞居士，明开，法号心空。俗名庞氏子，是五莲山"护国万寿光明寺"开山和尚，成都人，十九岁出家，与臧唯一、臧惟几、臧尔劝、丁惟宁皆是好朋友，丁惟宁隐居的"茅庐"与光明寺，直线距离只有二里路。以上十二条证据，证明《金瓶梅》作者非丁惟宁莫属。

八、《金瓶梅词话序》作者钟羽正

《金瓶梅词话》由丁惟宁在九仙山之阳、兰陵峪南岸的茅庐撰著诞生后，第一个读者，便是丁惟宁的老朋友钟羽正，他从老家青州钟家庄来看望老朋友丁惟宁写下了《甲午游东武丁氏小园即景》一诗：

> 小小仙园东郭东，委曲小巷仄径通。
>
> 转过溪桥豁双瞳，另有天地非俗同。
>
> 对面石山气秀雄，左萦右拂嶂几重。
>
> 山头突起一高峰，嵌空峭壁岫玲珑。

下有草厅居其中，明窗净几门未封。

阶前碧绿倚长松，修竹千竿对青桐。

松筠桐阴影更浓，芝兰瑶草绿几丛。

极南凉亭可乘风，周围环绕万花红。

万花红，景无穷；酒一盅，乐融融！

这是万历二十二年（1594）甲午夏天在丁惟宁家中写下的诗篇。他读完《金瓶梅词话》后，在"明贤里之轩"写下《金瓶梅词话序》，用笔名欣欣子。

第一，钟羽正其人。

钟羽正（1554—1637），字淑濂，号龙渊，明代益都钟家庄人。自幼勤奋好学，万历八年（1580）进士及第。官至工部尚书，为人刚正不阿。

26岁出任滑县知县，此县"素称繁剧"，到任后，着手处理积案，"断决如流，三日而毕"。接着清丈农田，整顿赋税，渭南有六百余顷农田经常被淹，而赋税照收，他亲临现场查清上报，请求免税，获免十分之七。当时，全国勘实田亩，地方官多以"增地为功"，滑县多丈出土地百余顷，钟羽正却不以此请功邀赏，而是用多出土地的税额来抵补荒年所欠赋税。两河地区有一疑案，当地官员呈请转托钟羽正处理，审讯时，"观者如堵"，钟羽正"谈笑摘发"，不多时结案，众皆帖服。

钟羽正受朝廷重视，奉调进京，升礼科给事中；工科给事中，吏科都给事中，万历二十年（1592）因立皇太子之事，钟羽正得免，被削职为民。

钟羽正回乡后，闭门读书，士大夫争相拜访，他一概不见。万历四十三年（1615）青州发生大饥荒，钟羽正倾全部家产，赈济灾民，救活1500余人，朝廷赐"代天育物"门匾。钟羽正回乡30年后，礼部尚书郑特上书举荐钟羽正，次年为光禄寺少卿。光宗起用钟羽正为太仆少卿，既而升太仆正卿，天启二年（1622）为左副都御史。崇祯十年（1637）冬，83岁的钟羽正在故乡去世，赐太子太保。

第二，钟羽正笔名"欣欣子"的来历。

（一）丁惟宁第五子丁耀亢《明工部尚书太子太保钟先生集序》说："（钟羽正）旷然天游，意兴泊如也。"又云："（钟羽正罢归）修仰天寺山水，以著书讲道自娱。"

（二）钟羽正被贬谪之后，回到故乡，他清心寡欲，专心读圣贤书。自身到深山老林，仰天山的寺庙中，独自隐居，修身养性，"屏居习静，颐养天和，临终从容，诗成而暝，可谓全归矣"。

（三）钟羽正崇尚庄子的逍遥自得的生活状态，"习静"于"山林与，皋壤与，使我欣欣然而乐与"的境界。他看破红尘，把一切都看得很淡，清心，清净，清淡，没有什么欲望，回到清静度日的生活境况和生活状态。

（四）钟羽正从互相倾轧的官场，来到平静的平民生活中，欣喜不已，无官一身轻，有"所之既倦，情隋事迁，向之所欣"，"欣于所遇，暂得于己，快然自足"的快意和兴奋。

（五）钟羽正写过《驼山行》一诗。驼山是其故乡青州城南部的一座名胜山峰，钟羽正来此山游览，诗兴大发，便写道：

泉流鸣咽去，山列翠微屏。

习静欣欣子，披襟邀薰风？

诗中的"习静欣欣子"是作者钟羽正的自喻，自况。说出了钟羽正此时此地的心态与心境，让人们一眼看出，他是一位心胸宽阔，气宇轩昂，心无杂念，决不与社会渣滓同流合污的性情和气质。

钟羽正将《驼山行》"习静欣欣子"的"欣欣子"作为他的一个笔名，当他为《金瓶梅词话》作序时，就欣然用了"欣欣子"的笔名。

第三，钟羽正作《金瓶梅词话序》。

（一）钟羽正同丁惟宁是老朋友，但是钟羽正与丁惟宁严格地说是两代人，而不是同代人。

丁惟宁出生在嘉靖二十二年（1542），钟羽正出生于嘉靖三十三年（1554），丁惟宁比钟羽正大了一旬十二岁。钟羽正是万历八年（1580）进士及第，26岁中进士；丁惟宁是嘉靖四十四年（1565）进士及第，当年23岁。钟羽正被贬官为民是万历二十年（1592），丁惟宁弃官归里是万历十五年（1587）。钟羽正在京城为官时，得知丁惟宁为人刚正不阿，不畏权贵，清正廉洁，两袖清风，政绩显赫，遭遇厄运，心中由衷地佩服丁惟宁。

（二）钟羽正拜见丁惟宁。万历二十年（1592）钟羽正被贬官为民，回到故乡，任何士大夫拜见，他都回避，不见任何人。他却在万历二十二年（1594）盛夏，行走300多里去专程看望老朋友丁惟宁，留下了《甲午游东武丁氏小园即景》一诗，并在"明贤里之轩"，即丁惟宁家的书斋内，读完了《金瓶梅词话》，并撰写了《金瓶梅词话序》。钟羽正是第一个接触《金瓶梅词话》的历史文人，也是第一个评价《金瓶梅词话》的文学家。

（三）钟羽正与丁惟宁是好朋友的佐证

钟羽正在《金瓶梅词话序》中写道："窃谓兰陵笑笑生作《金瓶梅传》，寄意于时俗，盖有谓也。"

"吾友笑笑生为此，爱罄平日所蕴者著斯传，凡一百回。其中语句新奇，脍炙人口，无非明人伦，戒淫奔，分淑慝，化善恶，知盛衰消长之机，取报应轮回之事。"

"吾故曰：笑笑生作此传者，盖有所谓也。"

第四，钟羽正为《天史》作序。

（一）钟羽正不仅为《金瓶梅词话》作了序言，在丁惟宁去世 23 年后，丁耀亢已 34 岁，撰写了一部《天史》，钟羽正已 80 岁高龄，为此书做了评选和校正。在作序、做评选校正时，董其昌与其不在一地，但是，董其昌让门人陈际泰写了序，他亲自作了校正、评选。

（二）钟羽正称赞丁耀亢说："丁君高材旷度，有心持世，于兹表其深哀，真佳刻也。使丁君而紬金匮之编，必为董狐良史之节；丁君而司玉律之任，必为庭坚淑问之明，此固其一班也。三代之佐，余且有厚望焉。"

（三）董其昌门下士临川陈际泰在序中说："予不识丁君，而知为董其昌先生门下士，先生归属予为序，予吕先生之序者序之也。山海无际，青苍浩漾之中，吾闻鲁多君子焉。斯故有所取尔也。"

第五，钟羽正是丁耀亢的业师。

钟羽正去世后，钟羽正后裔与丁氏后裔保持绵绵的联系，其友情仍在。顺治七年（1650）丁耀亢专程去青州钟家庄登门拜访钟羽正之子钟伯敬。丁耀亢到了钟家，且祭扫钟羽正的坟墓。有丁耀亢《宿钟伯敬村居》一诗为证：

> 霜花丛菊乱垂盆，小屋疏墙映板门。
>
> 鸟雀满阶惊客至，古人藏酝已开樽。

丁耀亢为自己老师祭祀有《过尚书龙渊老师墓》一诗为证：

> 厚德名书世不闻，传经惭愧自河汾。
>
> 十年痛苦羊昙路，宿草寒花对古坟！

可见钟羽正与丁耀亢之间的友情是多么深厚。

第六，钟羽正在《金瓶梅词话序》中，署有"欣欣子"书于明贤里，此堂号依据"贤人里"而来。

清朝定鼎后,"明贤"触犯清廷忌讳,改称"内省堂"。是明代丁氏的堂号,称作"明贤里",因而,钟羽正在撰著《金瓶梅词话序》时署为"明贤里之轩。

九、董其昌是《金瓶梅词话》第二篇序言的撰写者

《金瓶梅》是万历二十二年(1594)在五莲诞生。然后,由青州鸿儒钟羽正,于甲午年,也就是万历二十二年(1594)夏天,在"明贤里之轩",丁惟宁城宅的书房里,写下了第一篇序言—《金瓶梅词话序》。

第一,《金瓶梅》第二篇序言,题目是《金瓶梅序》,是万历丁巳季冬,东吴弄珠客漫书于金阊道中。万历丁巳年,是明神宗万历四十五年(1617);金阊,指苏州。

很显然,这篇序言,是丁惟宁死后已六年时间,董其昌在江苏苏州写成的。丁惟宁于万历三十九年(1611)冬去世,而此序言是万历四十五年(1617)季冬在苏州撰写。这说明序言的作者董其昌与丁惟宁有非常深厚的交情。

(一)董其昌为何用东吴弄珠客的笔名?

中国《金瓶梅》研究会副会长、山东大学博士生导师王平先生考定:《金瓶梅词话》"东吴弄珠客"序落款题"万历丁巳季冬东吴弄珠客漫书于金阊道中"。有几点可证这位"东吴弄珠客"即为董其昌。其一,弄珠楼原址位于旧时平湖县城东门外的东湖之中,始建于明嘉靖中叶,万历三十四年(1606),平湖知县萧鸣甲在原基础上增建而成"弄珠楼",成为浙西名景。"弄珠楼"落成之际,萧鸣甲念及董其昌与平湖的因缘,向时任湖广提学副使的董氏索墨。他欣然应允,除题匾"弄珠楼"外,又赋《寄题萧使君"弄珠楼"诗》二首助兴。清张云锦撰《东湖弄珠楼志》六卷(清乾隆鲍询、王瑛等刻本),亦有相关记载,当年弄珠楼有石刻董其昌七律二首,乾隆间已无存。

诗曰:"壁间妙迹思翁字,颗颗明珠未寂寥,三尺青珉惊羽化,只今愁唱弄珠谣。"董氏还以飞白体署"弄珠楼",更题拱间曰:"晴川历历汉阳树,芳草萋萋鹦鹉洲。"由此可见,董其昌与"弄珠"一词有着密切的关联。

在撰写《金瓶梅词话》序时,董其昌就顺理成章地应用了"东吴弄珠客"这一笔名。

（二）董其昌是松江人为何在苏州写序言？

据历史资料记载，董其昌"万历丁巳"即万历四十五年（1617）确实在"金阊道中"。

当时民间写本《黑白传》《民抄董宦事实》披露。万历四十四年（1616），董其昌遭遇一次"民变"，惶惶然避难于苏州、镇江、丹阳、吴兴等地，半年不得安身，此即"民抄董宦"案。董其昌心神不定，居无定所，完全符合他于万历四十五年（1617）居住苏州的情形。

（三）袁宏道《与董思白》书，袁中道《游居柿录》一文，证实董其昌手中有手抄本《金瓶梅》的前半部分。袁宏道说："《金瓶梅》从何得来？伏枕略观，云霞满纸，胜于枚生《七发》多矣。后段在何处抄竟，当于何处倒换？幸一的示。"（《袁宏道集笺校》）董思白，即董其昌，此信是袁宏道任吴县知县时，于万历二十四年（1596）所作。

袁中道说："往晤董太史思白，共说小说之佳者，思白曰：'近有一小说，名《金瓶梅》，极佳。'"此文写于万历四十二年（1614）《金瓶梅》诞生二十年时。

第二，董其昌其人。

董其昌（1555—1637），明书画家，字玄宰，号思白，香光居士。华亭（今上海市松江）人。官至南京礼部尚书谥文敏，是明末著名书画家，讲究笔致墨韵，画格清润明秀，画论上标榜"士气"，把古代山水画家比喻佛教宗派，推崇文人画，主张作画须"读万卷书，行万里路"为后来的论画产生很大影响。

第三，董其昌与丁惟宁的关系。

董其昌与丁惟宁是好朋友，但是，董其昌与丁惟宁年龄悬殊很大。丁惟宁出生于嘉靖二十二年（1542），而董其昌出生在嘉靖三十四年（1555），董其昌比丁惟宁小十三岁。

董其昌由丁惟宁介绍加入"东武西社"，有万历二十三年（1595）杨津所写"东武西社八友歌"为证。

董其昌于万历四十五年（1617）为《金瓶梅》作序。万历四十六年（1618），丁耀亢背负父亲丁惟宁的书稿，到苏州，拜董其昌为师，万历四十七年（1619）《金瓶梅词话》在苏州刊刻。丁耀亢用"廿公"的笔名，作了九十六个字的跋文。万历四十七年（1619）《金瓶梅》首次刊刻

第四，丁耀亢与董其昌的关系。

丁耀亢是丁惟宁的第五个儿子，丁惟宁于万历三十九年（1611）冬去世时，丁耀亢刚刚 11 岁，过了 8 年，万历四十八年（1618），也就是董其昌于万历四十五年（1617）撰写了《金瓶梅序》的第二年，丁耀亢"负笈"，背着其父丁惟宁于万历二十八年后修改过的《金瓶梅》书稿，到苏州投奔父亲老朋友董其昌膝下，叩拜董其昌为老师，并同董其昌一道为《金瓶梅》的刊刻做校订。万历四十七年（1619）丁耀亢正好 20 周岁，他以"廿公"的笔名，写了跋文。《新刻金瓶梅词话》在苏州出版发行。

第五，丁耀亢请董其昌校点《天史》，并赐序

丁惟宁去世二十三年后，丁耀亢三十四岁）（1634）撰著《天史》一书，丁耀亢将书稿求两位老师，一位是父亲的老朋友董其昌，另一位也是父亲的老朋友钟羽正，这两个人都曾为《金瓶梅》作序，让他们帮助校正评点。董其昌、钟羽正满怀热情地，在不同的地方，为《天史》进行了认真的评选。现在看到出版的《天史》首页是"《天史》丁耀亢著，青都钟羽正龙渊、云间董其昌思白评选"的字样。

第一篇序是：

赐进士荣禄士大夫太子太保、工部尚书、前都察院左佥都御史、吏科都给事中、侍经筵眷生钟羽正顿首拜撰，时年八十岁。

第二篇序言是董其昌托门下士陈际泰撰写。

董其昌门下士临川陈际泰说：

> 作此史者，其有苦心乎？然吾有以进之焉。山之高，海之深，风雨潮汐变灭于其间，其将尽于天地否欤吧？昔者齐人邹衍善谈天，丁君得其所学欤？予不识丁君，而知为董思白先生门下士。先生归属予为序，予以先生之序者序之也。山海之际，青苍浩漾之中，吾闻鲁多君子焉，斯固有所取尔也。

第六，丁耀亢专程《江游》看望董其昌。

（一）丁耀亢第一次游江南。

丁耀亢在《自述年谱以代挽歌》中写道：

> ……十一而孤，柱史见背，弱冠游黉；始亲文墨。稽古好游，裘马自快。己未十月，负笈游吴，授经问礼，至于姑苏，结纳高士，游览名区，有陈古白，有赵凡夫。玄宰董公，江左顾厨。名誉日起，藻丽以敷。庚申

岁暮，始返亲庐……

这次丁耀亢到苏州前后一年多时间，他于万历四十六年（1618）到姑苏城，是董其昌为《金瓶梅》作序的第二年来到苏州，他办了四件事：第一件事是叩拜在老父亲朋友董其昌足下，成其为董其昌的门下士，也就是拜董其昌为师，他成为董其昌门下的学生。

第二件事是结识了江南的好友，江南的高士，游览了名区，这些高士有：陈古白、赵凡夫、玄宰董公，厨师顾师傅。由于这些高士提携，丁耀亢在江南很快有了名气。

第三件事是苏州与江南高士们结成了山中诗社，丁耀亢成为诗社成员。

第四件事是同董其昌一道第一次刊刻了《新刻金瓶梅词话》共二十卷，是《金瓶梅》家藏本。

这四项事办完后，庚申岁暮（万历四十七年，1619）"始返亲庐"。

（二）第二次江南拜访董其昌。

丁耀亢在《江游》（己卯春夏）附：江南诗余，记载道："忆昔己未渡江，负笈云间，从董玄宰，乔剑浦两先生游。庚申，傲石虎丘，与陈古白、赵凡夫结山中社。去今三十年，少年诗文无足存者。自己卯避地，溯海而淮而江，既不得南枝，蜡履倦游，止于白下，纪其所见，积篓中遂成帙。然雪鸿留迹，蕉鹿迷痕，无盖也。存之志慨尔。"（《野鹤自纪》）

己未渡江是指万历四十七年（1619）第一次负笈渡江。在崇祯十二年己卯（1639），重渡江南时，丁耀亢将己未年万历四十七年（1619）在江南苏州办的四件事都记忆犹新，全部回忆出来，写在纸上。丁耀亢与董其昌交情都是非常深，来往非常密切。董其昌非常关心老朋友之子丁耀亢。

十、"廿公"是丁耀亢的笔名

《金瓶梅》有十多个奥秘玄机，"廿公"，就是其中之一，在这些玄机之中，最迷离扑朔的是"廿公"，人们很难想象，这"廿公"是何人。

有人说，"弄珠客"与"廿公"同为一人。因为这个"廿公"颇知晓《金瓶梅》作者的底细和创作宗旨。认为董其昌就是"廿公"，有人讲，"廿公"之"廿"，显然是姓，然而，我国姓氏中，根本无"廿"姓，那么，"廿"为何意？"将"廿"从字面上分析，乃"董"字去其中千里（重）之谓也。"这种说法，牵强附会，证据不足。

郑振铎《中国文学史》有一段文字："《金瓶梅》有好几种不同的版本，最早的一本，可能便是北方所刻的《金瓶梅词话》，沈德符所谓'吴中悬之国门'的一本。当冠有万历四十五年丁己东吴弄珠客的序和袁石公（题作廿公）之跋的。"很显然，郑振铎其他的考证是非常准确的，而他认为"廿公"是袁石公（袁宏道）作跋，这是个错误，错在哪儿，我们从历史典籍中找证据加以分析：

第一，"廿公"是丁耀亢的笔名。

丁惟宁是万历三十九年（1611）冬去世的。

丁耀亢是万历二十七年（1599）出生，丁惟宁去世时，丁耀亢才 11 周岁。

万历四十五年（1617）董其昌从松江被"民反"后，来到苏州的第二年为《金瓶梅词话》写了《金瓶梅序》。这是丁惟宁去世后的第六年。丁耀亢这年已十八岁。

万历四十六年（1618）丁耀亢十九岁从山东来到江南苏州，一是叩拜董其昌为老师，董其昌收丁耀亢当学生；二是丁耀亢通过董其昌认识了江南陈古白、赵凡夫、江左顾厨等高士；三是在苏州结山中诗社，丁耀亢为成员之一；四是负笈南游，背着父亲丁惟宁生前修改好的《金瓶梅词话》定稿本，在董其昌的鼎力帮助下刊刻，出版了《金瓶梅词话》。刊刻《金瓶梅词话》是万历四十七年（1619）己未年，这一年正是丁耀亢二十周岁。丁耀亢以"廿公"的笔名写了九十六字的序言："《金瓶梅传》为世庙一钜公寓言，盖有所刺也。然曲尽人间丑态，其亦先师不删'郑卫'之旨乎？中间处处埋伏因果，作者亦大慈悲矣。今后流行此书，功德无量矣。不知者竟目为淫书，不惟不知作者之旨，并亦冤却流行者之心矣。特为白之。"

世庙是指明世宗朱厚熜的庙号。明世宗（1522—1566）年号为嘉靖。

钜公是丁惟宁的父亲丁纯，嘉靖年间出任河北钜鹿县训导，后任长垣县教谕。当地人们因其在矩鹿为过官，尊称他为"钜公"。

这"廿公"，显然是钜公丁纯的孙子，丁惟宁的儿子。在二十周岁时，为刊刻《新刻金瓶梅词话》而写跋文时，用的笔名。

第二，丁耀亢是什么样的人？

（一）丁耀亢家庭环境。

丁耀亢（1599—1669），字西生，号野鹤，又号紫阳道人、木鸡道人、西湖鸥吏等、明末清初文学家，诗人，剧作家和小说大师。生于九仙山之阳，丁家楼子。

丁耀亢生于明代官宦之家，书香门第。其祖父丁纯，曾为矩鹿训导，长垣县教谕，四川道监察御史。因丁惟宁于嘉靖四十四年（1565）考取进士，任何北清苑县知县而辞官归里，倡导当时的文人，名士结"九老会"。

丁耀亢的父亲丁惟宁，二十三岁于嘉靖四十四年（1565）进士及第，当年放官为河北清苑县知县，后任山西长治县知县，四川道监察御史，奉命调京，侍经筵，巡按监察御史，河南佥事、佥判，陇右兵备佥事，江西省参议，陕西督军饷。泰州兵宪，湖广兵备副使等职，因受诬陷，弃官归里，隐居于九仙山之阳，兰陵峪南岸"草庐"中撰著《金瓶梅词话》，与张蒲渠、董其昌、臧唯一等文人结"东武西社"。丁耀亢自小受书香门第熏陶，且"负奇才，倜傥不羁"。

（二）丁耀亢学业。

万历四十八年（1620）岁末，丁耀亢从江南归来，参加了天启元年（1621）、天启四年（1624）、崇祯元年（1630）三次乡试，均名落孙山，而此时，其兄耀斗，六弟耀心，侄子大谷都在崇祯年间中举。这对负有奇才的丁耀亢是一个很大的打击。

丁耀亢尝以经纶济世自负，屡屡落榜，使他郁郁不乐。他移居橡谷山庄，远离喧嚣，翻阅先人遗留下的书籍及《二十一史》等，以解其闷。阅后，心中豁然开朗，经过深思，决定编一部书，将历代"作恶之极"的历史典故汇集起来，记罪不记功，言祸不言福，并加以评论，历时两载，五易其稿，撰著一部《天史》。丁耀亢将书献给工部尚书名儒钟羽正，南京刑部尚书鸿儒董其昌，他们二人选评了全书。钟羽正给此书作了序，时年八十岁。董其昌委托门人陈际泰代写了序言。盛赞丁耀亢有"董狐良史之节"，称《天史》是一部"深于儆世，劝善惩恶"的好书。

崇祯十二年（1639）清兵攻占济南，自此，陷入战争，丁耀亢加入逃难的队伍，到清风岛避难多年。

顺治五年（1648）丁耀亢再度赴京求仕，入京后，国子监祭酒胡允成，以其曾任南明伪朝命官，不准其入试，连他的贡生资格也不承认。

（三）改籍顺天。

丁耀亢被取消贡生和考试资格后，已经走投无路困于京师。在好友刘宪石、张天石的帮助下，丁耀亢改籍顺天，考取顺天府贡生。经多方努力，讨了个镶白旗教习之职，从此，他白天为那些"虎头熊目之士……伏甲而趋，书冠带剑，少拂其意则怒去"的八旗之弟做教习。夜则与京内降清而得官，且有文采的王铎、刘宪石等人相聚于自建的"陆舫书屋"，作诗赋词，相互唱和，闲暇游遍京师名胜，写下了很多诗词，一时名噪京师，后结集为《陆舫诗草》。

第三，历尽坎坷。

丁耀亢改籍顺天后，取得贡生资格，有了做官的条件，讨了个镶白旗教习之职，一干就是三年。

（一）顺治八年（1651）丁耀亢任直隶容城教谕，顺治十一年（1654）丁耀亢赴任。他在自己写的诗中自称："甲午之春，北行就官。敝车疲驴，环堵不完。僦居而居，如是五年。"

顺治十六年（1659）赴容城赈灾的权贵祝、梁二宦，是丁耀亢的诗友，见他在此穷困不堪，心极不安，四次向朝廷举荐丁耀亢。

顺治十六年（1659）升任为福建惠安知县。这年十月，耀亢奉旨赴任。他过海州，走扬州、瓜州，经常州、无锡、苏州至杭州。第二年顺治十七年（1660）才入闽境。此时惠安城已被郑成功占领，无法上任，到蒲城便不再前往。此地战乱，他怕身陷死地，横尸异乡，即以"母老不赴""以疾告归"为由，辞官北归。

（二）顺治十八年（1661）三月十六日，他回到了故乡。稍微整顿家事后，便潜居橡谷山村，投入了"稗史"的著作。书未写完，有人告讦他所写《续金瓶梅》是借宋金之战，影射清贵族残暴无道。由此，家被抄，人被送入刑部大狱。

第四，《续金瓶梅》惹风波。

丁耀亢受其祖父丁纯和父亲丁惟宁的影响，不但在二十岁时，在董其昌帮助下，在苏州（当时称吴中），第一次刊刻出版、发行了《新刻金瓶梅词话》，这就是袁中郎（宏道）称为"外典"，沈德符称"而吴中悬之国门矣"的《金瓶梅》。

丁惟宁去世时，丁耀亢才11岁，不谙世事，但是，在他家有一部经丁惟宁在万历二十八年（1600）修改过的《金瓶梅》母本对其影响极大。

（一）丁耀亢在任容城教谕期间撰著《续金瓶梅》。顺治十一年（1654）丁耀亢任蓉城教谕，在那里虽然远离家乡，生活十分艰苦，但是，他在此是创作精力最旺盛，创作欲望最强烈的时期。这一年，他正好五十五岁，他的生活经历，阅历和创作经验丰富的鼎盛时期，于是撰著了《蚺蛇胆传奇》《续金瓶梅》等著作。

（二）康熙四年（1665）八月，丁耀亢因著《续金瓶梅》而入狱。

由当地县令差人将丁耀亢押送至北京，关进刑部大狱，候旨处理。

（三）在狱中，丁耀亢未受皮肉之苦。因司狱官员檀文馨是北京文士，素仰丁耀亢之才，对待丁耀亢如同故友，率诸多吏典，设酒赋诗，直到夜半，或酣歌达旦，索诗于丁耀亢，该时，丁耀亢年老目昏，用粗笔作诗回报，京师故友大司马龚芝麓，大司空傅掌雷，刘宪石等人积极援救，丁耀亢牢狱生活四个月后被解救。

（四）丁耀亢人虽出狱，但他所作的《续金瓶梅》被诏命焚毁。以后，随着清朝文字狱的愈演愈烈，连皇帝钦定的《四库全书》中已收入的作品，也被付之一炬，故仅存书目，而无其书。

丁耀亢痛苦之极，写下诗篇为证：

> 帝命焚书许放还，天教闭目不开关。
> 老来租赋因贪累，赦后诗文待醉删。
> 自爱急公频鬻产，岂因谢病敢投闲？
> 使君如访柴桑令，遵海而南游故山。

登超

> 然台谒苏文忠公有感
> 穆陵霸气尚纵横，台畔遗文记典刑。
> 物有可观皆可乐，人能超世始超名。
> 旧河沙岸翻为谷，官署归鸦不入城。
> 我著瓶梅君咏桧，古今分谤愧先生。

第五，晚年孤苦艰辛的生活。

焚书之后，丁耀亢晚年皆空，随即去河南少林寺剃去头发，沉湎于佛教。归故乡后，常到五莲山光明寺，同方丈和尚谈经，说法。此时，丁耀亢已病目，他自称"木鸡道人"，尽管视力不济，他仍著书不止，为怕惹祸端，所写文章，书籍均用化名传于世。如《醒世姻缘传》这部长篇大作，就在此时完成。康熙八年（1669）冬，丁耀亢病入沉疴。他召集全家人叮嘱后事，"占永诀诗毕，合掌说偈而殁"，享年71岁，死后葬于橡家沟西山之阳。

第六，丁耀亢的文学成就。

丁耀亢一生游遍大半个中国，亲历了明万历、泰昌、天启、、崇祯、李自成之大顺及清顺治、康熙几代风云，接触了上至朝臣显贵，下至庶民百姓，三教九流，叩拜过国内南北名人文士，亲历了国破家亡之痛。他以卓越的才华，广博的学识和深邃的洞察力，创作了大量的诗歌，小说，剧本等。乾隆《诸城县志》载，丁耀亢《逍遥游》一卷，《陆舫诗草》五卷，《椒丘诗》二卷，《江干草》一卷，《归山草》一卷，《听山亭草》一卷，《天史》十卷，《西湖翩传奇》二卷，《化人游》一卷，《蚺蛇胆传奇》一卷，《赤松游》三卷，还有《问天》《集古》《漆园草》《仙人游》《家政须知》《出劫纪略》《增删补易》《续金瓶梅》《醒世姻缘传》《醉醒石》等传于世。其著作包罗万象，清代大文学家王肇晋赞其人、其文曰："先生旷世才，目光如曙星。一官不屑意，长揖傲公卿。下笔走风雨，险语天为惊。神龙不见尾，笙鹤遥空声。"

第七，鲁迅对《续金瓶梅》的评价。

《续金瓶梅》前后共六十四回，题"紫阳道人编"。自言东汉时辽东三朝有仙人丁令威，后五百年而临安西湖有仙人丁野鹤，临化遗言："说'五百年后又有一人名丁野鹤，是我后身，来此相访。'后至明末，果有东海一人，名姓相同，来此罢官而去，自称紫阳道人。"（六十二回）卷首有《太上感应篇阴阳无字解》，署"鲁诸邑丁耀亢参解"，序有云："自奸杞焚予《天史》于南都，海桑既变，不复讲因果事，今见圣天子钦颁《感应篇》，自制御序，戒谕臣之。"则《续金瓶梅》当成于清初，而丁耀亢即其撰人矣。（《中国小说史略》）

鲁迅对《续金瓶梅》作者的考证，是完全正确的，近几十年来，从历史典籍和当地民间挖掘出许多历史资料，证实《续金瓶梅》作者就是丁耀亢。

鲁迅还说："万历时又有名《玉娇李》者，云亦出《金瓶梅》作者之手。"鲁迅把《金瓶梅》、《玉娇李》、《续金瓶梅》的考证，将眼睛移到丁氏前后三世。并提及在南都焚毁的《天史》一书，"以献益都钟羽正，羽正奇之。"说明鲁迅的考证已接近揭开《金瓶梅》诸奥秘的谜底。

十一、《金瓶梅词话》是母本、主本、正本、家藏本

《金瓶梅》的版本很多、很乱，但是，在历史上主要有三个版本，第一个版本是万历四十七年（1619）在苏州刊刻的《新刻金瓶梅词话》；有崇祯本《新刻绣像批评金瓶梅》；有清代第一奇书本《金瓶梅》。近些年来，全国各地出版部门大量出版了各种版本的《金瓶梅》，其中发行量比较多的有台湾（罗梅馆校本）《金瓶梅词话》；有（人民文学出版社）《金瓶梅词话》；有（香港太平书局）《金瓶梅词话》；（作家出版社）《双舸榭重校评批〈金瓶梅〉》等版本。在诸多版本中，经考证《新刻金瓶梅词话》是主本、正本、母本、家藏本。

第一，郑振铎在《中国文学史》"长篇小说的进展"一文中指出："《金瓶梅》版本甚多，以万历版《金瓶梅词话》为最好。今有北平古佚小说刊行会影印本。惜仅印百部，且为非卖品。卿云书局的《古本金瓶梅》即从民国五年存宝斋的《真本金瓶梅》翻印的，秽亵的地方已都删去，最易得《金瓶梅》的出现，可谓中国小说的发展的极峰。在文学的成就上说来，《金瓶梅》实较《水浒传》《西游记》《封神传》为尤伟大。"文学家、文学评论家郑振铎认为万历版《金瓶梅词话》为最好。

第二，鲁迅在《中国小说史略》中指出："诸'世情书'中，《金瓶梅》最有名，初惟抄本流传，袁宏道见数卷，即以配《水浒传》为'外典'（《觞政》），故声誉顿盛；世又益以《西游记》，称三大奇书。万历庚戌（1610），吴中始有刻本，计一百回……万历时又有名《玉娇李》者，云亦出《金瓶梅》作者之手。"

第三，吴晗在《论明史》中，从《古刻本的发现》《金瓶梅词话》是最和原本相近，最早的刊本。他指出："最近北平图书馆得到了一部刊有万历丁己序文的《金瓶梅词话》，这本子不但在内容方面和后来的本子有若干处不同，并且有东吴弄珠客的序上也明显地载明是万历四十五年（丁己 1617）冬季所刻。在欣欣子的序中并且有作者的笔名兰陵笑笑生（也许便是作序的欣欣子吧）。这本子可以说是现存的《金瓶梅》最早刊本。其内容最和原本相近。"在此，吴晗把兰陵笑笑生误认为是欣欣子，他们是同一个人显然是错误的。实际是：兰陵笑笑生是丁惟宁的笔名，欣欣子是钟羽正的笔名。吴晗断定《新刻金瓶梅词话》是最早的刊本。

第四，《金瓶梅词话》是原名，是主本、母本、正本、家藏本。

　　第一个为《金瓶梅》作序的青州鸿儒钟羽正，是《金瓶梅》问世后，第一个阅读完《金瓶梅》的人，他是被贬官后第三年夏天，万历二十二年甲午（1594）来到"明贤里之轩"，到丁惟宁家来看望丁惟宁，在此写了《甲午游东武丁氏小园即景》这首诗，然后，为《金瓶梅》作序。钟羽正为《金瓶梅》作序的原题是：《金瓶梅词话序》。由此，完全能够证明，《金瓶梅词话》是原名，《金瓶梅词话》刻本，是主本、原本、母本、家藏本，其他版本都是传抄本。

　　第五，《金瓶梅词话》是丁惟宁家藏的修改本。

　　（一）只有《金瓶梅词话》本，有钟羽正万历二十二年（1594）作的《金瓶梅词话序》，有董其昌万历四十五年（1617）作的《金瓶梅序》，有丁耀亢万历四十七年（1619）撰写的《跋》文。其他任何版本的《金瓶梅》没有这三篇极为重要文章，应当说这三篇重要文章是有力的证据。

　　（二）只有万历四十七年（1619）在苏州刊刻的《金瓶梅词话》本，有《新刻金瓶梅词话》"开首词"和"四贪词"。开首词有四阕，第一阕开首："阆苑瀛洲，金谷陵楼……"第二阕开首："短短横墙，矮矮疏窗……"第三阕开首："水竹之居，吾爱吾庐……"第四阕开首："净扫尘埃，惜耳苍苔……"

　　"四贪词"是酒、色、财、气。以上内容，在其他任何版本中，都没有，只有《新刻金瓶梅词话》才有这些内容。

　　（三）《金瓶梅》其他版本，第一回是《西门庆热结十兄弟，武二郎冷遇亲哥嫂》，用大篇幅谈如何"热结"十兄弟。而《金瓶梅词话》第一回却以《景阳冈武松打虎，潘金莲嫌夫卖风月》为题。将热结十兄弟的内容改到第十回，并且压缩了篇幅，用几句话一代而过。开首用宋人卓田之手，名《眼儿媚》"题苏小楼"。亦见话本《刎颈鸳鸯会》字词稍有改动，其文化味，文化深度，立即生辉。

　　《金瓶梅词话》第二回开首用了一首诗，而其他版本都是泛泛地说事，其意境完全不一样。

　　第六，《金瓶梅词话》第五十一回，新加内容，证明《金瓶梅词话》在万历二十八年（1560）后，修改过。

　　1. 吴月娘要听薛姑子讲佛法，演颂《金刚科仪》。在明间内安放一张经桌，焚下香。薛姑子与王姑子两个一对坐，妙趣、妙凤两个徒弟立在两边，接念佛号。而其他版本《金瓶梅》却是《打猫儿金莲品玉，斗叶子经济输金》，没有任何"讲佛法"的内容及场面。

2.在王姑子、薛姑子说法中增加了许多内容,其中有六祖和庞居士的内容:

王姑子道:"释迦佛既听演说,当日观音菩萨如何修行,才有庄严百化化身,有大道力,愿听其说。"

薛姑子又道:"大庄严,妙善主,辞别皇宫香山住,天人送供跏趺坐,只修的,五十三参变化身,才成南无救苦难观世音。"

王姑子道:"观音菩萨既听其法,昔日有六祖禅师传灯佛,教化西域,东归不立文字,如何苦功,愿听其祥。"

薛姑子又道:"达磨师、卢六祖。九年面壁功行苦,芦芽穿膝伏龙虎。只修的,只履折芦任往来,才成了南无大慈大愿毗卢佛。"

王姑子道:"六祖传灯既闻其详,敢问昔日有个庞居士,舍家私送穷船归海,以成正果。如何说?"

薛姑子道:"庞居士,善知识,放债来生济贫苦,驴马夜间私相居。只修的,抛弃妻子上法舡,才成为南无妙乘妙法伽蓝耶。"

第七,庞居士其人。

五莲山光明寺开山和尚法号明开,字心空,俗姓庞,名庞氏子。明隆庆二年(1568)出生于四川成都一大户人家。天资聪颖,性格直倔,读私塾时,头角崭露,卓然超群。

万历十三年(1585)明开18岁,见同乡一大户死去,此人系巨富,却无子嗣,塾师闻而叹曰:"虽积黄金,难脱鬼门!"明开触动很大,便有了出家的心思。

万历十四年(1586)明开借一事不满,潜离家乡,落发为僧,超尘脱俗,开始了禅林佛寺生涯。

落发后乘船沿江而下,在九江登岸,赴庐山研习佛经,下金陵拜洪恩为师,听讲经律论,三年后,去杭州云栖寺,拜在净土宗莲池大师门下,深钻大乘佛教诸经,苦学三年,同时常去灵隐寺听临济宗大师宣讲佛法。他常讲经说法,赢得江南佛教界人士的称赞。

明开拜别莲池大师,游览了江淮一带的名山古寺,继续往北走,万历二十八年(1600)明开入齐地,"登琅琊,观日出",然后化缘,与臧敬轩邂逅,两人一见如故,邀明开住在其家,二人谈经论佛,形同莫逆。明开历时三年,在此将《华严经》抄毕，然后带明开去五朵山游览，明开被五朵山青山秀水所吸引，便于万历三十年（1602）北上京师，上书朝廷恭请山名寺名。

明开在京师西山诸寺游览，巧遇惜薪司太监王忠，明开向他说了来意，王忠便将明开及五朵山的详情向皇帝作了奏报。此时，正逢李皇太后患眼疾，明开"结坛咒大悲水进呈，太后服之立愈"，神宗大悦，于是，敕赐山名——五莲山，寺名——护国万寿光明寺。紫色袈裟，大藏经，玉磬，御杖，宝幡等，下诏划地，拨款建寺，历时三年，建起了大悲殿，藏经楼，分贝阁，御杖阁，左右禅堂，浴室，厨房，学校，山门，"金壁交辉，钟鼓竞奏"。寺中藏贝叶经一套。

明崇祯二年元旦，明开去世。

丁惟宁同臧唯一是同榜进士，同臧惟几，臧尔劝是好朋友，他们共同结识了明开和尚。因而，在修改《金瓶梅词话》时，丁惟宁在第五十一回，专门加了庞居士的内容。

第八，丁耀亢"负笈"江南刻印《金瓶梅词话》。丁惟宁去世八年后，万历四十六年（1618），其父修改过的《金瓶梅词话》本，来投奔董其昌，这时董其昌于万历四十五年（1617）已经为《金瓶梅词话》作了序言。

丁耀亢来苏州的目的，主要是拜董其昌为师，使自己学业大进，再就是由董其昌的帮助，使《金瓶梅词话》刊刻、出版、发行。

丁耀亢在苏州住了一年多时间，意外有两大收获，一是结识了陈白古，徐谊公，赵凡夫，顾厨等人为朋友，二是结山中社，成为其成员。

万历四十七年（1619）丁耀亢正好二十周岁，他为刻印的《金瓶梅词话》写了一篇跋文，以"廿公"的笔名，收入《金瓶梅词话》书中。

由此可见,《金瓶梅词话》本，是母本、主本、正本、家藏本。其他版本《金瓶梅》皆是传抄本，非主本、正本。

十二、《新刻金瓶梅词话》的价值

《新刻金瓶梅词话》是正本、家藏本、母本、主本，无庸质疑，有丁耀亢的大量诗、文可以为证。有许多地方史志的资料可以佐证。可是,《新刻金瓶梅词话》，是被发现较晚，却又是历史上最早、最完整，最忠实于原著的刊刻本。是明代万历四十七年（1619）由董其昌、丁耀亢在苏州校正出版的有史以来第一个刻印本。

《新刻金瓶梅词话》的发现，使《金瓶梅》研究，发生了根本的、历史性的转变。《新刻金瓶梅词话》成为人们研究《金瓶梅》的作者，第一序言的撰者，第二序言的撰者，跋文的撰者及《金瓶梅》脱稿后在10年内大修改过的铁证。

《新刻金瓶梅词话》的被发现，使《金瓶梅》研究出现颠覆性、爆炸性和更加有趣性的根本变化：

第一，上世纪三十年代，是《金瓶梅》研究出现根本性转折的时期，是《金瓶梅》研究的转折点，也是一个高潮点，使《金瓶梅》研究，走出了一条光明、正确、有方向、目标的光明大道。当时的代表人物，一是鲁迅先生，他站在文学家，作家，政治家的立场上，正确评价了《金瓶梅》并断言，从《金瓶梅》的方言、土白判断，《金瓶梅》的作者是山东人，而决不是王世贞。二是吴晗先生，他用历史学家的敏锐眼光，从研究明代社会的现状开始，对照《金瓶梅词话》中所涉及明代社会的状态，做出了一个历史学家正确的判断，将《金瓶梅词话》写作时间，限定在明神宗万历年间中期。三是郑振铎用文学家、文学研究家的犀利目光，在充分阅读、研究《金瓶梅词话》后，从不同角度、不同地址、不同身份，做出同鲁迅，吴晗惊人相似的判断，将《金瓶梅》的作者，由300多年来众口一词，认为是王世贞的说法，完全否认了。

这三位《金瓶梅》研究大师，把确定作者的身份，定格在山东，这是极为准确的判断。

第二，建国后，毛泽东主席从1956年到1962年的6年间，向我们党内的高级领导干部5次推荐、评价《金瓶梅》，对《金瓶梅》写了明代的历史，明代的社会经济现状，揭露了封建社会的黑暗，揭露了封建统治与人民的矛盾，给予极高的评价，并且指出《金瓶梅》是《红楼梦》的老祖宗，没有《金瓶梅》就没有《红楼梦》。

毛泽东批准影印2000部《新刻金瓶梅词话》，这充分说明毛主席喜欢这个版本。这个版本内容齐全，故事连贯，语言干练，淫秽内容适度。

第三，《新刻金瓶梅词话》是两岸有影响的出版界争先出版的版本，是首选的普及本、推广本、善本。

一是《人民文学出版社》2000年10月出版、发行5000册《金瓶梅词话》，在《前言》中说："《金瓶梅词话》刊刻面世后，论及它的作者的有两家影响最大，一是沈德符，他在万历四十七年至四十八年（1619—1620）时说'闻此为嘉靖间大名士手笔，斥时事'《万历野获编》卷二十五）；二是晚出欣欣子《新刻金瓶梅词话序》：'窃谓兰陵笑笑生作《金瓶梅》，寄意于时俗，盖有谓也。'于是，从明末清初始，人们都以此两点为据，去探寻《金瓶梅》的作者之谜，提出了众多作者名单、如王世贞、徐渭、卢楠，薛应旗；李卓吾、赵南星，李渔等。其中王世贞说最为盛行，直至本世纪三十年代吴晗先生著文评论其不可靠，王世贞一说才根本动摇。"

在此，我纠正一个错误论断："二是晚出的欣欣子《新刻金瓶梅词话序》"，这在时间概念上，是一个大错。欣欣子的最早出现是：万历二十二年（1595）在明贤里之轩，即作者丁惟宁的寓所书房内，撰写了《金瓶梅词话序》。这是铁一般的证据，证明《金瓶梅词话》是此书的原名。这部书问世是万历二十二年（1595）过了二十五年，在万历四十七年（1619）才刊刻《新刻金瓶梅词话》。欣欣子写序比沈德符写评论早了二十五年之多。

二是台湾罗梅馆校本《金瓶梅词话》2007 年 11 月 15 日由里仁书局发行出版。成为台湾各大书店、书摊的行销版本，也是在台湾书市市场和民间的行销本、普及本。

三是香港太平书局出版发行初刻本《金瓶梅词话》，这个版本与台湾出版、发行的（罗梅馆校本《金瓶梅词话》）版本相同，但是字体不同。香港太平书局、与台湾里仁书局出版、发行的《金瓶梅词话》的原本，都是大陆最晚发现了《新刻金瓶梅词话》的翻版。

近几年来，大陆观光客到台湾香港的人越来越多，那些喜欢和善于研究《金瓶梅》的游客，有不少人，出重资从台湾、香港带回《金瓶梅词话》一书，这是《金瓶梅》研究，出现的另一道风景线，是可喜可贺的。

［作者简介］张传生，山东《金瓶梅》研究会副会长。

庞居士与《金瓶梅》

张传生

内容提要 《金瓶梅词话》第五十一回所写的"庞居士善知识。放债来生济贫苦，驴马夜间私相居，只修的，抛妻弃子上法舡，才成了南无妙乘妙法伽蓝耶。"庞居士是鲁东南五莲山"万寿护国光明寺"开山和尚，法号明开，字心空，俗名庞氏子。明代隆庆二年（1568）出生于四川成都，万历十四年（1586）出家东渡，在庐山、江南诸寺以及南京等地学佛修法，后到五莲县五莲山主持《护国万寿光明寺》，成为丁惟宁的好朋友。丁惟宁在修改《金瓶梅词话》家藏本时，大段写了庞居士学佛修法的事迹。

关键词 庞居士 修改本 家藏本 光明寺 五莲山 兰陵峪 仰止坊 丁公石祠

《金瓶梅词话》中，有"月娘听演《金刚科》一节，专门描写了佛教徒吴月娘，听薛姑子和王姑子，演讲《金刚科》的故事，其中讲到"达磨师、卢六祖，九年面壁功行苦，芦芽穿膝伏龙虎"和"六祖传灯及闻其祥，敢问昔日有个庞居士、舍家私送穷船归海，以成正果"的典故。这"庞居士"是何人，他与《金瓶梅》有何关系，为什么《金瓶梅词话》中，大段地描写明代万历年间，享誉全国的佛教名士庞居士？

《金瓶梅词话》记载的庞居士

《金瓶梅词话》第五十一回写道：月娘因西门庆不在，要听薛姑子讲说佛法，演颂《金刚科仪》。正在明间内安放一张经桌儿、焚下香。薛姑子与王姑子两个一对坐，妙趣、妙凤两个徒弟立在两边，接念佛号。大妗子、杨姑娘、吴月娘、李娇儿、孟玉楼、潘金莲、李瓶儿，孙雪娥和李桂姐，一个不少，都在跟前围着他坐的，听他演诵。先是薛姑子道：

"盖闻电光易灭，石火难消。落花无返树之期，逝水绝归源之路。画堂绣阁，命尽有若长空；极品高官，禄绝犹如作梦。黄金白玉，空为祸患之资；红粉轻衣，总是尘劳之费。妻孥无百载之欢，黑暗有千重之苦。一朝枕上，命掩黄泉。空榜扬虚假之名，黄土埋不坚之骨。田园百顷，其中被儿女争夺；绫锦千箱，死后无寸丝之分。青春未半，而白发来侵；贺者才闻，而吊者随至。苦苦苦！气化清风尘归土。点点轮回唤不回，改头换面无遍数。

南无尽虚空遍法界，过去未来佛法僧三宝。

无上甚深微妙法，百千万劫难遭遇。

我今见闻得受持，愿解如来真实义。"

王姑子道："当时释迦牟尼佛乃诸佛之祖，释教之主，如何出家，愿听演说。"

薛姑子便唱〔五供养〕："释迦佛，梵王子。舍了江山雪山去，割肉喂鹰鹊巢顶。只修的，九龙吐水混金身，才成南无大乘大党释迦尊。"

王姑子又道："释迦佛既听演说，当日观音菩萨如何修行，才有庄严百化化身，有大道力，愿听其说。"

薛姑子又道："大庄严，妙善主。辞别皇宫香山住，天人送供跏趺坐。只修的，五十三参变化身，才成南无救苦救难观世音。"

王姑子道："观音菩萨既听其法，昔日有六祖禅师传灯佛，教化行西域，东归不立文字，如何苦功，愿听其详。"

薛姑子又道："达磨师，卢六祖。九年面壁功行苦，芦芽穿膝伏龙虎。只修的，只履折芦任往来，才成了南无大慈大愿毗卢佛。"

王姑子道："六祖传灯及闻其祥，敢问昔日有个庞居士，舍家私送穷船归海，以成正果。如何说？"

薛姑子道："庞居士，善知识。放债来生济贫苦，驴马夜间私相居。只修的，抛妻弃子上法缸，才成了南无妙乘妙法伽蓝耶。"

《金瓶梅词话》关于"六祖"和庞居士修炼佛法之事，"昔日有六祖禅师传灯佛"的故事，"庞居士舍家私送穷船归海、以成正果"的典故，在其他手抄本和后来出版的《金瓶梅》版本中，是没有这些内容的，只有《金瓶梅词话》

是作者的家藏本、修改本、母本、正本，才在作者修改《金瓶梅词话》母本时，修改、增加了这些内容，使其成为研究《金瓶梅》诸多之谜的一个铁证。

庞居士离家皈佛

庞居士，是鲁东南五莲山"万寿护国光明寺"开山和尚的雅名。

五莲山"万寿护国光明寺"开山和尚法号明开，字心空，俗姓庞，名为庞氏子，又称庞居士。

明代隆庆二年（1568）出生于四川成都一大户人家。因天资聪颖，性格直倔，少年入塾读书时，即头角崭露，卓然超群，"同学者弗敢雁行"。

万历十三年（1585），明开18岁时，有一同姓乡邻死去。此人虽系巨富，却无子嗣。塾师闻而慨叹："虽积黄金，难脱鬼门！"塾师的慨叹，对明开触动很大。是啊！入塾苦读，不过是为了追求功名利禄，升官发财，发了财又怎样呢？还不都是身外之物吗？他悟到自己目前所走的路实迷途，是误人之道。于是，他问塾师："怎样才能得脱鬼门关呢？"笃信佛法无边的塾师回答："出家就能。"明开把塾师的话铭记在心，并产生了强烈的超脱尘世皈依佛门的欲念。

不久，明开借一件小事不满意之故，决然潜离家乡，为防家人追上，奋力疾走，日行百余里。因走时孑然一身，不屑分文，途中生活无着，又羞于乞讨，饥肠辘辘，遂产生返家之念。正欲回返，忽有群猴从路旁林中窜出，投掷野果于途，继而遁去。明开近前仔细一看，群猴所掷之物，皆为板栗，便拣食净尽。食毕，正恰有一云游僧人路过，相互寒暄过后，明开主动向游僧倾吐了一心向佛的心愿。僧为他出家的诚心所深深感动，便为他剃度。自此，明开由学子而落发为僧，超尘脱俗，开始了他的禅林佛寺生涯。

庞居士游学四方

落发后，明开出川向东，出夔门，越三峡，浮扁舟沿江而下，从早到晚耳听着两岸悲凉的猿叫和杜鹃鸟那"不如归去"的啼鸣，思亲之情油然而生，"不觉泪坠"。但这并没有动摇明开脱离尘俗的决心。他经湖北荆州、鄂州、黄州、蕲州等地，至江西九江登岸，赴庐山研习佛经，"一年悉皆通晓"。之后，下金陵，拜洪恩为师，所讲经律论。因其才思敏捷，悟性较高，深受洪恩器重。

三年后，明开听说杭州云栖寺卓然超立于东南佛国，极负盛名，便告别洪恩，迤逦东南趋抗，拜在明代四大高僧之一的净土宗莲池大师（俗姓沈，名沫宏、字佛慧）门下，深钻大乘佛教诸经。云栖寺寺规森严，学风浓厚，非常合明开的心意，便一气在此苦学三年。期间，他还经常去灵隐寺听该寺临济宗大师宣讲佛法，以求博文广见，兼收并蓄。认真刻苦的学习，使明开的佛学知识渐臻精深之境。他在拜师求学，参禅悟道的同时，还登坛讲经，弘扬佛法。他较广博的佛学知识，对佛经精辟的见解，赢得了江南佛教界人士的称赞。许多大法师惊异于他的非凡造诣，慨然称他为"吾家狮子儿"也并有好些法师欲师从于他。每逢登坛，前往听他宣讲的僧众趋之若鹜，"如水赴壑"。多年的游学生涯，不但使明开成为佛门大法师级人物，而且还磨练了他的筋骨，强健了他的体魄，致使其能"挥铁拳打破漆桶"。同时，也养成了他不慕虚名，"位不可居，众不可夺"的人生观和不羡都成繁华，唯嗜青山碧野的"麋鹿之性"。

庞居士云游江北

庞居士在江南声誉日隆，"诸大法师欲师而从之"的状况，他感到不能再待下去了。应找一处适合自己性情的所在。于是，他拜别了莲池大师，洁身轻装，捧钵携杖，著紫衣，蹬芒鞋，走上了云游之路，似"飘然云鹤，孤翔天外。"

明开离云栖，奔天童，游览了规模宏丽的天童寺，饱餐了峰峦峻拔、飞瀑流泉、静谧清幽的天童山秀色。大自然鬼斧神工的造化美不胜收，也使他的情操得到了进一步陶冶，坚定了他"踏遍支那"，寻求适合自己驻足之地的决心。他由天童折而北上，越江渡淮。一路上他游览了江淮一带的名山古寺，虽然山山皆俊美，有的如神工斩削，鬼斧雕镂，有的流霞飞翠，耸雾凌烟，但明开觉得没有一处可作为自己的长久驻足之所。此行途中，有不少人因仰慕其风貌师范，有的馈赠钱物，有的寺庙住持愿让位于他，但他一概坚辞不受。有时候主人执意挽留，连拖带拽，他宁可"绝襟裾，弃衣钵"也要脱身。

云游生涯所遇到的并不都是明山秀水，鸟语花香，明开长途跋涉，艰辛倍尝。路漫漫，野茫茫，他时常投宿无处，饮食无着。一次，他"阻于安东野庙，五日不食"。多亏被乡民发现，施以粥饭，才脱困境。

庞居士卓锡五莲

《金瓶梅词话》说："庞居士，善知识，放债来生济贫苦，驴马夜间私相居，只修的，抛弃妻子上法舡，才成了南无妙乘妙法伽蓝耶。"

庞居士，遍游大江南北的寺庙，结识了许多高僧大德，但是，许多名高权重的寺庙住持的位子，从来没使他动心，他却与名不见经传的五朵山（后来万历皇帝赐名五莲山）结下了不解之缘。

万历二十八年（1600）春，明开入齐地，"登琅琊，观日出"。继而至诸城化缘添钵，与在朝廷任"大司空"的臧理轩（臧惟一）的弟弟臧敬轩（臧惟几）邂逅相遇。敬轩虽处豪门，但处世超脱，喜爱幽静的山水，饱读儒家诗书，又深好钻研佛学哲理，因此，与明开情投意合，一见如故，便邀明开往住其家。二人晨昏相聚，谈经论佛，形同莫逆。敬轩被明开高深的佛学造诣所折服，也为《华严经》那博大精深的内容所吸引，便恳请为其抄写一部，明开为他的友好和真诚所感动，欣然允诺。

历时近三年，《华严经》抄毕，明开提出告别。敬轩兄弟（包括臧惟一）一再极力挽留，让他长住下去。明开说，我的性情已如麋鹿，喜欢山野，这繁华的郡城我既不愿住，长久住在这里也不相宜。敬轩见他去意已决，退一步说，即便这样，也希望您不要到别处去，我们这里有很多名山，任凭您选择居住，这不敢说是为了供养您，只是为了使我们时常瞻仰您的风采。明开深感其诚，不再坚辞，在敬轩的陪同下，明开游览了五朵山，并被五朵山那"苍壁插空，云岚出没，缭白绕青，峰云幽幽，泉之活活"的雄伟气势和秀美风光所倾迷，以为这正是自己所要找的地方，于是毅然决定卓锡五朵山。

五朵山虽峰奇石异，涧深壑幽，瀑飞泉鸣，鸟语花香，有"不减天台雁荡"之誉，但因僻处海右，又无名寺宝刹。因而在佛教界默默无闻。明开上山时，仅有宋代所建的云堂寺（无梁殿）一座，寺又小、又窄、又简陋。

明开在云堂寺老僧的帮助下，搬乱石，劈荆榛，在大悲峰下盖起了茅屋，并有僧俗相继来投。此后，明开深感山色如此秀丽多姿，而寺庙却如此残缺简陋，是极不匹配的；再说，山是朝廷的，不经请示而自行居住是不合适的。

庞居士与朝廷初有联系

万历三十年（1602），庞居士决计不顾路途遥远，鞍马劳顿，北上京师，上书朝廷恭请山名寺名。

明代中后期，明王朝已进入腐败衰落阶段。明世宗开始"整日拜道炼丹、冶秋石，求长生不死，国事日益衰败"。"破产礼佛日甚，室如悬磬。"神宗继位之后，继承了世宗遗风，不思朝政，笃信佛教，致使国库更加空虚，边境不靖，各地人民的抗苛捐杂税的斗争此起彼伏。明开进京时，正值神宗刻印大量大乘经，想分贮于全国各地名山名寺，让佛学高深的僧人管藏，并下诏让朝廷内侍荐名山名寺名僧。

明开得知这一情况，便乘机积极请求馆藏经书。刚开始，接见明开的朝廷官员认为五朵山既不是像泰山那样的名山，寺又不是名寺，不便向皇帝代奏；就是奏报了，也不易得到皇帝恩准。因此，不予上闻。明开虽碰了钉子，但并没有灰心。

明开游遍大江南北数百座寺庙，对于佛教界的情况，十分了解，他有佛学造诣，有深厚的佛学知识内涵，只要能见到皇帝，就会说服、打动皇帝，就会达到自己的一切目的。

庞居士深得皇帝信任

庞居士没有失去信心，而是在设法同朝廷进行联系和沟通。一日，庞居士到北京西山诸寺游览，巧遇惜薪司大太监王忠，两人一见，心通意合，如逢故交。王忠便将明开及五朵山的详细情况向万历皇帝作了奏报。此时，正逢李皇太后患眼疾，明开揭了皇榜，试图为李皇太后治眼疾。明开用五朵山山泉水，和从山上采集的药材，"结坛咒大悲水进呈，太后服之立愈"。神宗大悦。

于是，敕赐了山名，寺名，紫色袈裟，大藏经及玉磬、御杖，宝幡、等物。后又下诏划地拨款建寺。历时三年，建起了大悲殿、藏经楼、分贝阁、御杖阁、左右禅寺堂、浴室、厨房、山门等。

原本简陋的寺庙，变得"层檐璀灿，参差错出"，"金壁交辉，钟鼓竞奏"。"塔殿之胜，众以为彰"，光明寺遂成为遐迩闻名的山寺名寺。

后来，为光明寺之事，明开不辞辛苦多次进京。明天启年间，有西域僧人过齐鲁，慕名游五莲山万寿护国光明寺，并留下了用铁笔在贝多罗树叶上刻写的佛经七叶（俗称贝叶经），使寺内藏经又多一佳品。

庞居士安然而逝

庞居士得到朝廷信任之后，明万历三十五年（1607）万历皇帝敕赐"金千两"，并遣太监张思忠督工，兴建"护国万寿光明寺"，万历三十八年（1600）落成。明崇祯初年，又进行了扩建，形成了建筑规模宏大，气势巍峨的古建筑群。步入三重山门之后，便是东西厢房，过厢房登上三十八级台阶，为伽蓝楼，东厅为接待室，西厅为僧人住所。穿过伽蓝楼底层走廊，有护法殿。护法殿北为光明寺主殿光明殿，光明殿东侧为御书楼，西侧为御福楼，光明殿北为藏经楼。光明寺还有多处附属建筑，寺东有"雨花深处"和"蓬峰书院"两处学校，还有弥勒佛百子殿；伽蓝楼西为上堂屋，天竺峰仙人掌下有千佛殿。光明寺是皇家寺院，是山东四大名寺之一。

明崇祯二年（1629）元月，庞居士自觉阳寿将尽，命侍僧设座于千佛殿。侍僧以为明开将为僧众讲解贝叶经，便遵命办理。设座毕，回禀。明开问："现在什么时候了？"侍僧答"已时"。明开遂扶竹杖升座。

侍僧众齐聚集千佛殿时，见明开已安然而逝。

庞居士享年62岁，为僧44年。当庞居士圆寂后，僧俗弟子哀慕不已，留供至四月初八才奉塔安葬，入塔时"颜貌如生"。

正如《金瓶梅词话》中所说："庞居士，善知识。""只修的，抛妻弃子上法舡"，"舍家私送穷船归海，以成正果。"

庞居士"以成正果"灿烂辉煌的人生，成为《金瓶梅词话》中的大段内容，给人们以启迪。

庞居士与臧惟几的关系

庞居士自隆庆二年（1568）在四川成都出生，万历十三年（1585）18岁离开家乡，抛妻弃子，踏上东去的船只，沿长江，过三峡，到江西九江登陆去庐山修行学习佛法，在江南杭州、金陵等地名寺学读佛经，有着很深的佛经造诣，为了避开人们留他做寺庙主持，为了实现他"位不可居，众不可夺"的人生观和不羡那繁华，唯嗜青山碧野的"麋鹿之性"，庞居士毅然决然离开风光美丽的江南，由天童折北而上，越江渡淮，游览了江淮名山名寺。

于万历二十八年（1600），庞居士来到齐地，化缘添钵，偶遇诸城豪门之后，名人臧惟几。臧惟几是诸城名人、贤士臧节的二儿子，是"大司空"臧惟一的亲弟弟。

臧惟几，字敬轩，其先辈居琅琊台下，明初迁居诸城城里，祖父臧斐，字文甫，其父智赘黄氏，因姓黄，由岁贡官至忻州同知，以清甚著称。臧惟几父臧节，字介夫，性淳良，与物无忤。与同父异母弟臧符甚相爱，家居俭素，一如既往，乡党都非常尊重臧家的为人。羡慕臧家的家风。

臧惟几十分崇尚佛教思想，熟读佛经，在佛学方面有很高的造诣，当四川成都籍庞居士出现在诸城后，他俩邂逅后，很快相知、相熟，结为朋友，并且向在京城为官的兄长臧惟一，推荐自己的新朋友，庞氏子、明开和尚。经臧惟一和太监王忠的推荐，万历皇帝与庞居士相互认识，相互了解。万历皇帝钦定"五垛山"为"五莲山"，并拨金五千，派专人监修万寿护国光明寺；经过三年的努力，敕建"万寿护国光明寺"屹立在五莲山大悲峰前，万历皇帝赐经万卷，五莲山所建的"万寿护国光明寺"成为"皇家寺院"，成为山东四大名寺之一。臧氏父子种种善举，在《万寿护国光明寺》大门外，石墙镶嵌的石碑上都有记载。石碑至今犹存，字迹非常清晰，寺门两侧，还留有臧氏父子题诗石刻。

庞居士与臧惟几的友谊，至今被传为佳话。

庞居士与臧惟一的关系

臧惟一是臧惟几的亲哥哥，臧惟几与庞居士结为好朋友，庞居士就住在臧惟一家中。三年时间为好友臧惟一抄写经书。庞居士也是臧惟一的好朋友，在《诸城县誌》《五莲山誌》中，都曾记载，臧惟一向朝廷，向万历皇帝引荐庞居士的文字和历史事实。因而，证明臧惟一与其弟臧惟几都是庞居士亲密得像亲兄弟一般的好朋友。

臧惟一自幼勤奋好学，才华出众，明嘉靖四十三年（1564）甲子科山东乡试中第九名举人，次年参加乙丑科会试中贡士，殿试中三甲第 163 名进士，初授安徽宿松县知县，后调太湖县，皆以治行称最，升户部主事，调吏部，升稽勋司员外郎，兼管文选司事务。大学士高拱器重他，升稽勋司郎中，万历元年（1573）以母病告归，母去世服满，补原官；调文选司郎中。后晋太常寺少卿，提督四夷馆。万历八年（1580）转大理少卿，署理正卿事。侍经筵（当过皇帝学历史的辅导老师）。

万历九年（1581）春，臧惟一护驾皇上阅兵式，皇帝钦赐红螺鸾带一条，升任太仆寺卿，转光禄寺卿。后升任顺天府府尹，后升河南巡抚，恪尽职守，秉公办事，受百姓爱慕、万历十三年（1586）河南遭受旱灾，百姓生活困难，臧惟一令各州县开仓放粮，赈济灾民，上奏皇帝免除当年租赋，在河南任巡抚期间，光山县一农户，产一牛犊，貌似麒麟，一夜后死亡，县令上报臧惟一，说是"瑞祥"之物，欲上奏朝廷，被臧惟一阻止了。消息传到万历皇帝耳朵里，皇帝以为"瑞祥"便派人来河南查看，臧惟一上书说，这是牛犊怪胎，世上哪有麒麟，安邦定国，皇上爱民，官吏尽职，臧惟一无奈，便以终养告归，在家住了十三载。

万历二十七年（1599）神宗皇帝忽然想起臧惟一，认为他对朝廷忠心不二，遂启用他为南京兵部右侍郎。

臧惟一忽患风痱病，便辞职回乡治病，于万历三十五年（1607）九月初六日卒于家，终年66岁。次年皇帝下诏赠臧惟一为南京工部尚书。

臧惟一在任期间，为好友庞居士向朝廷、向万历皇帝极力推荐，终使庞居士以遂心愿。

庞居士与丁惟宁的关系

庞居士与丁惟宁相识是在万历二十八年（1600）以后的事。

丁惟宁出生于嘉靖二十一年（1542），庞居士出生于明隆庆二年（1568），丁惟宁比庞居士大了二十六岁。

庞居士万历十三年（1585）18岁弃家抛妻，离开家乡，乘船东渡，离家皈佛时，正是丁惟宁辞官归里，养病期间。

万历二十八年（1600）春，庞居士来诸城化缘添钵时，认识了"大司空"臧惟一的弟弟臧惟几时，丁惟宁已弃官归里十三年时间，已完成《金瓶梅词话》第一稿，六年时间。

丁惟宁与臧惟一是同年生，嘉靖二十一年（1542），同年、同榜进士，都是乙丑年科会试中式贡生，殿试中三甲进士。丁惟宁是第77名进士，臧惟一是第163名进士。同年为官，丁惟宁是河北清苑县知县，臧惟一是安徽宿松县知县。

丁惟宁的父亲丁纯与臧惟一的父亲臧节，都是东武九老之一，他们祖辈都是姻亲，即是亲戚关系，又是朋友关系，都是豪门望族出身。结交笃深。

臧惟几比其哥臧惟一和丁惟宁小了几岁，但是，共同的生活经历、共同的爱好，使他们关系密切，交结深厚。臧惟几的朋友庞居士，也必然是臧惟一与丁惟宁的朋友。

万历三十年（1602）后，庞居士与臧惟几同上五莲山游览并定居大悲峰脚下，修建寺庙。

这时，丁惟宁已来兰陵峪南岸，筑石屋、建茅房隐居 12 年时间。

臧惟几和庞居士修建的寺庙离丁惟宁的石屋直线距离只有一公里的路程，那时，兰陵峪两岸是原始森林，树木参天，周边没有村庄，没有人居住，庞居士成为丁惟宁的东邻，丁惟宁成为庞居士的西邻，共同的爱好、共同的命运使他们成为好朋友。

当丁惟宁全面了解了庞居士，结为好友以后，丁惟宁得知庞居士的求学效佛、苦读经书，抛妻离家，乘船东渡，以成正果的事迹，深深感染了丁惟宁。因而，丁惟宁在修改《金瓶梅词话》时，在五十一回，增加了关于庞居士学佛以修成正果的内容，通过薛姑子、王姑子，给吴月娘及西门庆的妾、丫鬟、亲戚演讲《金刚科》时，以歌颂的口气，讲得栩栩如生、活龙活现，非常感动人。

庞居士的感人事迹，感动了丁惟宁，丁惟宁才能在《金瓶梅词话》中，将庞居士的动人事迹展示、描写出来，载入史册，成为被誉为大百科全书的《金瓶梅》中的重要内容之一。这是丁惟宁对历史的尊重，也是对庞居士的崇敬和尊重。庞居士若是与丁惟宁的感情不深，交往不深厚，丁惟宁不会被庞居士习经科佛研习佛学的精神所感动，所打动。

《金瓶梅词话》增写"庞居士"的启示

《金瓶梅词话》第五十一回，增写了"六祖"和"庞居士"的内容，这是其他任何版本《金瓶梅》没有的内容，这些内容，非常现实，非常客观，是有据可查、言之凿凿的真实、可靠，没有任何夸张，没有任何可疑的历史事实，因为"庞居士"是一个活生生的出家和尚，并且是一个正如《金瓶梅词话》中所记载的："庞居士，善知识。放债来生济贫苦，驴马夜间私相居，只修的，抛弃妻子上法舡,才成了南无妙乘妙法伽蓝耶。""庞居士舍家私送穷船归海,以成正果。"这庞居士就是五莲山开门主持和尚,是万历皇帝所开辟的皇家寺院的主持。是"万寿护国光明寺"的首任主持。他用一生修炼,"以成正果"。在《金瓶梅词话》中增写"庞居士"的内容,可以有如下几点证据作用。

第一,增写庞居士的内容,是《金瓶梅词话》确认为是家藏本、主本、正本,最早刻刊本,是母本的铁证。《金瓶梅词话》是丁惟宁辞官归里后,于万历二十年到万历二十二年(1592—1594),在鲁东南九仙山之阳,兰陵峪南岸,石屋中写出初稿。当时丁惟宁已53岁,万历二十二年(1595)欣欣子为其撰写了《金瓶梅词话序》,说明此书刚开始就称《金瓶梅词话》,此书问世后,董其昌于万历二十三年(1596)来诸城参加"东武西社"成立时,抄得前半部,万历二十四年(1597)。袁宏道给董其昌写信,告诉董思白,上半部《金瓶梅》的内容已看完,其他部分在那里,如何倒换?

万历二十八年(1601)到万历三十年(1603)与庞居士相识、相知、万历三十年(1603)前后,丁惟宁修改过《金瓶梅词话》,增加了"开首词""四字歌",书中许多内容作了调整,题目和内容进行大幅度的调整和修改,这是任何手抄本与崇祯年间以后出版的任何版本所没有的。

万历三十五年(1607)丁惟宁的老朋友臧惟一去世。万历三十九年(1611)冬月十一日丁惟宁去世。

万历四十五年(1617)在丁惟宁死后六年,董其昌从上海因"民变"而来苏州的第二年,为《金瓶梅词话》写了序言。万历四十六年(1618)丁惟宁第五个儿子丁耀亢"负笈",带着书稿,从五莲到苏州,万历四十七年(1619)丁耀亢正好二十岁,为《金瓶梅词话》写了96字的跋文。《金瓶梅词话》首次刻印出版,流行于世。因而,《金瓶梅词话》是家藏本,母本、正本,主本。

第二,庞居士在《金瓶梅词话》家藏本的出现,是解开《金瓶梅》许多谜团的铁证之一。

1. 庞居士所主持的万寿护国光明寺,源于宋代,是佛教圣地,离兰陵峪直线距离不到1公里,离九仙山的侔云寺不到2公里,这里是集佛教、道教、儒教于一体的宗教环境,文化底蕴深厚,是产生《金瓶梅》的文化环境和土壤。

2. 庞居士所主持的万寿护国光明寺,始建于万历三十五年(1607),竣工于万历三十八年(1610)。而丁惟宁建的"仰止坊"和"丁公石祠"竣工于万历三十九年（1611），这不是偶然的巧合，因为"仰止坊""丁公石祠"是建于"万寿护国光明寺"竣工后，以我观察和实地考察的情况看，"仰止坊"与"丁公石祠"所用石材，与光明寺的石材基本一样，且建筑风格，建筑工艺，同当地完全不同，"丁公石祠"用双梁，这是当地忌讳的建筑风格，说明是外地工匠的建筑工艺。

3. 从地方县志和地方名人传的记载，我们可以清楚地看到，庞居士在五莲山附近的朋友，与丁惟宁有亲密的关系，庞居士的人品，人格、学识、在佛学方面的造诣，打动了丁惟宁，在《金瓶梅》完稿后十多年，丁惟宁专门将庞居士"修成正果"一节加到《金瓶梅词话》第五十一回。这是庞居士的造化。

4. 庞居士在五莲山上的故事，庞居士与当地名流的交往，特别是与丁惟宁的交往，从另一个角度证实《金瓶梅》诞生在五莲，五莲是《金瓶梅》的诞生地。

［作者简介］张传生，山东《金瓶梅》研究会副会长。

苹华堂本《第一奇书金瓶梅》发现记

张青松

内容提要 近年来小说文献的发现比较少见，一九四九年后海内外重要的发现有《聊斋志异手稿本》《姑妄言》《型世言》等，它们都是重要作品的重大发现，极大地促进了相关作品的深入研究。苹华堂本《第一奇书》的发现也一样，它是近年来古典小说文献非常重要的发现，为金学的研究提供了以前未见过的一种重要文本，必将促进金学以及古典小说的研究。

关键词 苹华堂 第一奇书 《金瓶梅》 皋鹤堂 发现

明清小说尤其是明代四大奇书，存书版本极多，可以说很难有新的版本发现了。而一旦有新的发现，往往会解决小说史上一些疑难问题。比如20多年前在韩国发现了《型世言》，从而彻底解决了《三刻拍案惊奇》《幻影》与《别本二刻拍案惊奇》之间的关系。而苹华堂本《皋鹤堂批评第一奇书金瓶梅》的发现也富偶然性、戏剧性。

2011年11月的一天，我到泰和嘉成拍卖公司看古籍版本预展，像往常一样，我比较关注喜爱的小说戏曲等通俗文学类古籍。在之前见到的拍卖图录上，1769号拍品是这样标注的：金瓶梅；年代：明崇祯刊本·康熙皋鹤堂刊本。提要是这样写的：

> 是书世称"乙亥本金瓶梅"，为研究《金瓶梅》一书的重要版本。流传稀少，颇为珍贵。瘦方字镌刻精雅，版无界栏，有圈点句读。皋鹤堂是张竹坡堂号，张竹坡（1670—1698），字自德，其评点《金瓶梅》见解独到，不但否定此书伤及风化，而且肯定了该书高度的艺术价值，可谓使《金瓶梅》沉冤昭雪，从而确立了它在文学史上"第一奇书"的地位。本拍品为

其初印本，在小说版本中较为稀见。更为难得的是本拍品插图完整无缺，此图应为崇祯刊而后印本。因为金瓶梅的特殊性，保存有完整插图的是更是罕见。

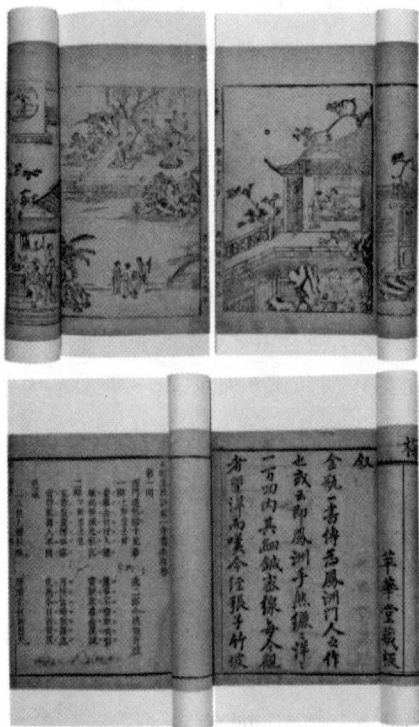

也就是说拍卖公司给他的定位是插图为明崇祯刊本，这是他们重点宣传的卖点，至于文字，并没有什么特殊，与其他第一奇书一样。给出的四幅书影中，主要宣传的也是插图，放在了显著地位置，并局部放大，给予了重点照顾。正文版刻只给出了序言第一页及第一回第一页。但最能说明古籍身份的牌记却没有完整照片，只和序言第一页在一起，右侧残留了牌记的一行文字：苹华堂藏板。以我对古典小说的了解，尤其是对金瓶梅版本的熟知，但"苹华堂"三个字却是陌生的。《第一奇书》是金瓶梅流传到清代特有的版本，早期的各种版本有本衙藏板翻刻必究本、在兹堂本、康熙乙亥本、皋鹤草堂梓行本、本衙藏板本、影松轩本等等，都标称康熙乙亥年初版。这个"苹华堂藏版"本是真是假，是原貌还是伪造，心里打起了问号。现今市场受利益驱使，造假的手段层出不穷，比如红楼梦，经常有莫名其妙的新发现，什么庚寅本啊、癸酉本啊，让世人耻笑，都无非是哗众取宠，贻笑大方。

继而进一步查询了各种资料，均未发现有苹华堂本的著录。我把这个消息告诉了版本专家李金泉老师。他谨慎地说可以详细查看一下这书的内页情况，并提供了很多资料，可以与在兹堂本、皋鹤草堂本等关键页比对一下。比如两书的第一回第二叶、第十三回第二叶、第四十二回第十一叶等等，这些地方都有残缺或者各自的特征。我提前做好了功课，记录了很多要点，打印出了部分关键页。来到拍卖会预展，见到实物，给我的感觉是眼前一亮，多年来收藏古籍善本的经验，加之在拍卖市场摸爬滚打，对一部书的判断还是有自信的。首先这书不可能是伪造，它所包含的历史信息，版本特征，真实而清晰地展现在我的面前。从纸张和墨色，到版刻的形态，无一不是康熙刻本的特征。此书金镶玉装七函六十册，其中图像一函四册二百幅，图像保存很完整，基本清晰，但从刻板线条及细节差异明显是明崇祯本《新刻绣像批评金瓶梅》版画的翻刻。书的半叶版框尺寸为宽14.8厘米，高19.3厘米，图像版框宽13.7厘米，高20.4厘米。首页牌记清晰完整：天头题"金瓶梅"，下分三栏：中间大字"第一奇书"，右栏"彭城张竹坡批评"，左栏"苹华堂藏板"。从刷版的清晰度及细节看，基本可以认定为初刻初印，在我所见到的第一奇书众多版本中基本属于最好的。这是见到书的整体感觉。接下来我拿出带来的资料做了仔细比对。发现凡是资料中有缺漏、残损的页面，这个本子都是完整的。心中不免有些小激动。我把自己见到的做了详细的笔记，并恳请拍卖公司同意，特许我拍了几张照片。

之后我把这些信息和资料反馈给李金泉老师，他也十分高兴，通过初步研究，这套书不但是一个全新的版本，而且很可能会是一个对金学研究具有历史意义的本子。后来他写出了《苹华堂刊〈皋鹤堂批评第一奇书金瓶梅〉版本考》，发表在台湾学术刊物《书目季刊》2012年3月第四期。研究并确定这个本子是在兹堂系统《第一奇书》的原刻本，它的出现彻底解决了在兹堂本、乙亥本和皋鹤草堂本三个版本的关系问题，也使在兹堂本或乙亥本为《第一奇书》初刻本的观点遭到了彻底的否定。并得到了学术界的重视和广泛认同。

当年这套书的竞拍成交价格是人民币218.5万元，应该说是一次成功拍卖。对这套书来说我觉得也是物有所值，只是买家受宣传影响而认可的价值可能错了方向，不是插图，而是文本！可以说是歪打正着。这是一个罕见的、保存完好的、从未著录过的孤本！信息社会的今天，能有这样一部名著的完全陌生的古籍善本被发现是极其罕见的。

可能一些朋友会说，这套书能在市场上公开拍卖，而且以二百万之高价成交，说明人家早就知道他的珍贵，怎么能说是你发现的呢？我之所以称之为"发现"，是因为发现了它的真正版本价值，而非拍卖的噱头。是对古籍文献研究的贡献，公布于学术界，进而可以得到研究利用的学术价值，这才是真正的不可估量的发现。

该拍卖公司过去还曾经拍过引起轰动的明内府彩绘本《春秋五霸七雄通俗演义列国志传》，也系海内外孤本，成交价 655 万元。郑振铎在民国时曾经见过该书，并在报纸上撰文介绍，后不知所踪，长期流失海外。此次重现被某大藏家购得，至今未见出版。将来再遗失的话，将是不可估量的损失。现今苹华堂藏版《皋鹤堂批评第一奇书金瓶梅》这套书，通过众多朋友的努力，在台湾学生书局出版了，并且完全按照原貌影印，实在是一件令人高兴地事，我为此兴奋难眠。收藏古籍应该怀有敬畏之心，既然有缘见到这书，就应该负有历史责任感，让它为世人所知，化身千万，为学术界研究利用，才能体现它最大的历史价值。

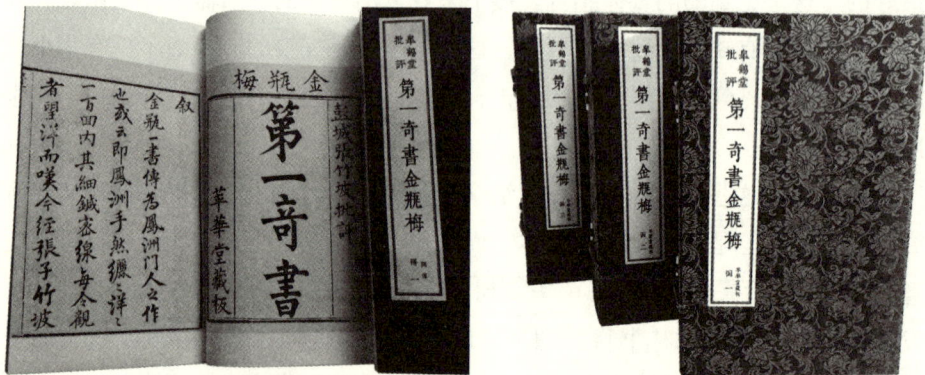

[作者简介] 张青松，中国铁建北京中铁大都工程有限公司副总经理。

《金瓶梅》版本数字化研究新论

周文业

内容提要 本文分六部分介绍了《金瓶梅》版本数字化及计算机自动比对，及在《金瓶梅》版本研究中的应用。第一部分介绍了中国古代小说版本数字化的现状和主要功能。第二部分介绍词话本和崇祯本相似度、字数、句长等研究，利用计算机逐字比对自动计算出《金瓶梅》词话本和两种崇祯本的文字相似度和文字字数、比例，并分回进行了统计和分析，再对字数、句长进行了统计计算。第三部分介绍《金瓶梅》版本文字差异的数字化比对，利用计算机自动比对词话本和崇祯本的两种比对结果，即分栏显示和逐行显示，以及人工比对的分栏逐句显示。第四部分分析《金瓶梅》的文字差异，举例介绍了词话本和崇祯本文字的四种差异，并根据文字差异初步分析了词话本和崇祯本的关系。第五部分研究了词话本的"初刻"和避讳问题，认为《新刻金瓶梅词话》可能不是初刻本，而是复刻本，词话本和崇祯本可能有共同祖本，即没有"新刻"字样的《金瓶梅词话》。现存词话本中的"花子油"不是"避讳"，词话本中没有避讳。第六部分利用计算机逐字比对了崇祯本系列北京大学藏本和东京大学藏本的文本，发现东京大学藏本一处整叶脱落、两处整行脱落，根据文本差异的分析，认为这两种版本可能有共同祖本，没有直接关系。

关键词 《金瓶梅》 版本 数字化 计算机 比对

一、古代小说版本数字化简介

古代小说版本数字化开始于1999年，首先从《三国演义》版本开始，逐步扩展到《水浒传》《西游记》《金瓶梅》和《红楼梦》，到目前为止五大名著中已经完成数字化的版本约有近80本。本文是这几年研究《金瓶梅》版本的一个小结。

1. 古代小说版本数字化概况

古代小说版本数字化已完成版本统计如下。"※"有简体字版。

三国演义：31 种

演义系列 12 种：※ 嘉靖元年本、朝鲜活字本、朝鲜翻刻本、※ 周曰校丙本、夏振宇本、夷白堂本、※ 李卓吾本、※ 钟伯敬本、※ 李渔本、※ 毛宗岗本、英雄谱本、上海残叶。

志传繁本 7 种：※ 叶逢春本、郑少垣本、余象斗本、余评林本、种德堂本、杨闽斋本、汤宾尹本。

志传简本 12 种：※ 黄正甫本、刘龙田本、朱鼎臣本、刘荣吾本、二酉堂本、熊佛贵本、熊清波本、北京藏本、魏氏刊本、天理图本、杨美生本、费守斋本。

水浒传：16 种

文简事繁 9 种：※ 林本、※ 巴黎本、※ 哥本哈根本、※ 斯图加特本、德累斯顿本、梵蒂冈本、牛津残叶、刘兴我本、黎光堂本。

文繁事简 5 种：※ 容与堂本、天都外臣序本、※ 钟伯敬本、遗香堂本、郑藏本。

繁简综合 1 种：※ 郁郁堂本。

腰斩删改 1 种：※ 金圣叹本。

西游记：12 种

繁本 2 种：※ 世德堂本、※ 李卓吾本。

删节本 3 种：唐僧西游记、杨闽斋本、闽斋堂本。

简本 2 种：※ 朱鼎臣本、※ 杨致和本。

清代刊本 5 种：※ 西游记原旨、※ 西游记证道书、西游真诠、新说西游记、出身全传。

金瓶梅：4 种

崇祯本 2 种：※ 北大本、东大本。

词话本 1 种：※ 词话本。

张评本 1 种：张评本。

红楼梦：15 种

脂评本 10 种：※ 甲戌本、※ 庚辰本、己卯本、※ 甲辰本、※ 列藏本、※ 戚序本、舒序本、郑藏本、卞藏本、北师大本。

混合本 2 种：蒙府本、※ 梦稿本。

程高本 3 种：※ 程甲本、※ 程乙本、东观阁本。

2. 古代小说版本数字化基本功能

古代小说版本数字化主要包括以下几种功能：

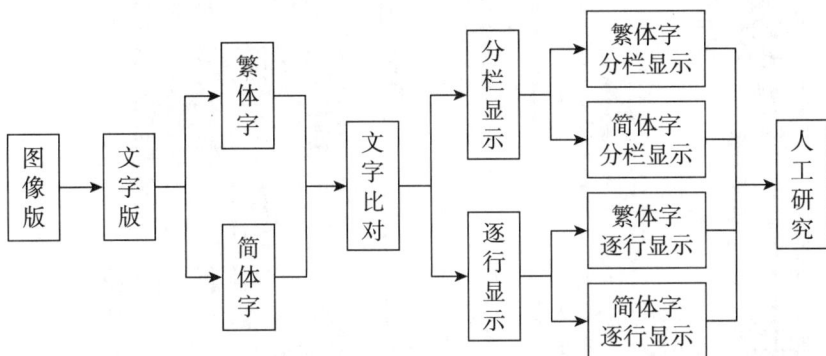

图 1.1　版本数字化和比对研究示意图

（1）图像版

图像版是扫描版本原版制成的电子图像版，可看到版本原貌。

（2）文字版

文字版根据图像版录入为电子文字版。

文字版又分为繁体字版和简体字版两种。

繁体字版是根据原版图像直接录入，保持原版原貌，异体字、俗体字都原样保留。

繁字体版有几个问题。首先，由于异体字、俗体字是不同字，在比对时会自动错开，对研究有时不如简体字比对清楚。另外，由于录入员不熟悉古汉语，因此录入中错误较多，仅供参考。

简体字版是根据简体排印本录入。排印本有时对原版文字会有修订。

由于版本比对只研究版本文字差异，不研究评语，因此所有版本均未录入评语。

（3）图文对照

利用计算机可同时显示版本图像和文本，还可对文字进行检索。这样可很方便观看版本原貌，并可根据图像核对电子文本。见图1.2。

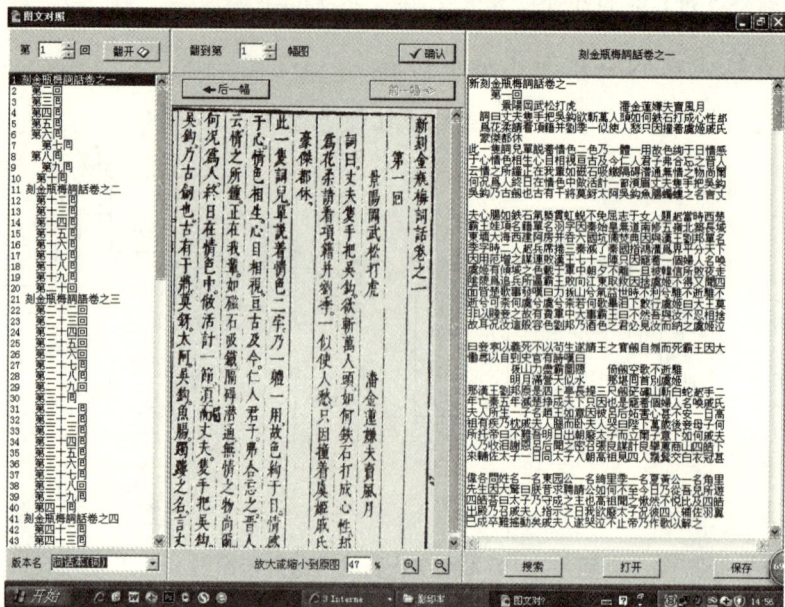

图1.2　图文对照（词话本第一回）

（4）三种文字比对

利用计算机可对不同版本的文字进行自动比对，文字相同的对齐，文字不同的错开。

计算机自动比对结果有两种显示方式。

第一种是分栏逐字显示，也是即一个版本一栏，没有分段标点，逐字——对应显示。

第二种是逐行逐字显示，即一个版本占一行，逐字对应显示。

下面将单独仔细分析这几种比对方式的优缺点。

（5）相似度、字数、句长、同词脱文

可用计算机对几个版本文字做多种计算：

• 相似度计算：算出几个版本每回文字的相似度，供研究分析。下面将介绍用计算机对《金瓶梅》词话本和崇祯本文字的相似度进行的自动计算和分析。

• 字数统计：可统计每回有多少字，如分段标点后还可统计有多少句，句内平均字数，有多少对白，对白句内平均字数，对白占整个文本的比例。下面将介绍用计算机对《金瓶梅》词话本和崇祯本每回的字数进行的自动计算和分析。

• 还可自动查出所有的同词脱文。

总体来说，古代小说版本数字化和计算机自动比对只能显示出版本的文字差异，所有文字差异一字不少，全部可显示出来。但计算机只能显示文字差异，而无法进行分析，分析研究还需要人工来进行。

但计算机自动比对可大大减轻人工比对的劳动，使得学者有更多时间和精力，去从事版本的研究工作。

二、词话本和崇祯本相似度、字数、句长等研究

如前所述，利用计算机可自动计算词话本和崇祯本的相似度、字数、句长等数据，可供研究人员参考。下面介绍利用计算机自动计算词话本和崇祯本各回文字相似度、字数、句长等的统计结果。

1. 词话本、崇祯本相似度分回比较

下面是利用计算机自动计算出的词话本和崇祯本各回文字的相似度。

表 2.1　词话本和两种崇祯本相似度分回比较表（%）

回　目	1	2	3	4	5	6	7	8	9	10
相似度	15.84	53.72	78.57	60.89	80.40	73.94	67.88	66.13	66.46	70.62

回　目	11	12	13	14	15	16	17	18	19	20
相似度	72.43	77.58	73.17	71.67	71.42	80.04	81.09	81.13	77.34	71.89

回　目	21	22	23	24	25	26	27	28	29	30
相似度	78.10	74.71	76.96	79.12	70.75	75.88	71.97	77.22	76.14	77.37

回　目	31	32	33	34	35	36	37	38	39	40
相似度	69.06	83.67	80.31	74.99	80.34	76.72	81.58	78.85	57.39	76.25

回　目	41	42	43	44	45	46	47	48	49	50
相似度	65.73	67.36	71.70	63.68	73.33	70.41	79.96	70.68	76.59	76.51

回　目	51	52	53	54	55	56	57	58	59	60
相似度	78.90	70.02	3.51	2.81	39.39	59.33	62.53	76.57	70.83	65.27

回　目	61	62	63	64	65	66	67	68	69	70
相似度	67.74	75.72	76.90	74.90	72.39	52.81	77.47	72.33	79.80	65.47

回　目	71	72	73	74	75	76	77	78	79	80
相似度	57.48	66.57	54.63	48.78	72.03	77.81	71.50	72.56	77.45	71.78

回　目	81	82	83	84	85	86	87	88	89	90
相似度	76.48	74.78	62.96	55.95	71.27	78.23	84.52	83.37	69.78	79.08

回　目	91	92	93	94	95	96	97	98	99	100
相似度	76.18	81.57	65.17	79.89	80.79	78.23	79.44	77.10	71.90	79.34

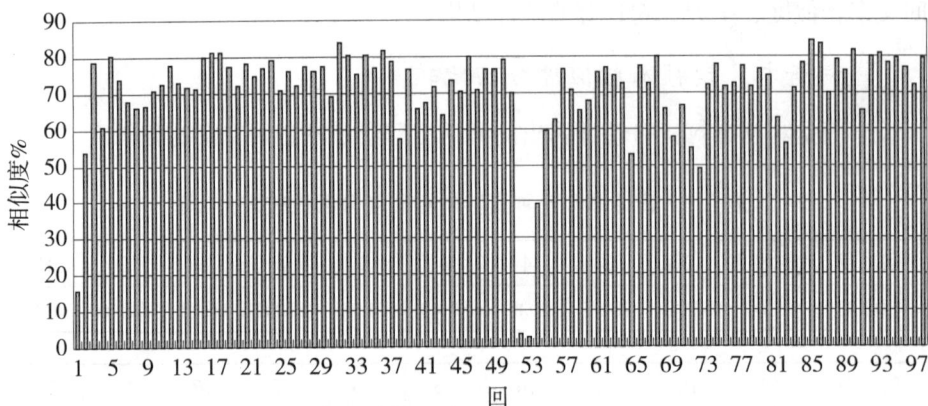

图 2.1　词话本、崇祯本相似度分回比较示意图

2. 词话本、崇祯本相似度分回分析

以上对词话本和崇祯本各回文字的相似度进行了计算，词话本和崇祯本一百回平均相似度为 70.62%。

根据词话本和崇祯本相似度计算结果，一百回可分为以下三类。

（1）差相似度异最小的三回在 20% 以下

第一回（15.84%）、第五十三回（3.51%）、第五十四回（2.81%）的相似度都在 20% 以下，这是由于崇祯本文字做了大幅度改写，导致相似度大大下降。

（2）相似度差异中等的五回在 60% 以下

一百回中有五回相似度在 60% 以下。

第二回开始部分崇祯本对词话本也做了大幅度修改，因此相似度只有 53.72%。

第五十五、七十四、六十六、七十三回相似度分别为 39.39、48.78、52.8、54.631%，这是由于崇祯本删除了词话本大段文字，两本文字都有较大差异，导致相似度下降。

（3）相似度很大的三回在 83% 以上

一百回中相似度最高的三回是第八十八回"陈敬济感旧祭金莲，庞大姐埋尸托张胜"83.37%、第三十二回"李桂姐拜娘认女，应伯爵打浑趋时"83.67%，和八十七回"王婆子贪财受报，武都头杀嫂祭兄"84.52%。这三回崇祯本文字几乎没有改动。

除上述介绍的几回以外，一百回中其他各回相似度都在 60—82% 之间。

3. 词话本和崇祯本每回字数统计

下面介绍利用计算机自动计算词话本和崇祯本每回的字数，从中也可反映出两个版本的文字差异，供版本研究参考。

表 2.2　词话本和崇祯本每回字数统计表

回　目	1	2	3	4	5	6	7	8	9	10
词话本	9867	5484	6176	3497	4580	3612	6330	6066	5033	4100
崇祯本	11620	7520	5680	3745	4390	3429	5542	5055	4988	3882
比　例	1.18	1.37	0.92	1.07	0.96	0.95	0.88	0.83	0.99	0.95

回　目	11	12	13	14	15	16	17	18	19	20
词话本	5453	9066	6070	7250	4783	6227	5195	6099	7774	7822
崇祯本	4850	8381	5659	6449	4349	5821	5065	5779	7377	6951
比　例	0.89	0.92	0.93	0.89	0.91	0.93	0.97	0.95	0.95	0.89

回 目	21	22	23	24	25	26	27	28	29	30
词话本	8627	3802	6075	5287	6446	8643	6351	4766	6899	5506
崇祯本	7842	3581	5763	4924	5514	8063	5573	4608	6212	5036
比 例	0.91	0.94	0.95	0.93	0.86	0.93	0.88	0.97	0.90	0.91

回 目	31	32	33	34	35	36	37	38	39	40
词话本	7751	5868	6202	9048	11145	3565	6404	6105	9608	4635
崇祯本	6474	5697	5724	7629	10336	3205	5973	5477	6397	4057
比 例	0.84	0.97	0.92	0.84	0.93	0.90	0.93	0.90	0.67	0.88

回 目	41	42	43	44	45	46	47	48	49	50
词话本	5164	6146	7240	4087	5027	8961	5129	7268	8287	5640
崇祯本	4450	5085	6102	2994	4453	7687	4834	7108	7379	5082
比 例	0.86	0.83	0.84	0.73	0.89	0.86	0.94	0.98	0.89	0.90

回 目	51	52	53	54	55	56	57	58	59	60
词话本	11102	10167	9139	7324	7542	5560	6582	10963	10969	4153
崇祯本	10426	8570	3510	4760	6304	4140	5198	9845	9014	3310
比 例	0.94	0.84	0.38	0.85	0.84	0.74	0.79	0.90	0.82	0.80

回 目	61	62	63	64	65	66	67	68	69	70
词话本	12963	13369	6249	4783	8175	5072	11922	10281	9696	7354
崇祯本	10334	12440	5802	4261	7090	3210	11053	8929	9050	5834
比 例	0.80	0.93	0.93	0.89	0.87	0.63	0.93	0.87	0.93	0.79

回 目	71	72	73	74	75	76	77	78	79	80
词话本	8534	12475	10216	9251	15704	13238	10189	15374	13408	5646
崇祯本	5862	10436	6707	5345	14011	12245	8585	13025	12402	4956
比 例	0.69	0.84	0.66	0.58	0.89	0.92	0.84	0.85	0.93	0.88

回 目	81	82	83	84	85	86	87	88	89	90
词话本	4864	4900	5156	4815	5310	7232	5280	5920	6148	5768
崇祯本	4659	4449	4174	3221	4718	6869	5155	5793	5793	5349
比 例	0.96	0.91	0.81	0.67	0.89	0.95	0.98	0.98	0.94	0.93

回　目	91	92	93	94	95	96	97	98	99	100
词话本	6796	7756	6660	6358	7123	5930	5785	6242	5928	8152
崇祯本	6208	7468	5213	6087	6510	5636	5596	5932	5262	7590
比　例	0.91	0.96	0.78	0.96	0.91	0.95	0.97	0.95	0.89	0.93

回　目	1—10	11—20	21—30	31—40	41—50	51—60	61—70	71—80	81—90	91—100	1—100
词话本	54745	65739	62402	70331	62949	83501	89864	114035	55393	66730	725689
崇祯本	55851	60681	57116	60969	55174	65077	78003	93574	50180	61502	638127
比　例	1.01	0.923	0.918	0.878	0.872	0.79	0.857	0.808	0.902	0.921	0.8879

• 总字数：词话本 725，689 字，崇祯本：63，8127 字。

• 平均比例：0.8879，即崇祯本字数是词话本的 88.79%。

• 词话本字数比崇祯本多的有三回，即第一、二、四回，分别为 1.18，1.37，1.07。

• 词话本和崇祯本字数最接近的是第九回，为 0.99。

• 词话本和崇祯本字数差距最大的是第五十三回，为 0.38。这是因为这回文字完全不同。

• 词话本和崇祯本字数差距在 0.70 以下的有以下四回：第六十六回（0.63），第三十九回（0.67），第八十四回（0.67），第七十一回（0.69）。

• 词话本和崇祯本字数从第八十回开始，直到最后第一百回，字数从第七十九回的 1.5 万字，直落到 6 千字左右。

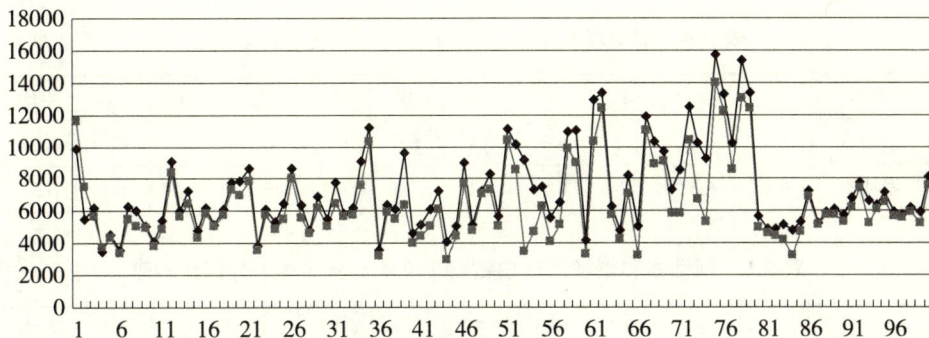

图 2.2　词话本、崇祯本字数分回比较示意图

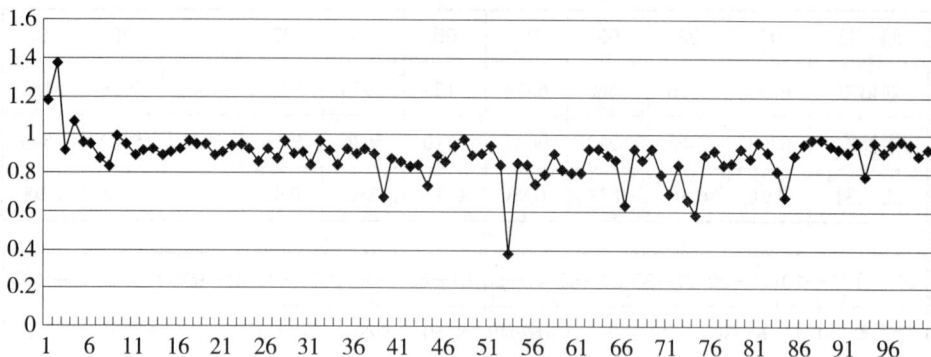

图 2.3　崇祯本、词话本字数比例分回比较示意图

4. 词话本、崇祯本句长、对白等分回比较

以下是利用计算机自动计算词话本和崇祯本各回中，文字的句长字数、对白句平均字数、对白占整个文本的比例。

- 句长字数：指每个标点符号为一句（而不是句号）中的平均字数。
- 对白句平均字数：指所有对白句中的平均字数。
- 对白占整个文本的比例：指对白句中总字数，占全部字数的比例。

表 2.3　词话本和崇祯本句长字数分回比较表

回目	1	2	3	4	5	6	7	8	9	10	平均
词话本	6.2	6.4	6.2	6.5	6.2	6.7	6.4	6.4	6.5	6.7	6.42
崇祯本	6.8	6.4	6.4	6.6	6.1	6.6	6.6	6.4	6.4	6.7	6.5

表 2.4　词话本和崇祯本对白句平均字数分回比较表

回目	1	2	3	4	5	6	7	8	9	10	平均
词话本	5.9	6.4	6.2	6.0	6.1	6.6	6.3	6.1	6.1	6.6	6.23
崇祯本	6.8	6.5	6.6	6.4	6.1	7.0	6.7	6.2	6.2	6.7	6.52

表 2.5　词话本和崇祯本对白占整个文本比例（%）分回比较表

回　目	1	2	3	4	5	6	7	8	9	10	平均
词话本	24.8	41.0	65.8	31.5	50.2	28.1	54.7	29.3	28.8	18.4	37.26
崇祯本	36.6	41.3	67.3	31.6	51.2	31.4	55.9	32.2	31.6	21.9	40.1

由于这三项数据从前十回中来看，各回变化不大，限于篇幅，只统计这前十回。

（1）句长字数：

• 句长字数词话本和崇祯本全部在 6.1 到 6.8 之间。

• 句长字数词话本前十回平均为 6.42，崇祯本为 6.5，崇祯本比词话本略高，这表明崇祯本句长略长。

• 词话本句长字数在 6.2 至 6.7 之间，幅度为 0.5。

• 崇祯本句长字数在 6.1 至 6.8 之间，幅度为 0.7，比词话本略高。

（2）对白句平均字数：

• 对白句平均字数词话本和崇祯本全部在 6.1 到 6.8 之间。

• 对白句平均字数词话本前十回平均为 6.42，崇祯本为 6.5，崇祯本比词话本略高，这表明崇祯本对白句略长。

• 词话本对白句平均字数在 6.2 至 6.7 之间，幅度相差为 0.5。

• 崇祯本对白句平均字数在 6.1 至 6.8 之间，幅度相差为 0.7，比词话本略高。

（3）对白占整个文本比例：

• 对白占整个文本比例和前两个数据不同，前两个数据各回都很接近，但对白占整个文本比例各回变化很大。这很好理解，因为各回内容不同，有的回主要是叙事，对话不多。有的回故事主要是人物交流，因此人物对话就多。

• 词话本和崇祯本对白占整个文本比例，在前十回中最小的是第十回，分别为 18.4% 和 21.9%。

• 词话本和崇祯本对白占整个文本比例，词话本前十回平均为 37.26%，崇祯本为 40.1%，崇祯本比词话本略高，这表明崇祯本中对白的比例比词话本略高。

• 词话本对白占整个文本比例，从第十回的 18.4%，至第五回的 50.2% 之间，幅度差为 32.8%。

• 崇祯本对白占整个文本比例，从第十回的 21.9%，至第五回的 51.2% 之间，幅度差为 30.3%，比词话本略低。

以上对词话本和崇祯本各回中，文字的句长字数、对白句平均字数、对白占整个文本的比例做了统计。从结果可以看出一下特点：

• 词话本和崇祯本：

这三项数据词话本和崇祯本基本相同，这很容易理解，因为两本的文本基本相同，虽然文字有些差异，但差异很小。一般认为崇祯本晚出，是在词话本基础上修订而成，但从以上数据看，这些修订在文字的句长字数、对白句平均字数、对白占整个文本的比例三方面基本没有改变。

• 分回：

这三项数据中前两项数据：句长字数、对白句平均字数，词话本和崇祯本每回差异不大。这是因为写作者有自己写作习惯，因此句长字数、对白句平均字数一般不会改变。

但对白占整个文本的比例，词话本和崇祯本各回差异很大。这是由于各回内容不同，有的回主要是叙事，对话不多；有的回故事主要人物交流，因此对话就多。

5.《金瓶梅》句长、对白等和四大名著比较

以上统计分析了《金瓶梅》文字的句长字数、对白句平均字数、对白占整个文本的比例，下表是《金瓶梅》和其他四大名著这三项数据的比较。

表2.6　五大名著句长、对话等比较表

版　本		平均句长	排序	对话句长	排序	对话比重 %	排序	总排序
金瓶梅	词话本	6.5	2	6.7	3	60.9	1	1
	崇祯本	6.4	6.45	6.7	6.7	65.1	63	
红楼梦	庚辰本	7.0	1	7.1	1	48.7	4	2
	程甲本	6.8	6.9	7.0	7.15	50.0	49.4	
西游记	世德堂本	6.0	4 6.0	6.8	2 6.8	54.6	2 54.6	3
水浒传	容与堂本	6.1	3	6.3	4	48.2	3	4
	金圣叹评本	6.3	6.2	6.3	6.3	52.7	50.5	
三国演义	嘉靖元年本	5.7	5 5.73	5.6	5 5.6	38.6	5 40.9	5
	黄正甫本	5.8		5.6		41.7		
	毛宗岗评本	5.7		5.6		42.4		

• 句长字数：《金瓶梅》排名第二，仅次于《红楼梦》。这很容易理解，这两本书都是言情小说，《金瓶梅》是明刊本，《红楼梦》是清刊本，成书越晚，通俗性越强，句长字数也越大。《三国演义》是半文半白历史演义小说，自然

句长字数最短。而《西游记》和《水浒传》句长字数基本差不多，居中。

• 对白平均字数：《金瓶梅》排名第三，次于《红楼梦》和《西游记》。对白字数和句长字数一样，也是《红楼梦》第一，这很合理。但对白字数《西游记》超过《金瓶梅》，这也可以理解，两本都是明刊本，句长字数两本差不多，对白字数《西游记》超过《金瓶梅》也可理解。《水浒传》对话字数次于《西游记》和《金瓶梅》。《三国演义》仍然是对话字数最短。

• 对白占整个文本比例：《金瓶梅》排名第一，这说明《金瓶梅》作者更注重对话。《西游记》和《水浒传》都超过《红楼梦》排名第二和第三，这出乎一般人预料，实际仔细分析《西游记》和《水浒传》中人物对话确实很多。《三国演义》以故事情节为主，当然对白占整个文本比例仍然是最少。

• 三项数据总排序：《金瓶梅》第一，以下依次为《红楼梦》《西游记》《水浒传》和《三国演义》，从语言学角度看，这也基本符合这五部小说的发展历程。

总之，这些数据统计看似枯燥无味，但从语言学角度看，还是有一定研究意义和价值。

三、《金瓶梅》版本文字差异分类

上一节介绍利用计算机自动计算版本文字的字数差异，计算机除可计算差异外，还可对不同版本文字做自动比对。

古代小说版本文字差异的比对方法有三种，利用计算机自动比对有两种显示方式，即分栏逐字显示和逐行逐字显示外，还可以用人工比对产生第三种方式，即文字加分段标点后，人工分栏逐句显示，一个版本一栏，逐句对应显示。

这三种方式正对应于版本文字差异展示的三个方面。

第一方面是展示文字差异的整体情况。

第二方面是展示文字差异的细节。

第三方面是展示文字差异的内容差异。

这三种方式各有优缺点，可以根据不同要求选用不同比对结果。

第一，如只想了解版本文字差异的一般整体情况，对内容不分析，可用分栏逐字显示方式。

第二，如了解版本文字的内容差异，可用分栏逐句显示方式。

第三，如想仔细了解文字差异的细节，可选用逐行逐字比对方式。

计算机比对有三种结果：分栏逐字显示、分栏逐句显示和逐行逐字显示。而版本录入又有繁体字和简体字两种，因此组合后可以有六种比对结果。

（1）繁体字分栏逐字显示；（2）繁体字分栏逐句显示；（3）繁体字逐行逐字显示。

（4）简体字分栏逐字显示；（5）简体字分栏逐句显示；（6）简体字逐行逐字显示。

下面逐一介绍这三种比对方式和结果。

1. 方法一：分栏逐字显示

第一种显示方式是计算机自动分栏逐字显示，版本文字差异整体情况显示清楚，一眼就可看出两版本文字差异的大致情况。

但缺点一是文字不分段标点，内容不清楚。第二是文字差异的细节不明显，也不十分清楚。

例3.1　词话本、崇祯本繁体字分栏对照（第七回）

词话本	崇祯本
還沒　與我到明日不管一　捻謝罷了又道剛纔你老人家看見門首那兩座布架了當初楊大叔在時街道上不知使了多少錢這房子也值七八百兩銀子到底五層通後街到明日丟與小叔罷了正說着只見使了個丫頭來　叫薛嫂良久只聞環珮叮咚蘭麝馥郁婦人出來上穿翠藍麒麟補子粧花紗衫大紅粧花寬欄頭上珠翠堆盈鳳釵半卸西門慶掙眼觀看那婦人但見長挑身材粉粧玉琢模樣兒不肥不瘦　身段兒不短不長面上稀稀有　　　　　幾點微　麻生的天然　俏麗　裙　下映一對金蓮小脚果然周正堪憐二珠金環耳邊低挂雙頭戀釵髩後斜插但行動胸前搖响玉玲瓏　　　　坐下時一陣麝蘭香噴鼻恰似嫦娥離月殿猶如神女下瑤	還　没與我到明日不管一總　謝罷了正說着只見使了個丫頭來叫　薛嫂不多時只聞環珮叮咚蘭麝馥郁薛嫂忙掀開簾子婦人出來西門慶掙眼觀　那婦人但見月画烟描　　粉粧玉琢　俊麗兒不肥不瘦俏身材難減難增素額逗幾　點微麻天然美　麗細裙露　一雙小脚　周正堪憐行過處花香細生坐下時

上例是繁体字比对结果，由于繁体字版录入时录入大量俗体字和异体字，比对时会自动错开，如"沒""没"和"說""説"实际都是同一个字。要求录

入时把这些俗体字和异体全部统一录入为一个字，还有困难，因此目前只能如此。下面所有繁体字的例子都有此问题，不再说明。

下面显示同样文字的简体字比对结果，就没有繁体字的俗体字和异体字问题。

例 3.2　词话本、崇祯本简体字分栏逐字对照（第七回）

词话本	崇祯本
你老人家去年买春梅许了我几匹大布还没与我到明日不管一总谢罢了又道刚才你老人家看见门首那两座布架子当初杨大叔在时街道上不知使了多少钱这房子也值七八百两银子到底五层通后街到明日丢与小叔罢了正说着只见使了个丫头来叫薛嫂　　良久只闻环佩叮咚兰麝馥郁　　妇人出来上穿翠蓝麒麟补子妆花纱衫大红妆花宽栏头上珠翠堆盈凤钗半卸西门庆　挣眼观看那妇人但见　　长挑身材粉妆玉琢模样　　儿不肥不瘦　身段儿不短不长面上稀稀有　　　　　几点微麻生的天然　俏丽　裙　下映一对金莲　小脚果然周正堪怜二珠金环耳边低挂双头鸾钗髦后斜插但行动胸前摇响玉玲珑　　　　坐下时一阵麝兰香喷鼻恰似嫦娥离月殿犹如神女下瑶阶　　西门庆一见满心欢喜薛嫂忙去掀开帘子妇人出来　　　　望上不端不正道了个万福就在对面椅　上坐下西	嫂道你老人家去年买春梅许　我几匹大布还没与我到明日不管一总谢罢了　　　　　　　　　　　　　　正说着只见使了个丫头来叫薛嫂不多时　　只闻环佩叮咚兰麝馥郁薛嫂忙掀开帘子妇人出来　　　　西门庆睁　眼观　那妇人但见月画烟描　　粉妆玉琢　俊庞儿不肥不瘦俏身　材难减难增素额逗几点微麻　天然美　丽细裙露　一　　双小脚　周正堪怜　　　　　行过处花香细生坐下时　　　　　淹然百媚西门庆一见满心欢喜　妇人　走到堂下望上不端不正道了个万福就在对面椅子上坐下西

2. 方法二：分栏逐句显示

第二种显示方式是人工分段标点后的文字，分栏逐句显示，一个版本一栏，逐句对应显示中。这种方式表面看来，由于分句分段，因此版本文字在段落和句子上有差异，显示也很清楚，可以看出两版本文字差异的大致情况。这种方式实际最大特点是，由于文字加分段标点，所以文字的内容差异比不分段标点更加清楚。

但这种方式因为不是逐字比对，因此在文字细节差异上，不如逐字比对清楚。

总之，各种不同比对方式各有各的优缺点。

例3.3 词话本、崇祯本繁体字分栏逐句对照（第七回）

词话本	崇祯本
遷没與我，到明日不管一捴謝罷了。又道："剛纔你老人家看見門首那兩座布架子，當初楊大叔在時，街道上不知使了多少錢，這房子也值七八百兩銀子，到底五層通後街，到明日丟與小叔罷了。"	遷没與我，到明日不管一總謝罷了。
正說着：只見使了個丫頭來叫薛嫂。	正說着只見使了個丫頭來叫薛嫂。
良久只聞環珮叮咚蘭麝馥郁，婦人出來。上穿翠藍麒麟補子粧花紗衫大紅粧花寬，欄頭上珠翠堆盈鳳釵半卸。	不多時，只聞環珮叮咚蘭麝馥郁，薛嫂忙掀開簾子，婦人出來。
西門慶掙眼觀看那婦人，但見：	西門慶掙眼觀那婦人，但見
長挑身材，粉粧玉琢，模樣兒不肥不瘦，身段兒不短不長，面上稀稀有幾點微麻。生的天然俏麗，	月畫烟描，粉粧玉琢，俊麗兒不肥不瘦，俏身材，難減難增素，額逗幾點微麻，天然美麗，緗裙露一雙小脚，周正堪憐行，過處花香細生，坐下時淹然百媚。
裙下映一對金蓮小脚。果然周正，堪憐二珠金環，耳邊低挂雙頭戀釵，髻後斜挿。但行動胸前搖響玉玲瓏。坐下時，一陣麝蘭香噴鼻，恰似嫦娥離月殿，猶如神女下瑤階。	

上例是繁体字比对结果，下面显示同样文字的简体字比对结果。

例3.4 词话本、崇祯本简体字分栏逐句对照（第七回）

词话本	崇祯本
你老人家去年买春梅，许了我几匹大布，还没与我。到明日不管，一总谢罢了。"	薛嫂道："你老人家去年买春梅，许我几匹大布，还没与我。到明日不管一总谢罢了。"
又道："刚才你老人家看见门首那两座布架子，当初杨大叔在时，街道上不知使了多少钱。这房子也值七八百两银子。到底五层，通后街。到明日，丢与小叔罢了。"	
正说着，只见使了个丫头来叫薛嫂。良久，只闻环佩叮咚，兰麝馥郁，	正说着，只见使了个丫头来叫薛嫂。不多时，只闻环佩叮咚，兰麝馥郁，薛嫂忙掀开帘子，妇人出来。西门庆睁眼观那妇人，但见：
妇人出来。上穿翠蓝麒麟补子妆花纱衫，大红妆花宽栏；头上珠翠堆盈，凤钗半卸。西门庆挣眼观看那妇人，但见：	
长挑身材，粉妆玉琢。模样儿不肥不瘦，身段儿不短不长。	月画烟描，粉妆玉琢。俊庞儿不肥不瘦，俏身

续表

词话本	崇祯本
面上稀稀有几点微麻，生的天然俏丽； 裙下映一对金莲小脚，果然周正堪怜。二珠金环，耳边低挂；双头鸾钗，髩后斜插。但行动，胸前摇响玉玲珑；	材难减难增。 素额逗几点微麻，天然美丽； 细裙露一双小脚，周正堪怜。行过处花香细生，
坐下时，一阵麝兰香喷鼻。恰似嫦娥离月殿，犹如神女下瑶阶。	坐下时淹然百媚。
西门庆一见，满心欢喜。薛嫂忙去掀开帘子。	西门庆一见满心欢喜。
妇人出来，望上不端不正道了个万福，就在对面椅上坐下。西门庆把眼上下不转睛看了一回。妇人把头低了。	妇人走到堂下，望上不端不正道了个万福，就在对面椅子上坐下。西门庆眼不转睛看了一回，妇人把头低了。
西门庆开言说："小人妻亡已久，欲娶娘子入门为正，管理家事。未知意下如何？"	西门庆开言说："小人妻亡已久，欲娶娘子管理家事，未知尊意如何？"
那妇人问道："官人贵庚？没了娘子多少时了？"	那妇人偷眼看西门庆，见他人物风流，心下已十分中意，遂转过脸来， 问薛婆道："官人贵庚？没了娘子多少时了？"
西门庆道："小人虚度二十八岁，七月二十八日子时建生。不幸先妻没了一年有余。不敢请问娘子青春多少？"	西门庆道："小人虚度二十八岁，不幸先妻没了一年有余。不敢请问，娘子青春多少？"
妇人道："奴家青春是三十岁。"西门庆道："原来长我二岁。"	妇人道："奴家是三十岁。"西门庆道："原来长我二岁。"
薛嫂在傍插口道："妻大两，黄金日日长；妻大三，黄金积如山。"	薛嫂在旁插口道："妻大两，黄金日日长。妻大三，黄金积如山。"

3. 方法三：逐行逐字显示

第三种比对方式是逐行逐字显示，和前两种分栏比对刚好相反，上下文字逐字比对，可以清楚看出两本文字的差异，文字差异细节很清楚，可逐字显示文字差异，但文字整体差异情况不如和前两种分栏比对清楚。

例 3.5　词话本、崇祯本繁体字逐行对照（第七回）

词：了我幾疋大布還沒　與我到明日不管一　揔謝罷了又道剛纔你老人家看見門 崇：　我幾疋大布還　沒與我到明日不管一總　謝罷了
词：首那兩座布架了當初楊大叔在時街道上不知使了多少錢這房子也值七八百兩 崇：
词：銀子到底五層通後街到明日丢與小叔罷了正説　着只見使了個丫頭來　叫薛 崇：　　　　　　　　　　　　　　　　　　正　説着只見使了個丫頭來叫　薛

词：嫂良久　　　　只聞環珮叮咚蘭麝馥郁　　　　　　　婦人出來上穿翠藍麒麟 崇：嫂　　不多時只聞環珮叮咚蘭麝馥郁薛嫂忙掀開簾子婦人出來
词：補子粧花紗衫大紅粧花寬欄頭上珠翠堆盈鳳釵半卸西門慶掙眼觀看那婦人但 崇：　　　　　　　　　　　　　　　　　　　西門慶掙眼觀　　那婦人但
词：見　　　　長挑身材粉粧玉琢模樣　　兒不肥不瘦　身段兒不短不長面上稀 崇：見月畫煙描　　　粉粧玉琢　俊麗兒不肥不瘦俏身
词：稀有　　　　　　幾點微麻生的天然　俏麗　裙　下映一對金蓮 崇：　材難減難增素額逗幾點微麻　天然美　麗細裙露　一　　　雙
词：小脚果然周正堪憐二珠金環耳邊低挂雙頭戀釵髻後斜挿但行動胸前搖响玉玲 崇：小脚　周正堪憐　　　　　　　　　　　　　行
词：瓏　　　　坐下時一陣麝蘭香噴鼻恰似嫦娥離月殿猶如神女下瑤階 崇：　過處花香細生坐下時　　　　　　　　　淹然
词：　　西門慶一見滿心歡喜薛嫂忙去掀開簾子婦人出來望　　　　上不端不 崇：百媚西門慶一見滿心歡喜　　　　　　婦人　　走到堂下望上不端不
词：正道了　個萬福就在對面椅上坐下西門慶把眼上下不轉睛看了一回婦人把 崇：正道了箇　萬福就在對面椅上坐下西門慶　眼　　不轉睛看了一回婦人把

上例是繁体字比对结果，下面显示同样文字的简体字比对结果。

例 3.6　词话本、崇祯本简体字逐行逐字对照（第七回）

词：家说成这亲事指望典两间房儿住　　　　　　　强如住在北边那搭刺子里往宅 崇：家说成这亲事指望典两间房儿住哩西门庆道这
词：里去不方便　　　　你老人家去年买春梅许了我几匹大布还没与我到明日 崇：　　不　　打紧薛嫂道你老人家去年买春梅许　我几匹大布还没与我到明日
词：不管一总谢罢了又道刚才你老人家看见门首那两座布架子当初杨大叔在时街 崇：不管一总谢罢了
词：道上不知使了多少钱这房子也值七八百两银子到底五层通后街到明日丢与小 崇：
词：叔罢了正说着只见使了个丫头来叫薛嫂　　　良久只闻环佩叮咚兰麝馥郁 崇：　　正说着只见使了个丫头来叫薛嫂不多时　只闻环佩叮咚兰麝馥郁薛
词：　　　　妇人出来上穿翠蓝麒麟补子妆花纱衫大红妆花宽栏头上珠翠堆 崇：嫂忙掀开帘子妇人出来
词：盈凤钗半卸西门庆　挣眼观看那妇人但见　　　　长挑身材粉妆玉琢模样 崇：　　　西门庆睁　眼观　那妇人但见月画烟描　　粉妆玉琢　俊
词：　儿不肥不瘦　身段儿不短不长面上稀稀有　　　　　　　　几点微麻生的 崇：庞儿不肥不瘦俏身　　　　　　材难减难增素额逗几点微麻

词：天然　俏丽　裙　下映一对金莲　小脚果然周正堪怜二珠金环耳边低挂双头 崇：天然美　丽细裙露　　一　　双小脚　　周正堪怜	
词：鸾钗髻后斜插但行动胸前摇响玉玲珑　　　　　坐下时一阵麝兰香喷鼻恰 崇：　　　　　行　　　　过处花香细生坐下时	
词：似嫦娥离月殿犹如神女下瑶阶　　　　西门庆一见满心欢喜薛嫂忙去掀开帘 崇：　　　　淹然百媚西门庆一见满心欢喜	
词：子妇人出来　　　望上不端不正道了个万福就在对面椅　上坐下西门庆把 崇：　妇人　　走到堂下望上不端不正道了个万福就在对面椅子上坐下西门庆	
词：眼上下不转睛看了一回妇人把头低了西门庆开言说小人妻亡已久欲娶娘子入 崇：眼　　不转睛看了一回妇人把头低了西门庆开言说小人妻亡已久欲娶娘子	

4. 三种比对方法比较。

如前说述，文字差异有三种方法：

（1）分栏逐字显示；

（2）分段标点、分栏逐字显示。

（3）逐行逐字显示。

版本文字差异展示一般分为三方面。

（1）文字整体差异；

（2）文字内容差异；

（3）文字细节差异。

这三种方式可适用三种文字差异：

（1）文字整体差异——分栏逐字显示；

（2）文字内容差异——分段、标点的分栏逐句显示；

（3）文字细节差异——逐行逐字显示。

下表显示三种显示方式的适用范围，◎为最适合，× 为不适合。

表 3.1　文字差异和显示方式对照表

	分栏逐字显示	分段标点分栏逐字显示	逐行逐字显示
文字差异整体情况	◎	×	×
文字内容差异	×	◎	×
文字差异细节	×	×	◎

文字差异研究可采用如下方法和步骤：

（1）先用计算机自动分栏逐字比对方式展示文字差异的整体情况，对于大段文字和个别语句的增减，显示都很清楚。但这种方式只能显示文字表面的差异，对文字差异的内容和细节，还是不明显。

（2）在分栏逐字显示基础上，对于文字差异增减混乱的情况，就要再用分段标点的人工逐行分句显示，可仔细分析文字差异的内容。

由于人工比对工作量很大，因此不可能像计算机自动比对一样，把全部文字比对完成后再分析。只能先用计算机自动比对，然后在比对结果基础上，再选择确实需要研究的文字差异，再进一步用逐行分句比对方法查看其内容差异。

（3）在分栏逐字显示基础上，如需要再了解个别文字差异的细节，可再用逐行逐字比对显示方式，再逐字仔细研究。

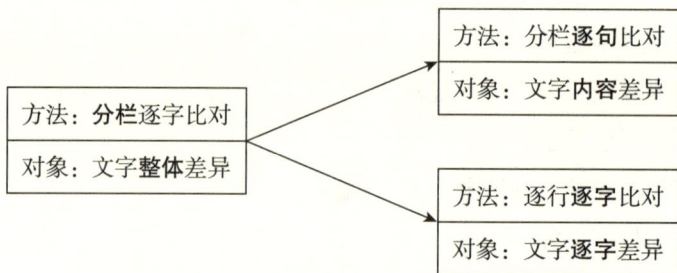

图 3.1　文字差异研究方法和研究内容

5.《金瓶梅》版本计算机自动比对结果

《金瓶梅》版本比《三国演义》《水浒传》和《西游记》简单，只有三种，即词话本、崇祯本和张竹坡评本。

数字化完成了四种版本，即词话本、崇祯本中的北京大学本、东京大学本和张评本。

由于张竹坡评本是以崇祯本为基础加评语，实际两版本文字差异很小。因此《金瓶梅》计算机自动比对只比对词话本和崇祯本两个系统。

如前所述，计算机自动比对有四种结果，繁体字分栏比对本，繁体字逐行比对本，简体字分栏比对本，和简体字逐行比对本。

在数字化比对基础上，为方便学者快速查阅版本文字差异，排版制作了

《金瓶梅》词话本和崇祯本的这四种比对本。

这四种比对本篇幅巨大。

繁体字分栏比对本 16 开本正文有 1046 页，版面文字有 175 万字。

繁体字逐行比对本 16 开本正文有 1593 页，版面文字有 261 万字。

简体字分栏比对本 16 开本正文有 1030 页，版面文字有 171 万字。

简体字逐行比对本 16 开本正文有 1499 页，版面文字有 256 万字。

四种比对本合计有 5000 多页，文字有 863 万字。

下面是词话本和崇祯本一百回中篇幅最短的第三十六回简体字计算机自动比对分栏显示的结果。

《金瓶梅》词话本和崇祯本这四种比对本在 2016 年广州第十二届国际《金瓶梅》学术研讨会提交给一些金学专家，得到他们的一致好评，认为这种比对本对于研究《金瓶梅》版本是个很方便的工具书。

至于分段、标点后的分栏逐句比对，因为目前尚未完成。这种比对方式要人工进行比对，工作量极大，目前暂未实施。

第三十六回　翟谦寄书寻女子　西门庆结交蔡状元

词: 翟谦寄书寻女子　西门庆结交蔡状元
崇: 翟管家寄书寻女子　蔡状元留饮借盘缠

翟谦　　寄书寻女子西门庆结交蔡状元　　　　　富川遥望剑江西一片孤云对夕晖有泪应投烟树断无书堪寄雁鳞稀问安已负三千里　　　　　　流落空怀十二时海阔天高都是念凭谁为我说归期　　　　　　话说次日西门庆早与夏提刑出郊外接了新巡按又到庄上犒劳做活的匠人至晚来家有平安进门就禀今日有东昌府下文书快手往京里顺便稍了一封书帕来说是太师爷府里翟大爹寄来的书与爹　小的接了交进大娘房里去了那人明日午后来讨回书西门庆听了走到上房取书拆开观看上面写着什么言词京都侍生翟谦顿首书拜即擢大锦堂西门大人门下久仰山斗未接丰标屡辱厚情感愧何尽前蒙驰谕生铭刻在心凡百于老爷左右无不尽力	三十六回翟　管家寄书寻女子蔡状元留饮借盘缠诗曰既伤　　　　　　千里目还惊远去魂岂不惮跋涉深　　　怀　　　　　　国士恩季布无一诺侯嬴重一言人生感意气黄金何足论话说次日西门庆早与夏提刑　接了新巡按又到庄上犒劳做活的匠人至晚来家　平安进门就禀今日有东昌府下文书快手往京里顺便捎了一封书帕来说是太师爷府里翟大爹寄来　与爹的小的接了交进大娘房里去了那人明日午后来讨回书西门庆听了走到上房取书拆开观看上面写着　　京都侍生翟谦顿首书拜即擢大锦堂西门大人门下久仰山斗未接丰标屡辱厚情感愧何尽前蒙驰谕生铭刻在心凡百于老爷左右无不尽力

续表

扶持所有　琐事敢　托盛价烦渎想已为我 处之矣今　因便鸿　薄具帖金十两奉贺兼 候起居伏望俯赐回音生不胜感激之至外新 状元蔡一泉乃老爷之假子奉敕回籍省视道 经贵处仍望留之一饭彼亦不敢忘也至祝 至祝秋后一日信西门庆看毕只顾咨嗟不已 说道快　教小厮叫媒人去我什么营生就忘 死了再想不起来吴月娘便问什　么勾当你 对我说西门庆道东京太师老爷府里翟管家 前日有书来说无子来央及我这里替他寻个 女子不拘贫富不限财礼只要好的他要图生 长妆奁财礼该使多少教我开了写去他一封 封过银子来　　　　往后他在老爷面前一力 好扶持我做官我一向乱着上任七事八事就 把这事忘死了想不起来来保又日逐往铺 子里去了又不题我今日他老远的又教人稍 书来问寻的亲事怎样的了又寄了十两折 礼银子贺我明日原差人　来讨回书你教我 怎样回答他教他就怪死了叫了媒人你分付 　　他好歹上紧替他寻着不拘大小人家只 要好女儿或十五六十七八的也罢该多少财 礼我这里与他再不把李大姐房里绣春倒好 模样儿与他去罢月娘道我说你是个火燎腿 行货子这两三个月你早做什么来人家央你 一场替他看个真正女子去他好谢你那丫 头你又收他怎好打发去的你替他当个事 干他到明日也替你用的力如今施捏佛施烧 香急水里　怎么下得　浆比不的　买什么 儿拿了银子到市上就买的来了一个人家闺 门女子好歹不同也等　教媒人慢慢踏看将 来你倒说的好容易自在话儿西门庆道明日 他来要回书怎回答他月娘道亏你还断事 这些勾当儿便不会打发人等人明日来你 多与他些盘缠写在书上回　覆了他去只说 女子寻下了只是衣服妆奁未办待几时完 毕这里差人送去打发了你这里教人替他 寻也不迟此一举两得其便才干出好事来也 是人家托你一场西门庆笑道说的有理一面 叫将陈经　济来隔夜修了回书次日下书人 来到西门庆亲自出来问了备细又问蔡状元	扶持所有小　事　曾托盛价渎想已为我 处之矣今日　　鸿便薄具帖金十两奉贺兼 候起居伏望俯赐回音生不胜感激之至外新 状元蔡一泉乃老爷之假子奉敕回籍省视道 经贵处仍望留之一饭彼亦不敢忘也至祝 至祝秋后一日信西门庆看毕只顾咨嗟不已 说道快叫　小厮叫媒人去我什么营生就忘 死了　　　　　吴月娘　问　甚么勾当 　　西门庆道东京太师老爷府里翟管家 前日有书来说无子　央及我这里替他寻 女子不拘贫富不限财礼只要好的他要图生 长妆奁财礼该使多少教我开了　去他一 　　一还我往后他在老爷面前一力 　扶持我做官我一向乱着上任七事八事就 把这事忘死了　　　　来保　又日逐往铺 子里去了又不题我今日他老远的　教人 捎书来问寻的亲事怎样　了又寄了十两折 礼银子贺我明日　差人就来讨回书你教我 怎样回答他教他就怪死了叫了媒人你 吩咐他好歹上紧替他寻着不拘大小人家只 要好女儿或十五六十七八的也罢该多少财 礼我这里与他再不把李大姐房里绣　倒好 模样儿与他去罢月娘道我说你是个火燎腿 行货子这两三个月你早做什么来人家央你 一场替他看个真正女子去　也好　　那丫 头你又收过他怎好打发去的你替他当个事 干他到明日也替你用的力如今 急水　发怎么下得浆　比不　得买什么 儿拿了银子到市上就买的来了一个人家闺 门女子好歹不同也等着　媒人慢慢踏看将 来你倒说的好　　自在话儿西门庆道明日 他来要回书怎么回答他月娘道亏你还断事 这些勾当儿便不会打发人等那人明日来你 多与他些盘缠　书　回复　他　只说 女子寻下了只是衣服妆奁未办还待几时 毕这里差人送去打发了你这里教人替他 寻也不迟此一举两得其便才干出好事来也 是人家托你一场西门庆笑道说的有理一面 叫将陈　敬济来隔夜修了回书次日下书人 来到西门庆亲自出来问了备细又问蔡状元

几时船到好预备接他那人道小人来时蔡老爹才辞朝京中起身翟爹说只怕蔡老爹回乡一时缺少盘缠烦老爹这里多少只顾借与他写书去翟　爹那里如数补还西门庆道你多上覆　翟爹随他要多少我这里无不奉命说毕命陈经　济让去厢房内管待酒饭临去交割回书又与他五两路费那人拜谢欢喜出门长行去了正是意急欲摇飞虎站心忙抨碎紫花鞭看官听说当初安忱取中头甲被言官论他是先朝宰相安惇之弟系党人子孙不可以魁多士徽宗御还早不得已把蔡蕴擢为第一做了状元投在蔡京门下做了假子升秘书省正　字给假省亲且说月娘家中使小厮叫了老冯薛嫂儿并别的媒人来分付　各处打听人家有好女子拿帖儿来说不在话下一日西门庆使来保往新河口打听蔡状元船只原来　和同榜进士　安忱同船这安进士亦因家贫未续亲东也不成西也不就辞朝还家续亲因此二人同船来到新河口来保拿着西门庆拜帖来到船上见就送了一分嘎程酒面鸡鹅嘎　饭盐酱之类蔡状元在东京翟谦已是预先和他说了清河县有老爷门下一个西门千户乃是大巨家富而好礼亦是老爷抬举见做理刑官你到那里他必然厚待这蔡状元牢记在心见　西门庆差人远来迎接又馈送如此大礼心中甚喜次日到了就同安进士进城　拜西门庆西门庆已是叫厨子家里预备下酒席因在李知县衙内吃酒看见有一起苏州戏子唱的好书童儿说在南门外磨子营儿那里住旋叫了四个来答应蔡状元那日封了一端绢帕一部书一双云履安进士亦是书帕二事四袋芽茶四柄杭扇各具宫袍乌纱先投拜帖进去西门庆冠冕迎接至厅上叙礼交拜家童献毕赘仪然后分宾主而坐先是蔡状元举手欠身说道京翟云峰甚是称道贤公阀阅名家清河巨族久仰德望未能识荆今得晋拜堂下为幸多矣西门庆答道不敢昨日云峰书来具道二位老先生华　辂下临理当迎接奈公事所羁幸为宽恕因问二位老先生仙乡尊号蔡状元道学	几时船到好预备接他那人道小人来时蔡老爹才辞朝京中起身翟爹说只怕蔡老爹回乡一时缺少盘缠烦老爹这里多少只顾借与他写书去翟老爹那里如数补还西门庆道你多上　复翟爹随他要多少我这里无不奉命说毕命陈　敬济让去厢房内管待酒饭临去交割回书又与了他五两路费那人拜谢欢喜出门长行去了　看官听说当初安忱取中头甲被言官论他是先朝宰相安惇之弟系党人子孙不可以魁多士徽宗　不得已把蔡蕴擢为第一做了状元投在蔡京门下做了假子升秘书省正事　给假省亲且说月娘家中使小厮叫了老冯薛嫂儿并别的媒人来吩咐各处打听人家有好女子拿帖儿来说不在话下一日西门庆使来保往新河口打听蔡状元船只原来就和同榜进　士安忱同船这安进士亦因家贫未续亲东也不成西也不就辞朝还家续亲因此二人同船来到新河口来保拿着西门庆拜帖来到船上见就送了一分下　程酒面鸡鹅　下饭盐酱之类蔡状元在东京翟谦已　预先和他说了清河县有老爷门下一个西门千户乃是大巨家富而好礼亦是老爷抬举见做理刑官你到那里他必然厚待这蔡状元牢记在心见面　门庆差人远来迎接又馈送如此大礼心中甚喜次日　就同安进士进城来拜　西门庆已是预备下酒席因在李知县衙内吃酒看见有一起苏州戏子唱的好旋叫了四个来答应蔡状元那日封了一端绢帕一部书一双云履安进士亦是书帕二事四袋芽茶四柄杭扇各具宫袍乌纱先投拜帖进去西门庆冠冕迎接至厅上叙礼交拜　献毕赘仪然后分宾主而坐先是蔡状元举手欠身说道京师翟云峰甚是称道贤公阀阅名家清河巨族久仰德望未能识荆今得晋拜堂下为幸多矣西门庆答道不敢昨日云峰书来具道二位老先生华[车舟]下临理当迎接奈公事所羁　望乞宽恕因问二位老先生仙乡尊号蔡状元道学

续表

生蔡蕴本贯滁州之匡庐人也贱号一泉侥幸状元官拜秘书正字给假省亲得蒙皇上俞允不想云峰先生称道盛德拜迟安进士道学生乃浙江钱塘县人氏贱号凤山见除工部观政亦给假还乡续亲敢问贤公尊号西门庆道在下卑官武职何得号称询之再三方言贱号四泉累蒙蔡老爷抬举云峰扶持袭锦衣千户之职见任理刑实为不称蔡状元道贤公抱负不凡雅望素著休得自谦叙毕礼话请去花园卷棚内宽衣蔡状元辞道学生归心匆匆行舟在岸就要回去既见尊颜又不遽舍奈何奈何西门庆道蒙二公不弃蜗居伏乞暂　驻文旆少留一饭以尽芹献之情蔡状元道既是雅情学生领命一面脱去衣服二人坐下左右又换了一道茶上来蔡状元以目瞻顾　西门庆家园池花　馆花木深秀一望无际心中大喜极口称羡夸道诚乃胜蓬瀛也于是抬过棋桌来下棋西门庆道今日有两个戏子在此伺候以供燕　赏安进士道在那里何不令来一见不一时四个戏子跪下磕头蔡状元问道那两个是生旦叫甚名字　　　　　于是走向前说道小的　是装生的叫苟子孝那一个装旦的叫周顺一个贴旦叫袁琰一个装小生的叫胡憸安进　土问你每　是那里子弟苟子孝道小的都是苏州人安进士道你等先妆扮了来唱个我每　听四个戏子下边妆扮去了西门庆令后边取女衣钗梳与他教书童也妆扮起来共三个旦两个生在席上先唱香囊记大厅正面设两席蔡状元安进士居上西门庆下边主位相陪饮酒中间唱了一折下来安进士看见书童儿装小旦便道这个戏子是那里的西门庆道此是小价书童安进士叫上去赏他酒吃说道此子绝妙而无以加矣蔡状元又叫别的生旦过来亦赏酒与他吃因分付你唱个朝元歌花边柳边苟子孝答应在旁拍手唱道花边柳檐外晴丝卷山前水前马上东风软自叹行踪有如蓬转盼望家乡留恋雁杳鱼沉离愁满怀谁与传日短北堂萱空劳魂梦牵合洛阳遥远几时得上九重金殿唱了一个吃毕酒又唱第二个十载青灯黄卷	生　　本贯滁州之匡庐人也贱号一泉侥幸状元官拜秘书正字给假省亲　　　　　安进士道学生乃浙江钱塘县人氏贱号凤山见除工部观政亦给假还乡续亲敢问贤公尊号西门庆道在下卑官武职何得号称询之再三方言贱号四泉累蒙蔡老爷抬举云峰扶持袭锦衣千户之职见任理刑实为不称蔡状元道贤公抱负不凡雅望素著休得自谦叙毕礼话请去花园卷棚内宽衣蔡状元辞道学生归心匆匆行舟在岸就要回去既见尊颜又不遽舍奈何奈何西门庆道蒙二公不弃蜗居伏乞暂住　文旆少留一饭以尽芹献之情蔡状元道既是雅情学生领命一面脱去衣服二人坐下左右又换了一道茶上来蔡状元以目瞻顾因池　　台馆花木深秀一望无际心中大喜极口称羡　道诚乃　　蓬瀛也于是抬过棋桌来棋西门庆道今日有两个戏子在此伺候以供　宴赏安进士在那里何不令来一见不一时四个戏子跪下磕头蔡状元问道那两个是生旦叫甚名字内中一个答　　　道小的妆　　生　叫苟子孝那一个装旦的叫周顺一个贴旦叫袁琰那一个装小生的叫胡憸安进士　问你　们是那里子弟苟子孝道小的都是苏州人安进士道你等先妆扮了来唱个我　们听四个戏子下边妆扮去了西门庆令后边取女衣钗梳与他教书童也妆扮起来共三个旦两个生在席上先唱香囊记大厅正面设两席蔡状元安进士居上西门庆下边主位相陪饮酒中间唱了一折下来安进士看见书童儿装小旦便道这个戏子是那里的西门庆道此是小价书童安进士叫上去赏他酒吃说道此子绝妙而无以加矣蔡状元又叫别的生旦过来亦赏酒与他吃因吩咐　你唱个朝元歌花边柳边苟子孝答应在旁拍手　道花边柳檐外晴丝卷山前水前马上东风软自叹行踪有如蓬转盼望家乡留恋雁杳鱼沉离愁满怀谁与传日短北堂萱空劳魂梦牵　洛阳遥远几时得上九重金殿唱完了

萤窗苦勉旄雪案费精研指望荣亲姓扬名显试向文场鏖战礼乐三千英雄五百争后先快着祖生鞭行瞻尺五天合前安进

土令苟子孝你每　可记的玉环记恩德浩无边　　苟子孝答道此是画眉序小的记得

恩德浩无边父母重逢感非浅幸终身托与又与姻缘风云际会异日飞腾鸾凤配今谐缱绻合料应夫妇非今世前生　玉种蓝田书童儿把酒斟拍手唱道弱质始笄年父母恩深浩如天报无由愧赧此心萦牵鸳鸯配深沐亲恩箕帚妇愿夫荣显合前原来安进士杭州人喜尚南　风见书童儿唱的好拉着他手儿两个一递一口吃酒良久酒阑上来西门庆陪他复游花园向卷棚内下棋令小厮拿两　桌盒三十样都是细巧果鲜物下酒蔡状元道学生每　初会不当深扰潭府天色晚了告辞罢西门庆道岂有此理因问二公回去还到船上蔡状元道暂借门外永福佛寺寄居西门庆道如今就门外去也晚了不如老先生把手下从者　留下一二人答应　余者都分付回去明日来接庶可两尽其情状元道贤公虽是爱客之意其如过扰何当下二人一面分付　　手下都回门外寺里歇去明日早拿马来接众人应诺去了不在话下二人在卷棚内下了两盘棋子弟唱了两折恐天晚西门庆与了赏钱打发去了止是书童一人席前递酒伏侍看看吃至掌灯二人出来更衣蔡状元拉西门庆说话学生此去回乡省亲路费缺少西门庆道不劳老先生　　分付云峰尊命一定谨领良久让二人到花园还有一处小亭请看把二人一引转过粉墙来到藏春坞乃一边僻静所雪洞内里面晓　腾腾掌着灯烛小琴桌儿早已陈设绮席果酌之类床榻依然琴书潇洒从新复饮书童在旁歌唱蔡状元问道大官你会唱红入仙桃书童道此是锦堂月小的记得蔡状元道既是记的大官你唱于是把酒都斟那书童拿住南腔拍手唱道红入仙桃青归御柳莺啼上林春早帘卷东风罗襟晓寒犹峭喜仙姑书付青鸾念慈母恩同乌鸟合风光好但愿人景长春醉游蓬岛　　安进士听了

安进士问书童道

你　们可记的玉环记恩德浩无边书童　　　答道此是画眉序小的记得随唱道恩德浩无边父母重逢感非浅幸终身托与又与姻缘风云　会异日飞腾鸾凤配今谐缱绻　料应夫妇非今世前生种玉　蓝田

原来安进士杭州人喜尚　男风见书童儿唱的好拉着他手儿两个一递一口吃酒良久酒阑上来西门庆陪他复游花园向卷棚内下棋令小厮拿两个桌盒三十样都是细巧果菜鲜物下酒蔡状元道学生　们初会不当深扰潭府天色晚了告辞罢西门庆道岂有此理因问二公此回去还到船上蔡状元道暂借门外永福　寺寄居西门庆道如今就门外去也晚了不如老先生把手下从者止留　一二人答应其余　都　　吩咐回去明日来接可两尽其情蔡状元道贤公虽是爱客之意其如过扰何当下二人一面吩咐手下都回门外寺里歇去明日早拿马来接众人应诺去了不在话下二人在卷棚内下了两盘棋子弟唱了两折恐天晚西门庆与了赏钱打发去了止是书童一人席前递酒伏侍看看吃至掌灯二人出来更衣蔡状元拉西门庆说话学生此去回乡省亲路费缺少西门庆道不劳老先生吩咐　云峰尊命一定谨领良久让二人到花园还有一处小亭请看把二人一引转过粉墙来到藏春坞雪洞内里面　暖腾腾掌着灯烛小琴桌上早已陈设　果酌之类床榻依然琴书潇洒从新复饮书童在旁歌唱蔡状元问道大官你唱红入仙桃书童道此是锦堂月小的记得　　　于是把酒都斟　　拿住南腔拍手唱

了一个安进士听了

喜之　不胜向西门庆称道此子可　敬将盃中之酒一吸而饮之那书童　席前　穿着翠袖红裙勒着销金箍儿高擎玉斝捧上酒去又唱　　道难报母氏劬劳亲恩罔极只愿寿比松乔定省晨昏连枝上有兄嫂喜春风棠棣联芳娱晚景松柏同操前当日　饮至夜分方才歇息西门庆藏春坞翡翠轩两处俱设床帐铺陈　绫锦被褥就派书童玳安两个小厮答应西门庆道了安置　回后边去了到次日蔡状元安进士跟从人夫轿马来接西门庆厅上摆　饭伺候馔盘酒饭与脚下人吃教两个小厮方盒捧出礼物蔡状元是金　段一端领绢二端合香五百白金一百两安进士是色段　一端领绢一端合香三百白金三十两蔡状元固辞再三说道但假十数金足矣何劳如此太多又蒙厚腆安进士道蔡年兄领受学生不当西门庆笑道些须微贶表情而已老先生荣归续亲在下此意少助一茶之需于是　二人俱席上出来　谢道此情此德何日忘之一面令家人各收下去　入毡包内与西门庆相别说道生辈此去天各一方暂违台教不日旋京倘得寸进自当图报安进士道今日相别何年再得奉接尊颜西门庆道学生蜗居屈尊多有亵慢幸惟情恕本当远送奈官守在身先此告过送二人到门首看着上马而去正是博得锦衣归故里功名方信是男儿毕竟未知后来何如且听下回分解	喜之下　胜向西门庆　道此子可爱　将杯中之酒一吸而饮之那书童在席　间穿着翠袖红裙勒着销金箍儿高擎玉斝捧上酒　又唱了一个当日直饮至夜分方才歇息西门庆藏春坞翡翠轩两处俱设床帐铺陈绩　锦被褥就派书童玳安两个小厮答应西门庆了道安置方回后边去了到次日蔡状元安进士跟从人夫轿马来接西门庆厅上摆酒　伺候馔　饮下饭与脚下人吃教两个小厮方盒捧出礼物蔡状元是金缎　一端领绢二端合香五百白金一百两安进士是色　缎一端领绢一端合香三百白金三十两蔡状元固辞再三说道但假十数金足矣何劳如此太多又蒙厚腆安进士道蔡年兄领受学生不当西门庆笑道些须微贶表情而已老先生荣归续亲在下　少助一茶之需于是两　人俱　出席谢道此情此德何日忘之一面令家人各收下去一面　　与西门庆相别说道生辈此去　　暂违台教不日旋京倘得寸进自当图报安进士道今日相别何年再得奉接尊颜西门庆道学生蜗居屈尊多有亵慢幸惟情恕本当远送奈官守在身先此告过送二人到门首看着上马而去正是博得锦衣归故里功名方信是男儿

四、《金瓶梅》版本文字差异统计和分析

《金瓶梅》词话本和崇祯本的文字差异，很多学者做过详细分析。本文限于篇幅，只能根据数字化比对结果，概括介绍两本的几类文字差异，不可能再做详细分析。

- 整回改写

《金瓶梅》中第一回、第二回前半部、第五十三回和第五十四回，崇祯本文字和词话本有很大不同，崇祯本明显是完全改写了。因此很难比对，比对结

果也十分混乱，基本没有参考价值。对这几回文字的改写，已有学者做过深入分析。

• 文字不同的几种情况

词话本和崇祯本版本不同主要是文字不同，而文字描写不同实际只有三种方法：

第一，增：即在原本中增加文字描写。

第二，删：即删节原本中一些文字。

第三，改：即对原本文字做改写。

不同版本文字经过增删改后，会出现三种情况：

第一，词话本文字缺失，这可能是词话本文字删节，也可能是崇祯本文字增添。

第二，相反，崇祯本文字缺失，这同样可能是崇祯本文字删节，也可能是词话本文字增添。

第三，两个版本文字相似，但又不同，没有很明显的差异，这肯定是某个版本文字经过改写，但到底是哪个版本文字改写，还要仔细分析。

下面分别举例介绍这些情况。

1. 大段连续文字：词话本详尽，崇祯本简略

第一种情况是词话本大段连续文字详细，而在崇祯本文字中很简略。这种情况中最多的是，很多词话本中的诗词、戏曲唱词，在崇祯本中都没有了。一般认为这是崇祯本做了删节，词话本增补的可能性很小。这类例子很多，就不再介绍了。

崇祯本除删除大量词话本的诗词、唱词外，还有大量和故事情节的有关的文字，词话本的描写在崇祯本中没有了。这种情况应该是崇祯本认为词话本文字太繁琐、啰嗦，因此做了删节，不太可能是词话本文字做了增补。这类例子很多，很多学者也做了详细分析，此处就不再举例分析了。

但有些这类例子有些不同，值得仔细分析。如下面第二回中西门庆的出场介绍，以及第十回应伯爵和谢希大、第十一回西门庆十兄弟、第三十九回吴道官等人出场时，在词话本中介绍得很详细，而在崇祯本中的介绍却很简单。

例 4.1　词话本文字详细，崇祯本文字简单（第二回，西门庆出身）

词话本	崇祯本
房去了看官听说莫不这人　　无有家业的原是 　　　　　　　　　　清河县一个破落户财主就县门前开着个生药铺从小儿也是个好浮浪子弟使得些好拳棒又会赌博双陆象棋抹牌道字无不通晓近来发迹有钱专在县里管些公事与人把揽说事过钱交通官吏因此满县人都惧怕他那人覆　姓西门单名　一个庆字排行第一人都叫他做西门大郎近来发迹有钱人都称他做　西门大官人 　他父母双亡兄弟俱无先头浑家是早逝身边止有一女新近又娶了清河左卫吴千户之女填房为继室　　房中也有四五个丫鬟妇女又常与拘拦里的李娇儿打热今也娶在家里南街又占着窠子　卓二姐　名卓丢儿包了　　些时也娶来家居住专一飘风戏月调占良人妇女婆到家中稍不中意就令媒人卖了　　　一个月倒在媒人家去二十余遍人多不敢惹他 这西门大官人自从帘　下见了那妇人一面到家寻思道好一个雌儿怎能勾	房去了看官听说　　这人你道 　　　　是谁却原来正是那嘲风弄月的班头拾翠寻香的元帅 　　　　　　开　　生药铺 　　　　　　　复姓西门单　讳一个庆字 　　　　　　　　的西门大官人便是只因他 　　　　　　　第三房 　妾卓二姐死　　　　了发送 　　　　　　　　　　　　了当心中 　　　不　　　乐出来街上行走要寻应伯爵到那里去散心耍子却从这武大门前经过不想撞了这一下子在头上却说这西门大官人自从帘子下见了那妇人一面到家寻思道好一个雌儿怎能　够

例 4.2　词话本文字详细，崇祯本文字简单（第十回，应伯爵和谢希大出身）

词话本	崇祯本
太监有病告老在家因是清河县人在本县住了如今花太监死了一分钱多在子虚手里每日同朋友在院中行走与西门庆都是　　　　　　　　　会中朋友西门庆是个大哥第二个姓应双名伯爵原是开绅绢铺的应员外儿子没了本钱跌落下来专在本司三院帮嫖贴食会一脚好气球双陆棋子件件皆通第三个姓谢名希大字子纯亦是帮闲勤儿会一手好琵琶每日无营运专在院中吃些	太监有病告老在家因是清河县人在本县住了如今花太监死了一分钱多在子虚手里每日同朋友在院中行走与西门庆都是前日结拜的弟兄终日与 　　　　　　　　　应　　伯爵 　谢　希大　　　　　　　一班

词话本	崇祯本
风流茶饭还有个祝日念孙寡嘴吴典恩 云里手常时节卜志道白来抢共十 个 朋友卜志道故了花子虚补了每月会在 一处叫两个 唱的花攒锦簇顽耍众人 见花子虚乃是内臣家勤儿手里使钱 撒漫 都乱撮合他在院中请表 子	 十数个 每月会在 一处叫 些唱的花攒锦簇顽耍众人 又见花子虚乃是内臣家勤儿手里使钱 撒漫哄着 他在院中请 婊子

例 4.3 词话本文字详细，崇祯本文字简单（第十一回，西门庆十兄弟）

词话本	崇祯本
箍儿戴妇人见汉子与他做主儿出了气 如何不喜由是要一奉十宠爱愈深一日 在园中置了一席请吴月娘孟玉楼连西 门庆四人共饮酒话休饶舌那西门庆立 了一伙结识了十个人做朋友每月会茶 饮酒头一个名唤应伯爵是个破落户出 身一分儿家财都嫖没了专一跟着富家 子弟帮嫖贴食在院中顽耍诨名叫做应 花子第二个姓谢名希大乃清河卫千户 官儿应袭子孙自幼儿没了父母游手好 闲善能踢的好气球又且赌博把前程丢 了如今做帮闲的第三名唤吴典恩乃本 县阴阳生因事革退专一在县前与官吏 保债以此与西门庆来往第四名孙天化 绰号孙寡嘴年纪五十余岁专在院中闯 寡门与小娘传书寄柬勾引子弟讨风流 钱过日子第五是云参将兄弟名唤云离 守第六是花太监侄儿花子虚第七姓祝 名唤日念第八常名当时节第九个 姓白名唤白来创连西门庆共十个众人 见西门庆有些钱钞让西门庆做了大哥 每月轮流会茶摆酒一日 轮该花子虚 家摆酒会茶 就在西门庆紧隔壁 内官家摆酒都是大盘人碗甚是丰盛众 人都到齐了那日 西门庆有事约 午后 不见到来都留席面	妇人见汉子与他做主 出了气 如何不喜由是要一奉十宠爱愈深 话休饶舌 一日正轮该花子虚 家摆酒会茶这花家就在西门庆紧隔壁 内官家摆酒 甚是丰盛众 兄弟 都到 了 因西门庆有事约 午后才 来都 等他不肯先

例 4.4 词话本文字详细，崇祯本文字简单（第三十九回，吴道官出身）

词话本	崇祯本
洪恩西门庆进入坛中香案前旁边一小童捧盆　　巾灌手毕铺排跪请上香　　铺毡褥行礼叩坛毕　原来吴道官讳宗嚞法名道真生的魁伟身材一脸胡须襟怀洒落广结交好施舍见作本宫住持以此高贵达官多往投之做醮席设甚齐整迎宾待客一团和气手下也有三五个徒弟徒孙一呼百诺西门庆会中常在建醮每生辰节令疏礼不缺何况西门庆又做了刑名官来此做好事送公子寄名受其大礼如何不敬那日就是他做斋功主行法事头戴玉环九阳雷巾身披天青二十八宿大袖鹤氅腰系丝带忙下经筵来与西门庆稽首小道蒙何老爹错爱迭受重礼使小道却之不恭受之有愧就	洪恩西门庆进入坛中香案前旁边一小童捧盆中盥　　手毕铺排跪请上香西门庆　　行礼叩坛毕只见　　吴道官 头戴玉环九阳雷巾身披天青二十八宿大袖鹤氅腰系丝带忙下经筵来与西门庆稽首道蒙老爹错爱迭受重礼使小道却之不恭受之有愧就

仔细分析，词话本这里对西门庆、应伯爵和谢希大等人出身的详细介绍似乎是很有必要的，这样读者对这些主要人物的来历就比较清楚，崇祯本似乎没有必要做删节。

但这是从读者角度的看法，崇祯本的编者对词话本文字有大量删节是不争的事实，这可能是崇祯本编者的一个重要思路，顺这个思路，很可能是崇祯本编者觉得，词话本对西门庆等人的介绍太啰嗦，因此做了删节。

2. 词话本和崇祯本颠倒

前述例子是词话本文字详细，而崇祯本简略，这样例子很多，此外还有一些例子是词话本和崇祯本文字颠倒。

如第一回中有关武松第一次见武大郎的描写，词话本和崇祯本的描写完全颠倒了。

此处有三件事：一是武松任都头，二是介绍武大郎，三是兄弟会面。

词话本顺序是：武松任都头——介绍武大郎——兄弟会面。即先中描写了武松任都头后，立即转入对武大郎的长篇介绍，后来武松在街上才遇到了武大郎。

崇祯本顺序是：武松任都头——兄弟会面——介绍武大郎。崇祯本和词话本描写武松见武大郎文字几乎相同，但描写刚好完全颠倒了。崇祯本中描写了武松任都头后，一日在街上闲走遇到武大郎，然后才转入对武大郎的长篇介绍。

这两本的文字差异是，词话本先介绍武大郎，后介绍他们相遇。而崇祯本相反，是先介绍他们相遇，然后才介绍武大郎。

例 4.5　崇祯本先介绍武松见武大郎（第一回）

词话本	崇祯本
要　阳谷县　抓寻哥哥不料又在清河县做了都头　　　一日在街上闲游喜不自胜　传得东平一府两县皆知武松之名有诗为证　壮士英雄艺略芳挺身直上景阳冈醉来打死山中虎自此声名播四方 按下武松单表 　　　　　武大自从与兄弟分居之后因时遭荒　馑搬移在清河县紫石街赁房住人见他为人懦弱模样猥衰起了他个浑名叫做三寸丁谷树皮俗语言其身上粗　躁头脸窄狭故以此	要回阳谷县去抓寻哥哥不料又在清河县做了都头却也欢　　　　　　喜　　那时传得东平一府两县皆知武松之名　　　正是壮士英雄艺略芳挺身直上景阳冈醉来打死山中虎自此声名播四方却说武松一日在街上闲行只听背后一个人叫道兄知县相公抬举你做了巡捕都头怎不看顾我武松回头见了这人不觉的——欣从额角眉边出喜逐欢容笑口开这人不是别人却是　　武松　日常间要去寻他的嫡亲哥哥武大却说武大自从　兄弟分　别之后因时遭　饥馑搬移在清河县紫石街赁房居住人见他为人懦弱模样猥蕤　起了他个浑名叫做三寸丁谷树皮俗语言其身上粗糙　头脸窄狭故也

例 4.6　词话本后介绍武松见武大郎（第一回）

词话本	崇祯本
个小小院落甚是干净武大自从搬到县西街上来照旧卖炊饼　　　　　一日街上所过　见数队缨枪锣鼓喧天花红软轿簇拥着一个人却是他　嫡亲兄弟　武松因在景阳冈打死了大虫知县相公抬举他新升做了巡捕都头街上里老人等作贺他送他下处去却被武大撞见一手扯住叫道兄弟你今日做了都头怎不看顾我武松回头见是哥哥二人相合兄弟　　大喜一面邀请到家中让至楼上坐房里唤出金莲来与武松相见因说道前景阳冈　打死了大虫的便是你　小叔今新充了都头是我一母	个小小院落甚是干净武大自从搬到县西街上来照旧卖炊饼过活不想这　日撞见　　　　　自己嫡亲兄弟当日 　　　　　兄弟 相　　见心中大喜一面邀请到家中让至楼上坐房里唤出金莲来与武松相见因说道前日景阳冈上打死　大虫的便是你的小叔今新充了都头是我一母

词话本和崇祯本的描写完全相反，肯定是一个版本在前，一个版本在后，后出的版本觉得前面版本文字不好，因此改写了。

这就需要仔细分析两种写法哪种更通顺合理？词话本是在描写武松任都头后，先跳到武大郎，然后再描写他们会面。这种描写后面先介绍武大郎，再到他们会面，很通顺；但前面从武松一下跳到武大郎，连贯性不好。而崇祯本刚好相反，前面描写完武松，马上说到他们会面，很通顺，然后再回头说武大郎。词话本前面跳跃，后面通顺；而崇祯本相反，是前面通顺，后面跳跃。

从词话本在前、崇祯本在后分析，可能是崇祯本觉得词话本前面从武松一下就转到武大郎，故事转变太突然，因此先说他们会面，再说武大郎，故事似乎更合理一些。

但从崇祯本在前、词话本在后分析，可能是词话本觉得先介绍武大郎，再说武松会面，这样故事更通顺。

总之，这个例子和前面西门庆出场例子一样，两种写法各有各的优点，很难分辨哪个更好。也就很难判断哪个版本在前，哪个版本在后了。

《金瓶梅》版本武松会面情节颠倒和《水浒传》版本中著名的"移置阎婆事"很类似。

在《水浒传》百回繁本的容与堂本（一般称"甲本"）和无穷会本（一般称"乙本"）有关宋江与阎婆会面的描写刚好颠倒，因此被称为"移置阎婆事"。

甲本描述此事过程是：宋江先见刘唐，后与阎婆会面，娶其女阎婆惜，最后因为阎婆惜发现刘唐书，宋江遂杀死阎婆惜。

而乙本完全相反，把宋江见阎婆提前到宋江见刘唐之前，然后宋江才见刘唐，后因为阎婆惜发现了刘唐书，宋江遂杀死阎婆惜。

甲本故事顺序是：宋江见刘唐——宋江见阎婆——宋江杀阎婆惜。

乙本故事顺序是：宋江见阎婆——宋江见刘唐——宋江杀阎婆惜。

甲本故事把宋江见阎婆和杀阎婆惜连在一起，使得阎婆故事连贯，但故事情节仔细研究其实不合理。按照甲本描述，宋江先见了刘唐后，再见阎婆，和阎婆惜同居一段时间后，阎婆惜才发现刘唐书，这明显不合理。乙本改为，宋江先见阎婆，与阎婆惜同居，后见刘唐，最后因为阎婆惜发现刘唐书而杀死阎婆惜。乙本修改后宋江见刘唐和杀阎婆惜故事连在一起了，故事明显就合理了。

《水浒传》"移置阎婆"和《金瓶梅》"移置武松会面"都是故事情节倒置，

方法很类似，但二者还是有区别。《水浒传》移置很合理，甲本在前，乙本修改在后，很明显。而《金瓶梅》移置似乎没有很大必要，移置不移置关系不大，由此也很难判断版本的先后。

3. 大段连续文字：词话本简略，崇祯本详细

前述例子是词话本大段连续文字详细，而崇祯本简略，这样例子很多，但也有一些例子和前述例子相反，是词话本大段连续文字简略，而崇祯本中文字详细。

如下例有关西门庆见潘金莲的描写中，词话本中大段连续文字基本没有，而崇祯本中文字详细。崇祯本在后面西门庆与潘金莲通奸的一段描写，词话本中也完全没有。

和前例一样，对此例也有两种解释。一种解释认为词话本在前，文字简略，崇祯本在后，改写者对这些色情描写有兴趣，因此崇祯本对词话本文字做了补充，描写更为详细。另一种解释相反，也可能是崇祯本在前，文字详细，词话本觉得如此详细描述不妥，做了删节。哪种解释更合理？只根据此例本身怕难以判别。

例 4.7　词话本文字简略，崇祯本文字详细（第四回）

词话本	崇祯本
用了坐着却不动身婆子一面把门拽上用索儿拴了倒关他二人在屋里当路坐了一头 绩着绪 　　　　却说西门庆　在房里 把眼看那　　　　　　妇	用了坐着却不动身婆子一面把门拽上用索儿拴了倒关他二人在屋里当路坐了一头续着锁这妇人见王婆去了倒把椅儿扯开一边坐着却只偷眼睃看西门庆坐在对面一径把那双涎瞪瞪的眼睛看着他便又问道却才到忘了问娘子尊姓妇人便低着头带笑的回道姓武西门庆故做不听得说道姓堵那妇人却把头又别转着笑着低声说道你耳朵又不聋西门庆笑道呸忘了正是姓武只是俺清河县姓武的却少只有县前一个卖饮饼的三寸丁姓武叫做武大郎敢是娘子一族么妇人听得此言便把脸通红了一面低着头微笑道便是奴的丈夫西门庆听了半日不做声呆了脸假意失声道屈妇人一面笑　着　又斜睃了他一眼低声说道你又没冤枉事怎的叫屈西门庆道我替娘子叫屈哩却说西门庆口　里娘子长娘子短只顾白嘈这妇

4. 大段文字中个别语句：词话本详细，崇祯本简略

以上文字差异是大段连续文字有差异，还有一种情况不是大段连续文字的差异，而是大段文字中个别语句文字有差异。

这种情况还是词话本文字详细，而崇祯本文字简略。

这种情况有两种可能，一种可能是崇祯本文字删除，另一种可能是词话本文字增添。一般认为崇祯本文字删除可能性大。

例4.8 崇祯本文字缺失，而词话本文字不缺（第四回）

词话本	崇祯本
缘都有意了王婆便出门去了丢下西门庆和那妇人在屋里这西门庆一双眼不转睛只看着那妇人那婆娘也把眼来偷睃西门庆见了他这表人物心中到有五七分意了又低着头只做生活不多时王婆买了见成肥鹅烧鸭熟肉鲜鲊细巧果子归来尽把盘碟盛了摆在房里桌子上看那妇人道娘子且收拾过生活吃一杯儿酒那妇人道你自陪大官人吃奴却不当那婆子道正是专与娘子浇手如何却说这话一面将盘馔却摆在面前三人坐　定把酒来斟这西门庆拿起酒盏来递与妇人说道请不弃满饮此　杯妇人谢道多承官人厚意奴家量浅吃不得王婆道老身知得娘子洪饮且请开怀吃两盏儿有诗为证从来男女不同筵卖俏迎奸最可怜不独文君奔司马西门今亦遇金莲那妇人一面接酒在手二人各道了万福西门庆拿起箸来说道干娘替我劝娘子些菜儿那婆子拣好的递将过来与妇人吃一连斟了三巡酒那婆子便去　盪酒来西门庆道小人不敢动问娘子青春多少妇人　应道奴家虚度二十五岁属龙的正月初九日丑时生西门庆道娘子到与家下贱　累同庚也是庚辰属龙的只是娘子月分大七个月他是八月十五日子时妇人　道将天比地折杀奴家王婆便插口道好个精细的娘子百伶百俐又	王婆便出门去了丢下西门庆和那妇人在屋里这西门庆一双眼不转睛只看着那妇人那婆娘也把眼来偷睃西门庆 　　　　又低着头　做生活不多时王婆买了见成肥鹅烧鸭熟肉鲜鲊细巧果子归来尽把盘碟盛了摆在房里桌子上看那妇人道娘子且收拾过生活吃一杯儿那妇人道你自陪大官人吃奴却不当那婆子道正是专与娘子浇手如何却说这话一面将盘馔却摆在面前三人坐下　把酒来斟　西门庆拿起酒盏来　　　道　干娘相待娘子满饮　几杯妇人谢道 　　奴家量浅吃不得王婆道老身　得知娘子洪饮且请开怀吃两盏儿 　　　　　　　　那妇人一面接酒在手向二人各道了万福西门庆拿起箸来说道干娘替我劝娘子些菜儿那婆子拣好的递将过来与妇人吃一连斟了三巡酒那婆子便去烫　酒来西门庆道小人不敢动问娘子青春多少妇人低头应道　　　　二十五岁 　　　西门庆道娘子到与家下贱内　同庚也是庚辰属龙的 　　　　　　他是八月十五日子时妇人又回应道将天比地折杀奴家王婆便插口道好个精细的娘子百伶百俐又

续表

词话本	崇祯本
不枉了——做得一手好针线诸子百家双陆象棋拆　牌道字皆通一笔好写西门庆道却是那里去讨武大郎好有福招得这位娘子在屋里王婆道不是老身说	不枉　　做得一手好针线诸子百家双陆象棋　折牌道字皆通一笔好写西门庆道却是那里去讨　　　　　　　　　　　王婆道不是老身说

5. 大段语句：词话本和崇祯本改写

前述三类例子是两个版本种某个版本文字详细，另一个版本文字简略。还有一种情况是两个版本文字没有明显的繁简之别，表面看来是个别语句的文字有差异，实际是某个版本文字做了修改，导致文字内容有差异。

例 4.9　词话本和崇祯本文字改写（第七回）

词话本	崇祯本
他房里又有三四个老婆　并没上头的丫头　　到他家人　歹口多你惹气　也妇人　　　　　　道自古船多不碍路若他家有大娘子我情愿让他做姐姐奴做妹子虽然房里人多　　　　汉子欢喜那时难道你阻他汉子若　　下欢喜　　　那时难道你去扯他不　　怕一百人单摆着休说他　　富贵人家那家没　四五个着紧街上乞食的携男抱女也挈扯着三四个妻小你老人家　忒多虑了奴过去自有个道理　不妨事张四道　　　　　娘子我闻得此人单管挑贩人口惯打妇熬妻稍不中意就令媒　人卖了你愿受他的这么妇人道四舅你老人家差矣男子汉虽利害不打那勤谨省事之妻我　在他家把得家把得家定里言不出外言不入他敢怎的　为女妇人家好吃懒做嘴大舌长招是惹非不打他打狗不成张四道不是我打听　他家还有一个十四岁未出嫁的闺女诚恐去到他家三窝两块把人多口多惹气怎了妇人道四舅	他房里又有三四个老婆除　没上头的丫头不算你到他家人多　口多还有的惹气哩　妇人听见话头明知张四是破亲之意便伴说道自古船多不碍路若他家有大娘子我情愿让他做姐姐虽然房里人多只要丈夫作主　　　　　　　　若是丈夫喜欢多亦何妨丈夫若不喜欢便只奴　一个也难过日子况且富贵人家那家没有四五个　　　　　你老人家不消多虑　奴过去自有　道理料不妨事张四道不独这一件他最惯打妇煞妻又管挑贩人口稍不中意就令媒婆　卖了你　受得他　这气么妇人道四舅你老人家差矣男子汉虽利害不打那勤谨省事之妻我到　他　　家把得家定里言不出外言不入他敢怎的奴张四道不是我打听的他家还有一个十四岁未出嫁的闺女诚恐去到他家三窝两块　　　惹气怎了妇人道四舅

续表

词话本	崇祯本
说那里话奴到他家大是大小是小凡事从上流看待得孩儿们好不怕男子汉不欢喜不怕女儿们不孝顺休说一个便是十个也不妨事张四道 我见此人有些行止欠端　在外眠花卧柳又里虚外实少人家债负只怕坑陷了你妇人道四舅你老人家又差矣他　　就外边胡行乱走 奴妇人家　　只管得三层门内管不得那许多三层门外的事莫不成日跟着他走不成　　　常言道世上钱财倘　来物那是长贫久富家 紧着起来朝廷爷一时没钱使还问太仆寺借马价银子支来使休说买卖的人家谁肯把钱放在家里各人裙带上衣食老人家倒　不消这样费心这张四见说不动这妇人倒　吃他抢　了几句的话好无颜色吃了两盏清茶起身了有诗为证张四无端丧　楚	说那里话奴到他家大是大小是小 　　　待得孩儿们好不怕男子汉不欢喜不怕女儿们不孝顺休说一个便是十个也不妨事张四道还有一件最要紧的事　　此人　　行止欠端专一在外眠花卧柳又里虚外实少人家债负只怕坑陷了你妇人道四舅你老人家又差矣他少年人就外边　　　　做些风流勾当也是常事奴妇人家那里　管得许多 　　　　惹说虚实常言道世上钱财　傥来物那是长贫久富家况姻缘事皆前生分定你 　　　　老人家　到不消这样费心　张四见说不动　妇人　到吃他抢白了几句　好无颜色吃了两盏清茶起身去了有诗为证张四无端　散楚

分段标点后文字的内容差异和改写情况就更清楚了。

例 4.10　词话本和崇祯本文字内容不同（第七回）

词话本	崇祯本
况他房里又有三四个老婆，并没上头的丫头。到他家，人多口多，你惹气也！" 妇人道："自古船多不碍路。若他家有大娘子，我情愿让他做姐姐，奴做妹子。 虽然房里人多，汉子欢喜，那时难道你阻他？汉子若下欢喜，那时难道你去扯他？不怕一百人单摆着。 休说他富贵人家，那家没四五个。着紧街上乞食的，携男抱女，也挈扯着三个妻小。 你老人家忒多虑了！奴过去，自有个道理，不妨事。" 张四道："娘子，我闻得此人，单管挑贩人口，惯打妇熬妻。稍不中意，就令媒人卖了。你愿	况他房里又有三四个老婆，除没上头的丫头不算。你到他家，人多口多，还有的惹气哩！" 妇人听见话头，明知张四是破亲之意，便佯说道："自古船多不碍路。若他家有大娘子，我情愿让他做姐姐。 虽然房里人多，只要丈夫作主，若是丈夫喜欢，多亦何妨。丈夫若不喜欢，便只奴一个也难过日子。 况且富贵人家，那家没有四五个？ 你老人家不消多虑，奴过去自有道理，料不妨事。"

续表

词话本	崇祯本
受他的这气么？" 妇人道："四舅，你老人家差矣！男子汉虽利害，不打那勤谨省事之妻。我在他家把得家定，里言不出，外言不入，他敢怎的？为女妇人家，好吃懒做，嘴大舌长，招是惹非，不打他，打狗不成？" 张四道："不是。我打听他家，还有一个十四岁未出嫁的闺女。诚恐去到他家，三窝两块把，人多口多，惹气怎了？" 妇人道："四舅说那里话！奴到他家，大是大，小是小，凡事从上流看，待得孩儿们好，不怕男子汉不欢喜，不怕女儿们不孝顺。休说一个，便是十个也不妨事。" 张四道："我见此人，有些行止欠端，在外眠花卧柳。又里虚外实，少人家债负。只怕坑陷了你。" 妇人道："四舅，你老人家又差矣！他就外边胡行乱走，奴妇人家只管得三层门内，管不得那许多三层门外的事。莫不成日跟着他走不成？常言道：世上钱财倘来物，那是长贫久富家？紧着起来，朝廷爷一时没钱使，还问太仆寺借马价银子支来使。休说买卖的人家，谁肯把钱放在家里！各人裙带上衣食，老人家倒不消这样费心。" 这张四见说不动这妇人，倒吃他抢了几句的话，好无颜色，吃了两盏清茶，起身去了。	张四道："不独这一件。他最惯打妇煞妻，又管挑贩人口，稍不中意，就令媒婆卖了。你受得他这气么？" 妇人道："四舅，你老人家差矣。男子汉虽利害，不打那勤谨省事之妻。我到他家，把得家定，里言不出，外言不入，他敢怎的奴？" 张四道："不是。我打听的，他家还有一个十四岁未出嫁的闺女，诚恐去到他家，三窝两块惹气怎了？" 妇人道："四舅说那里话，奴到他家，大是大，小是小，待得孩儿们好，不怕男子汉不欢喜，不怕女儿们不孝顺。休说一个，便是十个也不妨事。" 张四道："还有一件最要紧的事，此人行止欠端，专一在外眠花卧柳。又里虚外实，少人家债负。只怕坑陷了你。" 妇人道："四舅，你老人家又差矣。他少年人，就外边做些风流勾当，也是常事。奴妇人家，那里管许多？惹说虚实，常言道：世上钱财倘来物，那是长贫久富家？况姻缘事皆前生分定，你老人家到不消这样费心。" 张四见说不动妇人，到吃他抢白了几句，好无颜色，吃了两盏清茶，起身去了。

词话本和崇祯本文字相比，不是某个版本文字做了删节，而是某个版本文字做了修改。是词话本修改了崇祯本文字？还是崇祯本修改了词话本文字？哪个版本在前，哪个版本在后？表面上很难判断。

6. 个别语句词话本和崇祯本不同

上述例子是大段文字差异，还有更多文字差异只是个别语句文字差异。

这些个别语句差异，根据差异繁简又可分为三种情况。

第一是一句话不同；

第二是一个词不同；

第三是一个字不同。

这种个别语句文字差异和大段文字差异一样，根据版本也可分为三种情况。

第一是崇祯本文字比词话本少。

第二是词话本文字比崇祯本少

第三是某个版本文字改写。

由于个别词、字的例子太多，就不一一举例了。下面举例介绍一句话文字不同的几种情况。

首先介绍第一种情况，崇祯本文字比词话本少。

例 4.11　个别语句文字词话本比崇祯本多（第二回）

词话本	崇祯本
方可你休推辞辛苦回来我自重赏你武松应道小人得蒙恩相抬举安敢推辞既蒙差遣只　得便去小人自来也不曾到东京就那里观光上国景致走一遭也是恩相抬举知县大喜赏了武松三杯酒十两路费不在话下且说武松领了知县的言语出的县门来到下处叫了土兵却来	方可你休推辞辛苦回来我自重赏　武松应道小人得蒙恩相抬举安敢推辞既蒙差遣只此　便去 　　　　知县大喜赏了武松三杯酒十两路费不在话下且说武松领了知县的言语出的县门来到下处叫了土兵却来

第二种情况相反，是词话本文字比崇祯本少。

例 4.12　个别语句文字词话本比崇祯本少（第二回）

词话本	崇祯本
夕起身道干娘记了帐目明日一发还钱王婆道由他伏惟安置来日再请过论西门庆笑了去到家甚是寝食不安一片心只在妇人身上 　　　　当晚无话次日清晨王婆却　才开门把眼看外时只见西门庆又早在街前来回尪走王婆道这刷子尪得紧你看我着些甜糖抹在这厮鼻子	夕起身道干娘记了帐目明日一发还钱王婆道由他伏惟安置来日再请过论西门庆笑了去到家甚是寝食不安一片心只在妇人身上就是他大娘子月娘见他这等失张失致的只道为死了卓二姐的缘故倒没做理会处当晚无话次日清晨王婆　恰才开门把眼看外时只见西门庆又早在街前来回尪走王婆道这刷子尪得紧你看我着些甜糖抹在这厮鼻子

第三种情况是词话本和崇祯本文字做了改写。

例 4.13　个别语句文字改写（第三回）

词话本	崇祯本
他会当家时自册正了他王婆道与卓二姐却相交得好西门庆道卓丢儿 我也娶在家做了第三房近来得了个细疾　　　　白不得好婆子道 若有似武大娘子这般中官人意的来宅上说不妨事么西门庆道我的爹娘俱已没了我自主张谁说个不字王婆道	他会当家时自册正了他王婆道与卓二姐却相交得好西门庆道卓丢儿别要说起我也娶在家做了第三房近来得了个细疾却又没了　　　　婆子道耶嗦耶嗦若有似　大娘子这般中官人意的来宅上说不妨事么西门庆道我的爹娘俱已没了我自主张谁敢说个不字王婆道

以上介绍了个别文字缺失和改写的三种情况，造成这三种个别语句文字差异的原因很复杂；文字缺失可能是某个版本文字删节，也可能是另一个版本文字增添；文字改写到底哪个版本文字改写了，都还要根据具体文字再仔细分析。

7. 从文字差异分析《金瓶梅》版本演化

根据文字差异可分析词话本和崇祯本的关系，两本的关系理论上有三种解释。

第一种解释认为，词话本在前，崇祯本在后，崇祯本来自词话本。这是目前主流看法。

第二种解释与前相反相反，认为是崇祯本在前，词话本在后，词话本来自崇祯本。少数学者持此看法。

第三种解释认为，两本有共同祖本，两本之间没有直接关系。少数学者持此看法。

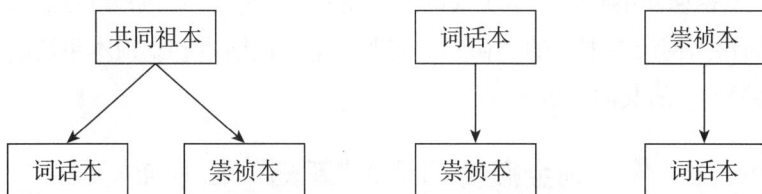

图 4.1　词话本和崇祯本关系的三种可能

可以利用上述的文字差异分析三种解释哪种可能性更大。

利用数字化可以仔细比对词话本和崇祯本，这样两本之间的文字差异非常清楚。词话本和崇祯本的文字差异，主要是词话本文字较详尽而细致，而崇祯本文字除少数几处外，多数相对而言较简略。从文字差异整体看，多数差异是崇祯本文字将词话本文字简略删节可能性大。因为，从难易程度分析，删节很容易，而增补很难。

根据对文字差异的这个初步分析，词话本和崇祯本关系的三种可能中，词话本在前，崇祯本根据词话本做了删节的可能性较大。而反之，认为崇祯本在前，词话本对崇祯本做增补是较难的。因此只从文字差异看，应该是词话本在前、崇祯本在后。而崇祯本在前、词话本在后的可能性较小。

除文字差异外，崇祯本卷七、九的卷名为"新刻金瓶梅词话卷之七、九"，这说明崇祯本的底本肯定是"词话"本，因此是词话本在前、崇祯本在后。

但这词话本是现存《新刻金瓶梅词话》？还是其祖本《金瓶梅词话》？是"父子"关系？还是"兄弟"关系？

除词话本在前、崇祯本在后的解释外，还有第三种解释，即词话本和崇祯本有共同祖本。根据这种解释，由于词话本和崇祯本有共同祖本，有些文字是崇祯本对共同祖本文字修改而成，也有些文字是词话本对共同祖本文字修改而成。

因此，三种解释中，崇祯本在前、词话本在后的可能性较小，词话本在前、崇祯本在后和共同祖本两种解释都可以解释这些文字差异，可能性较大。

本文限于篇幅，无法再仔细深入分析了。将来如可能，再根据词话本和崇祯本文字计算机自动比对结果，彻底查清所有文字差异，逐一详细深入分析词话本和崇祯本文字差异，以及其原因，进而分析词话本和崇祯本之间的关系，最后看三种解释哪个最合理。这个分析工作量极大，本文限于篇幅无法详细分析，只能根据词话本和崇祯本主要的文字差异，暂时这样粗略分析这三种解释。

下面根据词话本书名的"初刻"问题，论述词话本和崇祯本可能有书名为《金瓶梅词话》的共同祖本。

五、《新刻金瓶梅词话》"新刻"和避讳问题

1.《新刻金瓶梅词话》不是初刻本，而是复刻本

（1）一般古代小说"新刻"都是"初刻"

现存词话本书名为《新刻金瓶梅词话》，其中有"新刻"字样，此"新刻"词话本是初刻本，还是是复刻本，目前有不同看法。而现存的崇祯本书名为《新

刻绣像批评金瓶梅》，也有"新刻"字样。因此有可能现存的词话本和崇祯本都是复刻本，它们有共同祖本。

首先从现存《新刻金瓶梅词话》是否是初刻本分析入手。

现在一般认为《新刻金瓶梅词话》中"新刻"就是"初刻"，但实际仔细分析其根据不足。

认为《新刻金瓶梅词话》"新刻"是"初刻"的主要根据是，很多古代小说版本的"新刻"就是"初刻"。因为这些"新刻"版本之前并没有看到"初刻"的版本，因此就这些"新刻"版本就是"初刻"。这种分析看似很合理，但其实仔细分析，其中似乎是有问题的。

这些小说书名中确实都有"新刻""新镌""新刊"字样，但实际在冠以"新刻""新镌""新刊"实际是复刻本，之前是有可能存在初刻本的。只是这些初刻本没有流传下来，因此不能根据现存版本只有"新刻"本，因此就认为这些"新刻"版本就是"初刻"，其实只是目前没有发现这些"新刻"版本之前的"初刻"本而已。因此，认为这些"新刻"就是"初刻"，根据不足。

很多初刻本没有流传下来有多种原因。首先，因为中国古代小说在古代社会中，都是不登大雅之堂的通俗读物，因此一般读者阅读后并特别不注意保留，因此很可能在读后就丢弃了，因此这些初刻本几乎都未能保留下来。其次，一般初刻本的印数都不大，因此也很难保留。一般书商一旦发现某本小说有市场，就会立即复刻再版，大量翻印，这也会导致初刻本很快就消失了。因此后人看到的几乎都是"新刻"的复刻本，而不是初刻本。因此，后人看到的"新刻"是"复刻"可能性大，是"初刻"可能性小。

证明这种看法的有力证据就是《三国演义》版本。《三国演义》版本是至今保留版本数量最大的版本，如包括残本，大约有50多种版本。其中有大量书名前有"新刻"字样，"演义"系列4种，"志传"系列24种。还有3种版本书名中不是"新刻"，而是"重刻""二刻"等。总结《三国演义》版本书名可以看出，现存"新刻"《三国演义》字样都是复刻本，而不是初刻本。

既然万历年间流行的《三国演义》版本中，所有"新刻"都是复刻，如果《金瓶梅》词话本把初刻本冠以"新刻"之名，但实际却是初刻本，这样把初刻本写为"新刻"会引起混乱，结果对读者和编者都会非常不利。

第一，误导读者。把初刻本书名中加上"新刻"字样，读者就会根据当时流行的《三国演义》等版本书名命名规律，而误以为此"新刻"不是初刻本，而是"复刻"，会误以为在此复刻本之前，另有一种真正的"初刻本"。结果造成读者把本来是初刻本的《新刻金瓶梅词话》，误认为是复刻本。

第二，对书商不利。如果《新刻金瓶梅词话》本来就是从未有过的初刻本，但被称为"新刻"，由于多数"新刻"是复刻本，这样，此初刻本就会被读者误以为是复刻本，在此本之前还有初刻本。读者这样的误读，对《新刻金瓶梅词话》初刻本的出版商也是极为不利的。词话本的编者一定见过市面上很多古代小说的"新刻"本实际是复刻本，因此他绝对不会犯这样的低级错误，其最后结果会导致混乱，误导读者，也大大降低自己"新刻"词话本的价值。

因此，在当时这样的市场情况下，《金瓶梅词话》的初刻者，应该不会把初刻本书名加以"新刻"字样，而是会直接使用《金瓶梅词话》做书名。

换句话说，在现存的《新刻金瓶梅词话》之前，很可能有一本初刻的《金瓶梅词话》，只是没有流传下来而已。

（2）从《金瓶梅词话》到《新刻金瓶梅词话》和《新刻绣像批评金瓶梅》

如前分析现存的《新刻金瓶梅词话》是复刻本一样，现存的《新刻绣像批评金瓶梅》也是复刻本。

崇祯本的书名为《新刻绣像批评金瓶梅》，其中突出了此本的三个特点：

第一，"新刻"和词话本《新刻金瓶梅词话》一样，"新刻"就是复刻本。

第二，"绣像"是崇祯本另一大特点。

第三，"批评"是强调此本有大量批语。

因此，现存的词话本和崇祯本都是复刻本，那么《金瓶梅》的"初刻本"是哪个版本呢？

这里有两种看法，一种看法认为《金瓶梅》的初刻本是第一代"说散本"，就是第一代崇祯本。但根据前面对词话本和崇祯本文字差异分析，崇祯本文字肯定是根据词话本文字修订而来的。因此无法想象，现存的崇祯本的祖本，竟会是词话本的祖本？假设如此，则现存的词话本就是根据崇祯本的祖本修订而来，这和上述文字差异分析矛盾。

另外，崇祯本卷七、九的卷名为"新刻金瓶梅词话卷之七、九"，这说明崇祯本的底本肯定是"词话"本，这也是铁证。

因此没有"新刻"字样的《金瓶梅词话》就应该是《金瓶梅》的初刻本。

但现存崇祯本祖本的词话本，是现存《新刻金瓶梅词话》？还是其祖本《金瓶梅词话》？换句话说，现存的词话本和崇祯本是"父子"关系？还是"兄弟"关系？

第一，由于词话本和崇祯本书名都有"新刻"字样，都是复刻本，因此应该有初刻的《金瓶梅词话》。

第二，崇祯本的卷七、卷九的卷名中有"金瓶梅词话"字样，因此崇祯本的祖本也应该是《金瓶梅词话》。

这样，现存的词话本和崇祯本都不是初刻本，它们有共同祖本《金瓶梅词话》。也就是说：现存的词话本和崇祯本没有直接关系，它们不是"父子"关系，而是"兄弟"关系。

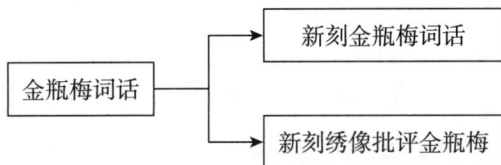

图 5.1 《金瓶梅》版本演化示意图

这样，现存的《新刻金瓶梅词话》和《新刻绣像批评金瓶梅》都是共同祖本《金瓶梅词话》的翻刻本。至于它们翻刻时各自做了哪些修改？由于目前初刻本《金瓶梅词话》没有流传下来，我们只能根据现存的词话本和崇祯本来推测是文字原貌。

首先，词话本和崇祯本共同的文字肯定就是初刻本《金瓶梅词话》的原文。

至于词话本和崇祯本不同的文字就比较复杂了。这有多种可能，首先，初刻本可能和某个版本文字相同，而另一个版本文字做了修改。其次，也可能初刻本文字和现存两个版本文字都不同，现存两版本文字都做了修改。到底是哪种情况，很难判断。

2. 词话本"花子油"不是避讳

（1）利用避讳研究古代小说要十分小心。

《新刻金瓶梅词话》中另一个问题是书中"花子油"是否避讳避讳天启皇帝朱由校的名讳"由"字？由此会影响到词话本的成书年代。

避讳是古代小说中常用的分析方法，避讳不止出现在《金瓶梅》版本研究中，在《红楼梦》版本研究中，也大量被使用。但要注意，古代小说是通俗读物，抄写时并不像诗文那样认真去避讳，很多古代小说，特别是明代小说，不像康熙乾隆时期那样严格避讳。因此要利用避讳来分析古代小说版本和成书一定要十分小心，要充分考虑各种可能性。只根据避讳分析版本成书时间，也不十分可靠。

分析避讳要注意：

• 文字是否真是避讳？有时看似是避讳，其实不是。

• 如果确认是避讳，对分析小说成书是有帮助。

• 但如果反之，小说没有避讳某朝皇帝名讳，不一定就不是某朝代的小说，因为明代很多小说并不避讳。

• 因此分析避讳要十分小心。

（2）"花子由"改为"花子油"是为避讳天启皇帝朱由校？

《新刻金瓶梅词话》中"花子油"是否是避讳天启皇帝朱由校的名讳"由"字？

提出"花子油"是避讳天启皇帝朱由校的名讳"由"字，是马征和鲁歌先生首先提出的，他们在1986—1987年一起进行了一项繁琐而浩大的工程：把《金瓶梅》的各种版本汇校一遍，汇校中他们发现词话本为避皇帝名讳，改字的情况很突出。他们统计，从第十四回到六十一回，刁徒泼皮"花子由"这个名字出现了4次，但第六十二、六十三、七十七、八十回中，却一连13次将这一名字改刻成了"花子油"。他们认为这个改名是为了避天启皇帝朱由校的名讳，因此把"由"改为"油"。因此他们认为，从第六十二回起，词话本必然刻于朱由校登基的1620年夏历九月初六日以后。①

这个分析看似天衣无缝，曾被很多文章引用，成为词话本成书年代的一个重要证据。由此根据这个证据推断出《金瓶梅词话》刊刻的过程是：

词话本是从万历四十五年（1617）由东吴弄珠客作序而开雕，刻到第五十七回时泰昌帝朱常洛还未登基，因此还采用"花子由"的名字。而刻到第六十二回时，天启帝朱由校已经接位，故在以后的各回中均避"由"字讳，改

---

① 2016年广州《金瓶梅》研讨会上，鲁歌公开承认"花子由"避讳是错误的。但我早在2015年《金瓶梅》研讨会上就写文章说明此错误，但论文未收入出版的论文集中，现将2015年文章再摘录于此。

"花子由"为"花子油"。由于第九十五、九十七回中的"吴巡检"尚未避崇祯帝朱由检的"检"字讳，因此确证这部《金瓶梅词话》刊印于天启年间。并由此推论，这部《新刻金瓶梅词话》即是初刊本，刊成于天启年间。

这种推理看似十分严密，但仔细分析就可以看出，其中的问题很多。

（3）"花子由"改为"花子油"统计有错误。

首先要说明，上述的统计有错误。

马征和鲁歌先生汇校结果是，从第十四回到六十一回，"花子由"这个名字出现了4次，但第六十二、六十三、七十七、八十回中，却一连13次将这一名字改刻成了"花子油"。这实际是错误的。

逐一检查所有的"花子由"和"花子油"，可以看出：从第十四回到六十一回，"花子由"这个名字不是出现了4次，而是只出现了3次，即：第十四回2次，第六十一回1次。第三十九回不是"花子由"，而是"花子油"。而第六十二、六十三、七十七、八十回中，一连13次将这一名字改刻成了"花子油"，这是对的。

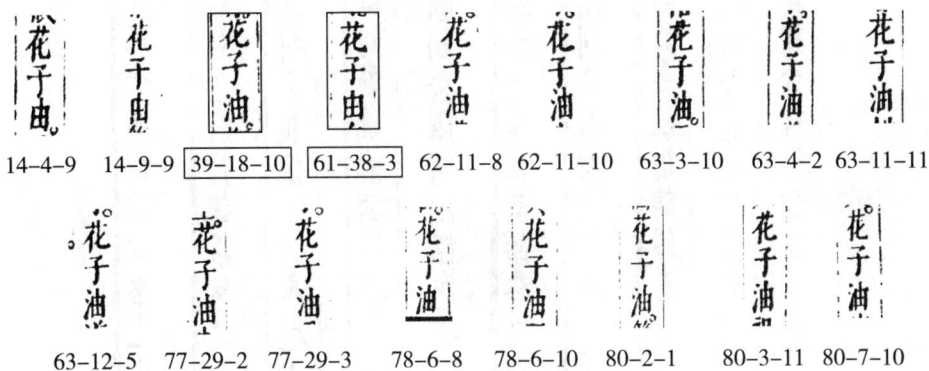

| 14-4-9 | 14-9-9 | 39-18-10 | 61-38-3 | 62-11-8 | 62-11-10 | 63-3-10 | 63-4-2 | 63-11-11 |

| 63-12-5 | 77-29-2 | 77-29-3 | 78-6-8 | 78-6-10 | 80-2-1 | 80-3-11 | 80-7-10 |

图 5.1　各回中的"花子由"和"花子油"

这样就奇怪了，第三十九回的"花子油"是夹在第十四回和第六十一回的"花子由"之间的。换句话说，第十四回先写了2个"花子由"，第三十九回改为"花子油"，而第六十一回又改回"花子由"，到第六十二回以后就全部是"花子油"了。

因此变化过程是：花子由（第十四回）——花子油（第三十九回）——花子由（第六十一回）——花子油（第六十二回以后）。

由此可以看出，"花子由"——"花子油"出现了反复的变化。第十四回是"花子由",到第三十九回变成"花子油",到第六十一回又变成"花子由",最后到第六十二回以后才彻底变成"花子油"。为何会出现这样奇怪的反复变化？其原因何在？。

很明显，作者开始第十四回绝对是写成"花子由"的，但后来到第三十九回时又想改为"花子油"，但到六十一回时又忘记了前面曾改为"花子油"，结果又误写回了以前的"花子由"，到第六十二回以后，才彻底改为"花子油"。这个过程是很明显的，但这种反复如何来解释呢？

（4）"花子由"改为"花子油"不是不同抄写者所致。

"花子由"改为"花子油"的原因有多种可能。

一种可能是，这是不同抄写者所抄，因此抄写的名字不同。但仔细检查前面"花子由"和"花子油"的字迹，以及每卷开始的"新刻金瓶梅词话"几个字，可以明显看出字形是完全一样，说明这全部是同一个人所抄，不存在不同人抄写名字不同的问题。

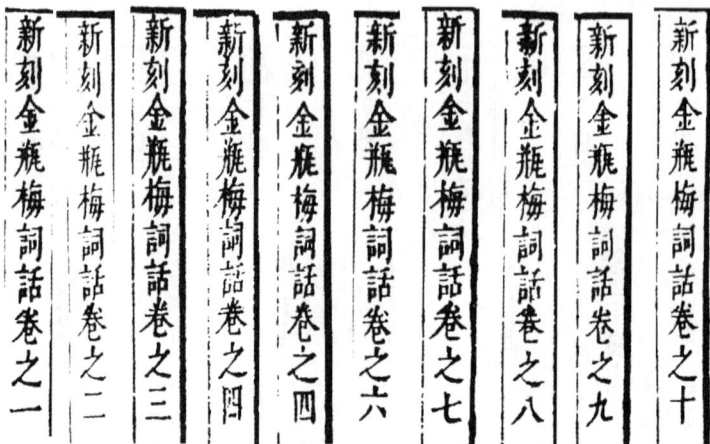

图 6.2　各卷开始的分卷说明

注：其中卷四误刻了两次，而缺了卷五。

既然"花子由"和"花子油"都是同一人所抄写，这个改写就必然有其原因。马征和鲁歌先生首先提出，"花子由"改为"花子油"，是为了避天启皇帝朱由校的名讳"由"字，并由此被很多学者引用，似乎已成定论。

但这种解释也有不合理之处。下面分两方面进行分析避讳说的不合理之处。首先从明代皇帝避讳规则分析，其次再从崇祯本的避讳看词话本的避讳。

（5）从皇帝避讳规则看"花子由"改为"花子油"不是避讳。

首先从明代皇帝避讳的规则分析，看看"花子由"改为"花子油"，是否是为了避天启皇帝朱由校的名讳"由"字。

对于避讳，至今最详细的论述还是著名学者陈垣（1880—1971）在1928年出版的《史讳举例》一书，此书对于避讳做了全面、详细的论述和举例，该书后来不断再版，2012年中华书局出版了最新的简体横排版，其中对明代的避讳也有分析和举例[①]：

> 万历之后，避讳之法稍密。故明季刻本书籍，"常"多作"尝"，"洛"多作"雒"，"校"多做"较"，"由"字亦有缺末笔者。

陈垣对历代避讳都有统计，其中明代十世以后的避讳列表如下：

表6.1　明代皇帝避讳

明世次	帝　号	所　出	年　号	名　讳	举　例
十	神宗	穆宗子	万历	翊钧	钧州改名禹州
十一	光宗	神宗子	泰昌	常洛	"常"作"尝"，"洛"作"雒"
十二	熹宗	光宗	天启	由校	"校"作"较"
十三	毅宗	光宗	崇祯	由检	"检"作"简"

由此可以看出：

第一，避讳说认为，为避讳把"由"改为"油"其根据不足。

避讳说认为，因避讳天启帝朱由校，因此把"由"改为"油"。但陈垣先生《史讳举例》中明确指出，避讳"朱由校"的"由"字，一般采用缺末笔的方法，而不是把"由"改为"油"。因此把"由"字改为"油"可能并非是避讳。

第二，如避讳天启帝朱由校，则"校"字应改为"较"字。

根据陈垣先生《史讳举例》中明确指出，避讳天启皇帝名讳"由校"，不仅要避讳"由"字，还要避讳"校"字，要把"校"字改为"较"字。查《新刻金瓶梅词话》中带"校"字有："校椅""校尉""学校""校床""校太尉"，共计22处。这些"校"字全部没有因为避讳改字。这是避讳说很难解释的。

---

① 陈垣《史讳举例》，中华书局2012年版，第222—224页。

认为"花子油"是避讳的看法，还注意到词话本第九十五、九十七回中的"吴巡检"没有避崇祯帝朱由检的"检"字讳，因此认为词话本刊刻时间应在崇祯之前。

提出这种看法的人却没有注意，词话本不仅没有避讳崇祯帝朱由检的"检"字，也同样没有避讳天启皇帝朱由校的"校"字。因此从避讳角度看，词话本即不避讳崇祯帝朱由检的"检"字，又不不避讳天启皇帝朱由校的"校"字。有学者就此认为：词话本即不可能刊刻于崇祯年间，也应该不会刊刻在天启年间，只会刊刻在这之前的万历时期，或是之后的清初。这种看法看似有道理，其实问题很大。不避讳也可能是由于当时对避讳不严格。

（6）"花子由"没有全部改为"花子油"因此不是避讳。

另外，如"由"改为"油"是避讳，则六十二回前"由"都应改为"油"。

按照避讳说，六十二回前天启帝朱由校未做皇帝，因此无需避讳。抄写到第六十二回天启帝朱由校已经接位，故在以后的各回中均避"由"字讳，改"花子由"为"花子油"。这种解释看似很合理，但还有一个漏洞。按照次说，此书印刷出版是在天启帝朱由校做皇帝之后，这样全书都应该避讳"由"，因此编写者就应该把六十二回以前的"由"都改为"油"。这在雕版印刷中也很简单，很常见。雕版印刷中经常有刻错字的情况，可以把错字挖去，另外刻一个正确的字补上，印刷成书后一点看不出。

对于六十二回以前的"由"字没有改，也有两种可能。避讳说认为，这可能是编写者忘记修改六十二回前的"由"字，这是编写者疏忽，忘记修改了。另一种可能是，"由"字根本不是为避讳，所以编写者根本没有必要再修改六十二回以前的"由"字。我个人认为避讳可能性不大，因此也无必要再修改第六十二回前的"由"字。

（7）崇祯本避讳，而词话本不避讳。

以上是从避讳规律来分析词话本的刊刻时间，下面比较词话本和崇祯本的避讳，来分析"花子由"改为"花子油"，是否是为了避天启皇帝朱由校的名讳"由"字，并进而分析词话本的刊刻时间。

在崇祯本中，不仅"花子由"的"由"字、甚至连"由来"之义的"由"字都基本上改刻为"繇"字，而不是"油"字。并将"巡检司"、"吴巡检"的"检"字都改刻为"简"。因此崇祯本同时避讳了崇祯皇帝名讳中的"由、检"两个字，因此崇祯本刊刻于崇祯年间，这已经成为共识。但崇祯本没有避讳天启皇帝朱由校的"校"字，因此从避讳角度看，崇祯本不可能刊刻于天启年间。

比对词话本，部分"花子由"的"由"字改为"油"字，似乎是避讳天启皇帝的"由"字。但要注意：崇祯本避讳"由"字不是用"油"字，而是"繇"字，当然这可能用避讳会采用不同字来解释。

比对崇祯本，"由"字改为"繇"字，"检"字都改刻为"简"，因此崇祯本同时避讳了崇祯皇帝名讳中的"由、检"两个字。这说明当时避讳是应该同时避讳皇帝名讳的两个字，而不是只避讳其中一个字。而词话本只是把部分"由"改为"油"，而没有避讳天启皇帝朱由校的"校"字和崇祯皇帝的"检"字。因此，词话本修改"由"为"油"字就不大可能是避讳。

总之，避讳天启帝朱由校、崇祯帝朱由检，应避讳"由、校、检"三字，崇祯本避讳了"由、检"二字，因此其刊刻在崇祯年间。而词话本只有部分回中把"由"改为"油"，而全部没有避讳"校、检"二字，因此词话本把"由"改为"油"认为是避讳可能性不大，而不是避讳可能性则很大。

避讳说只注意到，"由"改"油"有可能是避讳天启帝朱由校的"由"字，就认为词话本刊刻于天启年间。而没有注意，要避讳天启帝朱由校，也要同时避讳"校"字。这是只抓住一点就下结论，而不再考虑其他情况。这些分析往往只举出对自己看法有利的证据，而不提对自己看法不利的证据，这是考证中常出现的弊病。

（8）《三国演义》完全没有避讳。

如前所述，利用避讳研究小说刊刻时间要极为慎重，为了进一步验证万历、天启、崇祯帝期间是否严格避讳，最好找到确认是这个时期的小说，再看看其文字是否避讳万历、天启、崇祯的"翊、钧、由、校、检"几字。

这时期最流行的是《三国演义》，《三国演义》从嘉靖元年（1522），到崇祯年间刊刻次数极多，很多都有准确的刊刻年代。

万历年间典型刊本是刊刻于万历十九年（1591）的周曰校本，但全文检索此本，此本并不避讳万历帝的"翊、钧"二字。

天启年间典型刊本是有天启三年（1623）序的黄正甫本，但全文检索此本，此本并不避讳天启帝的"由、校"二字。

崇祯年间典型刊本是刘荣吾本，但全文检索此本，此本并不避讳崇祯帝的

"校、检"二字。

　　因此，可以认为，《三国演义》明刊本全部不避讳皇帝的名讳。

　　但崇祯本《金瓶梅》避讳崇祯帝的"校、检"二字也是事实。

　　这样就出现了两种情况：《三国演义》明刊本全部不避讳皇帝的名讳是事实，而《金瓶梅》崇祯本避讳了崇祯帝的"校、检"二字也是事实。

　　因此，可以认为明代小说中对避讳并不严格，有的书商认真，就严格避讳，如《金瓶梅》崇祯本。但如《三国演义》这样广泛流传的小说，却完全不避讳。这样就说明，明代中晚期对避讳不严格。这样，根据避讳判断词话本的刊刻时间就有问题，也就是说，词话本就不一定是刊载在万历年间了，也可能刊刻于天启崇祯年间。

　　但要特别注意：这里所谈的词话本，都是指《新刻金瓶梅词话》，而《新刻金瓶梅词话》很可能是复本，而不是初刻本。由于根本不知初刻本的情况，因此对初刻本也就无法进行分析和判断了。

　　（9）词话本"由"改"油"的原因。

　　根据以上分析，"花子由"改为"花子油"是为了避讳的根据不足，可能性不大，改字可能另有其他原因，作者改"花子由"改为"花子油"到底是为何呢？

　　花子由是西门庆的第六个朋友花子虚的大哥，他们兄弟四人，即：花子由、花子虚、花子光、花子华。比较"花子由"和"花子油"，很明显，"油、虚、光、华"四字，明显比"由、虚、光、华"更形象。因此作者最后决定把"花子由"改为"花子油"，但第六十二回以前的版因为已经刊刻了，就不改了。

　　总之，我认为"花子由"改为"花子油"有两种可能。一种可能是为避讳，另一种是为使名字更形象。我认为因避讳改名的可能性不大，更大可能是作者认为"花子油"名字比"花子由"更形象而已。

　　2016 年广州第十二届《金瓶梅》研讨会上，鲁歌也公开承认词话本"花子油"不是避讳。

　　（10）根据《新刻金瓶梅词话》不避讳就认为其刊刻于万历和清初不可靠。

　　总结以上分析，认为词话本避讳天启皇帝的"由"字，改"花子由"为"花子油"，但未避讳崇祯帝朱由检的"检"字，因此认为这部《金瓶梅词话》刊印于天启年间，并由此推论，这部《新刻金瓶梅词话》即是初刊本——这种看法的可能性不大。

有人根据对《新刻金瓶梅词话》避讳的分析，进而分析《新刻金瓶梅词话》的刊刻时间。这种看法认为，《新刻金瓶梅词话》完全没有避讳天启帝朱由校、崇祯帝朱由检的"由、校、检"三字，所以如只根据避讳来看，《新刻金瓶梅词话》就只能刊刻于天启、崇祯之前，即万历年间；或在其后，就到了清初了①。

这个分析问题很大。

首先，如小说有确认的避讳，可用于判断其刊刻时间。但反之，如果小说没有避讳某个皇帝，就不能断定此小说肯定不是该朝代刊刻的。因为在明代避讳不是很严格，有些小说（如"三言二拍"）确实有避讳，但也很多小说，如《三国演义》等并不避讳。因此对没有避讳的小说要仔细研究，不要轻易下结论。

《新刻金瓶梅词话》确实完全没有避讳天启帝朱由校、崇祯帝朱由检的"由、校、检"三字，但不能因此就认为，《新刻金瓶梅词话》其刊刻时间不在天启和崇祯，而只能是在万历时期，或清初。但《新刻金瓶梅词话》虽然写作于天启、崇祯年间，但由于当时避讳不严格，因此作者本来就没有刻意去避讳，所以全书没有任何避讳。

假如《新刻金瓶梅词话》写作时确实注意了避讳，而又完全没有避讳天启、崇祯，由此推论，它不是刊刻于天启、崇祯年间，就只能刊刻于天启、崇祯之前，即万历年间；或在其后，就到了清初。但这只是一种可能性而已，这个结论还要考其他证据来证明才行。词话本没有任何避讳，不是其刊刻时间的铁证。

假设词话本确实由于没有避讳，因此只有刊刻在万历或清初，哪种可能性更大呢？

第一，假设《新刻金瓶梅词话》刊刻时间在万历时期，它又不是初刻本，而是复刻本，则其初刻本必定在万历时期或万历之前。

第二，假设《新刻金瓶梅词话》刊刻时间在清初，它又不是初刻本，而是复刻本，则其初刻本只有两种可能。一种可能其初刻本也在清初，而崇祯本又确定是在崇祯年间刊刻的，这样词话本初刻本就肯定在崇祯本之后才出现。当然，词话本可能和崇祯本没有直接继承关系，而是有共同祖本而已。

另一种可能是《新刻金瓶梅词话》初刻本在万历时期，但其复刻本却在清

① 叶桂桐《中国文学史上的大骗局、大闹剧、大悲剧——〈金瓶梅〉版本作者研究质疑》，《烟台师范学院学报》，2002 年第 1 期。

初。但这样词话本在万历年间初刻，而在天启、崇祯的 24 年中，词话本竟然没有复刻，过去几十年后，直到清初才再次复刻词话本，这似乎很不正常。

因此，只从避讳和复刻两个因素来看，《新刻金瓶梅词话》刊刻于万历年间可能性更大一些。即《新刻金瓶梅词话》是复刻本，刊刻于万历年间，而其初刻本也刊刻于万历年间，或万历之前。到崇祯年间出现了崇祯本后，词话本就消失了，因此词话本流传下来就很少了。

（11）从初刻、复刻和避讳分析词话本刊刻时间有多种可能。

以上从《新刻金瓶梅词话》从初刻、复刻和避讳两方面分析了此本的刊刻时间，综合总结有两种不同的看法。

第一种看法认为，《新刻金瓶梅词话》的"新刻"是初刻，不是复刻；其中"由"改为"油"是避讳天启皇帝，因此词话本初刻本刊刻于天启年间。

第二种看法认为，《新刻金瓶梅词话》的"新刻"是复刻，不是初刻；其中"由"改为"油"不是避讳天启皇帝，词话本全书没有避讳天启和崇祯，因此词话本不可能刊刻于天启崇祯年间，就只能刊刻于万历或清初，刊刻于清初可能很小，因此最大可能是在万历年间。

实际这两种看法都有很大问题，根据初刻、复刻和避讳两种方法分析词话本刊刻时间，实际都存在多种可能。

第一，"新刻"是初刻，还是复刻，严格讲两种可能都存在。理论上不完全排除"新刻"是初刻的可能性，但综合分析，一般"新刻"还是复刻，而不是初刻的可能性更大。《三国演义》中诸多版本"新刻"都是复刻，《新刻绣像批评金瓶梅》（崇祯本）也有"新刻"字样，但肯定是复刻，而不是初刻。所以只能说：词话本的"新刻"是初刻的可能性更大些。

第二，至于避讳，词话本的"由"改"油"，理论上也有多种可能。"由"改"油"有可能是为避讳天启帝，而词话本没有避讳"校"，这也可能是不避讳，也可能是编写者疏忽了。结合崇祯本的避讳，以及避讳的规律综合分析看，词话本没有任何避讳也是一种可能性。

第三，综合比较词话本和崇祯本的避讳，因为崇祯本肯定是刊刻于崇祯年间，因此同时避讳了崇祯帝的"由、检"二字。而词话本全书没有避讳天启和崇祯，这又可能是当时避讳不严格，因此词话本根本没有注意去避讳。因此不能简单根据词话本没有避讳天启崇祯，就推论其不会刊刻于天启和崇祯年间。

根据上述分析：

- 现存词话本是复刻本，不是初刻本。
- 现存词话本刊刻于万历年间。
- 崇祯本刊刻于崇祯年间。
- 崇祯本的祖本是词话本，但不是现存的词话本。
- 现存词话本和崇祯本的共同祖本是初刻词话本。
- 词话本初刻本应刊刻应在万历年间，或更早。

六、崇祯本系统中北大本和东大本关系

1. 崇祯系统东大本文字脱落

《金瓶梅》崇祯本现存的十几种版本根据版式的不同又分为两类。

崇祯本系统的第一类是以北京大学图书馆藏本（以下简称"北大本"）为代表，还包括日本天理大学图书馆藏本、上海图书馆藏甲乙两本、天津图书馆藏本、残存四十七回本等，其版式与北大本相近。北大本的版本特点是，每半叶 10 行，每行 22 字，每半叶合计 220 字，整叶为 440 字。

崇祯本系统的另一类是以日本内阁文库藏本（以下简称"内阁文库本"）为代表，还包括日本东京大学东洋文化研究所藏本（以下简称"东大本"）、北京首都图书馆藏本（以下简称"首图本"），版式特征与东大本相近或相同。东大本的版本特点是，每半叶 11 行（比北大本多 1 行），每行 28 字（比北大本多 6 字），每半叶合计 308 字，整叶为 616 字。东大本分 10 册，每册 2 卷十回。

北大本曾由北京大学出版社 1988 年出版影印本（线装 36 册、有编号）。内阁文库本系列中，台湾天一出版社曾出版内阁文库本的影印本，但东大本从未影印出版，因此一般人都不了解其真实面貌。在日本东京大学东洋文化研究所所藏汉籍善本全文图像资料库网站中，以"双红堂小说 48"《新刻繡像批評金瓶梅二十卷》为名，公开了此本的全部图像。

北大本曾出版过多种排印本，包括王汝梅先生校点、由齐鲁书社 1989 年出版。内阁文库本系列中，黄霖先生曾以内阁文库本为底本，组织点校、由浙江古籍出版社 1991 年以《李渔全集》第七、八卷出版排印本。

崇祯系统北大本和东大本版式完全不同，而文字基本相同。将两种版本文字数字化后，再利用计算机仔细比较，可以发现两个版本的文字还是有一些差别。

这些差别有以下两种情况：

（1）整叶脱落：东大本第五十九回脱落 1 处，内阁文库和首图本也都脱落。

（2）整行脱落：东大本脱落 2 处，内阁文库和首图本也都脱落。

此外。还有几处东大本脱落，但内阁文库和首图本没有脱落，说明这只是东大本脱落，就不再分析。

至于东大本中个别字的差异，应该是抄写中发生的细微差异，就没有再仔细统计。

以下详细分析上述整叶脱落和整行脱落这两类差异。

2. 整叶脱落（第五十九回第 42 叶和 43 叶之间）

东大本和北大本文字的最大差异是，东大本与北大本比较，有一处明显的整叶脱落。即第五十九回第 42 叶和 43 叶之间脱落一整叶文字。因为内阁文库和首图本也都脱落，说明这是这些版本的共同底本脱落。

东大本与北大本第五十九回此处文字相比，正好缺 616 字，而这也正好是东大本 1 叶的字数！仔细检查东大本的叶码，脱落部分的叶码却是连续的，即42 叶和 43 叶。这样出现了奇怪现象，文字脱落而叶码却仍然连续。究其原因，应该是东大本翻刻时，抄写者的确是抄写了这 1 叶。但刻板时，刻印者疏忽，丢失了这 1 叶，结果导致了文字脱落、而叶码却是连续。

再检查内阁文库本和首都图书馆藏本，第五十九回的脱落完全相同，说明其脱落是这些版本的共同底本就脱落了。

有人认为东大本此处缺 616 字是由于其原本版式就是 616 字，"内阁本、东洋本的底本，即……"原本"的行款，也是半叶 11 行，每行 28 字。""从东洋本（包括内阁本）正文刚好漏抄了第五十九回整整一叶 616 字（此叶的前后页码连续）来看，这个崇祯本的祖本就是半叶 11 行，行 28 字。"[①] 这是完全错误的理解。东大本缺一页 616 字就是东大本的版式，而不是其底本（即崇祯本的祖本）的版式，其底本到底是什么样的版式并不知。

3. 整行文字缺失：2 处

东大本和内阁文库本有 2 处文字都有缺失，说明是此系列的共同祖本就缺

---

① 汪炳泉《〈金瓶梅〉崇祯本序列评议》，《河南理工大学学报》，2016 第 2 期。

失了。

（1）第四十三回：东大本缺失 20 字（第 17 叶左），内阁文库本也缺失。

原文：第二箇也成不的兩箇說了一囘西門慶要留**伯爵**吃飯（**伯爵道我不吃飯去罷西門慶又問嫂子怎的不來**）**伯爵**道房下轎子巳叫下了便來也舉手作辭出門一直趲黃

这个脱落处有相同的文字"伯爵道"，很可能是"同词脱文"，即"串行脱文"。东大本抄写时，遇到同样的"伯爵道"，看串行，因此遗漏了中间 20 个字。查内阁文库本也脱落。

词话本每行 24 字，北大本每行 22 字，和 20 字比较接近。而东大本每行达到了 28 字，差距较大。

这类同词脱文在古代小说中很常见，《三国演义》版本中很多，魏安先生还以此来分析《三国演义》的版本演化，很有成绩。

（2）第七十七回：东大本缺失 17 字（第 34 叶右），内阁文库本也缺失。

原文：臨民有方使趙訥綱紀肅清士民服習（**提學副使陳正彙操砥礪之行嚴督率之條**）兵備副使雷啓元軍民咸服

这部分脱落，可能是由于原文是公文，很难懂，因此导致东大本抄写中脱落了部分文字。查内阁文库本也脱落。

此外，东大本还有很多缺字之处，所缺的字在 3—8 字不等，明显是抄写时遗漏，不再一一举例。

以上对《金瓶梅》崇祯本系列的东大本和北大本作了详细的文字比对，并和内阁文库本和首图本作了核对，两个版本的文字差别可分为以下两类：

• 整叶脱落：东大本本第五十九回脱落一整叶，内阁文库和首图本也都脱落，应该是其底本就脱落。

• 整行脱落：东大本整行脱落 5 处，多处是"串行脱文"，其中有两处内阁文库本和首图本也脱落。脱落应该是共同底本就发生了。

这种比对是用计算机自动完成的。先将两种版本的文字数字化，然后用计算机对两种版本的文字作自动比对，找出其中文字不同之处。由于是计算机自动比对，绝无任何遗漏。最后由人工对比对的结果再进行仔细分析。

4. 东大本和北大本的关系

如先所述，崇祯本一般可分为东大本和北大本两大类，其文本相似度达到

99.45%，只有极少数文字有脱落，而崇祯本和词话本的文字差别很大，这是因为北大本和东大本都属于《金瓶梅》崇祯本系列，因此北大本和东大本应该有极为密切的关系。

目前一般认为，《金瓶梅》崇祯本现存的十几种版本，可分为三类，后两类中的版本又曾多次翻刻，每次翻刻也会有个别文字修改。

第一类是王孝慈旧藏本，但此本只有插图，今下落不明，难以和其他版本比对。

第二类是以北大本为代表的版本，版本特点是，每半叶 10 十行，每行 22 字，每半叶合计 220 字，整叶为 440 字。

第三类是以日本内阁文库为代表，还包括东大本、首图本等，版本特点是，每半叶 11 行（比北大本多 1 行），每行 28 字（比北大本多 6 字），每半叶合计 308 字，整叶为 616 字。比北大本每叶多 216 字，字数是北大本的 1.4 倍。

一般认为王孝慈旧藏本是第一代没有疑问，而至于北大本和东大本之间关系，有人认为北大本为第二代，而东大本（内阁文库本）为第三代。也有人持相反看法，认为东大本（内阁文库本）为第二代，而北大本为第三代。

这两个版本到底是什么关系呢？理论上崇祯本北大本和东大本两个系统之间的关系，有三种可能。

第一种可能是北大本和东大本有共同祖本，北大本和东大本并没有直接关系，它们之间是"兄弟关系"，而不是"父子关系"。共同祖本可能就是王孝慈旧藏本，也可能是一个未知的版本。

第二种可能是北大本在前，东大本在后，北大本和东大本就是"父子关系"，北大本是"父亲"，而东大本是"儿子"。

第三种可能是东大本在前，北大本在后。北大本和东大本也是"父子关系"，但相反，东大本是"父亲"，而北大本是"儿子"。

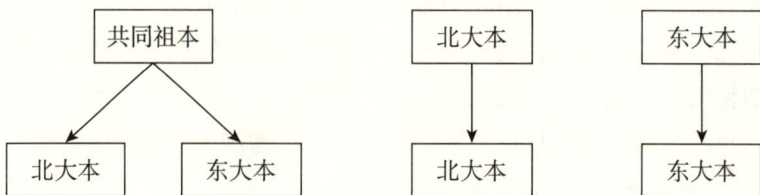

图 6.1　崇祯本两个系统三种可能的关系

这两个系统有多种差异，如文字差异、批语差异等，本文是从文本比对的文字差异研究版本的。这两个系统的文字差异主要有两点：

第一，如前所述，东大本和北大本相比，有整叶漏抄，也有几处文字脱落。

第二，有人仔细比对两个系统文本，发现前三十回中有 5 处内阁文库本和东大本文字同词话本不错，但北大本却有错误[①]。

这两种现象是矛盾的。东大本有整页和整行文字漏抄，北大本不漏，似乎东大本就应该在后。而东大本文字却又和词话本一致不错，而北大本文字有错，则似乎东大本又应该在前。如何看待这个文本的矛盾现象呢？如何解释呢？下面逐一分析以上三种可能，看这三个可能是如何解释这两个文字矛盾的，哪个解释更为合理一些。

第一种可能是，北大本和东大本都来源于同一个"祖本"，它们之间无所谓先后关系。北大本在抄写、刻印时没有脱落和重抄，而东大本却发生了脱落和重抄。而在文字抄写时，东大本没有错误，因此东大本文字和词话本一致。而北大本在抄写时有抄写错误，因此就和词话本文字不同。这种解释对两种文字差异都很合理。

第二种可能是，北大本在前，东大本在后。这样东大本实际就是北大本的翻刻本，东大本在翻刻时发生了文字脱落。至于为何东大本文字和词话本一致，而北大本不同，可能是东大本在翻刻时，发现底本北大本文字有错误，又根据词话本做了修改。这种解释对东大本的文字脱落解释很合理。但解释东大本又根据词话本对北大本文字做修改似乎不十分合理，因为这些文字很少，东大本抄写时再去核对词话本，是非常费力的事情，很难操作。

第三种可能是，东大本在前，北大本在后。因为东大本在前，抄写时文字就和词话本相同，北大本再刊刻时文字抄写出错，因此和词话本不同。这种解释很合理。至于为何东大本在前，北大本在后，而东大本文字有脱落，而北大本在后却没有脱落呢？其解释和第二种可能一样，这可能是北大本在刊刻时，发现了东大本的文字脱落了，因此又根据词话本做了修改。

比较这三种可能：

第一种可能，抄写时只有一个底本，最合理，最简单。因此北大本和东大

---

① 汪炳泉《论〈金瓶梅〉崇祯本的两个系统》，见本书上册，第 133—134 页。

本最大的可能是它们有共同祖本，这个祖本目前看来最大可能就是王孝慈藏本，但此藏本目前只有插图，没有正文，无法核对，十分可惜。

第二、三种可能，抄写时要参考两个底本，在发现底本文字有错误或脱落时，还要再找一个版本（可能是词话本）来核对。这种解释在实际操作中很麻烦，不是不可能，但会很困难。因此可能性稍小。

以上是从文本分析北大本和东大本的关系，其他分析的方法还有很多，其中另一个重要根据是版式，这是判断北大本和东大本先后另一个重要的依据。

如前所述：北大本版式是每半叶 10 行，每行 22 字，每半叶合计 220 字，整叶为 440 字。而东大本等版式是，每半叶 11 行（比北大本多 1 行），每行 28 字（比北大本多 6 字），每半叶合计 308 字，整叶为 616 字，比北大本每叶多 216 字，字数是北大本的 1.4 倍。

一般书商翻刻版本一个目的是谋利，因此翻刻时一定要尽量节约成本。

东大本每叶字数是北大本的 1.4 倍，页数也就只有北大本的约 70%，即可节约 30% 的篇幅。如北大本是后出，反而篇幅增大，书商就要多花费 30% 的纸张，这明显不合理。因此东大本比北大本晚出的可能性更大。

因此从多角度看，不大可能是东大本在前，北大本在后，北大本不可能来自东大本。认为"东大本是崇祯本第一代，而北大本是第二代"，根据不足。

综合以上分析，崇祯本系统中这两个版本关系的三种可能中，第一种可能：北大本和东大本都来源于一个"共同祖本"的可能性最大。其次可能是：北大本在前，东大本在后。而东大本在前，北大本在后可能性不大。

以上只是从文字的脱落和重抄，对两种版本关系进行初步分析。还不能因此就断定两个版本的先后，还需要结合批语等其他因素进行综合分析。但由于篇幅限制，无法再对批语等其他因素进行分析。但必须注意：根据批语等其他因素分析时，同样要注意：这些现象是否可以用"共同祖本"来解释？如果可以用"共同祖本"解释，则必须认真考虑这种可能性。

总 结

从《金瓶梅》词话本和崇祯本的文字差异统计分析，以及对崇祯本两个系统的文字差异分析可以看出：古代小说版本数字化是研究古代小说版本的重要工具，可大大节省人工比对的工作量。当然数字化也不是万能的，数字化比对结果最终还是需要人工去研究分析。因此对数字化既不能否定，也不能估计过高。但数字化肯定对版本研究有很大帮助是不可否认的事实。

［作者简介］周文业，首都师范大学中国传统文化数字化研究中心常务副主任。

四、接受传播研究

《金瓶梅》阅读研究

曾庆雨

内容提要 一部文学作品的阅读研究有两个完全不同的方面需要关注。一个是文本写作者所具有的隐性阅读者的存在意识分析，这属于写作主体的心灵关照方面；一个是对文本接受者的状态分析，这属于传媒与受众的互动关照方面。研究具有三层意义：作品的文化和社会属性；作家预设的阅读语境及心态变化的个体属性；作品传播的可能途径的。运用阅读批评方式于小说《金瓶梅》而言，是力求摆脱以批评者为中心，用更客观的态度对文本分析的一种尝试。

关键词 《金瓶梅》阅读 阅读属性 阅读预期与指向。

任何一部文学作品的阅读研究，应该具有两个完全不同的方面需要关注。一个是文本写作者对隐性阅读者存在的意识分析，这属于写作主体的心灵关照方面；一个是对文本接受者的状态分析，这属于传媒与受众互动关照的方面。而不论是哪一方面的阅读研究，均具有三层意义：作品的文化和社会属性；作家预设的阅读语境及其心态变化的个体属性；作品传播的可能途径等。运用阅读批评的方式针对于褒贬对立，爱憎纠缠的古典小说《金瓶梅》，是力求摆脱以批评者为中心，用更为客观的态度对待文本分析的一种尝试。

《金瓶梅》阅读研究有关笑笑生创作文本，最直观的一点就是它是一部移植其他小说故事的文本。兰陵笑笑生如何选择移植对象，又是如何进行"移植"的问题，实在是一个值得研究的问题，因为这是属于解读作者对隐性阅读者存在的某种预期的实体显示。文本的写作，往往是以此为据来设计阅读的语境。换言之，《金瓶梅》文本中所存在的大量"镶嵌"或"编织"的人物和故事，以及相关的情节和场景的选择意欲何为？对文本的写作和文本架构的作用是什么？这一部分的研究对《金瓶梅》在中国文学史发展的地位和意义有着重要的评价性意义①。另外，《金瓶梅》文本出现之后，从抄本到刻本的过程中，在一开始就很快产生出受众阅读反应的巨大差异性，对于这方面的研究，通常被视为对《金瓶梅》所产生的文学影响和社会影响的分析研究，通常认为是传播与接受的范畴。本文所涉及的阅读分析研究，主要是针对流播的部分展开。

在 21 世纪前，"阅"一词，有三个词条解释，而"阅 + 读"的释意就是"看"②。阅读通常被视为是人们日常生活中带有明显指向性的某种自主行为，其主要目的是满足人的求知欲望，并由此带来愉悦的快感。在传统的平面媒体时代，阅读基本属于人的日常活动，近乎等同于人的生理需求般自然。随着新媒体屏面阅读模式时代的到来，传媒流播问题已经成为传媒学的显学之一。如何阅读？怎样引导阅读选项？这些关于阅读的种种问题越来越多地成为涵盖了心理学、行为学、社会学、美学、伦理学等学科理论，并成为与之相关的各种探讨。有关阅读的定义也随之发生了变化："阅读是从视觉材料中获取信息的过程。视觉材料主要是文字和图片，也包括符号、公式、图表……阅读是一种主动的过程，是由阅读者根据不同的目的加以调节控制的，陶冶人们的情操，提升自我修养。阅读是一种理解，领悟，吸收，鉴赏，评价和探究文章的思维过程。"③且不论古今社会形态发生了怎样翻天覆地的变化，也不论传媒形式从纸质平面转向视屏多维后，这种旧与新的阅读形式有多大的差异性，就阅读这一行为的功能性特质而言，两者并无显著的差别。具体到个人阅读的心理实质，仍然是理解、领悟、吸收、鉴赏、评价和对文意的探究。是一个思维过程。因此，对于阅读一部文学作品而言，至少具有三个层面的意义：作品的文化和社会性能；作家预设的隐性受众的阅读语境设想；作品传播的可能途径等。由于阅读研究具有更为客观的批评指数，利用阅读批评的方式，针对于褒贬对立，爱憎纠缠不休的小说《金瓶梅》，采用接受状态下的分析研究，以受众的换位思考

---

① 2016 年 9 月 28 日，复旦大学黄霖教授在云南民族大学讲座《金蝉是如何脱壳的——从〈水浒传〉到〈金瓶梅〉》，论述中提及兰陵笑笑生通过阅读其他文本并有所选择的通过"镶嵌"或"编织"的手法，写就了《金瓶梅》，由此提升了中国古代小说创作的方法和价值。

② 参见中国社会科学院语言研究所词典编辑室编《现代汉语词典》，商务印书馆 1980 年版，第 1413 页。

③ baike.so.com/doc/ 参看链接相关网页。

方式，而非以批评者为中心的主观态度对待文本研究，实在是一个新尝试。

一

明代对《金瓶梅》阅读可分为抄本流传与刊刻行市两个阶段。从抄本流播伊始，这部小说所引起的阅读评价势同冰炭。有资料表明：

明万历二十四年（1596）文学家袁宏道给书画家董其昌写了一封信，信中说："《金瓶梅》从何而来？伏枕略观，云霞满纸，胜于枚生《七发》多矣！后段在何处，抄竟当于何处倒换？幸一的示。"（《袁宏道集笺校》卷六《锦帆集》之四《尺牍》，上海古籍出版社1981年）

这是迄今所知《金瓶梅》以抄本形式在明代社会上传播的最早的记录，是研究《金瓶梅》至关重要的一段历史文献。

明万历三十四年（1606），袁宏道《与谢在杭》："《金瓶梅》料已成颂，何久不见还也？"（《袁宏道集笺校》卷五十五《未编稿》之三《诗、尺牍》）

一部小说，画坛领袖收藏，文坛领袖阅读，社会活动家"成颂"，仅"伏枕略观"，便评价"云霞满纸胜于枚生《七发》多矣"，且借来抄存，还急着"倒换""后段"，忙着催人"见还"……

"公安三袁"老二袁宏道在《觞政》中称《六经》等为酒经，诸《酒谱》为内典，"李杜"等为外典，《水浒》《金瓶梅》等为逸典，并嘲笑说"不熟悉此典者，保面瓮肠，非饮徒也"（《袁宏道集笺校》卷四十八《觞政·十之掌故》）。"公安三袁"老三袁中道在《游居杮录》中说："往晤董太史思白，共说诸小说之佳者，思白曰：'近有一小说，名《金瓶梅》，极佳。'予私识之。后从中郎真州，见此书之半，大约描写儿女情态具备，乃从《水浒传》潘金莲演出一支。所云'金'者，即金莲也；'瓶'者，李瓶儿也；'梅'者，春梅婢也……追忆思白言及此书曰：'决当焚之。'以今思之，不必焚，不必崇，听之而已。焚之亦自有存之者，非人之力所能消除。但《水浒》崇之则诲盗，此书诲淫，有名教之思者，何必务为新奇？"（万历四十八年八月）（上海杂志公司1935年9月"中国文学珍本丛书"）

一部小说，哥哥奉为经典，弟弟却称为淫书，兄弟二人同以"性灵"为宗旨，却对《金瓶梅》的评价判有霄壤；同样一个董思白，对"极佳"

之书却要"焚之",原因究竟何在呢？[①]

引用这段资料意在说明，《金瓶梅》尚未刊布流市，就已在小众（小群受众）中产生了如此对立的不同评价。尤要指出，这群早期受众皆可视为当时的鸿儒名流，他们在知识结构、受教育程度、社会身份地位、以及生活阅历等方面，基本上同属一个阶层。然而，在面对同一部文学作品时，他们发生的阅读体验，竟产生出如此天壤差别，这不得不说，应该是小说本身的内涵太过丰富，使得阅读者可预期的差异存在多方面可能性造成的。

这部书稿经历了困顿遭遇。"吴友冯梦龙见之惊喜，怂恿书坊以重价购刻。马仲良时榷吴关，亦劝余应梓人之求，可以疗饥。予曰：'此等书必遂有人板行，但一刻则家传户到，坏人心术，他日阎罗究诘始祸，何辞置对。吾岂以刀锥博泥犁哉？'仲良大以为然，遂固箧之。"[②]可《金瓶梅》还是被刊刻了出来，并流布于市井之中，且依然带着势同冰炭般的差异性评价[③]，走到了社会大众的阅读视野中来。

《金瓶梅》既被视为情色小说，自会有着批评上的众声喧哗。《金瓶梅》因写出了人性在受到社会现实的扭曲后，特别是对两性的关系，在欲与利的驱动下，变成十分丑恶的异化行径进行了毫不掩饰的剥露，使得受众总会在掩卷拂袖后，难免心生对人对己，由此及彼的某种憎恶感。在刊行后的几百年间，《金瓶梅》一直都是历代官方禁书的必选，久而久之，遂致当今的后工业文明时代，《金瓶梅》也通常被目为色情文学一流。可《金瓶梅》虽历经各代严禁，仍是常禁不止，总是在禁不可禁的胶着状态中流播不断。上世纪80年代中叶，学术层面对《金瓶梅》研究的态势大兴："1985—1994年，是中国（大陆与港台一体）《金瓶梅》研究如火如荼的十年，是继'红学'之后又一门显学——'金学'形成的十年。"[④]与此同时，"金学存在有两个严重的不相应：一是专家认识

---

① 吴敢《金瓶梅研究史》，中州古籍出版社2015年版，第4页。

② 沈德符《万历野获编》卷二十五，转引自吴敢《金瓶梅研究史》，中州古籍出版社2015年版，第6页。

③ 从《金瓶梅词话》刊本中东吴弄珠客、廿公、欣欣子的三篇序跋可见对该作品的不同评价，前者认为是"秽书"，后二者否认"淫书"说。

④ 吴敢《金瓶梅研究史》，中州古籍出版社2015年版，第68页。

与民众认识严重不相应……二是学术地位与文化地位严重不相应。"① 这般尴尬又困顿的局面于明代四大小说的阅读与批评格局中，唯《金瓶梅》所独有。究其对立始终的因由，阅读体验的差异感所产生的极大影响不可忽略。

所谓阅读体验的差异感，指读者的个人阅读预期心理差异。个人的阅读选择基本是一种主动行为，对阅读对象选择的差别，正是阅读预期心理差别的最明显体现。由于文学作品以故事、人物和场景共同构成了一个虚拟时空，在其中所发生的一切悲欢离合的人生际遇，往往与受众的阅读期待会产生重合的关系。作品中人物故事以及所经历的人生过程与受众阅读预期重合度的多或少，决定着作品获得读者的认同与好感度，两者是一种正比的关系。简言之，读者在作品阅读过程中得到的预期重合度越高，对作品的评价就会越好，反之亦然。而重合度与阅读者的文化心理积淀紧密相关。且看下列材料和分析：

材料一：《金瓶梅》的作者对于故事只有取，没有给。让故事自己去完成本也说得通，但人生的完成仍有比故事的完成更广大的，作者的不足就在于他描写书中人物，而不能超过书中人物……作者在《金瓶梅》里也不能发现自己。他不能赋予故事以人生的完成，只能写出故事自身的完成。

好的作品必不是代表一个时代的……《金瓶梅》我就嫌他太过代表一个时代。但《金瓶梅》仍有他的不可及处，中国至今还没有把文字与言语结合得像《金瓶梅》这样好，这样活生生的……全书几乎没有一处写的不好，气魄也大，然而仍旧像少了一些什么似的，永远失落了，又仿佛从来就没有过，使人的心只能往下沉，得不到安慰。最好的艺术作品一定能给人安慰的，使人的心有着落处……故事已经完结了，完结得毫无遗恨，然而作者与读者的感情仍旧没个着落，只是壅塞的忧伤，解脱不了。②

材料二：确实，《金瓶梅》的世界让人悲哀。这种生命有限，人生苦短，要即时行乐的现世享乐生活观的浸染……使其人物也既承受着道德伦理制约的重压，又难以从充满诱惑的现世利益中退步抽身。

《金瓶梅》是一个讲述人在对"善"的追求过程中，曾经迷失过路径，经历过大悲大痛的寓言故事。寄寓其中的人性本质追问，在穿越几百年时

① 同上。第 79 页。
② 胡兰成《谈论金瓶梅》，南京，《苦竹》第二期，署名江琦进，1944 年 11 月版。

空隧道后，仍叩响着时代的心灵之门，彰显着人生哲理思索的魅力。①

材料三：《金瓶梅》这部作品，我们小时候看不到的，因为是禁书……也是艺术成就最高的一部情色小说。

那时候大概不到20岁……回到家躲在棉被里面读，结果发现古代人太保守了，每当他们脱了衣服上床以后，下面一句就是"一夜无话"……原来这样就是色情小说？

……原先我们以为在阅读中非常重要且不可避免的触动感官情色的描写好像慢慢不那么重要了，而是其他在生活里或生命里遇到的情境。以那样巨大的、不可回避的、扑面而来的力量袭击你，让你不得不正视它、面对它，不得不返回到自己的身上去思考……②

材料一，胡兰成先生的说辞有着明显对文学要引领人心，能教化人性为主导功能的肯定性意识。相信具有同类意识的受众不在少数。而这类受众一直是选择坚持文学作品的正面性为主的中坚分子，也是古往今来，对于平面传媒时代而言，最具有评鉴能力的受众群。这类受众希望通过对作品的阅读，达到自我精神升华的效果，即便不一定能达到很高的提升，最低限度也应该让跟随文学人物命运起伏的心情有所慰藉和安抚。他们把这样的阅读预期，视为文学天然的社会承担。显然，胡兰成在阅读《金瓶梅》之后，阅读预期产生的是巨大的失望，使得他的心情也变得"壅塞"起来。以胡兰成的文学修养而言，还能体会到《金瓶梅》言语的生动，在中国文学中实属难得。若达不到如此修养的受众，只怕是连这一层也是不能领略到了。

材料二，此种说辞较为注重的是作品的理性思辨部分，以作者创作时潜意识中隐形阅读关注的心理状态为考察对象。阅读《金瓶梅》的文本，看到笑笑生借人物的各种遭际，表达出来的是愤恨与无奈之情，并由此体验到对作者思考脉络把握时的愉悦感，领会与子契合的快乐。就"指斥时弊"的深刻，情节构成的巧妙，人物命运的意外结局等等，已然超越了阅读初始怀有的预期，故而产生出震撼之感，视作品为深刻和厚重，有着"彰显"思辨力的杰出巨作。

---

① 曾庆雨《曾庆雨〈金瓶梅〉研究精选集》，"金学丛书"第二辑，台湾学生书局有限公司2015年版。

② 张曼娟《〈金瓶梅〉，扑面而来的大爱》，微号：hlm364/ 红楼梦赏析 /2016—03—07。

材料三，张曼娟女士的说法，针对于《金瓶梅》阅读，是具有普遍选择和心理预期的现象。《金瓶梅》的阅读选择，不少读者是被"第一淫书"的名头所引诱，产生出对性描写的好奇。这类读者就是抱着看书中如何写淫，又写到何种层度成为了"淫书"的心理预期阅读。材料说明的是，由于个人知识结构和生活阅历的变化，阅读心理预期也会随之产生变化，从"躲在棉被"的阅读到"正视它、面对它"的阅读，这种心理预期变化的出现不惟《金瓶梅》如此，《红楼梦》亦是如此。

上述三则材料分析，意在说明阅读预期与评价之间的关系。《金瓶梅》阅读批评，虽然长期以来都存在着显著的对立，但这不过是表示出人的阅读心理预期不同差异的巨大而已。阅读心理预期取决于个人所持有的态度，每个人身处于社会现实中的立场不同，阅读心理预期自然有异，加之个人经历构成的种种差别，便形成了不尽相同的、有差别的阅读态度选择。所以，从当年发生在袁氏兄弟间的巨大批评分歧，到当今社会存在的两"不相应"现象，也就不再是一种困惑不解。

二

阅读的行为方式一般分为有指向性和无指向性两种。这两种阅读行为方式与人的阅读活动相依相伴，相互依存。由于该问题涉及到传播学学科，自然有必要对一些专业性的基本概念做出相应的解释。①

文学作品的阅读一般有着指向性与无指向性两种方式相混合。个人对一部作品的阅读选择，往往不是十分清楚选择用何种阅读方式。可对于《金瓶梅》

---

① a. 指向性阅读包括学习性阅读和目的性阅读。传统的平面媒体时代，学习性阅读是从婴儿始，到穷尽一生方才能完结的阅读过程。而如今的新媒体时代，立体屏显方式的阅读，已成为人们需要再学习并习惯的新型阅读方式。指向性阅读中的目的性阅读，则指带有个人动机或需求，对阅读对象做出选择的阅读行为，并不完全指文学作品的阅读，其包括诸如指南、手册、说明书等的阅读，都属于指向性阅读。b. 无指向性阅读包括消费性阅读和消息性阅读。消费性阅读指浏览，诸如娱乐性报刊、杂志、小广告一类，这类过眼不过脑的阅读随机和偶然，且遗忘比记住的可能性更大。不论是平面传媒还是电子媒体时代，这类阅读行为避无可避，随时发生，随时终止。而消息性阅读虽是随机偶然的阅读行为，但能使读者获取某种信息的可能存在。阅读者并不是为了信息而刻意找寻阅读，但阅读就可能获得信息，诸如微信、网页查看等最具代表性。参看 https://www.baidu.com. 有关词条。

阅读而言，却很是个例外。从刻印本行市始，对《金瓶梅》阅读选择的人，竟是无有例外地属于指向性阅读。指向性的清晰与《金瓶梅》长期被作为禁书不无关系，但引人注意的问题在于不论出于什么样动因（年轻人大多出于猎奇，闻名而动的了解性阅读以中年人居多，以研究为目的的受众少）的阅读，受众中的大多数人，皆有阅读心理预期不能得到满足，或是部分满足的遗憾，故阅读体验差异变得突出而导致评价褒贬不一，观点歧出纷繁。不揣冒昧地套用鲁迅先生分析《红楼梦》阅读体验差异时，十分经典的句式来评《金瓶梅》，或是无大不妥的吧，即：文学者看见悲悯，宗教者看见轮回，理学者看到人欲，道德者看见淫荡，从商者看见资本，从政者看见权势，情色者看见房中术，社会学者看见两性利益博弈……① 可不论属于哪种阅读视角，都会有"作者与读者的感情仍旧没个着落"的缺失感：悲悯无泪，轮回不果，人欲不达，淫荡少足，资本无恒，权势难永，房中泄恨，两性无情……人生的种种希望和期盼，人性私密需求的那点龌龊和肮脏情结，正面与反面的，正向与反向的，似乎选择阅读初始所预期的各种心理指向目的，皆不能得到完满。对《金瓶梅》的阅读，往往是在掩卷之后的一声叹息。这是否也给作品的评价带来了更多负面影响的可能原因呢？毕竟任何方式的阅读，人都有着成本计算的潜意识存在。既然阅读成本＝时间成本＋体力成本＋金钱成本＋选择成本，那么要求通过阅读，获得精神上的慰藉、安抚，或升华、悟道的回报，并不是什么过分的事。至于怀有猎奇、了解或是研究的指向性阅读，就要看付出成本者所需要的具体回报内容罢了。这方面可通过下列材料和分析：

材料一：主讲人：我先讲一下，《金瓶梅》和其他作品的区别，你就知道该怎么读《金瓶梅》了。《红楼梦》受了《金瓶梅》很大的影响，但是你读《红楼梦》——我一再讲过的，《红楼梦》里有生活的哲理，有诗的光辉，有向上的精神，但是《金瓶梅》里边基本上是黑暗、腐朽，作者写那些内容是欣赏的，不是暴露的。我们知道暴露一些东西和欣赏一些东西，在主观创作态度上是不同的，我们能够有一个明确判断的，我们看《金瓶梅》那些淫秽的描写，就好比我们现在在看一些黄的毛片儿，就好比在西

① 鲁迅在《绛洞花主》小引中道："《红楼梦》……，单是命意，就因读者的眼光而有种种：经学家看见《易》，道学家看见淫，才子看见缠绵，革命家看见排满，流言家看见宫闱秘事……。"

方资本主义社会的夜总会里看那些淫秽的表演，那些东西和《金瓶梅》的描写一样，是展览，是表演，看的人也是津津有味。《红楼梦》里也有个别的地方比较淫秽、比较色情的，但是那些并没有使我们感觉像读《金瓶梅》那样，第一没有那种吸引力，第二我们知道那是无伤大雅的。所以，我们看《金瓶梅》，作为一般的读者，可以了解它究竟写了什么，内容究竟怎么样，它艺术上有什么成就。

材料二：我个人认为，《金瓶梅》艺术上的成就在中国文学史上的地位超过了《金瓶梅》内容给我们的感受。《金瓶梅》是比较早的长篇小说里以家庭为题材的小说，《金瓶梅》的叙事风格是一条线一直下去。从古到今在小说史上小说的结构最早是放射型的，画一个圆圈像一个太阳，有很多光芒，放射型的，这一条一条的线可以是一个一个独立的小故事，把这些线并在一起，形成了一部书……《金瓶梅》不是，它的发展线索是一条线的。这在中国古代小说的叙事艺术上是有贡献的，有地位的。我说应该多注意这些地方，但是这些地方对一般读者是不是有意义呢？我也怀疑，你不研究文学，不研究古代小说，不研究《金瓶梅》，注意这些究竟有用没用？我也不知道。

材料三：主持人：我借刘先生的意思说，如果要是从中国古典文学伟大作品中汲取营养的话，青少年大学生尤其是女大学生最好多读《红楼梦》，少读或不读《金瓶梅》。①

材料一，刘世德先生的讲述与胡兰成对文学所具有的社会功能认定并无二致，但在言语上更有着对《金瓶梅》强烈的贬斥成分。他认为《红楼梦》有生活的哲理性和诗的光辉，有使人向上励志的意义。而《金瓶梅》基本是描写黑暗和腐朽的东西，且作者还带着欣赏去描写和展示这些不堪的内容。姑且不去究察《红楼梦》是否仅仅只是接受了《金瓶梅》的写作技法的影响，故能体现文本出污泥而不染的高洁说法是否合乎逻辑？仅就"看的人也是津津有味"一句，已经很能说明指向性阅读对于读者合目的性的重要。

材料二，这是材料一中刘世德先生同一段主讲词的后半部分。如果说前半

---

① 在现代文学馆听讲座：《金瓶梅》作者之谜，刘世德主讲，傅光明主持。人民网，2007 年 02 月 09 日，http://culture.people.com.cn/GB/70968/70970/5385265.html。

部分还能肯定一般读者可以用好奇，或者了解的心理来表明自己对《金瓶梅》的阅读指向性，那么在后半部分，刘世德却把一般读者的阅读指向性全部给否定了。也就是说，如果阅读指向"不研究文学，不研究古代小说，不研究《金瓶梅》"，那么阅读《金瓶梅》就只能有一个指向性：欣赏黑暗、腐朽的污秽。如此一来，受众阅读指向性应该有限制性一说便随之得以成立，《金瓶梅》阅读应该受到禁止，也就顺理成章，合乎逻辑起来。研究者则因为阅读指向性的特殊需求，所以唯研究者才可读《金瓶梅》的逻辑，也就堂而皇之变成了唯一能容许阅读的原因。

材料三：傅光明先生的阐释正好说明本文对上述材料分析的准确性。傅光明不仅对阅读指向做出了一个设定："如果……汲取营养"为目的，还对阅读者做出身份的界定，即"青少年大学生"，且强调"尤其是女大学生最好多读《红楼梦》，少读或不读《金瓶梅》"。而这份总结词出现有三个关键的信息：一是说明阅读的指向是为得到"营养"，就是阅读文本是为了能喝上"心灵鸡汤"之类，这反映出一种对文学"教化"功能传统的接受和积极提倡。二是否定青少年可以因为好奇，而选择某种作品去进行阅读的行为合理性，强调阅读指向只应该与容许和导向保持一致。尤其对于性别强调的说辞更是令人汗颜，其以关爱的方式对年轻女性阅读指向性告诫，话语中隐含的是十分明显的歧视态度。

之所以把一份共时性的材料分为三部分来做出分析，是因为材料对于阅读指向性的说明很具有典型性。阅读的指向性是阅读心理预期的初始，也是批评意识形成的一个基准。人的阅读行为，如果不是无指向性阅读，那么在选择阅读对象时，便已经产生出对该作品的某种期许。这种期许有可能是有意识的，比如因为爱情有了"为你写诗的冲动"而选择阅读抒情诗；也有可能是无意识的，比如在一篇文章中所获得的美感熏陶。

三

对于《金瓶梅》这样的文学作品，属性的分类十分清晰，阅读的选择行为与阅读的预期也应该是相应的清晰。台湾学者陈益源先生在一次演讲中说："《金瓶梅》是一部淫书，我们从小到大都知道这是一本淫书中的淫书。父母、老师都规劝我们不要阅读。这是一部知名度很高的中国黄色小说之祖。"① 有不少资料可以说明，人们选择阅读《金瓶梅》的主要因由，便是"艳名"太甚的诱惑，这恐怕已无需举证了。既然就是冲着对感官的刺激和两性的性事描写而去阅读，《金瓶梅》却未能赢得类似于《如意君传》《痴婆子传》那般的"纯艳情"，或可称为纯色情文学的头衔。长期以来，关于《金瓶梅》是否应视为艳情，又或色情，再或者情色小说，以及它与中国艳情或色情文学的关系等等，在学术界的争议就没有停歇过。且看以下材料以及分析：

　　材料一：我是鼓励人家读《金瓶梅》的，而且是理直气壮的读。我觉得《金瓶梅》是一部好书，且是一部极好的书。你说《金瓶梅》黄吗？是很黄，但黄得有理。②

　　材料二：黄霖：这和日本的情况正相反：一方面是政府与一批文人一再强调要加以禁毁，决不予以宽容；另一方面却是不断地有人加以翻刻、评点，得到了一批文人的激赏。究其原因，我想主要的一点是，从《金瓶梅》问世起，中国的文人中自有一批人并不认为它就是一部"淫书"，而认为它有极高的艺术价值和社会价值。③

　　材料三：这使我想起了台湾成功大学陈益源教授写的一篇题为《淫书中的淫书？》的论文。这篇论文调查了明清十四种被称作"淫书"的艳情小说，它们"以读者角度或评论家眼光所开出的'淫书'书单中，《金瓶梅》均不在列"，有的只是《如意君传》《绣榻野史》《僧尼孽海》《痴婆子传》《昭阳趣史》《浓情快史》，以及《娇红记》《西厢记》等小说戏曲，所以他得出的结论是用了刘辉先生的一句话："淫书之作者，尚且不把《金瓶梅》视为淫书。"④

材料一，陈益源先生显然不否认《金瓶梅》中存在着性的描写，但他仍认为《金瓶梅》不失为一部值得阅读的"极好"的书。做出这样的评价与他对于作品阅读语境的把握有密切的关系。陈益源先生在对作品阅读过程中，不仅是

---

① 转引自道客巴巴网 http://www.doc88.com/p-775496217533.html。
② 同上。
③ 黄霖、大冢秀高、铃木阳一《中国与日本：〈金瓶梅〉三人谈》，《文艺研究》2006年第6期。
④ 黄霖、大冢秀高、铃木阳一《中国与日本：〈金瓶梅〉三人谈》，《文艺研究》2006年第6期。

看到小说中的性事描写，更有着在此描写表象之下，那些文本中大量存在着的、比性事更加重要的问题涉及。陈益源对作品的那份深刻体察[1]，促使他说出了所谓"黄得有理"的话，此话意在表明《金瓶梅》的写作意图，有着比写"性事"更有意义的旨趣。笑笑生通过"黄"的表象，更多揭示的是人性中"黑"的底色。

材料二，黄霖先生在归结了对待《金瓶梅》的态度在不同国度，不同学人存在着尖锐对立后，指出："从《金瓶梅》问世起，中国的文人中自有一批人并不认为它就是一部'淫书'。"正因为对《金瓶梅》的阅读语境具有精准的把握，便能够跳出文本建构的世俗表象，透过那些看似错漏不堪的"编织"与"镶嵌"情节，以及人物行为的错搭等，更多关注到了小说显示出来的艺术价值和社会价值。

材料三，黄霖先生以陈列资料的实证方式，说明在陈益源论文中清晰指出对明清十四种艳情小说的调查表明，"读者"和"评论家"们曾经并没有视《金瓶梅》为"淫书"。这一材料以历史为参照系，反衬出在其后的社会发展中，《金瓶梅》的"淫书"之名越来越盛，且家喻户晓，甚至于"谈金色变"。这三份材料可以看到，陈益源、黄霖二位先生在阅读批评中存在着一个共同点，他们都能对于《金瓶梅》作者预设语境的真正用意领会透彻，所以能产生出《金瓶梅》非淫书的共识。

关于"淫书"的定性评价，于《金瓶梅》来说是否十分重要，生死攸关呢？其实不然。对于阅读《金瓶梅》的读者而言，亲自体验的阅读过程，才是确定"淫"与"非淫"的关键。如果只是人为的阻断阅读的途径，那就会造成说"淫"无由，说"非淫"无据这样两"不相应"的困惑局面。通过材料分析，对于如何定义作品中性描写的创作本意、功能和作用，包括有无描写的意义和存留的意义等问题，仍然存在见仁见智，不可定评的情况，尽管清代以降，《金瓶梅》就一直被冠上"色情文学之最"名头，成为不可开禁的书，可《金瓶梅》仍不应被视为"淫书"。由此可谓，就《金瓶梅》来说，阅读文本的重要性要比定性文本的限制级别更重要，获取可能的解禁，给成年读者通过阅读行为的实施，形成自己的批评话语，更该得到应有的重视。

就有关于阅读语境的问题，有必要进一步考察。有学者认为，由于"中国

---

[1] 参阅陈益源《小说与艳情》，学林出版社 2000 年版。

人的思维总是带有通过体验和记忆而获得的图像进行思维的图像思维"①，据此提出了"意图叙事"的小说创作理论。许建平在文章中是这样描述阅读语境体验的："产生较好接受效应的作品，也必然是在进入阅读过程后，在较大程度上能使读者的情欲期待得以满足。读者在现实生活中得不到的东西，能于作品的形象世界中意外地得以补充，乃至受到陶冶、启迪……因为文学创作无论何种形式都是一种心理需求的表达，一种叙述。"②既然阅读语境的形成是作者经营的结果，那么感受与评介环境，理当是受众责无旁贷的行为。当个人选择一部文学作品，并成为作品的阅读者时，也就选择了去感受语境的自觉与自愿。诚如社会中的自然环境与人文环境的形成一样，作者对阅读语境的营造当然会既有山清水秀，也有暮霭沉沉；既有清风朗月，也有惊涛拍岸。对作品阅读语境的体察，也与对自然环境和人文环境的体察一样，会有着基本共识与个体感受的诸多同异性的存在。对语境产生了共识固然很好，有了相异的看法也没什么不好，尤其就阅读行为本身而言，实在没有强求一致的必要。

［作者简介］曾庆雨，云南民族大学教授。

---

① 许建平《意图叙事学》，《薪火学刊》第一卷，复旦大学出版社 2014 年版，第 210 页。
② 许建平《意图叙事学》，《薪火学刊》第一卷，复旦大学出版社 2014 年版，第 213 页。

从普通读者到深入研究：
对普及《金瓶梅》阅读的体会与建议

董玉振

内容提要 《金瓶梅》的阅读远不如"四大名著"普及，原因在于人们对该书的"黄书"印象和对普通读者来说有点复杂的版本选择。本文就笔者从一普通读者，到进行"金学"研究，再到主编出版一套"接地气"的《金瓶梅》的过程，分析《金瓶梅》在公众传播中的障碍和出路。

关键词 公众阅读 《金瓶梅》 崇祯本 南洋出版社

对《金瓶梅》苦涩而侥幸的认识过程

笔者在 1986 年大学毕业前第一次阅读《新刻金瓶梅词话》，当时读下来完全没有特别好感。作为一名理工科大学生，笔者也是全班同学中唯一硬着头皮读这本书的；对普通读者，要抓住该书的要旨毕竟不易，人们对该书的"黄书"印象也影响到阅读该书的积极性。如果一个人大学生没读过"四大名著"很可能感到缺憾，但没有人为没读过《金瓶梅》而感到难为情。相反，读《金瓶梅》被同学当成笑谈反而是常态。

笔者 1989 年在深圳购买港版《真本金瓶梅》，阅读后也完全没有感觉。而且对《金瓶梅》的版本感觉更加混乱。在理工科大学和同学中，很难找到一位《金瓶梅》阅读和欣赏的导读人。

2002 年秋，笔者写《巨人的背影——为毛泽东辩护及当代中国问题省思》一书，注意到毛泽东对《金瓶梅》的一个评价：《金瓶梅》是《红楼梦》的祖宗。这个评价给笔者极大冲击：毛泽东这样的大学问家对该书如此推崇必有道理。笔者随后将三联书店的"崇祯版"买来细读。但三联版"崇祯本"前面由王汝梅教授所写的序给笔者一个打击：花这么多钱买到的居然不是正宗版本。对于普通读者来说，最期待的就是有人告诉他应该读哪个版本就行了，对于版本错综复杂的关系，那是学者们的兴趣，而不应指望普通读者的深度介入，更不要指望读者去购买和阅读每个版本，因为该书实在是太厚了。但三联版的这个序又让笔者这样一位普通读者纠结。

但既然花这么多钱买了，好歹就硬着头皮读吧。

令笔者惊奇的是，从第一回第一页开始，笔者就立即被该书深度吸引，利用工作后的所有闲暇时间阅读，近乎废寝忘食。之后，笔者又买来中华书局版"第一奇书"，之后再去图书馆借来"词话本"细读，一个月通读三大版本，获得过去阅读时没曾有过的满足感。阅读的直觉告诉笔者，"崇祯本"可能是正宗的，"词话本"那两回半可能是乱写的，尤其第一回的感觉差别如此之大，以至于笔者将年轻时对该书没有好感的原因归咎于"词话本"第一回带给笔者的糟糕感觉。之后笔者通过深入研究"崇祯版"评点（站在巨人的肩膀上）找到"崇祯版"是正宗版本的证据（请见笔者在本次会议的另一篇论文《"崇祯本"眉批揭示其是〈金瓶梅〉祖本的事实》）。

应积极推动"崇祯版"的普及

根据笔者个人的体会，"金学"界和出版界在推广《金瓶梅》阅读方面是有欠缺的，"金学"界虽然有学术的严谨，但却没有体认普通读者的阅读能力，而出版界虽然出版了所有版本，但也没有体会普通读者其实并不需要读所有版本这一要点。这构成了普通读者不知道应该读哪个版本，也不知道该书美妙在何处，尤其是"词话本"第一回，对普通读者带来的感觉似乎只有混乱。而"佛头着粪"的《真本金瓶梅》等更是败坏读者对《金瓶梅》的第一印象。

学术界虽然对哪个版本是祖本一直有争论，但一个共同的认识是："崇祯本"具有较高的可读性。而这恰恰是普通读者最需要的。也就是说，虽然读者对买哪个版本感觉迷茫，但从培养初读者对该书的兴趣角度入手，推荐"崇祯本"是再自然不过的了。但这个推荐工作却被完全忽略。

如果不积极推动和宣传"崇祯本"，读者将会经历和笔者同样的偶然与苦涩，甚至会永久性地让读者失去对这部伟大著作的兴趣。

"接地气"的简体双版本《金瓶梅》的诞生和贡献

2002年底，笔者在《巨人的背影》这本书联系出版社不果的情况下，不得不辞掉半导体行业的技术工作而成立南洋出版社，同时投巨资编辑出版全球第一套简体完整版的《金瓶梅》。[①] 该书以"崇祯本"为主体，将"词话本"中不同的部分附录在后，其中包括"词话本"的第一回前半部分、第五十三和五十四回的全部内容、"欣欣子序""廿公跋""新刻金瓶梅词话·词曰"以及"四贪词"一并附上。这样，读者可以很方便地阅读比较两大版本的区别，而不再有选择版本的苦恼。

虽然辞掉半导体行业高薪工作让笔者损失惨重，新加坡各种要素成本的高企和中文阅读气息的稀薄也使得该书完全看不到利润，当逐渐被读者认知时又盗版泛滥。但笔者通过该书的出版，和国内盗版商的"参与"，对推动《金瓶梅》在普通读者中的普及做出了实实在在的贡献。

对于"金学"研究者来说，阅读影印本或繁体似乎更能接近该书的原貌，但对于普通阅读水平的读者来说，这近乎苛求，因此，本社出版的这套书以简体字出版，为多数不太习惯繁体字的读者提供了阅读的方便。

《金瓶梅》奥妙处处有，对于一般读者来说，很难发现和欣赏隐藏其中的每处精彩，"崇祯本"的评点与原著主题一致，且评点的量恰到好处，给读者留有想象空间，因此，是最佳的导读材料。笔者在编辑时将崇祯版所有评点插入正文，以双排小字体区分正文，在不影响正文流畅情况下为读者提供了阅读的指引。

根据读者的反馈来看，该书是符合普通读者的阅读需求的。这也再次提醒学者们必须将自己的学术能力和广大民众的需求结合起来，这是推动文学欣赏，弘扬优秀文学遗产所必需的，是彻底甩掉"黄书"印记的必要过程。

金学界的责任

毛主席《在延安文艺座谈会上的讲话》中所表达的核心内涵是：文学艺术创作要为人民大众服务。金学界也不应例外，而应积极响应这一伟大讲话精神，

---

① 新加坡南洋出版社出版，2003年第一版，2006年第二版，2016年第三版。

主动肩负起推广和导读《金瓶梅》的历史使命，使这本中国文学史上里程碑意义的伟大著作真正成为广大普通读者可以欣赏的作品，是对民族优秀传统文化传承和弘扬的具体体现。

广大金学界同仁可以多种形式来例行上述责任，比如：在自己生活的城市或高校，主动义务地为社区、高校举办讲座，组织读书会，或者在大中专学校开设选修课。用通俗易懂的方式给广大非学术界的读者提供认识《金瓶梅》的机会，扮演好引领角色。

[作者简介] 董玉振，男，工学博士后，山东曹县人。1999 年发表著名网文《为毛泽东辩护——兼谈邓小平历史责任和本来面目》（共八章），2003 年在该文基础上出版专著《巨人的背影——为毛泽东辩护及当代中国问题省思》，被媒体和学界誉为毛泽东研究专家；并应一些老同志邀请回京交流。在"金学"研究上有所收获，2003 年主编全球第一套简体全版双版本《金瓶梅》，并为之序（新加坡南洋出版社出版）；2011 年出版市场营销学著作《如何分析直销公司》，成为至今唯一一学者获得新加坡公共媒体机构邀请发表直销专题演讲。2016 年 7 月推出《曹县董家祖传·经典珠算术集萃》线装本。该书是家族数百年来传承的珠算书，董玉振对该书进行校对修复，并加注释，他作为当今极少数精通传统珠算打法的人，通过该书的出版，事实上扮演着非物质文化遗产传承人的角色。董玉振现为新加坡国有盛裕集团副总裁、新加坡南洋出版社董事经理兼总编辑、新加坡文艺协会终身会员、新加坡规划师学会会员、马来西亚南艺读书会名誉顾问；入选《新加坡建国以来作家名录》；主导和参与国内外多个国家级产业园区和旅游区的战略规划。参与中新（重庆）互联互通战略策划。

作者博客：blog.sina.com.cn/nanyangbook

作者电邮：455829029@qq.com

微信：gudongz

电话：0065—90210286

地址：37A Hong Kong St. Unt2191, Singapore 059676，新加坡

反思：我的《金瓶梅》阅读史

宁宗一

我最崇敬的现年一百一十一岁的周有光先生在他的诞辰会上说：

年纪老了，思想不老。

年纪越大，思想越新。

周老的人生境界，我们这些凡夫俗子不可能达到，只能高山仰止。但是可以如实地交代的，我这个八十六岁的老汉在历经人生坎坷后，确实常常内省，希望自己的心灵重建，这种心灵的自觉，也就常常指引我反思人生、学术中的诸多问题。我承认我的反思的第一道坎，就是几十年来的教学与科研活动，仍然没有或缺乏以个体生命与学术一体化的追求，从而回应时代对学人的文化使命的呼唤。

当然我也不否认我三十多年来对《金瓶梅》研究的关注，从而也就有了回顾自己对《金瓶梅》的阅读史。今天，在面对已经步入辉煌的"金学"，我不可能不反思自己对"金学"建构中存在的诸多误读和在阐释上的偏差。今天，我遗憾地不能参加咱们学会的国际盛会，但我还是想表达一下我是怎样反思的，和反思了哪些误读和阐释上的错误。

是的，我确实一直想通过小说美学这一视角去审视《金瓶梅》，并打破世俗偏见，参与同道一起提升《金瓶梅》在中国小说史和世界小说史上的地位，还其伟大的小说尊严。但是我在很多论著中恰恰出现了"悖论"，落入传统观念的陷阱。

一、关于对"丑"的审视的问题

一般常说，《金瓶梅》是一部暴露社会黑暗的小说，是谴责小说，是作者孤愤灵魂的外化。这些论断无疑是合理的。但是我则以"审丑学"来阐释《金瓶梅》，把它视为作者就是要把笔下的生活写成"漆黑一团"，《金瓶梅》就是一部某种意义上的"黑色小说"。这话虽有比喻性，但完全失之于偏颇。这不是因为我宁宗一老了，而说出了这样幼稚的话，写出这样的文字，而是我一直倡言回归文学本位时忘却了小说乃是要表现五光十色的人生图景，是要写出生活的"秘史"，和人的心灵史。兰陵笑笑生心灵历程是感受、是煎熬、是黑暗影子的纠缠，但更是生活记忆的思考。笑笑生的创造智慧，就是立足于反传统。他要全景式地勾画出他所处时代的生活史、人性史。他看重的是，人在生命发展中是怎样不断变化的：比如人会面临不同的挑战；比如人生的是非曲直；比如人的爱与恨。这些都是通过人物的心路历程和行动一步步表现的。正是在这些方面暴露了我分析阐释《金瓶梅》的简单化倾向。小说是要勾绘出审美化的生活史和心灵史，作者必须是通过众多人物，写出他们的形态：一个人哭，一个人笑；一个人坚强，一个人软弱；一个人的磨难，一个人的幸运；一个人在走，一个人在跑；一个人流浪，一个人飞腾……

于是我在反思中开始有点清醒。哦！《金瓶梅》的宏大叙事，是一种对历史、对生活、对灵魂的宏观与微观的交融，是作者哲学式观察所产生的总体性描述。我过去的"漆黑一团"的简单化概括必须扬弃，因为我的前提就错了：一部史诗性的作品，怎么会是如此单一的叙事？所以我真诚地承认了我在面对《金瓶梅》这部不朽的伟构时，我的思维的僵化，写作上的旧套路，只是变换了述说的方式和语言，这是极不可取的。今天，我懂得了，没有理想的写实精神一样有力量。

二、关于《金瓶梅》的性描写

关于这个问题我也曾自设陷阱，做出了违背常识的论述。我专门写过几篇小文论述《金瓶梅》中的性。说到小说中的性描写，我说过，你既看到了裙袂飘飘，也看到了佩剑闪亮，又说性是一把美好与邪恶的双刃剑。也曾反对过把性沦为卑下，也反对提升到伟大的崇高。这些观点虽都有可议之处，但问题是对《金瓶梅》的性描写，特别是它的一万九千多字的直率的述说，官方、准官方和民间中的卫道士都曾用这些打压《金瓶梅》的出版和流传。于是我却似捍卫《金瓶梅》的伟大不朽，用了另一方式、另一种语言，屈从于这些伪善者的论调。我和有些人说过阿城在《闲话闲说——中国世俗与中国小说》中就说过类似的话。①《金瓶梅》即使删去了这一万九千字的性描写也不失为伟大的作品，它绝不会因没有这一万多字而失去它的光彩。这些话，如从表面上看仍是在肯定《金瓶梅》的永恒不朽性。但是这是一个自相矛盾的命题，因为《金瓶梅》就是一部有这一万九千字性描写的《金瓶梅》；如果没有了这近两万字的性描写还是兰陵笑笑生的《金瓶梅》吗？是不是会演变为伪善者可以接受的"伪"《金瓶梅》呢？其实，正是我在一种调和的、中庸的论调中，也参与了阉割《金瓶梅》的重要内涵，而迁就的正是伪善者的虚伪愿望。在这个论调后面，我竟然忘却了杰出的小说评点家张竹坡的提醒：他一再说的是《金瓶梅》不可零星看。而我却把性描写也认为可以从全书割裂了开来，这一切可说是"零星看"的一个变种。《金瓶梅》之所以是《金瓶梅》就是因为作者敢于大胆直率地进行性描写。事实是，历史行程已走到了今天，人们对性已失去了它的神秘性、隐讳性，我们为什么就不能以平常心对待呢？性不需要任何理由，它只是存在着。因此对《金瓶梅》的性描写的任何删削都是错误的举措，如果说《金瓶梅》删去了性描写也不失其伟大，但这样做也是对《金瓶梅》的阉割乃至玷污。因为《金瓶梅》是客观的存在，它不需要清道夫，更反对碾压机。它永远是一个整体，一个永远不应该分割的整体，性描写正是《金瓶梅》的整体性中的有机部分。至于我在旧作《说不尽的金瓶梅》中说，《金瓶梅》性描写缺乏分寸感，过于直露，其实也是另一种对《金瓶梅》性描写的不够尊重。还是聂绀弩先生说的好，笑笑生之所以伟大就在于不是不讲分寸，他是"把没有灵魂的事写到没有灵魂的人身上"（《读书》1984 年第 4 辑）。这话就纠正了我的缺失"分寸"、过于"直露"的说教。当然，我也接受精神同道的指点，有个别研究者就认为性描写在《金瓶梅》中是不可或缺的，但不能说《金瓶梅》的性描写就是很成功的。我现在能接受这个意见。

事实是，所有中外古今涉及性描写的文学作品，都不可避免接触到自然的、

---

① 阿城《闲话闲说——中国世俗与中国小说》，他认为："《金瓶梅词话》历代被禁，是因为其中的性行为描写，可我们若仔细看，就知道如果将小说里所有性行为段落搞掉，小说竟毫发无伤。"作家出版社 1997 年第 1 版，第 106 页。

社会的和审美的三个层次。纯生理性的描写容易流入庸俗的色情，但是社会性的描写，则是有一定的意义。《金瓶梅》的性描写我认为属于第二层次：我们区分色情与情色之不同就在于，色情全然无文化内涵，而情色的价值在于有一定的文化内涵。《金瓶梅》的性描写被朋友指出是不很成功，可能就是因为《金瓶梅》书对性没有进行审美的审视和更完美的表现。

三、关于《金瓶梅》是什么"主义"

反思这个问题，涉及到一个世纪以来我们学界在引进西方文艺美学时，总是离不开现实主义、批判现实主义、自然主义、浪漫主义（还分积极的、消极的）、象征主义等等概念。这种引进的积极意义自不待言，但是，我们也不应该否认，我们在教学和科研中太多地被这种"主义"所框定、被裹胁，什么都往"主义"里面套，这就大大戕害了我们对文学作品的自由认知，最后陷入了教条的"主义"中去。我在几十年写的论著中，在这方面表现得很突出。我在跟随"金学"建构的脚步中，同样是否定了把《金瓶梅》打成什么自然主义一类，而是赞成精神同道相对认同的"现实主义小说《金瓶梅》"的说法。

可是在我的研究过程中却始终没有摆脱"主义"的束缚。最幼稚的是把《金瓶梅》中叙事表现等缺点都笼而统之地认为是"不是充分的现实主义"，书中有"许多非现实主义成分"等等词语，这当然是一种文字的游戏，更是"主义"的游戏。既然用了"主义"，又说不充分、非主义成分，这种论断是毫无价值而且直接损害了对《金瓶梅》更全面深刻的认知。事实是，小说的某些瑕疵只能是小说技艺方面的，在章节布局方面做得不理想并不影响它是伟大的小说。然而小说艺术，特别是《金瓶梅》这样的小说，其艺术不是仅仅技巧之类，而是一种精神，只有独特的精神和卓尔不群的姿态才能成就文学。而且这种精神必须是个人的，独一无二的。"主义"形成不了独特、原创，只有小说精神，真正属于个人的小说精神才能是唯一的。小说不管写得多么精彩，失去了精神层次，缺乏洞见和第二视力，终究不会成为经典。精神和创作智慧的层次，永远不会简单地由文字表达出来，它永远存在于人物故事的心灵结构中。

还有就是风格。"风格即人"是真理。好的小说要有独特的风格，它像一个作家身上的气味，是个人独有的，不是"主义"可以强求出来的。经过这段时间的反思，我要求自己再也不要用什么什么主义去框定伟大史诗《金瓶梅》

了。兰陵笑笑生的小说精神在书中的体现已经足够超越多种"主义"的说教了。刚才恰好看到木心的一句话，竟然不谋而合，他说："王尔德不错的，但以标榜唯美主义，露馅了，你那个'唯'是最美的吗？""人说陀思妥耶夫斯基是现实主义，他光火了。"木心又说："凡概括进去的，一定是二流、三流，不要去构想，更不要去参加任何主义，大艺术家一定不是什么主义，莎士比亚是什么主义？"

好了，让我们在解读上抛弃"主义"的模式，多点活生生地感悟和心灵自由吧！

四、对《金瓶梅》人物塑造的认知与阐释的反思

在上届学会上，我提交的论文（《论〈金瓶梅〉的原创性》）已经提到一点，即我曾以"人原本是杂色的"为标题说到《金瓶梅》给世界小说史增加了几个不朽的典型人物，也认同"金学"界所说，它打破了之前那种写人物好就好到底，坏就坏到底的模式，提出过笑笑生已经完全意识到现实生活中的人是复杂的，不是单色素的，人"是带着自己的整个复杂的人"。我也没有回避在小说研究界多种流传的说法，如"圆形"与"扁平"，"立体"与"平面"人物，以及以后的"性格组合"论等等，这些无疑是对古典小说解读的大进步。但是，在今天的语境下去用这些概念审视《金瓶梅》的人物形象创造，却发觉远远不够了。

从我的阅读经验看，从前读《金瓶梅》的写人生、写人物，一直认为它似乎都是直击式的，几乎都是不加掩饰的、和盘托出的。今天，仔细打量，深感它有太多有待我们仔细品味的东西，有太多的隐秘有待我们揭开的东西，比如真有一种"密码"，那就是人性的隐秘；比如，人们可以批判西门庆这个人物，但你又会发现你身边原来有不少西门庆式的人物影子，甚至我、你、他的内心隐秘竟与这一典型人物有着或多或少的相似点。正像《鲁滨逊漂流记》的作者笛福，在他的《肯特郡的请愿书·附录》中，径行直遂地道出：

只要有可能，人人都会成为暴君，这是大自然赋予人的本性。

笛福的论人性无法和马克思、恩格斯论人性相提并论，然而他的人生阅历，使他对人性善恶转化的发现还是有深刻价值的。走笔至此，突然想起了英国前首相丘吉尔，他生前说过一句人们耳熟能详的话：

人性，你是猜不出来的。

（有人又译为：人性，你是不可猜的。）

《金瓶梅》中的人物的人性真是不可猜的吗？我是在认知潘金莲和李瓶儿的心灵史时才发现，这两个人物如果仅从性格史上来认知，那是不会有太多新发现的，只有提升到心灵层面，特别是人性层面，才能更深入地看到这两个人物是何等不同。对于潘金莲，不管有多少人为她的行为辩解乃至翻案，无论千言万语也说服不了我的就是这人性。我的人性底线是不能杀害无辜者，而潘金莲突破了我的这个心理底线，她从来没对自己的两次直接谋杀有过罪恶感、负罪感，并进行忏悔；相反，她的一切反人性的行径都是为了证明她的"存在"。而李瓶儿则是在走向死亡的过程中，充满了罪恶感、负罪感，她的忏悔意识正是通过她的几次梦境，反映了她的人性的复杂性，因为她毕竟没有突破人性的底线去谋杀无辜者，包括花子虚！

所以，在我的阅读史中，我充满了反思意识，我是逐渐靠近笑笑生的内心生活的。这也才能使我比较准确地看到站在我们面前的这位小说巨擘不是一个普通的艺匠，他是真正心底有生活的人，是他才如此准确地把握到人性的变异，正如法国伟大思想家帕斯卡尔所说：

人性并不是永远前进的，它是有进有退的。

人的复杂多变提供给小说家探索隐秘密码的可能，也给我们提供了研究《金瓶梅》的广阔空间。今天我牢牢记住了先贤的叮嘱，人性才是你骨子里的东西，是会自然流露了的那个东西。美好的人性可以穿越黑暗；反之，它只能进入黑暗。

总之，过去对《金瓶梅》的阐释其实是先验性的，正是"审丑"的理念，让我掩盖了认知人性的复杂性。作为一个小说史研究的学人，我缺乏的是对人，对作家的"爱之不增其美，憎之不易其恶"的审视小说与小说中的人物，犯了绝对化、先验性的毛病。

进一步说我犯了方法论上的错误，我没有跳出从"原则"和模式去审视《金瓶梅》的人物。恩格斯在《反杜林论》中指出：

原则不是研究的出发点，而是它终了的结果。

又说：

不是自然界和人类要适合于原则，而是相反地原则只是在其适和于自然界和历史之时才是正确的。

正确的方法是，文本比原则重要，小说文本提供了小说研究的出发点，也是检验小说研究著作最科学性最重要的标准。今后我要吸取这一教训，切不可在《金瓶梅》书研究上再重复"从原则出发"的僵化与教条的毛病。

事实是，《金瓶梅》致力的正是表现人性的复杂。没有人之初性本善，也没有人之初性本恶。正像莎士比亚说的：人，毕竟是用尘土做出来的，所以他会老、他会死，容易生病，而且会产生邪念，会做坏事。这就是人性的两面性、多面性和复杂性。

今天，在匆忙中，写上我的《金瓶梅》研究反思录，这是我为了寻找一个继续前进的门口。这两年我只写了不到两万字的小文章，一篇是《还〈金瓶梅〉以尊严》（《南师大文学院学报》2016 年第 1 期）一篇是《论〈金瓶梅〉的原创性》（《明清小说研究》2016 年第 2 期），一篇是作为我的《〈金瓶梅〉十二讲》（北京出版社 2016 年 1 月收入"大家小书"丛书）的自序——《伟大也要有人懂》。

这是我反思后的实验性的写作。我希望自己从现在起重新上路，对《金瓶梅》进行深入的研究，参与"金学"的科学建构。

［作者简介］宁宗一，南开大学教授。

清代中期《金瓶梅》戏曲在北京的传播

史春燕

内容提要 清代中期，《金瓶梅》戏曲在北京的戏曲舞台上有着不俗的表现。清代中期北京的戏曲舞台上演绎的很多曲目取材于《金瓶梅》，人物情节虽较小说略有变化，但继承关系明显。大量的《金瓶梅》戏曲演出史料以及相关禁令无一不彰显《金瓶梅》在清代中期北京传播的广度。文人墨客或者达官贵人对《金瓶梅》戏曲的接受程度和对演员的评价再现了戏曲中的《金瓶梅》在当时受欢迎的程度。

关键词 《金瓶梅》 戏曲 传播 清代 北京

《金瓶梅》戏曲在清代中期北京的舞台上有着不俗的表现，如《戏叔》《挑帘》《裁衣》等，被很多演员演绎过，甚至还成为某些名伶的经典作品。《金瓶梅》戏曲通过演员的表演，带给观众更加直观的视觉感受，因其淫冶的表演而得到了两极的接受——官方的禁毁和观众的热捧。

一、《金瓶梅》在清代戏曲中的篇目

戏曲的发展在清代达到了顶峰，《金瓶梅》剧目成为清代剧坛中一个重要的组成部分。《佚存曲谱》收录了昆曲中研究价值较高的 8 种曲谱，其中就有《金瓶梅·散花》；《不登大雅文库珍本戏曲丛刊》第 10 册收录了《金瓶梅》二卷，包括《纳妾》《斗杀》《审问》《跳墙》《露情》《跳判》《孽镜》《吃醋》《闹架》《成亲》以及《杀嫂》。

（一）杂剧。到清朝中期，杂剧演出的剧班和演员少之又少，可谓稀缺。据《清代戏曲史编年》相关记载，关于《金瓶梅》改编成的杂剧只有两出："咸丰二年九月二十五日，诸龙祥编《寻闹》（题弋腔《金瓶梅》）杂剧，署'壬子九月立冬前一日廿五日编，十二月朔日誉清'。剧本今存咸丰年间希葛斋稿本。"① 除此以外还有边汝元创作的杂剧《傲妻儿》也是取材于《金瓶梅》的小说情节。

（二）传奇。根据《金瓶梅》改编成的传奇有很多，其中《古本戏曲丛刊三集》第 090 集就收录了与《金瓶梅》相关的内容，分为二卷，共有 34 出，清代郑小白撰，长乐郑氏大兴傅氏藏抄本。上卷共有 16 出，分别是《禅师现宗》《十友结拜》《妻妾闺戒》《东昌将略》《田虎倡兵》《夸虎相逢》《仇申闻讦》《途遭逆害》《烈妇尽节》《妬疑收女》《金莲诱叔》《水迫阄兵》《奇觏受计》《兵围急报》《搬非捉奸》《飞石敌人》，下卷则包含了《姻缘注籍》《西门谋取》《凤兴闹灵》《武魂梦诉》《尸形变石》《贤妇闺贺》《替兄明冤》《雪仇误打》《仇氏悲忆》《义朋邀会》《私约向心》《梁山贺宴》《西门赴约》《子虚巧祸》《就机私赠》《为友潜信》《子虚命枉》以及《东京寇劫》等 18 出。李斗的《奇酸记传奇》中有四折传奇也是根据《金瓶梅》改编而成的。

清代中期常常表演出自《义侠记》的戏曲，《义侠记》的前十八回内容都取材于《金瓶梅词话》，因此《义侠记》前十八回的内容与《金瓶梅》的内容息息相关。比如：《戏叔》（《义侠记》的第八出《叱邪》）、《打虎》（《义侠记》的第四出《除凶》）、《别兄》（《义侠记》的第十出《委嘱》）、《挑帘》（《义侠记》的第十二出《萌奸》）、《裁衣》（《义侠记》的第十六出《中伤》）等等。《缀白裘》乾隆四十二年校订重录本收录了大量当时舞台上流行的折子戏，其中第四集收录了《义侠记》的《戏叔》《别兄》《挑帘》《做衣》四出，第八集收录了《捉奸》《服毒》，《缀白裘新编》卷四中则收录了《挑帘》《做衣》《显魂》《杀嫂》四出。

虽然戏曲内容有雅俗之分，但是这也说明了《金瓶梅》在戏曲演绎中充当了重要的角色，成为清代戏曲中不可或缺的一部分。

二、清代中期北京戏曲传播中的《金瓶梅》

清朝直到乾隆中期，随着经济文化的发展，社会政治生活也更加稳定，有关文献的记载也逐渐增多，许多文人墨客、诗词作家也更注重精神享受，所以

---

① 王汉民、刘奇玉《清代戏曲史编年》，巴蜀书社 2008 年版，第 230 页。

他们不断加深对戏曲方面的研究，把各种所见所闻所感也倾注于一纸之上。

（一）乾隆初年到嘉庆末年《金瓶梅》的戏曲演绎

顺、康、雍年间颁布的禁令在内廷竟根本没有落实，据《京剧历史文献汇编》的第三部分"穿戴提纲"记载："《挑帘》潘金莲：元色袄、汗巾和竹竿；西门庆：乌尾子巾、色褶子和扇子；王婆：老旦衣、汗巾和扇子。"①记录了嘉庆二十五年（1820）清内廷演剧角色的穿着、扮相、使用道具等。同时，成书于乾隆五十年（1785）的《燕兰小谱》、乾隆五十九年（1794）的《消寒新咏》、嘉庆八年（1803）的《日下看花记》、嘉庆十年（1805）的《片羽集》、嘉庆十一年（1806）的《众香国》、嘉庆十五年（1810）的《听春新咏》和嘉庆二十四年（1819）的《莺花小谱》也记载了乾嘉年间《金瓶梅》戏曲的演出，如《挑帘》《裁衣》和《戏叔》等。所以《金瓶梅》的戏曲演出在此期间也是没有间断过，其未来的发展也是势如破竹。

1. 具体演员演出相关戏曲的情况

乾隆五十年（1785），由吴长元（署名西湖安乐山樵）著写的《燕兰小谱》中记载："（白二）常演《潘金莲葡萄架》，甚是娇媚，自魏三《滚楼》一出，此剧不演。"②"黑儿，姓刘氏，大兴人。年仅弱冠，紫棠色目，闪闪动人，常与白二演《葡萄架》，作春梅旖旎之态。"③西湖安乐山樵曾用"宜笑宜嗔百媚含，昵人娇语自喃喃。风流占断葡萄架，可奈楼头有魏三。"④来形容白二的表演。

> 李琴官（文保和部），江苏元和人。年仅弱冠，目妍而瞬，面瘦而腴，虽非谢氏闺英，亦属郑家文婢。常演《裁衣》，风流酝藉，有企爱之神，无匕斜之态，诗云："既见君子，我心则降。"吾于斯剧恍然也。若他人之

① 丁汝芹《京剧历史文献汇编》清代卷，凤凰出版社 2011 年版，第 406 页。

② （清）安乐山樵《燕兰小谱》载张次溪《清代燕都梨园史料》，中国戏剧出版社 1988 年版，第 25 页。

③ （清）安乐山樵《燕兰小谱》载张次溪《清代燕都梨园史料》，中国戏剧出版社 1988 年版，第 27—28 页。

④ （清）安乐山樵《燕兰小谱》载张次溪《清代燕都梨园史料》，中国戏剧出版社 1988 年版，第 25 页。

始庄而终浪者，徒见共丑秽耳。①

白二与黑儿搭档表演《潘金莲葡萄架》这一出戏可谓绝配，将剧中人物的神态与动作表演得淋漓尽致，风流一时，因此每次表演都能得到大众的一致好评。而李琴官表演《裁衣》，能风流蕴藉，无乜斜之态，这在肉艳的清代中后期北京剧坛也算是别具一格了。

乾隆五十五年（1790），为了庆祝乾隆七十寿辰，三庆班进京献艺，采用了和昆曲不一样的地方风格，给京城的听客带来耳目一新的感觉，之后四喜部、春台部等戏班相继进京，更多的演员和戏班带给听客不同的享受，此时戏曲进入了欣欣向荣的局面。

成书于乾隆五十九年（1794），由铁桥山人、问津渔者、石坪居士编著的《消寒新咏》中记载：

> 徐才官，庆宁部，小旦，吴人，比海棠、鹦鹉。最妙者《题词》（《疗炉羹》）、《折柳》（《紫钗》）、《乔醋》（《金雀记》）、《问病》（《玉簪记》）、《惠明》（《西厢》）、《偷书》（《玉簪》）、《雪夜》（《金瓶梅》）、《戏叔》（《翠屏山》）、《反诳》（《翠屏山》）、《醉归》《独占》（《花魁》）、《走雨》《踏伞》（《幽闺记》）。②

> 李玉龄，乐善部，小旦，比虞美人、秦吉了。《佳期》《拷红》（《西厢记》）、《相骂》（《钗钏记》）、《絮阁》（《长生殿》）、《思凡》（《孽海记》）、《戏叔》（《义侠记》）、《盗令》（《翡翠园》）。③

> 李福龄，集秀扬部，贴旦，安庆人，又名金官，比芙蓉、鹧鸪。《少华山》《烤火》《捡柴》《戏叔》《学堂》《打饼》《断机》《阵产》《水斗》《断桥》《思春》《扑蝶》《连相》。④

---

① （清）安乐山樵《燕兰小谱》载张次溪《清代燕都梨园史料》，中国戏剧出版社1988年版，第38页。

② （清）铁桥山人、问津渔者、石坪居士《消寒新咏》，《清代燕都梨园史料》（续编），中国戏剧出版社1988年版，第1005。

③ （清）铁桥山人、问津渔者、石坪居士《消寒新咏》，《清代燕都梨园史料》（续编），中国戏剧出版社1988年版，第1006页。

④ （清）铁桥山人、问津渔者、石坪居士《消寒新咏》，《清代燕都梨园史料》（续编），中国戏剧出版社1988年版，第1006页。

　　李桂龄，集秀扬部，小生，比含花、鸳鸯。《戏叔》《着棋》《改桩》《烤火》。①

嘉庆八年（1803）小铁笛道人的《日下看花记》记载：

　　桂林，姓陈，字仙圃，扬州人，年十八岁。三庆部。初见其登场，歌喉清滑，娇靥鲜妍，颜盼玲珑，风情柔韵。艺有《盗令》《游街》《学堂》《思凡》《拷红》《戏叔》等出，灵心慧齿，如听百啭林莺，体段亦停匀合度，后来之秀应数此人……无傲狠气，亦无脂粉气，天然妩媚，自是可人。余颇心赏之。嗜围棋，近闻歌喉稍逊于前，然色艺俱在，不能减其声价也。"②

　　玉林，姓蒿，字可泉，年十八岁。其父即从前北部有名之蒿三本，保定籍，而娶于吴。可泉产自吾苏，长而居扬，故吴语、维扬语皆能言。春台部。丰神雅淡，音调清扬，擅场有《反诳》《盗令》《着棋》《挑帘》《交账》等剧，波眼传情，柳腰作态，自然窈窕生妍，未识当年郑氏知书之婢，陶家渝茗之鬟……③

　　秀林，姓吴，年十六岁，扬州人。春台部。与九林皆新到，演《挑帘裁衣》不露淫佚，别饶幽媚。身材姿色，柔软相称，性情亦恬静，声音宛转关生，清和协律。④

嘉庆十五年（1810）由留春阁小史编著的《听春新咏》，此书分为徽部、西部、别集，西部记载：

　　小四喜，姓张，字杏仙，又字镜芙，年十五，扬州人。（大顺宁部）丰肌绰约，玉质玲珑。红晕生春，艳若半开芍药，银蟾散彩，皎同一树梨花……同部有隆福者，不详姓氏，容貌姣好，歌喉清婉，演《吞丹》《戏叔》等剧，神情风韵逼肖于张。⑤

---

　　① （清）铁桥山人、问津渔者、石坪居士《消寒新咏》，《清代燕都梨园史料》（续编），中国戏剧出版社 1988 年版，第 1007 页。

　　② （清）小铁笛道人《日下看花记》，《清代燕都梨园史料》，中国戏剧出版社 1988 年版，第 59 页。

　　③ （清）小铁笛道人《日下看花记》，《清代燕都梨园史料》，中国戏剧出版社 1988 年版，第 68 页。

　　④ （清）小铁笛道人《日下看花记》，《清代燕都梨园史料》，中国戏剧出版社 1988 年版，第 86—87 页。

　　⑤ （清）留春阁小史《听春新咏》载张次溪《清代燕都梨园史料》，中国戏剧出版社 1988 年版，第 184 页。

别集中记录：

> 才林，姓张，本姓周，字琴舫，苏州人。（三庆部）歌音清美，姿态温柔。饮量甚洪，每遇歌筵，谑浪诙谐，憨情可掬。与其弟静莲同以真挚待人，绝少炎凉习态。工《戏叔》《前诱》等剧，而武技尤为出色，盖拳勇其素擅也。《打桃园》《招亲》诸出，便捷轻灵，虽介石、仿云犹让卿出一头地。①

芳草词人也为他赠诗四首，称赞其为"故人情绪美人心"。

上述著作中提到的演员有徐才官、李福龄、李玉龄、李桂龄、吴秀林、陈桂林、蒿玉林以及张杏仙和张才林，这些不同戏班的演员凭借自身独特演技，将《金瓶梅》中的相关戏曲人物形象演得与众不同，独具特色，自成一派，从而为人称赞。因此也可以看出《金瓶梅》的相关戏曲在乾隆、嘉庆年间可谓备受欢迎，特别是一些经典剧目，比如《戏叔》《挑帘裁衣》等，这些剧目被演出的次数可谓是不胜枚举。

2. 具体戏班演出相关戏曲的情况

乾隆、嘉庆年间，由于政治稳定，经济繁荣，各剧种的艺人汇聚于京，各戏班也百花齐放，争奇斗艳。

乾隆五十年（1785）《重修喜神祖师庙碑志》记录的当时在北京活动的戏班者有：

> 举诚弟子：十番□□、钱粮处、中和乐、□索学外二学、内三学、公官众等、信官众等、景山钱粮处三学、掌仪司斛斗房、双和班、戬谷班、保和班、裕庆班、端瑞班、余庆班、萃庆班、大成班、王府新班、和成班、大春班、四和班、寿春班、集成班、宜庆班、永庆班、太和班、萃芳班、景和聚、新和聚、和合班、金环班、金庆班、金银班、□□班、金成班、贵成班、太成班、宝成班、玉成班、永祥班、禄和班、松寿班、大德盛班、庆龄班、万家楼、广和楼、裕兴园、长春园、同庆园、中和园、庆丰园、庆乐园。②

---

① （清）留春阁小史辑录，小南云主人校订，古陶牧如子参阅《听春新咏》，《清代燕都梨园史料》. 中国戏剧出版社 1988 年版，第 202 页。

② 张江裁《北京梨园金石文字录》,《清代燕都梨园史料》，中国戏剧出版社 1988 年版，第 913 页。

由碑志可以看出，乾隆五十年（1785）在北京活动的民间戏剧班社竟有五十二个之多。

据道光间杨静亭《都门纪略·词场》记载："与我朝开国伊始，都人尽高尚腔，延及乾隆年六大名班，九门轮转，称极盛焉。"[1] 上述书中提到的"六大名班"，在乾隆五十年，吴长元（署名西湖安乐山樵）的《燕兰小谱》中写到："魏三永庆部，名长生，字婉卿，四川金堂人。伶中子都也。昔在双庆部，以《滚楼》一出奔走，豪儿士大夫亦为心醉。其他杂剧子胥无非科诨、诲淫之状，使京腔旧本置之高阁。一时歌楼，观者如堵。而六大班几无人过问，或至散去。"[2] 这边提到的六大名班应该就是王府、萃庆、大成、裕庆、余庆和保和班。而随着戏曲越来越被大众所接受，地位越来越高，更多的人开始从事戏曲演出，因此也出现了更多的戏班。比如乾隆五十五年（1790），在《批本随园诗话》中记载："适至（乾隆）五十五年举行万寿，浙江盐务承办皇会。先大人（即伍纳拉）命带三庆班入京，自此继来，又有四喜、启秀、霓翠、和春、春台等班。各班小旦不下百人，大半见诸士大夫歌咏。"[3] 从这里开始逐渐形成由三庆班、四喜班、和春班、春台班组成的"四大徽班"鼎立的局面。

在众多戏班中演出与《金瓶梅》相关戏曲的戏班有：永庆部（白二）、王府大部（刘黑儿）、保和文部（李琴官）、庆宁部（徐才官）、乐善部（李玉龄）、集秀扬部（李福龄）、西部（张杏仙）以及三庆班（陈桂林、张才林）和春台班（吴秀林）。以下就对这一些具体戏班做一下简单介绍：

庆宁部：清乾隆间北京昆曲班社。主要演员有老生范儿，小生刘大保等。徐才官在庆宁部，演出《雪夜》。

保和文部：清乾隆年间安庆的昆曲戏班。班中有著名演员产国泰和郝秀官，产国泰曾组建姑苏集秀班，到广州演出时名噪一时。保和文部有李琴官，表演《裁衣》。

集秀扬部：清代乾隆末年进京的扬州花部戏班。该班袭用苏州昆曲"集秀班"之名而标明"扬部"，以示区别。该班仿效集秀班的组班方式，集合

① 张发颖《中国戏班史》，学苑出版社 2003 年版，第 120 页。
② （清）安乐山樵《燕兰小谱》，《清代燕都梨园史料》，中国戏剧出版社 1988 年版，第 32 页。
③ 张发颖《中国戏班史》，学苑出版社 2003 年版，第 131 页。

扬州的昆、乱精英，于乾隆五十八年（1793）夏至北京，进京时间仅晚于三庆班。集秀杨部有李玉福，李桂龄，两人常常演出《烤火》和《戏叔》两出戏曲。

三庆班："四大徽班"之一，乾隆五十五年（1790）进京，昆乱杂奏。掌班高月官，字朗亭，善南北曲，兼工小调，其长期活动在京城。陈桂林、张才林隶属三庆班，他们经常演出的是《戏叔》。

春台班：扬州乱弹戏班。乾隆间扬州大盐商江春所创。一称"外江班"。艺人多来自安徽安庆一带，昆曲、秦腔、京腔、二簧、罗罗等兼唱，乾隆五十五年（1790）以后进京，长期留京演出，与前后进京的三庆、四喜、和春并称为"四大徽班"，春台拥有众多童伶，因而有"春台的孩子"的美誉。吴秀林是春台班的名伶，他擅长的是《挑帘裁衣》。

3. 相关演员以及相应戏曲的接受情况

在乾隆、嘉庆年间，无论是达官贵人还是平民百姓欣赏戏曲成为生活中不可或缺的一部分，而一些常常演出的戏曲出目也成了人们茶余饭后讨论的焦点，当然这也包括《金瓶梅》中的戏曲出目，我们都明白矛盾是相互依存的，所以针对于同一件事情，每个人的评价就会不一样，如果有贬低的那么肯定也有称赞的。虽然统治者认为这些戏曲内容多为淫秽，毫无观赏价值可言，但是这些戏曲在文人眼里却被连连称赞，同时也给予这些戏曲演员很高的评价。

石坪居士对徐才官的评价：

> 夫奇葩异卉，各擅芳姿。巧鸟灵禽，每多慧性。顾红紫丛中（拨抡工整），独堪屈梅作聘；簧笙队里，不必剪舌能言。断其色艳春光，声娇羽族（笔意虚灵，所谓"霜禽欲下先偷眼"也），尤宜契名流而竞赏，共彼美以争妍也。然而寄怀托物，摹写蛾眉，古调已旧；借影生情，品题优孟，幻想尤新。第必取其神肖，不徒泛以形求，庶匪滥誉矣。迳有歌台献媚，自在娇娆；檀板传声，天然节奏。为之穷妍极态，如看月下海棠；有时缓啭轻讴，似听花前鹦鹉。如原庆宁部小旦徐才官者，态含新雨，音遏行云。（文则好句似仙，人则全神俱现。）一时占断风光，兼有西府垂丝之美；独尔敲将玉管，允称绿衣白雪之奇。是惟其秀在骨，其韵俱神（二语却是真铨，移置他人便泛），识者当有确评耳。若夫对海棠而无诗子美岂真情薄？弄鹦鹉而作赋，庐陵信是文豪。仆进缘声色为写照，漫作依样葫芦；

假花鸟以垂怜，敢道翻案文字。惟鄙词简陋，未堪认作真铨；而之子音容，实足契人欣赏。我辈时于锦绣堆前，金笼架下，略为仿佛，当不谓余言失实，徒多一番誉赠也。

海棠

娇姿曾得拟杨妃，似此红鲜绿更肥。眉骨神真传画谱，檀心态媚压香霏。小山对酒春如醉，金屋笼霞艳欲飞。烧烛莫教花睡去，夜深和月斗芳菲。

鹦鹉

来从南越上瑶杆，直是巴陵自在仙。媚客不嫌声絮聒，撩人端爱语轻圆。朱门巧献秋千畔，玉局娇施粉黛前。乌鹊群飞难学舌，聪明似尔我尤怜。

问津渔者也有对徐才官的一番评价：

海棠

才官名噪都下，声色俱佳，惜面目少风情究亦小疵，不足掩其瑜也。因戏赠之。

酿春花榭胭脂雨，不是天桃带笑来。报道信风催社日，香霏阁里海棠开。深红浅绿斗花枝，花自无情我太痴。乞得春阴才几许，却逢花睡未醒时。

鹦鹉

才官后入庆升部，稍涉足京中旦色恶套，不甚出台，尝数往不遇，顾嘲之，以翼速改。

闲驰骄骏逐飞花，不见花飞见酒家。深倚画栏春昼永，惟闻声细唤烧茶。夜深斜月照回廊，红豆相思惹恨长。扫榻宫人无觅处，隔帘频唤雪衣娘。

铁桥山人对徐才官的评价如下：

海棠

一枝鲜艳醉红妆，终日嫣然独自芳。尽道当邀金屋贮，可怜春睡不闻香。

鹦鹉

嘉名曾号绿朝云，为解音歌自不群。觌面有情应尔尔，从来聪明莫如君。[1]

石坪居士对徐才官给予了很高的评价，对她的表演也是赞不绝口，给人以美的享受，同时问津渔者以及铁桥山人也分别为她作诗、词。这三位作家与此同时给李玉龄、李福龄和李桂龄的表演也作了一些诗和词，由此可见他们的表

---

① 丁汝芹《京剧历史文献汇编》清代卷，凤凰出版社 2011 年版，第 76—78 页。

演还是给人留下了深刻印象，并在当时产生了一定影响力。清代佚名的《嘉庆丁巳、戊午观剧日记》中也记录这些热门的戏曲，比如在二月初六他看到的戏曲有"《赏荷》《挑帘裁衣》《双金牌》"；三月初十他看到的戏曲有"《拜月》《挑帘裁衣》"；四月初二演出的戏曲也有《戏叔》等等。① 由此可见这些戏曲演出频率之高，而且还备受欢迎，百看不厌。

（二）道光初年到同治末年《金瓶梅》的戏曲演绎

由于乾嘉年间各种艳情剧作的盛行，给整个社会带来了一股淫秽奢靡之风。为了政治稳定，带领社会营造一种积极向上的道德氛围，于是，无论地方还是中央，都陆续颁布一些具体指令，禁止此类剧目的演出。

首先在道光七年（1828）开始大幅度裁减戏班，比如宫廷中南府改名为升平署，这一举措对京中的戏班也产生了一定的影响。

紧接着根据《京江诚意堂戒演淫戏说》记录：

> 甲午年，本郡岳庙戏台楼屋一进。突于十一月廿一日，焚毁净尽，人咸骇然，觉神庙不应如是。及推原其故，乃前一日，鞋店演戏酬神，曾点《挑帘裁衣》《卖胭脂》等淫戏，故廿一日晚，即有此异，核并无人，只贮戏箱数只，竟不识火所自来。且台后木香亭，地至切近，而花藤丝毫无损，推独毁斯台，足见淫亵之上干神怒也。要知在庙酬神，惟宜演忠孝节义诸戏，庶昭激劝，若好演淫邪，图悦耳目，则年少狡童，观之意荡，无知妇女，见之情移，丧节失身，皆由于此。抑思见人好淫，尚宜劝阻，今乃告之以淫事，悦之以淫辞，惑之以淫态，若惟恐人不好淫而必欲诲之以淫者，有是理乎？即稍知礼义人，尚自不忍视，岂可干渎神明。嗣后邑人酬愿，务贵虔诚，切勿祈神而反亵神，不能修福，而反以造孽也。事关风俗人心，愿乐善君子，敬体神意，广为劝谕，幸甚。道光十五年，嘉平月。（清·余治《得一录》卷十一之二）②

虽然此时并没有直接将一些曲目禁演，但是开始出现演出《挑帘裁衣》这

---

① 佚名《嘉庆丁巳、戊午观剧日记》，文化艺术出版社 1983 年版，第 262—264 页。

② 王利器辑录《元明清三代禁毁小说戏曲史料》（增订本），上海古籍出版社 1981 年版，第 390—391 页。

些淫戏会触犯神灵，不应该再演这些戏文的社会舆论。

然而这些条令并没有产生很大影响，咸丰九年（1859）由蜃桥逸客、兜率宫侍者、寄斋寄生编辑的《燕台花史》记载：

> 秋霞，号绮侬，江苏人也。貌韶秀如玉人，性喜静，腼腆不惯与生人语，对熟客差强。好事者闻其美，争欲识之。秋霞陪侍如一，终无少轻重。唯登场一顾，情常露于眉目间。演《湖船》《挑帘》数出，可称绝技。时年十有三。

> 蜃桥逸者形容他为：么凤啁啾集紫桐，梅花三弄玉玲珑。潮痕半褪猩唇染，恰似杨妃一捻红。①

由此可以看出取自《金瓶梅》的《挑帘》和《裁衣》这两出戏曲还在演出，也依旧能得到称赞。

直到同治八年（1869）《翼化堂条约》开设的永禁淫戏目单中就有：《滚楼》《吃醋》《葡萄架》《跳墙》《着棋》《挑帘裁衣》《别妻》等。② "书明如演唱一出，定议扣除戏钱一千文，不准徇情宽贷，恃强不遵者，禀官究责。"③（清·余治《翼化堂条约》）

《裕谦训俗条约》中也规定：

> 本部院前已奏明严禁淫画淫书，并不许妇女入庙烧香，及开设花茶馆，犯者必应惩办。自今各处园亭，不得开放。一应昆、徽戏班，只许演唱忠孝节义故事，如有将《水浒》《金瓶梅》《来福山歌》等项，奸盗之出，在园演唱者，地方官立将班头并开戏园之人，严拿治罪，仍追行头变价充公。（清余治《得一录》卷十五之四）④

从此刻开始，与《金瓶梅》相关的戏曲开始被单独列入禁演之列，统治者的目标性逐渐增强。

同治年间也相继颁布了一些禁令，比如同治十一年（1872）《申报》载禁

---

① （清）蜃桥逸客、兜率宫侍者、寄斋寄生《燕台花史》，《清代燕都梨园史料》（续编），中国戏剧出版社1988年版，第1070页。

② 王利器辑录《元明清三代禁毁小说戏曲史料》（增订本），上海古籍出版社1981年版，第199页。

③ 王利器辑录《元明清三代禁毁小说戏曲史料》（增订本），上海古籍出版社1981年版，第196页。

④ 王利器辑录《元明清三代禁毁小说戏曲史料》（增订本），上海古籍出版社1981年版，第390—391页。

点演淫戏，虽然统治者颁布的诏令一个接着一个，但成效却甚微，有关《金瓶梅》的戏曲出目依然出现在这个时期的很多著作中。

1.具体演员演出相关戏曲的情况

同治十二年（1873）由邗江小游仙客撰写的《菊部群英》共辑录了北京六十五堂号（其中缺二十堂号名）、一百六十三名艺人的简介。可以说是同治年间"时下梨园子弟，全行搜录"。经过作者的详细考订与一番排列，对艺人的家族、堂号体系、师承渊源，以及本人的出生、籍贯、师承关系一一胪列，尤其是各人擅长和常演剧目以及扮演的角色等等，涉及昆、乱、杂戏剧目约有千余出之多。虽无赞语，但对于了解这一时期剧目上演及各堂号主要艺人情况，可说是目前所能见到的最详尽的史料。

> 桂林（姓任，本姓王，号燕仙。本京人，戊午四月初四日生。隶四喜，唱昆旦。春台丑汪永泰之子。）《狐思》（玉面姑姑）、《捞月》（韩国夫人）、《后诱》（阎婆惜）、《挑帘裁衣》（潘金莲）、《上坟》（萧素贞）、《打番》（卢生）、《后亲》（柳夫人）[①]。

> 保身主人刘赶三（号宝山，天津人，□□六月二十六日生。隶永胜奎部。唱丑，兼胡子生。住韩家潭。）……《入府》（李瓶儿）[②]。

> 菊秋（姓张，正名椿，号忆仙，小名利儿。本京人，庚申十二月初六日生。隶四喜。唱昆旦兼青衫。辛未出台。）……《挑帘裁衣》（潘金莲）[③]。

> 蕙兰（姓乔，号纫仙，小名桂祺。冀州人，己未生。隶三庆、四喜。唱昆旦。善书。辛未出台。）……《戏叔》（潘金莲）、《挑帘裁衣》（同上）[④]。

蕙兰辛未出台，辛未年即是同治十年（1871），她还在演出《戏叔》和《挑帘裁衣》，由此可见，各戏班和一些名伶对一些禁止政策视而不见。

---

① （清）邗江小游仙客《菊部群英》《元明清三代禁毁小说戏曲史料》（增订本），上海古籍出版社 1981 年版，第 475 页。

② （清）邗江小游仙客《菊部群英》《元明清三代禁毁小说戏曲史料》（增订本），上海古籍出版社 1981 年版，第 477 页。

③ （清）邗江小游仙客《菊部群英》《元明清三代禁毁小说戏曲史料》（增订本），上海古籍出版社 1981 年版，第 478 页。

④ （清）邗江小游仙客《菊部群英》《元明清三代禁毁小说戏曲史料》（增订本），上海古籍出版社 1981 年版，第 479 页。

芷荃（姓张，名富官，号湘航，行十一。江苏吴县人，乙卯正月四日生。部同（注：隶四喜），唱昆旦，善书、奕，工管、弦子。昆老旦张亭云之子。）……《挑帘裁衣》（潘金莲）。①

闻熹主人曹福寿（正名服畴，号韵仙，本京人，辛亥六月二十九日生。唱昆旦，善画兰。旧属双贵，出闻德，改署谯国。住韩家潭。）……《挑帘裁衣》（潘金莲）。②

琴芳（芳一作舫。姓周，号韵笙，小名二定。本京人，丁巳九月二十九日生。隶三庆、四喜，唱昆旦。怡道人有传。）……《挑帘裁衣》（潘金莲）。③

绮春主人时小福（正名庆，号琴香，别号赞卿，小名阿庆。苏州人，丙申九月初九日生，唱旦，兼昆乱，善饮奕。出春馥。本师清馥徐阿福。传载《明僮合录》。住猪毛胡同。）……《挑帘裁衣》（潘金莲）。④

玉福（姓李，号侣秋。本京人，壬戌生，部同。唱昆旦，癸酉出台。）……《挑帘裁衣》（潘金莲）。⑤

《菊部群英》中记录了众多出色的演员，他们的拿手好戏就是演绎与《金瓶梅》相关的戏曲，比如任桂林、张菊秋、张芷荃、曹福寿、周琴芳、时小福以及李玉福，他们主要饰演的是《挑帘裁衣》中的潘金莲，可见《挑帘裁衣》这一出在同治年间广受欢迎，演出的场次也不计胜数，而乔蕙兰除了饰演《挑帘裁衣》中的潘金莲，还饰演了《戏叔》中的潘金莲，刘赶三也饰演了《入府》中的李瓶儿。所以这一时期主要盛行的戏曲就数《挑帘裁衣》，其次还有《戏叔》和《入府》。因此可以看出，道光同治年间颁布的一些禁令，并没有影响《金

① （清）邗江小游仙客《菊部群英》《元明清三代禁毁小说戏曲史料》（增订本），上海古籍出版社 1981 年版，第 481 页。

② （清）邗江小游仙客《菊部群英》《元明清三代禁毁小说戏曲史料》（增订本），上海古籍出版社 1981 年版，第 483 页。

③ （清）邗江小游仙客《菊部群英》《元明清三代禁毁小说戏曲史料》（增订本），上海古籍出版社 1981 年版，第 484 页。

④ （清）邗江小游仙客《菊部群英》《元明清三代禁毁小说戏曲史料》（增订本），上海古籍出版社 1981 年版，第 491—492 页。

⑤ （清）邗江小游仙客《菊部群英》《元明清三代禁毁小说戏曲史料》（增订本），上海古籍出版社 1981 年版，第 495 页。

瓶梅》的一些剧目的演出，由此可见它的影响之深远，观众对此剧的喜欢程度之高。

2.具体戏班演出相关戏曲的情况

清中叶以后，进入道光年间，"四大徽班"已经在北京落地生根，渐渐成为北京几个标志性戏班。

咸丰九年（1859）恩赏日记档："五月二十八日　敬事房传旨，六月初五日外边伺候戏。初六日三庆班伺候戏。初七日、初八日、初九日、初十日里边伺候戏。十一日四喜班伺候戏。十二日双奎班伺候戏。十三日、十四日外班伺候戏。"[①]虽然也有其他戏班的存在，但是"四大徽班"的地位还是显而易见的。

谈及"四大徽班"的特点以及在此期间兴盛的原因，可以参考道光二十二年（1842）由蕊珠旧史（杨懋建）编著的《梦华琐簿》：

> 四徽班各擅胜场。四喜曰"曲子"。先辈风流，饩羊尚存，不为淫哇，春牍应雅。世有周郎，能无三顾？古称清歌妙舞，又曰："丝不如竹，竹不如肉。"为其渐进自然，故至今堂会终无以易之也。三庆曰"轴子"。每日撤帘以后，公中人各奏尔能。所演皆新排近事，连日接演，博人叫好，全在乎此。所谓巴人下里，举国和之。未能免俗，聊复尔尔。乐乐其所自生，亦乌可少？和春曰"把子"。每日亭午，必演《三国》《水浒》诸小说，名"中轴子"。工技击者，各出其技。佝偻丈人承蜩弄丸，公孙大娘舞剑器浑脱，浏漓顿挫，发扬蹈厉，总干山立，亦何可一日无此？春台曰"孩子"。云裹帝城如锦绣，万花谷春日迟迟，万紫千红，都非凡艳。而春台，则诸郎之夭夭，少好咸萃焉。奇花初胎，有心人固当以十万金铃护惜之。[②]

四个戏班各有特色，其中的三庆班以压轴大戏为看点，能博人叫好，杨懋建评价其"下里巴人，举国和之"，评价不高，但也指出了其比较受下层百姓的欢迎，并认为是不可缺少。杨懋建的评价可能与这个戏班演《挑帘》这一类的曲目有关。

根据《菊部群英》的记载，我们可以看出当时演绎《金瓶梅》戏曲的戏班有四喜班（任桂林、张菊秋和张芷荃）、三庆班（乔蕙兰）和永胜奎班，永胜

---

① 丁汝芹《京剧历史文献汇编》清代卷，凤凰出版社2011年版，第248页。

② （清）蕊珠旧史《梦华琐簿》，《清代燕都梨园史料》，中国戏剧出版社1988年版，第352页。

奎班的主要成员刘赶三演《入府》，看来当时演出与《金瓶梅》相关的戏曲已经是大势所趋，并影响到戏班的生存和发展。

3. 相关演员以及相应戏曲的接受情况

这个时期虽然有禁令存在，但是演绎的趋势却丝毫没有退减，无论从各大戏班的演出情况来看，还是从各位听客和看客的接受程度来说。从大大小小的戏曲辑录资料来看关于这几出戏曲的接受程度还是很显而易见，几位名伶的演出还是得到了很高的评价。在周明泰编著的《道咸以来梨园系年小录》中就有相关记载，该书记录了从道光年间以来在戏曲舞台上活跃的戏曲演员，其中涉及到：

> 公历一八五一年咸丰元年辛亥。昆旦曹福寿生，六月二十九日生正名服畴，号韵仙，北京人，出徐阿三之闻德堂，唱昆旦自营闻喜堂。①

> 公历一八五五年咸丰五年乙卯。青衣张芷荃生，正月十四日生行十一，名富官，字湘航，苏州吴县人。习乱弹，青衣兼昆旦，出朱双喜之春华堂，隶四喜部。出师后自营绚华宝堂于韩家潭搭永胜奎、嵩祝成、四喜班多年，父名张云亭，行五，为四喜都名昆乱。②

当然还有乔蕙兰以及时小福等当时比较有点影响力的演员，这边就不一一列举了。

等到同治六年（1867）殿春生著写的《明僮续录》就详细记录了：

> 绮春时小福，字琴香，吴人。瑰姿靡丽，神采飞扬。当其被祎，翟尚琼英，细步登场，俨然华贵，盖酿粹胜也。善谈噱，觞筹交错时，舌本澜翻，辄倾四座。所谓人皆劫劫，我独有余。尤善昵就人，故乐道者众。与素香齐名，今则骎驾其上。芝兰空谷，曷若桃李漫山。斯是悠悠，宁唯是耶？噫！③

从殿春生的叙述中可以看出他对时小福的评价很高，评价时小福的表演气度非凡，华丽富贵，受人追捧。同一年由廪月楼主撰写的《增补菊部群英》（又名《群芳小集》）将被收录的演员分为"上品""逸品""丽品""能品""妙品"，

① 刘绍唐、沈苇窗主编《平剧史料丛刊》（第三种），传记文学出版社 1974 年版，第 25 页。

② 刘绍唐、沈苇窗主编《平剧史料丛刊》（第三种），传记文学出版社 1974 年版，第 29 页。

③ （清）殿春生《明僮续录》，载（清）张次溪《清代燕都梨园史料》，中国戏剧出版社 1988 年版，第 427—428 页。

其中"丽品"的定位是"自然倩盼，光艳照人者"。"丽品"又细化为"先声"和"继起"，"先声"有四人，前两位分别是时小福和曹小福寿。评价分别为："琴香（注：时小福）如碧树晓莺，红楼晴雪。韵仙（注：曹小福寿）如杂花生树，飞鸟依人。"[①]麋月楼主对时小福的评价和殿春生基本相同。

同治十一年（1872）由艺兰生编著的《评花新谱》也谈及佩春乔蕙兰，称她"丰神绰约，顾影寡俦，度曲甚佳。惜不轻易登场，只见其《折柳》一出，缠绵缱绻，一往情深，令人想起霍小玉送别时也。"麋月楼主赞曰："争许情移海上琴，又从弦外得遗音。花潭千尺盈盈水，共此青莲一片心。"[②]紧接着对张芷荃也有评价，评价他为：

> 貌仅中人，而天性纯厚，恂恂有文士风。常结束作内家装，意态娴幽，俨然闺秀。妙识声律，竹肉齐陈，不靳其奏。与人交无疾言遽色，谈论间层次井然，令人听之忘倦。是盖以度胜者。麋月楼主赞曰：澹烟疏雨掩轻屏，敛袖花间太瘦生。消瘦卷帘通一笑，洗头时节最倾城。[③]

看来这个时期演绎过《金瓶梅》相关戏曲的这些名伶饱受赞扬，一些诗人对他们的评价也颇高，这一方面离不开演员自身高超的演技，另一方面也离不开当时的文人墨客对戏曲本身的一种接受与欣赏，至少也说明了这些演员并没有因为演出《金瓶梅》的相关曲目而受到讥评甚至打压。

三、结论

《金瓶梅》剧目演出频率颇高的篇目如《戏叔》《挑帘裁衣》和《入府》等，内容因涉淫秽而遭到清廷的禁毁，但在清代中期的北京依然得到了民众广泛的接受。《金瓶梅》戏曲丰富了整个清代的戏曲演出，在清代中期北京的戏曲舞台上始终占有一席之地，并表现得熠熠生辉。

[作者简介] 史春燕，徐州工程学院人文学院讲师。

---

① （清）麋月楼主《增补菊部群英》，《清代燕都梨园史料》，中国戏剧出版社 1988 年版，第 440—441 页。

② （清）艺兰生《评花新谱》，《清代燕都梨园史料》，中国戏剧出版社 1988 年版，第 463 页。

③ （清）艺兰生《评花新谱》，《清代燕都梨园史料》，中国戏剧出版社 1988 年版，第 466 页。

床第呈欢禁忌？抑或皇统秩序颠覆焦虑？

——探析《金瓶梅》何以历代遭禁

谭楚子

内容提要 《金瓶梅》历代遭禁的根本原因，并非仅仅因为其中少量男女床第呈欢的秽亵描写，而是因为整部小说对于真实中国社会情势的暴露式呈现某种程度上构成了对正统官方主流价值观念的颠覆。具体而论，一是对于盛行于官场的潜规则操作的生动具体描写，由此解构了统治阶层一惯掌控道德话语权的神圣优越感；二是对于盛行于民间乃至官衙的江湖化的混世的描写，揭开了天子治下黎民苍生仕农兵商各个阶层真实秩序的紊乱与昏暗，大大动摇了皇统体制的统治自信；三是真实呈现无论底层小民抑或上层高官，伴随出入体制内外不同，则相应自然变换使用不同价值话语体系，目的只为无论借助体制还是忽视体制最终只要能够谋获一己之私利，而遑顾是否真正奉行体制内的正统道德准则，由此造就全体社会成员的知行二分直至道德虚伪。历代最高统治者对于《金瓶梅》暴露式文本所呈现出来的事实上已经弥漫于整个国度的以上三点社会症候心存焦虑但又徒唤无奈，只能采取国家行政手段对载有这些症候的文本予以禁毁而阻止其继续传播，以防止其造成更大或更进一步的思想混乱而不利其统治，即在情理之中了。

关键词 《金瓶梅》 禁毁 潜规则 江湖中国 非官方民间话语系统 颠覆与焦虑

引 言

中国古代和近代官方动用行政手段对民间文献活动（文献的生产、传播和阅读利用活动）实行控制，就是人们常说的"禁书"。"禁书"一词，最早见于宋人苏辙《栾城集》之《乞裁损待高丽事件札子》中："不许买禁物、禁书及诸毒药。"①此处"禁书"，即"应禁之书"。不过，这里苏辙并没有说明何谓"禁书"。一般认为，所谓"禁书"，即指"国家通过行政手段而禁止刊印、流布、阅读的书籍"②。《金瓶梅》自明代后期诞生之日起讫今四百年间，历经数度改朝换代，一直屡遭禁止刊印传播，这对于一部当时即号称"天下第一奇书"的举世公认的经典作品，这种情形的确颇为罕见。平心而论，《金瓶梅》的价值在于它以深刻而写实的手法，忠实记录了一个时代中各色人等的生存状态。多年以来，包括大多数专业研究者的《金瓶梅》读者群体，几乎不假思索地认为该书遭禁的唯一原因，无非就是其中男女性交场景的直白描摹，尽管其文字总量仅占全书百分之二，但鉴于文明社会约定俗成的的性禁忌习惯，确实令人感到惊世骇俗而不可容忍，于是遭禁亦在情理之中了。研究者们经常引用的上世纪三十年代郑振铎的"除去了那些淫秽描写，《金瓶梅》即不失为一部最伟大的名著"③的论断，不妨也可以说是从一个侧面认同了人们的这一观念。

平心而论，《金瓶梅》遭禁不能排除因为其中含有"秽亵"描写这个原因。然而，如果说这就是《金瓶梅》遭禁的唯一原因，那么问题来了——

不同于1949年建国后即宣布娼妓制度违法必予取缔、随后声势浩大并卓有成效的除娼运动最终导致娼寮绝迹，明、清和民国三代法律上是允准在社会上公开嫖妓的。既如此，明、清和民国统治当局却在民间出版物中禁毁《金瓶梅》唯其因乃"淫书"——这不能不让人觉得多此一举，至少在情理上有悖起码的常识性逻辑？

如果不是或不单单是因为书中摹淫秽亵的文字，那么究竟是什么更重要更根本的原因，致使《金瓶梅》至今难见天日？

读完整本《金瓶梅》，掩卷良久深思，给人留下最深刻印象的并非那些男女性事的直白描摹，而是一个江湖化中国各色人等辗转行走混世其间，一个正式规则之下鄙俗至极的"潜规则"畅行运作的上下翻飞井然有序，一个与正统官方价值话语体系之间既不直接冲突对抗、又不拥遵买账的民间行事作派价值

---

① （宋）苏辙《栾城集》，上海古籍出版社2009年版，第1005页。

② 王彬《禁书—文字狱》，工人出版社，1992年版，第7页。

③ 郭源新（郑振铎笔名）《谈〈金瓶梅词话〉》，《文学》（1卷1期）1933年第7期，第45页。

取向的话语系统。请注意这里的"民间"不应拘泥于它的字面含义，因为其实它也包括上下官员每日"退朝"之后或公务之外私底之下的生存栖息、生活游走空间。

关于这一点，如果我们从中西文化比较的视角，可能看得更加通透。今天，在欧美国家生活过一段时日的中国人最深切的异域感受，或许就是完善成熟法治框架之下人们生活状态的一种率性自我、了无忌惮。比照之下，华夏斯土上国人精神、心理状态则要拘谨、虚矫很多。个中原因重要之一，盖乃生存空间中无孔不入之潜规则须处处留心以防一不小心触犯栽坑倒霉。潜规则——这些摆不上桌面的"陋规"，显然与包括明、清和民国三代在内的历代统治当局在国家形象传播层面崇尚弘扬的、以儒家道统为圭臬与核心的主流意识形态格格不入（虽然从某种意义上说它正是源出于儒道文化衍生而来的一种社会负文化形态[①]）。国家最高统治当局并非不曾心知肚明：这些"陋规"，官场每天都在上演，民间每时都在发生，它如同无孔不入的病毒侵蚀帝国庞大的驱体无声无息飞速蔓延，如同癌变的细胞寄生于国家体制各个机构科层的断面随机扩散，一旦越过某一临界点，必将导致整个国家统绐架构的訇然坍塌——国亡庙隳，身死人手而为天下笑！然而明知如此，却一直缺乏应对良策。从朱元璋创业开国的洪武元年始，严刑峻法超过前朝，然效果依然非常有限。比及太祖、成祖这些有为帝王之后，整个明王朝官场吏治简直一蟹不如一蟹，官员贪污权力寻租到了无官不贪令人瞠目结舌的程度。然而即便察知到这些"陋规"，最高统治者皇帝又有什么应对良策？既然没有什么好的应对办法，睁一只眼、闭一只眼，面对朝野盛行之陋规只要其"只做不说"，维持现状与平衡，留待时机成熟之时剪除之（其实自己心中也明白这个"成熟的时机"恐怕永远也到来不了），至少暂时亦不失为明智之举。现如今竟有人将这一层纸捅破，将一个遍及官场及民间潜规则盛行的江湖化的写实中国，直陈于世间世人面前，供人们随意欣赏把玩跃跃欲试仿之效之，以求"混"得惬意、活得舒畅，由此消解以至解构了一个当下统治格局永远宏伟神圣的千古神话。

毋庸置疑，这当然是最高统治当局所绝对不能容忍的。

这才是《金瓶梅》自诞生之日起即历遭禁毁的最重要的原因。

---

① 于阳《江湖中国：一个非正式制度在中国的起因》，当代中国出版社 2016 年版，第 8 页。

一

看一看"潜规则"——明清官场称之"陋规"者在《金瓶梅》文本中呈现出之若干个案。

《金瓶梅》三十六回讲述了这样一个故事：西门庆攀夤的朝中宰相蔡京蔡太师的"假子"、新科状元蔡蕴及第擢官后省亲路过西门庆处，接到蔡京管家翟谦希望西门庆予以接待信函，西门庆忙不迭地差仆人赶至运河新河口隆重迎接上岸，延至家中大摆宴席，歌舞笙弦弹唱伺候。西门庆还让自己的心腹男宠书童儿亲自近前涂脂抹粉乔模乔样唱曲，以博其欢。夜阑更深酒酣耳热游走亭阁之间"更衣"，刚刚入步官场的新科状元郎心中惴惴惦着回乡的"盘缠"，趁同行的安进士没在跟前，赶紧拉住西门庆低语快言道："学生此去回乡省亲，路费缺少。"西门庆略一怔，随即笑答："不劳先生吩咐，云峰既嘱，学生岂敢不领？"蔡状元如释重负，暗舒一口长气，登时春风拂面……这种不加任何掩饰直接索贿的言行，确乎让人忍俊不禁。照理说来，通过以德垂范儒家经典为其圭臬科举考试选拔上来的当年全国头榜后备官员应该德馨品高，至少不该至于如此猥琐难当，然而，眼前的文本，就呈现出如此令人极度鄙夷的情状。结果次日晨，西门庆作别二人之际，"送蔡状元金缎一端，领绢二端，合香五百，白金一百两；安进士色缎一端，领绢一端，合香三百，白金三十两"，新科状元进士双双喜不自胜，上马扬长遁去。

亦官亦商但本质上作为一个成功发家致富商人的西门庆，在《金瓶梅》中，却较少看到其与商人的交往；更多的是与官府的人情应酬。不是与周守备或夏提刑做生日、贺千户庆升迁，就是往东京太师府打点孝敬不吝重赀；加官后更是整日忙于官员之间的迎来送往，不亦乐乎。其实，对于西门庆的上蹿下跳、乐此不疲，结合中国社会规则的真实运作，仔细想想，就一点也不会觉得唐突奇怪了，倒只能让人由衷钦佩西门庆甚接中国地气且志存高远。不是吗？因为西门庆深知，自古官官相护、官商一体，若想保住家业并且买卖越做越大，缺少了官府的照应和庇护无异缘木求鱼，正可谓"官商合璧，天下无敌"。

西门庆运作中国社会"潜规则"实践，经历了不断探索尝试又不断成长壮大的人生轨迹。

小说开始阶段我们看到，西门庆与官府的交情尚属礼节上的一般性往来，仅限于庆贺生日或有事临时送礼打点一番之类。送杵头何九十两银子遮掩武大尸首，得知武松告状时让心腹家人打点县衙官吏，武松误杀李皂隶后送李知县一副金银酒器、五十两雪花银促其结果武松等即属此类。直到东平府尹提西门庆等涉案人员时，他才不得已动用了亲家陈洪、亲家的亲家杨戬提督这层关系。此后为李瓶儿所求衙门免提花子虚之事又动用了一次亲家的关系。打通官场人情关节点之关键在于，后两次重大事件打点，最终均牵动到当朝一品权相蔡太师，等于用不菲的金银在太师府先挂了号。留得青山在，不怕没柴烧，当下舍投入，来日必丰报。突发亲家陈洪受其亲家杨提督犯案牵连，西门庆担心祸及自身，又用一千两银子进京太师府买回一命，至此透彻悟出结交官府的生死攸关："早时使人去打点，不然怎了？"（第十八回）从此西门庆瞄准蔡太师，由被动到主动，极力攀附，每每赞见，动辄一掷千金。他煞费苦心，花五百两银子到杭州替蔡太师制造庆贺生辰的锦绣蟒衣，又花三百两金银打造为蔡太师上寿的银人、两把金寿字壶，又两副玉桃杯、两件大红纱，两件玄色蕉布及其它礼物。第二次庆寿诞时，西门庆更是不惜血本，光生辰礼物就达二十数扛：大红蟒袍一套、官绿龙袍一套、汉锦二十匹、蜀锦二十匹、火浣布二十匹、西洋布二十匹，其余花素尺头共四十匹、狮蛮玉带一围、金镶奇南香带一围、玉杯犀杯各十对、赤金攒花爵杯八只、明珠十颗，黄金二百两（五十五回）。两次祝寿的的巨大投入，深得太师欢心，由此换来了超出预期的回报：第一次领回一顶五品官帽：掌刑副千户，执掌当地芸芸生众生杀大权，拥有了权力寻租的巨大空间；第二次被太师认作干儿子，单独设宴款待，并从掌刑副千户擢升掌刑正千户，根基更加磐固，即连官中诸同僚亦敬畏艳羡不已。自此，西门庆呼风来风，唤雨得雨，官商一体，风光无限。

傍上蔡太师，西门庆并未忘乎所以，他太知道"现官不如现管"诸类官场江湖之潜规则了。于是，他一方面注意维持好与地方官员的关系，另一方面更加注重开发官府中的潜力股。对太师府翟管家引荐的新科蔡状元、安进士，热情款待之余，又是送金银又是赠缎帛以图来日获取馈报一如本节前此所述。对路过的宋巡按、蔡御史（几年后的先前那个青涩的状元郎），西门庆张灯结彩，大摆筵宴，馈赠厚礼，不惜花费千两金银。尽管在李瓶儿的丧事期间，对前来歇脚的黄太尉，西门庆也不敢有丝毫的怠慢，精心准备，大摆千人盛宴，以图上司欢心。对前来的宋御史，西门庆"宰了一口鲜猪，两坛浙江酒，一匹大红绒金豸员领，一匹黑青妆花丝员领，一百果馅金饼"奉上。宋御史随即差人，送了一百本历日，四万纸，一口猪回礼。然而更大的回报还在后面，"一日，上司行下文书来，令吴大舅本卫到任管事。西门庆拜去，就与吴大舅三十两银子，四匹京段，交他上下使用"（七十八回），再投资以求更大利润化。

西门庆擅通官场"潜规则"，善用"官倒"临机发挥，巧借官府批文大肆敛财，有时简直臻于炉火纯青的境地。某日，应伯爵领李三见西门庆，本来是打算做合伙生意。李三道："东京行下文书，天下十三省，每省要几万两银子的古器。咱这东平府，坐派着二万两，批文在巡按处，还未下来……老爹若做，张二官府拿出五千两来，老爹拿出五千两来，两家合着做这宗买卖。"凭藉滚打官衙商界多年历练，加之天生敏锐直觉，西门庆一听，立刻意识到发财的机会来了，直截了当道："比是我与人家打伙而做，不如我自家做了罢，敢量我拿不出这一二万银子来？"刚说完又迫不及待问道："批文在哪里？"李三答："还在巡按上边，没发下来哩。"西门庆旋即命陈敬济修书一封并封十两叶子黄金在书帕中交与春鸿、来爵二仆，嘱咐："路上仔细，若讨了批文，即便早来。"（七十八回）一个精明干练游走官场商市两界潜规则的红顶商人形象跃然纸上。

通览《金瓶梅》，我们看到，西门庆游走官场，上下通窜，左右逢源，两头获利。比如：为收监的扬州盐商王四峰到太师府说事，净落一千两银子的人情；替图财害主的苗青开罪，又赚得一千五百两银子的外快；游说蔡御史"早掣一个月"的一纸批文，成就数万两银子本利的缎子铺；做朝廷古器生意，宋巡按竟将业已发出的批文快马追回送与西门庆……于是乎西门庆好事连连，官运亨通，买卖上的利润收成接踵而至！动用经营多年成熟的官场关系网络上下其手，免遭曾巡按弹劾，挤走夏提刑独掌提刑正千户肥缺，与此同时顺带提携荆都监、周守备诸近前同僚以备来日帮扶之需——西门庆巧用官场"潜规则"，打出的这一系列令人眼花缭乱的漂亮的组合拳，每每一石数鸟，让同僚与之弹冠相庆的同时，亦艳羡嫉妒不已。毫不夸张地说，西门庆是一个时代朝野江湖、官场民间、商界政界"潜规则"成功运作的范例，是那个时代"潜规则"人格化的典型的缩影。

形象一点说，父传子、家天下的皇家帝国就是开国皇帝暴力挣得的一家一姓的一份家业，从如何经营它的角度上讲它又犹如一个企业，身为董事长的开国皇帝流血拚命打下江山建功立业，继之传之子嗣，希冀子子孙孙善加经营管理，以至江山永固，万世不竭。这份家业、这个企业的体量太硕大了，董事长就是再精明强干、不辞勤劳也不可能事事亲历亲为，他必须雇佣一个从上到下呈金字塔型科层式分布的庞大的经理队伍为其管理经营——由此衍生通过科举考试选拔擢取的中央地方各级官员。董事长按时给这个为其管理家业的经理阶层发放不菲的薪俸，使得他们过着比一般布衣百姓体面风光的生活，藉此希望他们能够兢兢业业尽职尽责。问题就出在这个但凡居临朝堂之上无不口诵儒家道统侃侃高论的庞大的衮衮官员集群，其实并非如其自我标榜的那样礼义廉耻品德高洁，绝大多数甚至连最起码的常识性道德底线都无法恪守。这种早已被无数例历史实践反复证明了的现象其实只要深入分析一点都不奇怪——以儒家经典为应试范本的学优则仕、科举当官人生目标设定造就专制帝国庞大的文官系统，同时已然暗含这一精英群体绑架道德作为晋身特权上层之阶之犬儒主义虚伪功利底色①。而当其一旦真正进入官员特权阶层，尽管享受着体制内种种合法优渥待遇，但既然手中掌握着老板部分家业的资源支配权，自然想要寻租手中的这一权力以换取个人的实惠。始自底层造反起家的明朝开国皇帝朱元璋太熟稔这一国情了，故而登基伊始即颁布严刑峻法警示臣下，建立东西厂卫制度监察官员。但即便如此宏才大略夙夜勤劳，依然阻止不了属下跃跃趋前铤而走险的贪腐欲望，以致他不由地慨叹："我想清除贪官污吏，奈何早上杀了晚上又有犯的。今后犯赃的，不分轻重全都杀掉！"②揆诸史鉴，一部帝皇一朝一代的兴亡史，事实上就是皇帝与属下中央地方各级官吏之间藉公谋私权力寻租与反谋私反寻租的博弈史。

上述例举《金瓶梅》文本个案，借助西门庆这个人物典型形象及其勾连贯串，以现实书记官的直描手法，生动传神摹写出中国官场的核心"陋规"：公权私用乃是通行于整个社会的潜规则，一种社会常态。掌控着国家资源动员力、整合力和配置力的中央地方各级官员，彼此串通官场人脉相互为用。整个社会达成一种共识：官员手中的权力仿佛具有一种能够带来无限利益的魔力，因为它总是倾向于为掌握权力的人谋得利益的最大化。

这种直露式呈现对于皇统主流社会核心价值观的颠覆与摧毁力将是致命

---

① 谭楚子《全民阅读跟风时下"国学"热应三思而后行》，《当代图书馆》2016 年第 2 期。

② 吴晗《朱元璋传》，人民出版社 1985 年版，第 108 页。

的，它使得充斥于主流意识形态的道德说教格外苍白无力以致无人理会。

《金瓶梅》中诸多个案的呈现，既是对侵贪皇家基业官员群体的暴露，客观上亦构成对皇统尊严的冒犯。不仅颠覆了正统主流道德形态，更有可能对助长官场陋规盛行形成直接教唆。

由此，作为最高统治者的皇帝，岂能容它？

二

《金瓶梅》呈现出的中国，是一个江湖化的中国；《金瓶梅》的世界，是一个江湖化的世界。

翻开《金瓶梅》，我们看到，西门庆既不是"富二代"，更不是"官二代"，他甚至上无父母，下无兄弟，故去的考妣，给他留下的只是一副近乎空壳的生药店面，远远够不上算是像样的遗产传承。然而孑然一身被抛到这个世界上来的西门庆，面对险恶环生、人心叵测的陌生社会，赤手空拳，凭藉自己过人的智慧和生来超级灵敏的生意场上人的直觉，在遍布荆棘丛林之中硬是杀出一条只属于他自己、任何其他人都无法真正复制的发财升官成功之路。其中的奥妙与诀窍，除了上文分析的善用巧用官场潜规则，与此同时，他洞悉明察江湖中国之壶奥，不啻为其另一制胜法宝。

简单的说，所谓江湖中国，是指在正式体制运行着的中国表面之下，还平行存在着另一个非正式体制——依据江湖习惯规则运行着的中国社会。后者寄生附着在前者机体之上，也不与前者发生正面冲撞，但一直都在吸食前者的营养膏血，渐变式悄然消解着前者的框架结构，直至将前者耗散殆尽，最终趋于崩溃解体。

如果说潜规则中国官场民间俱存，但主导力量还是在官场，民间多因"上梁不正下梁歪"而在跟风官场陋规，那么江湖化则是中国民间官场皆在，而滥觞在民间，泛滥至中国社会的各个角落包括官场。

《金瓶梅》前半部（第十七、十八、十九回）记有这样一个让人过目难忘的故事——

李瓶儿通奸西门庆气死花子虚后，眼巴眼望就等西门庆上门迎娶自己。谁知西门庆摊上亲家陈洪朝中官司牵连，打发家仆进京打点摆平尚未回复之际，只能偃伏居行，闭门不出，自然不敢张罗迎娶新寡少妇李瓶儿，但又忽略及时告知她事情的原委。结果李瓶儿在单方面信息极不透明的情况下，偏听偏信乡镇个体户医生蒋竹山对西门庆的谗言和对自己的蛊惑，招赘蒋竹山为夫婿，还出资出房让他开了一间卖生药材门面，似与西门庆家生药铺隔街打擂。西门庆得知，气恨交加急想报复，但又不好直接出面行凶，虽然他恨不得当街砸了蒋竹山店。西门庆的做法是叫上两个地方无赖张胜、鲁华，如此一番面授机宜。结果两人喝得醉醺醺的跑到蒋记药铺，鲁华揪住蒋竹山硬说蒋借了他的钱不还，张胜在旁打趁帮腔，蒋竹山莫明其妙当然争辩，结果挨了两人一顿痛揍，喧嚣打斗惊动了相当于片警的地方里正，甫一到达事发现场，就不分青红皂白一根绳子将三人一齐拴到了地方警察局即提刑所。西门庆早已贿赂过了警察局长夏提刑，并事先安排伪造妥了蒋竹山的"借据"。蒋竹山堂上还想申诉争辩，夏提刑一声断喝，左右上刑……结果蒋竹山不仅"还"了鲁华的三十两白花花的银子，双股还被打得鲜血淋漓，最后连走路都是一瘸一拐的，被李瓶儿扫地出门。西门庆摆酒为二人庆功，慷慨地把这三十两银子赠与二人，"权当作点酒钱"。要知道，即便保守地估计，明代中后期的三十两银子，大约也相当于今天的人民币一万五千元，可以想见西门庆因二人为他"出了这一口恶气"，该是多么的心花怒放！

这是一个典型的江湖世井故事个案，西门庆黑白两道通吃的性格特征以及流氓作派跃然纸上。

揆诸历史，中国社会一切游戏规则的元规则是暴力最强者说了算，它更是江湖中国的价值核心。在这个世界中，最终真正能够规约人们行为的，既不是皇家官方主流意识形态倡言的儒家道统礼义廉耻、忠孝仁爱，也不是诸如阳明心学之类的本底"良知"或者"天地良心"，而是如何平衡暴力趋利避害，或者如何借力暴力利益最大。在自个儿心中将道德和良知之类都糊弄好并不难，关键在于如何分配损害。换句话说，就是要看我是否惹得起那些我打算损害的人。所谓惹得起，就是损害他们是件有赚头的事；反之惹不起则是损害对方的风险极大，加害者一方可能因此而遭致对方相同甚至更大的报复。上文中蒋竹山无权无势，遇事则苟且偷安唯求自保不暇，因此伤害他绝无任何报复之虞。西门庆精通江湖之道就在于他对蒋竹山的报复设计，完美实现了黑道江湖与官衙江湖两者间的无缝对节。这种江湖故事在中国社会自古暨今每日都在上演，自然颇为典型。市井泼皮欺软怕硬无处不在，本来也就没有什么好大惊小怪的，然而当"民家被官家害了，除去忍受，更有什么法子"① 的官衙江湖成为常态，这种可怕的积累，必然一步步地压缩底层百姓们最后的权利边界乃至最后的生存底线，导致统治风险遽增——而这，恰恰是作为一个最高统治者的皇帝，面对此等官衙黑幕，忧心忡忡、夙夜难眠而极度焦虑但却又无能为力的。《金瓶梅》自然写实地勾勒出了一幅江湖中国各个阶层的具体状貌，某种意义上乃是人们游走江湖稳嫌不折最生动的教例范本。于是，它将会面对最高统治当局强加于之的怎样的厄运的降临，自然也就是没有悬念的了。

《金瓶梅》中，应伯爵是活跃于江湖中国的一个极其典型的江湖世侩帮闲形象。开篇"西门庆热结十兄弟"，西门庆、应伯爵勾肩搭背、信誓旦旦："不愿同年同月同日生，但愿同年同月同日死"，真到了西门庆一死，应伯爵立刻翻脸不认人转瞬改换门庭另投新主，为讨好新主，竟将西门庆家中非公开信息一并和盘出卖，怂恿其立娶艳丽风骚的西门庆宠妾潘金莲。连一向冷眼观觑的作者都忍不住要发表议论："但凡世上帮闲子弟，极是势利小人。当初西门庆待应伯爵，如胶似漆，赛过同胞兄弟，哪一日不吃他的、穿他的、受用他的。身死未几，骨肉尚热，便做出许多不义之事。"结合原著上下文深度阅读，此处我们确实没有理由怀疑作者道德批判的真诚。通常人们在说到"义气"时习惯在其之前冠以江湖，通称"江湖义气"。"江湖义气"说到底是以义气者双方利益互惠或利益交易为其核心的义气，财大气粗加之官运亨通的西门大官人需要"应花子"像狗一样地在他面前衬景转悠，人前时不时地插科打诨，给平淡的日子陡然增色不少乐趣；而应伯爵帮闲之流寄生依附并游走富豪、官绅之间，借此讨得利益实惠的核心技能就是一个字——能混或会混之"混"。混世界、混社会、混江湖……本身不能产生或积累出任何生产力，相反，它只会消解、腐化现行正规体制，导致现行体制正常运行行政成本的上升，而寄生其间的老应之类的江湖混世者正好从中得利。人们常说《金瓶梅》呈现出来的现世景观一片灰黯，从中看不到任何理想主义的闪光，不掺杂丝毫粉饰太平的虚矫做作，甚至看不出现实的生活还有什么希望……其实关于这一点如果具体而论，或许就是因为作者直陈式再现了江湖化中国社会各个阶层、各色人等蝇营狗苟、猥琐前行的全息图景，而拒绝使用丝毫的官方语境话语修辞借以装饰当下、远离

---

① （清）刘鹗《老残游记》，人民文学出版社 1963 年版，第 321 页。

真实。"兰陵笑笑生创作构思的基点是暴露，无情的暴露。他取材无所剿袭依傍，书中所写，无论生活，无论人心，都是昏暗一团，至于偶尔透露出一点一丝的理想微光，也照亮不了这个没有美的世界。社会、人生、心理、道德的病态，都逃不出作者那犀利敏锐的目光。"① 这些社会病症的病根之一就是江湖化侵蚀腐化对于国家动员力和社会凝聚力深层结构的累积性败坏，它不可能不触及统治者敏感的神经，它也正是自作者所在那个时代以来，中国古代社会向近、现代国家转型屡屡举步维艰，至今迟迟难以彻底完成的深层原因之一。

三

十九世纪后期来到中国鲁西北传教并赈灾的美国传教士明恩溥（Arthur Henderson Smith 1845—1932），通过对中国社会各个方面或层面近二十年的观察研究，1894 年在其出版的《中国人的特性》（Chinese Characteristics）一书中，这样描述他所接触到的中国人：

中国的官员在上级或在公众面前这样的公共空间，他的表态或决心常常充满了"为天地立心，为生民立命，为往圣继绝学，为万世开太平"之类修身齐家治国平天下气贯长虹的磅礴气势和道德情怀，而在私下交谈中，则又自然流露出毫不掩饰的对于正统道德说教的蔑视弃置。另外我们也很容易发现，不知是否出于上行下效，民间底层一直运行着一套对官方主流道德说教阳奉阴违的言行举止，而且它们时时皆能与之并行不悖平行运作而从未发生过任何直接正面的对抗。②

在《金瓶梅》中我们看到，金瓶梅世界中的男男女女，对于朝廷官府主流意识形态亦即节义廉耻、忠孝仁爱之类既不对抗，更不遵行，甚至连不屑的最起码的回应都不曾见到，而是你说你的，我做我的。面对咫尺可得的欲望满足或利益功利诉求，官方正统道德说教对之形同敝屣，连想都不想自然弃之而悄无声息。上文已提到过的西门庆应伯爵之流自不必多言，第五十七回西门庆关于财富万能的一番宏论可说是其敝屣官方主流意识形态的旷世宣言：

咱闻那佛祖西天，也只不过要黄金铺地。阴司十殿，也要些楮镪营求。

---

① 宁宗一前言，（明）兰陵笑笑生《金瓶梅词话》，人民文学出版社 2000 版，第 4 页。
② ［美］明恩溥著，戴欢等译《中国人的特性》，长江文艺出版社 2011 年版，第 130 页。

咱只消尽这家私，广为善事，就使强奸了嫦娥，和奸了织女，拐了许飞琼，盗了西王母的女儿，也不减我泼天的富贵！

从某种程度上来看《金瓶梅》的女性世界占据了其中极大的篇幅，与此相对应，小说中各色人等的女人们，同样以自己的行动呈现对于"官话"的不屑与漠然。通过它，我们可以清楚地看到中国事实上平行运作着两套并行不悖的价值话语系统，且民间话语系统惘顾官方话语系统，但从不与之发生正面冲撞。

《金瓶梅》开篇没多久（第七回），就出现了一段关于孟玉楼言行举止细节毕声毕肖的情状描摹——

尚不到三十岁的新寡少妇孟玉楼亟想再醮嫁人，前夫之舅张四"一心保举与大街坊尚推官儿子尚举人为继室"，媒婆薛嫂则撺掇嫁给西门庆。若按彼时官方主流意识形态核心价值观，嫁与西门庆，只是一中药店主的小老婆，况且西门庆家现已有二三妻妾；而嫁给尚举人填房则成为正妻，不仅在夫家中地位名头高正，而且身为举人老爷的夫人，将来有希望一旦夫君进士及第高官得坐，自己亦会获取封诰凤冠霞帔，多么令人神驰……即使不第至少也有做小官夫人的希望，毕竟也属官太太之列。须知生在中国语境，当官入仕进取功名是一个男人人生追求的最大的生命兴奋点，那么，诰命夫人的身份无疑就是众多女流之辈的理想境界，这一点就连《牡丹亭》中为情而死又为情而生的杜丽娘也未能免俗。所以，张四振振有词，一会儿打出尚家是"斯文诗礼人家，又有庄田地土"的王牌，一会儿攻讦西门庆"刁徒泼皮""打妇熬妻""眠花卧柳"，就是做生意也是"外实里虚"不得长久……然而，得到孟玉楼的回答却是："他在外面胡行乱走，奴妇人家只管得三层门内，管不得那三层门外的事，莫不成日跟著他走不成？常言道：世上钱财倘来物，那是长贫久富家。紧起来，朝廷爷一时没钱使，还向太仆寺借马价银子支来使，休说买卖人家，谁肯把钱放在家里？"结果，在一片乱哄哄的吵骂声中，她带着自家的"珠子箍儿、胡珠环子、金宝石头面、金镯银钏"，"上千两现银子"，再加上"三二百筒好三梭布"，义无反顾嫁到了西门庆家，成为了"孟三儿"。

后来西门庆一死，孟玉楼很快又嫁给了有权有势的李衙内，功利的算计占据核心地位。

相较而论，孟玉楼对于官家道德话语权的漠视只是一般，还算不上是太出格的。而其它的女性，诸如潘金莲、李瓶儿、庞春梅、宋惠莲、王六儿以及簪缨世家的夫人林太太等，当咫尺即得的世俗功利或生理欲望满足蓦然垂降于前，她们简直视纲常礼教、三坟五典为粪土，完全不理会这些维系着国脉皇统合法性的官方道德意识形态，而只顾眼前活得滋润快活，真正做到了"活在当下"。①

这种对于生活浅近、直观的理解，功利而又简单的价值取向，往往决定着当时社会一般人的现实行为。事实上，人们的日常生活操作一直禀持着一套迥异于官方说教的价值准则，它简洁而又高效、世俗而又功利，懒得理会主流意识形态国家训导但又从不与之公开对抗。是的，"诗礼人家"，"庄田地土"乃至举人的身份，如果不能立即变现，则形同敝屣，一文不值。"金瓶梅世界"所暴露的，亦即作者生活着的那个时代的社会情势的原貌就是从上层到底层，人们遵奉的价值准则决非皇统天道大力倡言的国家道德，而是只关生计的针头线脑一样琐屑的切身功利。在《金瓶梅》中我们看到，不仅一般的读书人像温秀才之类完全成了被取笑被嘲弄的对象，就是中了状元、进士，甚至当上了巡按、御史，也只具备某种形式上的显赫，不无羞报地到富商家里揩油"人事"。帮闲应伯爵竟编了个笑话嘲笑孔子为女儿择婿云云，直接拿"至圣先师"之圣人开涮。说到底，孟玉楼们的选择，是当时普通人立足于现实的选择。《金瓶梅》中例举了太多的体制内官员朝堂之上说的是一套，私底之下行的又是另外一套，对于正统道德说教的蔑视弃置不言而喻，于是上行下效，至少是在潜在的或潜意识层面的模效，民间底层一直奉行着一套对于官方主流道德说教阳奉阴违的话语体系，且时时皆能与之并行不悖平行运作而从未发生过任何直接正面对抗。上述《金瓶梅》中的故事个案清楚显示，占据官方话语系统核心地位的儒家道统之于百姓巷陌，无异于对牛谈琴，百姓对之既不抗拒，更不入耳，而是自行其是，遵行属于自己价值体系之内的话语系统判定是非曲直，指导或遵此运作日常生活行为。

面对如此大胆直露毫无讳忌之文本，百姓读之，则生异心，起而效之；官员读之，则生怠心贪心，政务无所用心而专事贪腐。于是乎不禁何为？

---

① 谭楚子《乾坤天地间欲望男女之永恒博弈——〈金瓶梅〉身体政治男权构建与市井女性对其解构颠覆》，中国金瓶梅研究会（筹）《金瓶梅研究》第十辑，北京电子科学技术出版2011年版，第172—185页。

结　语

　　《金瓶梅》历代遭禁的真正原因远不止人们想象的那么简单——盖因其淫欲横陈、床第呈欢的露骨描写，而是因其广泛涉及的社会各个阶层对于主流意识形态正统话语的全面颠覆的呈现。① 概而言之，鉴于"天下第一奇书"《金瓶梅》对于中国社会活跃通行的"潜规则"的全景式全息呈现，对于江湖化中国——江湖化官场、江湖化市井、江湖化职场、江湖化商界、江湖化民间等江湖化社会生态白描式摹写之深刻再现，对于官员百姓、士农工商汲汲奔走于自家生活、为一己之私利上窜下跳、不择手段而枉顾三坟五典、儒家道统，俨然沿循着一套迥异于官方公开倡扬的、正统的国家主流意识形态的价值体系话语系统各行其是……所有这一切，均使得掌握着国家权威最高话语权和解释权的统治当局恼羞成怒、无地自容，恼怒之后则是深深的焦虑并伴随着发自骨髓的无力感，于是唯一能够诉诸操作层面尽力阻止这种描述致命社会癌变从而牵动世道人心引发世态更加动荡的，也就只能是禁毁承载着这种文字的文本的传播和阅读——《金瓶梅》由此遭禁。并且可以预期，在未来相当长的历史阶段中《金瓶梅》遭受禁锢的状态仍必将持续下去，只要中国还平行流动着并行不悖的两套价值体系话语系统——官方的官话套话系统与个体的实用功利即潜规则系统。

　　专制集权下的传统中国，社会上并行不悖地平行运行着两套话语体系——以国家形式对外标榜的儒家正统说教主流意识形态的话语体系和各个社会成员日常实际生活中所真实遵循的话语体系。专制集权统治的合法性并非不证自明，它时时面临着它的社会成员对其合法性的质疑。缘因于此，专制集权统治者除了抛出君权神授等近似原始巫术的把戏外，以仁义纲常、修齐治平等儒家正统说教颁布万民占据道德制高点，从而获得道德话语权和道德优越感，更是其获取子民对其统治真实信赖感的重要环节。而《金瓶梅》却将后一话语体

---

　　① 有意思的是至今人们依然将《金瓶梅》视为"淫书"。何以如此？这在《金瓶梅》传播与接受史上，该是另一个值得深究的话题。以下是《法制日报》主办的《法制与新闻》杂志2016年第6期刊载的一则消息：北京一男子私印《金瓶梅》被罚1万元。近日，北京市文化执法总队接到举报称，通州区张家湾镇223号涉嫌印刷淫秽出版物《金瓶梅》。经查，该厂负责人周某某未经批准，擅自设立无证印刷单位，装订《吴晓铃藏乾隆抄本金瓶梅》等出版物。北京市文化执法总队对其处以没收铁丝钉书机1台，印刷品3010册，罚款1万元。（原文如此）

系，即作为个体存在时的社会成员日常实际生活中所真实遵循的话语体系，全盘暴露在光天化日之下。这套专制集权治下每个成员私下里都运作娴熟的话语体系——非正式规则或叫作隐规则（注意：它全盘囊括但又并非仅限于前面所论的"潜规则"），完全撇开前者即儒家道统官方标榜话语体系于一旁，即既对之阳奉阴违或毫不理会——"帝力于我何有哉"，但又与之从不发生正面冲撞。即所谓礼义廉耻、纲常教化那是说给别人听的，而实惠利益是做给自己用的。两套体系平行运作相安无事的事实每时每刻每个角落都在发生，人人都在操作，但却人人都懒得去想它，更没有谁会想着要捅破这层窗户纸。然而突然跳出来的《金瓶梅》，毫不留情将这层窗户纸撕了个一干二净。设想一下，专制集权统治当局如果允许触目惊心全面展示这套潜规则具体情境之下各种运作个案的《金瓶梅》公开出版发行传播于大众，这将是何等的讽刺？这是在公开揶揄嘲弄自我嘴脸的虚伪滑稽，这是在公开宣布自我解构原本感觉一贯良好的道德优越感，放弃自己长期占据的道德制高点和绝对的道德发布话语权——因为事实上大家都已看到了人们早已对之阳奉阴违甚至弃之如敝屣了吗，既然如此，那还有什么必要再强调道德教化、儒家纲常，岂不全都成了"多余的动作"？试想，圣德化育之下斯土斯民果真如此不堪，那将使得煞有介事发布道德律令劝诫万民归从礼义教化的统治当局陷于何等的尴尬与焦虑？

尴尬焦虑之际则何所为？统统禁之，当是最可具备操作性的不二选择。

"有些所谓的名著仅乃一时之小说，而有些则是永久之小说——伟大的《金瓶梅》，它就像一面镜子，伴随岁月的流逝，这面镜子却越磨越亮，照见过往历史天地世间所有一切魑魅魍魉。"古往今来，国人听熟了大话空话，言高言远，深不可测，邈不可及。然而人说你的，我行我的，彼此两不相干井水不犯河水——大道理是说给别人听的，获取当下实惠才是自己的。每每社会精神失落，价值彷徨，许多人在文化复古和莫名怀旧中寻求心理补偿，于是官方宏大叙事话语体系依旧有其传播的土壤和市场。然而，正当人们津津乐道于主流话语之时，手头践行的却还都是世俗常识的世俗功利，加之游刃于江湖的潜隐规则——《金瓶梅》正是照见此种情形的一面宝鉴。

体制中人与体制外人构筑现实中国的双重社会与双重人格，然而，潜规则——自古暨今官民朝野上上下下唯此一点心有灵犀高度默契，读《金瓶梅》之描摹之呈现，知其状信然。

政治人类学家詹姆斯·斯科特在对底层民众研究时曾经推出"弱者的武器"（Weapons of the Weak）概念及与之并存的另一个重要的概念——"隐藏的文本"（Hidden Transcript）。所谓"隐藏的文本"指的是相对于"公开的文本"（Public Transcript）而存在的、发生在后台的话语、姿态和实践，它们避开掌权者直接的监管，消解或改变着"公开的文本"所表现的内容。它们是千百万人生存智慧的重要部分。斯科特指出，每一从属群体因其苦难都会创造出"隐藏的文本"，它表现为一种在统治者背后发出的对于统治者统治性话语权力的悬置或漠然——"帝力于我何有哉"，即使得从属者实质上破除了统治当局所竭力营造的"虚假意识"（False Consciousness）的神秘化迷障。关注底层政治（Infra Politics）"隐藏的文本"，有助于理解底层群体难以捉摸的的各色行为和复杂情境中的权力关系（James C. Scott 1985, *Weapons of the Weak: Everyday Forms of Peasant Resistance. Yale University Press. James C. Scott 1990, Domination and the Arts of Resistance: Hidden Transcripts.* Yale University Press.）。

恰恰是《金瓶梅》，为这一"隐藏的文本"，提供出有史以来最为丰赡的各种个案。概括地说，即潜规则、江湖中国和非官方话语系统三者共同构建出斯科特所说的"隐藏的文本"。这个"隐藏的文本"构成要素三者之间相互勾连互有交集但又不重合，各自具有自己独特的功能取向，但更具共同的功能特点，即导致皇统理想秩序的紊乱，颠覆虚妄的官方理想主义话语系统，导致整个社会每个成员言语和行为之间呈现出自然的普遍的虚伪。

这正是《金瓶梅》自诞生之日起，经明、清、民国罹遭禁毁幕后真正的本质的原因。

这也正是《金瓶梅》自问世之后，伴随岁月的流逝、历史的沉积，越发证明乃是一部魔魅恒久的旷世经典的深层原因。

现代启蒙精神可说是中国现代知识分子之魂，明晰了上述原理，如何在理论层面阐发改变这一潜规则，自然也就成为今天《金瓶梅》研究的一个重要方向。

运用符号学理论亦可阐明本文同一论题，不过这已是另外一篇与本文题论相同但方法迥异的思辨的写作。当然，需要指出的是，本文的结论还有待于相关历史文献发掘后的进一步验证。如果经过验证这个假说成立，那么《金瓶梅》将不再作为情色小说或性小说，而是作为政治小说流传后世，就像当年司汤达的《红与黑》那样。

　　总之，作为一部精准描摹中国官场民间各个阶层世态人情、展现社会诸多层面芸芸众生日常运作的旷世经典，《金瓶梅》自其问世之日起，即历经明、清、民国各个时期屡屡禁毁，个中真实原因，远非仅仅"因其中含约占全书百分之二的露骨的性描写"之说所能囊括而令人信服。深层的原因，乃是这部全景涉及中国封建社会朝堂官场、商界码头、民间市井、禅佛道醮、帮会绿林……各个层面各色人等原生样态与真实操作的长篇小说，其所呈现出来的在代表着国家根本利益的正式规则之下，竟还每日生生不息地运作着一套寄生于现存体制之中但与之从不直接对抗的"潜规则"的事实，其所呈现出来的"江湖化中国"一幕幕令人咋舌慨叹但转念即心领神会的真实生动场景，无一不在消蚀、解构着国家主流意识形态所致力建构的统治威权而令其焦虑惕戒。缘因于此，《金瓶梅》历代遭禁亦即完全在乎情理之中了。

　　[作者简介] 谭楚子，徐州图书馆研究员，江苏师范大学教授。

从文学史看《金瓶梅》在民国初年的接受状况

徐志平

内容提要　本文就民国初年（1912—1937）出版的文学史关于《金瓶梅》的评论，进行比较全面的研究考察，其成果如下：第一、考察及统计发现，民国初年仍有近四分之一的文学史对于《金瓶梅》是漠视其存在的，而在另外四分之三中，有二十多部除了对情色描写部分不认同外，已经能够从不同层面（主要是社会写实及写人技巧）对《金瓶梅》的成就予以肯定。此外，也有三或四部文学史认为情色描写的部分也是必要的，否则就没有办法反映当时的社会实况。第二、考察发现民国初年的文学史在评论《金瓶梅》这部分，主要受到盐谷温《中国文学概论讲话》、鲁迅《中国小说史略》，以及郑振铎《文学大纲》这三部著作的影响。部分文学史甚至以全文照录的方式，截取这三部著作中的一或多部有关评论《金瓶梅》的内容，全部或部分纳为己有。本文认为，民初文学史对于《金瓶梅》的接受，是在《中国文学概论讲话》《中国小说史略》，以及《文学大纲》的影响下逐渐形成的。

关键词　民国初年　《金瓶梅》　文学史　文学接受

一、前言

王先霈主编的《文学批评原理》谈到"读者批评"的运作范围，包括：描述阅读活动、发现空白、建构文学接受史，以及调查文学接受现状等四种。[①]所谓接受现状不等于研究概况，必须掌握更多的文学现象，才可能比较客观的了解文学作品在不同时期的接受状况。这里所说的文学现象，包括学者或一般

---

① 王先霈主编《文学批评原理》（第二版），华中师大出版社 2008 年版，第 182—186 页。

大众对作品的认识与好恶、作品的出版与流传、作品的影响等。

　　关于《金瓶梅》在民国时期的研究情形，已经有学者进行考察。例如黄霖先生等著的《中国小说研究史》第三章第四节第三小节"《金瓶梅》研究"，即对 20 世纪初至 1962 年的《金瓶梅》研究做了考察[①]；吴敢先生《金瓶梅研究史》上编第二章〈20 世纪的《金瓶梅》研究〉则将 20 世纪的《金瓶梅》研究，分为五个阶段，其第一阶段为 1901—1923 年，第二阶段为 1924—1949 年，第三阶段为 1950—1963 年，此三阶段时间的总合，大致相当于《中国小说研究史》第三章第四节第三小节的考察范围。《金瓶梅研究史》的考察是多方面的，除了研究或评议的文章之外，还包括了出版、续书、文学史章节、辞典条目、外文翻译等[②]，比较接近本论文所说的"接受状况"。

　　讨论更仔细的是王炜《小说界域的划定与研究方法的衍生—〈金瓶梅〉百年研究史及研究个案考察》，该书第一章"中国学术转型期（1911—1937）的《金瓶梅》研究"除了概述 20 世纪前期的《金瓶梅》研究状况，更对鲁迅、郑振铎以及吴晗的《金瓶梅》研究进行个案分析。在概述部分，王炜就当时学者对《金瓶梅》的研究情形，以及《金瓶梅》及其续书的出版状况等，介绍得更为详细。[③]

　　不过无论是吴敢的《金瓶梅研究史》，还是王炜的《小说界域的划定与研究方法的衍生——〈金瓶梅〉百年研究史及研究个案考察》，都没有比较全面的考察民国初年的"文学史章节"。吴敢提到盐谷温的《中国文学概论讲话》[④]，王炜还提到郑振铎的《插图本中国文学史》、胡行之的《中国文学史讲话》等。[⑤]由于没有比较全面的考察，有些说明就不那么精确，例如王炜认为胡行之将

[①]　黄霖等《中国小说研究史》，浙江古籍出版社，2002 年 7 月，页 231—233。按，该书并未明确说明本阶段之时间，而该小节内容，乃是从 20 世纪初写起，所提到最晚的一篇研究论文为发表于 1962 年的龙传仕论文〈《金瓶梅》创作时代考察〉。

[②]　吴敢《金瓶梅研究史》，中州古籍出版社 2015 年版，第 42—59 页。

[③]　王炜《小说界域的划定与研究方法的衍生—《金瓶梅》百年研究史及研究个案考察》，武汉大学出版社，2015 年版，第 3—34 页。

[④]　吴敢《金瓶梅研究史》，第 45 页。

[⑤]　王炜《小说界域的划定与研究方法的衍生—《金瓶梅》百年研究史及研究个案考察》，第 22—26 页。

《金瓶梅》列入"人情小说",并不是对鲁迅的简单重复,"而是在不同的情势下进一步确证了《金瓶梅》在中国小说流变史中的地位"①。其实胡行之《中国文学史讲话》(1932年6月初版)有关《金瓶梅》的内容,几乎都来自郑振铎的《文学大纲》(详见本论文第二小节),且赵景深1928年1月初版的《中国文学小史》早已将《金瓶梅》列入"人情小说"。也就是说,胡行之《中国文学史讲话》在《金瓶梅》研究史上的意义,在没有比较全面考察情况下,被过度夸大了。

《中国小说研究史》和《金瓶梅研究史》对于此一时期《金瓶梅》的研究或接受,都是从20世纪初开始讨论的,与本文所说的民初,时间不一致。《金瓶梅研究史》以1924年鲁迅《中国小说史略》为标志,认为"开创了《金瓶梅》的现代研究阶段"②。以《金瓶梅》研究来说,此固是事实,但如果以接受史来看,更密切相关的应该是作品的政治、社会或学术环境。倒是王炜以1911—1937为"学术转型期",其始末之时间点为辛亥革命及对抗日战争开始,更适合作为接受史考察的一个阶段。

民国成立对于中国现代化起了关键性的推动作用,中国社会从而发生了本质上的变化。再就文学史研究的角度来说,辛亥革命后不久,国民政府即在民国二年(1913)颁布《大学规程》,其第二章第七条将文学门分为八类,即:国文学、梵文学、英文学、法文学、德文学、俄文学、意大利文学、言语学,除了言语学外,其它七类都必须开设"中国文学史"。付祥喜说:"这既表明中国文学史在现代知识谱系中的位置得到认可,也表明中国文学史开始具有了明确而自觉的学科意识。"③ 本文既是从文学史探讨《金瓶梅》在民国初年的接受状况,将考察的起始点订在民国元年(事实上最早的一部是民国三年),应该是恰当的。

日本侵略中国不始于1937年,然而1937年"芦沟桥事变"抗日战争才正式开始,"战争初期,长江三角洲地区遭受着日军炸、烧、抢、淫,社会极其

---

① 王炜《小说界域的划定与研究方法的衍生—《金瓶梅》百年研究史及研究个案考察》,第26页。
② 吴敢《金瓶梅研究史》,第46页。
③ 付祥喜《20世纪前期中国文学史写作编年研究》,北京师范大学出版社,2013年7月,第135页。

混乱"①。在这种情况下，整个中国社会必然会形成另一番面貌，文学史的写作必然也会受到这场战争的影响，付祥喜认为1937年至1949年这一时期"文学史写作的显著特征，就是'政治式写作'的倾向"②。文学史之所以走向"政治式写作"，与对日抗战以及其后的政治发展自然是密切相关的。

基于上述，本文即以辛亥革命次年，即民国元年（1912）元月为始，以抗日战争开始这一年（1937）7月为终，将此一时期称为"民国初年"。由于民国初年的《金瓶梅》研究已经有专书加以讨论，因此本篇论文仅就当时出版的文学史进行考察，希望能从中了解《金瓶梅》在民国初年的部分接受状况。

二、民国初年文学史对《金瓶梅》的接受

考察文学史对于文学作品的接受，有相当重要的意义，因为大部分文学史是高级中学或大学院校的教材，不仅代表作者的观点，也一定程度的代表了当时高中及大学生的接受环境。

郑振铎在《插图本中国文学史·绪论》中说："中国人自著之中国文学史，最早的一部，似为出版于光绪三十年（1904）的林传甲所著的一部。"③这本被认为是中国人写的"第一部"文学史，虽具开创性，然而，"作者的文学史观依然囿于传统的文章流别乃至国学源流的框架之中，同现代人的理解相距甚远"④。为何这么说呢？原来这本文学史包括群经、诸子、史传、诗文，甚至文字、声韵、训诂⑤，却没有小说、戏曲之类的通俗文学的讨论。

这种情况，到了民国以后依然时有所见。例如1917年初版的钱基厚《中国文学史纲》内分"正名""原始""阐经""谭史""攻子""考文""完体"七

---

① ［加］卜正民著，潘敏译《秩序的沦陷—抗战初期的江南五城译者序》，商务印书馆2015年版，第 i 页。

② 付祥喜《20世纪前期中国文学史写作编年研究》，第470页。

③ 郑振铎《插图本中国文学史·绪论》，朴社1932年版，第2页。

④ 陈伯海《文学史与文学史学》，北京大学出版社2012年版，第376页。

⑤ 该书第一篇为"古文籀文小篆八分草书隶书北朝书以后正书之变迁"、第二篇为"古今音韵之变迁"、第三篇为"古今名义训诂之变迁"，见林传甲《中国文学史》，北京联合出版公司2015年版，第1—31页。

节，仍然是传统国学的概念^①；1924 年初版的刘毓盘《中国文学史》（正文中题为"中国文学略"），全书分为文、诗、词、曲等四略，而缺戏曲、小说略^②；甚至到了三十年代，林山腴的《中国文学概要》，仍是"以经史、诸子等为主，凡二十九章，实系国学"^③。不过，目前已知民国以来最早的文学史——王梦曾的《中国文学史》，其 53 节"小说文之体变"已论及通俗小说。^④ 大体而言，民国以后出版的文学通史，只要是时代完整之作，对于明清通俗小说已经比较重视。

民国初年的中国文学史，在 1912—1937 这 26 年，陈玉堂的《中国文学史书目提要》列出了 95 种之多。不过陈玉堂书中所列，有些在当时只是存目：如朱希祖《中国文学史要略》^⑤、易树声《中国文学史》、李劼人《中国文学史讲义》、齐燕铭《中国文学史略》、金受申《中国纯文学史》^⑥、霍衣仙等《中国文学史》、陈介白《中国文学史》^⑦、徐杨《中国文学史纲》^⑧、何仲英《新著中国文学史大纲》、莫培远《中国文学史述要》等。这些当时所列的文学史存目，后来陆续找到部分原书，如朱希祖、金受申、陈介白、徐杨所著（金、陈二氏之作仅存上半部），但其它几部仍然是处"待访查"的状态。

陈玉堂书目中，有些其实不能称之为文学史：如陈钟凡《中国文学批评史》、李笠《中国文学述评》、段凌辰《中国文学概论》、陈怀《中国文学概论》、郭绍虞《中国文学批评史》、罗根泽《中国文学批评史》、世界书局《中国文学

---

① 陈玉堂《中国文学史书目提要》，黄山出版社 1986 年版，第 11 页。

② 刘毓盘《中国文学史》，古今图书店 1924 年铅印本。

③ 陈玉堂《中国文学史书目提要》，第 99 页。

④ 王梦曾《中国文学史》，商务印书馆 1914 年 8 月初版。

⑤ 此书后来收入陈平原编《早期北大文学史讲义三种》，北京大学出版社 2005 年版。

⑥ 此书付祥喜《20 世纪前期中国文学史写作编年研究》有著录，为北平文化学社印行，1933 年9 月初版，但仅有上册。

⑦ 依据付祥喜《20 世纪前期中国文学史写作编年研究》，此书现藏浙江大学图书馆，但仅有上卷，叙至宋代为止，见该书页 491。

⑧ 此书中国国家图书馆藏有微卷，据其自述，"本书在匆卒中草成，许多地方是根据先辈的材料，很多重要的意见，则都是友人胡秋原先生供给的"。转引自付祥喜《20 世纪前期中国文学史写作编年研究》，第 331 页。

讲座》、刘麟生《中国文学八论》、李华卿《中国文学发展史大纲引论》①等。

　　有些文学史所论述的时代是不完整的：如佚名《中国文学史》仅存一册，叙至《楚辞》而已；钱振东《中国文学史》，"因未出齐，故只能算是一本两汉文学史而已"②；胡小石《中国文学》，"起上古，迄五代"③；穆济波《中国文学史》，仅叙至魏晋南北朝；郑宾于《中国文学流变史》，仅叙至南宋；刘大白《中国文学史》，仅叙至唐代；马仲殊《中国文学体系》，"至元曲止，实是一本诗词曲史"④；张希之《中国文学流变史论》，"全书七章，二十五节，自史前至汉"⑤。此外，陈玉堂书中未列的傅斯年《中国古代文学史（讲义）》，亦仅叙至"五言诗之起源"⑥。此外，胡适著名的《白话文学史》只写完上卷，仅介绍到唐朝而已。

　　本节考察《金瓶梅》在民初文学史的接受，上述存目、非文学史，以及时代不完整之作，自无法列入讨论。另外还有一些只是抄录删改之作：如汪剑余《本国文学史》，"系据林传甲《中国文学史》一书略加增删，大多照抄原文而成"⑦；佚名《中国文学史大纲》，亦"多抄袭他书著作"⑧而成；孙延庚《中国文学史集说及著作》，"只是从各家著述中，摘引了他们所述的片断章句，分别编入各个时期的条目章节内"⑨。此外，刘厚滋的《中国文学史钞》，除了少数内容自撰外，大部分内容辑自陆侃如、容肇祖、郑振铎、胡适、冯沅君诸家的文学史著作。⑩上述抄辑他书之作，本论文亦皆舍弃不论。

----

　　① 陈玉堂说："本书仅是两篇论文，……并非史书，仅是现代文学史参考数据。"见《中国文学史书目提要》，第 86 页。

　　② 陈玉堂《中国文学史书目提要》，第 40 页。

　　③ 陈玉堂《中国文学史书目提要》，第 43 页。

　　④ 陈玉堂《中国文学史书目提要》，第 71 页。

　　⑤ 陈玉堂《中国文学史书目提要》，第 87 页。

　　⑥ 傅斯年《傅斯年讲中国古代文学史》，北京：当代世界出版社，2014 年 9 月重印，书中第一章 "拟目及说明" 最后注明："十六年十月拟目，十七年十月改订"（页 6），可知此一讲义之撰写始于 1927 年。

　　⑦ 陈玉堂《中国文学史书目提要》，第 23 页。

　　⑧ 陈玉堂《中国文学史书目提要》，第 96 页。

　　⑨ 陈玉堂《中国文学史书目提要》，第 97 页。

　　⑩ 陈玉堂《中国文学史书目提要》，第 100 页。

以下将针对时代完整，且论及明代通俗小说之文学通史著作，考察民初部分文学史家对于《金瓶梅》的接受。首先考察虽然提到明代通俗小说，但略过《金瓶梅》不论，或仅一语带过者；其次，各家文学史论及《金瓶梅》的，又可以从几个方面进行考察：第一，仅给予否定性评价者；第二，除了情色描写外，对《金瓶梅》的不同方面予以肯定者；第三，对情色描写未作负面批评，甚至肯定其必要性者。以下分述之：

（一）虽提到明代通俗小说但略过《金瓶梅》或仅一语带过者

以下依据初版年月，罗列对于《金瓶梅》完全忽略或不甚在意的文学史著作。

1. 王梦曾《中国文学史》（1914 年 8 月）：此书第 53 节在论通俗小说部分提到《水浒传》和《三国演义》，但未提及《金瓶梅》。①

2. 张之纯《中国文学史》（1915 年 12 月初版）：此书第三编第五章《有明时代文学之要领》第九节《曲家之继起》后，即跳至第十节《制义之名家》，未提到明代通俗小说。然而第四编〈始清初讫清末〉第十章《小说之盛行》论及章回小说《三国演义》及清代演义小说，认为"有裨实用"②，至于《金瓶梅》则只字未提。

3. 谢无量《中国大文学史》（1918 年 10 月初版）：陈玉堂认为此书"是早年较有影响的一部文学史"③，然而关于明代通俗小说仅提到《西游记》《英烈传》《开辟演义》《列国志》《玉娇梨》等④，而未提及《金瓶梅》。

4. 胡怀琛《中国文学史略》（1924 年 3 月初版）：此书第十章《明》，提到演义小说，谓："有《列国志》，不着撰者姓氏，人多指为明人作；《封神传》，为王世贞作，最为著名；其它如《玉矫（娇）梨》《开辟演义》《英烈传》等，指不胜屈也。"⑤完全不提《金瓶梅》，从所列书目看来，极可能是受到谢无量《中国大文学史》之影响。作者后来又有《中国小说研究》（1929 年 10 月）、《中国小说的起源及其演变》（1934 年 8 月）、《中国小说概论》（1934 年 11 月），

① 王梦曾《中国文学史》，第 67 页。
② 张之纯《中国文学史》，商务印书馆 1915 年版，第 119 页。
③ 陈玉堂《中国文学史书目提要》，第 11 页。
④ 谢无量《中国大文学史》，中华书局 1918 年版，69—70 页。
⑤ 胡怀琛《中国文学史略》，梁溪图书馆 1924 年版，10 页。

在这三部专论小说的著作中，只有《中国小说概论》在谈"烟粉"时，提到"烟粉"在明代有《金瓶梅》，在清代有《红楼梦》《花月痕》[①]，其它二书都没有提到《金瓶梅》，可知胡怀琛对《金瓶梅》并不在意。

5. 胡毓寰《中国文学源流》(1924 年 9 月初版)：此书十七章《小说之盛》谓："元明间《三国演义》《水浒传》……等书出现，而后章回小说始完全成立……当时之小说，可区分为'文言''白话'二类，文言如《三国演义》……等是；白话如《水浒传》《西游记》……等是。"[②] 完全没有提到《金瓶梅》。

6. 赵景深《中国文学小史》(1928 年 1 月初版)：此书第二十九章《明代的章回小说》花了一页篇幅讨论《西游记》及其续书，而对于《金瓶梅》则只有如下数语："《金瓶梅》有人以为是王世贞作，但又有以为不是。今知为兰陵笑笑生作，惟仍不能知道真姓名。"[③] 不过作者称《金瓶梅》为"人情小说"，已经受到 1924 年鲁迅出版的《中国小说史略》之影响。

7. 欧阳溥存《中国文学史纲》(1930 年 8 月初版)：在明代通俗小说部分仅提及《西游记》一书。[④]

8. 林之棠《新着中国文学史》(1934 年 9 月初版)：第四十七章《明代之小说、词及其它》论《水浒传》《三国演义》稍详，其它则仅以"吴承恩之《西游记》，及无名氏之《封神演义》，王世贞之《金瓶梅》"带过。[⑤]

9. 龚启昌《中国文学史读本》(1936 年 9 月初版)：此书仅将《金瓶梅》列入"艳情类"，而无任何相关讨论。[⑥]

（二）各家文学史对于《金瓶梅》之讨论

1. 论及《金瓶梅》而仅给予否定性评价者，只有陈彬龢《中国文学论略》(1931 年 1 月初版)一书，此书第八章称："《金瓶梅》为古今第一淫书，全

① 胡怀琛《中国小说概论》，世界书局 1934 年版，第 93 页。
② 胡毓寰《中国文学源流》，商务印书馆 1986 年四站台六版，第 191 页。
③ 赵景深《中国文学小史》，大光书局 1937 年版，第 156 页。
④ 欧阳溥存《中国文学史纲》，商务印书馆 1930 年版，第 191 页。
⑤ 林之棠《新着文学史》，盛华书局 1934 年版，第 725 页。
⑥ 龚启昌《中国文学史读本》，乐华图书公司 1936 年版，第 216 页。

书百回，不过记西门庆一家之妇女、酒色、饮食、言笑之事。"①陈彬龢曾经节译盐谷温《支那文学概论讲话》为《中国文学概论》，因此其论《金瓶梅》亦截取盐谷温之说，但盐谷温肯定《金瓶梅》的部分，陈氏则又完全略去，显然对《金瓶梅》一书之价值不表认同。②

2. 除了情色描写外，对《金瓶梅》的不同方面予以肯定者。

（1）曾毅《（订正）中国文学史》（1915年9月初版，1929年9月订正）：此书认为《金瓶梅》"意主惩戒，而无奈其讽一而劝百"，又说："虽其间描写社会情伪，淋漓酣畅，深入隐微，供人箴砭不少。实过于秽袭（亵），足为风俗人心之害。至其用笔之宛曲尖刻，诚可与《水浒》之雄奇，《西游》之诙诡，鼎足而三也。《竹坡闲话》谓为一部太史公文字，则谬誉矣！"③可知曾氏欣赏《金瓶梅》的写实精神和描写技巧，但对于情色部分不以为然。

（2）吴梅《中国文学史》（1917—1922年任教北大之讲义）：此讲义认为四大奇书以《水浒传》最佳，而"《西游》佞佛，《金瓶》诲淫，虽乖大雅，要皆状人所不能状之景况，安可以荒诞淫亵而鄙弃之，必欲斥为士君子所不道，则不免迂拘矣"④，吴梅能欣赏《金瓶梅》的描写技巧（状人所不能状之景况），但仍认为其"诲淫"，并以"淫亵"形容其书。

（3）顾实《中国文学史大纲》（1926年11月初版）：此书第十二章《明代文学》中提及："《金瓶梅》以西门庆、潘金莲事起笔，结撰极复杂之脚色，盖艳情小说之元祖。于各人性格，巧于分描，而往往失之秽亵，文词亦无甚佳

① 陈彬龢《中国文学论略》，商务印书馆1931年版，第96页。

② 依据孙俍工译本，盐谷温论《金瓶梅》的原文是："《金瓶梅》谁也知道是古今第一的淫书，不要多说了。全书百回，取《水浒传》中第一的艳话，西门庆与潘金莲的情事为骨子，加以复杂的描写而成的。要之，止于西门庆一家底妇女、酒色、饮食、言笑之事。……描写极其淫亵鄙陋的市井小人底状态非常逼真，曲尽人情底微细机巧。其意在替世人说法，戒好色贪财，无奈为了取材野鄙，到底不能登士君子之堂。然而因是反于《西游记》底空想，为极其写实的小说，所以在认识社会底半面上，实是一种倔强的史料。"见盐谷温著，孙俍工译：《中国文学概论讲话》，上海：开明书店，1929年6月初版，页459。按，1927年6月《小说月报》刊载君左的《中国小说概论》，亦是根据盐谷温该书翻译的，在论《金瓶梅》部分，二者文字略有异同，君左译文见该期《小说月报》（号外），页64。

③ 曾毅《订正中国文学史》，泰东图书局，1929（上）、1930（下）修订版，第242-243页。

④ 吴梅《中国文学史》，收入陈平原编《早期北大文学史讲义三种》，北京大学出版社2005年版，第515页。

趣，然明代小说中，当屈一指也。"①顾氏虽对《金瓶梅》的写人技巧表示肯定，但对于文词运用以及情色描写部分皆不表认同。

（4）郑振铎《文学大纲》（1927 年 4 月初版）：此书内容庞大，实为一部世界文学通史，在中国文学部分约 25 万字。其论《金瓶梅》，在描写技巧方面特别加以肯定，谓："此书叙写家庭琐事、妇人性格以及人情世态，莫不刻划至肖。其成功尤在妇人的描写……如月娘，如李瓶儿，如春梅、秋菊等等，也都各有其极鲜明的个性，活泼泼的现在纸上。"在情色描写部分则说："此书在世为禁书，以其处处可遇见淫秽的描写。这也许是明人一时的风气。如删去了这些违禁的地方，却仍不失为一部好书；它的叙写，横恣深刻，《西游》恐怕还比不上，不要说别的了。"他还推崇作者的组织结构能力，谓："《水浒传》里一二回的文字，在本书却放大到如此的百回，然并不觉得其有什么拖沓的痕迹。"②郑氏极力推崇《金瓶梅》的各项成就，但仍认为其情色描写为"淫秽"，并表示可惜。

（5）陈冠同《中国文学史大纲》（1931 年 11 月初版）：此书称《金瓶梅》为"一部描写性之变态的小说"，其评论内容则全部抄自盐谷温之说。③

（6）胡云翼《新着中国文学史》（1932 年 4 月初版）：此书将《金瓶梅》列入"艳情小说"，谓作者："实是一位具有文学天才的文人。他立意做这部小说以讽刺当世士绅阶级的腐秽，故将姓名隐去。"又说："所叙皆淫夫荡妇之所为，因此世人亦有目为'天下第一淫书'者。然其文笔畅达，描写尖刻，曲尽人情的纤微机巧，实为一部最能写实的社会小说，故亦得列于说部名著之林。"④这些内容也依稀可见盐谷温《中国文学概论讲话》的影子，只是经过融合，痕迹较不明显。无论如何，同盐谷温一样，胡云翼对于《金瓶梅》属于淫书的说法，是没有异议的。

（7）胡行之《中国文学史讲话》（1932 年 6 月初版）：此书将《金瓶梅》列在"人情小说"类（而不是"艳情小说"），作者说："书中所描写的，其成功

---

① 顾实《中国文学史大纲》，商务印书馆 1926 年版，第 287 页。

② 郑振铎《文学大纲》（二）（《郑振铎全集》第十一卷），花山文艺出版社 1998 年版，第 263—264 页。

③ 陈冠同《中国文学史纲》，民智书局 1931 年版，第 159 页。比较其内容，乃是抄自君左的译本。

④ 胡云翼《新着中国文学史》，北新书局 1932 年版，第 254 页。

处全在家庭琐事，妇女性格以及社会上的人情世态。其中最足以称颂者为妇女个性之描写。"又说："以一二回的题材，却放大至百回，然而一些没有拖揭拉长的痕迹，作者的手腕真足令人佩服了！""① 这些评论，除了少数文字差异外，大部分内容脱胎自郑振铎的《文学大纲》。

（8）许啸天《中国文学史解题》（1932 年 7 月初版）：此书对于《金瓶梅》的重视，从它花了四页以上的篇幅来讨论可以说明，而所讨论的内容则大致上融合前人的说法。例如说："书中描写的，尽是西门庆一家的朋友妇女酒色饮食的事体。"以及"西门庆淫过的，共有十九人，又有男宠二人，意中人三人；潘金莲奸淫过的共有五人，意中人为武松。"这些内容，完全抄自盐谷温的《中国文学概论讲话》。又说《金瓶梅》把潘金莲与西门庆的事"拉长到一百回，并不觉有敷衍杂凑的地方"②。此言则来自郑振铎《文学大纲》。本节最后，则拼贴了鲁迅《中国小说史略》中关于方士献房中术的大段文字，以及郑振铎所说："如删去了这些违禁的地方，却仍不失为一部好书；它的叙写，横恣深刻，《西游》恐怕还比不上。"由上可知，此书对于情色描写的观点，与《文学大纲》没有什么不同。

（9）陆侃如、冯沅君《中国文学史简编》（1932 年 10 月初版）：此书认为《金瓶梅》可与《水浒》《西游》成鼎足之势，对于情色描写部分，则说："我们看了晚明的短篇小说，便知肉感的描写乃是那时的风尚，不能独责《金瓶梅》，其在明小说中的地位，亦不因而有损的。"③ 他们说"不能独责"《金瓶梅》，事实已经"责"了。

（10）郑振铎《插图本中国文学史》（1932 年 12 月初版）：此书在《文学大纲》的基础上，进一步对《金瓶梅》深入讨论。首先他认为《金瓶梅》的出现，"可谓中国小说的发展的极峰"，其伟大之处在于四大奇书中，只有《金瓶梅》称得上是近代的小说。④ 这里采用了西方小说演变的观点，所谓近代小说指以普通市民的生活为对象的写实小说（Novel），以区别于之前的浪漫传奇

---

① 胡行之《中国文学史讲话》，光华书局 1932 年版，第 140 页。
② 许啸天《中国文学史解题》，群学社出版社 1932 年 7 月初版，第 383 - 387 页。
③ 陆侃如、冯沅君《中国文学史简编》，开明书店 1932 年版，第 254 页。
④ 郑振铎《插图本中国文学史》，朴社 1932 年版，第 919—920 页。

（Romances）①。郑氏认为："《金瓶梅》的特长，尤在描写市井人情及平常人的心理，费语不多，而活泼如见。其行文措语，可谓雄悍之至。"在情色部分，则仍与《文学大纲》的观点一致，谓："可惜作者也颇囿于当时风气，以着力形容淫秽的事实，变态的心理为能事，未免有些'佛头着粪'之感。然而除净了那些性交的描写，却仍不失为一部好书。"②

（11）童行白《中国文学史纲》（1933年4月初版）：此书认为明代演义小说有介绍价值的，只有《西游记》和《金瓶梅》，其论《金瓶梅》谓："以复杂之清话，将各个脚色之性格，一一写出，亦不世之佳品也。惜流于秽亵，殆近淫书耳。"③虽然对人物描写部分表示肯定，但仍认为《金瓶梅》近于淫书。

（12）康璧城《中国文学史大纲》（1933年5月初版）：此书对于明代小说亦只介绍《西游记》和《金瓶梅》，作者认为《金瓶梅》是社会小说，"取《水浒传》中的一件事情来扩大描写社会"。又谓："有多处淫亵的地方为士大夫所不道，这也是《金瓶梅》不足取的地方。"④

（13）梁乙真《中国文学史话》（1934年7月初版）：此书对《金瓶梅》颇为推崇，谓："书中写家庭琐事，妇女性格及人情世态，其描写的细致，会话的洗炼，事件的进行曲折而富于波澜，真可说是中国小说的奇宝。而其最成功处，尤在妇人的描写。如吴月娘，如李瓶儿……等莫不各有其鲜明的个性活跃纸上。虽然此书向以猥亵淫秽见称，但并不能埋没了牠真实的价值。"⑤这段内容亦是脱化自郑振铎《文学大纲》，其于情色的立场，亦和郑氏一致。

（14）张振镛《中国文学分论》（1934年10月初版）：此书认为，《金瓶梅》善摹人情世态，谓："行文之活动流利，于世态人情，洞明炼达，凡所形容，无一相同。或记下流之言行，或道荡妇之隐微，或言奸吏之勾结，绘声绘影，诚足使狐穷秦镜，怪窘温犀。良以作者能文，故虽杂以秽亵，然佳处不为所

---

① 我们现在所使用的 novel 一词，十七、八世纪才在西方被广泛使用，以区别于更早的传统浪漫传奇（romances），而"写实主义"的形成是其中的关键。参见艾恩·瓦特著，鲁燕萍译《小说的兴起》，桂冠图书公司2002年版，第2页。

② 郑振铎《插图本中国文学史》，第920页。

③ 童行白《中国文学史纲》，大东书局1933年版，第282页。

④ 康璧城《中国文学史大纲》，广益书局1933年版，第175页。

⑤ 梁乙真《中国文学史话》，元新书局1934年版，第638页。

掩。"① 可知其仍以色情描写部分为"秽亵"。

（15）刘经庵《中国纯文学史纲目》（1935 年 1 月初版）：此书论《金瓶梅》的内容大部分抄袭郑振铎《文学大纲》，关于情色描写部分则谓："可惜内多狎亵的描写，不能为一般公开的读物。"② 其立场亦和郑振铎相近。

（16）朱子陵《中国历朝文学史纲要》（1935 年 5 月初版）：此书认为《金瓶梅》："所叙者皆系淫夫荡妇的交合情事，故世人多称此书为'天下第一淫书'。作者描写手腕甚高，对于妇人的性格，尤描写得至佳至妙。"③ 所论与前人大致相同，但说"所叙者皆系淫夫荡妇的交合情事"，则属误读，鲁迅说："至谓此书之作，专以写市井间淫夫荡妇，则与本文殊不符……着此一家，即骂尽诸色，盖非独描摹下流言行，加以笔伐而已。"④

（17）柳村任《中国文学史发凡》（1935 年 8 月初版）：此书论《金瓶梅》主要引鲁迅《中国小说史略》有关《金瓶梅》艺术价值的评论，认为"对市井小人，人情世态刻划非常逼真"。对于情色描写部分则说它"描写极鄙陋淫亵"。⑤

（18）张长弓《中国文学史新论》（1935 年 9 月初版）：此书认为："《金瓶梅》是一部伟大的写实小说，既不依据史传，复不加入神怪的笔墨，它在普通的人间，表现出一个恶棍的行为及家庭复杂的情形，心理的刻绘，用笔的精密，都能及于上乘的。"对于情色描写部分，则说："惜乎叙述性交的地方太多，所以世人目之为一部可惜的淫书。"⑥

（19）容肇祖《中国文学史大纲》（1935 年 9 月初版）：此书论《金瓶梅》是将郑振铎《文学大纲》和盐谷温《中国文学概论讲话》的部分内容结合在一起，如说："这书叙写家庭琐事，妇人性格，以及人情世态，莫不刻划至肖。"这句抄自《文学大纲》。以下从"全书借《水浒传》之西门庆及潘金莲事为线索，加以复杂描写而成"至"到底不能登士君子之堂"，则取自《中国文学概论讲话》。又说《金瓶梅》被世人称为淫书，"然而从文学的眼光看，毕竟是一部巨

---

① 张振镛《中国文学分论（第四册）》，商务印书馆 1934 年版，第 66 页。
② 刘经庵《中国纯文学史纲要》，著者书店 1935 年版，第 366 页。
③ 朱子陵《中国歷朝文学史纲要》，炳林印书馆 1935 年版，第 170 页。
④ 鲁迅《中国小说史略》，北新书局 1925 年版合订本，第 201 页。
⑤ 柳村任《中国文学史发凡》，文怡书局 1935 年版，第 420 页。
⑥ 张长弓《中国文学史新论》，开明书店 1935 年版，第 214 页。

大的善于描写情世故的小说"①。此观点亦和郑振铎相似。

（20）赵景深《中国文学史新编》（1936 年 1 月初版）：此书相较于作者于 1928 年 1 月初版的《中国文学小史》，在论《金瓶梅》部分的篇幅已大为增加。赵氏先论证《金瓶梅》的作者不是王世贞，再以太仆寺马价、佛事之多等资料，证明《金瓶梅词话》是万历年间的作品。② 最后提到："此书不仅是淫书，去掉淫秽的部分，仍有其意义，牠是反映当时买官卖官的官场以及勾结官府之土豪劣绅的，蔡京和西门庆就是这两种人物的代表。"③ 但无论如何，作者仍认为《金瓶梅》是"淫书"。

（21）羊达之《中国文学史提要》（1937 年 5 月初版）：此书亦揉合盐谷温及郑振铎之说，谓："其内容系根据《水浒传》之西门庆及潘金莲之事实，加以复杂描写而成。"又说："书中写家庭琐事，妇女性格，以及人情世态，描绘极其细致，叙事曲折而富于波澜。此书向以猥亵见称，然以文艺眼光观之，自有其不可埋没之价值。"④

3. 对情色描写未作批评，甚至肯定其必要性者。

（1）凌独见《新著国语文学史》（1923 年 2 月初版）：此书认为："作者做这部书，似有骨鲠在喉，不吐不快之慨！原意主惩戒，并不坏，惜被后世文贼，摘去他的长处，取了他的坏处，这样一来，便把一部极有价值的杰作，变作一部极罪恶，极下品，极不堪寓目的一部坏小说了，原意惩淫，后来变成诲淫，因此有清以来，禁止买卖。对于这种假货，我亦赞同禁卖，可是地道的真货，我看可不必禁。竹坡闲话说：'凡人谓《金瓶梅》是淫书者，想必伊止知看其淫处。'又说：'若我看此书，纯是一部史公文字。'"⑤ 凌氏的假货说不知何指，可能是指后来的仿作（参见下文关于杨荫深《中国文学史大纲》之讨论），而

---

① 容肇祖《中国文学史大纲》，这里引用的是《容肇祖全集》的版本，齐鲁书社 2013 年版，第 3556 页。

② 赵景深引用了吴晗《〈金瓶梅〉的著作时代及其社会背景》一文的考证，但在书中并未标明。吴晗论文原载《文学季刊》1934 年 1 月创刊号，收入盛源、北婴编《名家解读〈金瓶梅〉》，山东人民出版社 1998 年版，第 30—68 页。

③ 赵景深《中国文学史新编》，北新书局 1936 年版，第 278 页。

④ 羊达之《中国文学史提要》，这里引用的是 1986 台湾版，正中书局 1986 年版，第 123—124 页。

⑤ 凌独见《新著国语文学史》，商务印书馆 1923 年版，第 273 页。

从他引用《竹坡闲话》看来，对于《金瓶梅》可说是推崇备至。

（2）周群玉《白话文学史大纲》（1928 年 1 月初版）：此书论《金瓶梅》有不少内容抄自凌独见《新著国语文学史》，例如说后世文贼摘去《金瓶梅》的长处云云。此外，作者说："我们试换了一种眼光去看，便可以知道当时小人女子的情状和人心思想的程度，真是一部描写下等妇女社会的书。"[1] 以及赞美《金瓶梅》诗词小曲，认为宋词、元曲也要逊他。上述这些议论，则是参考了平子和曼殊发表在 1903 年《新小说》中的一段文字。[2] 从周群玉所引述的数据，可知他对于《金瓶梅》的人物描写、社会反映，甚至诗词写作，都予以肯定，至于情色部分则未作批评。

（3）谭正璧《中国文学进化史》（1929 年 9 月初版）：此书对于《金瓶梅》评论，大多抄自郑振铎《文学大纲》，而在情色的描写部分，除了说是"明人一时风气使然"，还更进一步分析说："社会淫乱，如果它不是照实映出，它怎能享第一流作品的荣名呢？"[3] 这样，就不但不认为其"猥亵的描写"是缺点，反而是真实反映社会淫乱之必要了。

（4）张世禄《中国文艺变迁论》（1930 年 4 月初版）：此书论《金瓶梅》之内容不多，主要认为之前的神怪小说多想象之作，不切于社会实际，于是矫其弊者则以描写社会上之实在人生，而"最早者当推《金瓶梅》，乃叙写下流社会之人物"[4]。其言虽短，已点出《金瓶梅》的价值和意义，至于情色描写部分则未作批评。

（5）贺凯《中国文学史纲要》（1931 年 12 月初版）：此书引述鲁迅关于明代房中术之说，谓："这种淫欲的风尚，普遍于社会，那些权贵豪绅强夺良民妇女，买婢纳妾以发泄兽欲，于是才有《金瓶梅》的产生。"以此对于《金瓶梅》

---

① 周群玉《白话文学史大纲》，群学社 1928 年版，第 112 页。

② 见 1903 年《新小说》第八号的《小说丛谈》，此文收入阿英的《晚清文丛钞·小说戏曲研究卷》，后亦收入陈平原、夏晓虹编：《二十世纪中国小说理论资料（第一卷）》，北京大学出版社 1989 年版，第 67—70 页。

③ 谭正璧《中国文学进化史》，这里采用《谭正璧学术著作集》的版本，上海世纪出版社、上海古籍出版社 2012 年版，第 155、156 页。

④ 张世禄《中国文艺变迁论》，商务印书馆 1930 年版，第 126 页。

所写的"肉欲生活"加以解释,认为"代表十五世纪的帝王贵族生活"①。其说显然认为《金瓶梅》的情色描写只是反映社会实况。

(6)杨荫深《中国文学史大纲》(1938年6月初版,序于1937年2月2日):杨氏认为:"真正能写人情,能写真实的民间日常故事,而尤能够不落才子佳人悲欢离合的旧套,要算只有这一部《金瓶梅》。在这里面所描写的,毫无夸张的地方,只是赤裸裸的把人情写了出来。有人以为写纵欲的地方太多,过于形容尽致。但我们以为这正是牠的成功处,牠毫无掩饰,真是一面照妖镜,把西门庆一家的生活丝毫不遗的照映出来了。"他还对淫书之说加以解释,他说:"可惜后来仿作的人,专意于性欲的描写,遂使人们认为《金瓶梅》是第一淫书,使数百年来把牠列为禁书,这真是一大厄运。"②这段话不但肯定书中情色描写的价值,也对淫书之说提出了相当特别的解释,依其看法,则前述凌独见所谓的"假货",当是指那些专意于性欲描写的"仿作"。

以上我们考察了三十七部民国初年的文学史,这些文学史已经接受新的文学观念,纳入了通俗小说。然而就《金瓶梅》而言,我们发现仍有近四分之一是漠视其存在的,另外四分之三有对《金瓶梅》发表评论的,则除了陈彬龢的《中国文学论略》只做负面批判之外,其它的二十多部都能够从不同层面对《金瓶梅》的成就予以肯定。至于在情色描写部分,超过二分之一的文学史不认同,或表示惋惜,或认为可删,只有少数几部认为这部分也是必要的,否则就没有办法反映当时的社会实况。

这些文学史绝大多数都是作者上课的讲义改编的,例如陆侃如、冯沅君着的《中国文学史简编》,冯沅君在该书的《序例》中说:"这部《中国文学史简编》是我和沅君这几年来在中法大学、中国公学、安徽大学、师范大学、北京大学等处讲授中国文学史时的讲义。"③既然是上课的讲义,对授课的学生必然具有影响力,以陆、冯所著的这本文学史来说,他们能够正面、客观看待《金瓶梅》,也会影响这五所大学的不少学生重新去认识《金瓶梅》。

---

① 贺凯《中国文学史纲要》,文化学社1931年版,第213页。
② 杨荫深《中国文学史大纲》,商务印书馆1938年版,第461页。
③ 陆侃如、冯沅君《中国文学史简编》,第1页。

三、影响民初文学史对《金瓶梅》接受的主要著作

民初学者还没有尊重智财权的观念，例如谭正璧在《中国文学进化史》的《序》中说道："在别人著的文学史上或其它的书本上有使我读了满意而适为本书需要的，往往不很更改，照样录入。"①他虽然在《序》中列举了所参考的书籍，并向作者表示感谢，但在正文中录入他人著作之处并未作任何标示，因此读者很难判断其内容是引述他人看法，还是自己的意见。

前文省略了《中国文学进化史》评论《金瓶梅》的内容，因为大部分抄自郑振铎的《文学大纲》。为了方便说明，现抄录如下："书中叙写家庭琐事、妇人性格以及人情世态，莫不唯（维）妙唯肖。其成功尤在妇人的描写，如吴月娘、李瓶儿、潘金莲、春梅、秋菊等，莫不各有其鲜明的个性，活跃于纸上。"而郑振铎《文学大纲》论《金瓶梅》的内容如下：

> 此书叙写家庭琐事、妇人性格以及人情世态，莫不刻划至肖。其成功尤在妇人的描写……如月娘，如李瓶儿，如春梅、秋菊等等，也都各有其鲜明的个性，活泼泼的现在纸上。②

两相对照可知，《中国文学进化史》的内容几乎完全抄自《文学大纲》，且事实上也并非如谭氏所说的"照样录入"，在文字上还是作了少许更改。以现在的标准看，其实就是剽窃，然而在当时却是一种普遍现象。从上一小节的考察可知，民初文学史论《金瓶梅》部分直接抄录或摘录郑振铎《文学大纲》的，除了谭正璧的《中国文学进化史》（1929）外，还有：胡行之《中国文学史讲话》（1932）、许啸天《中国文学史解题》（1932）、梁乙真《中国文学史话》（1934）、刘经庵《中国纯文学史纲目》（1935）、容肇祖《中国文学史大纲》（1935）、羊达之《中国文学史提要》（1937），可以想见郑振铎《文学大纲》在当时的影响之大。

在《文学大纲》于1927年出版前，影响当时文学史写作最大的，则是盐谷温的《中国文学概论讲话》。此书原名《支那文学概论讲话》，1919年初版，

---

① 谭正璧《中国文学进化史》，第2页。
② 郑振铎《文学大纲》（二）（《郑振铎全集》第十一卷），花山文艺出版社1998年1版，第263—264页。

而郭希汾（即郭绍虞）在民国十年（1921）已经翻译该书论小说部分，以《中国小说史略》为书名，由上海中国书局印行，并于 1933 年上海新文化书社再版。[①]后来，君左也摘译部分内容，以《中国小说概论》之名发表于 1927 年 6 月的《小说月报》。至于《中国文学概论讲话》的完整译本，则是由孙俍工完成并于 1929 年出版的。

从上一小节的考察可知，民初文学史论《金瓶梅》直接抄录或摘录盐谷温《中国文学概论讲话》的，有陈彬龢《中国文学论略》（1931）、陈冠同《中国文学史大纲》（1931）、胡云翼《新着中国文学史》（1932）、许啸天《中国文学史解题》（1932）、容肇祖《中国文学史大纲》（1935）、羊达之《中国文学史提要》（1937）。其中许啸天、容肇祖、羊达之所著，同时也抄录了郑振铎的《文学大纲》。

另外一部对于民初文学史论《金瓶梅》具有影响力的著作，是鲁迅的《中国小说史略》。此书本来也是课堂上的讲义，后来分上下卷出版（上卷 1923 年 12 月，下卷 1924 年 6 月初版），1925 年再由北新书局合订出版。[②]此书被认为是"开创了《金瓶梅》的现代研究阶段"的标志性著作[③]，在《金瓶梅》研究史上具有举足轻重的地位。

根据上一小节的考察可知，在 1925 至 1937 年初版的文学史中，有贺凯《中国文学史纲要》（1931）、许啸天《中国文学史解题》（1932）、柳村任《中国文学史发凡》（1935）等抄录或引用了《中国小说史略》。此外初版于 1915 年的曾毅《订正中国文学史》，其 1929 年的订正版也全段引用了《中国小说史略》关于方士献房中术的大段文字。[④]

在盐谷温《中国文学概论讲话》1919 年出版前及稍后出版的文学史有：王梦曾《中国文学史》（1914）、曾毅《中国文学史》（1915）、张之纯《中国文学

---

① 郭希汾《中国小说史略》1949 年后未再刊行，现收入陈洪主编《民国中国小说史着集成》第二卷，南开大学出版社 2014 年版。

② 以上参见陈洪主编《民国中国小说史着集成》第二卷所收鲁迅《中国小说史略》（北京：北新书局 1925 年 9 月再版合订本）前的"说明"。

③ 见吴敢《金瓶梅研究史》，第 46 页。

④ 曾毅《订正中国文学史》，第 243 页；所引有关房中术内容见鲁迅《中国小说史略》（北新书局本），第 308—309 页。

史》(1915)、钱基厚《中国文学史纲》(1917)、谢无量《中国大文学史》(1918)、褚传诰《文学蜜史》(1919)、朱希祖《中国文学史要略》(1920)。这些文学史有些根本不讨论通俗小说，如钱基厚《中国文学史纲》、褚传诰《文学蜜史》、朱希祖《中国文学史要略》[1]，而即使讨论到通俗小说，对于《金瓶梅》的态度也都属于本论文前一小节考察时，被归入"略过或仅一语带过者"此一类型的。

大致说来，民初文学史能够接纳《金瓶梅》，主要在于肯定其写实性和艺术性。对于《金瓶梅》写实性和艺术性的肯定，自然不是始于盐谷温、鲁迅和郑振铎。黄霖、韩同文曾经指出，谢肇淛的《金瓶梅跋》已经"总结了世情小说的几个重要的理论问题……点明了世情小说的特点在于广阔地描写了社会现实生活……它高度重视小说的人物塑造……评价人物的形象性、生动性"[2]。时代近一点的，如1903年的《新小说》杂志登载了平子和曼殊有关《金瓶梅》的讨论，两人都直指《金瓶梅》是"社会小说"，曼殊说："盖此书的是描写下等妇人社会之书也。试观书中之人物，一启口，则下等妇人之言论也；一举足，则下等妇人之行动也。"[3]曼殊所言，同样不仅提出写实性，也触及到人物描写的艺术性了。然而我们发现，民初文学史受到古典文献和报刊数据的影响较小，受到其它文学史著作的影响较大，因此论及《金瓶梅》在民初文学史的接受，还是不得不归功于盐谷温、鲁迅和郑振铎。

可以这么说，民初文学史对于《金瓶梅》的接受，是在盐谷温《中国文学概论讲话》、鲁迅《中国小说史略》，以及郑振铎《文学大纲》这三部著作的影响下逐渐形成的。

结　语

1916年5月，在京师警察厅的禁书名单中，《金瓶梅》和《肉蒲团》《绣榻野史》等同列为"不良小说"，然而1922年通俗会所查禁的"淫词小说"中，

---

① 朱希祖有讨论到戏曲而未论及小说，见朱希祖《中国文学史要略》(收入陈平原编《早期北大文学史讲义三种》)，第28页。

② 黄霖、韩同文《中国历代小说论著选》，江西人民出版社2000年版，第173—174页。

③ 陈平原、夏晓虹编《二十世纪中国小说理论资料（第一卷）》，北京大学出版社1989年版，第69页。

《肉蒲团》《绣榻野史》等依然在列，而《金瓶梅》已不见踪影。[1] 虽然不能因此就认为《金瓶梅》已经获得接受，不过我们或许可以相信，经过几年的努力，人们对于《金瓶梅》已经有了比较正面的认识。

本文就民国初年（1912—1937）出版的文学史关于《金瓶梅》的评论，进行比较全面的研究考察，其成果如下：

第一、考察及统计发现，民国初年仍有近四分之一的文学史对于《金瓶梅》是漠视其存在的，而在另外四分之三中，有二十多部除了对情色描写部分不认同外，已经能够从不同层面（主要是社会写实及写人技巧）对《金瓶梅》的成就予以肯定。此外，也有三或四部文学史认为情色描写的部分也是必要的，否则就没有办法反映当时的社会实况。

第二、考察发现民国初年的文学史在评论《金瓶梅》这部分，主要受到盐谷温《中国文学概论讲话》、鲁迅《中国小说史略》，以及郑振铎《文学大纲》这三部著作的影响。部分文学史甚至以全文照录的方式，截取这三部著作中的一或多部有关评论《金瓶梅》的内容，全部或部分纳为己有。本文认为，民初文学史对于《金瓶梅》的接受，是在《中国文学概论讲话》《中国小说史略》，以及《文学大纲》的影响下逐渐形成的。

由于民国初年的这些文学史多数为上课讲义改编，对授课的学生具有一定的影响力，如果身为教师的文学史作者能够正面、客观看待《金瓶梅》，也会影响他们所教的学生，促使他们重新去认识《金瓶梅》，从而也使《金瓶梅》得到更多正面的接受。

参考文献：

吴效刚：《民国时期查禁文学史论》，北京：中国社会科学出版社，2013 年12 月

吴晗：〈《金瓶梅》的著作时代及其社会背景〉收入盛源、北婴编：《名家解读《金瓶梅》》，济南：山东人民出版社，1998 年 1 月

郭希汾：《中国小说史略》，收入陈洪主编：《民国中国小说史着集成》第二卷，南开大学出版社，2014 年 1 月

---

[1] 吴效刚《民国时期查禁文学史论》，中国社会科学出版社 2013 年版，第 223—226 页。

黄霖、韩同文：《中国历代小说论著选》，南昌：江西人民出版社，2000 年 9 月

陈玉堂：《中国文学史书目提要》，合肥：黄山出版社，1986 年 8 月

陈平原编：《早期北大文学史讲义三种》，北京：北京大学出版社，2005 年 9 月

陈平原、夏晓虹编：《二十世纪中国小说理论资料》，北京：北京大学出版社，1989 年 3 月

陈伯海：《文学史与文学史学》，北京：北京大学出版社，2012 年 1 月

鲁迅：《中国小说史略》，北京：北新书局，1925 年 9 月再版合订本

郑振铎：《文学大纲》，石家庄：花山文艺出版社，1998 年 11 月

《教育部定大学规程》，载《申报》1913 年 2 月 28 日第八版

［美］艾恩·瓦特著，鲁燕萍译：《小说的兴起》，台北：桂冠图书公司，2002 年 1 月

［日］盐谷温著，孙俍工译：《中国文学概论讲话》，上海：开明书店，1929 年 6 月

［作者简介］徐志平，台湾嘉义大学国文系教授。

五、"金学"学案研究

手检目验三十载　历数版本谱华篇

——评王汝梅教授《〈金瓶梅〉版本史》

刘玉林

2015年是"金学"研究收获颇丰的一年，这一年，8月份召开了第十一届国际《金瓶梅》学术研讨会，时隔三十年，重回首届全国《金瓶梅》学术讨论会的举办地——江苏徐州，意义非凡；10月份，则在长春吉林大学举办了"《金瓶梅》文化高端论坛"及《金瓶梅》版本文献展览，重点展示了改革开放以来《金瓶梅》版本整理成果，也陈列了《金瓶梅》明清时期的重要版本及相关文献，特色鲜明。更值得"金学"研究界瞩目的，则是这两次学术会议上发布的两本"金学"研究力作——吴敢先生的《金瓶梅研究史》和王汝梅教授的《〈金瓶梅〉版本史》，被诸多学者誉为2015年"金学"研究成果的"双璧"！吴敢先生的《金瓶梅研究史》已由中州古籍出版社的张弦生编审撰写书评。在此，作为《〈金瓶梅〉版本史》的责任编辑，笔者介绍一下这部颇具分量的"金学"著作的情况。

王汝梅教授从事"金学"研究始于三十多年前，1981年王汝梅第一篇金学研究的论文《评张竹坡的〈金瓶梅〉评论》提交中国古代文学理论学会第二届年会，这是国内首篇系统地对张评本进行理论分析研究的文章，后刊载在《文艺理论研究》（1981年第2期），在古典文学研究界引起强烈反响。1985年，他与北京大学侯忠义教授合编出版了《金瓶梅资料汇编》。1986年春，他发起成立吉林大学中国文化研究所《金瓶梅》研究室。1987年，他参与整理的张评本由齐鲁书社出版，使张评本首次校点出版。1988年，在王利器先生的指导下，他与刘辉、张远芬先生等学者共同编著出版了《金瓶梅词典》。1989年，他参与整理的崇祯本会校足本先由齐鲁书社出版，后由香港三联书店重印，在国际上产生了巨大影响。1990年，《〈金瓶梅〉探索》一书由吉林大学出版社出版。1991 年，编辑出版了《〈金瓶梅〉艺术世界》。1994 年，主编的《〈金瓶梅〉女性世界》一书由北方妇女儿童出版社出版。1994 年，他校注的《皋鹤堂批评第一奇书金瓶梅》由吉林大学出版社出版。2003 年，《〈金瓶梅〉与艳情小说研究》一书由时代文艺出版社出版。2007 年，《王汝梅解读〈金瓶梅〉》一书由时代文艺出版社出版。

由上可见，王汝梅教授从 20 世纪 80 年代初研究张竹坡小说评点，整理校注张评本、崇祯本开始，经过了跨世纪的研究历程，他主要研究的对象就是明代四大奇书之首的《金瓶梅》。从 1981 年在华东师范大学图书馆馆藏的张评本《金瓶梅》开始，三十多年来，王汝梅教授手检目验上百个《金瓶梅》版本，结合自己深厚的金学研究功底，最终写就这部《〈金瓶梅〉版本史》，可谓水到渠成。

众所周知，版本文献目录学是"坐冷板凳"研究出来"学问"，往往给人一种呆板的感觉。王汝梅教授所著的《〈金瓶梅〉版本史》却并不枯燥，恰好相反，它十分生动。《〈金瓶梅〉版本史》不单纯是学术资料文献的忠实记录，它渗透了王汝梅教授的"金学"思想的精华，既有对《金瓶梅》社会意义的肯定，也有艺术价值方面的探索；既有对于各种版本的评价，也有作者问题的考证；既有前期艳情小说的影响研究，也有多种续书的细致评说；既有满文译本、外文译本的全面介绍，也有绘画《金瓶梅》的品评赏析。可以说，它是一部血肉丰满、充满学术激情的金学力作。

第一，它以扎实的文献作为支撑，客观描述版本特征，介绍了各种版本的面貌及其流变情况。书中对《金瓶梅》抄本《金瓶梅传》的认定，以及对三大刊本系统的版式特征、传播流变、字词细节予以重点论述，使读者清晰明了地掌握《金瓶梅》不同版本的特点。在涉及影印整理刊本的内容时，王汝梅教授客观公允地做出评判，正如他在该书《例言》中所说："对勘比较，去伪存真，忠实地反映《金瓶梅》明清时期版本的本来面貌，清除现代制作的某些影印本因'修整'或假托而造成的误解。"书中指出台北联经出版事业公司出版的《金瓶梅词话》描抄朱墨改处时未能忠实于原版的情况，"版式虽为双色，但正文虚浮湮漶，朱文有移位、变形、错写之失"，便是目光如炬的"去伪存真"。书中附录《〈金瓶梅〉不同版本书名一览》约百种，权威可靠，浸透了作者手检目验的心血，方便读者总览各种版本。

第二，它以审慎谨严的学术态度，梳理了诸多"金学"公案，通过不同版本的比对，结合相关历史文献，对作者、评改者、绘图者予以身份上的认定或推测。《金瓶梅》的作者之谜，是"金学"研究的"哥德巴赫猜想"。王汝梅教授却情有独钟，尤为关注崇祯本的评改者，他通过《金瓶梅跋》载于《小草斋文集》卷二四的这一线索，参照同时代文献资料，结合评改的语言特色，批驳了李渔是评改者的论点，认为评改者应是谢肇淛。王汝梅教授高度评价崇祯本评改者在《金瓶梅》版本史上的重要地位："评改者是加工修改者，也是兰陵笑笑生身后的合作者，为《金瓶梅》的定型与传播做出了重大贡献，说他是《金瓶梅》第二作者也当之无愧。"

第三，它用出版实例说话，以乐观的态度为《金瓶梅》正名，高度肯定《金瓶梅》的艺术价值和学术价值。全书载录了改革开放新时期以来正式出版的十余种《金瓶梅》整理本，比较优长，客观评价，既见证了《金瓶梅》研究基础文献的不断积累，又展望了"金学"研究的发展远景。王汝梅教授亲历了改革开放以来《金瓶梅》出版的艰辛历程，从事了《金瓶梅》三大版本系统——词话本、崇祯本和张评本中两部的整理工作，既有万众瞩目、蜚声海外的足本，也有用"开天窗"方式删除淫秽内容的洁本。他对分散于全书二十五个回目的一万两千多字的性描写有独特的认识："《金瓶梅》不是单纯孤立地写性，它描写欲望和生命的真实，批判虚伪，批判纵欲，探索人性，把性描写与广阔的社会生活、刻画人物性格、探索人性联系起来。"

第四，它以开放的态度介绍了诸多外文译本，打开了《金瓶梅》走向世界之门。1939年，老舍先生在英国伦敦大学指导埃杰顿翻译《金瓶梅》，成为《金瓶梅》传播史上的一段佳话。除了英文外，诸如德、法、俄、日、韩、越等译本在书中都有介绍，足以证明《金瓶梅》已经跻身世界文学之林，是一部属于全人类的文学巨著。正如王汝梅教授在书中所言："《金瓶梅》已阔步走向世界，成为中外文化广泛交流的对话热点。"而今年5月刚刚去世的美国汉学家芮效卫教授，花费三十年时间翻译的《金瓶梅词话》英译全本，则成为《〈金瓶梅〉版本史》中浓墨重彩的一笔。

第五，它以学术普及为指归，使文献性与欣赏性、学术性相结合，雅俗共赏，图文并茂，既可随时阅读品赏，又适合永久珍藏。全书近百幅精美的插图与珍贵版本书影，颇具古典版刻图书的韵味，将《金瓶梅》全景式地展现在读者面前，令读者眼界大开。而朴实无华的文字、深入浅出的介绍和娓娓道来的知识，则更令读者爱不释手。如"影松轩本'替身'出版"一章，文笔生动有趣，交代了《金瓶梅》影印出版过程中的一则趣事的同时，普及了版本校勘的常识。

王汝梅教授在原著校注、资料汇录、绣像本研究、张竹坡研究、作者研究、人物与主题研究、语言研究等几乎所有金学领域都有取得了不俗的成绩，《〈金瓶梅〉版本史》是他三十多年"金学"研究成果的结晶。他曾说自己"金学"研究取得丰硕成果的经验是"实证、考辩与理论分析相结合，多拜名师，多参加学术交流，多跑图书馆"，他在书中后记如数家珍地介绍了西北大学图书馆、韩国梨花女子大学图书馆、中央民族大学图书馆、台北故宫博物院、大连图书馆、南京图书馆、上海图书馆、北京大学图书馆、天津图书馆……并谦虚地说是他"行万里路，脚底板走出来的"。我想，正是由于王汝梅教授的孜孜不倦、勤奋治学，《〈金瓶梅〉版本史》才会成为金学研究史上具有里程碑意义的一部力作！"手检目验三十载，历数版本谱华篇"，衷心地希望王汝梅教授能够在金学研究的领域取得更大的成就！

［作者简介］刘玉林，齐鲁书社副编审。

毛泽东、鲁迅、郑振铎等名人赞《金瓶梅》对我的影响

鲁 歌

内容提要 本文谈自己研究《金瓶梅》受有毛泽东、鲁迅、郑振铎等名人的影响，认为《金瓶梅词话》远胜于《三国演义》，也胜于《水浒传》，谈了自己研究中的一些观点，纠正自己研究三十年来的一些主要误说。

关键词 毛泽东 鲁迅 郑振铎 纠正 误说

《金瓶梅》这一书名，包括了明代万历年间的《金瓶梅词话》本、崇祯本、清代康熙年间的张竹坡评本。词话本的文字，就总体上来说，远胜于后二者的小说文字。崇祯本的小说文字是对词话本的删改本，张评本的小说文字来自崇祯本的小说文字，但也有修改。词话本最早，大约有90万字，后二者大约有80万字，删去的大约有10万字。词话本是真本，后二者是删改本。词话本中的错讹很多，其中有一些并不是抄本中之误，而是由于刻工不能辨识抄本中的字等原因，造成了刻本中的不少讹误。我到后面有考论。

我从1985年开始，阅读了大量有关资料，开始研究《金瓶梅》，主要研究词话本，次要研究崇祯本、张评本的小说文字。我的研究已有三十余年之久了。毛泽东、鲁迅、郑振铎等等伟人、名家对《金瓶梅》评价很高，我受有这些高度评价的影响，是在他们正确评价的指引下，研究《金瓶梅词话》这部中国古典文学杰作、世界文学名著的。

一

我最早是受有毛泽东主席重视《金瓶梅词话》本的影响。我于1957年高

中毕业后，考上了西北师范学院（今西北师范大学）中文系本科。1958 年校名改为甘肃师范大学。也就在 1957 年，在毛主席的批示下，北京的文学古籍刊行社影印出版了《金瓶梅词话》全本两千部。不久，我们大学图书馆购得了一部。中文系的一位领导借出了这一部，拿到我所在的班上来，说是在毛主席的批示下，由文学古籍刊行社影印出版了两千部，这是其中的一部，一共 21 册，第 1 册是据崇祯本影印的绣像插图，有一些图是性交图，因为不雅，就不让同学们传阅了。《金瓶梅词话》本是明代万历时的木刻本，原本没有图，一共 20 册，同学们可以传阅。这是一部中国古典文学名著，中文系的学生们应该阅读。说鲁迅先生在《中国小说史略》中就对《金瓶梅》评价很高，其中有"同时说部，无以上之"的赞语，也就是说，在明代同时的众小说中，没有在《金瓶梅》之上的。同学们应该读鲁迅在《中国小说史略》中的有关评论。我当时特别重视《金瓶梅词话》本是线装的 20 册，联想到原本也应该是线装的 20 册，并上讲台看了这 20 册的装订。当时班上的同学大约是 130 人，我有幸得到了 1 册，打算读完和别的同学交换阅读。但只读完了这 1 册中的几回，还没有交换阅读，领导就到班上来说"要收回"，因为"这一部书特别珍贵，害怕传丢了，哪怕传丢了 1 册，不全了，损失就太大"。所以传阅的 20 册全部收回。当时只有 20 名学生各读了 1 册数回，其他大约 110 名同学连 1 册数回也没有读过。学校图书馆不借给学生读《金瓶梅词话》本、崇祯本、张评本。我在大学 4 年期间只读过词话本中的 1 册数回。那时我没有打算以后研究《金瓶梅》，因为估计自己毕业后很可能被分配去教中学语文课，中学里不可能有此书，自己终生也不可能读到此书。那时打算毕业后在工作之余研究毛主席诗词，也研究鲁迅、郭沫若。后来我发表了上百篇文章，署名有多种。

1976 年毛主席逝世。接着，粉碎了"四人帮"。1978 年我考上了西北大学中文系硕士研究生班，1981 年毕业后留校任教，1983 年升为讲师，才有资格在学校图书馆珍藏室"内阅"《金瓶梅词话》影印本。那时许多报刊和书中已经公开发表了毛主席对《金瓶梅》的高度评价，文字、标点大同小异。毛泽东赞的《金瓶梅》应是词话本。

毛主席在 1961 年 12 月 20 日的中共中央政治局常委和各中央局第一书记会议上说："你们看过《金瓶梅》没有？我推荐你们看一看。这部书写了明朝的真正的历史，暴露了封建统治和被压迫的矛盾。也有一部分写得很仔细。"

他又说："《金瓶梅》是《红楼梦》的祖宗，没有《金瓶梅》就写不出《红楼梦》。"众所周知，毛主席对《红楼梦》评价最高，说它是中国最好的小说，是我们中国的骄傲。他既然正确地评论"《金瓶梅》是《红楼梦》的祖宗，没有《金瓶梅》就写不出《红楼梦》"，也可见《金瓶梅》的重要，对《金瓶梅》的评价之高了。我是在毛泽东主席对《金瓶梅》《红楼梦》高度评价的影响下，才于 1985 年开始研究《金瓶梅》，十多年后又研究《红楼梦》的。

二

我在大学读书 4 年期间，读过《鲁迅全集》，知道鲁迅对《红楼梦》《金瓶梅》有高度评价。但因 1954 年及其后，曾经研究《红楼梦》几十年的俞平伯遭受了全国性的大批判，我在大学期间没想过自己以后有可能研究《红楼梦》。我研究《金瓶梅》是从 1985 年开始的，发表的文章很多，出版有几本书；研究《红楼梦》更晚得多，发表有文章一百篇上下，包括拙著《〈红楼梦〉〈金瓶梅〉新探》一书中的 17 篇"红学"文章在内，在报刊上发表的更多，署名有李鲁歌、鲁歌、李歌、李雪、李雪菲等。我在大学读书 4 年期间也没有想过自己以后会研究《金瓶梅》，因为那时我想不到自己在 1978 年能考上西北大学中文系硕士研究生班，1981 年毕业后能留校任教，1983 年能升为讲师，才有资格进学校图书馆珍藏室，"内阅"《金瓶梅词话》。稍后，我凭西北大学中文系开的介绍信，又去陕西省图书馆珍藏室，"内阅"了另一部《金瓶梅词话》，那是 1933 年北平"古佚小说刊行会"影印的 104 部中的一部。接着，我又校勘了日本大安株式会社出版的《金瓶梅词话》，系日本慈眼堂与栖息堂两种藏本相配而成的一百回，并所附的栖息堂本第五回末页（第九页两面）异版的一页两面，如此等等的影印件。但我在此以前研究鲁迅、郭沫若时有一个"习惯"，即惯于在自己藏的鲁迅、郭沫若著作的印刷本上批批划划，以便于自己的研究。我绝不可能在西北大学和陕西省图书馆珍藏的《金瓶梅词话》以及日本藏本影印本上批划。1985 年暑假，我从西安到成都探亲，马征对我说，她认识人民文学出版社的编辑戴鸿森，戴先生给她寄来了一份征订单，上面有《金瓶梅词话》戴鸿森校点本已出版的消息。我非常高兴，当即邮购了一部，为上、中、下册，我在每一册扉页上写下了"鲁歌 马征 一九八五年夏邮购" 12 个字。当时马征不打算研究此书，我也无此打算，就将此平装本上、中、下册带回了西安市西北大学。接着我就阅读这一部书，在上面批划极多。戴先生在《校点说明》中说：全书合计删去 19161 字。按我的性格，是不研究删节本的，何况删去的文字也太多。于是我带上笔记本和戴校本，到学校图书馆珍藏室，进行校勘，把戴先生删去的文字全抄录在笔记本上，以便于以后的研究。我研究《金瓶梅词话》全书，实际上是从 1985 年夏开始的。

那时我已购读了《鲁迅全集》1981 年版。我从 1985 年夏开始，又重新读了鲁迅对《金瓶梅》的高度评价。鲁迅在 1923 年写的《中国小说史略》中说：《金瓶梅》的"作者之于世情，盖诚极洞达，凡所形容，或条畅，或曲折，或刻露而尽相，或幽伏而含讥，或一时并写两面，使之相形，变幻之情，随时显见，同时说部，无以上之……至谓此书之作，专以写市井间淫夫荡妇，则与本文殊不符，缘西门庆故称世家，为缙绅，不惟交通权贵，即士类亦与周旋，著此一家，即骂尽诸色，盖非独描摹下流言行，加以笔伐而已。""就文辞与意象以观《金瓶梅》，则不外描写世情，尽其情伪，又缘衰世，万事不纲，爱发苦言，每极峻急，然亦时涉隐曲，猥黩者多。后或略其他文，专注此点，因予恶谥，谓之'淫书'；而在当时，实亦时尚。"鲁迅显然不同意有人给予《金瓶梅》一个"恶谥"，把它骂为"淫书"。他称赞"《金瓶梅》作者能文，故虽间杂猥词，而其他佳处自在"。以上可见鲁迅对《金瓶梅》评价之高。

1924 年 7 月，鲁迅在西北大学的讲演《中国小说的历史的变迁》中说，明代小说中"讲世情的"，"大概都叙述些风流放纵的事情，间于悲欢离合之中，写炎凉的世态，其最著名的，是《金瓶梅》"。他说："《金瓶梅》的文章做得尚好，而王世贞在当时最有文名，所以世人遂把作者之名嫁给他了。后人之主张此说，并且以《苦孝说》冠其首，也无非是想减轻社会上的攻击的手段，并不是确有什么王世贞所作的凭据。"可见他称赞《金瓶梅》写得好，不同意说作者是王世贞。

鲁迅于 1923 年至 1924 年称赞《金瓶梅》时，只读过崇祯本和张评本的小说文字，尚未读过多年后才发现的《金瓶梅词话》。词话本刻本线装 20 册，是 1932 年才发现的，是北平琉璃厂文友堂古旧书店山西太原分号的员工于 1932 年在山西介休县收购到的一部。带回北平后，卖给了北京图书馆。专家们读后，认为它是明代万历时的刻本，比崇祯本、张竹坡评本都早得多，文字在总体上也远胜于崇祯本和张评本的小说文字。北京大学的马廉教授等人集资，以"古佚小说刊行会"名义影印出版，征求订户。鲁迅于 1932 年就预订了一部，并交了全款。鲁迅于 1933 年 5 月 31 日在上海收到了由北平寄来的一部影印本，共 21 册，第 1 册是据崇祯本影印的图 200 幅，另外 20 册是《金瓶梅词话》全书。《鲁迅日记》中有记载。

早在 1931 年，日本友人增田涉在上海时，就常到鲁迅家中商谈翻译《中国小说史略》为日文译本之事，鲁迅对他做了很多指导、讲解、回答。鲁迅那时还没有读过 1935 年 5 月 31 日才见到的《金瓶梅词话》。1935 年 6 月 9 日之夜，鲁迅在灯下写了一篇《〈中国小说史略〉日本译本序》，其中说自己"听到了拙著《中国小说史略》的日本译《支那小说史》已经到了出版的机运，非常之高兴，但因此又感到自己的衰退了"。因为这一部日本译本即将出版，所以他在这篇序中说"改订《小说史略》的机缘，恐怕也未必有"。他说"《金瓶梅词话》被发见于北平，为通行至今的同书的祖本"。实际上《金瓶梅词话》被发见于山西介休县，接着到了北平；但他说《金瓶梅词话》"为通行至今的同书的祖本"，却是非常正确的。他说："但我并不改订，目睹其不完不备，置之不问，而只对于日本译的出版，自在高兴了。但愿什么时候，还有补这懒惰之过的时机。"鲁迅在写这篇序时，并没有想到自己明年会死，所以他说"但愿什么时候，还有补这懒惰之过的时机"。包括以《金瓶梅词话》中的文字来改订张评本中的小说文字。到了 1936 年 9 月 5 日，他写了一篇《死》，其中说到了自己的病。又说："后来，却有了转机，好起来了。"他显然没有想到 13 天后，即 1936 年 10 月 19 日凌晨 5 点 25 分逝世。在他去世的前 4 天，即 1936 年 10 月 15 日，他在致台静农的信中还说自己的"性命当无伤也"。没想到 3 天后的 19 日凌晨就逝世了。这样匆匆辞世，也就没有了以《金瓶梅词话》中的文字"改订《小说史略》的机缘"，没有了以词话本中的文字改订《中国小说史略》中张评本小说文字的"时机"。鲁迅在《中国小说史略》中引用的是张评本中的小说文字，这些文字来自崇祯本。词话本远胜于崇祯本与张评本的小说文字。他正确地指出词话本是祖本，可见他认为词话本更早、更真。他在《中国小说史略》中对张评本的小说文字已作了高度评价；他如果能健康长寿的话，必然会对词话本有更高的评价。

三

在鲁迅赞《金瓶梅》之后、毛泽东赞《金瓶梅》之前，名人郑振铎对《金瓶梅词话》的评价也很高，值得注意与重视。毛主席与周总理曾任命他为文化部副部长等要职。

郑振铎于 1933 年 7 月在《文学》杂志第 1 卷第 1 期发表的《谈〈金瓶梅〉》一文中认为，《金瓶梅词话》是"第一流的小说，其伟大"似更过于《水浒》《西游记》；而《三国演义》"更不足和它相提并论。在《金瓶梅》里所反映的是一个真实的中国的社会。这社会到了现在，似还不曾成为过去。要在文学里看出中国社会的潜伏的黑暗面来，《金瓶梅》是一部最可靠的研究资料。"他认为《三国演义》写得最差，《水浒传》比《三国演义》"是高明得多了"。但《水浒传》"所描写的政治上的黑暗（千篇一律的'官逼民反'），于今读之，有时类乎'隔靴搔痒'"。"水泊梁山上的英雄们，并不完全是'农民'。他们的首领们大都是'绅'，是'官'，是'吏'，甚至是'土豪'，是'恶霸'。而《水浒传》把那些英雄们也写得有些半想象的超人间的人物。"这是说《水浒传》不如《金瓶梅词话》，而《三国演义》则更差。

鲁迅在 1930 年 1 月 1 日发表的《流氓的变迁》一文中说："'侠'字渐消，强盗起了，但也是侠之流，他们的旗帜是'替天行道'。他们所反对的是奸臣，不是天子，他们所打劫的是平民，不是将相。李逵劫法场时，抡起板斧来排头砍去，而所砍的是看客。一部《水浒》，说得很分明：因为不反对天子，所以大军一到，便受招安，替国家打别的强盗——不'替天行道'的强盗去了。终于是奴才。"实际上"一部《水浒》"主要写的是宋江对皇帝宋徽宗的"忠义"，所以书名又作《忠义水浒传》，写宋江一直主张或宣扬受"天子"招安，一百回本为真本，竟用了十回的大篇幅写宋江率领军队受"天子"招安，然后率军去打方腊军，所以鲁迅说"终于是奴才"。宋江投降"天子"，去打不"替天行道"的方腊军，不值得歌颂为"忠义"。何况用了十回的大篇幅去写宋江打方腊，实不如《红楼梦》与《金瓶梅词话》。

毛泽东受鲁迅的影响，也对宋江只反贪官、不反皇帝很反感。他在 1973 年 12 月 21 日接见参加中央军委会议全体成员的谈话中，称赞《红楼梦》是中国古代小说中"最好的一部"，希望同志们每人读五遍。说"《水浒》不反皇帝，专门反对贪官，宋江后来受了招安"。1974 年他在武汉对身边工作的同志说"宋江是投降派"。1975 年 8 月 14 日，他在对北京大学中文系讲师芦荻的谈话中说，《水浒》写了宋江的投降，可以"做反面教材，使人们都知道投降派。《水浒》

只反贪官，不反皇帝。屏晁盖于一百零八人之外。宋江投降，搞修正主义，把晁的聚义厅改为忠义堂，让人招安了。宋江同高俅的斗争，是地主阶级内部这一派反对那一派的斗争。宋江投降了，就去打方腊。这支农民起义队伍的领袖不好，投降。李逵、吴用、阮小二、阮小五、阮小七是好的，不愿意投降。鲁迅评《水浒》评得好"。接着引了鲁迅的那段评语。毛主席说："金圣叹把《水浒》砍掉了二十多回。砍掉了，不真实。鲁迅非常不满意金圣叹，专写了一篇评论金圣叹的文章《谈金圣叹》（见《南腔北调集》）。《水浒》百回本、百二十回本和七十一回本，三种都要出。把鲁迅的那段评语印在前面。"毛主席评《水浒》的话发表后，江青就别有用心地歪曲。同年9月15日，中共中央、国务院在大寨召开农业学大寨会议，副总理邓小平、华国锋参加会议。中央没有通知江青参加，但江青却突然来到大寨进了会场。邓小平在会上强调整顿，这是全国人民的共同愿望。江青却大讲评《水浒》，含沙射影攻击身患重病住在医院的周恩来总理，以及邓小平。9月17日，江青未经中央同意，就在大寨召集上百人的会议，假借学大寨，却说毛主席评《水浒》是有所指的，宋江架空晁盖，现在有人架空毛主席。江青的讲话有录音，还散发有讲话稿，使得农业学大寨会议难以正常进行下去。华国锋向毛主席汇报了此情况，毛主席说江青的讲话是"放屁，文不对题"，指示说江青的"稿子不要发，录音不要放，讲话不要印。"后来毛泽东对邓小平说："江青在学大寨会上的讲话是放屁！完全文不对题。"又说："江青这个人不懂事，没有多少人信她的。你不必跟她计较。"显然，毛主席评《水浒》，并无江青影射的周恩来、邓小平要架空毛主席之意。毛主席多次警告江青不要搞"四人帮"，江青等四人执迷不悟。毛主席逝世后，以江青为核心的"四人帮"仍反对党中央，被中央一举粉碎。在"四人帮"倒台后，一些报刊和书中公开登载了以上情况。

鲁迅、毛泽东对《水浒》的批评，与郑振铎对《水浒》的批评，有异曲同工之妙，但比郑振铎之说更加深刻。

郑振铎认为《金瓶梅词话》比《水浒》写得好，更远胜于《三国演义》。他说："《三国演义》离开现在实在太辽远了；那些英雄们实在是传说中的英雄们……带着充分的神秘性，充分的超人的气氛。如果要寻找刘、关、张式的结义的事实，小说里真是俯拾皆是，却恰恰以《三国演义》所写的为最驽下。"郑振铎显然认为《三国演义》中写的内容太辽远、太神秘、太超人、太不真实。

郑的此文中虽未以陈寿的《三国志》与罗贯中的《三国演义》作对比，但此文中说的《三国演义》中的刘、关、张结义，在《三国志》中是没有的。有一些研究者说，历史上并无刘、关、张结义之事。历史上的关羽（160—220）比刘备（161—223）大一岁，张飞的生卒年是公元165—221年。《三国演义》中写刘、关、张结义，旧戏以《三国演义》为蓝本，都写张飞称刘备为"大哥"、称关羽为"二哥"，刘备称关羽为"吾弟"，皆与史实不合。据陈寿《三国志》裴松之注引《蜀记》说，关羽称徐晃为"大兄"，并未写关羽称刘备为大兄。刘与关、张始终是主公与下级的关系，并不是结义兄弟关系，他们三人没有结拜过。在《三国演义》之前，元代的《三国志平话》中已有《桃园结义》一节，元杂剧中也有无名氏撰的《刘、关、张桃园三结义》。《三国演义》中写的《宴桃园豪杰三结义》，来自前人的杜撰，但历史上并无"桃园三结义"之事。《三国演义》和旧戏中"演"赵云是刘、关、张的"四弟"也是错的，刘备和赵云也始终是上下级关系，也从来没有结拜过，他们四人不是"结义"过的兄与弟的关系。

现代和当代名人鲁迅、毛泽东、郭沫若、翦伯赞、易中天等名人，都谈过罗贯中《三国演义》中违背史实的错误。2015年6月，台湾学生书局有限公司出版了我写的一本《鲁歌〈金瓶梅〉研究精选集》，书中介绍了以上名人指出《三国演义》中违背史实的大量例子，他们都认为在写历史的真实方面，《三国演义》远不如陈寿的《三国志》及裴松之注。书中也写了我的一些补充。我现在重新读郑振铎的这篇论文，同意他赞《金瓶梅词话》胜过《水浒传》、更远胜于《三国演义》的说法。我的主要观点是：《三国演义》中有上千处违背了历史的真实，几百年来贻误了中国和外国的上亿读者，传授的是上千处的错误"知识"。

《三国演义》以及旧戏中的大量违背史实的错误，至少需要一二十万字才能够谈尽，本文限于篇幅，只能举例谈其中的一少部分。

《三国演义》又名《三国志演义》。鲁迅在《中国小说史略》中用的是《三国志演义》。鲁迅说《三国演义》中"写人，亦颇有失，以致欲显刘备之长厚而似伪，状诸葛之多智而近妖"，这两个主要人物形象不真实、不可信。鲁迅说该"演义"（第四十九回）中写曹操赤壁之败，孔明（诸葛亮）知曹操命不当尽，乃故意使关羽扼守华容道，俾得纵曹操逃走，而又故意以军法要挟关羽，使关羽立军令状而去，"此叙孔明止见狡狯"，写得不真实。后来的研究者据陈寿《三国志》裴松之注引《山阳公载记》说，曹操是自己率败军逃出华容道的，历史上并无关羽扼守华容道义释曹操之事。《三国演义》及旧戏中"演"诸葛亮命关羽扼守华容道，关羽义释了曹操，全是错的，与史实不符。

鲁迅在《中国小说的历史的变迁》中也指出《三国演义》中有一些错误，我就不多说了。鲁迅在 1927 年作的《魏晋风度及文章与药及酒之关系》中，也不同意《三国演义》以及旧戏中歪曲历史、丑化曹操。他说"我们讲到曹操，很容易就联想起《三国志演义》，更而想起戏台上那一位花面的奸臣，但这不是观察曹操的真正方法……其实，曹操是一个很有本事的人，至少是一个英雄"，说自己"无论如何，总是非常佩服他"。鲁迅说了曹操的不少贡献。

在现代名人中，鲁迅公开为曹操翻案，是最早的一位。毛泽东受鲁迅的影响。他在鲁迅为曹操翻案的文字下面，用红铅笔画了粗粗的着重线，表示赞同。他在1957年4月10日对《人民日报》负责人说，不要相信《三国演义》，"其实曹操不坏"，是"代表正义一方的"。毛泽东于 1958 年在会议上说，把曹操看作坏人，是不正确的。他继续为曹操翻案，比鲁迅说的话更加振聋发聩！他对党的干部们说，"你们读《三国演义》和《三国志》注意了没有，这两部书对曹操的评价是不同的"，"《三国演义》是把曹操看作奸臣描写的；而《三国志》是把曹操看作历史上正面人物来叙述的，而且说曹操是天下大乱时期出现的'非常之人、超世之杰'"。"旧戏上演三国戏都是按《三国演义》为蓝本编造的，所以曹操在旧戏舞台上就是一个白脸奸臣。"他愤愤不平地说："现在我们要给曹操翻案。我们党是讲真理的党，凡是错案、冤案，十年、二十年要翻，一千年、二千年也要翻。"他正确评价说："曹操统一北方，创立魏国，抑制豪强，实行屯田，兴修水利，发展生产，使遭受大破坏的社会开始稳定和发展，是有功的。说曹操是奸臣，那是封建正统观念制造的冤案，这个案一定要翻。"他说，《三国演义》和《三国志》"二者不可等同视之"，"若论真实性，就是更接近历史真实，罗贯中的《三国演义》就不如陈寿的《三国志》"。他举例说："旧戏里诸葛亮是须生，而周瑜是小生，显然诸葛亮比周瑜年纪大。这可能来源于演义，而在《三国志》上记载周瑜死时三十七岁，那时诸葛亮才三十岁，即比周瑜小七岁。"他正确评价"曹操是个了不起的政治家、军事家，也是个了不起的诗人"。

在毛泽东为曹操翻案之后，历史学家郭沫若、翦伯赞也为曹操翻案。郭沫若在 1959 年 1 月 25 日的《光明日报》的《文学遗产》专刊第 245 期发表文章，其中说："曹操对于民族的贡献是应该作为高度评价的，他应该被称为一位民族英雄。然而自宋以来所谓的'正统'观念确定了之后，这位杰出的历史人物却蒙受了不白之冤。自《三国演义》风行以后，更差不多连三岁的小孩子都把曹操当成坏人，当成一个粉脸的奸臣，实在是对历史的一大歪曲。"同年 2 月 19 日翦伯赞在同报《史学》专刊第 152 号发表文章，其中指出曹操是"第一流政治家、军事家和诗人"，是当时"有数的杰出人物"，他长期被当作奸臣是不公平的，应当替他摘去奸臣帽子，恢复名誉。郭沫若又在同年 3 月 23 日的《人民日报》上发表《替曹操翻案》一文，其中说"曹操的粉脸奸臣的形象，在舞台上，在人民心目中，差不多成了为难移的铁案了"，说应该翻这个案。有人认为陈寿的《三国志》反映了历史真实性，而罗贯中的《三国演义》和跟随它的旧戏则表现了艺术真实性。鲁迅、毛泽东、郭沫若、翦伯赞以及指出《三国演义》和旧戏中有许多违背史实之处的众多名人，并不同意这种说法。郭沫若说："艺术真实性和历史真实性，是不能够判然分开的，我们所要求的艺术真实性，是要在历史真实性的基础上而加以发扬。""旧戏中曹操形象主要是根据《三国演义》的观点来形成的。要替曹操翻案须得从我们的观点中所见的历史真实性来从新塑造。"郭沫若很清楚在《三国演义》之前的一千多年来已经有不少人贬骂曹操了，但《三国演义》的影响最大。他说："曹操冤枉地做了一千多年的反面教员，我们在今天是要替他恢复名誉。但我们也知道，这不是一件容易的事。因为积重难返……尤其是曹操，由于《三国演义》和三国戏的普及，三岁小儿都把他当成了大坏蛋，要翻案是特别不容易的……希望有人能在用新观点所见到的历史真实性的基础上来进行新的塑造。""我们今天要从新的观点来追求历史的真实性，替曹操翻案……人民是正直的，只要我们把真正的历史真实性阐明了，人民绝不会把有功于民族发展和文化发展的历史人物，长远地错当成反面教员。因此，我们乐于承担这个任务：替曹操翻案。"郭沫若在 1959 年作的论文和五幕话剧《蔡文姬》中，都称赞了曹操对民族的很多功劳。不少旧戏中曹操是白脸奸臣；但郭沫若话剧中的曹操并不是白脸奸臣。他替曹操翻案，对历史、文学、戏剧艺术的贡献都很大。这一话剧由北京人民艺术剧院在北京演出了很多场，也很轰动。当年我正在兰州的甘肃师范大学中文系读书，听说毛主席曾有为曹操翻案的讲话，后来发表了郭沫若、翦伯赞等等为曹操翻案的论文。我读了这些论文，也读了郭沫若写的剧本《蔡文姬》。我们中文系排演了《蔡文姬》，我饰剧中一个角色。在大学礼堂中免费演出了几场，在兰州市内售票演出的场次更多，时间更长久。我那时已知道《三国演义》和旧戏中违背史实之处甚多。但我知道毛主席为曹操翻案、批评《三国演义》不如《三国志》合于历史真实的具体内容，则是毛主席逝世以后多年的事。

在 20 世纪，鲁迅、毛泽东、郭沫若、翦伯赞、柳树藩、刘东海、缪钺、何磊等等名人指出了《三国演义》中违背史实的不少错误；到了 21 世纪，易中天、李传军、宣炳善、马宝记、程晓菡、姜鹏、盛巽昌等等学者、研究者，也指出了《三国演义》中违背史实的很多谬误。有些人也谈到了以《三国演义》为蓝本的旧戏中违背史实的错误。在《三国演义》上千处谬误中，我现在仅举几例：

第一，《三国演义》和旧戏中"演"的"捉放曹"大错特错！《三国演义》第四回中写曹操持刀去刺杀大奸臣董卓未遂，董卓令遍行文书，画影图形，捉拿曹操，擒献者，赏千金，封万户侯，窝藏者同罪。曹操逃到中牟县时，被守关军士所获，擒见县令陈宫。曹操说"我是客商，覆姓皇甫。"县令说："吾前在洛阳求官时，曾认得汝是曹操，如何隐讳！且把来监下，明日解去京师请赏。"当夜，县令到后院审曹操。操曰："吾将归乡里，发矫诏，召天下诸侯兴兵共诛董卓，吾之愿也。"县令乃亲释其缚，扶之上坐，再拜曰："公真天下忠义之士也！"曹操亦拜，问县令姓名。县令曰："吾姓陈，名宫，字公台。老母妻子，皆在东郡。今感公忠义，愿弃一官，从公而逃。"操甚喜。陈宫收拾盘费，与曹操更衣易服，各背剑一口，乘马投故乡来。其实历史上的曹操并无持刀去刺杀董卓之事。因东汉中平六年（公元 189），董卓上表奏曹操为骁骑校尉，欲与计事，曹操料定大奸臣董卓必败，不去拜见他，才逃走的。历史上的陈宫，根本就没有任过中牟县令。当年释放曹操的中牟县令并不是陈宫，他也没有弃去县令从曹操而逃。《三国演义》中写曹操与陈宫行了三日，到了成皋，天已晚，曹对陈说，此间有一人姓吕，名伯奢，是吾父结义弟兄，就往问家中消息，觅一宿，如何？陈宫说最好。二人至庄前下马，入见伯奢。奢曰："我闻朝廷遍行文书，捉汝甚急，汝父已避陈留去了。汝如何得至此？"操告以前事，曰："若非陈县令，已粉骨碎身矣。"伯奢拜陈宫曰："小侄若非使君，曹氏灭门矣。使君宽怀安坐，今晚便可下榻草舍。"说罢即起身入内。良久乃出，谓陈宫曰："老夫家无好酒，容往西村沽一樽来相待。"然后匆匆上驴而去。其实历史上的中牟县令并未随曹操去吕伯奢家。吕伯奢是曹操的故交，而不是曹操之父的"结义弟兄"。《三国志》裴松之注引王沈《魏书》曰：曹操"以董卓终必覆败，遂不就拜，逃归乡里。从数骑过故人成皋吕伯奢；伯奢不在，其子与宾客共劫"曹操，取马及物，曹操"手刃击杀数人"。可见当时吕伯奢并不在家，吕伯奢之子及宾客共劫曹操，取马及物，曹操等人在人马及财物遇到危险时，为了自卫，才"手刃击杀数人"的。如果不"击杀数人"，曹操等数人就会被对方击杀。曹操等数人出行的总目标是为了合义兵讨伐大奸臣董卓；而吕伯奢之子与宾客则是为了私利劫取马及财物。在双方斗殴的情况下，如果曹操等数人被对方击杀而死，那损失就大得多多了。这本来就是一场"你死我活"的斗争，曹操等数人未被对方击杀而死，于国家和人民有大益。裴松之注引郭颁《世语》中说，曹操"过伯奢，伯奢出行"，再一次证明了当时吕伯奢并不在家，不在成皋。《三国演义》中违背史实，硬要"演义"为当时吕伯奢在家，胡编乱造了吕与曹、陈的对话，并往西村去沽酒的"故事"，写曹操杀吕伯奢之子等人后，与陈宫出庄上马而行，路遇吕伯奢沽酒骑驴而归。曹操明知自己误杀了吕伯奢之子等人，又"挥剑砍伯奢于驴下"。陈宫说曹操"知而故杀，大不义也！"当夜二人住在客店里，曹操先睡。陈宫寻思："我将谓曹操是好人，弃官跟他；原来是个狼心之徒！今日留之，必为后患。"便欲拔剑杀曹操。罗贯中骂道："设心狠毒非良士，操卓原来一路人。"其实历史上的曹操和董卓并不是"一路人"，曹操兴义兵讨伐大奸臣董卓，是有功劳的英雄。

《三国演义》第五回开头写陈宫临欲下手杀曹操，忽转念曰："我为国家跟他到此，杀之不义。不若弃他而往。"插剑上马，不等天明，自投东郡去了。这写的是董卓还活着时的"故事"。

但这些"故事"却违背了史实。历史上的陈宫并没有跟随曹操到过成皋吕伯奢家；跟随曹操到吕家的数人中并没有陈宫；曹操等数人到吕家，吕伯奢当时并不在家，他已"出行"，并不在成皋，所以历史上并无曹操杀了吕伯奢之事。历史上的东汉初平三年（192）夏，董卓被王允与吕布共杀后，陈宫在曹操的军队中当过一名军官。当年兖州刺史刘岱战死。陈寿《三国志》裴松之注引郭颁《世语》中记载，刘岱既死，陈宫对曹操说："州今无主，而王命断绝，宫请说州中，明府寻往牧之，资之以收天下，此霸王之业也。"陈宫又去游说官员别驾、治中曰："今天下分裂而州无主；曹东郡，命世之才也，若迎以牧州，必宁生民。"鲍信等亦谓之然。意思是陈宫在刘岱死后，曾劝说曹操领兖州牧。陈宫又去游说州中的一些官员别驾、治中，称赞"曹东郡"（即曹操）是"命世之才"，若迎接他做兖州牧，"必宁生民（必然使人民安宁）"。鲍信等官员也说是这样。陈寿在《三国志·魏书·武帝纪第一》中说，刘岱死后，鲍信"乃与州吏万潜等"迎曹操"领兖州牧"。这实际上出于陈宫去游说兖州的一些官员鲍信、万潜等，对曹操的称赞与推荐。这是董卓死后的史实。《三国演义》和旧戏《捉放曹》中却"演"陈宫在董卓活着时就大骂曹操、欲杀曹操、与曹操决裂、弃曹操而去，显然都与史实不符。历史上的曹操也绝无杀吕伯奢之事！旧戏《捉放曹》以《三国演义》为蓝本，都"演"得大错特错！

第二，刘备比汉献帝刘协低五辈，根本不是什么"皇叔""刘皇叔"！罗贯中没有认真读过《后汉书》，该史书中记载汉献帝刘协是汉景帝刘启的第十三辈后裔。《三国演义》第二十回中写汉献帝在宫殿上接见刘备时问他祖上是何人？刘备奏曰："臣乃中山靖王之后，孝景皇帝阁下玄孙，刘雄之孙，刘弘之子也。"献帝教取宗族世谱检看，令宗正卿宣读。罗贯中在本回中胡编乱造"宗族世谱"上刘备是汉景帝的第十八辈后代。罗贯中写汉献帝排世谱，刘备是汉献帝"之叔"，"帝大喜，请入偏殿叙叔侄之礼"。又写"帝暗思：'……今得此英雄之叔，朕有助矣！'"写"自此，人皆称（刘备）为刘皇叔"。这一写法大错而特错！该书中称刘备为"刘皇叔""皇叔"有一百次上下，全是错的！旧戏中盲从《三国演义》中的胡编乱造，也很多次称刘备为"刘皇叔""皇叔"，也都是错的。研究者们早已指出：即使按照罗贯中的胡编乱造，刘备也比汉献帝低五辈，因为《后汉书》中记载汉献帝是汉景帝的第十三辈后代，《三国演义》中写刘备是汉景帝的第十八辈后代，刘备比汉献帝刘协低五辈，岂能是汉献帝"之叔"？岂能是什么"刘皇叔""皇叔"呢？

第三，历史上的曹操在建安十三年（208）六月始任丞相；《三国演义》胡编乱造曹操在此之前早已是"丞相"，此错有上百次之多！罗贯中也没有认真读过陈寿的《三国志》，在该史书中明明记载建安十三年六月汉献帝以曹操为丞相。但罗贯中胡编乱造曹操早在建安元年、二年、三年、四年、五年至十二年就已经是"丞相"了，此错在《三国演义》中竟然有上百次之多！如历史上汉献帝迁都至许，是建安元年（195）的事，《三国演义》中竟然写此时许褚称曹操为"丞相"。历史上的曹操命祢衡任鼓吏而击鼓，也是建安元年之事，击鼓之前和击鼓时并未"骂曹"，《三国演义》及旧戏却"演"的是"击鼓骂曹"，"演"的是群臣与祢衡都称曹操为"丞相"，都"演"的是张辽要杀祢衡，被曹操劝止。历史上的张辽归顺曹操是建安三年冬的事；当建安元年曹操命祢衡任鼓吏"击鼓"时，"张辽"并不在曹操与祢衡身旁。历史上的曹操纳张济的遗孀为妾是建安二年的事，《三国演义》与旧戏却都"演"此女人称曹操为"丞相"。不知历史上建安十三年（208）六月曹操始任丞相。《三国演义》中写建安三年（198）刘备、吕布、关羽都称曹操为"丞相"。又写建安四年至五年，刘备、关羽、王子服、董承、许攸等等许多人，甚至连汉献帝在内，也称曹操为"丞相"。皆大谬！实际上罗贯中并不清楚建安十三年六月汉献帝始任曹操为丞相。据陈寿《三国志·魏书·武帝纪第一》记载，本年"置丞相、御史大夫"。才有这两个官职。接着记载："夏六月，以公为丞相。"意思是以曹公为丞相。裴松之注引《献帝起居注》曰："使太常徐璆（qíu）即授印绶。"意思是汉献帝使太常徐璆立即去给曹操授丞相的印绶。因当时曹操忙于准备作战，距宫殿很遥远，不便入宫。建安十八年（213），汉献帝给曹操进爵为"魏公"。接着，汉献帝聘曹操的三个女儿曹宪、曹节、曹华为贵人，也就是认曹操为岳父，私人关系更加亲密。建安二十年（215）正月，汉献帝立曹节为皇后。建安二十一年五月，汉献帝进曹操之爵为"魏王"。曹操一直到死都没有篡汉称帝。他死后，汉献帝谥其为"魏武王"，葬于高陵。《三国演义》和旧戏中多次骂曹操是篡逆的奸臣，是不公平的。多次"演"建安十三年以前曹操早已是"丞相"，也都是错误的"硬伤"。

第四，历史上并无诸葛亮"草船借箭"之事，驶船中了曹操之箭的是孙权。罗贯中在《三国演义》中美化诸葛亮，第四十六回中写了诸葛亮"草船借箭"的胡编乱造的"故事"。该回中写周瑜想杀诸葛亮，烦请他监造十万枝箭，以为应敌之具。亮说"只消三日，便可拜纳十万枝箭"。他向鲁肃借二十只船，每船要军士三十人，船上皆用青布为幔，各束草千余个，分布两边。第三日四更时他请鲁肃到一船中，"同往取箭"。命将二十只船用长索相连，向曹操水寨进发。五更时船近曹操水寨。他教把船只，头西尾东，命军士们擂鼓呐喊。曹操命乱箭射之。孔明教把船吊回，头东尾西，再擂鼓呐喊。得箭十多万枝，交付周瑜。旧戏沿袭此误。此"故事"实来自孙权乘大船观曹军之事，曹操命射箭，船受箭偏重将覆，孙权命令以船的另一面受箭，箭均船平，乃还。见于陈寿《三国志·吴书·吴主传第二》裴松之注引鱼豢《魏略》。罗贯中篡改后违背了史实。

第五，历史上的周瑜没有定"美人计"骗刘备到东吴与孙权之妹成婚，没有欲囚刘备以换荆州，也没有孙权之母在"甘露寺"相亲看了刘备等事，《三国演义》和旧戏所"演"，都与史实不符。《三国演义》第五十四回中写周瑜得知刘备之妻甘夫人死了，对鲁肃说："吾计成矣：使刘备束手就缚，荆州反掌可得！"鲁肃问之，周瑜说：主公（孙权）有一妹……我今上书主公，教人去荆州为媒，说刘备来入赘。赚到南徐，妻子不能够得，幽囚在狱中，却使人去讨荆州换刘备。等他交割了荆州城池，我别有主意……周瑜写了书呈，教鲁肃去南徐呈给孙权。鲁肃对孙权说："周都督有书呈在此，说用此计，可得荆州。"孙权看毕，点头暗喜。遂派吕范为媒去荆州。吕范到荆州对"皇叔"刘备说媒，说："……此事家国两便，请皇叔勿疑……必求皇叔到东吴就婚。"刘备与诸葛亮商议，诸葛亮说："适间卜《易》，得一大吉大利之兆。主公（指刘备）便可应允，先教孙乾和吕范回见吴侯（孙权），面许已定，择日便去就亲。"刘备说："周瑜定计欲害刘备，岂可以身轻入危险之地？"孔明大笑曰："周瑜虽能用计，岂能出诸葛亮之料乎！略用小谋，使周瑜半筹不展；吴侯之妹，又属主公（刘备）；荆州万无一失。"刘备怀疑未决，孔明竟教孙乾往江南说合亲事。孙乾与吕范同到江南见了孙权，权说愿将小妹招赘刘备。孙乾回荆州禀报后，刘备"怀疑不敢往"江南。孔明曰："吾已定下三条妙计，非子龙（赵云）不可行也。"暗中给了赵云三个锦囊，说有三条妙计，依次而行。诸葛亮"先使人往东吴纳了聘，一切完备"。这一切正如鲁迅所批评的，《三国演义》中"欲显刘备之长厚而似伪，状诸葛之多智而近妖"。这样的缺点错误在全书中有很多处，此处仅是其中之一而已。《三国演义》中继续胡编乱造：刘备与赵云、孙乾取快船十只，随行五百余人，到了南徐州。赵云依军师诸葛亮的"妙计"，教玄德（刘备）先往见乔国老，乃"二乔"之父，居于南徐，"玄德牵羊担酒，先往拜见，说吕范为媒、娶夫人之事"。随行五百军士"传说玄德入赘东吴，城中人尽知其事"。乔国老入见吴国太（孙权之母）贺喜，说"令爱（吴国太之女，即孙权之妹）已许刘玄德为夫人，今玄德已到"之事。国太使人请吴侯问虚实；一面使人于城中探听，人皆回报果有此事，云云。孙权到后，吴国太说了刘备来成婚之事，"满城百姓，那一个不知？你倒瞒我！"乔国老说："老夫已知多日了，今特来贺喜。"孙权曰："非也。此是周瑜之计，因要取荆州，故将此为名，赚刘备来拘因在此，要他把荆州来换；若其不从，先斩刘备。此是计策，非实意也。"国太大怒，痛骂周瑜："使美人计。杀了刘备，我女便是望门寡，明日再怎的说亲？须误了我女儿一世！"乔国老说："若用此计，便得荆州，也被天下人耻笑。此事如何行得！"国太不住口的骂周瑜。乔国老劝曰："事已如此，刘皇叔乃汉室宗亲，不如真个招他为婿，免得出丑。"孙权说："年纪恐不相当。"国老曰："刘皇叔乃当世豪杰，若招得这个女婿，也不辱了令妹。"国太曰："我不曾认得刘皇叔。明日约在甘露寺相见……若中我的意，我自把女儿嫁他！"孙权出外唤吕范，吩咐来日甘露寺方丈设宴，国太要见刘备。来日国太在甘露寺方丈里看中了刘备，就把女儿嫁给了他。以上描写都是胡编乱造、歪曲史实。《三国志》中记载，是孙权主动把妹妹送到（湖北）公安，嫁给刘备以"固好"的。

《三国演义》第五十五回中写赵云依诸葛亮"锦囊妙计"，对刘备谎说曹操起精兵五十万杀奔荆州，甚是危急，请主公便回。刘备对孙夫人（旧戏中的"孙尚香"）说了此事，孙夫人愿随丈夫而行。建安十五年（210）正月元旦，刘备与孙夫人入拜国太，孙夫人对国太谎说刘备要去江边祭祖，国太教她同丈夫去祭拜。历史上并无这些事。又写：孙权得知刘备夫妇率人逃走后，即命众将士追赶，并解自己所佩之剑，唤蒋钦、周泰二将听令，曰："汝二人将这口剑去取吾妹并刘备头来！违令者立斩！"（孙权令人杀自己妹妹之头，极不近情理！）又写周瑜派徐盛、丁奉率军阻拦刘备夫妇。孙夫人大怒曰："周瑜逆贼！我东吴不曾亏负你！玄德乃大汉皇叔，是我丈夫……"（刘备根本就不是什么"大汉皇叔"！）后陈武、潘璋二将也率军赶到，亦被孙夫人斥骂而止。蒋钦、周泰率军赶到。蒋钦说：吴侯"封一口剑在此，教先杀他妹，后斩刘备。违者立斩！"四将曰："去之已远，怎生奈何？"又写周瑜自领惯战水军来追赶，被关羽、黄忠、魏延率军打得大败。蜀兵齐声大叫："周郎妙计安天下，赔了夫人又折兵！"写吴国将士上万人，竟然追赶拦阻不了刘备夫妇，殊不可信，历史上实无此"神话故事"！

学者、研究者们已指出：历史上的周瑜并无定"美人计"骗刘备到东吴与孙权之妹成婚之事。此两回中写吕范、乔国老、吴国太、孙夫人都称刘备为"皇叔"或"刘皇叔"或"大汉皇叔"，旧戏中也这么称呼，都大错特错！即使按照《三国演义》中编造的刘备的"宗族世谱"，刘备也比历史上的汉献帝刘协低五辈，刘备根本就不是什么"皇叔""刘皇叔""大汉皇叔"。陈寿《三国志·蜀书·先主传第二》（刘备传）记载，建安十三年（208），孙权军、刘备军联合，在赤壁打败曹操军之后，荆州刺史刘琦病死，群下推刘备为荆州牧，治公安，即荆州的治所在（湖北）公安。"权稍畏之，进妹固好。"即孙权稍惧刘备，把妹妹从东吴带至公安"进"给刘备，以"固好"。是孙权主动把妹妹带到公安"进"给刘备以"固好"的。显然不是周瑜定下"美人计"，把刘备骗到东吴与孙权之妹成亲，欲囚刘备的。卢弼《三国志集解》定此为建安十四年之事，说刘备时年四十九，孙权年二十九，其妹年约二十余，"嫁此将近五十之老翁，史文'进妹固好'四字，大可玩也（大可玩味也）"。陈寿《三国志·吴书·吴主传第二》（孙权传）把刘备"领荆州牧，屯公安"之事系年于建安十四年。卢弼《三国志集解》中说此年刘备"领荆州牧"，"权以妹妻之"，即孙权以妹嫁给刘备为妻。是孙权主动把妹妹进给刘备以固好的。

历史上的"甘露寺"始建于东吴甘露元年，即公元265年，而刘备与孙权之妹结婚是在建安十四年，即公元209年，也就是说在此年之后五十六年，甘露寺才始建。刘备死于公元223年，孙权死于公元252年，吴国太死得更早，也就是说，刘备死后四十二年、吴国太死后数十年、孙权死后十三年，甘露寺才始建，吴国太怎么可能在"甘露寺"中观看刘备呢？何况吴国太是个老寡妇，又岂能在和尚"方丈"的房中"设宴"见刘备呢？所谓的"乔国老"必然比刘备、孙权年长，也比他们死得早，在他死后数十年，甘露寺才始建，他怎么可能在"甘露寺"中一再称赞什么"刘皇叔"呢？旧戏《龙凤呈祥》《甘露寺》等，以《三国演义》为蓝本，皆大错！所谓"乔国老"，在历史上姓"桥"，只是一个普通人，不是什么大臣，不是什么"乔国老"，没资格进宫与吴国太、孙权议国事。他的两个女儿，是孙策、周瑜攻占皖城时获得的，"策自纳大桥，瑜纳小桥"，二女都是妾，位不高，但都长得漂亮。据专家盛巽昌先生考论，孙策、周瑜"纳"她们之前，都有妻。

《三国演义》中的上千处史实之误，至少需要一二十万字才能够大体上纠正，我就不再举例多说了。我写到此时，是2016年6月25日，我读到了胡适于 1917 年 11 月 20 日复钱玄同的信，信中认为《三国演义》与旧戏中都有罪，旧戏中的罪更甚。他说读《三国演义》中曹操在白门楼一段，认为："实曹操人品高于刘备百倍。此外写曹操用人之明，御将之能，皆远过刘备、诸葛亮。无奈中国人早已中了朱熹一流人的毒，所以一味痛骂曹操，戏台上所演《三国演义》的戏，不是《逼宫》便是《战宛城》，凡是曹操的好处，一概不编成戏。此则由于编戏者之不会读书，而《三国演义》之罪实不如是之甚也。"鲁迅公开为曹操翻案似比胡适早，但胡适此信却更早得多。我认为《三国演义》中的错误有上千处，旧戏《捉放曹》《龙凤呈祥》等等中也有一些违背史实之误。总体上说千百出京剧是国粹，但少许京剧中的谬误应该指出并纠正。我认为京剧中的曹操应由须生演唱，不用白脸演唱。郭沫若剧中的曹操就不是白脸奸臣，是非常重大的突破！

郑振铎盛赞《金瓶梅词话》比《水浒传》《三国演义》都写得高明得多，说："表现真实的中国社会的形形色色者，舍《金瓶梅》恐怕找不到更重要的一部小说了。""不要怕它是一部'秽书'。《金瓶梅》的重要，并不建筑在那些秽亵的描写上。""它是一部很伟大的写实小说，赤裸裸的毫无忌惮的表现着中国社会的病态，表现着'世纪末'的最荒唐的一个堕落的社会的景象。而这个充满了罪恶的畸形的社会，虽经过了好几次的血潮的洗荡，至今还是像陈年的肺病患者似的，在恹恹一息地挣扎着生存在那里呢。""于不断记载着拐、骗、奸、淫、掳、杀的日报上的社会新闻里，谁能不嗅些《金瓶梅》的气息来。"他说："《金瓶梅》的社会是并不曾僵死的；《金瓶梅》的人物们是至今还活跃于人间的，《金瓶梅》的时代，是至今还顽强地在生存着。"他说的是国民党反动派统治中国时的社会现实，的确与"《金瓶梅》的时代"很像。郑振铎在此文中还没有提到蒋介石反动派对几十万以上共产党人和人民群众的大屠杀、大搜捕、大镇压，其凶残、黑暗，比宋、元、明、清时代还更厉害得多呢。

郑振铎说："除了秽亵的描写外，《金瓶梅》实是一部了不起的好书，我们可以说，它是那样淋漓尽致的把那个'世纪末'的社会，整个的表现出来。它所表现的社会是那么根深蒂固的生活着。这几乎是每一县都可以见得到一个普通社会的缩影。但仅仅为了其中夹杂着好些秽亵的描写之故，这部该受盛大的欢迎与精密的研究的伟大的名著，三百五十年来却反而受到种种的歧视与冷遇，——甚至毁弃、责骂。"这显然是不公正的。

郑振铎称赞《金瓶梅》词话本是"伟大的名著"，作者是"那位伟大的天才"，说"我们如果除去了那些秽亵的描写，《金瓶梅》仍是不失为一部最伟大的名著的，也许'瑕'去而'瑜'更显。我们很希望有那样的一部删节本的《金瓶梅》出来。"但新中国成立后，毛主席批示出版的两千部却是全本，而不是删节本。毛主席的认识比郑振铎了不起得多。

郑振铎认为《金瓶梅》词话本的作者是"那位伟大的天才"，又说"那位《金瓶梅》作者"云云。显然他认为词话本的"作者"是一人。明代万历时欣欣子在《〈金瓶梅词话〉序》中说作者是"兰陵笑笑生"，是"吾友笑笑生"，廿公在万历时作的《跋》中说作者是"世庙时一钜公"，都认为作者是一人。郑振铎读过此序与此跋，他也认为作者是一人。他说："伟大的写实小说《金瓶梅》恰便是由《西游记》《水浒传》更向前进展几步的结果。"把它定位为"伟大的写实小说"，比有一些人说它是"自然主义的小说"，评价是升高了。

美国学者海托华、我国学者黄霖、吴敢、周钧韬等等名人都对《金瓶梅》有高度评价。我也受有他们的正确说法的影响。我打算以后在书中详谈。

四

我从 1985 年研究《金瓶梅词话》到 2013 年，在二十八年间，也认为作者是一人，即江苏"兰陵"（武进县）人王穉登，字百谷。但从 2014 年 1 月起，我重新研究《金瓶梅词话》时，发现书中有不少是两个人的文字，原作者应是"兰陵"的一个民间才人，不是"嘉靖间大名士"，不是"世庙时一钜公"。"嘉靖间大名士"，是万历时大名士袁中郎的说法；"世庙时一钜公"也就是明世宗嘉靖时一位钜公之意，与"嘉靖间大名士"意同或意近。郑振铎在 1933 年时也认为作者是一人。我在二十多年间认为作者是江苏"兰陵"人王百谷，他确实是"嘉靖间大名士""世庙时一钜公"，那时他的名气比王世贞大。王世贞在万历时的文中说"当嘉、隆间，穉登以文章名出世贞上"，就是铁证。但王百谷到后来的万历间，名气降到王世贞之下了。屠本畯于万历二十年（1592）到王百谷的家中拜访他时，读过《金瓶梅》抄本二帙（即二册）。可证王百谷是有该书抄本的人。我二十多年来认为作者是他。

但我从 2014 年 1 月重新研究《金瓶梅词话》时，注意到一百个回目至少有五十四个回目上下句不对仗，其中十一个回目上下句的字数不相同。第六回中写的《鹧鸪天》，不合于这一词牌名。很多处的写法互相矛盾，应是两个人的文字。书中写的一些坏人竟然不避王百谷的长辈们的名讳。原作者应是"兰陵"民间才人，粗改者应是江苏"兰陵"人王百谷，所以书中有两个人的文字。原作者不知道王百谷的长辈们的名讳，故多次不避他们的名讳。写的坏人们姓"王"的也很多。王百谷的远祖本来不姓王，而姓"乌"，为春秋时以力闻者乌获。传了很多代才假冒姓"王"。到了王百谷的曾祖父王洪时，做了王家的上门女婿，遂益发冒充姓"王"。词话本原作者与王百谷初识时都很穷，都很想多挣钱。王百谷会对他说自己的远祖本来不姓王，你不必介意抄本中写有姓王的坏人。原作者知道王百谷能帮助他把抄本以高价卖出，所以力避"百谷"二字讳。《水浒》中写武松弟兄二人和潘金莲都是清河县人，写王婆与西门庆都是阳谷县人。词话本原作者把好人武松弟兄改为阳谷人，使坏人潘金莲仍为清河人，不作阳谷人，把坏人王婆与西门庆都改为清河人，以避王百谷的"穀"。但他没有问王百谷的长辈们之名。《金瓶梅词话》中写的坏人们姓"王"者极多；写的坏人们还有陈洪、乔洪、妓女洪四儿，没有避王百谷的曾祖父王洪的名讳"洪"。王洪之子名叫王景宣，即王百谷的祖父。词话本中写的坏人有庞宣，未避"景宣"的名讳"宣"。关于王百谷之父的记载，一说名叫王可立，一说名叫王守愚。词话本中写了一个坏人名叫崔守愚，未避王守愚的名讳。原作者显然不是王百谷。全书一百回中常识性的低级错误很多，所以原作者是民间才人，并不是"嘉靖间大名士""世庙时一钜公"王百谷，而王百谷只是粗改者而已。他先是从原作者手中得到抄本二帙，时间应是万历十九年冬。因据沈德符《万历野获编》，每年十月初一颁发次年的历书。原作者民间才人应是万历十九年冬十月初一之后，以万历二十年的历书，推算和写小说中的时间的。王百谷粗改后，于万历二十年以高价卖给了江苏金坛县的富人王肯堂，字宇泰。该年屠本畯到王肯堂家中拜访，读了这二帙抄本，王肯堂说"以重资购抄本二帙"，是第一回至第十一回。应是王肯堂告诉了这二帙抄本来自王百谷，所以屠本畯紧接着去苏州的王百谷家拜访，果然又见到抄本二帙，应是第十二回至第二十二回，王百谷尚未以高价将此二帙抄本卖出，屠本畯到王百谷家得以读之。王百谷未对屠本畯说自己是以重资购此抄本二帙。既然这种抄本能卖"重资"（高价），所以原作者和粗改者王百谷必然有重抄本，以便后来继续卖高价，二人分钱获利以救穷。"王"姓是最大的姓，如果书中没有坏人姓王，反倒很可疑了，写这样有许多淫秽文字的书，王百谷就有被官方逮捕法办的危险。所以词话本原作者与修改者是秘密卖高价的。书中有很多姓王的坏人，可转移视线、遮人耳目。

万历二十四年（1596）十月，江苏华亭县大富人董其昌以高价买得抄本十帙，第一回至第五十二回。他对袁小修说："近有一小说，名《金瓶梅》，极佳！"可证此小说应是万历二十四年十月之前不久写的抄本十帙，所以他说"近有一小说"。他此时尚未购得第五十二回以后的四十八回。他又对袁小修说此抄本"决当焚之"。这其实是违心之论，因为如果"决当焚之"，又为何盛赞此小说"极佳"呢？岂非前言后语自相矛盾？又为何把这抄本十帙共五十二回借给袁小修的二哥袁中郎抄写呢？袁中郎当时是吴县知县，略读此抄本后，极为兴奋，对它评价很高，给董其昌的信中说："《金瓶梅》从何得来？伏枕略观，云霞满纸，胜于枚生《七发》多矣！后段在何处？抄竟当于何处倒换？幸一示！"因董其昌只有此书抄本前十帙，没有"后段"（后十帙），所以没有办法回信答覆他。袁中郎"抄竟"前十帙后，必然要把董其昌的前十帙还给他，董其昌很有可能告诉他：这十帙抄本来自王百谷。何况袁中郎抄写时也会发现董其昌的十帙抄本中有王百谷的墨迹。袁中郎与王百谷是朋友，二人通过信，也面谈过，他认识王百谷的墨迹。词话本第四十七、四十八回中写的一个杀人犯"苗青"，来自万历二十二年末刻的《百家公案全传》，这个杀人犯是"董家人"。董其昌是高官、大画家，钱极多。词话本原作者与修改者早已瞄准把抄本以高价卖给他，但他姓"董"，所以把杀人犯"董家人"在词话本中改为"苗青"。不能让杀人犯"董家人"与董其昌同姓"董"。修改后就把十帙抄本一至五十二回卖给了董其昌。时间是万历二十四年十月，地点是江苏华亭，此时抄本第五十三回至一百回还没有写成。写成应在万历二十六年（1598）。汤显祖在万历二十八年（1600）之前，购买过抄本九十五回，缺第十一帙的五回，抄本的书名是《金瓶梅词话》，颇欣赏。此后仍有复抄本。

万历三十四年（1606），沈德符在北京见到袁中郎，谈到《金瓶梅》抄本，问他"曾有全帙否？"袁中郎回答只睹过"数卷，甚奇快！"今惟（湖北）麻城刘承禧家有全本，盖从其妻家（徐阶家）录得者。其实是九十五回抄本，缺五回。袁中郎说自己只看过"数卷"，必是词话本抄本，因为词话本每十回为一卷，袁中郎只读过五卷，所以他说是"数卷"。崇祯本抄本改为每五回为一卷，前半部是十卷，与"数卷"不符合。后来沈德符在《万历野获编》中回忆说："闻此为嘉靖间大名士手笔"，沈德符"闻"自袁中郎，所以他在下文中说："中郎又云"，这是他"闻"自袁中郎的铁证，才与下文的"中郎又云"相合。刘承禧到江苏华亭大富豪徐阶家抄写词话本抄本九十五回时，徐阶早已死，徐阶之子还活着。

所缺的五回是第十一帙，即第五十三回至第五十七回。我考证此五回中有影射谩骂屠隆作的一诗一文低劣，影射谩骂屠隆之妻"专要偷汉"，影射谩骂屠隆乱搞"李侍郎"家的几个丫头、小厮，被李侍郎"逐出门"，"人人都说他无行"等等内容。屠隆号赤水，所以词话本第五十六回中以"水秀才"影射谩骂屠赤水；该回中贬骂的"水秀才"作的一诗一文，又确实是现实中屠隆所作，进一步证明了该回小说中是以"水秀才"影射谩骂屠赤水的。原来万历十二年（1584），屠隆任礼部主事、郎中时，刑部主事俞显卿上书弹劾屠隆与西宁侯宋世恩两家交换妻妾、丫环、娈童纵淫，说两家皆如妓院。万历皇帝览毕大怒！屠隆与宋世恩皆上书自辩。结果万历帝罢了屠隆、俞显卿的官，停发宋世恩的薪俸半年。词话本该回中骂"水秀才"之妻"专要偷汉"，实为影射谩骂屠赤水之妻品行不端。该回中骂"水秀才"在"李侍郎"府里坐馆时，和几个丫头、小厮乱搞，被"李侍郎"逐出门，影射谩骂屠赤水在礼部做官时乱搞别人家的几个丫头、小厮。"李"谐音为"礼部"的"礼"，"坐馆"谐音为"做官"，被"李侍郎"逐出，影射谩骂屠赤水被罢了礼部的主事、郎中之官，被逐出了礼部。屠隆后来多次为自己辩护，也多次为自己之妻（杨枚字柔卿）辩诬，称赞她的品行很好，很贤德，如此等等。所以词话本该回的作者决非屠隆，而应是屠隆之友王百谷。他表面上对屠隆很好，但却写下了此回文字，影射谩骂屠隆作的一诗一文很低劣，又影射谩骂屠隆之妻、屠隆本人的品行都很坏，骂屠隆之妻"专要偷汉"，和别的汉子乱搞；又骂屠隆乱搞别人家的几个"丫头、小厮"，终被"逐出"。正因为王百谷表面上是屠隆之友，所以这五回的一帙抄本（第十一帙）不敢以高价卖出。屠隆于万历三十三年（1605）八月死后，他的妻与儿女还活着，他的好友汤显祖等人也还活着，所以王百谷仍不敢把这五回的一帙抄本卖出。

直到万历四十一年十二月二十二日（公元1614年1月31日）王百谷在苏州家中死后，苏州的一家书坊才到王百谷家中，王百谷之子王留等人在家，该书坊收购了《金瓶梅词话》抄本第一回至一百回终，以及欣欣子作的《金瓶梅词话序》和廿公作的《跋》，予以付刻。到万历四十五年冬刻完，印行前请人作了《〈金瓶梅〉序》，此序作者化名为"东吴弄珠客"。我认为全书原作者应是一位民间才人，但有王百谷的粗改，至少第五十六回应是王百谷所作，全书中是两个人的文字。其他例证见后。

郑振铎说《金瓶梅》崇祯本的小说文字确是比张评本的小说文字"高明得多"，张评本的小说文字"即由彼而出"。他认为词话本比崇祯本的小说文字好；张评本的小说文字"也有妄改处、删节处"，"并不是一部好的可据的版本"。他说词话本"当是最近于原本的面目的"。又说"《金瓶梅词话》才是原本的本来面目"。在郑振铎发表此文之前，吴晗在《清华周刊》上发表了一篇《〈金瓶梅〉与〈清明上河图〉的传说》，吴晗与郑振铎都考论作者不是王世贞。

我的文中和书中考论作者既不是王世贞，也不是屠隆。我说不是屠隆，已如上面所论，当然还有别的一些论据。例如，屠隆一生最孝顺他的寡母赵氏，她守寡三十年，活到了万历二十四年（1596）冬，终年九十八岁。词话本第三十回中却写了一个败家的"赵寡妇"，把庄子连地降价卖给了大坏人西门庆。屠隆的寡母姓赵，屠隆能写这个败家的"赵寡妇"吗？屠隆的次女名叫"爱姐"。词话本中却写坏人韩道国与妻王六儿之女名叫"爱姐"，去做了大奸臣蔡京的管家翟谦之妾。蔡京被充军、翟谦倒台后，她和父母去临清，一路上王六儿和她以卖淫为生。她的父曾嫖娼多人，她的母是西门庆的情妇之一，又和多个男人乱搞。这个"爱姐"后来"爱"上了大坏人陈经济，此时陈经济正与庞春梅私通，又娶了妻葛翠屏。陈经济被张胜杀后，爱姐割发毁目为尼。屠隆能写这个"爱姐"，和自己的次女同名为"爱姐"吗？"屠爱姐"嫁给了会稽县参将茅国器之孙茅藩宪。而"韩爱姐"嫁给大坏人翟谦为妾，与母亲一同卖淫，做大坏人陈经济的情人。可以看出两个"爱姐"，殊不相类。词话本的作者绝非"赵寡妇"之子，也绝非"爱姐"之父屠隆，明矣！屠隆卒于万历三十三年（1605），不可能于次年把抄本九十五回卖给仇家徐阶之子。俞显卿是徐阶的奴才，徐阶父子和俞都是屠隆的仇人。别的论据以后再说。

我说作者不是王世贞，因我考论万历十九年冬才开始作《金瓶梅词话》，而王世贞在万历十八年（1590）就已经死了，不可能是词话本抄本的作者。词话本抄本是一部分、一部分地写出、卖掉的，万历二十年才首先完成二帙抄本，

第一回至第十一回，以"重资"卖给了王肯堂；接着，王百谷才又完成二帙，第十二回至第二十二回，在家中尚未卖出。此时王世贞已死了一两年。万历二十四年十月，董其昌才得到抄本十帙，第一回至第五十二回，后面的四十八回尚未完成，而王世贞已死了五、六年。这四十八回的完成、装订为十帙，应是万历二十六年之事。后来的复抄本一百回装订为二十帙，应是万历三十四年之事。这一年，袁中郎在北京对沈德符说：今惟刘承禧有《金瓶梅》抄本全本，盖从其妻家徐阶家录得者。徐阶死于万历十一年，不可能购得词话本抄本，只能是徐阶之子购得的，购得的时间应是万历三十四年。同年，徐家的女婿刘承禧到徐家抄录了此抄本，实是九十五回抄本，缺第十一帙的五回。袁小修于万历三十七年在江苏镇江拜访刘承禧，从刘手中借抄或购得抄本共九十五回，于同年十一月抵北京，住在二哥袁中郎寓，沈德符从袁小修手中借抄了这九十五回抄本，携归吴中。此时王百谷还活着。据王百谷同邑人夏树芳在祭王百谷文中说，王百谷卒于万历四十一年十二月二十二日。我认为王百谷在万历三十四年把词话本抄本九十五回卖给徐阶之子后，必然还有复抄本，复抄的时间在万历三十五年至三十九年冬之间。在万历三十四年已死的人，都不是《金瓶梅词话》抄本的作者。例如，王世懋死于万历十五年、其兄王世贞死于万历十八年、贾三近死于万历二十年、徐渭死于万历二十一年、屠隆死于万历三十三年，都不是《金瓶梅词话》抄本的作者。

王世贞死于万历十八年（1590），他不可能于万历二十年（1592）把二帙抄本（一至十一回）以"重资"卖给王肯堂。也不可能把另外二帙抄本（十二回至二十二回）送给门客王百谷。合理的说法应是王百谷于万历二十年把二帙抄本（一至十一回）以"重资"卖给了王肯堂，屠本畯于本年去拜访王肯堂，读了此二帙抄本。屠本畯根据王肯堂提供的线索去拜访王百谷，果然又见到抄本二帙（十二回至二十二回），屠本畯又读之。王百谷已穷困潦倒，不可能像富人王肯堂那样以"重资"购此二帙抄本。王百谷应是从搭档原作者"兰陵"民间才人手中先得到抄本二帙（一至十一回），以高价卖给了王肯堂；又从"兰陵"民间才人手中得到二帙抄本（十二回至二十二回），还没有来得及以高价卖出，老朋友屠本畯登门拜访，读了此抄本二帙。王世贞死于万历十八年（1590），也不可能于万历二十四年（1596）把抄本十帙（一至五十二回）卖给大富人董其昌。汤显祖在万历二十七年（1599）已购得《金瓶梅词话》抄本十九帙九十五回，缺第十一帙的五回，颇欣赏，王世贞已死了九年，不可能是王世贞卖给他的。王世贞还不可能于万历三十四年（1606）把抄本十九帙九十五回（仍缺第十一帙的五回）卖给大富豪徐阶之子。王百谷还有一个搭档曹子念，字以新，称王世贞为舅。王世贞死后，他长住舅家。他死于万历二十五年（1597），死前知《金瓶梅词话》抄本计划完成为一百回，或者已经有了一百回抄本。屠本畯在万历三十五年（1607）写的文中说王世贞家藏有《金瓶梅》抄本全书，实王世贞已死十多年，是曹子念住舅家，他所藏抄本全书。屠本畯说"今已失散"，可证此抄本全书在万历三十五年已失散了。词话本中写大坏人西门庆的原配是陈氏。王世贞、王世懋兄弟二人的祖母姓陈，也是陈氏，王世贞能在词话本中写大坏蛋西门庆的原配是"陈氏"，和自己的祖母同姓"陈"吗？王世贞兄弟二人的母亲姓郁。词话本中却写一个瞎子女艺人姓郁，即郁大姐，被西门庆之妾孟玉楼与潘金莲嘲骂、戏耍。孟玉楼嘲骂她是"贼瞎贱"，潘金莲用筷子夹着肉戏耍她。王世贞能在词话本中写这个盲女艺人姓"郁"，和自己的母亲同姓"郁"吗？词话本中写的坏人有张世廉、张懋德，王世贞能在词话本写这两个坏人名"世廉""懋德"犯自己的爱弟"世懋"的名讳吗？王世懋之妻姓章。词话本中写了一个坏女人姓章，即章四儿，被西门庆长远奸占，她也很淫贱，很多次心甘情愿与西门庆性交，如此等等，并骂自己的丈夫熊旺。王世贞能在书中写这个坏女人姓"章"，与自己的爱弟王世懋之妻同姓"章"吗？说王世贞是此小说的作者，完全可以排除。死于王世贞死之前的人们如李开先等等，也都不是该小说的作者。

古"兰陵"有二地，一在江苏武进县，一在山东峄县。有些研究者说词话本作者是山东峄县人贾三近，或说是贾三近之父贾梦龙。他们二人都合于"兰陵"之一的山东峄县，这没有问题。但贾三近卒于万历二十年（1592），其父贾梦龙约卒于次年（1593），死时已有八十余岁，他们都不可能把抄本二帙卖给江苏金坛的王肯堂，也不可能把另外两帙抄本卖给住在苏州的王百谷。八十余岁的老翁能从山东千里迢迢来江苏的一些地方吗？万历二十四年（1596）他们都已死去，更不可能把抄本十帙（一至五十二回）卖给江苏华亭的董其昌。万历二十七年（1599）他们都已死了六、七年以上，不可能把《金瓶梅词话》抄本十九帙九十五回卖给汤显祖。万历三十四年（1606）他们都已死了十多年，也不可能把抄本十九帙九十五回卖给江苏华亭的徐阶之子。他们的祖先名叫贾德真，词话本中写一个坏人名叫张懋德，未避贾德真的名讳"德"。贾梦龙之父名贾宗鲁，即贾三近的祖父。词话本中写了一些坏人，如韩宗仁、鲁华、陈宗善、金宗明，大坏人陈经济做了道士，法名是"宗美"，被大师兄金宗明鸡奸，他本人仍乱搞女人。还写有坏虔婆"鲁长腿"。都未避贾梦龙之父的名讳"宗鲁"。贾梦龙、贾三近如果是词话本的作者，能写这些坏人用"宗鲁"二字犯长辈的名讳"宗鲁"吗？贾梦龙之妻是陈氏，也就是贾三近的亲妈。词话本中写大坏人西门庆的原配是"陈氏"，已死。贾梦龙能在小说中写西门庆的原配妻是"陈氏"吗？能写西门庆对人说"小人先妻陈氏"吗？能写西门庆的"先妻"和自己（贾梦龙）之妻一样都是"陈氏"吗？贾三近能写西门庆的"先妻"和自己（贾三近）的亲娘一样都是"陈氏"吗？贾三近能在书中写坏人张龙、夏龙溪、钱龙野、赵龙岗、梁应龙，不避父亲贾梦龙的名讳"龙"吗？贾梦龙或贾三近作《金瓶梅词话》之说，也可以完全排除。我现在不完全排除《金瓶梅词话》原作者是山东"兰陵"峄县人，但他决不是贾梦龙、贾三近。我认为原作者是江苏"兰陵"武进民间才人的可能性更大。

我认为词话本原作者也不是徐渭。证据是：徐渭于万历二十一年（1593）死于浙江，据史料记载，此时只有江苏的两家人家有《金瓶梅》抄本，即：江苏金坛王肯堂家中有抄本二帙（第一回至十一回），还有苏州王百谷家中有抄本二帙（第十二回至第二十二回）。万历二十年（1592），屠本畯先后到过这两家读过。徐渭当时即将死亡，身体很不好，不可能到江苏去卖这四帙抄本。徐渭死时，词话本原作者"兰陵"民间才人还没有把第二十二回以后的各回写出，更没有交到粗改人与贩卖者王百谷手中。原作者读了万历二十二年（1594）末刻行的《百家公案全传》第五十回，受其影响，把该回中的蒋天秀员外被杀害一案，在词话本第四十七回、第四十八回中修改为苗天秀员外被杀害一案。对照后可知苗天秀比蒋天秀坏得多。不论他们好与坏，都不应该被杀害。杀害蒋天秀的是男仆"董家人"和同伙陈、翁二船家；词话本中修改为杀人犯是苗天秀的男仆"苗青"和同伙"陈三""翁八"二船家。徐渭最敬爱嫡母苗氏，他不可能是词话本的作者，把"蒋天秀"改为"苗天秀"，不可能改的"苗员外"居然比"蒋员外"坏得多。他更不可能把杀人凶犯之一"董家人"改为凶犯之一"苗青"，比"苗员外"更坏得多，是刑事犯罪分子，与员外的性质不同。徐渭如果是词话本作者，能在词话本中把"蒋"天秀改为"苗"天秀吗？能把罪犯"董家人"改为"苗青",与自己的嫡母同姓"苗"吗?徐渭很敬爱兄长徐淮,词话本中却写了一个坏人冯淮,徐渭能在词话本中不避兄长的名讳"淮"吗?徐渭晚年靠两个儿子的媳妇照料,一人姓叶,一人姓王,都很孝敬他。词话本中写西门庆淫仆妇多人,包括一人姓王,即王六儿;一人姓叶,即叶五儿,又名叶五姐。她们都很淫荡,也都和几个男性乱搞,包括西门庆在内。徐渭如果是词话本的作者,岂能在书中写这两个淫妇,一个姓王,一个姓叶,和自己的两个贤良孝顺的儿媳妇同姓呢?何况徐渭在万历二十一年死于浙江,怎么可能在万历二十四年十月把词话本抄本十帙(一至五十二回)卖给江苏华亭的董其昌?又怎么可能在万历三十四年把十九帙九十五回抄本卖给华亭的徐阶之子?这一切都讲不通。

我在本文中排除了《金瓶梅词话》的原作者是李开先、王世懋、王世贞、王百谷、屠隆、贾梦龙、贾三近、徐渭。此原作者应是"兰陵"民间才人,粗改者应是王百谷,正因为粗改,所以没有认真细致改,也没有改很多常识性低级错误,还没改犯他的长辈们名讳的一些文字。

五

我研究《金瓶梅》三十年,发表文章百篇上下(有一部分与马征合写);出书有《金瓶梅及其作者探秘》《金瓶梅人物大全》《金瓶梅纵横谈》(以上与马征合著)、《红楼梦金瓶梅新探》《鲁歌〈金瓶梅〉研究精选集》,另有一本《鲁迅郭沫若研究》。现在看来,有一些问题说得对,但也有一些问题说错了。毛泽东、邓小平都很强调"实事求是"。我遵循他们的教导,在 2015 年夏天写的《漫谈金瓶梅词话本与崇祯本》一文中,纠正了我说过的一部分错话。那是提交给《第十一届国际〈金瓶梅〉学术讨论会论文集》中的一文,已被收入该论文集中。那次国际学术讨论会是 2015 年 8 月在徐州召开的。我也有幸做了大会发言。每位发言限制为 10 分钟。我在发言中也纠正了自己过去说错了的一部分问题,我在文中写得很详细。

2016 年 6 月 15 日,我收到了第十二届国际《金瓶梅》学术研讨会的通知,邀我莅会,于同年 7 月 10 日之前,将会议论文电子文本发给会议联络人(程刚),以便统一编印。现在已是 6 月 26 日,论文尚未写完。拟在近日写完后找打印人(我不会打印),我亲自校对几遍电子文本后发出。我写的论文题目是

《毛泽东、鲁迅、郑振铎等名人赞〈金瓶梅〉对我的影响》。主要谈毛泽东、鲁迅、郑振铎赞《金瓶梅》对我的影响。也谈了董其昌、袁中郎赞《金瓶梅》；但因时间很紧，不能谈美国学者海托华、我国学者谢在杭、张竹坡、吴敢、黄霖、刘辉、周钧韬等等名人赞《金瓶梅》对我的影响了。我现在认为黄霖先生有许多说法是正确的；但也有一些说法值得商榷。我受有他与刘辉先生的一些正确说法的影响。我在去年的第十一届国际《金瓶梅》学术讨论会上已纠正了我过去说错的一部分问题。现在打算继续纠正自己以前说的一部分错话。

黄霖先生认为今存于世的《金瓶梅词话》中国和日本的藏本是万历时的初刻本，我现在认为是正确的。我过去多次说它们是天启元年（1621）的重刻本，是说错了。我误说它们是天启元年的重刻本，证据是：沈德符在万历四十七年（1619）新秋编成的《万历野获编》中，说自己读过苏州印行的《金瓶梅》初刻本一百回，可证万历四十七年新秋，此书的初刻本已经印行了；但我读《金瓶梅词话》第十四回中刻印了一个坏人"花子由"，有两次，第三次作"子由"；但第三十九回、六十二回、六十三回、七十七回、七十八回、八十回中，共14次改刻为"花子油"，这是因为天启皇帝朱由校在刻书刻到第三十九回时登基了，所以14次把坏人花子由改刻为"花子油"，以避新皇帝的名讳"由"。因此，这一刻本是天启元年（1621）的重刻本，不是沈德符在万历四十七年（1619）就已读过的初刻本。我的这一误说影响了马征，她同意我的这一说法，在我和她合写的一些文章和书中也多次是这一说法。我单独写的文章和书中也多次是这一误说。她单独出的书中也用了这一说法。2015年6月台湾学生书局有限公司出版的《黄霖〈金瓶梅〉研究精选集》中，同意马征书中的这一说法。其实是我的这一说法贻误了马征与黄霖先生及不少读者。同年同月台湾学生书局有限公司出版的《鲁歌〈金瓶梅〉研究精选集》中，我仍重复了这一误说。我在2015年7月至8月写的《漫谈金瓶梅词话本与崇祯本》一文中，才纠正了我自己二十多年的这一很多次的误说。自我纠正比别人纠正更及时。我特此向被我贻误的马征、黄霖、李时人等先生及其他读者道歉。

我是怎么发现自己说错了的呢？2015年7月我重新读《明史》，知万历三十三年十一月，皇长孙朱由校诞生，万历皇帝非常高兴，于是"诏告天下"，十二月又"诏赦天下"，这是"天下"很多臣民知道的事。《金瓶梅词话》抄本既然能卖高价，原作者"兰陵"民间才人或粗改者王百谷必然有多种复抄本，以便继续卖高价赚大钱。其中一种复抄本应开始抄于万历三十三年春夏，第十四回中抄有两次"花子由"，第三次抄为"子由"。抄到第三十九回时，已到了万历三十三年十一月中旬，皇帝的长孙诞生了，万历帝非常欢喜，于是"诏告天下"，十二月又"大赦天下"。我查阅史料，万历皇帝的长孙朱由校诞生于万历三十三年十一月十四日深夜，合公元为 1605 年 12 月 24 日凌晨。词话本原作者民间才人和粗改者王百谷得知万历帝"诏告天下"的消息，应是在万历三十三年十一月下旬，也就是公元 1606 年 1 月初。他们得到万历帝"诏赦天下"的消息更晚，应是在公元 1606 年 1 月和 2 月之间。他们二人或其中一人把抄本第三十九回、六十二回、六十三回、七十七回、七十八回、八十回中的"花子由"改写为"花子油"，应是万历三十三年十一月下旬到十二月之间的事，即 1606 年 1 月至 2 月之间的事，是为了避万历皇帝宠爱的长孙朱由校的名讳"由"，而不是为了避天启皇帝朱由校的名讳"由"。14 次改"由"为"油"的时间是万历三十三年十一月中旬至万历三十九年之间，而不是天启元年。刻本是按照此复抄本中的写法刻的，付刻的时间应是万历四十一年十二月二十二日王百谷死后，刻成的时间是万历四十五年冬，是万历时的初刻本，而不是我过去误说多次的天启元年的重刻本。中、日的刻本是同一刻本，都是初刻本，至今尚未发现还有比它们四个刻本更早的刻本。不过日本栖息堂藏本是苏州同一个书坊的第二次印刷本而已。中、日的另外三个藏本（中国藏本、日本慈眼堂藏本、京都大学图书馆藏二十三回残本），都是苏州同一个书坊的初刻本第一次印刷本。此刻本于万历四十五年冬在苏州至少印刷过两次。印刷量应在一百部以上。到 1932 年时，中国只存下了一部；日本只存下了两部又二十三回，是很久以前从中国流传到日本去的。它们都是万历四十五年冬的初刻本。

屠隆卒于万历三十三年八月，没有活到同年十一月十四日皇长孙朱由校诞生，没有活到本年十一月"诏告天下"和十二月"诏赦天下"，不可能为避万历皇帝的长孙朱由校的名讳"由"，14 次把花子"由"在抄本中改为"油"，所以屠隆不是此抄本的原作者民间才人，也不是修改者。比屠隆死得更早的李开先、王世贞、贾三近、贾梦龙、徐渭等等，更不可能 14 次把"由"改为"油"了。他们都不是词话本的原作者或修改者。

崇祯本中十多次把"花子由"改为"花子繇"，是为了避朱由校的名讳"由"，也是为了避崇祯皇帝朱由检的名讳"由"，改"由"为"繇"，比词话本中改"由"为"油"，避讳更彻底、更显然。词话本第四十八回中写曾孝序弹劾西门庆"行检不修"，崇祯本改为"行简不修"，是为了避朱由检的名讳"检"。词话本第九十五回中写坏人"吴典恩新升巡检""吴巡检""吴典恩做巡检""吴巡检那厮这等可恶"等等，第九十七回中写的"吴巡检"，共十多个"检"，崇祯本中都改为"简"，都是为了避朱由检的名讳"检"。也可证词话本在前，崇祯本在后。

我现在认为词话本开始作于万历十九年冬十月初一之后，还有一个证据，就是第十回中写大坏人西门庆结交了一些朋友，连他在内，是"共十个朋友"，同吃喝、逛妓院，等等，其中有一人是"常时节"。第十一回中也写了他们一伙，包括"常时节"在内，显然都不是什么好人，西门庆的朋友们多是帮嫖的，多是没钱能嫖妓的。词话本第十回、十一回在抄本第二帙中。第一帙、第二帙抄本以高价卖给了王肯堂。以后的一些回中也写了多次这个"常时节"。第五十七回中写西门庆对吴月娘说自己"……就使强奸了常娥……也不减我泼天富贵"。写的是"常娥"，而不是"嫦娥"。这些都证明了词话本抄本应写成于万历四十年之前，刻本刻成于万历四十五年冬。据《明史》中记载，万历皇帝于万历四十八年驾崩后，皇太子朱常洛登基，是为泰昌皇帝，朝廷诏令常州府改名为尝州府。也就是说，万历皇帝在位时，可以名为常州府；朱常洛登基做了新皇帝，就不能用"常"字了，必须改名为尝州府。词话本中多次写的"常时节"，西门庆说的自己"就使强奸了常娥……"都用了"常"字，可证词话本抄本、刻本，都是泰昌皇帝朱常洛登基之前万历皇帝还活着在位时完成的。朱常洛只做了一个月皇帝就死了。崇祯本的改定者没有十分在意此事，只是把词话本中的"常时节"修改为"常峙节"而已。我说崇祯本的改定者"没有十分在意"，并不是说他根本不在意。他把"就使强奸了常娥"修改为"就使强奸了姮娥"，还是避了朱常洛的名讳"常"的。万历至崇祯时避皇帝、皇孙的名讳并不是十分严格，但完全不避讳也不行，词话本、崇祯本能做到基本上避讳就算可以了。如词话本第六十一回中还有一处"花子由"没有改为"花子油"，便是"漏网之鱼"，崇祯本中把此处"花子由"改成了"花子繇"。但崇祯本第十四回中还有几处"花子由"，没有改为"花子繇"，没有避朱由校或朱由检的名讳"由"。但后来十多次改为"花子繇"，避了朱由校和朱由检的名讳。

黄霖先生说，研究者们谈作者问题应该从山东人的框框中跳出来，我认为也是正确的。词话本中的一些词曲，基本上是"吴骚"，即吴地（江苏）的词曲，与王百谷辑的《吴骚集》中的一些词句相同或相近。例如：

王百谷辑《吴骚集》中的词句	《金瓶梅词话》中的词句
空教人……叫着他名儿骂	空教奴……叫着他那名儿骂
一夜夫妻百夜恩	一夜夫妻百夜恩
人生最苦是别离	人生最苦是离别
新泪腮边，界破残妆面	啼痕界破残妆面
跌绽了凤头鞋	跌绽了绣罗鞋
把凤头鞋跌绽	
谁想今番是你心变了	谁想今日他把心变了
羞把菱花照	羞把菱花来照
锦被空闲在	锦被空闲在
都是命里合该	都应是命里合该
黄犬音乖	黄犬音乖
顿教人转添憔瘦	自从他去添憔瘦
撇的人来没下稍	撇的我无有个下稍
鬼病恹恹	鬼病恹恹
空蹙破两眉翠尖	愁压损两眉翠尖
香闺泪暗流	香闺泪暗流
是我缘悭分浅	是我缘薄分浅
一似风中絮	一似风中柳絮
玉砌兰芽小	玉砌兰芽小
恹恹害	恹恹害
教我越添愁闷	对景越添愁闷
瘦形骸一向啤嗻	瘦的啤嗻
亏心自有天知道	负心的自有天知道
一日思君十二时	一日相思十二时
把栏杆十二闲凭遍	十二栏杆闲凭遍

还有一些例子，我就不举了。如果说以上是山东词曲书中的句子，实拿不出证据来。请研究者们对照王百谷辑的《吴骚集》一书，是"吴骚"，不是鲁骚。

《水浒传》中写潘金莲嫁给了矮子武大郎，她后来与西门庆私通，毒死武大郎，武松杀了她和他。《金瓶梅词话》中改为武松误杀了李外传，西门庆未死，纳了她为第五房妾。她先后为武大郎、西门庆的"妻小"。作者在写此故事之前，写"端的不知……谁的妻小？后日乞何人占用？""乞"字不通。武大郎、西门庆都不可能"乞"求别人"占用"她。"乞"是"吃"之误，"吃"是"被"的意思，"吃何人占用"即被何人占用之意。抄本中写的是"吃"，写得潦草，像是"乞"，刻工误刻为"乞"。《水浒传》《金瓶梅词话》《红楼梦》中写男人、女人都用"他"；到1920年刘半农发表文章才提出写女性应该用"她"字。《金瓶梅词话》第一回中写潘金莲想勾引小叔子武松，一双眼只看着武松身上，"武松乞他看不过，只低了头，不理他"。"武松乞他看不过"并不是武松乞求她看不过的意思，难道武松还要"乞求"她看吗？岂不成了笑话？这个"乞"字在《水浒传》第二十三回中作"吃"，是"被"的意思，"吃他看不过"是被她看不过的意思。《金瓶梅词话》抄本中此处"吃"字写得潦草，像是"乞"字，刻工就刻错成"乞"字了。山东人读"吃"为"乞"，但江苏人也读"吃"为"乞"，不应该是"乞"字就是山东话。下文写潘金莲叫武松搬来家里住，"若是不搬来，俺两口儿也吃别人笑话"。"也吃别人笑话"即也被别人笑话之意，词话本中这一个"吃"字没有刻错。下文写武大郎对潘金莲说"休要高声，乞邻舍听见笑话"。"乞"，《水浒》中作"吃"。第二回中写武大"乞那婆娘骂了三四日"，并不是武大乞求老婆骂了三四日之意，"乞"，《水浒》也作"吃"，"吃那婆娘骂了三四日"，即被那婆娘骂了三四日之意。《水浒》第二十四回中写西门庆求王婆做媒，王婆说："……你宅上大娘子得知时，婆子这脸怎吃得耳刮子！""吃"，词话本误刻为"乞"；"耳刮子"，词话本刻漏了"耳"字，此句误刻为"老婆子这脸上怎乞得那等刮子！""乞"显然是"吃"字之刻误，抄本上应写的是"吃"，写得潦草，被刻工误刻为"乞"。词话本中的这些文字基本上是从《水浒》中抄来的，因抄得潦草，有些"吃"像是"乞"，刻工误刻为"乞"了，但另有一些"吃"字没有刻错。刻错的一些"乞"，如此等等，像是山东话，郑振铎、吴晗、鲁迅等人遂认为是山东话。其实江苏人也读"吃"为"乞"，至少江苏的一些地方的人读"吃"为"乞"。何况词话本某些回基本上是从《水浒》抄来的，《水浒》中作"吃"而不作"乞"呢。黄霖先生说应该从山东人的框框中跳出来，比郑振铎、吴晗、鲁迅说作者是山东人高明。

　　黄霖先生说词话本开始写作于万历二十年左右，是作者基本上以万历二十年的历书来推算词话本中的时间的。我也基本上同意这一说法。我认为万历十九年冬十月初一日以后就可以得到次年的历书，《金瓶梅词话》应是开始写作于万历十九年十月初一之后，王世贞已死。《明史》中记载王世贞对王百谷不甚推重，如果王世贞还活着，王百谷是不敢接民间才人写的《金瓶梅词话》抄本的，也不敢进行粗改，更不敢找一些富人去卖高价获大利了。万历二十年屠本畯从王百谷家中读到抄本二帙，如果文坛领袖王世贞还活着，屠本畯把这一信息去对王世贞说了，王世贞读了此抄本，其中有不少淫秽的描写，王世贞会责备他（王百谷）的。正因为王世贞已死，他才敢"大胆妄为"。

　　我认为《金瓶梅词话》的写作和完成是对中国文学、世界文学的很大贡献。冯梦龙赞为"四大奇书"中的一部。张竹坡更赞《金瓶梅》为"第一奇书"，即《三国演义》《水浒传》《西游记》都比不上它，应排名为"第一"。那时还没有《红楼梦》。我认为后来的《红楼梦》超过了它；《三国演义》《水浒传》都不能和它相比，特别是比不上词话本。

　　黄霖、吴敢、周钧韬等等先生赞《金瓶梅》，对我都有影响。

六

　　但词话本中也有很多刻错之处，基本上是抄本中不错，但因写得潦草，被刻工刻错了。例如：欣欣子《金瓶梅词话序》中写的应是"元微之"，抄本中的"微"应是草书，刻工不能辨认，遂误刻为"徽"字了。欣欣子不可能不知道"元微之"。抄本中写的是"一时怒发无明火"，"火"字潦草，像是"穴"字，刻工遂把"无明火"误刻为"无明穴"了。

　　词话本刻本第一回中写武松打死了老虎，它"倘卧着，却似一个绵布袋"。"倘"，《水浒传》中作"躺"；"绵布袋"，《水浒传》中作"锦布袋"。词话本抄本中这些应是基本上抄《水浒传》中的写法的，所以抄本中不误，但因"躺"字草书与"倘"字形近，"锦"字草写与"绵"字形近，遂被刻工刻错了。

　　《水浒传》与《金瓶梅词话》都写武松打虎是在傍晚，《水浒传》中有"触目晚霞"等语，《金瓶梅词话》抄本中也应是这样写的，但"晚"字潦草，像是"晓"字，刻工遂误刻为"晓"，武松打虎在傍"晚"，就变成在拂"晓"了，岂不荒唐！

《水浒传》第二十二回至二十四回中写武松是清河县人，在清河县因酒醉打了"本处机密"（看机密房的人），逃到沧州横海郡柴进庄上，躲灾避难一年有余，打听到那个机密没有死，被救活了，武松要回清河县看望哥哥（武大郎），别了柴进、宋江、宋清。行了几日，来到阳谷县地面。上景阳冈打死老虎后，被阳谷县知县参做本县步兵都头。他走出县前玩时，遇见武大郎。武大对他说，近来在清河县娶了妻，被清河县人们欺负，就搬到这阳谷县来赁房居住。原来清河县有一个大户，有个使女名叫潘金莲，二十余岁。那个大户纠缠她，她去告主人婆，意下不肯依从。大户恨记于心，倒赔房奁，不要武大一文钱，白白地嫁与他。清河县里有几个奸诈浮浪子弟，却来他家里缠她。这妇人嫌武大身材短矮，人物猥獕，不会风流。她"爱偷汉子"，"若遇风流清子弟，等闲云雨便偷期。"武大是个懦弱依本分的人，被这一班人不时在门前叫道："好一块羊肉，倒落在狗口里！"武大在清河县住不牢，搬来这阳谷县紫石街赁房居住，每日仍挑担卖炊饼。他引着武松到家，见了嫂嫂。她后来调戏武松，遭武松斥骂。本县知县赚得好些金银，派武松去京城里一个亲戚家里收贮，说是"要送一担礼物去"。武松就与兄嫂告别，叮咛兄长"每日迟出早归"等等，对嫂嫂说"把得家定"等等，又引古人言"篱牢犬不入"，遭潘金莲斥骂。武松叮咛哥哥"我的言语休要忘了"。接着，武松就和县衙里的四个人去了东京。后来，潘金莲遇见西门庆。武大郎夫妻的间壁是王婆的茶坊。西门庆求王婆撮合与潘偷情，说给王婆"送十两银子"，又说事成后，"我自重重的谢你"。西门庆与潘金莲在王婆茶坊里私通、毒死武大郎，都发生在阳谷县紫石街。

《金瓶梅词话》的原作者民间才人，不甘心与《水浒传》中的写法完全雷同，在词话本第一回中写：武大郎名叫武植，是山东阳谷县人（《水浒》作清河县人），身不满三尺（《水浒》作身不满五尺），因时遭荒馑，卖了祖房儿（刻本中误刻为"租房儿"，"祖"与"租"，形近而误），与兄弟武松分居，搬移到清河县居住（《水浒》作武大与妻潘金莲从清河县搬到阳谷县紫石街赁房居住）。武松因在阳谷县酒醉打了"童枢密"（即朝廷大臣童贯，《水浒》作武松在清河县酒醉打了"本处机密"，按：武松不可能打"童枢密"），逃到沧州横海郡柴进庄上。住了一年余，因思念哥哥，告辞归家。上景阳冈之前，吃了几碗酒（《水浒》作吃了十五碗）。在景阳冈上打死老虎之后，被清河县知县（《水浒》作阳谷县知县）参做清河县的巡捕都头（《水浒》作阳谷县的步兵都头）。词话本中写武大郎在阳谷县时已经娶了妻（不是潘金莲），并生有一个女儿，与《水浒》的写法不同。词话本第一回中写武大因时遭荒馑，由阳谷县搬移在清河县紫石街，赁房居住。终日挑担子出去卖炊饼。"不幸把浑家故了，丢下个女孩儿，年方十二岁，名唤迎儿，爷儿两个过活。那消半年光景，又消折了资本（这些也和《水浒》的写法不同），移在大街坊张大户家临街房居住……"张大户连房钱也不问他要。张大户趁老婆余氏赴席不在家，把使女潘金莲"收用"了。从此，他身上添了几种病。余氏察知后，与大户嚷骂了数日，苦打金莲。"大户早晚还要看觑此女，因此不要武大一文钱，白白的嫁与他为妻。"张大户甚是看顾武大，给他银两做本钱。武大挑担出去，张大户就进他房中与金莲厮会。"武大虽一时撞见，亦不敢声言。"张大户死后，余氏察知其事，怒令家童将金莲、武大赶出。武大又寻紫石街西王皇亲房子，赁内外两间居住（这写的是清河县紫石街，不是《水浒》写的阳谷县紫石街）。潘金莲对武大"甚是憎嫌"，加之武大一味爱喝酒（《水浒》未写武大"一味"爱喝酒），潘金莲更憎嫌他。武大挑担出去后，金莲常打扮得光鲜，站在门外，"双眼传意"，勾引男子。有几个奸诈浮浪子弟见她"打扮油样（油头粉面样），沾风惹草"，就唱叫："这一块好羊肉，如何落在狗口里！"词话本的作者也写她"好偷汉子"，"若遇风流清子弟，等闲云雨便偷期"。写她"勾引的这伙人……口里油似滑言语，无般不说出来。因此武大在紫石街住不牢，又要往别处搬移。"显然是要搬到远处去，以避免"这伙人"与金莲交往。接着，潘金莲"把钗梳凑办了去"，"典得县门前楼，上下两层，四间房屋居住。第二层是楼，两个小小院落，甚是干净。"接着写："武大自从搬到县西街上来，照旧卖炊饼。"下来写武大与兄弟武松相遇，引武松到家见嫂嫂，小女迎儿拿茶出来（《水浒》中无小女迎儿）……武大出去买酒菜回来，又去"央了间壁王婆子来，安排端正"……写潘金莲想调戏勾引武松，把武大早赶出去做买卖，"央及间壁王婆，买了些酒肉"……词话本第二回中写王婆的茶坊在武大家的"间壁"，即隔壁。写西门庆来王婆茶坊，想勾搭间壁的潘金莲，王婆看出来、也猜出来了，对西门庆说："已定是计挂着间壁那个人。"此句在《水浒》第二十四回中作："以定是记挂着隔壁那个人。"

综上可知：《水浒》中写武大、潘金莲、王婆、西门庆的故事主要发生在阳谷县紫石街；《金瓶梅词话》的原作者则写为以上故事主要发生在清河县的"县西街"。词话本的修改者没有读懂，在全书中很多次改为武大与潘金莲的家是在紫石街，间壁王婆的茶坊也在紫石街，皆大错！可证词话本的作者与修改者是两个人。这样的例子极多，我就不再举例了。

词话本第二回中刻有潘金莲"六鬓斜插一朵并头花"，大谬！她怎么会有"六鬓"呢？抄本中写的应是"云鬓"，"云"字潦草，像是"六"字，刻工就误刻为"六鬓"了。词话本第四回、第六回、第八回中也写有"云鬓"。词话本抄本中既有简体字，也有繁体字。抄本第二回中写的"云鬓"的"云"是简体字，写得潦草，被误刻为形近的"六"。

词话本第十四回中刻的"句又来"不通，抄本中应是"可又来"，"可"与"句"形近，刻工误刻为"句"。

词话本第十七回中刻的"张达残于太原"意不通，抄本中应写的是"张达殁于太原"，"殁"字是草书，刻工不能辨识，误刻为"残"。张达战"殁"之事，见《金史·张中孚传》，写张中孚"父达，仕宋至太师，封庆国公。中孚以父任补承节郎。宗翰围太原，其父战殁……"王百谷祖籍太原，应知此事的典故。

词话本刻本第二十九回中写西门庆与潘金莲云雨，写她"星眸惊欠之际，已抽拽几十度矣"。"惊欠"不通，抄本中应写的是"惊闪"，"闪"字草书像是"欠"字，刻工误刻为"欠"。此处典故出自《如意君传》，写唐高宗死后，年老的武则天与多个年轻男子性交，其中之一是"如意君"薛敖曹，写武则天"星眸惊闪之际，被曹已抽拽数十次矣"。"曹"即薛敖曹。词话本的刻工不知典故出自《如意君传》，未能核对；又不知"闪"字草书与"欠"字形近，遂把"惊闪"误刻为"惊欠"了。词话本第三十七回中写西门庆与仆妇王六儿乱搞，"一个莺声呖呖，犹如武则天遇敖曹"，"敖曹"即薛敖曹，可证词话本作者或修改者是读过《如意君传》的。词话本在此二句之下还刻有二句："一个燕喘吁吁，好似审在逢吕雉。"抄本中第二句应写的是"好似审食其逢吕雉"。刻工漏刻了"食"字，又因"其"字草书像是"在"字，刻工不能辨识，故误刻成了"在"字。吕雉宠幸审食其之事，见《史记·吕后本纪》等。"犹如武则天遇敖曹"一句与"好似审食其逢吕雉"一句对仗。

词话本刻本第四十六回中写"宁逢虎摘三生路，休遇人前两面刀"，"摘"字不通。抄本中应是"挡"字草书，刻工不能辨识，误刻为"摘"。

词话本刻本第四十九回中刻为"陕西巡按御史宋盘就是学士蔡攸之妇兄也，太史阴令盘就劾其家人，锻炼成狱，将孝序除名，窜于岭表，以报其仇。"

抄本中应写的是"宋圣宠""圣宠",因是草书,刻工不认识,遂误刻为"宋盘就""盘就"了。抄本中写的是"太师",指的是蔡京。刻工刻时读的是"太师",却误刻成了音同的"太史"。这一段所写之事,典故出自《宋史》中的《曾孝序传》与《蔡攸传》。写曾孝序与蔡京争论,蔡京恨之。曾孝序上书弹劾蔡京之法,蔡京益怒,"遣御史宋圣宠劾其私事,追逮其家人,锻炼无所得,但言约日出师,几误军期,削籍窜岭表"。《宋史·蔡攸传》中说,蔡攸妻"宋氏出入禁掖……"可证作者或修改者读过《宋史》。前面引的张达"殁"于太原之事,典出于《金史·张中孚传》,可证作者或修改者也读过《金史》。

这一类的刻误应是词话本抄本中不误,而由于刻工不能辨识,在刻本中刻误了。此类例子能举出数百条,甚至上千条。但也有一些是抄本中之误,刻本中遂刻误了,另当别论。马克思主义的活的灵魂是:具体问题,具体分析。

有的研究者认为词话本底本是个说书艺人的抄本,大量使用俗字、生造字等等,所以刻本中有一些错字。如欣欣子《金瓶梅词话序》中的"既不出了于心胸","出"字不通,应是"能"字,"出"在抄本中写的是"能"字的后一半,以代"能"字,刻工误刻为"出"字,不通了。词话本第五回中刻的"武大一病五日,不出勿起",第二句不通,抄本中写的应是"不能够起","能"字应写的是后一半,以代"能"字,刻工误刻为"出"字。词话本第三十一回中刻的"笑时能近眼","能"字不通,抄本中应写的是"七",以代"花"字,刻工误刻为"能"字。词话本第三十九回中刻的"隔墙掠肝能,死心塌地","能"字不通,抄本中应写的是"七",以代"花"字,刻工误刻为"能"字。词话本第六十回中刻的"算来花有几人通","花"字不通,抄本中写的应是"七",或应是"能"字的后一半,以代"能"字,被刻工误刻为"花"字了。词话本第六十五回中刻的"花丧鼓不住声喧","花"字不通,抄本中应写的是"出"字俗体,刻工不能辨识,遂误刻为"花"字了,"花丧"应作"出丧"。

我基本上不同意这些说法。第一,词话本底本不是个"说书艺人"的抄本,嘉靖、隆庆、万历、泰昌、天启时,没有人记载过"书会"中有"说书艺人"说过《金瓶梅》或《金瓶梅词话》的事。作者是民间才人,而不是"说书艺人"或"书会才人",和"书会""说书"无关。作者没有去"书会""说书",没有去"书会"说有这么多淫秽内容的书,否则就会被官方逮捕法办。作者只是在暗中偷偷地写这样的书,有一个很神秘的搭档修改人,先把二帙抄本(一至十一回)

于万历二十年，悄悄地以"重资"卖给富人王肯堂，而不是去"书会"里"说书"。后来又于万历二十四年十月偷偷地把十帙抄本（一至五十二回），卖给大富人董其昌，也不是在"书会"里去"说书"。更后来，把抄本九十五回很神秘地卖给大富豪徐阶之子，也不是在"书会"里"说书"。一百回的大书，如果在"书会"里"说书"，至少要说几个月，万历时人们就早知道"说书艺人"是谁了，也就是万历时人们早就知道作者的姓名了；可是从万历二十年（1592）到现在，四百二十多年来，很多的研究者也考证不出作者的真实姓名。尽管已经有了一百种上下的说法，但至今还考不出作者的真实姓名是什么。第二，"既不能了于心胸"，抄本中"能"字是草书，与"出"字草写形近，刻工误刻为"出"。第三，抄本中写的应是"不能勾起"，"能"字草书与"出"字草写形近，刻工再一次误刻为"出"；"勾"在那时与"够"是通假字，但在抄本中写得潦草，"勾"与"勿"字形近，刻工误刻为"勿"。遂把抄本中的"不能勾起"误刻为"不出勿起"了。第四，抄本中写的是"笑时花近眼"，"花"字潦草与"能"字草写形近，刻工误刻为"笑时能近眼"，不通。第五，抄本中写的应是"隔墙掠肝花"，"花"字潦草与"能"字草写形近，刻工误刻为"隔墙掠肝能"，不通了。崇祯本改为"隔墙掠肝肠"，非是。因"花"字潦草不与"肠"字形近。第六，词话本抄本中写的应是"出丧鼓不住声喧"，刻本误刻为"花丧鼓……"不通了。"出"字写得潦草，像是"花"字写得潦草，遂误刻为"花"。

有的研究者认为，词话本的作者是书会中的说书人，或者叫作"书会才人"，他说书时有弟子记录，所以记下来的同音错字较多。若照此说，我在上面举的许多例子就讲不通，不是"同音而误"，而是"形近而误"。如"无明火"误刻为"无明穴"，"锦布袋"误刻为"绵布袋"，"晚霞"误刻为"晓霞"，"云鬟"误刻为"六鬟"，"可又来"误刻为"句又来"，"殁于太原"误刻为"残于太原"，"星眸惊闪"误刻为"星眸惊欠"，"虎挡三生路"误刻为"虎摘三生路"，"宋圣宠""圣宠"误刻为"宋盘就""盘就"。如此等等。当然书中也有一些"同音而误"。例如，我认为刻工读的抄本上的文字是"废军中大事"，把"废"误刻为同音字"费"了。读的抄本上的文字是"祖房儿"却误刻为"租房儿"了，"祖"与"租"，是他的"同音字"。他读的抄本上的文字是"也有几时"，把"几"误刻为"计"了，该刻工读的"几"和刻出的"计"，是他的"同音字"。读的抄本上的文字是"记挂着"，把"记"误刻为同音字"计"了。这一类的例子不少。我常常抄古籍中的文字，读的是一个字，抄出来的却是同音的错别字。我不同意有人说词话本的作者是"书会才人""说书艺人"，他在"书会"中"说书"，说的是《金瓶梅词话》，他的弟子边听边记录，记录下来了一些同音的错别字。我认为这种说法是错的。

《金瓶梅词话》是伟大的世界文学名著，应认真校点它。我读过一些校点本，认为白维国、卜键先生的本子、陶慕宁校注和宁宗一先生审定的本子、梅节先生的本子比较好。恳望以上诸位先生能出版更好的本子，也恳望其他学者能出更好的本子。《红楼梦》当然更伟大，但至今还没有一部很理想的校注本，我读过的校注本有 20 种以上，每一种本子中的错误都极多！应该出一个好本子。我以后再详谈这一问题。

我的以上种种说法，若有错误，敬请批评指正。

2016 年 6 月 30 日凌晨 4 时写完于西安市祥和雅居，7 月初校毕。

附记：

2016 年 10 月我在第 12 届国际金瓶梅学术研讨会上，领到一本《"兰陵笑笑生"李贽说与〈金瓶梅词话〉研究》，中州古籍出版社 2014 年 3 月版，58 万字。我在暨南大学开会时只读了一少部分，回到西安市后才读完。我以为李贽不是《金瓶梅词话》的作者，有十多条证据，以后争鸣商榷，并敬请研究者们指正。

2017 年 3 月 8 日写于西安市祥和雅居。

[作者简介] 鲁歌，西北大学文学院教授。

在双楂书屋，聆听吴晓铃先生论《金瓶梅》

王汝梅　吴　华

内容提要　现存《金瓶梅词话》是最初刊本。欣欣子是笑笑生化身，笑笑生是李开先。写清河以北京为背景，以蔡京影射夏言，社会背景在嘉靖。作者使用以济南为中心的方言。作者热爱生活，对人生有极高的热情和兴趣，有高度的表现力，写实艺术对《红楼梦》影响多，讽刺艺术对《儒林外史》影响多。把《金瓶梅》承前启后的脉络爬梳清楚，能解决文学发展史上的规律性问题。

关键词　版本　作者　方言　艺术特点

晓铃先生的父亲吴辉山的藏书处名"绿云山馆"，故先生自称"绿云山馆小主人"，沿用这一书斋名。先生在家中庭院亲植两棵楂树（俗名合欢树），日益茂盛，遂改"双楂书屋"为书斋名。

吴晓铃先生（1914—1995），祖籍辽宁遂中。1914 年 3 月 9 日生于河北省迁安县。自幼随父亲居住北京。先生的故居位于宣武门外大街达智桥胡同校场头条 47 号。庭院绿树掩映，有年代久远的二层楼房，一楼客厅匾额"双楂书屋"四个苍劲的大字，由大画师李苦禅题写。先生在双楂书屋接待学术同仁、艺术界名家及年轻一辈学者。双楂书屋成为传道授业，交流学术的课堂。笔者即是在双楂书屋聆听先生论《金瓶梅》的。先生的藏书室也在一楼，笔者有幸到先生藏书室参观古典小说戏曲珍本。

《新刻绣像批评金瓶梅》（崇祯本）会校本的整理校点工作，得到吴晓铃先生的指导。吴先生慨然允许将珍藏的《金瓶梅》乾隆年间抄本复印后，参与会校。抄本四函四十册，二十卷百回，是一部书品阔大的乌丝栏大字抄本，抄者为抄本刻制了四方边栏、行间夹线和书口标《金瓶梅》的木板。《金瓶梅》崇祯本会校本，经国家新闻出版署（88）602号文件批准，由山东齐鲁书社1989年6月出版，向学术界发行。

吴晓铃先生的《金瓶梅》研究以深厚的文献为基础，多角度多层次，涵盖了版本、作者、地理背景、时代背景、方言、引用戏曲话本、艺术特点等方方面面，继鲁迅、郑振铎、吴晗之后作出了重要贡献。

关于《金瓶梅词话》最初刊本问题。吴先生认为，现存《新刻金瓶梅词话》是最早刊本，在明神宗万历四十五年丁巳（1617）"吴中悬之国门"的那个本子。首先，就作品本身来看，它是小说作者的未定稿本。作者给这部作品定名为《金瓶梅传》，刊本欣欣子序首句"窃谓兰陵笑笑生作《金瓶梅传》，寄意于时俗，盖有谓也。"《金瓶梅》的内容主要是叙述三个典型妇女潘金莲、李瓶儿和春梅的行为活动。用《金瓶梅传》命名，理所当然地属作者原意。《金瓶梅词话》版行之后的万历年间有关这部小说的文献都称《金瓶梅》，没有添上"词话"的附加符号。删掉"传"字，添加"词话"二字是书坊主人的伎俩。《〈金瓶梅词话〉最初刊本问题》原载《金瓶梅艺术世界》，吉林大学出版社1991年7月出版。原文后附录一：听石居士《幽怪诗谭小引》明刊本影印件；附录二：《幽怪诗谭》目录。《吴晓铃集》第一卷将附录删去。

崇祯本《金瓶梅》镌刻年代，在崇祯二年和五年之间（1629—1632）。崇祯本每回前有插图二页。见署洪国良姓名的插图有第三十回、二十八回和八十二回。洪国良还刻过崇祯二年己巳（1629）刊本的方汝浩撰《禅真后史》和崇祯五年壬申（1632）刊本的署"醉竹居士"的《龙阳逸史》。吴先生以此为据判定崇祯本《金瓶梅》刊印在崇祯二年至五年之间。崇祯本《金瓶梅》刊印在杭州，被郑振铎先生称为"武林版金瓶梅"。洪国良、黄子立等徽派刻工居住杭州。金陵人瑞堂本《隋炀帝艳史》，崇祯四年（1631）刊，插图纤丽细致，为黄子立刻。黄子立也是《金瓶梅》崇祯本插图刻工之一。《隋炀帝艳史》插图风格与《金瓶梅》崇祯本插图一致。可补充证明吴先生判断的精准。

关于《金瓶梅》作者考证。吴先生在《关于欣欣子的〈金瓶梅词话序〉》中从解读欣欣子序入手，论证了作者与作者时代问题。从欣欣子序征引"前代骚人"的九种著作，说明欣欣子是嘉靖年间在世的人。欣欣子表达了他对《金瓶梅传》语言通俗化的欣赏，对全书艺术架构摆脱了才子佳人式的框框，走入了广阔的社会底层，明确地宣布《金瓶梅传》在中国小说史上具有划时代的地位，开创了作家独立思考、选择题材、塑造人物和倾注批判的见解。欣欣子序文实际上是笑笑生的创作宣言。欣欣子只能是笑笑生的化身。作者笑笑生是大手笔。吴先生对郑振铎推测"欣欣子便是笑笑生的化身"，作了详细的论证。

吴先生进一步论证了笑笑生就是李开先。有如下重点论文《〈金瓶梅词话〉和李开先的家事与交游》《〈金瓶梅词话〉和李开先的〈宝剑记传奇〉比较研究》等。

吴先生认为《金瓶梅》中的权奸蔡京，并非影射嘉靖年间的严嵩，而是影射夏言。《金瓶梅》中人物吴月娘有李开先第二个妻子王氏的影子，李瓶儿有李开先侍姬张二的影子。详细引述李开先家事六件、所接触的人物七事是李开先在作品中写进了他个人的生活经验和体会。吴先生进一步论证作者时，把《金瓶梅词话》和《宝剑记传奇》作比较，列举十七处的情节、词曲、人物语言等，认为李开先对《宝剑记传奇》的偏爱，在多处征引。

吴先生在《大陆外的〈金瓶梅〉热》中说："我个人认为（作者）是李开先（1501—1568），见1962年由人民文学出版社出版的中国科学院文学研究所编写的《中国文学史》册三、章七、节三。"1980年，徐朔方有论文《〈金瓶梅〉的写定者是李开先》。日本学者日下翠在《〈金瓶〉作者考》中赞同李开先说。卜键在《金瓶梅作者李开先考》（甘肃人民出版社1988年6月出版）详加论证。在《金瓶梅》作者诸说中，李开先说影响较大。

关于地理背景。吴先生认为清河以嘉靖时期的北京为模型。以明嘉靖年间张爵撰《京师五城坊巷胡同集》和《金瓶梅词话》里出现的清河县城郊地名相互对应，能在北京城里找到的市坊、府邸、衙署、寺观的名目达五十六处之多，说明作者对北京的地理环境了如指掌。对猪市街、构阑胡同、王皇亲宅、王府井、兵马司、惜薪司、白塔、土地庙、真武庙等作了分析。

关于《金瓶梅》产生的社会背景及其艺术特点。吴先生明确的把《金瓶梅》社会背景摆在嘉靖间。他说："我们老师郑振铎先生和吴晗同志，和其他同志，差不多都给它放在万历，而且放在万历中期。"写清河用北京做背景。蔡京是以夏言为模特儿。《金瓶梅》里引进去的戏曲、小说、宝卷、民歌，甚至包括一些滑稽戏，都是嘉靖以前的东西，没有发现嘉靖以后的作品。关于艺术特点，吴先生指出："一个是写实艺术，一个是它的讽刺艺术，高度的技巧和表现力。影响后代的，最突出的是《红楼梦》。""写实方面，对《红楼梦》影响多；讽刺艺术方面的影响，在《儒林外史》里头表现得多。""作者写悲苦的人生，有热情有爱憎：整个地看，《金瓶梅》作者对世界、对人生有极高的热情和兴趣，他是热爱生活的。他写的是悲苦的人生。《金瓶梅》里头主要的一些人物最后结局都是悲剧性结局。写人的命运都是悲惨的命运。写社会面是非常之广阔的。写底层人物，都是有血有肉的，没有概念化的人物、都是活生生的人物。"关于性的描写，吴先生指出，这部书关于性的描写，和后来这一类书有着重大的区别。写情欲表现人性，它不是淫书。

吴晓铃先生曾就《金瓶梅产生的社会背景及其艺术特点》作过学术报告，1985 年 3 月，九州知识信息开发中心监制录音，有学者据录音整理稿约有两万七千字。关于这一问题，我们能拜读正式的文字不足五千字。很遗憾，未搜集到录音的整理稿。

关于《金瓶梅词话》的方言语音研究。吴先生认为：整个小说的叙述和描绘用"官话"，其中夹杂着不少的山东特有词汇。但是为了刻画人物性格，却不得不利用方音。主要表现在潘金莲的"台词"上。作者特定情况下把字作为音符使用，而这些字在正常情况下仍旧保持它的固定意义。作者使用的是黄河南、淮河北的山东省以济南为中心的方言。

关于介绍国际间《金瓶梅》研究成果和推动《金瓶梅》进一步走向世界做出了重要贡献。1985 年至 1986 年，吴晓铃先生到美国加州大学柏克莱分校受聘为亨利·卢斯基金会讲座教授，1988 年 9 月至 1989 年 7 月，到加拿大多伦多大学东亚学系任客座教授，主办了《金瓶梅》研究班。研究班上的研究生都撰写了《金瓶梅》研究论文，这些论文译成中文后，在《金瓶梅艺术世界》（吉林大学出版社 1991 年）与吉林大学社科学报发表。在美国，与芮效卫教授、普安迪教授、马泰来先生、凯瑟琳·蔻尔莉茨女士等交流了《金瓶梅》学术，并向大陆学界介绍《金瓶梅的修辞》与芮效卫全译《金瓶梅词话》的情况。

吴先生在全面分析北美、欧洲、日本、国内大陆与港台研究现状后，提出了向纵深研究的三个方向：第一，把《金瓶梅》在我国古典小说史上的承前启后的脉络爬梳清楚，能解决文学发展史上的规律性问题。第二，把《金瓶梅》作者考订出来，就能根据特定的时代背景进行于作品较前更加深入细致分析。第三，把《金瓶梅》内容来源和后世影响整理出一条或几条线索，就能对于《红楼梦》《儒林外史》《醒世姻缘》，以至《官场现形记》的创作方法进行比较研究。

吴晓铃先生的《金瓶梅》论著有如下特点。第一，每篇都有密集饱满的信息量。注释不仅仅是注明相关资料出处，而是论著的延伸，有很多重要文献，往往在注释中引述。每篇论文篇幅短，但容量大，像压缩饼干，挤掉了水分。阅读时需慢慢地咀嚼消化吸收。第二，每个重要观点都是长期思考研究的结果。如《西游记》成书在《金瓶梅》之前，受了《金瓶梅》的影响。又如认为《红楼梦》中的王熙凤、刘姥姥的描写受了《金瓶梅》的影响。再如《金瓶梅》写情欲表现人性，它不是淫书等。第三，提示了研究的方向目标，提出了关键问题。《金瓶梅》研究与重写中国古代小说发展史；《金瓶梅》影响研究与《红楼梦》《儒林外史》等研究的深化等等。

为纪念吴晓铃先生逝世二十周年，我们回顾聆听吴先生论《金瓶梅》，重阅吴先生的论著，编辑了《双楄书屋论〈金瓶梅〉》，以表达对吴先生怀念与感恩。限于我们的水平、对吴先生论著的评述有不妥当之处，敬请专家与读者朋友批评指正。

2016 年 5 月 31 日．

[作者简介] 王汝梅，吉林大学中国文化研究所教授；吴华，加拿大西安大略大学休伦大学学院国际比较学系教授，吴晓铃先生的女公子。

毛泽东五评《金瓶梅》之鉴

张传生

内容提要 毛泽东五次评价《金瓶梅》，分别是第一次评价《金瓶梅》是1956年2月20日，第二次评价《金瓶梅》是1957年，第三次评价《金瓶梅》是1959年12月至1960年2月，第四次评价《金瓶梅》是1961年12月20日，第五次评价《金瓶梅》是1962年8月11日。毛泽东主席的主要观点：一是《金瓶梅》反映当时经济情况，并认为《金瓶梅》是《红楼梦》的老祖宗，不可不看；二是《金瓶梅》书中侮辱妇女的情节不好；三是认为"《金瓶梅》在揭露封建社会经济生活的矛盾，揭露统治者与被压迫者的矛盾方面，是写得很细致的"。

关键词 毛泽东评《金瓶梅》 明代真正历史 揭露社会黑暗 《金瓶梅》是《红楼梦》祖宗

毛泽东是一代伟人，是伟大的政治家、军事家、历史学家、文学家、诗人，这是世上皆承认的历史事实。在建国后，短短十三年（1949—1962）间，毛泽东高瞻远瞩，通过谈话方式，深刻高度地评价《金瓶梅》，促使《金瓶梅词话》影印出版，扩大了《金瓶梅》在社会上的影响。在这一期间，毛泽东五次评论《金瓶梅》，这是空前的，前无古人的壮举。

毛泽东他一生五次评价《金瓶梅》，充分体现了他无比热爱中国的文学事业，对于文学巨著的研究，有高度、广泛的兴趣，有极高的文学鉴赏水平和评判造诣。《金瓶梅》这部中国古典小说史上第一部现实主义艺术巨制，以生动细腻白描手法，塑造了明代市井社会各色各样的人物典型形象；揭露封建统治阶级荒淫无耻的罪恶生活以及以西门庆为代表的豪门、权贵、土皇帝、为非作恶的事实；反映了整个封建社会制度腐朽的本质及它必然崩溃的前景。毛泽东对于这样一部反腐倡廉、弘廉刺贪的市井白话文小说推崇，也是对这一部世界文学史上的巅峰之作做了充分的肯定，他动员一切学者，有文学修养的专家、文人广泛研究这部伟大的著作。

第一次评价《金瓶梅》是 1956 年 2 月 20 日。毛泽东在会议上听取国家建筑工业委员会和建筑工业部汇报时，会议刚开始，毛主席就问当时参加会议汇报的万里是什么地方人，万里回答说：是山东人。

毛泽东接着又问："你看过《水浒》和《金瓶梅》没有？"

万里回答说："没有看过。"

毛泽东主席说："《水浒》是反映当时政治情况，《金瓶梅》是反映当时经济情况的。是《红楼梦》的老祖宗，不可不看。"

第二次评价《金瓶梅》是在 1957 年。他说："《金瓶梅》可供参考，就是书中污辱妇女的情节不好。各省省委书记可以看看。"于是，文学古籍刊行社，按 1933 年 10 月北京古侠小说刊行会影印的《新刻金瓶梅词话》，放大如原书重新影印了 2000 部。其发行对象是各省省委书记，副书记以及同一级别的各部正副部长，还有少量高校和科研单位知名教授，所有的购书者均登记在册，并且编了号码。

第三次评价《金瓶梅》是 1959 年 12 月至 1960 年 2 月，毛泽东在读苏联《政治经济学教科书》的一次谈话中，将《金瓶梅》与《东周列国志》加以对比。他说后者只"写了当时上层建筑方面的复杂尖锐的斗争，缺点是没有写当时的经济基础"。而《金瓶梅》却更深刻，"在揭露封建社会经济生活的矛盾，揭露统治者与被压迫者的矛盾方面，《金瓶梅》是写得很细致的"。

第四次评价《金瓶梅》是 1961 年 12 月 20 日。毛泽东在中共中央政治局常委和中央局第一书记会议上说："中国小说写社会历史的只有三部:《红楼梦》《聊斋志异》《金瓶梅》。你们看过《金瓶梅》没有？我推荐你们看一看，这部书写了明朝的真正历史，暴露了封建统治，揭露统治和被压迫的矛盾，也有一部分写得很细。《金瓶梅》是《红楼梦》的祖宗，没有《金瓶梅》就写不出《红楼梦》。《金瓶梅》的作者不尊重女性，《红楼梦》《聊斋志异》是尊重的。"

第五次评价《金瓶梅》是 1962 年 8 月 11 日。毛泽东在中央工作会议核心小组会上说："有些小说如《官场现形记》等，是光写黑暗的，鲁迅称之为谴责小说。只揭露黑暗，人们不喜欢看，不如《红楼梦》《西游记》使人爱看。《金瓶梅》没有传开，不只是因为它淫秽，主要是它只暴露、只写黑暗，虽然写得不错，但人们不爱看。《红楼梦》就不同。写得有点希望嘛。"

毛泽东评价《金瓶梅》的背景

毛泽东五次评价《金瓶梅》，是有针对性的，是在不同会议、不同场合，针对不同对象进行评价的，其中必有奥秘。

第一，毛泽东第一次评价《金瓶梅》是在听建筑系统汇报的时候，会议刚开始，毛主席问万里是什么地方人，万里回答说：是山东人。

毛泽东主席接着又问："你看过《水浒》和《金瓶梅》没有？"

万里回答说："没有看过。"

毛主席在评价《金瓶梅》之前，先与万里的这段对话，是十分有意义的，如果万里不是山东人，就不会引出毛主席这段对《金瓶梅》的高度评价。毛主席得知万里是山东人，才引出他的这段评价。

为什么这样说呢？毛泽东博览群书，对中国历史，中国文学的研究，造诣非常深，他不只是读过一次、二次《金瓶梅》和《红楼梦》，而是反复读过多遍，从对话中可以看出，《金瓶梅》与《水浒》同山东是密不可分，这一点，他是坚定不移，十分肯定的。一是这两部著作所反映的历史事件，都与山东有密切的关系；二是这两部著作所写的故事，都是发生在山东地界；三是这两部著作所采用的语言，百分之九十以上都是山东方言、土白；四是这两部著作皆诞生在山东。

第二，毛主席1957年，第二次评价《金瓶梅》，并且推荐给"各省省委书记可以看看"。以文学古籍刊行社的名义，按1933年10月北京古佚小说刊行会影印的《新刻金瓶梅词话》，给各省委书记，副书记以及同一级别的各部正副部长，还有少量高校、科研单位知名教授可购一套，并登记造册，编了号码。

众所周知，一九五七年，政治气候变化甚大，在全国开始了反右斗争，党内的极左思潮，开始蔓延，整人的政治斗争无休止地进行。毛泽东向党内高级领导干部推荐看《金瓶梅》，其中寓意深刻、意义伟大。因为《金瓶梅》是一部反腐倡廉的伟大著作，全面揭露明代中晚期社会腐败，揭露社会黑暗的伟大著作，他向高级干部推荐《金瓶梅》这部伟大著作，其用心良苦，是为了让党内高级干部以史为鉴，接受历史教训，防微杜渐，不腐败，不腐化，坚持"为人民服务"的宗旨。

毛泽东向高级领导干部推荐《新刻金瓶梅词话》，即万历四十七年（1619）刊刻本。我认为文学造诣颇深的毛泽东，将《新刻金瓶梅词话》做为《金瓶梅》的正本、主本，家藏本、母本。不然，他不会向高级干部推荐这个版本。

第三，毛泽东第三次评价《金瓶梅》是 1959 年 12 月至 1960 年 2 月。这段时间，是比较困惑的时期，自一九五七年的反右斗争，到 1958 年的"总路线""大跃进""人民公社"运动，直至 1959 年的"反右倾"运动，导致国民经济停滞不前，社会生产力遭到极大破坏，经济基础与上层建筑的不适应，不和谐等矛盾逐渐暴露。由于"五风"，瞎指挥及自然灾害等原因，造成了全国的大饥荒。

这时，毛泽东开始思考，开始反省，读苏联的《政治经济学教科书》，总结经验教训。

毛泽东在一次谈话中，指出，《东周列国志》只"写了当时上层建筑方面的复杂尖锐的斗争，缺点是没有写当时的经济基础"。而《金瓶梅》却更深刻"在揭露封建社会经济生活的矛盾，揭露统治者于被压迫者的矛盾方面，《金瓶梅》是写得很细致的"。毛主席热情洋溢的高度评价了《金瓶梅》这部伟大著作的阶级性和阶级矛盾的实质。

第四，毛泽第四次评价《金瓶梅》，是 1961 年 12 月 20 日。经过相当一段时间的反思和反省，毛泽东对于自 1957 年反右以来，所开展的一系列运动，有了一个比较清醒的认识，并且准备召开重要会议进行纠偏，克服党内左的倾向，纠正错误。毛泽东召开和主持了中共中央政治局常委和中央局第一书记会议，在会议上，他向我们党的高级领导干部推荐了《红楼梦》《聊斋志异》《金瓶梅》三部书，其中着重推荐了《金瓶梅》，指出："这部书写了明朝的真正历史，暴露了封建统治，揭露统治和被压迫的矛盾，也有一部分写得很细。《金瓶梅》是《红楼梦》的祖宗，没有《金瓶梅》就写不出《红楼梦》。"

第五，毛泽东第五次评价《金瓶梅》是 1962 年 8 月 11 日，这是三年自然灾害的最后一年，全国的国民经济形势开始好转的一年，毛泽东在中央工作会议核心小组会上，向与会人员谈《官场现形记》《红楼梦》《西游记》《金瓶梅》等著作。

毛泽东多次向高级领导干部推荐《金瓶梅词话》这部伟大著作，但是，看

《金瓶梅》的人很少，不如《红楼梦》《西游记》使人爱看。是什么原因呢？毛泽东主席总结道："《金瓶梅》没有传开，不只是因为它淫秽，主要是它只暴露，只写黑暗，虽然写得不错，但人们不爱看。"

毛泽东评价《金瓶梅》的意义

毛泽东是我们党老一辈的无产阶级革命家，开国元勋，是他与我国、我党千百万革命先烈、开国元勋缔造了新中国。使我们一个贫穷落后的旧中国，巍然屹立在世界的东方，甩掉"东亚病夫"的帽子，以崭新的光辉形象，展现于世界之林。我国的广大人民群众翻身得解放，成为国家的主人，这是史无前例的伟大胜利，整个国家，发生了翻天覆地的变化，中华人民共和国的成立，标志着中国这样一个主权国家，靠自力更生、艰苦奋斗，恢复经济、发展经济，就必然会甩掉"一穷二白"的贫困帽子，走向和谐，民主、自由，富裕的康庄大道。

在历史转折的关键时刻，我们党的第一代领导人，顶住帝国主义对我国的封锁，同心同德，建设我们的国家，使我们的人民有了光明的前途和希望。

在建国后，短短的 10 多年时间内，我们的国家百业待发，百业待兴，有许多新事物层出不穷的出现，有许多新矛盾，有待人们去解决，有许多新问题，需要人们发现它，研究它，化解它，毛泽东与老一辈革命家们，日理万机，就是在这样的背景下，毛泽东不但认真的阅读《金瓶梅》，而且反复五次评价《金瓶梅》，向我国党内的高级领导干部推荐《金瓶梅》，并鼓励高级干部读《金瓶梅》。体现了毛泽东的伟大胆略和气魄；体现了毛泽东对《金瓶梅》的喜爱和重视；体现了《金瓶梅》能够帮助人们认识社会的价值和重要作用；也体现出《金瓶梅》反腐倡廉、弘廉刺贪的作用，警示人们要加强自身修养，牢记"两个务必"，两袖清风，廉洁从政，保持党的纯洁性，保持同广大人民群众的血肉联系。这是有着深刻历史意义和现实意义的一件伟大的事情。具体表现在以下几个重要方面：

第一，毛泽东五次评价《金瓶梅》，五次全部在我们国家、我们党的高级领导干部重要会议上，公开提出的，公开进行评论的。这充分表明，在毛泽东心目中，让我们党的高级领导干部读《金瓶梅》是完全必要的，是应当读的，是一件极其重要、急迫的一件有现实意义的大事。

特别是在 1956 年到 1962 年，这六年间，是中国革命事业遇到许多新情况，出现许多新问题，潜在许多新矛盾，形势遇到新变化，是多事之秋的年代，毛泽东在认真对待这些新情况、新变化的同时，能够拿出时间阅读《金瓶梅》，并且反复、认真地评价《金瓶梅》，向高级领导干部积极地推荐《金瓶梅》，他这样做的伟大意义，是不言而喻的。

第二，毛泽东不但自己认真阅读《金瓶梅》，还五次评价，推荐《金瓶梅》，要求高级领导干部要"看看"《金瓶梅》，还批准影印了《新刻金瓶梅词话》，登记造册、编号出售。

《新刻金瓶梅词话》是在我国发现比较晚的《金瓶梅》版本，此版本发现后，在上个世纪三十年代，我国著名的文学家鲁迅、郑振铎，历史学家吴晗，他们经过严格的考证，对于《金瓶梅》的考证，有了突破性的进展。改变了对《金瓶梅》研究三百多年一筹未展的局面。提出了新的研究成果和观点，为我们今天研究《金瓶梅》奠定了基础，指明了方向。最重要的研究成果：一是确定了《金瓶梅》诞生在明代万历中期。二是从《金瓶梅》的方言、土白看，作者是山东人，而不是江南人，完全否定了《金瓶梅》作者是王世贞之说。

毛泽东批准影印《新刻金瓶梅词话》，是经过深思熟虑的，决不是凭自己的爱好而选择的，这是因为毛泽东认定这部书的权威性、真实性，认为它是主本、母本、家藏本、正本后，才确定影印的，这本身就是非常有现实意义的一件事。毛泽东在第二次评价《金瓶梅》时指出："《金瓶梅》可供参考，就是书中污辱妇女的情节不好。各省委书记可以看看。"在第四次评价《金瓶梅》时，又一次指出："《金瓶梅》的作者不尊重女性，《红楼梦》《聊斋志异》是尊重的。"

毛泽东在五次评价《金瓶梅》中、就有两次批评了《金瓶梅》有不尊重妇女；有污辱妇女的情节的错误。这充分体现了毛泽东反对封建主义，反对剥削、压迫妇女的坚定立场，而《金瓶梅》中的其中一个主要人物西门庆，是一个折磨妇女的领袖，践踏妇女的班头，从官宦之女吴月娘，风流才女潘金莲，富婆孟玉楼、李瓶儿，到妓女出身的李娇儿、申二姐，陪侍丫鬟孙雪娥；再从仆人妻子宋惠莲、贲四嫂、王六儿，到跟前丫鬟、奶子妓女，玉箫、庞春梅、如意儿、李桂姐，林太太等 22 名妇女受到西门庆的奸淫和糟蹋，西门庆残害妇女罪大恶极，恶贯满盈，却受不到任何的惩罚，受不到任何的约束，照样可以升官，照样可以发财，照样可以玩弄妇女、践踏妇女、蹂躏妇女，令人发指。

毛泽东批判《金瓶梅》污辱妇女，不尊重女性的错误，是为了更好的保护妇女，保护广大妇女的权益，保护广大妇女的根本利益，是中国妇女完全解放，实行男女平等的根本。

第四，毛泽东在第一次推荐评价《金瓶梅》时指出："《水浒》是反映当时政治情况，《金瓶梅》是反映当时经济情况的。"

在第三次评价《金瓶梅》时说：《东周列国志》"写了当时上层建筑方面的复杂尖锐的斗争，缺点是没有写当时的经济基础"，而《金瓶梅》却更深刻。"在揭露封建社会经济生活的矛盾，揭露统治者与被压迫者的矛盾方面。《金瓶梅》是写得很细致的。"

在第四次评价《金瓶梅》时指出："中国小说写社会历史的只有三部，《红楼梦》《聊斋志异》《金瓶梅》。你们看过《金瓶梅》没有？我推荐你们看一看，这部书写了明朝的真正历史，暴露了封建统治，揭露统治和被压迫的矛盾，也有一部分写得很细。"

在第五次评价《金瓶梅》时，毛泽东说："有些小说如《官场现形记》等，是光写黑暗的，鲁迅称之为谴责小说。只揭露黑暗，人们不喜欢看，不如《红楼梦》《西游记》使人爱看。《金瓶梅》没有传开，不只是因为它淫秽，主要是它只暴露、只写黑暗，虽然写得不错，但人们不爱看。"

毛泽东一针见血地讲明了《金瓶梅》反映了当时社会的经济情况，反映了资本主义萌芽时期经济发展的状况，真实地反映了明代社会的状态。再现了明代的社会百态，成为历史的百科全书，成为历史的一面镜子，成为宝贵的前车之鉴，这是多么伟大的历史意义啊！

第五，毛泽东在第一次评价《金瓶梅》时指出："《金瓶梅》是反映当时经济情况的。是《红楼梦》的老祖宗，不可不看。"

在第四次评价《金瓶梅》时指出："也有一部分写得很细。《金瓶梅》是《红楼梦》的祖宗，没有《金瓶梅》就写不出《红楼梦》。《红楼梦》写的是很仔细很精细的历史。"

在第五次评价《金瓶梅》时指出："《红楼梦》就不同。写得有点希望嘛。"

毛泽东客观的分析了《红楼梦》与《金瓶梅》的艺术特色、艺术表现力，指出《金瓶梅》是《红楼梦》的祖宗，没有《金瓶梅》就写不出《红楼梦》的艺术论断，这为我们研究《金瓶梅》与《红楼梦》破了一个难题，指明了方向。

具有伟大的现实意义。

几点忧虑与思考

《金瓶梅》于明代万历二十二年（1595）撰写完稿至今，已经 421 年时间，有文字记载，在 300 年间有 360 多名历史文人曾经研究，并留下文字记录；上世纪三十年代，鲁迅、郑振铎、吴晗等文学家、历史学家，对《金瓶梅》有缜密、细致的研究，并且根据《金瓶梅》的方言、土白，及描写的故事情节，断定《金瓶梅》的作者是山东人。彻底否定了长达 300 多年时间，人们猜测作者是王世贞之说。建国后，在我国大陆、香港、台湾涌现出大批学者；在日本、韩国、美国、欧洲、俄罗斯、加拿大等国出现了许多研究《金瓶梅》的专家，他们是分布在社会科学研究部门和各著名大学的教授、导师，为《金瓶梅》研究做出了突出贡献，取得了丰硕的成果，可歌可贺。但是，由于种种原因，《金瓶梅》研究存在许多困难和羁绊，与改革开放的大好形势不相称，与中华民族灿烂光辉的文化不相称，与挖掘历史文化宝藏的现实、客观要求不相称，与广大人民群众日益增长的文化、精神追求不相称。因而，我们存在几点忧虑、焦虑和思考：

第一，《金瓶梅》自明代万历二十二年（1595）诞生以来，历朝历代的封建君王都在迫害这部著作的作者，就连历史上十分开明的乾隆皇帝，将《金瓶梅》作者丁惟宁的第五个儿子丁耀亢（因撰写《续金瓶梅》）入狱四个月之久，最后的结果是以焚掉《续金瓶梅》的书稿和已出版的《续金瓶梅》为代价，并且将《四库全书》中，凡是丁耀亢的著作全部撤下，只留了其著作目录，草草收场。丁耀亢虽然没被杀头，却身心遭受极大的折磨。

而毛泽东在新中国成立不久，在千疮百孔、一穷二白的基础上百业待兴、建国立业的关键时刻，在短短六年间，五次评价《金瓶梅》，并批准影印了《新刻金瓶梅词话》，向我们党的高级领导干部推荐这部伟大著作，要他们认真"看看"。按照毛主席的号召力、影响力，理所应当唤起人们关注《金瓶梅》，激发起阅读《金瓶梅》的群众热情，在文学界、史学界应当掀起研究《金瓶梅》的热潮。中国的媒体应当开辟研究《金瓶梅》的学术专栏等，可是纵观这段历史，却没有这样的景象出现，更没见到群众的热情出现。毛泽东的热情，并没有唤起专家与学者们的热诚，更没有唤起国人的热情和勇气。人们连《金瓶梅》这部书都见不到、买不到、找不到，如何能读到了呢？

第二、毛泽东第一次向全党高级干部推荐、评价《金瓶梅》至今，已有60年时间，在漫长的60年中，中国经历了许多。我国进入改革开放已30多年，而对于《金瓶梅》的研究，仍然局限在社会科学部门仅有的研究学者、专家，文科大学的少数教授、学者。即使这些非常珍稀的学者、专家所研究的学术成果，论文没有刊物发；成果没有专门机构评估承认；研究经费没有相应的机构拨发；所有研究人员，没有计划，没有目标，没有硬任务，没有管理机构管理，专家、学者们是散兵游勇，凭嗜好、凭感情、凭良心进行课题研究，行不成一定的学术研究气氛，成不了大的气候。

第三，由于《金瓶梅》在人们心目中，是"淫"书，是"黄色"书籍，是"禁"书，因而，在社会上出现谈《金瓶梅》色变的现象，在民间，谁看《金瓶梅》、谁有一套《金瓶梅》的书，谁在研究《金瓶梅》，在民众眼中，好似这个人不正经，不务正业，思想不健康，因而，就会大惊小怪，谣言四起，弄得人家灰头土脸，人们用另一种眼光看他。将有学识的研究者，看作"另类"。这种奇怪的现象，有其普遍性、广泛性、代表性、顽固性。

第四，我国北大、南开、复旦、山东大学、河南大学、吉林大学、河北大学、济南大学、云南大学、暨南大学、中山大学等一些知名大学，有一大批教授、学者、专家热心研究，传布《金瓶梅》，并且培养了一大批研究《金瓶梅》的专业人才，但是这些专业人才，同样没有管理机构，同样落实不了研究经费，同样存在发表论文难，出版专著难，销售专著难等普遍的问题。

全国唯一的一个群众学术团体——中国《金瓶梅》研究会筹委会，已"筹"了三十六年，却只好挂靠在上海复旦大学，直到今天还没注册。没有专门会刊，没有专门经费，没有专人管理，没有对专家、学者的扶持政策。连开会的经费都没有。不能不说这是个很大的遗憾。

第五，毛泽东说"《金瓶梅》是反映当时经济情况的，在揭露封建社会经济生活的矛盾，揭露统治者与被压迫者的矛盾方面，《金瓶梅》是写得很细致的"。"这部书写了明朝的真正历史，暴露了封建统治，揭露统治和被压迫的矛盾，也有一部分写得很细。"为什么历代统治者，都害怕《金瓶梅》呢？《金瓶梅》无情的揭露了社会的黑暗，揭了封建主义社会的疮疤。是一部弘廉刺贪、贬斥贪官污吏的反腐倡廉的小说，贪官污吏十分害怕这部伟大小说，他们最害怕自己成为当代西门庆，害怕人们咒骂她们是当代潘金莲。但是，西门庆除了伙同王婆、潘金莲害死武大郎，犯了法，失去良心和道德，再就是糟蹋了22名妇女，娶了8个老婆以外，他为官不贪，做买卖取得合法收入，除了有偷漏税的行为，其他行为没有违法乱纪现象。他是个恶霸，官商一体的商人，不靠贪污受贿增加个人收入。而现代贪官却权钱交易，收贿受贿，贪了钱就养"小三"，占有大量地产、房产，最后却人财两空，身败名裂，遗臭万年。这些人只要读《金瓶梅》，对号入座，可以找到自己的影子。《金瓶梅》是反腐倡廉、弘廉刺贪的第一部伟大小说，可以在全民中普及，应当彻底解"禁"。

第六，《金瓶梅》解"禁"，势在必行，我们这样一个洋洋文化大国，文化底蕴无比的深厚，像《金瓶梅》这样我国历史上第一部白话文市井平民小说，它是中国古典小说的最高峰，也是世界古典小说的最高峰，对于这样优秀的古典小说，我们没有什么理由不给它解禁，没有什么理由不让广大群众去触摸它。我们的作协、出版社和新闻、媒体，没有理由谈《金瓶梅》而色变，《金瓶梅》应当像其他古典小说那样，受到公平、公正的待遇，对于《金瓶梅》研究成果，应当大力地宣传、对于有利于社会主义的论文，应当公开发表，对于《金瓶梅》研究方面的专著，应当有渠道地给予资金支持，鼓励尽早出版、发行，与广大读者早日见面。各报社，刊物开辟《金瓶梅》研究专栏，将研究成果发表、发布在学术研究专栏与平台。这是刻不容缓的事情。

［作者简介］张传生，山东《金瓶梅》研究会副会长。

朱星《金瓶梅》研究的成就与失误

周钧韬

内容提要 朱星通过严密考证认定《金瓶梅》作者是王世贞，否定了鲁迅、郑振铎、吴晗对王世贞说的否定，在《金瓶梅》作者研究史上建立了一大功勋。他在不知道毛泽东提出的《金瓶梅》"写了明朝的真正的历史"的论断的情况下，通过考证，提出《金瓶梅》是"一部明末社会史"的论断，难能可贵。他的《金瓶梅》版本考证及早期《金瓶梅》无淫秽语的洁本说，欠妥。

关键词 朱星 中国当代《金瓶梅》研究 开创者 明末社会史 版本考证 洁本

我对现当代权威学者的金瓶梅研究的述评系列，已发表的有鲁迅、郑振铎、吴晗、魏子云等先生的述评。此为第五篇。

平地一声惊雷

朱星（1911—1982），字星元，江苏省宜兴市人。原天津师范学院副院长（今天津师范大学），中国大百科全书出版社编审。先生原是语言学家，成就卓著，出版多部学术著作。不期，先生在《社会科学战线》1979 年第 2 期、第 3 期、第 4 期，连续发表了《金瓶梅考证（一）》《金瓶梅的作者究竟是谁？——金瓶梅考证（二）》《金瓶梅被篡伪的经过》等三篇论文。1980 年 10 月百花文艺出版社出版了专著《金瓶梅考证》。

朱星先生的文章，真乃平地一声惊雷，惊得我辈不知所措，祸福莫辨。须知，《金瓶梅》历来是部禁书、"淫书"。十年文革，人们谈"金"色变，研"金"必大祸临头。其时，虽文革已去，但恶梦未醒，惊魂未定。朱星先生敢冒天下之大不韪，其大智大勇令我辈敬仰不已。他与我国台湾学者魏子云先生共同开启了中国当代《金瓶梅》研究的先河，双双成为海峡两岸当之无愧的中国当代"金学"的开创者。我辈正是在先生们的启迪下，沿着他们的足迹走上了"金学"研究之路。

由吴敢、胡衍南、霍现俊主编的《"金学丛书"第二辑·前言》指出：天津师范学院（今天津师范大学）朱星是中国大陆"金学"新时期名符其实的一颗启明星，他在1979年、1980年连续发表多篇论文，并于1980年10月由百花文艺出版社结集出版了中国大陆《金瓶梅》研究的第一部专著《金瓶梅考证》。朱星的研究结论不一定都能经得住学术的检验，但朱星继鲁迅、吴晗、郑振铎、李长之等人之后，重新点燃并高举起这一支学术火炬，结束了沉寂15年之久的局面，这一历史功绩，应载入"金学"史册。①

朱星先生的《金瓶梅》研究起步很早。上世纪二十年代，他十四五岁时就看到了数种《金瓶梅》，当然是作为小说看的。他藏有《张竹坡评本第一奇书》《古本金瓶梅》。1957年买到了《金瓶梅词话》后，就开始将各本"细加对勘"，首先从语言上看出问题。后来把北京图书馆、北京大学图书馆、首都图书馆、天津图书馆所藏各本进一步比照研究。1976年开始他把《金瓶梅》阅读札记加工整理，写成了版本考、作者考等论文。

《金瓶梅》作者王世贞说的考证

《金瓶梅》作者是王世贞（包括其门人），这本来是比较明朗的。在明清两代信奉者甚多，已成公论。但是到了现代，王世贞说突然大倒其霉，否定论者有鲁迅、郑振铎等大家。鲁迅与郑振铎对王世贞说的否定，其言词十分肯定，但证据仅为"山东土白""方言"一例（且不能成立）。吴晗先生的否定是建筑在严密的考证基础上的。吴晗的考证大体是三个方面：

第一、王世贞父亲王忬的被杀与《清明上河图》无关。

第二、《清明上河图》的沿革亦与王家无关。

第三、吴晗查明，唐荆川死在嘉靖三十九年（1560）春，比王忬被杀还早半年。因此《寒花庵随笔》所说的，王忬被杀后，王世贞派人去行刺唐荆川，

---

① 吴敢、胡衍南、霍现俊主编《"金学丛书"第二辑·前言》，台湾学生书局2015年6月版。

王世贞著《金瓶梅》粘毒于纸而毒杀唐荆川云云，纯属无稽之谈，荒唐之至。

应该说，吴晗的考证是系统的、周密的，也是很有说服力的。彻底否定王世贞作《金瓶梅》的种种虚假的传说故事，吴晗先生是全力以赴而为之的，他的贡献亦在这里。但由此而得出"《金瓶梅》非王世贞所作"的结论，不能成立。因为这里存在两种可能性：（1）王世贞作《金瓶梅》的传说故事是假的，王世贞作《金瓶梅》本身也是假的。（2）王世贞作《金瓶梅》的传说故事是假的，但王世贞作《金瓶梅》本身确是真的，就是不像人们传得那么离奇而已。显然这第二种可能性是存在的。吴晗只知其一而不知其二，这是由于思想方法的片面性而导致其结论的错误。

《金瓶梅》成书以后的明末清初年间，对其作者的推测甚多，有王世贞、李笠翁、卢楠、薛应旗、赵南星、李贽等，但均为传闻或推测而未加严密考证。朱星先生对鲁迅、郑振铎、吴晗等大家对王世贞说的否定不予理睬，坚定不移地走自己的路。他通过严密考证认定《金瓶梅》作者为王世贞，从而成为《金瓶梅》成书以来力倡王世贞说的第一人。

朱星先生在文中列举了十条证据。我认为最为有力的是以下几点：

一、鲁迅先生说："明小说之宣扬秽德者，人物每有所指，盖借文字以报夙仇。"①《金瓶梅》创作的政治目的是批判严嵩，"借文字以报夙仇"。到底是什么人能与严嵩这样一个为当朝首辅的显贵，直接构成夙仇呢？显然其作者亦必为显贵，普通的中下层文人没有能与严嵩直接结仇的可能。这是《金瓶梅》创作中，必有与严嵩直接结仇的大名士参与的重要依据。

沈德符《野获编》指出："（《金瓶梅》）指斥时事，如蔡京父子则指分宜，林灵素则指陶仲文，朱勔则指陆炳，其他各有所属云。"屠本畯《山林经济籍》中说："相传嘉靖时，有人为陆都督炳诬奏，朝廷籍其家，其人沉冤，托之《金瓶梅》。"这些记载都说明，《金瓶梅》是指斥时事之作。那么是谁与严嵩父子及陆炳诸人有深仇，而需作《金瓶梅》以讥刺之？明人已有暗指王世贞之意。

朱星指出："在小说作者与书中被指斥者有何关系。如果与严氏父子是同党或亲友那就决不会写出这部小说来，而应是有仇怨，是被害者，又是很清楚

---

① 转引自周钧韬编《金瓶梅资料续篇》，北京大学出版社 1991 年 1 月版。

了解这些仇人的阴私奸情的。这个人非王世贞莫属。"① 本来王世贞之父王忬与严嵩乃为同僚,往来不疏。当时严嵩为宰相,王忬为蓟辽总督,一文一武权势相当。王世贞还经常到严世蕃所饮酒。后来才渐渐生隙。据《明史·王世贞传》载:"奸人阎姓者犯法,匿锦衣都督陆炳家,世贞搜得之。炳介严嵩以请,不许。"严嵩亲自出面为陆炳说情,却遭到王世贞的拒绝,这可能是结怨的开始。嘉靖三十二年(1553),兵部员外郎杨继盛上疏论严嵩十大罪、五奸。帝怒,"狱具,杖百,送刑部"。王世贞鸣不平,"杨继盛下狱,时进汤药。其妻讼夫冤,(世贞)代为草。既死,复棺殓之。嵩大恨。"这如何能不使严嵩恨之入骨。后来王世贞之父王忬惨遭杀害,又与严嵩有关。嘉靖三十八年(1559),王忬因滦河失事,帝大怒。滦河失事乃是嵩构忬论死的一个机会。第二年王忬即被杀害。如此杀父之深仇,王世贞如何能与严氏父子善罢甘休。作《金瓶梅》以讥刺严氏,就成了他报仇的重要手段。严嵩事败即写传奇《鸣凤记》,明骂严嵩专政误国。后写《金瓶梅》更痛骂严嵩,并发泄对嘉靖皇帝的怨恨。

还有一条史料是后来发现的,朱星当初未见。清康熙十二年(1673),宋起凤在《稗说·王弇洲著作》中确指《金瓶梅》为王世贞的"中年笔":

> 世知四部稿为弇洲先生平生著作,而不知《金瓶梅》一书,亦先生中年笔也……弇洲痛父为严相嵩父子所排陷、中间锦衣卫陆炳阴谋孽之,置于法。弇洲愤懑怼废,乃成此书。陆居云间郡之西门,所谓西门庆者,指陆也。以蔡京父子比相嵩父子,诸狎昵比相嵩羽翼。陆当日蓄群妾,多不检,故书中借诸妇一一刺之。

这段史料的重大价值在于:1.它明确告诉我们《金瓶梅》为王世贞所作。这是确指,它和明末清初一些学者所记载的传闻与衍说相比,具有质的区别。2.它明确告诉我们,早在康熙十二年(1673)前,《金瓶梅》为王世贞所作已有人"知之"。可见这一信息早在明代末年或清代初年就已经出现,这个时间比其他的《金瓶梅》作者说(如薛应旗说、赵南星说、李贽说等等)的出现时间要早得多。可见宋氏的王世贞"中年笔"说,似非出于虚构。

二、《金瓶梅》早期流传的书稿(抄本),只能追查到王世贞。

朱星指出,明人屠本畯《山林经济籍跋》曾说:相传嘉靖时人为陆都督炳

---

① 朱星《金瓶梅考证》,百花文艺出版社 1980 年 10 月版。以下凡引朱星的话,均见此著。

诬奏，朝廷籍其家，其人沉冤，托之《金瓶梅》。王大司寇凤洲先生家藏全书，今已散失。王世贞家藏全书一语，正透露出《金瓶梅》本是王世贞所作的事实。《金瓶梅》书稿只能追查到王世贞。所谓"其人沉冤，托之《金瓶梅》"，朱星说，其实"其人"就是王世贞。朱星的判断是正确的，但说得过于简单。现做如下补充：

《金瓶梅》抄本早期流传有两条线索。袁中郎于万历二十三年（1595）见到的《金瓶梅》半部抄本，来源于董思白。董氏之书则可能来源于徐阶家藏。因为董思白与徐阶是同乡松江华亭人。这是《金瓶梅》抄本早期流传的一条线索。另一条线索则是：徐阶——刘承禧——袁小修——沈德符。万历三十四年（1606），沈德符遇中郎于京邸。中郎告诉沈德符："今惟麻城刘延伯承禧家有全本，盖从其妻家徐文贞录得者。"沈德符又说："又三年，小修上公车，已携有其书，因与借抄挈归。"这个"又三年"，是万历三十八年（1610），此年袁小修曾赴京会试。而在前一年（万历三十七年），袁小修与刘承禧在当阳见过面（小修《游居柿录》云"舟中晤刘延伯"）。由此可见，袁小修在万历三十八年携有的《金瓶梅》全抄本似来源于麻城刘承禧。刘承禧的书又来源于徐阶。刘是徐阶的曾孙婿。这就是说《金瓶梅》早期流传的两条线索均与徐阶有关。那么徐阶的全抄本又来源于何处呢？只能来源于王世贞。万历三十五年（1617）前后，屠本畯在《山林经济籍·金瓶梅跋》中说："（《金瓶梅》）王大司寇凤州先生家藏全书，今已失散。"万历四十五年前后，谢肇淛在《小草斋文集·金瓶梅跋》中又说："唯弇州家藏者最为完好。"可见王世贞确藏有《金瓶梅》全抄本。徐阶与王世贞之父王忬是同僚，而且同受严嵩的排斥。王忬被杀后，严嵩又加害徐阶。嘉靖四十四年严嵩事败。徐阶反严氏父子亦毫不手软。最后置严世蕃于死地的正是徐阶。同时，正是在徐阶的帮助下，王忬才恢复官职，王世贞也被重新起用为大名兵备副使。王家有恩于徐家，徐家亦有恩于王家，两家不仅是一般的通家之好，而且是在反对严嵩专政的斗争中互相支持、互相保护，亲密无间、休戚与共。王世贞动意写作《金瓶梅》，对严嵩父子加以揭露和批判，这完全符合徐阶的愿望，必然会得到徐阶的支持和帮助。反之，对王世贞来说，徐阶是他父亲的挚友，是自己的恩人、保护人和长辈，因此他动意写《金瓶梅》亦必然会告诉徐阶，并争取他的支持。王世贞写完《金瓶梅》，其抄本他第一个要赠送的也是徐阶，这就是徐阶所藏的《金瓶梅》全抄本的来源。根据《金瓶梅》早期流传的多种史料分析,《金瓶梅》抄本的源头似乎只能追到王世贞,加之当时社会上又盛传《金瓶梅》为王世贞所作,此中两者的内在联系,不就很能说明问题吗?

三、王世贞的经历、阅历也符合创作《金瓶梅》的诸多条件。

1.语言问题。《金瓶梅》的主体语言是北京官话、山东土白,全书的字里行间,还夹杂着不少南方吴语。朱星指出,"达达"一词,吴方言地区的苏州、常州、宜兴称父亲为"达达"。"鸟人"的"鸟"字,古音读吊,今吴方言称鸟正为吊。"忒不长俊","忒",北方官话作"太",而读入声,也是吴方言。

从书中的语言现象来推测作者,他必须具备三个条件:1.他在北京生活过,熟悉北京官话,所以能熟练地将这种语言,作为《金瓶梅》的叙述用语;2.他在山东地区生活过,熟悉多种方言土白,所以他能将当地人的语言写得准确、生动、传神。3.他是吴语地区人,他的习惯用语是吴语,所以在不必要出现吴语的《金瓶梅》中会出现吴语。王世贞正具备上述三个条件。王世贞的祖籍是山东琅琊,本人曾做过山东青州兵备副使三年;他从小随父寓居北京,熟悉北方官话;他是江苏太仓人,正是吴语流行地区。看来在当时的大名士中,符合这三个条件者,非王世贞莫属。

2.《金瓶梅》写了不少最高统治者的活动场面。例如,皇帝驾出、百官朝贺、奏疏活动,以及蔡京生辰的庆贺场面,朱勔受群僚庭参的场面,西门庆等地方官员迎接六黄太尉、宋巡按、蔡状元等场面,都写得细致入微,生动逼真。凡此种种,均能看出《金瓶梅》的作者不仅是大名士,而且是大官僚。非大官僚不可能有此阅历见识。王世贞不仅是大名士,而且是大官僚。

3.王世贞因为多次升调,到过不少地方。《金瓶梅》中所见地名与王世贞生平经历相合。朱星指出,他做过山东青州兵备副使三年,他对山东地面最熟,清河、临清、泰山等地,写得很具体。小说写到的城镇有南京、扬州、苏州、杭州、松江、湖州、严州等等,仅此一例就能证明,其作者社会经历之丰富。严州是个小地方,一般作者不会涉及。王世贞做过浙江右参政,曾驻严州,并写有诗一首《严州有感》。

四、王世贞具有极为广泛的文化知识素养,乃是创作《金瓶梅》的必备条件。

王世贞是个大文学家,能写小说、传奇剧本。其知识之渊博,在前后七子中,以其为最。朱星指出,《金瓶梅》可谓"博学小说",非博学者是无法为之的。如第二十九回"吴神仙贵贱相人"，第四十六回"妻妾笑卜龟儿卦"，非精于此道者无法写。王世贞的《四部稿·说部》中有《宛委余编》，收集了大量的众多门类的文化知识。《宛委余编五》中有详论推命星相知识。第五十回给李瓶儿诊病，医案就写了380多字。《宛委余编五》中就记载了不少医药知识。此外，《宛委余编二》专论冠服古今演变，对妇女画眉式样、梳髻式样都有考证；《宛委余编十三》中有文字音韵知识；《宛委余编十五》中有书画知识；《宛委余编十六》中有弈棋和饮食知识，还记录有"蔡太师京厨婢数百人，庖子亦十五人"等；《宛委余编十七》专论道释。《金瓶梅》中写到"妓鞋行酒"，王世贞就亲自实践过"妓鞋行酒"。小说中写了很多道教活动，其仪式、其排场，不熟悉道教者是无法为之的。王世贞信道入迷，编写《列仙传》一书，还离家住在道观中修炼，搞房中采补术。如果王世贞没有大规模的知识储备，金瓶梅如何能写得如此多姿多彩。

经过吴晗的"致命的一击"，王世贞说的信奉者已少得可怜。然而经过半个世纪的沉思，人们终于从对吴晗的考证结论的迷信中觉醒过来。从上个世纪七十年代开始，王世贞说的研究重新崛起，且硕果累累。1979年，朱星先生首先发难，打响了第一枪。嗣后，1987年至1990年周钧韬连发《金瓶梅作者王世贞说的再思考》等三文，专为王世贞说翻案，并在重申王世贞说的同时进一步提出了"王世贞及其门人联合创作说"。1999年，许建平在《金学考论》中用四个外证七个内证申述王世贞说。2002年，霍现俊在《金瓶梅发微》中，从外证、内证两方面，全面予以论证。此外，对王世贞说做一步论证的还有黄吉昌、李宝柱、李保雄等学者。真可谓"野火烧不尽，春风吹又生"，王世贞说具有强大的生命力。

《金瓶梅》作者研究是重中之重的大热门课题。在近几十年间，金学界已提出了五六十个候选人。但没有哪一个比王世贞更具有权威性。朱星先生的《金瓶梅》作者王世贞说，在《金瓶梅》作者研究中建立了一大功勋。但他在肯定王世贞的同时却否定王世贞的门人亦参与了《金瓶梅》的创作，欠妥。因为在《金瓶梅》中也有非大名士参与创作的痕迹：

1.《金瓶梅》无论是在指导思想、思想倾向、艺术风格、人物评价、艺术水准上，都有不相一致的地方，情节发展中常常出现一些无头脑的事情，行文中还有许多错误和粗疏之处，文字的水准部分与部分之间，有明显的雅俗、高低之别。因此，持非大名士说的研究者认为，《金瓶梅》的作者必为中下层文人（包括艺人）。

2.《金瓶梅》中有一些与故事情节发展关系不大的"夫子自道"式的感叹诗，可以说是作者的自我写照、自我嘲解。如："蜗名蝇利何时尽，几向青童笑白头"（第七十二回）；"早知成败皆由命，信步而行黑暗中"（第九十三回）；"心安茅屋稳，性定菜根香"（九十八回）。这些诗句，有的表明作者在功名上有所追求，然而天道不明，人生不遇，他的官途并不畅通，于是只能徘徊在黑暗之中；有的表明作者家境贫穷，生活困顿，处世艰难，饱经人生风霜苦寒，是个寄人篱下、踱入暮年的中下层文人。显然，这些诗句的作者（或是抄引者），决不可能是官运亨通、锦衣玉食的大名士。

3.从作者的文化素养来考察。《金瓶梅》中出现了不少常识性、史料性错误，徐朔方先生举出了许多处。例如：政和二年潘金莲为二十五岁，政和三年却还是二十五岁。官哥出生于宣和四年（第三十回），而政和七年官哥不到周岁（第四十八回）。宣和四年是1122年，政和七年是1117年。这就是说，官哥在出生前的五年就已不到周岁。第二十九回称："浙江仙游"，仙游属福建而非浙江。第三十六回称"滁州匡庐"，滁州在南京之北，匡庐即庐山，如何能连在一起。

4.从《金瓶梅》的某些成就来考察。《金瓶梅》所写人物大多属于市井间下层小民，他们的生活，他们的思想、行为，他们的语言，都写得入情入理，人物形象生动逼真。特别是对小民声口、民众语言的把握，可说到了出神入化的地步。说明《金瓶梅》某些部分的作者，决非是高高在上、脱离民众的大名士，而是直接生活在民众之中，对社会底层生活十分熟悉的中下层文人。

笔者根据这些内证提出，《金瓶梅》是大名士与非大名士的联合创作，是王世贞及其门人的联合创作。朱星认为王世贞门人参与《金瓶梅》创作，是不合理的。因为书中涉及当时人太多，他写这书根本不让人知道。唯一可能的合作者是其弟，决不是什么门人。但他又注意到《金瓶梅》满文译本的序中提出，《金瓶梅》作者为芦楠。芦楠是王世贞的门人。朱星说："楠骚赋最为王世贞称。满文译本序文上提出，可能有所据。我设想芦楠落魄到吴，找王世贞。王可能把他留下，帮助自己写和誊抄《金瓶梅》。"可见朱星已承认，作为王世贞门人的芦楠可能参与了《金瓶梅》的创作，但他没有能跨出最后一步，提出《金瓶梅》是王世贞及其门人的联合创作。后来我们发现了一则重要史料：清无名氏《玉娇梨·缘起》指出："《玉娇梨》与《金瓶梅》，相传并出弇州门客笔，而弇州集大成者也……客有述其祖曾从弇州游，实得其详。"这就是说，《金瓶梅》是按照王世贞的指导思想，在他的统领下，主要由门人写出来的。朱星虽然没有能提出《金瓶梅》是王世贞及其门人的联合创作，但已涉及到这个问题的边缘。他的探索在当初是很有意义的。

关于《金瓶梅》的历史价值

朱星先生在《金瓶梅考证》一书中，提出《金瓶梅》是"一部明末社会史"的论断，可谓非同凡响。我们知道毛泽东同志曾有这样的论述。毛泽东 1961 年 12 月 20 日在中共中央政治局常委和各大区第一书记会议上说："中国小说写社会历史的只有三部：《红楼梦》《聊斋志异》《金瓶梅》。你们看过《金瓶梅》没有？我推荐你们看一看，这本书写了明朝的真正的历史。暴露了封建统治，暴露了统治和被压迫的矛盾。"[1] 应该说，在那时朱星并不知道毛泽东的论述。因此他提出这一论断，实为难能可贵。朱星所谓《金瓶梅》是"一部明末社会史"，就是说《金瓶梅》客观、全面地反映了明代末年社会的真实面貌和本质特征。他指出："明朝到嘉靖、万历年间已经腐败不堪，所以到崇祯朝就瓦解崩溃，不可收拾……《金瓶梅》一书深刻地反映了明朝社会的腐朽、黑暗。也提出了封建时代统治阶级败亡的原因。它概括了这一历史时代的社会面貌。"他对《金瓶梅》中反映的社会政治、经济、文化、风俗等方面加以全面研究。在经济方面，朱星指出：那时资本主义因素已经萌芽。西门庆有钱不到农村买地，而是放高利贷、开店、开解当铺，又搞长途贩运，赚取高额利润。而农村经济破产，必然造成农民卖儿卖女，其身价仅数两银子，且终身为奴。1959 年 12 月至 1960 年 2 月，毛泽东在读苏联《政治经济学教科书》的一次谈话中，将《金瓶梅》与《东周列国志》加以对比。他说，后者只"写了当时上层建筑方面的复杂尖锐的斗争，缺点是没有写当时的经济基础"，而《金瓶梅》却更深刻，"在揭露封建社会经济生活的矛盾，揭露统治者与被压迫者的矛盾方面，

---

[1] 逄先知，龚育之，石仲泉主编《毛泽东的读书生活》，三联书店 1986 年版。

《金瓶梅》是写得很细致的"。① 朱星不仅研究了《金瓶梅》中反映的当时的新兴的工商业者和破产农民的生存状态，还研究了当时的货币、物价、苛捐杂税等状况。可以说，朱星的研究，为毛泽东的论断作了注解。

关于金瓶梅的版本研究

金瓶梅的版本系统非常复杂，研究的难度很大。1935 年，周越然发表的《金瓶梅版本考》，写得极为简单。朱星先生对他能见到的版本"细加对勘"，但仍为简单一般。这是时代、条件所限，当不应苛求。但有两个是与非的问题可以说说。

（一）

他为我们保存了一段重要史料。关于当年发现、影印《新刻金瓶梅词话》的经过，他作了详实的记录。他是这样写的：

> 我曾请问吴晓铃同志是怎样发见的，他告诉我此事可问旧琉璃厂古书铺文友堂的孔里千同志。他现在是今琉璃厂古书装订部的老工人，快六十岁了。他记忆很好，告诉我说："文友堂在山西太原有分号，收购山西各县所藏旧书。在民国二十年（1931）左右，在介休县收购到这部木刻大本的《金瓶梅词话》，无图。当时出价很低，但到了北京，就定价八百元。郑振铎、赵万里、孙楷第等先生都来看过。最后给北平图书馆买去了。"到民国二十二年（1933），孔德学校图书馆主任马廉（隅卿）先生（曾在北大兼课）集资，用古佚小说刊行会名义把这部书影印一百部，五十二回缺二叶，就用崇祯本配补上，但不大衔接。又把崇祯本每回前的图一百叶，每回二幅，合印成一册添附。共二十一本。解放前夕，这部木刻本被携往台湾。一九五七年才由文学古籍刊行社根据影印本再版，内部发行。这是这部书的历史经历。这段史料本无关宏旨，但我不记，以后就无人知道了。

这是朱星先生在 1979 年见于文字的一段记载。但在吴敢先生的《金瓶梅研究史》中却有另一个版本。其文字如次：

> 胡颂平《胡适之先生晚年谈话录》记载有胡适 1961 年 6 月 12 日的一

---

① 逢先知，龚育之，石仲泉主编《毛泽东的读书生活》，三联书店 1986 年版。

次谈话："这部《金瓶梅词话》当初只卖五、六块银元，一转手就卖三百块，再转手到琉璃厂索古堂书店，就要一千元了。当时徐森玉一班人怕这书会被日本人买去，决定要北平图书馆收买下来。大概是在'九一八'之后抗战之前的几年内。那一天夜里，已经九点了，他们要我同到索古堂去买。索古堂老板看见我去了，削价五十元，就以九百五十元买来了。那时北平图书馆用九百五十元收买一部大淫书是无法报销的。于是我们——好像是二十个人——出资预约，影印一百零四部，照编号分给预约的人。我记不起预约五部或十部，只记得陶孟和向我要，我送他一部。也就在这时候，这书被人盗印，流行出去了。"①

两个版本差异不小，孰是孰非，很难辨明，只能寄望以后的考证了。此外，这部书影印了多少部？说 100 部者有之，说 104 部者有之，说 120 部者有之，说 200 部者有之。又是一个孰是孰非问题。1995 年，吴敢先生在巴黎法兰西学院汉学研究所图书馆，得见此书。封面书题《新刻金瓶梅词话百回坿绘图》。小本，盖影印时缩小也。书末朱色钤印古佚小说刊行会会章，又朱色铅印一行：本书限印一百零四部之第部，空格处楷书墨填：拾伍。1999 年，吴敢先生在日本京都大学人文科学研究所图书馆，见此本又一部。末册末叶亦有朱色铅印一行：本书限印一百零四部之第部，空格处楷书墨填：陆拾陆。② 如此看来，古佚小说刊行会当年影印 104 部，已可证实。

（二）

《金瓶梅》的初刻本是明万历丁巳年（1617）刻于"吴中"的那个本子。朱星在《金瓶梅》版本研究中提出，在丁巳本前还有一个万历庚戌年（1610）刻的庚戌本。万历庚戌刻本才是《金瓶梅》的初刻本。此观点来源于鲁迅先生，但已被考证证明是错误的。朱星没有看到鲁迅的错误，反而竭力为之辩解。

鲁迅在 1924 年出版的《中国小说史略》（下册）中指出：

诸"世情书"中，《金瓶梅》最有名。初惟抄本流传，袁宏道见数卷……万历庚戌（1610），吴中始有刻本，计一百回，其五十三至五十七回原阙，

---

① 吴敢《金瓶梅研究史》，中州古籍出版社 2015 年 6 月版。

② 同上

刻时所补也（见《野获编》二十五）。

在这里，鲁迅没有用"可能""大约"等推测之词，而是下了断语。在他看来，《金瓶梅》初刻在万历庚戌年（三十八年），地点是"吴中"。此说一出，遂成定论。赞同并持此说者有郑振铎、沈雁冰、赵景深先生等大家。此后沿用此说者不乏其人。朱星先生更对此说加以专门论述和发挥，并认为，"鲁迅先生治学态度很谨严，决不会草率从事，一定有根据的"。这倒说出了几十年来，不少学者盲目信从鲁迅的万历庚戌初刻本说，而不加仔细考证的重要原因。

鲁迅《金瓶梅》"庚戌初刻本说"的依据，是沈德符《野获编》卷二十五《金瓶梅》条：

> 丙午遇中郎京邸，问曾（金瓶梅）有全帙否？曰：第睹数卷，甚奇快。今惟麻城刘延伯承禧家有全本，盖从其妻家徐文贞录得者。又三年，小修上公车，已携有其书。因与借抄挈归。吴友冯犹龙见之惊喜，怂恿书坊以重价购刻。马仲良时榷吴关，亦劝余应梓人之求，可以疗饥……未几时而吴中悬之国门矣。

丙午，是万历三十四年（1606）；又三年，是万历三十七年（1609），或三十八年（1610）。袁小修这次赴京会试，是万历三十八年。未几时而"吴中悬之国门"，这个"未几时"当然可以推测为一年或更短。这样，《金瓶梅》的初刻本在"吴中悬之国门"则在万历三十八年庚戌（1610）。朱星也根据这个史料，认为"鲁迅先生所说是有根据可信的"。

但是，鲁迅在沈德符这段话中，忽略了"马仲良时榷吴关"这一句关键性的话。马仲良时榷吴关的"时"是什么时候？对此鲁迅没有考证，致使他的"庚戌初刻本"说判断有误。

台湾魏子云先生根据1933年《吴县志》考出，马仲良主榷吴县浒墅钞关，是万历四十一年（1613）的事。既然"马仲良时榷吴关"是万历四十一年，那么沈德符所说的"马仲良时榷吴关"以后的"未几时"，《金瓶梅》才在"吴中悬之国门"。由此，魏先生认定，《金瓶梅》吴中初刻本必然付刻在万历四十一年以后，而不可能在万历庚戌（三十八年）。鲁迅的庚戌初刻本说就遭到魏子云的强烈否定。

但是，魏子云的考证亦遭到了质疑。法国学者雷威尔在《最近论〈金瓶梅〉的中文著述》一文中提出："我怀疑1933年修的《吴县志》也可能有疏忽和错误，还需要重加核对。"此外，"马仲良时榷吴关"，如果是从万历三十七、三十八年就开始了，一直连任到万历四十一年，那么"马仲良时榷吴关"后的"未几时"，《金瓶梅》初刻本问世，就可能是万历三十八年，鲁迅的万历庚戌（三十八年）说就可能是正确的。

笔者查了明崇祯十五年（1642）、清乾隆十年（1745）的《吴县志》，均无"马仲良时榷吴关"的记录。民国《吴县志》的记载就更可疑。后来笔者终于在清康熙十二年（1673）的《浒墅关志》中找到了根据。《浒墅关志》卷八"榷部"，"万历四十一年癸丑"条全文如下：

> 万历四十一年癸丑　马之骏，字仲良，河南新野县人，庚戌进士。英才绮岁，盼睐生姿。游客如云，履綦盈座。徵歌跋烛，击钵阄题，殆无虚夕（原刻为"歹"，似误——笔者改），世方升平，盖一时东南之美也。所著有妙远堂、桐雨斋等集。

明景泰三年（1452），户部奏设钞关监收船料钞。十一月，立分司于浒墅镇，设主事一员，一年更代。这就是说，马仲良主权浒墅关主事只此一年（万历四十一年），前后均不可能延伸。《浒墅关志》也明确记载着，万历四十年任是张铨；万历四十二年任是李佺台。

清康熙十二年（1673）的《浒墅关志》，离"马仲良时榷吴关"的万历四十一年，仅相距60年，这就从根本上解决了法国学者雷威尔的疑问；《浒墅关志》表明，主事任期只有一年，前后均不能延伸。万历四十一年任是马仲良。之前万历四十年任和之后万历四十二年任都另有他人。马仲良绝对不可能从万历三十七、八年就开始连任（他在万历三十八年才中进士）。这就进一步确证，鲁迅先生认定的《金瓶梅》"庚戌初刻本"是根本不存在的。朱星先生也跟着错了。

《金瓶梅》原本是无淫秽语的洁本？

朱星认为，早期的《金瓶梅》"原无淫秽语"，现存的词话本才被掺入大量的淫秽语，成为一部"秽书"。他的结论是错误的，《金瓶梅》原本就有很多淫秽语。朱星此论的根据是：袁中郎最早见到抄本时，说它云霞满纸，而未说"秽黩百端"。袁中郎之孙袁照在《袁石公遗事录》中说过："《金瓶梅》一书，久已失传。后世坊间有一书袭取此名，其书鄙秽百端，不堪入目，非石公取作'外典'之书也。"清末王昙在《金瓶梅考证》中更说:"《金瓶梅》原无淫秽语。"朱星自己的说法是:《金瓶梅》作者是"大名士","我相信这个大名士的个人创作是有为而作,其目的在深刻揭发其淫恶行为,不在其淫乐动作的描写,决不屑用淫词秽语来取悦世俗",后来"到再刻时改名《金瓶梅词话》就被无耻书贾大加伪撰,因而成为蒙诉的主要口实"。上述诸说之目的在于,袁照是"为尊者讳";王昙是为了把他和蒋剑人作了大量删削"淫秽语"的冒牌货说成古本《金瓶梅》,以此标榜他们发现了所谓真正的《金瓶梅》;朱星先生则出于良好的主观愿望。但事实上《金瓶梅》从它诞生起,就有关于性行为描写的所谓"淫秽语"。《金瓶梅》的抄本和初刻本(约刻于万历四十五年)都已失传,我们已无以寓目。但明末清初见到者不乏其人。我们可以从他们的说词中得其消息。

一、袁小修日记为我们提供了强有力的证据。袁小修指出:

> 往晤董太史思白,共说诸小说之佳者。思白曰:"近有一小说,名《金瓶梅》,极佳。"予私识之。后从中郎真州,见此书之半,大约模写儿女情态俱备,乃从《水浒传》潘金莲演出一支。所云金者,即金莲也;瓶者,李瓶儿也;梅者,春梅婢也。旧时京师有一西门千户,延一绍兴老儒于家。老儒无事,逐日记其家淫荡风月之事,以西门庆影其主人,以余影其诸姬。琐碎中有无限烟波,亦非慧人不能。追忆思白言及此书曰:"决当焚之。"以今思之,不必焚,不必崇,听之而已。焚之亦自有存者,非人力所能消除。但《水浒》崇之则诲盗,此书诲淫,有名教之思者,何必务为新奇以惊愚而毒俗乎?(袁小修:《游居柿录》卷三,第979条)

袁小修的这则日记,记在万历四十二年八月。这基本上是一段回忆性文字。他记得以前与董其昌共说诸小说佳者,记得后来从中郎真州,看到《金瓶梅》半部,内容大体上是模写儿女情态。先前,袁小修访董其昌,听董氏说:"近有一小说,名《金瓶梅》,极佳。"后来在万历二十五年,袁中郎侨寓真州时,小修于中郎处见到半部《金瓶梅》的抄本,并说了"绍兴老儒"那一段话。小修告诉我们:《金瓶梅》是由老儒"逐日记其家(西门千户)淫荡风月之事"而成。《金瓶梅》是小说,我们当然不能认为它是某家某种生活的记事录。但是,既然《金瓶梅》以一个家庭为典型来揭露统治阶级腐朽糜烂的生活,书中的"淫秽语"自然就不可能没有。袁小修还追忆董思白言及,此书"决当焚之"。袁小修自己更直斥,《金瓶梅》"此书诲淫,有名教之思者,何必务为新奇以惊愚而蠹俗乎"。这里不难看出，无论是袁小修还是董思白，他们所见到的早期的半部《金瓶梅》，确实存在不少关于性行为的描写，否则怎能戴上"诲淫"的帽子，又何致于落个"决当焚之"的下场。

二、沈德符云：

……（前文已引述，此处不复引）予曰："此等书必遂有人板行，但一刻则家传户到，坏人心术，他日阎罗究诘始祸，何辞置对。吾岂以刀锥博泥犁哉？"仲良大以为然，遂固箧之。未几时，而吴中悬之国门矣。（《万历野获编》卷二十五）

此又证明沈德符和马仲良见到的《金瓶梅》乃是"秽黩百端"的秽书。

三、薛冈在《天爵堂笔余》卷二中指出：

往在都门，友人关西文吉士以抄本不全《金瓶梅》见示。余略览数回，谓吉士曰："此虽有为之作，天地间岂容有此一种秽书！当急投秦火。"后二十年，友人包岩叟以刻本全书寄敝斋，予得尽览。初颇鄙嫉，及见荒淫之人皆不得其死，而独吴月娘以善终，颇得劝惩之法。但西门庆当受显戮，不应使之病死。①

薛冈，字千仞，浙江鄞县人。他说天地间岂容有此一种秽书！当急投秦火。

四、李日华《味水轩日记》云：

（万历四十三年）十一月五日。沈伯远携其伯景倩所藏《金瓶梅》小说来，大抵市诨之极秽者耳，而锋焰远逊《水浒传》。袁中郎极口赞之，亦好奇之过。（吴兴刘氏嘉业堂刊本）

李日华说《金瓶梅》是市诨之极秽者。

五、清礼亲王昭梿指出：

《金瓶梅》其淫亵不待言。至叙宋代事，除《水浒》所有外，俱不能得其要领。以宋明二代官名羼杂其间，最属可笑。是人尚未见商辂《宋元通鉴》者，无论宋元正史。弇州山人何至谫陋若是，必为赝作无疑也。（《啸亭续录》卷二）

昭梿所谓王世贞不可能作《金瓶梅》的原因是：一、其书"淫亵"；二、书中"宋明二代官名羼杂其间"，故王世贞不可能"谫陋若是"。王世贞虽系大名

---

① 转引自马泰来《有关〈金瓶梅〉早期传播的一条资料》，《光明日报》1984 年 8 月 14 日。

士，然身处那个"淫风日炽"的时代，自己也不是个独善其身的人物，写些"淫
亵"文字乃时代使然，有何不可。

　　好了，不必再引了。早期的《金瓶梅》抄本和初刻本确实有大量的淫秽语，
而决不可能是洁本。

2016.05.10

　　［作者简介］周钧韬，江苏省社会科学院文学研究所原所长、研究员，深
圳市文联研究员。

六、语言、文献研究

《金瓶梅词话》校补例举

李 申 杜 宏

《金瓶梅》词话本的文字讹误较多，需要下大工夫校勘。自上世纪八十年代以来，陆续出版了一些校点注释本，如人民文学出版社 1985 年戴鸿森校点本（以下简称"戴本"），岳麓出版社 1995 年白维国、卜键校注本（下简称"白本"），台北里仁书局 2007 年梅节校订本（此据 2013 年修订本，简称"梅本"），人民文学出版社 2008 年陶慕宁校注本（下简称"陶本"）等，另有北京图书馆出版社 2004 年梅节《校读记》和中华书局 1998 年秦修容《校勘记》（见《会评会校本》下，亦涉及词话本）还有不少散见于各种刊物的谈校勘的文章，都对词话本的校勘整理工作做出了很好的贡献。但"校书如扫落叶"，只要愿扫，总是有的。再者，已有的校勘意见也未必都正确。现仅就各本当校未校者，略举数例，提出订补意见，以就正于方家。文中金书例句皆采自日本大安株式会社 1963 年影印的明万历木刻本。凡涉及其他系统的本子，如"崇（祯）本""张（竹坡）本"，也用简称。

1. 话说那日李娇儿上寿，观音庵王姑子请了莲花庵薛姑子来了，又带了他两个徒弟妙风、妙趣。（第五十回）

"莲花庵"，词话各校本均失校。

按："莲花庵"应作"法华庵"。前文第四十回，王姑子向吴月娘介绍薛姑子时说："（他）原在地藏庵儿住来，如今搬在南首里法华庵儿做首座。"当据此首次出现改。

2. 那薛姑子听见，便说道："茹荤、饮酒，这两件事也难。倒还是俺这比丘尼，还有些戒行。"（第五十回）

"难"，词话各校本均无校。

按："难"后当脱"断"字，应为"难断"。是难以戒除、断开之意。尤"断"字可体现斩断七情六欲，皈依佛门的决心。如：宋张君房《云笈七签》："一人曰：余戒悉易，淫最难断。"守一子编辑《道藏精华录》："其中一人曰：余戒可持，惟酒难断，所以者何？"张本作"难断"，可据补。

3. 琴童道："爹说……后日二十一日好日子起身，打发他三个往扬州去。"（第五十一回）

"二十一日"，词话各校本均失校。

按：下文西门庆多次提到二十日打发来保等三人去扬州支盐去，如："二十是个好日子，打发他们起身去罢了。""西门庆因把二十日打发来保等往扬州支盐去一节，告诉一遍。"张本此处亦作"二十日"。故琴童所言有误。

4. 李桂姐戴着银狄髻，翠水祥云钿儿，金累丝簪子，紫夹石坠子，大红鞋儿，抱着官哥儿，来花园里游玩。（第五十二回）

"夹"，梅本作"英"，余各本均无校。

按："紫夹石"不为词。"夹"实为"瑛（英）"字形误。"瑛"，似玉的美石。《玉篇·玉部》："瑛，美石，似玉……水精谓之玉瑛也。"故"紫瑛（英）石坠子"就是紫石英或紫水晶耳环。本书多有用例，如第二十回："妇人身穿大红五彩通袖罗袍儿，下着金枝线叶沙绿百花裙，腰里束着碧玉女带，腕下笼着金压袖……鬓畔宝钗半卸，紫瑛金环耳边低挂……"第十三回："不想花子虚不在家了，他浑家李瓶儿，夏月间戴着银丝狄髻，金镶紫瑛坠子，藕丝对衿衫，白沙挑线镶边裙……"等。另，邓福禄等在《字典考正》（湖北人民出版社2007年版）中，考证了出现在《直音篇·王部》的"瑛"字。根据所考不同佛经内容：唐湛然述《止观辅行传弘决》卷四十："言五石者：白瑛、紫英、石膏、钟乳、石脂。"宋知礼述《金光明经文句记》卷五："又作下明生善，仍约喻显五石者：谓白瑛、紫瑛、石膏、钟乳、石脂。"认为"瑛"即为"瑛"字。邓校是。"夹"，亦或是"瑛"脱落偏旁后"央"的形误。

5. 西门庆把路上辛苦，并到翟家住下，明日蔡太师厚情，与内相日日吃酒事情，备细说了一遍。（第五十五回）

"明日"，崇本作"感"；戴、陶、白各本无校；梅本改为"多日"，且属上句。

按：梅校认为"名"应为"多"之误，"多"误"名"，以"名日"改"明日"，属上句而成为"到翟家住下多日"，非是。"明"实为"那"之讹误。"那日蔡太师厚情"即指西门庆承蒙蔡太师在其生日当天备席独请他一人，席间又以父子相待的厚爱。有前文"只有西门庆，一来远客，而来送了许多礼物，蔡太师倒十分欢喜他，因此就是正日，独独请他一个……"可以为证。

6. 月娘分付（贲四），同薛师傅往经铺，请印造经数去了。（第五十八回）

"请"，词话各校本均失校。

按："请（請）"应为"讲（講）"字形误。有上文"孟玉楼在旁说道：'师父，你且住。大娘，你还使小厮叫将贲四来，替他兑兑多少分两，就同他往经铺里讲定个数儿来，每一部经多少银子，咱每舍多少，到几时有，才好。你教薛师父去，他独自一个，怎弄的过来？'"可证。"请印造经数"则不辞。

7. 两头戳舌，献勤出尖儿，外合里表。（第四十六回）

"外合里表"，戴、陶本失校；梅本从崇本改为"外合里应"。

按：李申《金瓶梅方言俗语汇释》（北京师范学院出版社 1992 年版）指出此当系"外合里差"之误，并释此语为："外合"，与外人相合。"里差"，对自己人不好。外合里差，意为偏向外人，亏待自家人。又，词话第五十八回："（潘金莲道）不干你事，来劝甚么腌子？甚么紫荆树，驴扭棍，单管外合里差！潘姥姥道：'贼作死的短寿命，我怎的外合里差？'"两处皆作"差"，不误。若改为"外合里表"或"外合里应"，意皆不合常理。现于后再补一例：明吕德胜《女小儿语·四言》："既是一家，休要两心。外合里差，坏了自身。"此与词话所言正同，可谓力证，白本改"差"，是。

[作者简介] 李申，江苏师范大学教授，13852156878，lshllz@126.com
杜宏，江苏师范大学文学院。

《金瓶梅词话》独特五莲方言探究

张传生

内容提要 《金瓶梅词话》的方言遍及中国大地数十省市区，分为两大语系：江南语系，江北语系，四大区域：华东、华北、华中、西北，分布十四个省、市、区：山东、河北、河南、北京、天津、陕甘、江苏、浙江、上海、江西、四川、湖北、山西等地，但以山东方言为主。在山东方言中，有百分之九十五以上的是鲁东南五莲方言，无可置疑，《金瓶梅词话》方言的母语所在地，就是五莲县。

关键词 《金瓶梅词话》 五莲方言 独特性 唯一性 辨释性 怪异性

《第九届（五莲）国际〈金瓶梅〉学术研讨会论文集》收入我的一篇论文——《〈金瓶梅〉典型五莲方言解析》，对于86句典型五莲方言，做了认真的注释和解析。

经过反复的通读《金瓶梅词话》，在阅读过程中，发现"台湾罗梅馆校本"《金瓶梅词话》，有大量的五莲方言没有注释，已经做了注释的，由于注者对于五莲方言不了解，有的只是表达了个意思，有的连意思也没表达出来，有的注释是错误的。我利用一年多时间撰写了《台湾罗梅馆校本〈金瓶梅词话〉五莲方言注释》一书，将《金瓶梅词话》中，三千多句五莲方言，做了较完整的注释。

为了比较准确、有把握的注释（台湾罗梅校本《金瓶梅词话》）五莲方言，我潜心对于五莲方言进行收集、整理，其收集到五千多句五莲方言；我将《金瓶梅词话》中的三千多句五莲方言，做了完整的摘录，并且用标准语对五莲方言进行了注解和解析；撰写了19篇关于五莲方言形成原因的理论文章，将五莲方言的典型性、独特性、唯一性、辨释性做了全面的论述，形成了一部专著——《〈金瓶梅词话〉五莲方言研究》。

《金瓶梅词话》的方言，遍及中国大地，大江南北，十数省市区，分为两大语系：江南语系，江北语系；四大区域：华东、华北，华中，西北；分布十四个省、市、区，山东、河北、河南、北京、天津、陕甘、江苏、浙江、上海、江西、四川、湖北、山西、等地。但是，百分之九十五以上的方言，为山东方言，其中有济宁、菏泽、聊城、临清、德州沿运河的市、区、县方言；有高密、诸城、安丘、莒县、沂水、沂南、莒南、五莲、日照、胶南、胶县、龙口方言；也有济南、滨洲、临沂、等地的方言。在山东方言中，以鲁东南五莲、诸城、日照、胶南、莒县方言为主。五莲方言，在《金瓶梅词话》中，就有三千多句，占方言总量的百分之九十以上。无可置疑，《金瓶梅词话》方言的母语所在地，就是五莲县。

一、产生《金瓶梅》五莲方言独特性的根源

为什么说《金瓶梅词话》方言的母语，是岱东鲁东南五莲方言呢？其原因有十个方面：

其一，五莲县位于鲁东南，崂山余脉，泰沂山余脉交汇处，东近黄海，西望沂蒙，地跨东经 118° 55′ —119° 32′，北纬 35° 32′ —35° 59′ 之间，是我国南方的北端，北方的南端，四季分明，温带气候，东南季风带，雨量充沛昼夜温差变化不大，适宜农作物各种树木的生长，林果业极其发达，被称为"水墨五莲，林果五莲，森林五莲，低碳五莲，绿色五莲，文化五莲"。如此美丽的地理环境，被文人墨客赞誉为山美、水美、人更美的钟灵毓秀之地。宋代文豪苏东坡称五莲"奇秀不减雁荡"，"九仙今已压京东"。如此优美的环境，造就了五莲的深厚文化底蕴，形成了五莲独特的语言和方言环境。

其二，五莲的古文化，是东夷文化。古代泛称我国东方各族为"夷"，《论语·八佾》："夷狄之有君，不如诸夏之亡也。"《史记·秦本纪》："亲僻在雍州，不与中国诸侯之会盟，夷翟遇之。"五莲县位于鲁东南，黄海之滨，历史上称这一带为东夷，祖辈生长在这里的各部落、各民族，都统称为东夷民族，由于鲁东南五莲区域依山、傍水，五千年前就形成了与大汶口和龙山文化比美的丹土文化。两千多年前，十多万人共同居住的城市的雏形已经形成。从出土的文物看，这时的农业、畜牧业、渔业、狩猎业，都十分的发达，东夷民族，是一个文化发达的民族，这样一个先进民族，其文化，语言的发达是可想而知的。

它孕育了丰富多彩的五莲文化，五莲语言，五莲方言，土白。

其三，五莲县在春秋战国时期，是一个多国的占领地，现在的石场、于里、管帅、中至及汪湖是莒国的领土，齐长城以北的许孟、高泽北部、松柏北部、户部北部是齐国的领土，当今的街头，潮河、叩官以及户部的南部是越国的北部疆土。莒国的国土后来被楚国占领，所以在这片土地上，有齐文化、古楚莒文化、吴越文化，形成三国鼎立，三国文化交融的独特的文化地域现象，这三种文化，都有自己的显著性、独特性、唯一性、绝不雷同的文化特质，表现在语言方面，更是南腔北调，具有独特语言现象，在整个五莲境内三里不同音，五里不同调的语言现象十分突出，十分独特，具有绝对不同的语言特质。这就是五莲方言独特辨识性，唯一性，怪异性特质。

其四，在五莲这片广袤的大地上，历史文人和名人，来此询访和居住者，带来了各地的优秀文化和语言，使这个地区的语言文化，形成了独特的风格。东汉初年，为朝廷所忌的博学名士梁鸿，由关中东逃海曲，曾游于高泽河将入潍水处的石崮一带，故后人称此崮为鸿台，并建梁鸿祠以为纪念；南朝梁文学理论批评家刘勰，曾于昆山下辟石室，欲藏《文心雕龙》，后人立"文心亭"，置刘勰像以作纪念。当时，昆山脚下，设有昆山县，现址在离昆山西七华里，大郭村东岭。唐代名布天下的萧颖士，北宋文坛泰斗大诗人，文学家苏轼，明代著名地理学家徐霞客（宏祖），《金瓶梅》作者丁惟宁，《续金瓶梅》作者丁耀亢，都曾生活在这片土地上，为这片神奇而又独特的土地留下了深厚的文化底蕴，独特的语言和方言特征。

其五，五莲县境内，是一个多地震地带边缘地区，明代有历史记载的大小地震多次，使广大农村房倒屋塌，加之灾后瘟疫，使此地人烟稀少，甚至有些地方，已经没有人烟，当时政府采取移民政策，从云南、江苏、河南、山西大量移民，这些移民，在相当长的时间内，保持原故乡的风俗、文化和语言及生活习惯、移民文化，成为五莲文化的一个特质，因而，五莲的语言和方言，特别的丰富，具有多内容、多样性、多地域，多特点的特质。

其六，五莲的环境优美，山多、岭多，沟壑纵横，有山有岭就有树木，树多、林果多，整个五莲大地就是一片绿色的海洋，树木郁葱，空气清新，气候温润，非常适合人类居住，整个五莲是长寿之乡，在明末清初，有几十位进士、官宦来此隐居，这些官宦有来自淞江、苏州、金陵的，有来自济南和五莲周边县城的，他们来此隐居，带来了各地的文化和方言，使五莲县、特别五莲山、九仙山周边形成了隐居村落、这些隐居村落的语言五花八门，不同音、不同调，具有不同的特色、特点，各具风格，这就形成五莲文化，特别是语言文化的又一个特质。

其七，五莲方言同标准语的区别。

五莲方言同普通话、标准语有着非常明显的差别，有的在读音方面有差别，有的在读字方面有差别，有的声母有所改变，有的韵母在变化，还有的书面语与口语有很大差别。例如：在《金瓶梅》中潘金莲与李桂姐有很大矛盾，李桂姐让西门庆从潘金莲头上剪下"一缕儿"头发；西门庆好说歹说从潘金莲头上剪下"一楼儿"头发，送给了李桂姐；李桂姐从西门庆手中接过这"一柳儿"头发，垫在自己的鞋里，还把潘金莲骂了。

作者在写这段故事中，同样说"一缕儿"头发，却在三句话中，写下以上三个不同的"一柳儿"，这"一楼儿"哪个对，哪个不对呢？我说都对，"一缕儿"这是官话，是普通话，在字典中可以查到，而"一楼儿"这是五莲方言，"一柳儿"也是五莲方言，五莲中南部、东部、南部读"一楼儿"，而五莲西部、西南部却读"一柳儿"，普通话读为"一缕儿"，因而，这三个"一缕儿"都是对的，只是方言读音不同而已。

五莲方言的读音，与标准语、普通话的读音，有些话、有些字相去甚远，主要表现在四个方面：

一是五莲方言中，声母有所改变的土语范围比较大。

声母为 j、q、x 的字，除了石场、中至、管帅、于里四乡镇，受莒县、沂水语言的影响，与普通话相近，其他八个乡镇的人均是读咬舌音。j 读为 tʃ 或 t，q 读为 t' 或 tʃ'，x 读为 ʃ 或 θ。

许孟、院西、松柏北部将部分字中的 z、c 读成 d、t。如走读成 dou（斗），最读成 dui（对），草读成 tao（逃），菜读成 tai（太）。r 大都读成 y。如：人、肉、荣、惹、润读成 yin、you、yong、ye、yun。

z 在部分字中读成 zh。如缁、淄读成 zhi。

q 在部分字中读成 c。如：枪、青、目读成 ciang、cing、cie。

zh，sh 在部分字中读成 tʃ、s。如知、张、商、声读成 tʃi、tʃaŋ、ʃəŋ、ʃə。

x 在部分字中读成 θ，如：些、席、徐、秀读成 θe，θi，θy，θiou。

n 在部分字中读成 l 或 m。嫩读成 te 或 lue，泥读成 mi（迷）。

j 在部分字中读成 z. 如：精、焦。

S 在部分字中读成 x。如：宿、损读成 xu、xun。

二是在五莲方言中韵母改变的范围也比较大。

将 ong 读成 eng。如：红、穷、兄读成 heng、qing、xing。

ai 在部分字中读成 ei。如塞、白、脉、拍读成 sei、bei、mei、pei。

有的地方把 in 读成 en。如贫、拼读成 pen、pen。

o 在部分字中读成 ei。如：墨、陌、默均读成 mei。

ou 在部分字中读成 ao、u。如：否、谋读成 fao、mu。

e 在部分字中读成 ai、ei。如街、鞋、阶，读成 jiai、xiai、jiai。则读成 zei，德读成 dei。

ai 在部分字中读成 ei。如：麦、脉读成 mei。

ong 在部分字中变成 u。如：农读成 nu。

a 在部分字中读成 ai。如：崖、涯读成 yai。

ie 在部分字中读成 ue。如：怯读成 que。

三是在五莲方言中声韵母均改变的情况也存在，但是其范围不是很大，只是个别语言现象。

如：涩、色均读为 shei；策、测、册读为 chei。er 除作后缀时读 er 音，单用时均在前面加 l 音。如：儿、耳、尔均读为 lə。

四是书面语与口语有很大差异，在书写五莲方言时，往往需要借用字、白字、同声不同义的字等等。例如：

书面语：沉底　　　　　　　　方言口语：zhen 底

　　　　伸头　　　　　　　　　　　　chen 头

　　　　还　　　　　　　　　　　　　han

　　　　客气　　　　　　　　　　　　kei 气

　　　　捆草　　　　　　　　　　　　qun 草

　　　　勺　　　　　　　　　　　　　shuo

　　　　闻味儿　　　　　　　　　　　yun 味儿

　　　　暖和　　　　　　　　　　　　nanghu

　　　　侧歪　　　　　　　　　　　　zhei 歪

旋风	quan 风
黄牛黄	you
乱套	lan 套
和气	huo 气
踩高跷	chai 高 tiao
耳朵	le dou
踏步	zha 步
攥紧	nuan 紧
塞子	sei 子
甩尾巴	shuiyi 巴
欢乐欢	luo
旋风	quan 风
衔草	han 草

其八，《金瓶梅词话》大多方言是岱东五莲地域语言。

《金瓶梅词话》是万历二十二年（1594）由作者丁惟宁撰写的，在"金学"界有许多专家、学者趋于这种说法。中国《金瓶梅》研究会会长黄霖先生，用六十年一甲子的方法，推出两个结果，我感到有其科学道理，他推出《金瓶梅》中的主要人物西门庆是属虎的，作者也属虎，为什么作者也属虎呢？作者为了使《金瓶梅》中的主要人物西门庆经历过的事件在时间上比较准确并且有把握使其顺序不乱，更合情、合理的在著作中表现出来，因而将西门庆这个人物写成属虎，整个时间安排从寅年开始。第二个结论是：《金瓶梅》著作问世是在万历二十年（1592）左右。这个推断，是比较符合实际的。

《金瓶梅》作者经不少学者、专家的考证、论证，就是丁惟宁，而丁惟宁从出生到六十九岁去世，绝大部分时间生活在岱东鲁东南地区。他出生就生活在故乡藏马山下，天台故里；二十三岁考入进士及第，为官二十三年时间，从二十三岁到四十六岁，这二十三年仕途生涯中，两次守孝在家六年，在江西任职时病归在家六年，真正在官位上只有十年多点时间；四十六岁辞官归里后，大多时间隐居于五莲山、九仙山之阳的兰陵溪水南岸的草庐，丁惟宁自称"司空庐"中。可以说，他完全生活在岱东鲁东南的一种语言环境里。著作中所用的方言、土白，除了有少量吴语、运河流域土白，有点陕西、河南、山西、河北方言，百分之九十以上是五莲方言、土白。

其九，《金瓶梅》作者从语言判断绝不是江南人而是山东人。

《金瓶梅》作者是北方人，是山东人；《金瓶梅》的语言，是北方话，词汇方面吸取了当时部分吴语，这种在地域方面的认识，渐趋一致。万历年间极早接触到抄本，熟悉万历四十七年《金瓶梅词话》初刻情况的沈德符，有一段很有影响的话，排除了《金瓶梅》作者是江南人的说法。"……然原本实少五十三至五十七回，陋儒补以入刻，无论肤浅鄙俚，时作吴语，即前后血脉，亦绝不贯穿，一见知其赝作矣。"（《万历野获编·词曲·金瓶梅》）

沈德符是董其昌的好朋友，他的话告诉人们，在《金瓶梅词话》中，除了补写的五十三至五十七回里偶有吴语成分（"时作"不是"多作"）以外，他见到的手抄本和初刻本是没有吴语的。是用哪个地域的语言写的呢？他没明说。

虽然沈德符没有明说，但是，既然他指吴语为鄙俚，当然原作在他心目中，是典雅之作，其语言的特点，是有指向性的，那就只能是明代官话，亦即北方话。

沈德符是明代末年的文学家，秀水人，即今日浙江嘉兴一带的人，是地地道道的吴人。所以，他判定原作不是吴语，这个结论是极有权威性的。

从沈德符对于语言特点的考证得出的结论看，《金瓶梅》是用北方语言写的，这是古今基本一致的看法。这种看法，被我们近年来的考证和论证完全证明了，是一种正确的看法和观点。

其十，《金瓶梅》作者不仅是山东人，从方言土语看就是丁惟宁。

《金瓶梅》问世百余年，清代学者陈相为张竹坡评点《金瓶梅》作跋，认为《金瓶梅》有山东土白。这简单的语言，把《金瓶梅》的作者定格在山东，排除了作者是江南人之说。

近代的鲁迅、郑振铎、吴晗在不同的时间、不同的著作中，站在作家、文学评论家、历史学家的不同角度，在不同的场合，得出同样的结论，认为《金瓶梅》所用的语言，是山东土白，山东话。他们虽然没做严密的论证，有可能凭着一种感觉，这种直觉是十分有价值的，是我们研究《金瓶梅》作者的一个重要线索和证据，是值得重视的。因为这三个大家都不是语言学家，却从语言、方言土语中得出同样的结论；再就是这三位大家都不是山东人，并无乡土和地域的偏见。

自判定《金瓶梅》作者是山东人的近九十年时间内，兰陵笑笑生，前署籍贯为"兰陵"，又是人们争论的一个焦点。人们将目光投向山东枣庄驿城兰陵和苍山兰陵镇，才出现了贾三近之说，"兰陵"不是武进兰陵，不是枣庄兰陵，也不是苍山兰陵，而是在山东五莲县九仙山之东侧，从兰陵顶子，到兰陵口子，流域不到四公里的兰陵溪水，当地称之为"兰陵峪"的不起眼、名不见经传的一股溪流。这股溪流终年流水，清澈、甘甜，是明代末年结庐隐居的"赐进士中宪大夫湖广副使前巡按直隶监察御史丁惟宁"。以"兰陵"为自己住处，用兰陵笑笑生为笔名，撰写出像哥德巴赫猜想般的《金瓶梅词话》。

二、《金瓶梅》五莲方言独特性范例

为了验证五莲方言的独特性、唯一性、可辨释性、怪异性和特质性，我们从《金瓶梅词话》中，试找例句，加以探索和研究。这些例句，来自《金瓶梅词话》的原著，用原汁原味的五莲方言做解释和解析；这些方言，在《辞海》《现代汉语词典》《新华字典》中，大多没有记载，因而在解释过程中，许多词采用借用字或同音字。

1.《金瓶梅词话》第 139 页。

"非嫂子耽心，显得在下干事不的了。"

不的了——在《辞海》中，没有这个词组。《辞海》中有"不济事"这个词组，意思是不足以成事；不管用。

《新华词典》和《现代汉语词典》中没有"不的了"一词。

在《现代汉语词典》中有"不得了"一词，表示情况很严重，没法收拾了；表示程度很深。

普通话，没有这个说法，也没有这个词组。

五莲方言：不的了——① 不地道的意思；② 没有把楞儿；③ 没有章程；④ 不沾贤；⑤ 放任自流；⑥ 没有把握；⑦ 没有尺寸；⑧ 没有规矩；⑨ 没有定力；⑩ 没有法度；⑪ 没有数；⑫ 干不成事；⑬ 无能鼻；⑭ 鼻涕；⑮ 糊不上墙的泥巴；⑯ 扶不起的秀才。

2.《金瓶梅词话》第 255 页。

"那月娘房里玉箫和香兰众人、打发西门庆出了门，在厢房内乱斯有成一块。"

乱厮有——在《辞海》中没有这个词组。

在《新华词典》中没有这个词。唯有"厮"字，① 旧时对服役的男子蔑称；② 互相，厮打，厮混。

在《现代汉语词典》中没有这个词和词组。只有"厮"的讲法：① 男性仆人；② 互相，厮打，厮杀，厮混。

在普通话中，也没有"乱厮"有这个词和说法。

五莲方言：乱厮有——① 互相厮打；② 没有章法乱打；③ 互不相让乱抓闹；④ 厮有在一起；⑤ 打起了厮有；⑥ 动手打架；⑦ 乱打在一块儿；⑧ 纠缠不休；⑨ 乱采乱打；⑩ 互相抓闹起来；⑪ 动手打架；⑫ 又吵又打又闹；⑬ 胡乱的抓闹；⑭ 吵架；⑮ 打闹；⑯ 抓闹起来是死手的；⑰ 乱吵乱闹；⑱ 瞎胡闹；⑲ 胡来乱来；⑳ 采着头发，抓着衣服，互相不服气地搭载一块儿；㉑ 动手动脚。

3.《金瓶梅词话》第214页。

"贼贱淫妇，既嫁汉子去罢了，又来缠我怎的！既是如此，我也<u>不得闲</u>去。"

不得闲——在《辞海》中没有这个词。

在《现代汉语词典》中有"不识闲"这个词，意思是闲不住；整天忙到晚；手脚不识闲。但没有"不得闲"这个词。

在《新华字典》中，没有这个词。

普通话；没有闲时间。

五莲方言：不得闲——① 没有闲空儿；② 不得空儿；③ 忙的慌；④ 没有闲工夫；⑤ 没有闲手时候；⑥ 闲不下手来；⑦ 手脚都忙着；⑧ 忙忙活活；⑨ 倒不出空来；⑩ 没空儿歇息；⑪ 没有空儿喘息；⑫ 不笼古；⑬ 胡忙里忙外；⑭ 忙晕了头；⑮ 忙得不可开交；⑯ 忙了前爪子；⑰ 手脚不得闲；⑱ 忙昏了脑子；⑲ 手忙脚乱。

4.《金瓶梅词话》第433页。

"才昂起头儿没多几日，带着云鬏儿，好不笔管儿般<u>直缕</u>的身子儿，缠的两只脚儿一些些，搽的浓浓的脸儿，又一点小小嘴儿，鬼精灵儿是的。"

直缕——在《辞海》中没有"直缕"这个词的记载，只有"直"字的讲法：① 不弯曲；② 竖；直立；③ 汉字自上至下的笔形，也叫"努"；④ 中国古代的道德规范；⑤ 坦率；⑥ 径直，直接；⑦ 伸，伸直；⑧ 通"值"；⑨ 待，但；⑩ 特意，故意；⑪ 就，即使；⑫ 姓。汉代有人名直不疑。

在《新华词典》中，没有这个词。

在《现代汉语词典》中，有"直溜"一词，形容笔直。"直溜溜"，形容笔直的样子。却没有"直缕"这个词。

普通话：直挺挺。

五莲方言：直缕——① 迸直；② 直柳柳的；③ 没有湾；④ 不毛草；⑤ 顺托；⑥ 不卷曲；⑦ 顺和；⑧ 不毛拢；⑨ 顺溜；⑩ 白直；⑪ 棒直；⑫ 直勾勾地；⑬ 笔直；⑭ 笔挺；⑮ 顺道；⑯ 直楞；⑰ 直楼；⑱ 四直；⑲ 直楼楼的。

5.《金瓶梅词话》第 434 页。

"叫他家止备女孩儿的鞋脚就是了。"

鞋脚——在《辞海》中，只有"鞋"的词汇记载：鞋子。另一条为"鞋会"，
指 15 世纪至 16 世纪初德意老农民反封建的秘密会社。

"鞋脚"一词，没有其他任何记载。

在《新华字典》中，"鞋"是穿在脚上走路时着地的东西，如：
皮鞋，拖鞋，旅游鞋。没有"鞋脚"的记载。

在《现代汉语词典》中，只有"鞋"的解释，《新华字典》没有"鞋
脚"的词条。

普通话，没有"鞋脚"的词汇说法。

五莲方言：鞋脚——① 鞋子；② 袜子；③ 裹脚布子；④ 单鞋；⑤ 棉鞋；⑥ 皮鞋；⑦ 拖鞋；⑧ 睡鞋；⑨ 睡袜；⑩ 鞋垫；⑪ 布鞋；⑫ 蒲袜；⑬ 草鞋；⑭ 气皮瓜达子；⑮ 鞋带子；⑯ 扎腿布子；⑰ 包脚布；⑱ 矛窝子；⑲ 凉鞋；⑳ 鞋套。

6.《金瓶梅词话》第 437 页。

"他老人家事忙，我连日宅里也没曾去，随他老人家多少与我些儿，我敢
争.'他也许我，等他官儿回来，重重谢我哩。"

敢争——在《辞海》中，只有"敢"的解释：① 有胆量；② 自言冒昧之词；
③ 不敢，岂敢的省词；④ 莫非，大约。而没有"敢争"一词的
记载。

在《新华字典》中，"敢"字：① 有勇气，有胆量；② 莫非。没
有"敢争"的记载。

在《现代汉语词典》中，"敢"莫非；怕是；敢是。敢情。敢是。

敢死队，敢于，敢自。

普通话，没有"敢争"的说法。

五莲方言：敢争——① 劳而无功；② 敢出了力气；③ 敢操了心；④ 敢布摆了一回；⑤ 敢努力；⑥ 敢扯落了一顿；⑦ 敢胡叨叨；⑧ 白白的不得好。另一层意思是：⑨ 不敢贪心；⑩ 不能要这个好；⑪ 不能贪天之功归为己有；⑫ 不能争这个名；⑬ 不能贪这个利；⑭ 不能贪小便宜；⑮ 不能争竞；⑯ 不能贪得无厌；⑰ 不能一切好都是自己的。

7.《金瓶梅词话》第437页。

"夜晚些，等老身慢慢皮着脸对他说。"

皮着脸——在《辞海》中，"皮"有十种讲法：① 动植物体的表面层；② 制过的兽皮；③ 特指皮侯，即用兽皮制成的射靶；④ 指薄皮层的东西；⑤ 指包在外面的东西；⑥ 犹言面，通常指其大小或溶量；⑦ 表面的，肤浅的；⑧ 顽皮；⑨ 通"披"；⑩ 姓。

《辞海》中没有"皮着脸"的词记载。

在《新华字典》中，"皮"有8种讲法，但没有"皮着"一词。《辞海》的解释，但是，也没有"皮着"一词。

在《现代汉语词典》中，对"皮"的解释，同《辞海》有十种解释，有"皮脸"的解释：① 为顽皮；② 旧式布鞋鞋脸儿正中用窄皮条沿起的园梗。同《金瓶梅》中，所指的"皮脸"从字义到含义，都完全不同。

这三部工具书，都没有五莲方言指的"皮着脸"一词的记载。

普通话，也没有"皮着脸"一词的说法。

五莲方言：皮着脸——① 厚着脸皮；② 出上这个老脸；③ 不嫌害羞；④ 没脸没皮；⑤ 豁上这个老脸；⑥ 不知羞臊；⑦ 硬着头皮；⑧ 不要脸了；⑨ 皮着脸；⑩ 依仗这个老脸。

8.《金瓶梅词话》第149—150页。

"你如今还不心死，到明日，不吃人争锋斯打，群到那里打个烂羊头，你肯断绝了这条路儿？"

群——在《辞海》中，"群"有7种讲法：① 合群；② 兽离相聚之称；③ 朋辈，集体；④ 指成群的同类事物；⑤ 联系，会合；⑥ 代数学基本概念;⑦地质学名词。没有"裙"字单独的解释。

在《新华字典》中,有 3 中解释:①聚集在一起的人和物;②众人;③量词,用于成群的人和动物。其他"群"的解释没有记载。

在《现代汉语词典》中,"群"有三种解释:①聚集在一起的人或物;②成群的;③量词,没有"群"字的其他讲法和用法。

五莲方言:群——①劳群起来;②合伙;③拉成帮;④围拢在一起;⑤绑架;⑥围困;⑦嘎合在一起;⑧互相簇拥着;⑨擒拿;⑩围追堵截;⑪捆绑起来;⑫用集体的力量制服对方;⑬合起伙来齐心协力;⑭打群架;⑮制服、打斗。

9.《金瓶梅词话》第 1114 页。

"我死后,缎子铺五万银子本钱,有你乔亲家爹那边多少本利,都找与他。叫傅伙计把货卖一宗交一宗,休要<u>开了</u>。"

开了——在《辞海》中,"开"有 11 种讲法:①开门,张开;②开始,开创;③打通,启发;④开发,开拓;⑤举行,设置;⑥开动,发放;⑦开列;⑧革除,释放;⑨分配,分开;⑩沸;⑪姓。宋代有开赵。但是,没有"开了"这个词。

在《新华字典》中,"开"有 14 种讲法:①把关闭的东西打开;②通,使通;③使显露出来;④扩大,发展,开拓;⑤发动,操纵;⑥起始;⑦设置,建立;⑧支付;⑨沸,滚;⑩举行;⑪写;⑫放在动词后面,表示趋向或结果;⑬黄金的纯度;⑭热力学温度单位名开尔文的简称,符号 K。但是,也没有"开了"这个词。

在《现代汉语词典》中,"开"有 17 种讲法:①打开;②打通;③分离;④解冻;⑤解除;⑥发动,操纵;⑦开拔;⑧开办;⑨开始;⑩举行;⑪写出;⑫支付;⑬开革,开除;⑭沸腾;⑮用在动词后;⑯分配;⑰纸张若干分之一。但是,也没有"开了"的讲法和词组。普通话也没有"开了"的说法。

五莲方言:开了——①这是独有的五莲方言,这个词既不是花开了的意思,也不是开了瓢,开破头,开石头,开荒地,开始干什么的意思。②这是一个专用名词,是一句行语,做买卖时,将所有的商品全部批发出去,五莲方言称作"开了"。③一大批货物，不零卖，让一个商贩买去，称作"开了"。④卖水果，蔬菜，肉、鱼等商品时，将所有的商品一口价卖了，就称作"开了"。⑤整买、整卖就称作"开了"。⑥"开了"，没有其它用法，讲法，是"批发"的专用词。在其他各地没有这个说法。⑦休要"开了"，就是不要一下子批发出去了，要随行就市，随着物价的增长，慢慢地发卖。⑧一把甩了。⑨哈撒了。⑩一股脑儿的卖出去了。⑪家当的一块儿出脱了。⑫一片果园，不管有多少果子，不管果子质量好坏，定下价钱，全部由买方采摘，这种一揽子卖法称开了。以上都是"开了"的意思。这是五莲山区特有的交易方式，特有的方言，其他地区称为批发。

10.《金瓶梅词话》第 1114 页。

"到日后，对门并狮子街两处房子，都卖了罢，只怕你娘儿们顾揽不过来。"

顾揽——在《辞海》中，"顾"有 12 种解释：①回看，瞻望；②视，看；③照顾；④顾惜，眷顾；⑤拜访，光顾；⑥反而，却；⑦但，特；⑧乃；⑨通"雇"；⑩夏的同盟部落；⑪古邑名；⑫姓。"揽"有 4 种解释：①把持；②回抱；③招引；④采摘。没有"顾揽"这个词，更没有其解释。

在《新华字典》中，"顾"有 4 种解释：①回头看；②照管，注意；③拜访；④文言连词。"揽"有 3 种解释：①把持；②拉到自己身边；③搂，捆。没有"顾揽"的解释，也没有这个词。

在《现代汉语词典》中，"顾"有 5 种解释：①转过头看；②注意，照管；③拜访；④顾客；⑤姓。"揽"有 4 种解释：①揽住；②捆住；③包揽；④把持。"顾揽"这个词在词典中没有出现，更没有解释。

五莲方言：顾揽——①顾搂；②看顾；③把揽；④把持；⑤把握；⑥把弄；⑦捂盖；⑧掖索；⑨操持；⑩照看；⑪包揽；⑫照顾；⑬顾惜；⑭眷顾；⑮看守；⑯守望；⑰顾碌；⑱占顾；⑲顾都；⑳承揽。

11.《金瓶梅词话》第 1143 页。

"原来潘金莲那边三间楼上，中间供养佛像，两边稍间堆放生药番料。"

稍间——在《辞海》中，"稍"有 6 种解释：①本义为禾末；②逐渐；③顺，很；④已经；⑤公家给予的粮食；⑥周制指离王城三百里的地面。

"间"有5种解释：①两者的当中；②在一定时间或空间内；③房间；④一会儿，倾刻；⑤近来。没有"稍间"这个词，更没有此词的解释。

在《新华字典》中，"稍"，是：①副词，略微；②军队口令：稍息。"间"有3种解释：①空隙；②不连接，隔开；③挑拨离间。"稍间"一词在《新华字典》中没有记载，更无解释。

在《现代汉语词典》中，"稍"只有一种讲法：稍微；稍许。"间"有4种解释：①中间；②一定的时间与空间；③一间房子；④量词，房子的最小单位。

"稍间"在《辞海》《现代汉语词典》《新华字典》中没有记载，更无解释。普通话没有这个词儿。

五莲方言：稍间——①稍间；②东屋；③西屋；④南屋；⑤厢房；⑥稍棚；⑦稍屋；⑧棚子；⑨储存农具或拦牛羊的趄棚；⑩堂屋以外的房屋，棚子，统称稍间。

12.《金瓶梅词话》第1126页。

"那时李铭日日假以孝堂助忙，暗暗叫李娇儿偷转东西与他，掖送到家，又来答应，常两三夜不往家去，只瞒过月娘一人眼目。"

掖送——在《辞海》中，"掖"有3种解释：①挟持别人胳膊；②挟持；③通"腋"。

"送"有5种解释：①运送、送交；②奉赠；③送行；④追随；⑤了毕，断送。在《辞海》中没有"掖送"的词条。

在《新华字典》中，"掖"是塞在、藏在的意思。

"送"有4种解释：①送东西；②赠给；③送行；④丢掉，丢失，送命。在《新华字典》中没有"掖送"的词语和解释。

在《现代汉语词典》中，"掖"即塞进。"送"有3种解释：①把东西送出去；②赠送；③陪着离去的人一起走。在《现代汉语词典》中，没有"掖送"这个词。

五莲方言：掖送——①掖送；②掖索；③收收；④收藏；⑤藏着；⑥掖着；⑦秘密藏着；⑧藏在外人不知的地方；⑨鬼鬼祟祟地藏匿；⑩不是光明正大的掖藏；⑪不可告人的掖藏；⑫不善良的收着藏着；⑬胡乱地藏掖。

13.《金瓶梅词话》第1154页。

"潘金莲自被秋菊泄露之后，月娘虽<u>不见信</u>，晚夕把各处门户都上了锁。"

不见信——在《辞海》中，"信"有13种解释：① 诚实，不欺；② 确实；③ 信用；④ 相信；⑤ 信奉；⑥ 听凭；⑦ 使者；⑧ 凭据；⑨ 信息；⑩ 书信；⑪ 再宿；⑫ 表明，明示；⑬ 姓。

没有"不见信"一词。

在《新华字典》中，"信"有7种解释：① 诚实，不欺；② 信任；③ 消息；④ 函件；⑤ 随便；⑥ 信石、砒霜；⑦ 同"芯"。

"送"有4种解释：① 送东西；② 赠给；③ 送行；④ 丢掉，丢失，送命。在《新华字典》中没有"掖送"的词语和解释。

没有"不见信"一词。

在《现代汉语词典》中，"信"有53个词组。但是，没有"不见信"这个词组。

五莲方言：不见信——① 不见信；② 没有音信；③ 没见音信；④ 没有信息；⑤ 口信；⑥ 见一句话儿；⑦ 信口；⑧ 传话；⑨ 不见妙名；⑩ 没有明确的话儿；⑪ 没有确凿的信息；⑫ 没有回话儿。

14.《金瓶梅词话》第1173页。

"小孩儿没记性，有要没紧进来<u>撞什么</u>。"

撞什么——在《辞海》中，"撞"有5种解释：① 敲，击；② 闯；③ 碰；④ 迎头遇着；⑤ 判；戳。另外有两个词组：① 撞击中心；② 撞归起一。

没有五莲方言"撞什么"的解释内容出现。

在《新华字典》中，"撞"有3种解释：① 打击；② 碰；③ 竭力探求。

没有五莲方言"撞什么"所表达的意思。

在《现代汉语词典》中，"撞"有4种解释：① 撞上；② 碰；③ 碰运；④ 闯。还有6个词组，没有五莲方言"撞什么"这个词、词组出现。

五莲方言：撞什么——① 撞门子；② 胡撞；③ 乱闯；④ 胡乱地想好事；⑤ 不正经地乱撞；⑥ 搞破鞋；⑦ 误打误撞；⑧ 撞不出什么好事；⑨ 有目的

的探究；⑩ 撞老婆门子；⑪ 撞妓院；⑫ 意想不到地乱撞；⑬ 没有好撞。

15.《金瓶梅词话》第 1173 页。

"叫奴才们背地排说的碜死了！"

碜死了——在《辞海》中，"碜"有 2 种解释：① 食物中混入沙土；② 丑
　　　　陋难看。没有其他解释。

　　　　在《新华字典》中，"碜"有 2 种解释：① 东西里夹杂沙子；
　　　　② 丑、难看。没有其他解释。

　　　　在《现代汉语词典》中，"碜"有 2 种解释：① 食物中掺上沙子；
　　　　② 丑、难看。没有其他解释。

五莲方言：碜死了——① 碜事儿；② 窝囊事儿；③ 淫贱之事；④ 怀了私
生子；⑤ 上不去台面的事；⑥ 做爱；⑦ 非法同居；⑧ 见不得人的事；⑨ 偷女
人；⑩ 嫖娼；⑪ 一切坏事；⑫ 乱勾搭；⑬ 偷汉子；⑭ 生私生子；⑮ 不道德的事；
⑯ 不孝敬老人；⑰ 违法乱纪；⑱ 坐牢狱；⑲ 拿不到台面的丑事。

16.《金瓶梅词话》第 1176 页。

"他有好一向没得见你老人家，巴巴央及我，稍了个柬儿，多多拜上你老
人家；少要焦心，左右多也是没了，爽利放倒身，大做一做，怕怎的？"

央及——在《新华字典》注释中，"央"有 3 种解释：① 中心；② 退求；
　　　　③ 尽完了；没有"央及"这个词组。

　　　　在《现代汉语词典》中，"央"有 3 种解释：① 恳求；② 中心；
　　　　③ 完结；词组有：央告；央求；央托；央中。

　　　　在《辞海》中，"央"有 3 种解释：① 当中；② 尽；③ 恳求。

　　　　有五个词组 ① 央央；② 央浼；③ 央渎；④ 央元音；⑤ 央斯基。

　　　　《辞海》《现代汉语词典》《新华字典》中皆没有"央及"这一词。

五莲方言："央及"——① 央及；② 谦让；③ 推让；④ 劝说；⑤ 应办；
⑥ 劝酒、劝饭；⑦ 不实在，讲客套的让酒、让饭；⑧ 酒足饭饱后仍然让酒让
饭；⑨ 假惺惺地让酒让饭。

17."爽利"——在《辞海》中，"爽"有 5 种解释：① 明；② 开朗，畅快；
　　　　③ 直爽；④ 失，差；⑤ 伤败。"爽"有 5 个词组 ① 爽约；
　　　　② 爽鸠；③ 爽垲；④ 爽爽，俊朗出众；⑤ 爽然，开朗舒
　　　　畅貌。

在《辞海》中没有"爽利"这个词和词组。

在《新华字典》中，"爽"有5种解释：① 明亮，清亮；② 清凉，清洁；③ 痛快，率直；④ 舒适，畅快；⑤ 不合，违背。

没有"爽利"这个词。

在《现代汉语词典》中，"爽"有4种解释：① 明朗，清亮；② 率直，痛快；③ 舒服；④ 违背，差失。有10个词组：① 爽口；② 爽快；③ 爽朗；④ 爽利，爽快，利落；⑤ 爽气；⑥ 爽然；⑦ 爽身粉；⑧ 爽性；⑨ 爽约；⑩ 爽直。

在《现代汉语词典》中，有"爽利"这个词，但是，与五莲方言的解释完全不一样。

五莲方言："爽利"——① 身体健康；② 精神愉快；③ 无病无灾；④ 老年人硬朗；⑤ 头脑清醒；⑥ 记忆力好；⑦ 身体无大碍；⑧ 孩子茁壮成长。"不爽利"——① 身体欠佳；② 有毛病；③ 有包团；④ 有症侯；⑤ 不如作；⑥ 不爱动弹；⑦ 犯了乏；⑧ 有病；⑨ 不舒坦；⑩ 不松散；⑪ 不自在；⑫ 不利落；⑬ 不痛快；⑭ 浑身难受；⑮ 有细病；⑯ 月经不调；来月经；⑱ 头痛纳闷。

18.《金瓶梅词话》第1182页。

"说起来，守备老爷前者在咱家酒席上，也曾见过小大姐来，因他会这几套唱，好模样儿，才<u>出</u>这几两银子。又不是女儿，其余别人，<u>出不上</u>，<u>出不上</u>！""这薛嫂当下和月娘砧死了价钱。"

"出"——在《辞海》中，"出"有12种解释：① 从里到外；② 产出，出产，发生；③ 出生；④ 拿出，发出；⑤ 越出；⑥ 超出；⑦ 显露，出现；⑧ 支出；⑨ 脱离；⑩ 离弃；⑪ 出仕；⑫ 花瓣的分歧。

在《新华字典》中，"出"有10种解释：① 跟"入""进"相对；② 来到；③ 离开；④ 出产，产生；⑤ 发生；⑥ 显得量多；⑦ 显露；⑧ 超过；⑨ 放在动词后，表示趋向；⑩ 量词。戏曲的一个独立剧目。

在《现代汉语词典》中，"出"有10种解释：① 从里面到外面；② 来到；③ 超出；④ 往外拿；⑤ 发出，发泄；⑥ 显露；⑦ 出产，产生；⑧ 显得量多；⑨ 支出；⑩ 方位词，表示向外。

五莲方言："出"——① 出上；② 豁上；③ 拼命；④ 出力；⑤ 出脱；⑥ 出

方方；⑦ 出点子；⑧ 出头之日；⑨ 出息；⑩ 出于。

"出不上"，在《辞海》《现代汉语词典》《新华字典》中，都没有"出不上"，这一词或词组的记载。

"出不上"，这是五莲方言的专用词，普通话是"豁不上"的意思。五莲方言所说的"出不上"，泛指：豁不上这个老脸；不能轻易地把老本拼出去；不能孤注一掷，不计后果；不能不计成本，豁出老本去的意思。

五莲方言："出不上"——① 豁不出；② 不值得；③ 没有那么大的胆量；④ 孤注一掷；⑤ 拼不上；⑥ 不能豁上那么大的本钱；⑦ 付不出；⑧ 不能是那么高的价；⑨ 不舍得；⑩ 不割少的；⑪ 没能力拿出；⑫ 不忍心拿出。

"砧"——在《辞海》中，"砧"有2种解释：① 捣衣石；② 通"椹"。词、词组有2条：① 砧木，接本；② 砧杵，捣衣具。

在《现代汉语词典》中，"砧"只有1种解释：即捶衣服时的用具。词、词组有4条：① 砧板；② 砧骨；③ 砧木；④ 砧子。无其他讲法。

在《新华字典》中，"砧"有2种解释：① 切东西时垫在底下的器具；② 嫁接树木的本叫砧木。无其他解释。

五莲方言："砧"——① 砧死；② 差死；③ 说死；④ 一言为定；⑤ 不准反悔；⑥ 口头协议，不能再反悔；⑦ 说话算话；⑧ 一句话说死了；⑨ 不能翻了翻了，糊了糊了；⑩ 不能说话不作数；⑪ 不能太娘们；⑫ 不能撕毁协议；⑬ 不能反复无常。

《金瓶梅词话》第1193页。

"孩儿，你爹已是死了，你只顾还在他家做甚么，终是没出产。你心里还要归你南边去？"

没出产——在《辞海》中，没有这个词和词组。在解释"出"这个字时，有12种解释，其中第二种解释为"产出""出产"。出产的唯一解释，就是产出。

在《现代汉语词典》中，对于"出"字，有10种解释，其中第七种解释"出产"，即产出。

在《新华字典》中，"出"有10种解释，其中第4种解释，"出产"，产出，产生。

五莲方言：没出产——这个词在《辞海》《现代汉语词典》《新华字典》中，一时没有这个词或词组；二是没有这词的任何解释。在这三部工具书中，找不到"没出产"这个词。"没出产"这个词组，是五莲方言独有的词，独有的解释：① 没出息；② 没出路；③ 没奔头；④ 没方方；⑤ 没有多大蹚歪头；⑥ 没前程；⑦ 没有发势头；⑧ 老林冒不了青烟；⑨ 没有作为；⑩ 没有多大章程；⑪ 没有多大能为；⑫ 没有什么造化；⑬ 蹦跶不了；⑭ 没有那么大的武艺头子；⑮ 满筐木头砍不出几个砧子。

19.《金瓶梅词话》第 33 页。

"待他吃得酒浓时，正说得入港，我便推道没了酒，再叫你买。"

推道——在《辞海》中，"推"有 9 种解释：① 从物体后边加力，使其运动；② 推移；③ 推想；④ 辞让、拒绝；⑤ 推诿；⑥ 推问；⑦ 赞许；⑧ 延迟；⑨ 泛指推理。有 45 个词或词组。但是，没有"推道"这个词。

在《现代汉语词典》中，"推"有 9 种解释：① 向外用力使物体顺力移动；② 推磨；③ 用工具贴着物体表面向前割；④ 使事情开展；⑤ 推想；⑥ 让给别人，推辞；⑦ 推诿；⑧ 推迟；⑨ 推崇。有 48 个词或词组。但是，没有"推道"这个词。

在《新华字典》中，有 7 种解释：① 推动物体移动；② 使事情开展；③ 进一步想，推断 ④ 辞让；⑤ 往后挪动；⑥ 推举；⑦ 推崇。没有"推道"这个词的记载。

五莲方言：推道——① 推道；② 推挡；③ 假装；④ 佯装；⑤ 小骗局；⑥ 装样子；⑦ 伪装；⑧ 装模作样；⑨ 装神装鬼 ⑩ 装猫做狗；⑪ 装死；⑫ 装死赖害；⑬ 掩盖真相。

20.《金瓶梅词话》第 274 页。

"慌的老冯连忙开了门，让大众妇女进来，旋戳开炉子顿茶，擎着壶往街上取酒。"

顿茶——在《辞海》中，"顿"有 10 种解释：① 顿首，顿足；② 停顿，顿号；③ 上宿，屯驻；④ 开舍弃；⑤ 通"钝"；⑥ 通"迍"；⑦ 通"振"；⑧ 表次数；⑨ 古国名；⑩ 姓。有 20 个词和词组，但是，没有"顿茶"这个词，也没有这样一个词组。更没有这个词的解释。

在《现代汉语词典》中，"顿"有 8 种解释：① 稍停；② 书法时不移动笔；③ 叩地；顿首；④ 处理、安顿；⑤ 立刻，忽然；⑥ 量词，吃了一顿饭，打了一顿；⑦ 姓；⑧ 围顿。有 5 个词组：① 顿挫；② 顿挫疗法；③ 顿号；④ 顿时；⑤ 顿首。没有"顿茶"一词的记载。

在《新华字典》中，"顿"有 8 种解释：① 停顿；② 忽然、立刻；③ 顿首、叩头；④ 处理，整顿；⑤ 书法时笔用力向下暂不移动；⑥ 疲乏，劳顿；⑦ 量词，吃一顿；⑧ 姓。没有"顿茶"的词和词组记载。

五莲方言：顿茶——是五莲烧茶的一种方法，在山东东南部的五莲地区，茶文化底蕴很深，烧茶的方法有几种，烧茶的方法，是由烧茶的炉灶，烧茶的工具、烧茶的用具所决定：① 顿茶，顿茶要在专用火炉；熬子窝中；锅底灰中，用陶瓷罐，陶土罐，红泥罐；黑陶土罐，燎罐子放在草木灰中，用刚烧下的草木灰的余热，将茶水顿开。② 烧茶，将清泉水倒在刷好的饭锅内，在锅底下，填上柴、草燃烧，在锅底下的旺火，将锅中的水烧开。这种烧茶方法，称作烧茶。③ 燎茶，将清泉水装入燎罐子或铁壶，快壶中，用炉具内的旺火，燎开壶中、罐中的水，称作燎茶。④ 顿茶时，不用急火，而是用草、木灰的余热，顿的时间稍长些，水开的慢一些，茶煮的透一些，茶的浓香气味足一些，顿茶也称作功夫茶。⑤ 顿茶节省柴草，节省人力，能顿出浓郁茶香。

21.《金瓶梅词话》第 33 页。

"那书童把酒打开，菜蔬都摆在小桌上，叫迎春取了把银素筛子来，倾酒在钟内，双手递上去。"

银素——在《辞海》中，"素"有 5 种解释：① 白色的生绢；② 质朴，本色的；③ 本；④ 构成事物的基本成分；⑤ 空，无爵位。有 40 个词，词组。但是，没有"银素"的记载。

在《现代汉语词典》中，"素"有 5 种解释：① 本色；白色；② 颜色单纯，不艳丽；③ 蔬菜；④ 本来的；原有的；⑤ 素来，向来。有 19 个词和词组。但是，没有"银素"的记载。

在《新华字典》中，"素"有 5 种解释：① 本色，白色；② 本来的；③ 蔬菜食物；④ 平素，何来；⑤ 白色生绢。没有"银素"这个词。

五莲方言：（1）素子，是指一种器皿。现在已绝迹。

（2）素子，①有铜素子；②有锡素子；③有镔铁素子；④有猪皮素子；⑤有牛皮素子；⑥有银素子；⑦有羊皮素子，这是以材质而分的素子名称。

（3）素子，①有酒素子；②有枪药素子；③有枪沙素子；④有鼻烟素子；⑤有药素子。这是以用途分的素子名称。

（4）素子的制作：①用细柳条编成扁的巴掌大的扁容器，用猪、羊、牛、马的尿包晒干，用鱼鳔糊在容器内外；干了即可用。②用锡片焊接；③用铜片焊接；④用铁片焊接；⑤用猪皮缝制；⑥用羊皮缝制；⑦用牛皮缝制；⑧用驴皮、马皮，骡子皮缝制。各种材质，有各种制作的工艺。

（5）素子，是挂在腰带上的器皿，携带方便，不易受潮，不累赘。

（6）为什么五莲人用这种特有的容器呢？一是五莲是个山区，在明代人烟稀少、出门路途遥远，用素子盛水，盛酒，路上当水壶、酒壶用；二是五莲离黄海近，气候潮湿，为了防潮，用此器皿。三是五莲人有打猎习惯，数九雪天，外出打猎，用素子带酒、带水；用素子装药，装枪沙，非常方便，且保温，防潮。

22.《金瓶梅词话》第856页。

"西门庆道：'老先儿倒猜的着，他娘子镇日着皮子缠着哩。'"

皮子——在《辞海》中，"皮"有10种解释：①动植物的表面层；②制过的兽皮；③特指皮厚；④指薄如皮层的物；⑤指包在外边的东西；⑥犹言面；⑦表面的，肤浅的；⑧通"披"；⑨顽皮；⑩姓。

在《辞海》中，有110个词和词组。但是，没有"皮子"的记载。

在《现代汉语词典》中，"皮"有10种解释：①物体表层；②皮子，皮箱，皮包，皮鞋；③外层包皮；④表面；⑤薄片东西；⑥酥脆的东西；⑦顽皮；⑧皮脸；⑨橡胶；⑩姓。

"皮"的词组共有43个，其中有"皮子"的一组，并有解释："皮子"，即皮革或皮毛，这里指的"皮子"与五莲方言所说的"皮子"谬之千里。

在《新华字典》中，"皮"有8种解释：①人、物的表层；②皮革；③表面；④包在外边的东西；⑤薄片状的东西；⑥韧性大、不松脆；⑦顽皮；⑧法定计量单位。在《新华字典》中，没有"皮子"的词或词组，更没有解释。

五莲方言："皮子"，是五莲方言特有的一种动物名称：

（1）普通话称"皮子"，为狐狸。

（2）五莲方言称"狐狸"为"皮狐"。

（3）在五莲县的局部地区，指深山区、皮狐多的地方，人们称皮狐为"皮子"。

（4）"皮子"又分许多种：① 能叫唤的皮子，称为叫皮子；② 老皮子，被称作黑嘴巴的皮子；③ 有"道业"的皮子，称皮子精；④ 能使人神经错乱的皮子，称作缠人的皮子；⑤ 能学人说话的皮子，被称为学人形的皮子，亦称叫皮子。

（5）在五莲山附近称狐狸为皮子，这是专用词。决不是"皮革""皮毛"的意思。因为《金瓶梅词话》中，所指的"皮子"，是缠了娘子的皮子。这种能缠人的"皮子"，就指皮子精，有道业的皮子。

（6）皮子缠了人以后，精神分裂，说话语无伦次，海阔天空，古今往事，祖辈名字乱说乱唱。

23.《金瓶梅词话》第 863 页。

"俺如今自家还多着个影儿哩！家中一窝子，人口要吃穿盘搅，自这两日媒巴劫的魂也没了。"

一窝子——在《辞海》《现代汉语词典》《新华字典》中，对于"窝"有解释，却没有"一窝子"这样的词或词组。

五莲方言：一窝子：① 一家人；② 有血脉关系的一家人；③ 有亲缘关系的人；④ 有血缘关系的亲戚；⑤ 情投意合的一伙人；⑥ 一伙；⑦ 一撮；⑧ 臭味相投的人；⑨ 有贬义的意思；⑩ 轻蔑一家人；⑪ 骂这一家人；⑫ 不宵一说的一家人。

巴劫——在《辞海》中，"巴"有 10 种解释：① 古国名；② 蛇名；③ 攀援；④ 靠近，挨着；⑤ 粘着；⑥ 盼望；⑦ 通"把"；⑧ 口辅，面颊；⑨ 压强的一种单位；⑩ 姓。共有 296 个词，词组，没有"巴劫"这个词。

在《现代汉语词典》中，"巴"有 9 种解释：① 盼望；② 紧贴；③ 粘住；④ 粘在别的东西上；⑤ 挨着；⑥ 张开；⑦ 古国名；⑧ 气压的压强单位；⑨ 姓。

有 15 个词组，却没有"巴劫"这个词。

在《新华字典》中，"巴"有 7 种解释：① 粘结；② 粘住；③ 贴近；

④ 巴望；⑤ 古国名；⑥ 词尾；⑦ 压强的非法定计量单位。

在字典中，没有"巴劫"这个词。

五莲方言：巴劫——① 受累；② 经济不宽余；③ 出了大力；④ 生活不顺；⑤ 吃了大苦；⑥ 劳动强度大；⑦ 艰辛；⑧ 生活极艰苦；⑨ 拉下饥荒；⑩ 迫于生活压力；⑪ 日子过得很不顺心；⑫ 生活拮据，开支困难，艰难维持生活；⑬ 既受经济困扰，又缺吃少穿，白白出大力，收获稀打松；⑭ 出力大收入少，生活差，开支困难，衣食皆忧。

24.《金瓶梅词话》第 307 页。

"就差来兴儿送与正堂李知县。随即差了两个公人，<u>一条索子把宋仁拿</u>到县里，反问他打网诈财，倚尸图赖。当庭一夹二十大板，打得顺腿淋漓鲜血。"

一条索子——"索"在《辞海》中有 8 种解释：① 绳索；② 绞合；③ 求取，讨取；④ 寻找；⑤ 完结；⑥ 离散、孤独；⑦ 法度；⑧ 须，应，得。有 52 个词和词组。没有"一条索子"这个词。

在《现代汉语词典》中，"索"有 6 种解释：① 大绳子或大链子；② 搜寻，寻找；③ 要，取；④ 孤单，离群；⑤ 寂寞；⑥ 没有意味。词与词组有 5 条：① 索取；② 索然；③ 索性；④ 索引；⑤ 索子。与索同解。没有"一条索子"这个词。

在《新华字典》中，"索"有 5 种解释：① 大绳子；② 搜寻，寻求；③ 讨取，要；④ 尽、空；⑤ 单独。有一个词组：索性。没有"一条索子"的词、或词组的记载。

五莲方言：

① 索子，是用八股麻线搓成的绳索；

② 一条索子，是专用词，司法部门专捆罪犯的。

③ 一条索子，就是一根索子绳。

④ 索子绳，是山区人用以贩卖货物用的专用工具，亦称八股绳。

⑤ 索子绳，亦称挑担货物的专用绳。

⑥ 索子绳，亦称八股绳；细麻绳，索子绳。

⑦ 一条索子，是捉拿罪犯的暗语。

⑧ 一条索子，暗示大难临头。

拿——在《辞海》中，"拿"有 2 种解释：① 握持；② 取。

有 9 个词或词组：① 拿大；② 拿云；③ 拿法；④ 拿骚；⑤ 拿摩温；⑥ 拿破仑金；⑦ 拿破仑；⑧ 拿破仑三世；⑨ 拿破仑法典。

在《现代汉语词典》中，"拿"有 7 种解释：① 抓住；② 用强力取；③ 强加作用使物体变坏；④ 介词，"用"；⑤ 刁难；⑥ 介词，别拿我开玩笑。有 4 个词组：① 拿办；② 拿大；③ 拿顶；④ 拿获，捉住。

在《新华字典》中，"拿"有 7 种解释：① 用手取；② 掌握；③ 故意做出；④ 刁难，挟；⑤ 侵蚀；⑥ 逮捕，捉；⑦ 介词。

图赖——在《辞海》中，"图"有 7 种解释：① 地图；② 绘画；③ 谋划；④ 谋取；⑤ 法度；⑥ 河图；⑦ 区划；⑧ 图赖，是清朝的一个满人官的名字，图赖（1600—1646）是清满洲正旗人。镇压过李自成，病死金华。

在《现代汉语词典》中，"图"有 4 种解释：① 图画；② 贪图；③ 谋划，策划；④ 意图。有 29 个词、词组。没有"图赖"一词。

在《新华字典》中，"图"有 4 种解释：① 图画；② 画；③ 计谋；④ 谋取。有图腾一词，但是，没有"图赖"一词。

五莲方言：图赖——① 图赖；② 赖人；③ 变着法儿赖人；④ 有计划、有预谋的赖人；⑤ 像鳖一样咬住口不放的赖人；⑥ 没有理由也赖人；⑦ 死皮赖脸地赖人；⑧ 不讲道理的赖人；⑨ 像无赖一般，毫无理由的赖人；⑩ 无理取闹，毫无仁义道德的赖人。

25.《金瓶梅词话》第 130 页。

"就是前日，你在院里踢骂了小厮来，早时有上房大姐姐、孟三姐在根前，我是不是说了一声，也是好的；恐怕他家粉头淘渌坏了你身子。"

淘渌——在《辞海》中，"淘"有 2 种解释：① 用水冲洗，汰除杂质；② 开挖。

有 6 组词：① 淘气；② 淘汰；③ 淘金；④ 淘河；⑤ 淘汰盘；⑥ 淘汰赛。没有"淘渌"一词的记载。

在《现代汉语词典》中，"淘"有 4 种解释：① 淘来；② 淘井；③ 耗费；④ 顽皮。有 7 个词句：① 淘河 ② 淘换；③ 淘金；④ 淘气；⑤ 淘神；⑥ 淘汰；⑦ 淘汰赛。但是，没有"淘渌"这个词和词组。

在《新华字典》中，"淘"有 3 种解释：① 洗去杂质；② 消除泥沙；

③ 淘气。没有"淘渌"这个词。

五莲方言：淘渌——① 淘渌；② 淘动；③ 踢动；④ 害乎；⑤ 糟踏；⑥ 孩子哭泣；⑦ 哄不欢气的孩子；⑧ 淘气，不听话；⑨ 任性啼哭；⑩ 死皮赖脸的作奸；⑪ 性疟待；⑫ 身体透支；⑬ 女人无休止地让男人做爱，使男人身体虚弱。

26.《金瓶梅词话》第 56 页。

"那妇人回到楼上，看看武大，一丝没了两气，看看待死。"

"看看待死"——这一词组在《辞海》《现代汉语词典》《新华字典》中，
都没有，更没有解释。

五莲方言：看看——读第三声。

看看——① 眼看着；② 眼瞅着；③ 即将；④ 快要；⑤ 最终；⑥ 还差一会
儿；⑦ 很短时间；⑧ 快了；⑨ 最后时刻；⑩ 还要一霎那间。

待死——① 快死了；② 待要死了；③ 等待死了；④ 马上就死；⑤ 立即快
死了；⑥ 倒气了；⑦ 还有一口气了；⑧ 差一口气就死了；⑨ 快
直瞪眼了；⑩ 快蹬歪了。

27.《金瓶梅词话》第 261 页。

"等你爹来家要吃酒，你在房里打发他吃就是了。"玉箫应诺。不想后晌时
分，西门庆来家。"

后晌——在《辞海》中，"晌"有 4 种解释：① 正午，午时前后；② 半天
时间；③ 乏指不太久的时间；④ 通"垧"。没有"后晌"这个词。
在《现代汉语词典》和《新华字典》中，也没有"后晌"一词。

五莲方言 ① 后晌；② 天黑了；③ 蚂蚱眼子的时候；④ 坐地后晌；⑤ 很阴
里；⑥ 半夜门；⑦ 半夜三更；⑧ 鸡叫门；⑨ 黑天歇乎。

28.《金瓶梅词话》第 451 页。

"夏龙溪还是前日因我送了他匹马，今日全为我费心，治了一席酒请我，
又叫了两个小优儿。"

治——在《辞海》中，"治"有 7 种解释：① 治理；② 旧地方政府所在地；
③ 有秩序；④ 研究；⑤ 医疗；⑥ 惩处，打厌。⑦ 姓。
在所有解释中，没有"治办"的这个词。共有 30 个词组，其中有
治办一词，但是，其解释是"治理"的意思。与五莲方言的"治"，
"治办"意思不同。

在《现代汉语词典》中，"治"有 8 种解释：① 治理；② 旧时官府所在地；③ 天下大治；④ 医疗；⑤ 消灭；⑥ 惩办；⑦ 研究；⑧ 姓。有 12 个词和词组。却没有"治"和"治办"这个词。

在《新华字典》中，"治"有 7 种解释：① 管理，处理；② 整治，治理；③ 惩办；④ 医治；⑤ 研究；⑥ 天下大治；⑦ 旧时政府所在地。没有"治"和"治办"一词。

五莲方言："治"——① 治办；② 治理；③ 采买；④ 收拾；⑤ 讨动；⑥ 寻找；⑦ 打落；⑧ 旋目；⑨ 整治；⑩ 动手；⑪ 搜落；⑫ 拾倒；⑬ 取借；⑭ 打捞；⑮ 张罗；⑯ 布摆；⑰ 铺排；⑱ 倒扯；⑲ 讨落；⑳ 摆下。

29.《金瓶梅词话》第 445 页。

"我叫你不要慌，你另叙上了有钱汉子，不理我了，要把我打开，故意的撵我，嚣我，讪我，又趋我。"

"汉子"——在《辞海》中，"汉"有 6 种解释：① 水名；② 旧天河；③ 朝代；④ 我国民族名；⑤ 汉语的简称；⑥ 男子。

在词与词组中，有"汉子"这个词，意为：① 对男子的俗称；② 俗称丈夫。五莲方言称汉子，主要是野男人，野汉子；情夫。

在《现代汉语词典》中，"汉"有 5 种解释：① 朝代；② 汉族；③ 男子；④ 后汉；⑤ 银河。有"汉子"一词：① 对男子俗称；② 丈夫。

在《新华字典》中，"汉"有 4 种解释：① 汉江；② 朝代名，汉代；③ 男人，男子；④ 汉族。

五莲方言：汉子——① 汉子；② 男人；③ 丈夫；④ 野男人；⑤ 野汉子；⑥ 相好的男人；⑦ 情夫；⑧ 要好的男人；⑨ 露水夫妻的男人；⑩ 偷情，做爱的男人；⑪ 偷偷摸摸相爱的男人；⑫ 汉字是一个贬义词，专指偷情，做爱的野男人；⑬ 不是正经夫妻的男人。

撵我——在《辞海》中，"撵"有 2 种解释：① 驱逐；② 追赶。

在《现代汉语词典》中，"撵"有 2 种解释：① 驱逐；② 追赶。

在《新华字典》中，"撵"有 2 种解释：① 驱赶；② 追赶。

五莲方言：撵——① 撵出；② 赶出；③ 淘嚎出；④ 点换出；⑤ 呵斥出；⑥ 骂出；⑦ 痛斥出；⑧ 撵出，是贬义词，因为不受欢迎，被主人赶出去；⑨ 弄出去；⑩ 打发出去；⑪ 搡达出去；⑫ 架达出去；⑬ 追赶出去，不是正经夫妻的男人；⑭ 欲送出去；⑮ 乱棍赶出；⑯ 又骂，又打，赶出去。

嚣我——在《辞海》中，"嚣"有4种解释：① 喧哗，吵闹；② 闲暇貌；③ 通"枵"；④ 通"嗷"。

在《现代汉语词典》中，"嚣"有2种解释：① 蠢而顽固；② 奸诈。

在《新华字典》中，"嚣"有2种解释：① 喧哗；② 嚣张；放肆。

邪恶势力上升。

五莲方言：嚣我——① 嚣我；② 戏落我；③ 羞辱我；④ 给我难看；⑤ 有意出我的洋相；⑥ 让我害羞；⑦ 在众人面前不让我下台；⑧ 不给我面子；⑨ 使我没有脸面；⑩ 丢人现眼；⑪ 人面前丢了我的脸；⑫ 打了我的脸；⑬ 与我过不去；⑭ 明着戳我；⑮ 戳了我的眼窝；⑯ 戳古的我那脸没处放；⑰ 让我的脸往哪儿搁？⑱ 嚣得我还能见人吗？⑲ 你这样嚣我，我还有脸面见你吗？⑳ 你这样让我害嚣，我能架住吗？我的脸还有法搁吗？㉑ 碜我。㉒ 寒碜我。

30.《金瓶梅词话》第467页。

"贼囚根子，快磕了头，趁早与我外头挺去！又口里怎汗邪胡说了。"

挺——在《辞海》中，有6种解释：① 拔，举起；② 挺直；③ 挺直物名称；④ 挺拔；突出；⑤ 动；动摇；⑥ 顶。

词有：① 挺节；② 挺身；③ 挺拔；④ 挺拮；⑤ 挺举；⑥ 挺撞。

在《现代汉语词典》中，"挺"有6种解释：① 硬而直；② 伸直；③ 勉强支撑；④ 特出，杰出；⑤ 很，挺卖力；⑥ 用于机关枪。

词有6组：① 挺拔；② 挺进；③ 挺举；④ 挺立；⑤ 挺脱；⑥ 挺秀。

在《新华字典》中，"挺"有4种解释：① 笔直，笔挺；② 撑直或凸出；③ 副词，很，挺好；④ 量词，几挺机关枪。

《辞海》《现代汉语词典》《新华字典》对于"挺"的所有解释，都不同于五莲方言关于"挺"所有表达的内容。

五莲方言：挺——① 挺；② 挺直；③ 挺立；④ 睡觉；⑤ 挺尸；⑥ 住下；⑦ 不喘气了；⑧ 死了；⑨ 平放倒了；⑩ 躺下；⑪ 仰嘎着；⑫ 四个爪子朝天；⑬ 直崩崩地躺着；⑭ 挺尸房；⑮ 停止了呼吸；⑯ 打挺了（死后直了身子）。

31.《金瓶梅词话》第479页。

"这金莲就知其意、行陪着吃酒，就到前边房里，去了冠儿，挽着杭州攒，垂匀面粉，复点朱唇。"

行——在《辞海》中，有 13 种解释：① 走；② 流动；③ 去、离开；④ 从事；⑤ 所作所为；⑥ 行，佛教名词⑦ 可以；⑧ 兼代官职；⑨ 经历；⑩ 将，快要；⑪ 乐曲；⑫ 古诗的一种体裁；⑬ 行装。

在《现代汉语词典》中，"行"有 5 种解释：① 行列；② 排行；③ 行业；④ 营业机构；⑤ 量词，四行诗。

在《新华字典》中，"挺"有 5 种解释：① 行列；② 行业；③ 营业机构；④ 排行；⑤ 量词，几行。

以上《辞海》的 13 种解释，《现代汉语词典》的 5 种解释，《新华字典》的 5 种解释，同五莲方言对"行"的解释完全不同，五莲方言对"行"的解释，完全摆脱了《辞海》《现代汉语词典》《新华字典》所有的解释。有其典型性，唯一性，独特性，怪异性。

五莲方言：行——① 行；② 正在进行；③ 行房；④ 办好事；⑤ 胜么好的；⑥ 在兴头上；⑦ 刚好在；⑧ 恰巧、正在；⑨ 突然；⑩ 谁都没想到，可是出乎意料的进行；⑪ 突如其来；⑫ 不可预料的进行；⑬ 聚精会神，全神贯注的在行房时。

32.《金瓶梅词话》第 717 页。

"到房中叫春梅点灯来看，大红段子红鞋儿上，满帮子都展污了。"

展污——在《辞海》中，"展"有 8 种解释：① 开；伸展；② 放宽；③ 施行；④ 陈列；⑤ 察看；⑥ 确实，诚然；⑦ 通"辗"；⑧ 姓。

有 15 个词和词组。却没有"展污"一词。

在《现代汉语词典》中，"展"有 5 种解释：① 张开，放开；② 施展；③ 展缓；④ 展览；⑤ 姓。有 12 个词和词组，却没有"展污"一词。

在《新华字典》中，"展"有 3 种解释：① 张开；② 施展；③ 放宽。没有"展污"一词。

五莲方言：展——① 展了；② 弄脏了；③ 展污了；④ 弄展了；⑤ 弄上灰了；⑥ 焗上灰了；⑦ 弄碜了；⑧ 抹搭上脏营生了；⑨ 蹭上灰尘了；⑩ 粘上脏物；⑪ 弄上脏东西了。

33.《金瓶梅词话》第 717 页。

"我知道你在这屋里成了把头。"

把头——在《辞海》中，"把"有6种解释：① 执，持；② 一手所握；③ 把守，看守；④ 犹言拿；⑤ 给；⑥ 被。有15个词和词组，其中有"把头"一词，在《辞海》中的"把头"，专指"封建把头"。五莲方言的"把头"，与此意稍有相同。

在《现代汉语词典》中，"把"有10种解释：① 用手握住；② 托起；③ 把持；④ 看守；把守；⑤ 紧靠；⑥ 约束；⑦ 车把；⑧ 捆；⑨ 量词；⑩ 姓。词与词组共23个，其中有"把头"，是指旧社会把持某行业，从中剥削的坏分子。

在《新华字典》中，"把"有9种解释：① 拿，抓住；② 控制；③ 把守；看守；④ 手推车把；⑤ 捆；⑥ 介词；⑦ 量词；⑧ 放在量词中；⑨ 拜把子；没有"把头"这一词。

五莲方言：把头——① 把头；② 领班；③ 觅汉头；④ 带人干活的头；⑤ 丫鬟头；⑥ 小厮头；⑦ 干活的头；⑧ 贴心的丫鬟；⑨ 伙夫头；⑩ 信任的长工；⑪ 管家；⑫ 管理家务和下人的人；⑬ 小头头；⑭ 小看家狗。

34.《金瓶梅词话》第726页。

"这里使着了人做卖手，南边还少个人立庄置货，老爹已定还栽派我去。"

栽派——在《辞海》中，"栽"有4种解释：① 种植；② 可以移植的植物；③ 安上；④ 跌。共有四个词组，却没有"栽派"一词。

在《现代汉语词典》中，"栽"有5种解释：① 栽种；② 插上；③ 硬安上；④ 栽子；⑤ 跌倒。有7个词和词组，却没有"栽派"一词。

在《新华字典》中，"栽"有3种解释：① 种植；② 秧子；③ 跌倒。没有"栽派"一词。

五莲方言：栽派——① 栽派；② 扎咐；③ 栽咐；④ 嘱咐；⑤ 安排；⑥ 告诉；⑦ 哄咐；⑧ 托付；⑨ 暗地里出主意；⑩ 背地后里说；⑪ 反复强调；⑫ 嘱托。

35.《金瓶梅词话》第728页。

"他从小是恁不出语，娇养惯了。"

不出语——在《辞海》中，没有这个词或词组。

在《现代汉语词典》中，没有这个词。

在《新华字典》中，没有这个词。

五莲方言：不出语——① 不出语；② 说话少；③ 不咋呼；④ 难开口；⑤ 轻易不说话；⑥ 不表态；⑦ 羞于说话；⑧ 燎壶煮故扎，肚里有，倒不出；⑨ 很少说话；⑩ 心里明白，嘴里不说；⑪ 说话有分寸，不乱说。

36.《金瓶梅词话》第 734 页。

"于是使性子，抽身往房里去了。"

使性子——在《辞海》中，没有"使性子"这个词。

在《现代汉语词典》中，有 17 种解释：其中"使性子"，解释为发脾气。

在《新华字典》中，有 5 种解释，没有"使性子"这个词。

五莲方言："使性子"——① 使性子；② 耍脾气；③ 耍小性儿；④ 任性；⑤ 使小脾气；⑥ 不听约束；⑦ 没有教养；⑧ 不听话；⑨ 不按大人的意志做事；⑩ 任马由缰；⑪ 倔脾气。

37.《金瓶梅词话》第 783 页。

"此是你神弱了，只把心放正着，休要疑影他。"

疑影——在《辞海》中，没有"疑影"这个词。

在《现代汉语词典》中，有 2 种解释，15 个词，却没有"疑影"这个词。

在《新华字典》中，"疑"有 2 种解释：① 不信；② 不能判定；没有"疑影"这个词。

五莲方言：疑影——① 疑影；② 怀疑；③ 心病；④ 疑神疑鬼；⑤ 心神不安；⑥ 心事；⑦ 钻牛角尖；⑧ 幻觉；⑨ 难消除的疑问；⑩ 胡思乱想。

38.《金瓶梅词话》第 787 页。

"我死之后，房里这两个丫头无人收拘。"

收拘——在《辞海》中，"收"有 8 种解释：① 拘押；② 收获；③ 收敛；④ 收取；⑤ 聚集；⑥ 结束；⑦ 车厢下的横木；⑧ 古冠名。有 42 个词和词组，但是，没有"收拘"一词。

在《现代汉语词典》中，"收"有 8 种解释：① 收拾；② 收取；③ 获得；④ 收获；⑤ 接收；⑥ 约束；⑦ 逮捕；⑧ 结束。有 50 个词、词组，但是，没有"收拘"一词。

在《新华字典》中，"收"有 9 种解释：① 接到，接受；② 藏；

③割取作物；④获得；⑤招回；⑥聚；⑦结束；⑧逮捕，拘禁。没有"收拘"一词。

五莲方言：收拘——①收拘；②紧头；③规矩；④宽、严；⑤有数；⑥限制；⑦伸延；⑧局限；⑨心中无数；⑩继续下去；⑪无限期；⑫任意的；⑬任马由缰；⑭无行款。

39.《金瓶梅词话》第791页。

"大娘等，你也少要亏了他的。他身上不方便，早晚替你生下个根绊儿，庶不散了你的家事。"

根绊儿——在《辞海》中，"根"有8种解释：①根系；②植物地下部分；③事物本源；④彻底，根本地；⑤计量单位；⑥生殖器官；⑦佛教称眼、耳、鼻、舌、身、意调六根；⑧原子团之一。有45个词或词组，但是，没有"根绊儿"一词。

在《现代汉语词典》中，"根"有8种解释：26个词或词组，皆无"根绊儿"一词。

在《新华字典》中，"根"有4种解释：①植物地下部分；②量词；③代数未知数的值；④原子团。再无其他解释，也没有"根绊儿"一词。

五莲方言：根绊儿——①根绊儿；②指男孩；③续香火的孩子；④有把儿的孩子；⑤情受财产的孩子；⑥维系家庭的孩子；⑦未来的掌门人；⑧传宗接代的男孩；⑨情受家业的孩子；⑩继承家道的孩子。

40.《金瓶梅词话》第794页、第845页。

"乃是第六的小妾。生了个拙病，淹淹缠缠，也这些时了。""久病淹缠。"

淹淹缠缠——在《辞海》中，"淹"有2种解释：①阻塞；②埋没。共有2个词：①淹没；②淹灭。没有"淹缠"和"淹淹缠缠"的词。

在《现代汉语词典》中，"淹"只有淹没、淹灭两种解释。

在《新华字典》中，"淹"有3种解释：①浸没；②皮肤被汗渍浸渍；③广，博。再无其他解释，也没有"淹缠"这类词。

五莲方言：淹淹缠缠——①淹淹缠缠；②时好时坏；③胜好胜坏；④缠目人；⑤粘缠人；⑥依外人；⑦一会儿好些，一会儿坏些；⑧久病不好；⑨

久医不见成效；⑩ 非常棘手；⑪ 没有好办法；⑫ 没了出路；⑬ 病太顽固；⑭ 瞎胡来的；⑮ 没有收拘了；一时明白，一时糊涂；⑰ 这病太顽固；⑱ 症候多了不见好；⑲ 看不到希望；⑳ 失去信心。

41.《金瓶梅词话》第 812 页。

"俺六娘嫁俺爹，瞒不住你老人家是知道，该带了多少**带头**来？"

带头——在《辞海》中，"带"有 8 种解释：① 带子；② 佩；佩戴；③ 围绕；④ 地带；⑤ 连带；⑥ 携带；⑦ 引导；⑧ 亦称"生物带"。有 27 个词和词组，但是，没有"带头"这个词。

在《现代汉语词典》中，"带"有 10 种解释：① 带子；② 车带；③ 地带；④ 白带；⑤ 携带；⑥ 捎带；⑦ 呈现；⑧ 连着，附带；⑨ 引导，带徒弟；⑩ 带动。有 18 个词和词组，但是，没有"带头"这个词。

在《新华字典》中，"带"有 7 种解释：① 带子；② 地带；③ 携带；④ 捎带；⑤ 携显出；⑥ 率领；⑦ 白带。

在《金瓶梅》中的"带头"的意思，不同于现代语言中的领导带头的讲法。它是"嫁妆"与"彩礼"的专用词，在五莲山区评价一个新媳妇家庭是否穷富，出手是否大方，至今还是看这个"带头"的多寡。

五莲方言：带头——① 带头；② 彩礼；③ 嫁妆；④ 新媳妇的床上用品；⑤ 新媳妇的衣物；⑥ 新媳妇的鞋脚多少；⑦ 娘家陪送的物品；⑧ 娘家陪送的金钱；⑨ 新媳妇的金银首饰；⑩ 新媳妇陪送的大红色袄；⑪ 新媳妇陪送的梳头、洗脸用品；⑫ 新媳妇陪送的日用品和用具等。

42.《金瓶梅词话》第 828 页。

"众主管伙计，都陪着西门庆进城。堂客轿子压后。到家门首，**燎火**而入。"

在《辞海》中，"燎"有 2 种解释：① 防火燃烧；② 烘干。词有 5 组：① 燎毛；② 燎发；③ 燎炬；④ 燎原；⑤ 燎燎；但是，没有"燎火"这个词。

在《现代汉语词典》中，"燎"只有一种解释：挨近了火而烧焦。

在《新华字典》中，"燎"只有 2 种解释：① 延烧；② 挨近了火而烧焦。

五莲方言：① 燎火；② 燎燎；③ 驱鬼的方法。

在五莲山区"燎火"，是一种民间传统，是驱鬼保平安的方法，"燎火"，要举行仪式，是一种严肃，认真，庄重的仪式。一般在三种情况下，用多种材料，用三种形式，三种方法，举行燎火仪式。

第一种是在娶媳妇时，举行过门仪式，在门口放一架马鞍，堆一堆干柴，还有豆秸，枣木、芝麻秸，谷秸，花生秧，栗树木，当新媳妇抄马鞍时点燃鞭炮，将笼好的柴堆点燃，烈火滔滔，新媳妇大步抄过火堆，预示着：① 驱走魔鬼；② 驱赶一切晦气；③ 迎来全新的生活；④ 早生子；⑤ 花花生，有男、有女；⑥ 芝麻开花，节节高；⑦ 步步高升；⑧ 全家都带来喜气；⑨ 日子过得红红火火；⑩ 新人儿女双全，阖家幸福。

第二种是当办完丧事，在门口笼一堆桃木和其他干柴的火，回家的人从火堆跨过，可以驱走小鬼。

第三种是家人走了夜路，回家敲门后，点燃一把草，用火燎燎全身，用以驱鬼。

43.《金瓶梅词话》第 875 页。

"多，这酒寒些。从新折了，另换上暖酒。"

在《辞海》中，"折"有 13 种解释：① 断；② 曲，弯；③ 反转；④ 挫折；⑤ 毁掉；⑥ 损失；⑦ 判断；⑧ 折合；⑨ 折扣；⑩ 折服；⑪ 葬具；⑫ 戏曲名词；⑬ 姓。共有 68 个词和词组，但是，没有"折了"这个词。

在《现代汉语词典》中，"折"有 6 种解释：① 断；② 亏损；③ 姓；④ 折本；⑤ 折秤；⑥ 折耗。没有"折了"这个词。

在《新华字典》中，"折"有 10 种解释：① 断；② 损失；③ 弯转；④ 叠，折；⑤ 存折；⑥ 戏剧场次；⑦ 心服；⑧ 折扣；⑨ 抵作，对换；⑩ 汉子的笔划。没有"折了"这个词。

五莲方言：折了——① 折了；② 倒了；③ 倒进；④ 倒换；⑤ 重新装上；⑥ 调换；⑦ 倒光；⑧ 换上新酒；⑨ 普通话称：斟酒。五莲山区人的习惯：从瓶子中往壶里倒酒；从壶里倒进杯里、盅里，从杯里、盅里倒回壶中，瓶中，都称之谓折酒。

44.《金瓶梅词话》第 875 页。

"你每说的只情说，把俺每这里只顾旱着。"

旱着——在《辞海》中，"旱"有 2 种解释：① 久不雨，旱灾；词有 9 组：① 旱柳；② 旱莲；③ 旱烟；④ 旱魃；⑤ 旱稻；⑥ 旱獭；⑦ 旱麓；

⑧ 旱金莲；⑨ 旱生植物。但是，没有"旱着"的词和词组。

在《现代汉语词典》中，"旱"有 2 种解释：① 旱灾；② 非水田，旱田。有 17 个词和词组，但是，没有"旱着"这个词。

在《新华字典》中，"旱"有 2 种解释：① 久不下雨；② 没有水的田。

除了这两种解释，再无其他解释，也没有其他词。"旱着"这个词，在《辞海》《现代汉语词典》《新华字典》中，查无实据，根本没有这个词。

五莲方言：旱着——① 旱着；② 干着；③ 干等着；④ 干待着；⑤ 干坐着；⑥ 没有人管；⑦ 没人理；⑧ 不受欢迎；⑨ 坐冷板凳；⑩ 干勾着；⑪ 干古着；⑫ 拽在那儿；⑬ 冷落；⑭ 没当坞子秃把。

45.《金瓶梅词话》第 876 页。

"你落索他姐儿三个唱，你也下来酬他一杯儿。"

落索——在《辞海》中，"落"有 14 种解释：① 下降，降落；② 衰败；③ 死；④ 停留；⑤ 人聚居地；⑥ 得到某种结果；⑦ 开始；⑧ 古代用血涂新铸钟；⑨ 祭礼；⑩ 稀少；⑪ 耽误；⑫ 檐滴水；⑬ 通"络"；⑭ 篱笆。词与词组共 53 个，但是，没有"落索"这样一个词。

在《现代汉语词典》中，"落"有 10 种解释：同于《辞海》，有 47 个词和词组，但是没有"落索"这个词。

在《新华字典》中，基本相同，但却没有"落索"一词。

五莲方言：落索——① 落索；② 麻烦；③ 打扰；④ 踢查；⑤ 不静板；⑥ 没事找事；⑦ 啰啰；⑧ 调戏；⑨ 溪落；⑩ 动手动脚。

46.《金瓶梅词话》第 880 页。

"只好樊家百家奴儿接他，一向董金儿也与他丁八了。"

丁八了——在《辞海》《现代汉语词典》《新华字典》中，既无此词的记载，更无"丁八了"的解释，只有五莲方言中，有这个词。

五莲方言：丁八了——① 丁八儿；② 顶靶了；③ 顶板了；④ 碰头了；⑤ 遇在一起；⑥ 碰一块儿；⑦ 做一处了；⑧ 碰了车；⑨ 对了头；⑩ 做奸；⑪ 没预料的相遇。

47.《金瓶梅词话》第 882 页。

"我的三爷，你若去了，就没趣死了。"

没趣死了——在《辞海》《现代汉语词典》《新华字典》中，没有这个词的
记载，更没有这个词义的解释。

五莲方言：没趣死了——① 没趣死了；② 没有意思；③ 没有吸引力；④ 没
有什么好的；⑤ 没有让人兴奋的事儿；⑥ 没有口味；⑦ 调不起人的口胃；⑧ 没
有看点；⑨ 没有兴奋点；⑩ 不好；⑪ 没有热闹；⑫ 引不起人的兴趣；⑬ 不符合
人们的鉴赏口味；⑭ 人们不欣赏、不接受、不搭理。

48.《金瓶梅词话》第 901 页。

"我刚才把那起人又拿了来，诈发了一顿，替他杜绝了，再不缠他去了。"

诈发——在《辞海》《现代汉语词典》《新华字典》中，都没有"诈发"一
词的记载和解释。

五莲方言：诈发——① 诈发；② 扎咐；③ 嘱咐；④ 寨把；⑤ 砸死了；⑥ 差
死了；⑦ 反复说死了；⑧ 讲清了道理；⑨ 说得十分清楚；⑩ 一再嘱咐。

49.《金瓶梅词话》第 923 页。

"吩咐打发后花园西院干净，预备铺陈，炕中笼下炭头。"

笼下——在《辞海》中，"笼"有 5 种解释，有 10 个词和词组，却没有"笼
下"的词的记载和解释。

在《现代汉语词典》中，"笼"有 2 种解释：① 笼罩；② 笼子。
有 3 个词：① 笼络；② 笼统；③ 笼罩。没有"笼下"的记载。

在《新华字典》中，"笼"有 2 种解释：① 罩住；② 箱笼。唯
一一个词：笼统。而没有"笼下"的记载

五莲方言：笼下——① 笼下；② 笼火；③ 用劈柴点燃火；④ 燃烧柴草；
⑤ 用烧过的草木灰将火柴烘干，点燃；⑥ 将烧成的火放在火盆中，架上木柴，
让其燃烧，称作笼火。

50.《金瓶梅词话》第 1000 页。

"在我手内弄判子！"

弄判子——在《辞海》中，"弄"有：① 玩弄；② 作弄；③ 做，搞；④ 古
代做节目；⑤ 奏乐 5 种解释。有 18 个词和词组，
但是，没有"弄判子"这个词。

在《现代汉语词典》中，"弄"当小巷、胡同讲。有一个词，

即"弄堂"。没有"弄判子"这个词。

在《新华字典》中,"弄"当小巷、胡同讲;没有"弄判子"这个词。

五莲方言:弄判子——① 弄判子;② 弄一会儿;③ 弄一歇子;④ 弄一个时辰;⑤ 弄几袋烟工夫;⑥ 弄半头午;⑦ 弄了半操子;⑧ 弄了好一霎;⑨ 弄了半天;⑩ 弄了好大一歇子;⑪ 一判子,就是一大会儿;⑫ 一判子,就是好大的功夫;⑬ 弄,就是干了的意思;⑭ 弄,就是做了的意思;⑮ 弄,就是做爱;⑯ 弄,就是干,就是付诸实施的意思。

51.《金瓶梅词话》第1007页。

"你来俺家才走了多少时儿,就敢恁量视人家?"

量视人——在《辞海》中,"量"有6种解释:① 计量;② 与"质"构成事物的规定性;③ 容纳限度;④ 器量;⑤ 估量⑥ 通"緉"。有40个词与词组,却没有"量视人"这个词。

在《现代汉语词典》中,"量"有2种解释:① 大量器;② 估量;有5个词组。但是,没有"量视人"这个词。

在《新华字典》中,"量"有2种解释:① 器物;② 估量;没有"量视人"的记载。

五莲方言:量视人——① 量视人;② 小看人;③ 看不起人;④ 把人看贬了;⑤ 瞧不起人;⑥ 轻视人;⑦ 把人轻看了;⑧ 把人估呛差了;⑨ 门缝里看人;⑩ 轻蔑地对待人;⑪ 不值一提的人;⑫ 眼中无人;⑬ 看不上的人;⑭ 上不了唇舌的人。

52.《金瓶梅词话》第1012页。

"怪不的,俺家主子也没那正主子,奴才也没个规矩,成甚么道理:望着金莲道:'你也管他差儿,惯得通没些折儿!'"

没些折儿——在《辞海》《现代汉语词典》《新华字典》中,都查不到这个词。没有这个词的任何记载。

五莲方言:没些折儿——① 没些折儿;② 没有办法了;③ 没有规矩;④ 没有方方使了;⑤ 绞尽脑汁了;⑥ 没有辙了;⑦ 没有办法治理了;⑧ 不像个样子了;⑨ 没有行款了;⑩ 不成形了;⑪ 使尽浑身解数。

53.《金瓶梅词话》第1020页。

"草管两头和番，曲心矫肚，人面兽心，行说的话儿就不承认了。"

行说——在《辞海》《现代汉语词典》《新华字典》中，却没有"行说"这
个词，也查不到其词意。

五莲方言：行说——① 行说；② 正说；③ 正在说；④ 刚刚说过去；⑤ 还
正在说；⑥ 胜么好的；⑦ 乍没个丁的；⑧ 说着说着；⑨ 还没有说完；⑩ 话正
说了一半，还正在说着，忽然停住了；⑪ 滔滔不绝地说。

54.《金瓶梅词话》第 1020 页。

"惹的他昨日对着大妗子、好不那话儿咂我，说我纵容着你要他，图你喜
欢哩。"

咂我——在《辞海》《现代汉语词典》《新华字典》中，都查不到"咂我"
的记载，这是一个地方的土白词。普通话也没有这个说法。

五莲方言：咂我——① 咂我；② 惭我；③ 羞我；④ 嚣我；⑤ 砸把我；⑥ 踩
索我；⑦ 踢动我；⑧ 折动我；⑨ 折磨我；⑩ 穴动我；⑪ 使嘴巴子悠我；⑫ 砸治
我；⑬ 排斥我；⑭ 编排我；⑮ 治把我；⑯ 给我亏吃；⑰ 背地后里砸巴人。

55.《金瓶梅词话》第 1040 页。

"你老人家站站，等我进去对五娘说声。"

站站——在《辞海》中，"站"有 3 种解释：① 直立；② 驿站，车站；③ 机
构名；有词 5 组：① 站户；② 站赤；③ 站桩；④ 站笼；⑤ 站人洋。
没有"站站"的记载。

在《现代汉语词典》中，"站"有 4 种解释：① 站立；② 行进中
停留；③ 车站、驿站；④ 机构名。有 ① 站队；② 站岗；③ 站柜台；
④ 站票；⑤ 站台；⑥ 站台票；⑦ 站住；⑧ 站住脚。8 个词和词组，
却没有"站站"这个词。

在《新华字典》中，"站"有 4 种解释：① 直立；② 停；③ 车站；
④ 机构名，防疫站。却没有"站站"这个词。

五莲方言：站站——① 站站；② 停停；③ 待一会；④ 休息一会；⑤ 歇一
歇；⑥ 过一会；⑦ 等一等；⑧ 待在那儿；⑨ 等等看；⑩ 打探一下；⑪ 看看里
边的动静；⑫ 等一会，听听里边是什么事；⑬ 要要；⑭ 玩玩；⑮ 站一会儿闲
拉呱；⑯ 聊聊天；⑰ 不能往里硬闯。

56.《金瓶梅词话》第 1055 页。

"后面排军拿了一盒酒菜，里面四碟腌鸡下饭，煎炒鹌鹑，四碟海味案酒，一盘韭盒儿，一锡瓶酒。"

　　韭盒子——在《辞海》《现代汉语词典》《新华字典》中，只有韭的解释，韭是一种蔬菜，称之为韭菜，没有其他的解释和词出现。

　　五莲方言：韭盒子——① 韭盒子；② 韭菜火烧；③ 韭菜火子；④ 韭菜溻饼；⑤ 火烧子；⑥ 韭菜盒子；⑦ 菜盒子；⑧ 菜火烧；⑨ 韭菜馅饼；⑩ 韭菜荚子；⑪ 菜荚子。

　　57.《金瓶梅词话》第 1088 页。

"我老身不打诳语，阿弥陀佛、水米不打牙，他若肯与我一个钱儿，我滴了眼睛在'地'。"

　　水米不打牙——在《辞海》《现代汉语词典》《新华字典》中，都查不到这个词，这完全是五莲山区的地方方言、土白。① 水米不打牙；② 水米不进；③ 汤水没嚥一口；④ 汤水没到口里；⑤ 没吃一点饭；⑥ 没饮一口水；⑦ 汤水不沾唇；⑧ 汤水不进了；⑨ 不吃不喝，就等着嚥那口气了；⑩ 无论什么吃的都嚥不下去了。

　　58.《金瓶梅词话》第 1104 页。

"初时还是精液，往后尽是血水出来，再无个收救。"

　　无个收救——在《辞海》《现代汉语词典》《新华字典》中，都没有"无个收救"这个词的记载，这是一个地方方言、土白生造的词。普通话没有此说法。

　　五莲方言：无个收救——① 无个收救；② 没有办法好转了；③ 没救了；④ 太淹缠了；⑤ 束手无策；⑥ 沉大乎的了；⑦ 太缠目人了；⑧ 大了头；⑨ 头沉了；⑩ 太绵缠了；⑪ 没有回天之力；⑫ 老娘婆爬到屋顶上，没了法子；⑬ 一锤子买卖了；⑭ 没有任何办法了；⑮ 耍藏掖的下了脆；⑯ 束手无策。

　　59.《金瓶梅词话》第 1108 页。

"虽故差人拿帖儿，送假牌往衙门里去，在床上睡着，只是急躁，没好气。"

　　没好气——在《辞海》《现代汉语词典》《新华字典》中，都没有"没好气"的记载。这是一个典型的五莲方言、土白。

　　五莲方言：没好气——① 没好气；② 没好脸子；③ 生气憋撒；④ 发脾气；

⑤ 甩四蹄子；⑥ 没有好态度；⑦ 说话搡到南墙上；⑧ 九七捌八；⑨ 甩脸子；⑩ 说气话；⑪ 说气人话；⑫ 说丧迷话；⑬ 不说人话；⑭ 赌气撒憋；⑮ 肚子里憋着一股子气。

60.《金瓶梅词话》第 1124 页。

"经济听了，把不的一声，先往屋里开门去了。"

把不的一声——在《辞海》《现代汉语词典》《新华字典》中，都没有"把不的一声"的记载。这是一句五莲方言、土白。

五莲方言：把不的一声——① 把不的一声；② 盼望着说这事；③ 巴望着这句话；④ 久等着这句话；⑤ 好容易等到了这句话；⑥ 闻风而动；⑦ 千盼万盼盼望这句话；⑧ 巴望着好事的到来；⑨ 心想事成；⑩ 久盼成真。

61.《金瓶梅词话》第 1282 页。

"你师父因为你，如此这般，得了口重气，昨夜三更鼓死了。"

鼓死了——在《辞海》中，"鼓"有 9 种解释：① 击乐器；② 钟鼓；③ 击鼓；④ 鼓动；⑤ 鼓风；⑥ 凸出；⑦ 击鼓极更；⑧ 古量器名；⑨ 白获的一支。有 38 个词与词组，但是，没有"鼓死了"这个词。

在《现代汉语词典》中，"鼓"有 6 种解释：① 乐器；② 形状；③ 发声；④ 鼓风；⑤ 发动；⑥ 凸起。有 23 个词和词组，但是，没有"鼓死了"这个词。

在《新华字典》中，"鼓"有 4 种解释：① 乐器；② 敲鼓；③ 凸出；④ 饱满。没有"鼓死了"这个词。

五莲方言：鼓死了——① 鼓死了；② 气死了；③ 鼓的慌；④ 气的慌；⑤ 生憋气；⑥ 生闷气；⑦ 没法发泄而生气；⑧ 憋在肚子里生气；⑨ 没法安慰地生气；⑩ 憋鼓在肚子里；⑪ 没法告诉别人，却在肚子里，生憋气；⑫ 气极而死；⑬ 生气暴死。

62.《金瓶梅词话》第 1355 页。

"一日，过了他生辰，到六月伏暑天气，早晨晏起，不料她搂着周义在床上，一泄之后，鼻口皆出凉气、淫津留下一洼口，就鸣呼哀哉，死在周义身上。"

一洼口——在《辞海》中，没有这个词儿。

在《现代汉语词典》中，没有这个词儿。

在《新华字典》中，"洼"有 2 种解释：① 凹陷的地方，水洼儿，山洼儿；② 低凹，深陷；洼地。这地太洼。眼眶洼进去。但是，没有"一洼口"这个词。

五莲方言：一洼口——① 一洼口；② 一滩子；③ 一滩茬子；④ 一汪；⑤ 一些；⑥ 若干；⑦ 许多；⑧ 一拉；⑨ 一大滩；⑩ 一乎杈子；⑪ 一堆固子；⑫ 一固都子；⑬ 一滩乎子；⑭ 一拉乎子；⑮ 一泡杈子；⑯ 一滩固子。

普通话：一滩血。

以上 62 句独特五莲方言，从字面，字义上很难理解其内容与含义，有其独特性、唯一性、怪异性、是阅读和理解《金瓶梅》的语言障碍。

我从《金瓶梅词话》中，找到近三千句五莲方言、土白，在（《金瓶梅》五莲方言研究）一书中，一一作了注解和注释。由此，从方言和土白方面，证明《金瓶梅》诞生在五莲。五莲方言是《金瓶梅》的母语，五莲是《金瓶梅》诞生地。

［作者简介］张传生，山东《金瓶梅》研究会副会长。

从编辑《金瓶梅语言研究论文集》的宗旨说起

张惠英

内容提要 本文分两部分：一、汉语方言研究是个新学科，二、白话文学匿名作品的语言研究不能先有假设（以朱德熙先生一文为例）。

一、汉语方言研究是个新学科

《金瓶梅语言研究论文集·编者的话》："《金瓶梅》的语言研究，指从专业角度来说的语言学方言学方面的研究，情况就比较特殊。中国方言学的开创，从上世纪二十年代赵元任《现代吴语的研究》算起，至今还不到一百年。所以，上个世纪八九十年代编写的各种有关《金瓶梅》的字书、词典、百科辞典，虽然都涉及《金瓶梅》的语言文字，但从语言学专业角度编写的，特别是从方言学研究角度来编写的，真是很少，少得可怜。"

随着中国社科院语言所《方言》杂志 1979 年的创刊，全国汉语方言的调查研究进入了一个新的蓬勃发展的时期，方言研究这个学科得以建立并繁荣。回想 1985 年《中国语文》第 4 期我写《〈金瓶梅〉用的是山东话吗？》时，还常引用五、六十年代为推广普通话而普查方言后保存的油印本资料，而本世纪的金瓶梅语言研究文章，就可引用大量的方言调查论著。可见，时代的前进，方言学科的兴起和发达，为"金学"的语言研究提供了前所未有的好条件。

尽管如此，由于方言学科毕竟是个新兴学科，综合大学文科开设方言学专修课的院系还寥寥可数，所以人才的培养还需时日。很自然，涉足《金瓶梅》语言和方言研究的专业人士也就很少，因此语言或方言学科的学术杂志上登载的有关《金瓶梅》语言的文章也还不多。

有鉴于此，我和年轻学者宗守云先生商量，把相关文章集结起来，展示《金瓶梅》语言、方言研究的一个方面。为"金学"的多方面研究添一块砖、加一片瓦。

二、白话文学匿名作品的语言研究不能先有假设
（以朱德熙先生一文为例）

我们每一步，都是在巨人的肩膀上向前的。

朱德熙《汉语方言里的两种反复问句》，发表在《中国语文》1985年第1期，提出汉语方言中反复问句"去不去？/喝水不喝？；去了没有？/看见没有？（VP不VP）"和"可去？（可VP）"两种句型互相排斥，不在同一种方言中存在。

这两种反复问句型"互相排斥"的说法就不能成立。我家乡吴语崇明话既说"上海你去勿去？"也说"你阿要（可要）去上海"。又如扬州话：

《扬州方言词典》引论18页，针对反复问句的句式，特别指出：问话的句式可以是"VP（动词或动词短语）不（没）VP"，也可以是"可VP"，句式不同，意思一样。例如：

这个事情你晓得不晓得（啊）？＝这个事情你可晓得（啊）？

你们今个今天上课没有上课（啊）？＝你们今个可上课嗲？

你看电影不看电影（啊）？＝你可看电影（啊）？

这碗饭你吃得下去吃不下去？＝这碗饭你可吃得下去？

她的打扮漂亮不漂亮？＝她的打扮可漂亮？

朱先生文章"提要"中就说：

代表山东方言的《金瓶梅［词话］》采用"VP不VP"句式。

15页又说道：《金瓶梅》则公认是用一种山东方言写的。"

事实上，朱先生文章开头部分就指出，这种"VP不VP"的反复问句，"在方言里的分布很广。北方官话、大部分西南官话、粤语、闽语以及大部分吴语里的反复问句都采取这种形式。"

我们由此可看到，朱先生文章并非从"VP不VP"这种反复问句，只存在于山东方言中而确证《金瓶梅》用的是山东话；相反，是先确认《金瓶梅》用山东方言写作，然后认为这种"VP不VP"反复问句和山东方言一致。所以，从方法上说，是不妥的。

而且，既然这种"VP不VP"的反复问句，"在方言里的分布很广。北方

官话、大部分西南官话、粤语、闽语以及大部分吴语里的反复问句都采取这种形式。"我们一下就可否定《金瓶梅》用的是山东话。

下面，我们就要回到我们需要说明的那个"不曾、曾……不曾、未曾"的方言背景。

朱文举了《西游记》《儒林外史》中都有"可曾"（可 VP）的疑问句。所举《金瓶梅》的疑问句无论是"VP 不 VP"还是"可 VP"都有"曾、不曾"的用例。

朱文举《金瓶梅》反复问句"VP 不 VP"18 例，内有 4 例是用"不曾"组成，接近四分之一（按，朱文回目和总页码据文学古籍刊行社影印的北京图书馆藏万历刊本《金瓶梅词话》）：

1. 韩道国问道："你头口顾（雇）下了不曾？"（51.1346）

2. 月娘问道："他吃了饭不曾？"（52.1387）

3. 雪娥便往厨下倒了一盏茶与他吃，因问："你吃饭不曾吃？"（25.640）

4. 宋大巡题本已上京数日，未知旨意下来不曾？（77.2330）

在朱文所举"可 VP"问句中的"曾、不曾"例句：

5. 可曾吃些粥汤？（54.1467）

6. 里面可曾收拾？（54.1469）

7. 西门庆因问温秀才，书可写了不曾？（67.1870）

8. 月娘道："你曾吃饭没有？"（55.1493）

朱文《金瓶梅》书两种反复问句举例 40 个，正好五分之一是用"曾、不曾"造成。

那我们就看看《金瓶梅》中的有关"不曾、曾……不曾、未曾"的用法，及其方言背景：

（一）"不曾 v"表示行为、动作迄今为止没有过。

1. 何九心中疑忌，想道，西门庆自来不曾和我吃酒，今日这盃酒，必有跷蹊。（六回 2 页上）

按，此句同《水浒》二十五回 300 页："何九心中疑忌，想道，这人从来不曾和我吃酒，今日这盃酒，必有跷蹊。"

2.（何九）心里自忖的道，我从来只听得人说武大娘子，不曾认得他。（六回 3 页上）

按，此句也同《水浒》二十五回 301 页："口里自暗暗地道：'我从来只听得人说武大娘子，不曾认得他'。"又 304 页 "不曾还得钱"。

3. 自此和妇人情沾肺腑，意密如胶，常时三五夜不曾归去。（六回 4 页上）

4. 就与上我一个棺材本，也不曾要了你家的，我破着老脸，和张四那老狗做愁毛鼠。（七回 4 页上）

5. 老身不知官人下降，匆忙不曾预备，空了官人休怪。（七回 5 页上）

6. 当下两个差些儿不曾打起来。（七回 12 页上）

按，指杨姑娘和张四两个为孟玉楼嫁西门庆事吵架。

7. 月娘因陈经济搬来居住，一向管工辛苦，不曾安排一顿饭儿酬劳他。（十八回 7 页下）

8. 西门庆听了，心中越怒，险些不曾把李老妈妈大起来。（二十回 15 页下）

按，以上都是叙述句中的 "不曾"，表示没有、未尝的意思。再看下面疑问句中 "不曾" 的用法。

（二）"曾……不曾；曾……没有"，问行为、动作迄今为止是否有过。

1. 妇人安排酒饭与薛嫂儿正吃着，只见他姑娘家使了小厮安童……就来问曾受了那人家插定不曾……妇人道，多谢你奶奶挂心，今已曾留下插定了。（七回 8 页上）

2. （李瓶儿）拙夫从昨日出去，一连两人不来家了，不知官人曾会见他来不曾。（十三回 4 页上）

3. 乔大户道，也曾请人来看不曾？（六十一回 20 页下）

4. 西门庆说道，俺过世公公老爷在广南镇守，带的那三七药，曾吃来不曾？（六十二回 6 页上至下）

按，以上四例的问句是 "曾……不曾"。

5. 月娘道，你曾吃饭没有？（五十五回 9 页上）

按，这是 "曾……没有" 的问句。

（三）"v 了不曾"，是 "曾……不曾" 的又一种说法。

1. 西门庆道，你桂姨那一套衣服，稍来不曾。（十二回 2 页上）

2. （吴月娘）见了玳安，便问你接了爹来了不曾。（十二回 5 页下）

3. 端的不知哥这亲事成了不曾。（十六回 10 页下）

4. 妇人说道，西门庆他刚才出去，你关上门不曾。（十七回 7 页下）

5.金莲问道，打了他，他脱了不曾？（二十回 1 页下）

6.孟玉楼走到潘金莲房中，未曾进门，先叫道，六丫头，起来了不曾？（二十一回 4 页上）

7.西门庆问道，角门子关上了不曾？（二十七回 11 页上）

8.西门庆问道，老孙祝麻子两个都起身去了不曾？（五十二回 5 页上）

9.月娘问道，他吃了饭不曾？（五十二回 8 页上）

10.潘金莲恐怕李瓶儿瞧见，故意问道，陈姐夫与了汗巾子不曾（五十二回 17 页下）

11.西门庆问贲思黄经来了不曾，玳安道，黄经同押了衣箱行李先来了。（七十一回 7 页下）

12.伯爵向西门庆说道，明日花大哥生日，哥你送了礼去不曾？（七十九回 1 页下）

13.妇人请西门庆房中坐的，问爹用了午饭不曾？（七十九回 5 页下）

14.伯爵道，我见你面容发红色，只怕是火，教人看来不曾？（七十九回 14 页上）

15.谢希大道，哥用了些粥不曾？（七十九回 15 页上）

16.果然见过了不曾？（九十一回 7 页上）

17.问八老吃了酒不曾？（九十八回 12 页上）

按，以上十七例，都是"V……不曾"，问做了什么事没有。

（四）未曾。

（1）未曾（用作副词，表示还没有）

1.郓哥道，你这时候寻何九，你未曾来时，三日前走的，不知往哪里去了。（九回 7 页下）

2.湛湛青天不可欺，未曾举意早先知。休道眼前无报应，古往今来放过谁？（五十九回 11 页上）

3.孟玉楼走到潘金莲房中，未曾进门，先叫道，六丫头，起来了不曾？（二十一回 4 页上）

（2）未曾（用作副词，表示刚刚……就……）

1.一日正月初九日，李瓶儿打听是潘金莲生日，未曾过（花）子虚五七，就买礼坐轿子，穿白绫袄儿，蓝织金裙，白亭花布髻球子箍儿来与金莲做生日。

（十四回 8 页下）

按，"未曾过（花）子虚五七"，即刚刚过花子虚五七。这个"未曾"不是作否定词"没有"讲，这从上下文的交代可以看出。原来花子虚死于十一月二十日："（花子虚）不幸害了一场伤寒，从十一月初旬睡倒在床上，就不曾起来的……挨到二十头，呜呼哀哉，断气身忘（按，忘即亡）。"（十四回 8 页上）"五七"三十五，当是十二月二十五（或是二十六）日，显然记日有差错，这且不管。下文十四回 9 页下又说明："李瓶儿道，好大娘、三娘，蒙众娘抬举，奴心里也要来。一来热孝在身，二者拙夫死了，家下没人，昨日才过了他五七，不是怕五娘怪，还不敢来。"明白交代是"过了他五七"才来的。

所以，"未曾"在《金瓶梅》中虽也用作否定词，但上例中不作否定词用。又如：

2. 书童儿晚夕只在床脚踏板书搭着铺睡。未曾西门庆出来就收拾头脑，打扫书房干净，伺候答应。（三十一回 6 页上）

按，"未曾西门庆出来"，即西门庆刚起来，书童儿就收拾书房，伺候答应。此"未曾"如作为否定词讲，意思上虽然勉强些，或许还可通融；但在词序上，则完全说不过去。"未曾"如作否定词用，词序当是"西门庆未曾出来……"又如：

3. 平安进来禀报，守备府周爷来了。西门庆冠带迎接。未曾相见，就先令宽盛服。周守备道，我来非为别务，要与四哥把一盏。（五十八回 8 页下）

按，"未曾相见，就先令宽盛服"，指的是，刚相见，就请脱下盛服。如把"未曾"作为否定词解，认为还没相见，就请脱下盛服，就有悖情理。

4. 春梅未曾天明，先起来，走到厨房，见厨房门开了。（八十三回 10 页上）

按，"春梅未曾天明，先起来"，是说天刚明，春梅就先起来。否则，天未明，春梅就起来，也不点灯，就走到厨房，就显得没有道理了。因为春梅不管厨房事。

《金瓶梅》书中，"未曾"除作否定词外，也用作副词"刚刚……就……"的这种用法，有其方言基础。今崇明话，"未曾"也有这种副词用法。例如：

伊未曾看见伊姆妈，就跑脱口特（他刚看到他妈，就跑掉了——指小孩淘气，不愿让他妈看到训斥他）。未曾话着，伊就哭口特（刚点到，他就哭了）。

崇明话"未曾"作副词时，读为 vi^{313}/in^{55}。用作否定词，则读 n^{55}/in^{55}。

"未曾"用作副词表示刚刚……就……这个意思，似不多见。

"不曾"的这种表示没有、未尝的用法，在白话小说中常见，在方言口语中则不属常见。北京话、山东话等北方话都没见到。北京大学中文系语言学教研室编的《汉语方言词汇》607页（语文出版社1995年版）作否定副词的"没（有）、未"，全国20个点，用"不曾"的，就只有苏州是"朆"，广州有"未、未曾"两个说法，建瓯有"怀曾、未曾"两个说法。

还有，江苏江淮官话也有"曾、可曾、不曾"的用法。2015年由南京凤凰出版社（原江苏古籍出版社）出版的《江苏语言资源资料汇编》第十九册"句子卷"94—96页，记录了"曾、可曾、不曾"（及其变体）在江淮官话以及吴语中用作疑问词、否定词的情况。属江淮官话的扬中、靖江东兴、大丰、东台、南通、海安、如皋、如东、泰州、兴化、姜堰、泰兴十二个点都用"曾、可曾、不曾"（及其变体）都用，但用作疑问词不能置于句末；吴语十九个点，只有常熟、江阴、靖江、海门四甲不用"曾、可曾、不曾"作疑问词，溧阳、高淳则否定、疑问都不用它们。吴语宜兴、常州、金坛、丹阳四个点"曾、不曾"作疑问词时可置于句末。（"你吃过朆？"）

还有，安徽休宁话也用"曾、不曾"。平田昌司、伍巍《休宁方言的体》就有不少"曾、不曾"作疑问词、否定词的用例。例如：

渠去不曾去？（他有没有去？）

哪里跌痛？跌不曾跌伤啊？（哪里跌痛？有没有跌伤啊？）

晏着，什样饭还不曾好？（时间晚了，怎么饭还没有好？）

你吃饭着不曾？（你吃饭了没有？）

豆腐，你买着不曾？（豆腐，你买了没有？）

渠吃过饭着，你吃不曾吃？（他吃了饭了，你有没有吃？）（以上130页）

渠到过很多地方，就是不曾到过北京。

不曾听见过生病，什样就过身着xa？（没有听见过生病，怎么就去世了？）

你到过北京不曾？/你到北京过不曾？（你到过北京没有？）（以上134页）

渠人不曾打出来。（他们没有打起来。——引者译）（135页）

我吃饭了着，你吃不曾吃？（我吃过饭了，你吃了没有？——引者译）（136页）

还有，赵日新《绩溪方言词典》记录了"曾、不曾"的用法：

"曾"表疑问：渠去曾？｜尔饭吃曾？｜稻好割曾？｜饭好曾？｜葡萄红曾？

（190 页）

"不曾"一表没有，二和"就"连用表早就。一表没有：渠不曾去 | 尔饭吃不曾吃？| 苹果红不曾？| 天还不曾亮。二"就"连用表早就：我不曾就做好了（我早就做好了——引者译）| 渠人不曾就动手吃了（他们早就动手吃了——引者译）（277 页）

两处徽语，都没记录"未曾"这个词。

这样，尽管宋元以来不少白话文学作品中常见"不曾、未曾"用作否定词、疑问词，但从现存的方言口语看，则是属于吴语方言和江淮官话、徽语休宁话绩溪话的背景（粤语广州话、闽语建瓯话因不常用于白话文学作品，可暂不考虑）。这可以解释朱文引用《西游记》《儒林外史》中"可曾"用作疑问词的用法，但《金瓶梅》中"曾、可曾、不曾、未曾"用法要复杂得多，只有吴语的多种用法可提供比较相应的用法。

所以从预先设定的"公认为山东话"，不是科学的讨论白话作品语言的方法。这一类文章的方法不可取。白话文学作品中的语言研究有很多必须注意的这类问题，不注意就不能如实反映汉语的历史；当然也不能正确反映中国文学的历史。

引用书目

北京大学中文系语言学教研室编《汉语方言词汇》，语文出版社 1995 年版

《江苏语言资源资料汇编》编委会编《江苏语言资源资料汇编》，凤凰出版社 2015 年版

平田昌司、伍　巍《休宁方言的体》（载张双庆主编《动词的体》，香港中文大学中国文化研究所 1996 年版）

王世华　黄继林《扬州方言词典》，江苏教育出版社 1996 年版

赵日新《绩溪方言词典》，江苏教育出版社 2003 年版

朱德熙《汉语方言里的两种反复问句》，《中国语文》1985 年第 1 期

[作者简介]张惠英，中国社会科学院研究员。

七、比较研究

土豪风范的历史审视

——"金瓶文化"之六

冯子礼

内容提要 新兴暴发户在其取代贵族阶级以后的很长一段时间，面对古老的贵族，依然摆脱不了自惭形秽的心理状态。我们既不应否定较之文质彬彬的"大家风范"，分斤掰两斤斤计较的"小家子气"的进步一面；同时，我们也不能因此看不到"大家风范"在人类文明进步方面一定的普遍性的意义。当代土豪的"民国范儿"热，有着比金瓶时代西门庆对贵族风范的艳羡更为复杂的内涵。

关键词 暴发户 大家风范 民国范儿

上世纪 90 年代，我写过一篇论《"大家风范"与"小家子气"》的文字，对以《金瓶梅》为代表的土豪风范与以《红楼梦》为代表的贵族风范加以比较分析，算是涉及风范文明建设的文化研究。二十多年过去了，生活前进的脚步比"金学"快得多，如今，"风范""范儿"问题也已成为社会精神生活的一个突出话题引起了广泛的关注，从而也使这个话题与时俱进地的进一步审视，成为十分必要的了。

1993 年，我在一本文集的跋中说过"西门庆们领着时代的风骚"的话，落笔时还心犹惴惴。孰料，生活很快就跨入"娶妻当娶潘金莲，嫁人要嫁西门庆"时代，"土豪"早颠覆了传统的褒贬定位，"土豪金"也已成为人们炫耀身份的重要标志。随着"土豪风范"与时俱进，"贵族"和"民国范儿"开始时髦了，因此，"大家风范与小家子气"的比较意义也被重新提上日程。不过，20 年前的议论还能够原地踏步吗？我觉得有进一步辨正的任务。

为关心此话题的朋友提供方便，兹将旧文引列于下，它可以看做这一话题的"前当代"部分。

一

"大家风范"与"小家子气"

在《红楼梦》的艺术欣赏过程中，出现了一句成语，叫做"刘姥姥进大观园"，它说的是一个缺乏自我意识的穷苦人乍进贵族沙龙时所产生的心态。是艳羡和膜拜？是好奇和茫然？是自馁和自卑？——大概都有。当刘姥姥成了生活的主人——不再靠老爷太太们的周济施舍过活之后，"老太太"和"凤姑娘"们在穷苦人眼里开始恢复了本来面目，于是对她们的感怀也变成了清算和批判。这种认识和情感的变化，无论在生活中还是艺术欣赏中都标志着一种天翻地覆的划时代的变化，这在历史上还是第一次。对于大多数人来说，他们还是第一次发现或者说找回了"自我"，这个意义不容抹煞，它与让喜儿嫁给黄世仁脱贫致富是不可同日而语。不过生活和历史都是复杂的，艺术欣赏尤其如此，仅看到"穷奢极欲"和"斑斑血泪"还是不够的，当代红学的研究正在从多角度的观照中进行着自己的开拓。这里，让我们从文化和教养的角度对《红楼梦》与《金瓶梅》中以贾母和吴月娘为代表的两种不同类型的主妇群的形象试进行一下比较。

魏晋间尚品藻人物，蔚为风气，什么"王右军飘若游云，矫若惊龙"啦，嵇叔夜"萧萧肃肃，爽朗清举"，"岩岩若孤松之独立"啦，夏侯太初"朗朗如日月之入怀"啦等等，千载之下读之，仍令人想望其风采。对于人物风度的审美自觉，是贵族文化发展到一定阶段的产物和标志，这是他们的骄傲。林黛玉出身"钟鼎之家，书香之族"，"言谈举止，另是一样"，贾雨村认为"度其母必不凡，方得如此"，而黛玉"抛父进京都"之后，进入气象比自己家大得多的外祖家的时候，就产生"步步留心，时时在意"的压抑心理了。至于她那高贵的外祖母的出场，作者一点未用"金玉"等字样铺陈渲染，直接的描绘不过是"鬓发如银"四个字，可不写其高贵，其高贵雍容自现，那"吃穿用度、已是不凡"的三等仆妇，那几经曲折一再换轿才得进入内室的排场，那千呼万唤才在珠围翠绕中出现的氛围，无不显示这位老封君的气度不凡。是的，贾府的主妇们，以贾母为代表包括王夫人、凤姐、李纨以及后来成了"宝二奶奶"的宝钗，他们的容止风貌，都体现了一种雍容高贵的大家风范。如果把她们与《金瓶梅》中的那位穷千户出身后来做了新兴暴发户西门大官人之嫡妻的吴月娘作一比较，后者马上露出了"小家子相"，显示出了俗陋和寒酸了。

仿"世说"之模式，让我们从"容止""言语""识鉴""文学"等几个方面，对二者试加比较。

"容止"，是一个人的地位、气质、性格、教养等方面的总体的直观的表现。"大家风范"或"小家子气"云云，首先就是指容止风貌而言。贾母出身于"阿房宫，三百里，住不下金陵一个史"的史家，嫁至"白玉为堂金作马"的贾家，"从重孙媳妇作起，如今也有了重孙媳妇"，这位太夫人在家族中至高无上，持家数十年，"进退可度，周旋可则，作事可法，德行可象，声气可乐，动作有文，言语有章"，她有足够的资格称得上大家主妇的风范了。

作为侯门主妇，贾母必须和上起皇妃、王妃下至贫苦村妇各色人等打交道，先贤云"待贵富人不难有礼而难有体，待贫贱人不难有恩而难有礼"，以此标准观之，贾母可谓难能可贵，庶几乎当之矣。贾元春是贵妃又是孙女，归省之际君臣祖孙之间，国礼家礼，君情亲情，较难处理把握，可双方处理得都十分得体，恰到好处。八十大寿，王妃诰命齐集，是应酬的大场面，她都从容应之，尊重又亲切，有礼而不拘板。刘姥姥是贾府一门不着边际的贫而且贱的穷亲戚，贾母曾为之"两宴大观园"，"三宣牙牌令"，从中我们可以看到她的容止气度的另一面。刘姥姥进去，只见满屋珠围翠绕，花枝招展簇拥中，"一张榻上卧着一位老婆婆"，以"欠身问好"回答她的请安，称她为"老亲家"，自称"老废物"，在整个接待过程中，既不失雍容高贵，又显得热情亲切；既高兴地让穷亲戚"见识见识"，又不浅薄地炫耀富贵；既活泼热烈，又不赞成凤姐鸳鸯们的恶作剧；既实惠地周济了穷亲戚，又不惠人以嗟来之食……应该说对这样穷亲戚的接待，贾母是做到了既"有恩"而又"有礼"的。这一切都生动地显示这一贵族老妇待人接物的"大家风范"。

相形之下那位清河首富、五品提刑的诰命吴月娘，就处处显露出"小家子气"了。竹坡之论月娘，特多恶语，往往失之偏颇；然他说："月娘虽有为善之资，而亦流于不知大礼，即其家常举动，全无举案之风，而徒多眉眼之处。"称她"为一学好而不知礼之妇人也"，这还是大体上符合实际的。花子虚死后的第一个元宵，月娘带着西门四妾到李瓶儿所在的狮子街看灯，妆花锦绣，珠翠堆盈，临窗看灯，潘金莲"白绫袄袖子儿搂着，显他那遍地金袄袖儿，露出十指春葱来，带着六个金马蹬戒指儿，探着半截身子，口中嗑瓜子儿，把嗑的瓜子皮儿，都吐落在人身上，和玉楼两个嬉笑不止"。以致楼下观众，分不清她们是"贵戚王孙家艳妾"还是"院中小娘儿"——这种风范，在贾府是不可想象的。再看一次社交场合的活动。次年正月十二日，乔大户请西门庆妻妾，奉陪的是一些地方豪绅的宝眷，中间休息时，月娘看官哥与乔家新生长姐儿躺在炕上玩耍，看两个孩儿"你打我一下，我打你一下""倒好像两口儿"，于是经双方攀比一下富贵，在众人撮合下，即时，"两个就割了襟衫"，做了亲家。事后她给丈夫回报时，西门庆以为"乔家虽有这个家事，他只是县中白衣人"，后日相处时"不雅相"。其实他们自己又何尝"雅相"，整个联姻过程中，那样势利浮浅粗俗，显出了十足的暴发户的"小家子气"。

再看"言语"。言为心声，是表情达意、是联系他人和社会的工具。通过一个人的语言，能看出其人的地位、气质和教养。也真是，"从喷泉喷出来的都是水，从血管里流出来的都是血"，贾母的语言，无论语言的对象、场合、内容及对话的情感如何，总表现出大家的气度。四十二回请太医看病，贾珍陪同，婆子前导，宝玉出迎，贾母在小丫鬟及老嬷嬷的簇拥下端坐榻上，含笑问"供奉好"，一面慢慢伸出手来，一面以赞扬的方式叙谈世交，诊后笑说："劳动了，珍哥让出去好生看茶！"那语言和风度，雍容高贵又不傲慢，热情可亲又不失身份，简直出神入化了。相形之下，吴月娘对春梅的前倨后恭，作奴才时罄身儿打发出卖，作守备夫人的小娘子时又自贬三分，言谈间时露乞怜之相，就显得小家子气十足了。比如在家庭生活中，王夫人与贾政在一起总是相敬如宾，尽管她十分疼爱儿子，但还是全力支持丈夫对儿子的管教，即使"不肖种种大承笞挞"，宝玉几乎被丈夫打死，王夫人也未怎么失态。她的劝说和数落也是承认宝玉"虽该管教"的前提，然后再以"老爷也要自重""老太太身上也不大好"相规劝，最后才提出"也要看夫妻分上"，年将五十，只此一子，动之以情。绝不像西门府上，"夫为盗贼之行，妇依违其间"，平日视而不见，而偶一劝谏，如西门庆说要管教王三官时，月娘的语言则是："你乳老鸹笑话猪儿足——原来灯台不照自"，"你自道成器的，你也吃这井里水，无所不为，清洁了些什么了？还要禁人！"刻薄轻浮，全无事夫之礼。凤姐虽然妇道有亏，表面上还要做出个温柔让夫的姿态，对贾琏也不能如此不尊重。至于和丈夫闹意见，犯了生涩，那语言更其"小家子气"了："休想我正眼看他一眼儿……你不理我，我想求你？一日不少我三顿饭，我只当没汉子，守寡在这里。"在妻妾之间，贾环故意推倒蜡烛烫伤了宝玉，王夫人痛极恨极，她叱骂赵姨娘也不过是"养出这种不知道礼的下流种子来，也不管管！几次三番我都不理论，你们得了意了，越发上来了！"绝不像月娘和潘金莲斗法，一个打滚撒泼，一个气急败坏，双方满口秽语，争论"你浪"我"养汉"，谁是"真实材料"云云。至于西门庆死，贲四嫂备礼上祭，月娘有意拒绝，并破口大骂："贼狗攮的养汉淫妇。"满嘴脏话，已经是货真价实的市井粗俗语言了。

当然，贾府也不一定都是"大家风范"，比如喊喊嚓嚓的赵姨娘，"着三不着两"的邢夫人，都是"小家子气"。"着三不着两"云云，说的是行事，也说的是识鉴。魏晋间品藻人物很讲究"识鉴"，它也是人物教养的组成部分。曹雪芹开卷第一回郑重其事地宣称"忽念及当日所有之女子，一一细考较去，觉其行止见识，皆出于我之上"，这是在历史人生的很高的层次上提到这个问题。"识鉴"也即"见识"，只是更强调对人的认识品评。贾府中妇女的识鉴水平是令人钦佩的。谈到"识鉴"，论者或以为贾母糊涂，其实贾母是小事偶有糊涂，大事并不糊涂。她对赦、政、邢、王优劣的识鉴，对宝玉和贾环的品评，在孙女之中独垂青眼于探春——她的生母还是不讨人喜欢的赵姨娘呢——都很有眼力。钗黛之中，以亲情而论钗自然不能跟黛相比，而她能毅然割爱，为宝玉选择宝钗，这绝不是宝钗母女做小动作，邀买人心的结果，从封建正统观念及家族的根本利益着眼，这一重大决策无疑是正确的。她欣赏和信任凤姐虽有片面之处，但从总体上看，她让凤姐主持家政是个"英明决策"。荣府的女主子中，在宝钗成为"宝二奶奶"之前，管理家政这一人选，实在是非凤莫属。凤丫头虽然有以权谋私，收受贿赂等问题，但那毕竟是"小节无害论"，以识鉴和才干论，以其任职期间的工作效益而论，她是一个非常出色的家务总理。协理宁国府是凤姐也是作者的得意之笔，她对宁府弊端的分析及大刀阔斧的整顿改革的出色实践，是她的治才的初露锋芒。在荣府，她对上下各色人等的鉴赏，不愧为目光敏锐，不同凡响。探春在大观园搞改革，一心要拿她当伐子，她取欣赏和支持的态度，很有政治风度。她对平儿的信任、倚重和优容，也表现出了很不平常的识人与驭下之才。当然无论是凤姐、探春还是宝钗，都未能改变贾家衰落的命运，但她们本来就"有命无运"，那责任不能由她们本人负责。邢岫烟是邢夫人的侄女儿，生活已捉襟见肘犹受克扣，反倒凤姐能不计与邢夫人之嫌，赞赏岫烟恬静温厚，怜她家贫命苦，比别的姊妹更疼她些。即使薛姨妈也欣赏岫烟的"端雅稳重"，不计她的家道贫寒，荆钗布裙，主动为薛蝌求亲，还舍不得给薛蟠呢。相形之下吴月娘的识鉴水平就显得十分逊色了。金莲与瓶儿之轩轾，明眼人一目了然，即使是亲戚如吴大妗子也洞若观火，而月娘竟然长期良莠不分，善恶颠倒，信任、亲近金莲，疏远、排斥瓶儿。孟玉楼是个难得的人才，善于处理各方面的关系，长于驭下，心地也较平和，识见能力比月娘高得多，可月娘始终未能引为臂膀，让其在持家中协助自己发挥作用。前来投靠的女婿陈敬济，是亲戚中唯一的男性，西门庆在世之日虽然照顾不够，但尚能充分利用，使之发挥作用，西门死后他成了家中唯一可以对外应酬及经营买卖的人物，实乃家世利害之所系，而月娘既不能做阃内之防，又不能倚重羁縻，遂使彼逐渐离心离德，变成一种破坏性力量。玉楼生日，月娘不许款待敬济，且扬言"如臭屎一般去看他"，可见敬济之离心及日后之恶行，除其本人不成材之外，月娘亦不能辞其咎焉。月娘对奴婢亦贤愚不分，她对身边的丫头似乎只懂得信任和优容，玉箫暗受潘金莲"三章之约"成了"吃里扒外"的"家生哨儿"，她竟始终未能觉察；而秋菊之几次三番告发金莲奸情她反而不信，至使举报者受到残酷的打击报复。诸如此类都见出其识见之短浅。在文化素养、闻见方面，"大家风范"有着"小家"妇女所不能比拟的天然优势，何况除了自觉的教养之外，还有着生活中不自觉的口传身教与熏陶濡染，相形之下吴月娘虽善而愚，因欲而昧，包括识见方面表现出来的小家器识，跟贾母、凤姐、宝钗她们实在是不能相提并论的。

凤姐和李纨算收入帐，李氏半真半假地笑骂她："这东西亏生在世宦大家，若生在贫寒小户人家还不知道怎样下作呢？"古代社会标榜清雅，以礼乐风化为文明，以言及钱字为耻，即使"登利禄之场，处运筹之界"，也必须拿学问提着，否则便认为"流入世俗"中去，小家子气了，这也是一种"大家风范"。贾府的女主人，除邢夫人、赵姨娘等个别人，多属于重礼轻财型。这种"风范"，要求消费气派要大，经济意识要淡薄，在处理物质关系上要合乎礼，要讲求体面和大方。"笙歌归院落，灯火下楼台"，贾府不是以堆金砌银而是以"座上珠玑昭日月，庭前黼黻焕烟霞"来显示自己的富贵，连三等仆妇，也气象不凡，袭人探家都摆出少奶奶的气派，李纨听说还有借车、雇车坐的，感到稀奇好笑，贾母悬赏寻玉，开口就是一万两，元春省亲，银子花得淌海水似的，虽然捉襟见肘，"内囊尽也上来了"，然"外面架子"仍要支撑着，而且不能斤斤计较，一算计就显得"俗"，失之小气。晴雯看病给医生"马钱"，麝月不认银戥子，问宝玉，宝玉说："拣那大的给他一块就是了，又不做买卖，算这些做什么！"麝月拣了一块，笑着道："这一块只怕是一两了，宁多些好，别少了，让那穷小子笑话，不说咱们不识戥子，倒说咱们有心小器似的。"婆子提醒说，那一块至少有二两，麝月早掩了柜子出来，笑道："谁又找去，多了些你拿了去吧。"——这正是贾府的经济气度和经济作风。贾母、王夫人接待亲戚，无论富者如薛家，贫者如邢家、李家，都彬彬有礼，女孩子则住进大观园，待遇分例准自家女儿，并不因其贫富或送礼多寡而厚彼薄此，特别喜欢的人如宝琴也因其自身讨人喜欢，贫寒如邢岫烟又受到包括凤姐在内的特别照顾与尊重，对于打秋风的刘姥姥，贾母、凤姐也算得上"惜老怜贫"了。

　　至于西门府上则恰恰与此相反，在彼处少见多怪的东西在这里则习以为常。侯门世家讲究的是礼和体面，暴发户的家庭生活中则到处可以听到"分斤掰两"的斤斤计较。潘姥姥来了，金莲竟拒绝开销二分银子轿钱，惹得轿夫乱嚷。日常开销，由几位有关的如夫人轮流管理，除孟玉楼较为大度之外，李娇儿、潘金莲等都是"只许他家拿黄杆等子称人的，人问他要，只相打骨朵出来一般，随问怎么绑着鬼，也不与人家足数，好歹短几分"。这则是西门家的经济作风。"粉脂香娃割腥啖膻"，平儿洗手时丢了虾须镯，凤姐不动声色，若无其事，只不过内紧外松地查访；而西门家失金，则扬铃打鼓，大动干戈，声言要买狼筋抽丫鬟。贾母倡导学小家子"凑分子"给凤姐做生日，大家以能多出为体面；玉楼和金莲倡导为月娘"老公俩"说合，每人五钱银子，因为事因瓶儿起叫瓶儿出一两，孙雪娥则勉强拿出一根三钱七分的簪子，李娇儿勉强出了一份，金莲拿回去较称，只四钱八分。月娘虽未至如此小器，然而她作为家庭银库总管，不过以敛财为乐事。她眼巴巴地盯着李瓶儿的财产，金莲通过西门庆要了一件皮袄她则耿耿于怀；亲朋来往，她也是见钱眼开，初见瓶儿，即张口要金寿字簪子。西门死后，她主持家政，更以搏节克扣为主要财政方针。明知大姐与丈夫关系紧张，把大姐送回却不给陈家寄存的箱笼，至使大姐两次被陈敬济强行撵回，以至不得不把人同箱笼一起送回才被接纳。这一过程中重物不重人，要财不要体面，正是典型的小家作风。贾家和薛家，如宝钗所说，只有买人，从来未听说卖人的，凤姐虽然常把"或打或杀或卖或配人"挂在嘴上威吓奴仆，可"打""杀"（致死）则有，"卖"则从未见之，卖了死契的花家，也都等待着贾府开恩无偿放人呢。而月娘之待下人，如春梅和秋菊，甚至金莲这样的宠妾，都一样通过媒婆发卖，而且还讨价还价，连蔡老娘给其接墓生独子讨喜钱她都要讲个价儿。西门虽死，十万家资，虽今非昔比，诚不至困窘至此也。比起贾母之受得富贵，耐得贫贱，分明显得小家子气来。春梅游旧家池馆，月娘说："姐姐，你几时好日子，我只到那日买礼看姐姐去。"拟贺人家生日，询之可也，何须把"买礼"挂在嘴上？足见其不脱穷千户出身的暴发富商荆妻之本色也。

在文化修养方面，月娘与贾母比起来更是一野一文，雅俗判然。贾府的妇女，大都受过良好的教育，贾母、凤姐虽未大读过书，但由于生活中文化氛围的浸染，她们都有着颇足称道的文化教养。在欣赏音乐戏剧、批驳才子佳人小说、玩赏苏绣、居室布置艺术、色织工艺、服装美学、烹饪及品茗等等方面，贾母都表现出了很高的文化素养。比如布置居室，她嫌宝钗的屋子太"素静"，吩咐鸳鸯把"石头盆景儿和那架纱桌屏还有那个墨烟冻石鼎拿出来摆在桌子上就够了"。她自诩为"我最会收拾屋子的，如今老了，没有这些闲心了，他们姊妹们也还学着收拾的好，只怕俗气，有好东西也摆坏了"，"如今让我替你收拾，包管又大方又素净"。凤姐起诗能吟出为钗黛称道的好句，诗礼传家，文采风流，诚不虚也。西门庆妻妾的文化生活，似乎限于听听流行小曲这种单一的形式，吴月娘则连其中滋味都听不出，潘金莲虽能于此道，然这种从内容到形式都市井化了的通俗文艺，亦犹今日风靡一时的港台流行歌曲，金庸、琼瑶小说之类也。除此而外，她的审美追求，无非是讲求衣饰的华丽，以珠光宝气为美。西门家虽有楼台亭榭，但对于他们只是与"私语翡翠轩""大闹葡萄架""山洞藏春娇"等相联系，不见文采风流，唯有秽声盈耳，丑态触目耳。

"大家""小家"云云，乃旧时之传统观念，在这里唠叨不休地比较什么吴月娘与贾母们的"大家风范"与"小家子气"，有何现实的认识意义和审美意义呢？

"风范"者，乃属于人文教养方面的概念，它是具体的，历史的，又具有一般的普遍性品格。侯门公府的一品太夫人，作为诗礼世族主妇，她在正统的典范意义上体现了封建文化为大家妇女制定的教养规范。这规范，产生于贵族阶级的生活实践，更来自封建文化的长期积淀。吴月娘是穷千户家庭出身的暴发户商人的妻子，她的教养是市井生活及社会上居支配地位的封建伦理观念自发影响的产物。二者所代表的教养，不能简单地加以臧否，从不同角度去进行比较，可具不同的意义。

首先必须看到，贾母的"大家风范"，既然在典范的意义上体现了封建教养的规范，因而这种伦理教养自身的落后性与虚伪性在贾母等身上必然比吴月娘等表现得更为突出。其主要表现：一、森严的等级制度，等级压迫性；二、强烈的男尊女卑观念，女性地位低下；三、对人性自然追求的压抑。比如妻妾关系和嫡庶关系，虽然贾家和西门家都实行一夫多妻制，更确切地说是一夫一妻多妾制，阃内之治，妻为主，妾处于从属地位。但西门家的妾的地位比贾府的姨娘或屋里人要高得多。她们可以与月娘同席而坐，可以姊妹相称，可以受委托管理家中的生活开支，金莲和月娘斗法，也基本上打个平手。然而赵姨娘和平儿们，从来无权和王夫人和凤姐平起平坐，有气只能逆来顺受，不能明争，只能暗斗，连在自己子女跟前，都未能摆脱奴才地位。探春叫生母曰"姨娘"，可李瓶儿从来没有人怀疑为官哥儿之母；赵国基则是贾环上学的跟班，无资格作舅舅。可在西门家，不光孟玉楼的兄弟，连李瓶儿前夫花子虚的兄弟都可以作为"孟二舅""花大舅"成为座上客。在这方面，西门家比贾府要进步、合理得多。其它方面的等级规范，也不像贾家那样森严。如春梅当着吴大妗子的面大骂申二姐，是严重失礼行为，贾母生日两个婆子不听派遣，凤姐马上派人将其捆起来交尤氏发落，以春梅之张狂，若在贾府完全可以"或打或杀或卖或配人"的，但西门庆却免于追究，月娘也可以容忍。又如玉箫当众奚落李瓶儿，和玳安乱搞被月娘撞见不仅未予惩罚反而得到成全，等等，这在大家都是不允许的。可见，在"小家"之中，封建伦理的统治要比"大家"宽松得多。

比起大家世族来，西门家的妇女往往表现得举止轻浮，但这"轻浮"正意味着对女性束缚的减少，意味着她们有比大家女性更多的自由。不光金莲可以临街观灯，口嗑瓜子，将皮吐在行人身上，玉楼也可以到门前亲自找人磨镜，而月娘可时而到大门口张望丈夫是否回来，可以元宵抛头露面地"走百病儿"，可以带着姬妾丫鬟们春日荡秋千，让女婿推送；而陈敬济可以出入阃内，与众小丈母娘同席宴乐，这一切在贾府都是严格不允许的。贵族家中的女性，一颦一笑都有严格的限制。宝钗婚后，要回避贾琏——凤姐不回避贾珍，那是因为他们一块长大，算是从权；贾政、贾珍们说话，王夫人和尤氏无权驳回，即使贾母给宝玉说亲，也要正式争取贾政的同意。特别是妇女的婚姻自主权，在贾府几乎等于零，她们不仅要绝对听从父母之命，而且还要"从一而终"，湘云和迎春是其直接牺牲品。可在西门家则相对自由得多。西门一死，他的如夫人队伍马上如鸟兽散，像孟玉楼都是自己找对象，自己相亲，带着自家的财产两次改嫁。在贾府不唯赵姨娘无此可能，连身份不明的袭人嫁人还受讥议呢。"存天理，灭人欲"，礼教规范以束缚和扼杀人的自然需要为基本特征，红楼女儿"千红一哭，万艳同悲"的大悲剧正是由此酿成的。《金瓶梅》写的是人欲无节制地发泄所制造的丑剧。在这里人对于"财"与"色"的欲望，撕去了斯文面具以露骨的形式得到张扬和膨胀。这里虽然仍以男性对女性的占有为主，西门庆凭借着金钱和权力可以恣意玩弄女性，对他的妻妾甚至奸占的女性有很强的占有欲。不过与世家不同的是，他对自己如夫人的贞操方面的要求也较为宽松，不仅"既往不咎"，即对于新发生的"失误"也能够原谅。与贵族男女的"偷鸡摸狗"不同，这里的"男盗女娼"，也有着较高的透明度，少一些虚伪性。

这一些比较容易理解，它只是问题的一方面，可问题还有另一面我们也不可忽视：自人类文化发展的角度视之，以贾母为代表的"大家风范"比吴月娘的"小家子气"有着更高的伦理价值和审美意义。这倒是本文比较与探讨的主要着眼点。

人的伦理或审美的教养都是具体的，不仅各个历史时期有着不同的内容，而且同一时代不同的社会群体之间也有着不同的追求，我们必须用历史的、发展的眼光来给予评价。虽然在历史前进的序列中一般说来是后来居上，后来者所代表的伦理规范和审美追求也更为先进，更为合理，但社会历史现象绝不能用数学方法来进行简单的是非判断。因为在对立的社会群体之间的教养规范，除了有互相排斥的一面，还有其相互渗透的一面。历史在不断扬弃自身的前进中，不光要否定，而且还要吸取和继承。故一种新的伦理或审美形态出现之后，在其取代旧的伦理形态或审美形态的过程中，除了其根本质优于旧形态之外，还必须吸取和借鉴旧形态的合理因素，才能发展和完善自己。因而二者之间的比较显得十分复杂，用简单的是非判断是不能解决问题的。

我国持续了两千多年的封建时代曾创造了光辉灿烂的古代文明，应该承认这一文明是由那一历史时期在社会上居支配地位的地主阶级垄断的。而人际交往的伦理规范及人的文化的审美的教养正是这古代文明的一个组成部分，贵族阶级作为地主阶级中文化水平最高的一个阶层，是地主阶级在文化方面的代表，尤其是文明教养的代表。"王谢风流远"，红楼时代，它的作者犹以"魏武之子孙"和"文采风流今尚存"为荣。直到近代民主革命之际，它的先驱们仍然理想"光复旧物"，期望着"复见汉官威仪"。只要你沿着历史前进的脚踪排比一下，这些"威仪""文采风流""雍容揖让"等等，每一时代都是与那些"衣冠世族""诗礼世家"联系着的。刘姥姥进入大观园之后曾发过深深的感慨——"怪不得说礼出大家"，如果我们仅仅从批判封建礼教的虚伪性来看那就未免显得片面了，从文化发展的角度看，这句话就有了全新的意义。是的，"礼出大家"，在探讨古代的文明教养时，我们的眼光就不能离开那"王谢风流"，不能离开"崔卢李郑"，就不能不对"贾史王薛"刮目相看了。

比起贾府的"爷们"来，暴发户西门庆颇有带着新的气息的有异于彼的价值观念、伦理观念和审美追求，并且有着与之相称的自信与自我感觉。不过这仅是问题的一面。《金瓶梅》第五十七回，西门庆十分得意地欣赏自己的儿子官哥儿时，就表现出那心境的另一面："儿，你长大来，还挣个文官，不要学你家老子，做个西班出身，虽有兴头，却没十分尊重。"这个山东屈指可数的大富翁，尽管凭着实力，已经可以大摇大摆地亵渎招宣世家的闺帏，可以傲慢地成为老皇亲的典主，然而在官僚及贵族世家的威仪和风范面前，他仍感到自馁和失落。今日腰缠万贯的新大亨们，尽管有豪车，有小蜜二奶，可以灯红酒绿，出入豪华酒家，但面对"七品芝麻官"的威仪，仍感若有所失，恐怕也是这种心态。

西门庆大是可儿，大家风范确实有值得称道之处。

首先是"大家"最讲究风范教养。大观园发现绣春囊引起一片惊慌，面对着凤姐的委屈和哭声，王夫人哀叹："这性命脸面要也不要！"小家重实惠，大家重体面。把体面看得比性命还要紧！西门家的教养是在生活实践与社会习惯的浸染下自发形成，贾府的教养则重视人为的塑造：一、浓氛围的环境薰染；二、通过读书继承传统教养；三、家长和专职教养人员的培训。贾府的哥儿和小姐都配备有"教引嬷嬷"，其任务就是负责对年幼主子进行言谈举止等礼仪方面的教育。怡红院内为宝玉祝寿，都要等查夜的管家娘子走后才能开始。一次宝玉对袭人等直呼其名，被林之孝家的"排喧"了一大气，讲大家公子的调教，委婉地劝导宝玉："这些时我听见二爷嘴里都换了字眼，赶着这几位大姑娘竟叫起名字来，虽然在这屋里，到底是老太太、太太的人，还该嘴里尊重些才是。若一时半刻偶然叫一声使得，若只管叫起来，怕以后兄弟侄儿照样，便惹人笑话。说这家子的人眼里没长辈。"经过袭人们的解释，说这是偶一叫之，林家的才说："这才好呢，这才是读书知礼的……这才是受过调教的公子的行事。"贾府的妇女，大都从小读过书，巧姐很小就读《列女传》和《孝经》，李纨和探春姐妹都上过学。她们读书的目的不在于"治国平天下"，而在"修身齐家"，"德容言工"，提高教养水平。与小家碧玉不同，文化生活在她们心底有着很深的积淀。宝钗见元春赐她的东西独与宝玉一样，便心里觉得"没意思起来"；黛玉听见宝玉向她倾吐心曲，会变脸生气，都是埋在意识深处的文化积淀在起作用。只要你把西门庆的独生女西门大姐儿与大观园的女儿们稍稍加以比较，你就能体会到什么叫"教养"了。

"大家风范"的本身也有着具有普遍品格的合理内核。

诗礼世家的一颦一笑都很讲究严格的规范，林黛玉初入贾府"不肯轻易多说一句话，多行一步路，怕被人耻笑了去"的心态，就是由此产生的。这种规范除了等级观念之外，也有其合理性的内核。如贾府的行为规范中，对亲戚的尊重，对长辈的爱敬，对晚辈的慈爱，姊妹间的友爱，对娇客的优容，教育子女的从大处着眼，反对做人歪调，言谈举止尚文雅轻粗陋，庄重但不拘泥，有礼而又有权，恤老怜贫，惠人不德等等，对人类教养文明的发展，都有其可供继承和借鉴的普遍性的意义。

古代文明向来重"义""利"之辨，"大家风范"重"礼"而轻物，新兴的暴发户取代了高门世家首先在价值观念上把传统颠倒过来了，以"小家子气"的斤斤计较所产生的"经济效益"把历史推向了一个更高的阶段。但从社会伦理的一般进步来看，人类总不会始终以"羊狠狼贪"来表示自己的进步，它定会以更高形态的"雍容揖让"来显示自己的文明。十九世纪的西方社会对它们所呼唤出来的人际关系的愤怒批判，本世纪"现代派"对物质文明"过度"的迷惘和惶惑，以及近年兴起的"新儒学"的思潮，都曲折地表现出人类对人际关系中新的文明的呼唤和向往。"大家风范"和"小家子气"，早已经被颠倒过来了，在历史的行程中，他们难道不会在更高阶段上被再次颠倒过来吗？

在审美教养方面，诗礼大家因为他们向来垄断着文化，无疑具有着更大的优势。贾宝玉所说的"山川日月之精华只钟于女儿"的有名话语中，在其理想的意义上也包含着他对于以宝钗、黛玉、湘云为代表的女儿的文化教养的赞美和肯定。文学、艺术、历史、哲学、宗教及审美等方面的修养，无疑包容在人的全面发展的内涵之中，在这些方面，吴月娘们比起贾府的女性，则只好望洋兴叹了。

一提起封建，人们马上就会想到那是一个压抑人性，人没有自由和尊严的时代。这种心理定势的产生，不是没有道理的，可如果把它绝对化那就错了。比如说人的尊严吧，每一时代都有其一般性，也有其具体性，有它自己的内容、自己的特点、自己的尺度。以等级特权为尺度的尊严和以金钱为尺度的尊严就是这样。虽然，封建时代的礼以等级制为其特色，"名位不同，礼亦异数"，不同等级的人们之间，谈不上什么真正的尊重和尊严的。然而"礼"讲究严格的分寸界限，而在这界限之内也严格讲究尊重自己和尊重他人，否则就是"失礼"。孔子云："道之以德，齐之以礼，有耻且格。"就包含这两方面的意思在内。其实人的地位什么时候都有着差别，风范如何不在于地位高低，而在于自己能从在一定社会结构的位置出发，合乎规范和礼仪地对待自己和他人，这也算是对"人"的"尊重"了。比如贾母见元春要行"国礼"，入内室元春又要向贾母行"家礼"；过年请族人，老妯娌虽穷，但要与贾母平起平坐；家庭吃饭，王夫人献茶，大家都要站起来，贾母总让孙媳妇们布让；王夫人可以骂赵姨娘，但总不为已甚，既不动手动脚，也不失言；平儿无端挨打受委屈，弄清楚后贾母和凤姐都要给她面子；虽然平时礼数不错，但无人时凤姐也拉平儿一道坐着吃饭，如此等等，这都体现出封建世家的礼数讲究在一定界限内的自我尊重和互相尊重，反对无限度的"失礼"行为。其实今日为人们所无限憧憬的如"丰田模式"等人际关系，无论其如何讲究"行为科学"和给"红包"，但老板和蓝领之间的"尊重"和"信任"，也不过如此。比起来在小家子暴发户中，西门庆"热结"时以年长的应伯爵为弟；月娘对春梅的前倨后恭；月娘当面揭金莲出身之短；以及她们动辄出脏话骂人等等，都表现"小家子"中对别人的不尊重和人格自轻。

王昆仑先生在《薛宝钗论》中曾写过下面一段话：

直到今天，不少中国人还有"娶妻当如薛宝钗"之想。诚然的，宝钗是美貌，是端庄，是和平，是多才，是一般男子最感到受用的贤妻。如果你是一个富贵大家庭的主人，她可以尊重你的地位，陪伴你的享受；她能把这一家长幼尊卑的各色人等都处得和睦得体，不苟不纵……如果你是一个中产以下的人，她会维持你合理的生活……她使你爱，使你敬，永远有距离地和平相处度过这一生，不合礼法的行动，不近人情的说话，或者随便和人吵嘴呕气的事，在她是绝对不会有的。寻找人间幸福的男子们大概没有不想望着薛宝钗这样一个妻子的理由。

从反封建的角度着眼，对宝钗之为人主要应持批判态度的，当然是正确的。不过如果我们从伦理和教养的角度，从人类文化发展的角度着眼的话，上面的一段话就有了普遍性的意义了。

二

"贵族"和"民国范儿"的走红，证明了前文说到的一些命题。

比如，新兴的暴发户在其取代贵族阶级以后的很长一段时间，面对古老的贵族，依然摆脱不了自惭形秽的心理状态。

比如，我们既不应否定，较之文质彬彬的"大家风范"，分斤掰两斤、斤计较的"小家子气"的进步一面。同时，我们也不能因此看不到"大家风范"在人类文明进步方面一定的普遍性的意义。

不过，如果我们将今天的土豪与西门庆相提并论，那就未免简单化了。

"民国范儿"热，远比老土豪景仰"大家风范"的内涵复杂得多。

民国范儿何谓？我们不妨看看一本谈论该话题的专著的内容介绍。

王凯所著的《长衫旗袍里的"民国范儿"》诉说的是一段尚未凝固的历史，一个不一样的民国。这是一个色彩斑斓的时代，这是一个特立独行的时代，这是一个包容开放的时代，这是一个坦然率真的时代，这是一个典雅从容的时代，更是一个有脊梁有气节有风骨的时代，当然也是一个饱受战祸和灾难摧残的时代。在这个时代里，文人有文人的范儿，武夫有武夫的范儿，名媛有名媛的范儿，市民有市民的范儿，艺人有艺人的范儿，政客有政客的范儿。各种元素纷纷出场，或时尚，或传统，或智慧，或愚昧，或高尚，或卑鄙，或光明，或黑暗，构成了一个多元的民国，一个如今已然绝迹了的民国。《长衫旗袍里的"民国范儿"》以细腻灵巧的笔触，温暖简洁的语言，将那些曾经鲜活的人物和细节一一复活，带我们走进了那个并未远去的世界，那段余温尚存的岁月。

文人如当时名教授，月薪 300 到 6600 银元，"有卧房、客厅、餐厅、储藏室、仆役卧室、厨房、卫生间等大大小小十四间。电灯、电话、电铃、冷热水等设备一应俱全。房前甬道两侧有绿茵草坪，周围是冬青矮柏围墙，草坪中央置一大鱼缸。书房宽敞明亮，四壁镶以上顶天花板的书橱，窗下是书桌。武夫如辫帅张勋，"1922 年农历 10 月，张勋在家开堂会庆寿，杨小楼、梅兰芳、余叔岩等戏苑名角在京剧界老前辈孙菊仙的带领下，前往天津给张勋祝寿。张勋是个京剧迷，在梨园圈的口碑不错，为人和气，不耍武人脾气，不强人所难，京津一带的名角名票儿大都与他有来往。他对京戏的事儿门儿清，这些角儿不敢糊弄，各自拿出自己的看家本领，争奇斗妍，希望能落个满堂彩。张勋特别喜欢听孙菊仙的老生戏，孙早年曾在宫里为老佛爷唱戏，后来加入名气极大的四喜班，与梅兰芳的祖父梅巧玲同台唱戏，是头牌老生。这次堂会张勋给孙菊仙的戏份儿高达 600 大洋，把 80 多岁的孙菊仙激动得老泪长流："懂戏者，张大帅也！知音者，张大帅也！"

了解众生仰慕"民国范儿"所陶冶出的世相，有两个资料不能不看，一个是反映众生相的 **《名媛变形记》**，发表在《中国青年报》上；一个是反映高层士林风貌的 **《燕京学堂，当代士林的标准像》**，发表在《南风窗》上。

《名媛变形记》是《中国青年报》（2016 年 06 月 08 日）的一篇综合调查报告。

名媛，正在成为时下中国的热词。"名媛是光、是空气、是万丈星辰。"

在大都市，速成名媛，"疗程"只需 10 天，价格 8 万元，"就是个爱马仕包的钱嘛"。

随后的两个小时，碧泓一边翻着 PPT，一边讲着西餐的餐桌礼仪。学员在笔记本上画了一个大表示盘子，两边各画着几个刀叉。

"如果你去过意大利，一定听说过美第奇家族。"这个家族的成员将装饰着丝绸花边和宝石的 4 英寸高跟鞋、香水、折扇和当时最先进的钻石切割工艺以及便于骑马的衬裤带入法国宫廷，教法国贵族如何高雅地切牛排、吃冰淇淋、用晶莹剔透的玻璃杯装饰餐桌。最后一位成员也没因家族没落丧失过优雅和尊严——永远用银制餐具，永远坐 8 匹马拉的车出行。

这个家族把族徽刻在餐具上，碧泓指着 PPT 上的图片，在简易黑板上又画了两笔，由餐具摆放讲到餐具的发展史，"我们学校就珍藏了一整套各式餐具"。学员听了点头如筛糠。在接下来的一天半里，她们还将学习如何着装、如何喝英式下午茶，下午茶的司康饼是先抹奶油还是草莓酱。

"人生最大的投资，不是珠宝首饰，不是多少个限量版的包包，而是你可以拥有一种愉悦与幸福感的能力，并且可以带给他人愉悦与幸福。这种能力呈现在生活中就是：你会在对的时间，说对的话，做对的事，有着恰到好处的举手投足，你的气场时刻传递象征你灵魂高度的文化与礼仪。"

但流水线上的名媛还有许多"外在"要学。诸如奢侈品的介绍和发音、插花、贵族运动、葡萄酒品鉴、珠宝搭配、礼帽礼仪、如何送礼物、餐桌交谈的技巧、如何更上镜、公众演讲、男士着装品鉴等。

学生有时也会被带去和大使夫人喝下午茶。这样"扮家家"似的实景练习，让人感受到福楼拜小说中的沙龙气氛。西式点心在旁边摆成一座塔。

另一项不可避免的名媛打造流程是讲解贵族运动。

"为什么马术是贵族运动呢？"Rebecca 抛出个问题。

"因为需要花很多钱。"别人回答。

"打麻将也要花很多钱，为什么不是贵族运动？"Rebecca 接着追问。

没人回答她。"比金钱更贵的是什么？时间！骑马不止要付出金钱，还要投入大量的时间跟马培养默契。一个喜欢马术的人，不仅证明自己很有钱，还说明有自由支配的时间。"

少数人玩的才能叫贵族运动，名媛生活也要制造出这种隔绝感和仪式感，她们懂得把握分寸，低效、耗能，以绝不创造 GDP 为己任。

"优质型男坐在对面，打扮不够魅力四射，爱慕的小船说翻就翻；随老公出场，穿不出得体的风范，地位的小船说翻就翻；闺蜜聚会个个比我时髦闪耀，自信的小船说翻就翻……"名媛培训班的广告语直击用户需求。

西门庆一次与吴月娘、李瓶儿一起抚弄他那独生宝贝谈到儿子的前途时，他曾情不自禁说："儿，你将来长大，还挣个文官，不要学你家老子，做个西班出身，虽有兴头，却没十分尊重。"如今，面对业已长大的官哥儿，他一定会与时俱进地说："儿，你得学习西方贵族，中国文官做得再大，虽有兴头，却没有十分尊贵。"

热衷名媛的不光是土豪阶层，名媛热折射出的是当代土豪领着时代风骚的世相。土豪一马当先，白领小资亦步亦趋，他们无限景仰贵族，痴迷西方贵族风范。

这种心态在当代士林中也有着同样表现。

2014年5月5日，北大官方宣布，要在处于校园中心位置的静园建设新的燕京学堂，建立"具有开创性的"中国学基地，并招收以国际学生为主的一年制中国学硕士。这一计划很快在校内和北大校友中引起争议，并随着在网络和媒体上公开后，引起全社会的广泛关注。著名学者黄纪苏写的《燕京学堂，当代士林的标准像》，是代表性的文章之一（《南风窗》2014年7月31日）。

再说燕京学堂的"文化主体性"。记得1980年代起，名称的英译全国统一都用汉语拼音，唯独北大坚持民国范儿的 Peking University——当然还有 Tsinghua。如今办个创收班，名字也非要起出司徒雷登的感觉来……面对此次质疑，北大领导又是介绍"中美人文交流高层磋商活动现场"，又是援引"哈佛大学校长去秋在新生入学式上的讲话"，听着就像肯德基炸鸡海淀分店的经理刚从路易斯维尔总部集训归来，时差还没倒过来呢……致力于"实现中国梦"的"燕京学堂"，及其在一手中国用英语讲授的二手中国即"中国学"，不傻的都知道是忽悠，但其中流露出的殖民地文化心态却一点不假。这种心态，从1980年代中后期到2000年中后期，盛行了整整20年，记得世纪之交的时候，北京开了个普普通通的文化讨论会，因为有几个外国学者与会，于是规定英语为"工作语言"，中国的发言者也必须说英国话，这位朋友不会英文，问能不能用中文，组织方说可以用其他外文，结果这位朋友只好用比利牛斯一带的语言对牛弹琴。

还是回来说士林。有什么样的社会，就有什么样的士林。富丽堂皇、庭院深深、仿佛专门为培养当代李后主和跨国李天一的燕京学堂，可谓士林两极分化的标准像。士林的两极分化，有市场化的外部环境和官僚化的内部环境前拉后推，在近二十年里愈演愈烈。将"精英经历""世界领袖"之类写入燕京学堂广告词的北京大学，的确很容易跟街上的"大富豪宾馆""维多利亚削面馆"混为一谈。论境界真是一模一样。

西门庆虽然要风得风要雨得雨活得有滋有味，周济蔡状元时表现出居高临下的大度，但面对贵族阶级的雍容揖让依然摆脱不了自惭形秽的心态。这种心态带有"普世性"，暴发户们似乎都要经历这个过程，当代土豪正是如此。不过，以"民国范儿"为标志的崇拜，较之老土豪要丰富得多，也复杂得多。它至少有以下三个特点。

一、贵族崇拜表现出中国土豪与财富积累一样的精神速成方式。

对此，黄纪苏说得很精彩："应该说，民国社会比较接近南亚社会，九位数的文盲中间鹤立着一两位数的鸿儒巨匠……改革开放在财富的分化方面，可以看作是向南亚社会的靠拢，向民国社会的回归。但贵族尤其是有泰戈尔那样情怀的贵族，还需要时日……中国的土豪干什么事都急不可耐，这些年老听他们在叨叨'贵族'。一方面，各种贵族飙车班、狩猎营、以及教授用西餐刀叉剥香蕉皮的学校应运而生，听'国学'、谈'慈善'也已蔚为上流社会的时尚。可另一方面，不少土豪要么爹妈跟不上形势，看见垃圾桶废塑料瓶手还痒痒，要么儿子的爱好上不去。贵族的事儿真是急不得，我天天隔着玻璃瓶子为里面的腊八蒜加油使劲，可它们不到天数就是不绿。"（《从泰戈尔的院里到心里，中国还得走一段路——说说《飞鸟集》的翻译》）

二、民国范儿崇拜中寄寓着强烈的复旧情绪

西门庆是在封建社会后期商品生产发展和李卓吾们思想解放潮流萌生的大环境下自发成长起来的，他依傍体制，不曾经历过西方启蒙式的体制挑战，因为他顺风顺水心想事成，他在他的的生存环境中如鱼得水，一片和谐，从无愤世嫉俗、离经叛道的表现。与老土豪不同，当代土豪经历过"暴民"劫难，对"民粹"的剥夺刻骨铭心，因此他们对往古的辉煌无限怀念，有着强烈的复旧情结，他们不遗余力地光复旧物，召唤历史亡灵，以自己的情趣重塑着社会情趣。所以，像金瓶世界中的诸多古老宝贝，诸如妻妾二奶、包养外室、开苞买春、主仆跟班、豪奴保安、恶霸赌徒、问卜打卦、堪舆禳星之类，在今天土豪的生活中，都能看到它们重现的辉光。"民国范儿"就是在这一大环境下光复的最贴近的旧物之一。

北大教授李零在《论中国贵族》中这样谈"民国范儿"：

现在的世界，到处散发着保守情绪，中国也不例外，什么都吃后悔药。现在的历史学就是专卖这种药的。我本以为，经过"文革"，血统论可以休矣，错。大家比以前更喜欢炫耀出身，只不过反过来。地主资本家，好啊。国民党军警宪特，妙呀。北洋军阀、清朝遗老遗少，那就更有意思了。再不济也是御膳房的，给皇上做饭，那可不是一般人。

大家热衷寻根，一代代跨着辈儿往前倒腾，特想找一个与共产党无关，与受苦人无关的祖宗，不是大富，就是大贵。现在流行"民国范儿"，说民国的流氓都比现在有范儿。

如今，被五四运动辛亥革命推翻的满清后裔也张扬起来了，纷纷放下已经汉化的名字，叫起了爱新觉罗叶赫那拉，自称格格阿哥，张口闭口"丫挺的"，骂人"你大爷"是身份的象征……袁世凯的后人也不甘寂寞，诉说袁世凯满满的爱国主义情怀。李鸿章的子孙更是威风凛凛，自称改革开放先驱的后代，没有李鸿章，哪有改革开放呢？今天有为数不少的人理直气壮地号称祖上是国民党军官、中华民国警署署长，也有自称是大地主大资本家后代的，甚至有打死多少共军的记录的，而这样的吹嘘也往往被人投来美慕的目光。

（李零：《美术向导》2016—02—18）

三、贵族崇拜表现出当代土豪有着强烈的崇洋迷外心理。

金瓶时代西门庆的视野从山东清河至多扩展到东京汴梁，在他的心目中这就是世界，在这个世界玩得转就是一切。当代土豪成长在"历史终结"的"全球化"时代，其眼界非老土豪们可以相提并论。于是，洋"太师爷"就取代了土"太师爷"，成为他们景仰膜拜的对象。于是，崇洋迷外心理就充盈了整个社会，成为时代潮流。

若说贵族，红楼的大观园比谁都"风范"，可这偏入不了当代土豪的法眼，名媛速成班只会以罗马或高卢的古典绅士为最高"范儿"。

李零在《论中国贵族》中批评得虽然尖刻但不过分："如中国的媒体对英国王室就溢满赞美之词，明明是私通乱交，却能演绎成挚爱之千古绝唱篇。骑在英国人民头上养尊处优，过寄生生活的英国王室每每在中文编辑的笔下描绘成了纯洁美丽的童话。英国王室生育下一代，远在万里之遥的中国报纸电视网站蜂拥报道，满篇的喜庆，由衷的祝贺，远在洞房花烛夜，金榜题名时之上。毛岸英在朝鲜牺牲是镀金甚至挂炉烤鸭，而哈利王子在阿富汗呆了十周成为爱国主义美谈。中国人取得美国籍绝对是光宗耀祖的事，而嫁了美国人就开始咒骂中国是恶之花开放之地，再回头看中国人也就成了一群自私自利，不开化的肮脏的猪。"

影视和文学靠西方大奖大红大紫的"范儿"，哪一个不是按照洋老板设定的口味去写，丑化贬损自己以博得洋老板青目，是功成名就的不二法门。当代的"民国范儿"崇敬洋老板的心态，与西门大官人面前的温秀才，并无二致。

就眼界和豪奢论，在当代土豪面前，西门庆不过是土老鳖小瘪三。但就历史品位而言，他们在西门庆面前，倒不少逊色之处。

2016 年 7 月于二知书屋

［作者简介］冯子礼，工作单位：运河高等师范学校。

从《品花宝鉴》对照《金瓶梅》的现实之丑

黄子纯

内容提要 《品花宝鉴》作为前期狭邪小说，同时兼具溢美及写实特质，分别承衍明清世情小说《金瓶梅》《红楼梦》。尽管被鲁迅以降的学者视为溢美之作，然而陈森以大量笔墨描述社会底层的帮闲无赖、浮浪子弟之写实手法，实从《金瓶梅》而来，如以喜剧性的笔法刻画耽溺于男色的好色之徒，以及如同应伯爵那样逢迎拍马的帮闲。此外，他们笔墨一窍不通，却靠着买通枪手在科举考试时作弊以谋得官职，在在显示科举制度，甚至是官职晋任制度已经出现重大的缺漏与弊端，这正是导致基层官职贪污渎职的最大原因。透过与《金瓶梅》文本的比较，来看《品花宝鉴》如何以夸张的戏剧笔法，针贬社会的弊端。

《品花宝鉴》凡六十回，又名《怡情佚史》《群花宝鉴》《都市新谈》《燕京评花录》。作者陈森字少逸，号采玉山人、石函氏，生于乾隆五十六年左右，卒于道光二十八年后（约 1796—1870），为毗陵（今江苏常州）人，另著有传奇《梅花梦》。是书创作耗时十二年，陈森为穷苦潦倒的文人。

《品花宝鉴》为一部视狎客为才子、优伶为佳人，以乾隆、嘉靖时期北京梨园为背景的浮生录。名士梅子玉、优伶杜琴言相识相恋为小说叙述主线，名士田春航和名伶苏惠芳为副线，讲述十位梨园子弟自清自爱，却有恶棍潘三、魏聘才、奚十一等仗势欺人或者是倚财横行，杜琴言为了避祸只好躲进富贵权势的华公子府中，在徐子云等名士的帮助下，杜琴言先是成为高士屈道生的义子，后辗转被梅士燮带回与梅子玉一起读书。最后众伶得以脱离乐籍，转业为从事买卖古器的商贾。梅子玉也娶一位外貌与琴言相似的娇妻，此后"内有韵妻，外有俊友，名成身立，清贵高华，好不有兴"①。而小说另一条副线的田春航则是因沉迷于梨园，耗尽钱财后落魄之际，得到名伶之一的苏蕙芳另眼相待，以金相赠，勉励其寒窗苦读，果不然此后高中状元，亦娶了一位与蕙芳面貌极似的娇妻，将苏蕙芳接来同住，以净友相称。

《品花宝鉴》在小说史上的地位由鲁迅确立："若以狭邪中人物事故为全书主干，且组织成长篇至数十回者，盖始见于《品花宝鉴》，惟所记则为伶人。"②将其置于狭邪小说的开端，以《海上花列传》作为分水岭划分出来的前期狭邪小说与十七世纪文学，特别是《金瓶梅》《红楼梦》存在着内在联系，有学者便将《品花宝鉴》与明清世情小说、清代梨园花谱做参照，发现同时兼具溢美及写实特质，并从人物描写的文体特性辨析出世情小说色彩。③事实上清代杨懋建已经发现《品花宝鉴》继承明清世情小说写作笔法的端倪：

> 常州陈少逸撰《品花宝鉴》，用小说演义体，凡六十回。此体自元人《水浒传》《西游记》始，继之以《三国志演义》，至今家弦户诵，盖以其通俗易晓，市井细人多乐之……《红楼梦》《石头记》出，尽脱窠臼，别开蹊径，以小李将军金碧山水楼台树石人物之笔，描写闺房小儿女喁喁私语，绘影绘声，如见其人，如闻其语……《红楼梦》叙述儿女子事，真天地间不可无一，不可有二之作，陈君乃师其意而变其体，为诸伶人写照。吾每谓文人以择题为第一谊，正谓此也。④

杨说里面有两个重要的信息：首先他认为《品花宝鉴》采取坊间相当受欢迎的四大奇书所衍伸出来的"小说演义体"来写作，间接说明《品花宝鉴》与十七世纪文学所存在的内在联系，也就是将笔法上拉到《金瓶梅》以降写作传统的高度；其次，先肯定《红楼梦》独一无二的艺术成就，接着话锋一转，认为陈森创作《品花宝鉴》时，脱胎于《红楼梦》的笔意，最显著的部分就在于

---

① 陈森著《品花宝鉴》第六十回，第2523页。本文主要据上海古籍出版社藏后刊本影印，收入《古本小说集成》之版本，以下引文悉以此本为主，如遇字迹不易辨认或明显错别字，则参考徐德明校注之版本，三民书局2010年版。

② 鲁迅著，周锡山释评《中国小说史略（释评本）》，上海文化出版社，2005年版，第214页。

③ 胡衍南《〈品花宝鉴〉：狭邪小说或世情小说》，《成大中文学报》2014年第46期。

④ 杨懋建《梦华琐簿》，转引自朱一玄编《〈红楼梦〉资料汇编》，南开大学出版社2004年版，第827—828页。

将大观园的众佳人替换成诸名伶。

有关于"小说演义体"的研究，目前已有学者提出相当具规模的讨论①，特别是李志宏从政治寓言的角度切入，从四大奇书的书写共性归纳出演义体在叙事的过程里，透过一系列事件的情节建构，深刻揭示历史兴亡盛衰的变化规律及其内在因素，进而从中寄寓风教之思；在个体方面，则经由历史变化发展中，对个人命运和生存定位进行深入考察。②尤其是《金瓶梅词话》对于因各种人欲之贪的恶性膨胀造成政治纲纪废弛、人伦道德丧亡的事实陈述，预示对整个家国命运可能会走向毁灭之道的深刻观察。③若连结到杨懋建的评论一起看，所谓的小说演义体最有可能师承的是《金瓶梅》，这或许也暗示了读者《品花宝鉴》的创作笔法正是承继《金瓶梅》勇于揭露现实，刻划人性的针讽笔法。

的确，《品花宝鉴》中许多被作者美化的名士、名伶，使得此书被视为溢美型狭邪小说代表作。然而，被视为丑角，反映出社会现实丑陋一面的反面型人物也相当多；相较于名士名旦，这些以好色、贪婪、逢迎拍马形象刻划现实之丑的人物正是《品花宝鉴》的精彩处。下面将通过与《金瓶梅》中的人物作比较，来看作者如何刻划这类人物，并从这些人物直视、批判社会现况。

《品花宝鉴》虽主旨言情，然而也有一些"纯叙些淫亵之事"的笔墨，这引发一些学者"颇多淫秽之笔"④的批评，诚如鲁迅所言："记载之内，时杂猥辞"、"并陈妍媸"⑤，《品花宝鉴》在延续才子佳人小说及《红楼梦》等诗意而具美感的笔法外，同时也承继《金瓶梅》毫不留情揭开现实丑陋的面纱。《品花宝鉴》所要揭露的有三个部分：一、为了要与正面人物的"情"做比对，描述许多男色的买卖交易，极言男色之佳味，而这些倚仗财势荒淫无度的反面人物便是"淫"的代表。二、《金瓶梅》中应伯爵等帮闲的形象相当成功，刻画

---

① 浦安迪将四大奇书视为一套"固定而成熟"的奇书文体，参见［美］浦安迪（Andrew H. Plaks）讲演《中国叙事学》（Chinese Narrative），北京大学出版社 1998 年版，第 24—25 页。李丰楙在其基础上，发展出"奇传文体"的说法，参见李丰楙《暴力叙述与谛凡神话：中国叙事学的结构问题》，《中国文哲研究通讯》，2007 年第 3 期。

② 李志宏《"演义"——明代四大奇书叙事研究》，大安出版社 2011 年版，第 105 页。

③ 李志宏《"演义"——明代四大奇书叙事研究》，第 499 页。

④ 徐德明《品花宝鉴·引言》，出自《品花宝鉴》，三民书局 2010 年版，第 2 页。

⑤ 鲁迅著，周锡山释评《中国小说史略（释评本）》，第 214 页。

出社会寄生虫的可笑嘴脸，而《品花宝鉴》在这个基础下亦塑造几个欺善怕恶，在富贵人家帮闲、欺压相对弱势的优伶的篾片。三、揭露清朝的科举、买官制度所带来的弊端。

一、好色之徒的怪形恶状

从《金瓶梅》开头具有警诫含义的入话："如今只爱说这'情''色'二字做甚……如今这一本书，乃虎中美女后引出一个风情故事来。一个好色的妇女，因与个破落户相通，日日追欢，朝朝迷恋。后不免尸横刀下，命染黄泉，永不得着绮穿罗，再不能施朱傅粉……贪他的，断送了堂堂六尺之躯；爱他的，丢了泼天关产业。"①强调"情色"乃诫"酒色财气"的核心。

因此小说中以相当多的笔墨描述西门庆罔顾伦理，在藏春坞中与仆妇宋蕙莲偷情、和名义上为干女儿的妓女李桂姐交欢，在性爱之前为所欲为，西门庆正是《金瓶梅》中宣淫好色的代表性人物，然而虽是从现实社会写因追求欲望本能而扭曲的人心，但是并非一味的负面批评，而是写出人物性格的复杂性。

如西门庆，他有凶狠残暴的一面：为了霸占别人妻妾，毒死武大郎，气死花子虚；更凭借权势，买通地痞官役将娶走李瓶儿的蒋竹山打到皮开肉绽。甚至为了霸占仆妇，陷害宋蕙莲之夫来旺儿充军，最后蕙莲之父因女儿缢死上衙门打官司，西门庆一气之下痛下毒手：

> 西门庆不听万事皆休，听了心中大怒，骂道："这少死光棍，这等可恶！"即令小厮："请你姐夫来写帖儿。"就差来兴儿送与正堂李知县。随即差了两个公人，一条索子把宋仁拿到县里，反问他打网诈财，倚尸图赖。当厅一夹二十大板，打的顺腿淋漓鲜血。写了一纸供案，再不许到西门庆家缠扰。并责令地方火甲，眼同西门庆家人，即将尸烧化讫来回话。那宋仁打的两腿棒疮，归家着了重气，害了一场时疫，不上几日，呜呼哀哉死了。②

两条人命就这样草草了事。此外，为了一只鞋，竟听潘金莲的唆使对铁棍儿拳打脚踢，任他口鼻流血躺在地上昏死了半日（第二十八回），连一个才

---

① 兰陵笑笑生著，梅节校订《梦梅馆校本金瓶梅词话》第一回，里仁书局 2007 年版，第 3 页。
② 兰陵笑笑生著，梅节校订《梦梅馆校本金瓶梅词话》第二十七回，第 382 页。

十一二岁小孩儿都不放过，可见残暴如斯。

但是《金瓶梅》也写出西门庆色厉内荏的一面，虽然外人的评语是"打老婆的班头，坑妇女的领袖"，而西门庆的确是以马鞭毒打妾妇，藉此满足征服快感，然而我们也能看到他向妻妾下跪讨饶，卖好讨乖的一面。如西门庆与正妻吴月娘吵架后，无意撞见月娘焚香为他祝祷，为求和好，竟下跪哀求示好：

> 西门庆见月娘脸儿不瞧一面，折跌腿装矮子，跪在地下，杀鸡扯脖，口里姐姐长，姐姐短。月娘看不上，说道："你真个恁涎脸涎皮的！我叫丫头进来。"一面叫小玉……小玉出去，那西门庆又跪下央及。①

这的确相当符合西门庆其中一个市井无赖出身的面貌，可笑的是与正妻下跪不说，为了贪淫女色，与李瓶儿的奸情被潘金莲抓个正着后，也立刻毫无羞耻地向爱妾下跪讨好：

> 听了此言，慌的装矮子，折跌脚跪在地下，笑嘻嘻央及说道："怪小油嘴儿，禁声些……（潘金莲）骂道："没羞的黄猫黑尾的强盗！……"那西门庆便满脸儿陪笑儿说道："怪小淫妇儿，麻犯人死了……今日教我揢了这一对寿字簪儿送你。"于是除了帽子，向头上拔将下来，递与金莲。②

可见为了一逞兽欲，西门庆可以说是寡廉鲜耻的完全抛弃自尊心。尽管如此贪淫好色，内拥七位妻妾，霸占仆妇，外则狎玩妓女；然而对于李瓶儿的死，也表现出多情的一面，周中明对"西门庆三次大哭李瓶儿"做相当细腻的心理分析：

> 第一次大哭，主要是反映了他的悲痛已经到了悲痛欲绝的地步；第二次大哭，主要是表现了他的伤心，几乎到了伤心不已的程度；第三次大哭，则主要是说明了他的恼怒，由悲痛、伤心过度，发展到迁怒于众。这不仅一次比一次沈痛地反映了他的内心的感情波澜，而且还深刻地揭露了他的性格本质。③

通过心理描写，强化人物性格的丰富性，并经由情绪的转折显示出源自于人物生平背景的潜在人格——因悲伤而随意的迁怒——"骂丫头，踢小厮"，

---

① 兰陵笑笑生著，梅节校订《梦梅馆校本金瓶梅词话》第二十一回，第291页。
② 兰陵笑笑生著，梅节校订《梦梅馆校本金瓶梅词话》第十三回，第181—182页。
③ 周中明《金瓶梅艺术论》，里仁书局2001年版，第233页。

不就是那个浮浪子弟、市井恶棍的性格本质吗？《金瓶梅》不仅写出西门庆同时作为商人、贪官，结合官商贪污横行以强大自己的财产权势，亦描绘出其好色贪财、残暴凶狠、面对妻妾既无赖又多情的市井本色，把握住人物性格的多面性与复杂性。

而《品花宝鉴》中亦有几位着意描写好色之徒，其中特别于回目中标明的分别是"一味歪缠淫魔色鬼"的潘奇观（潘三）以及"述淫邪奸谋藏木桶"的奚十一，而他们的好色荒淫也导致后来的"奚十一奇方修肾，潘其观忍辱医臀"及"奚十一主仆遭恶报，潘其观夫妇闹淫魔"，作者于文中讥笑道："他们两人总是同病相怜的，那个烂鸡巴，这个便害臀风，那个接狗肾，这个便掏粪门，那个断龟头，这个又抓鼻子。"① 可说是藉惩戒淫色以宣扬因果报应思想的表现。

潘三的形象由作者以说话人的口吻跳出来陈述，相当符合才子佳人小说以来的脸谱画人物类型：

> 五短身材，一个酱色圆脸，一嘴猪鬃似的黄骚毛，有四十多岁年纪。生得凸肚踬臀，俗而且臭。穿了一身青绸绵衣，戴一顶镶绒便帽，拖条小貂尾，脚下穿一双青缎袜灰色镶鞋，胸前衣衿上挂着一枝短烟袋，露出半个绿皮烟荷包。淡黄眼珠，红丝缠满，笑咪嘻的低声下气，装出许多谦温样子。②

从对潘三服仪装饰的叙述，我们几乎无法看出潘三是拥有三间银号的百万富翁，然而从"猪鬃似的黄骚毛"、"俗而且臭"、缠满血丝的淡黄色眼珠、低声下气装出谦温样子可以知道，作者为这个好色的人物外型描绘中加入了许多价值判断。因此几次他对苏蕙芳毛手毛脚、恶心肉麻的举动后，都以苏蕙芳机智骗取钱财作结，中间的过程如将其灌醉后任其倒卧装疯，不但尿在自己裤子里又让陪客张仲雨吐得一身，如此具戏剧性的惩戒不断地出现，下面会提到。

而另一个财主奚十一仗财使气霸道的形象则是从魏聘才的眼中展现在读者面前：

> 好个高大身材，一个青黑的脸，穿着银针海龙裘，气概轩昂，威风凛烈，年纪也不过三十来岁。跟着三四个家人，都也穿得体面。自备了大锡

---

① 陈森著《品花宝鉴》第五十八回，第 2469 页。

② 陈森著《品花宝鉴》第十三回，第 532—533 页。

茶壶、盖碗、水烟袋等物，摆了一桌子……见那人的神气，好不飞扬跋扈，顾盼自豪，叫家人买这样、买那样，茶果点心摆了无数，不好的摔得一地，还把那家人大骂。①

奚十一是广东来的富家子，财大气粗，兼以身材魁武，不少人吃过他的亏，小说中主要描述奚十一仗势欺人，不仅使用一个有机关的桶子鸡奸不懂事的相公，还使气撒泼，一不如意就打人，众多名旦都吃过他的亏。而小说中多次强调他荒淫无度，如饮一次酒，轮流叫春兰与巴英官两个进去淫乐，相当下作不堪。

因此第四十回、四十七回及五十八回就是分别叙述这两个好色之徒的淫报，不仅有断阳具、挖屁股、断鼻子等令人啼笑皆非的惨况，潘三因淫小和尚得月，也让自己带了绿帽子，作者用津津乐道的口吻幸灾乐祸，试图以因果报应之说做惩戒之大旨，可惜将好色荒淫的后果集中于个人巧合式的戏剧性安排，失去如《金瓶梅》般让淫棍西门庆、荡妇潘金莲因淫作孽；李瓶儿贪图淫色，死于崩漏之疾、春梅也因"淫欲无度"而暴死。这些"淫"字当头坏事做尽的人接二连三葬送性命，以此告诫人们一个普遍价值观——"贪淫无好死、万恶淫为首"的教化力道。②

二、多种样貌集一身的帮闲

《金瓶梅》描写帮闲时是围绕西门庆为中心来叙述，所以应伯爵、谢希大、吴恩典等帮闲展现逢迎拍马、能说善道的本领，几乎都是诙谐逗趣的形象。如有一回西门庆到妓院寻相好李桂姐，发现这个被他包占的妓女居然私下陪酒，一时"由不的心头火起，走到前边，一手把吃酒桌子掀倒，碟儿盏儿打的粉碎。喝令跟马的平安、玳安、画童、琴童四个小厮上来，不由分说，把李家门窗户壁床帐都打碎了。"③在盛怒之下，连老虔婆的解释都不听，多亏应伯爵、谢希大、祝日念三个死劝才平息下来，赌气发誓不再上李家院来。最后还是应伯爵收了李家的礼物，跪下死活地求才说动西门庆，看应伯爵等人在李家院如何逗

① 陈森著《品花宝鉴》第三回，第100—101页。
② 黄霖《黄霖说金瓶梅》，大地出版社2007年版，第165—166页。
③ 兰陵笑笑生著，梅节校订《梦梅馆校本金瓶梅词话》，第286页。

的西门庆笑逐颜开：

> 应伯爵、谢希大在旁打诨耍笑，向桂姐道："还亏我把嘴头上皮也磨了半边去，请了你家汉子来。就连酒儿也不替我递一杯儿，只递你家汉子！刚才若他撅了不来，休说你哭瞎了你眼，唱门词儿，到明日诸人不要你，只我好说话儿将就罢了。"……应伯爵道："你看贼小淫妇儿！念了经打和尚，他不来慌的那腔儿，这回就翅膀毛儿干了。你过来，且与我个嘴温温寒着。"于是不由分说，搂过脖子来就亲了个嘴。桂姐笑道："怪攮刀子的，看推撒了酒在爹身上。"伯爵道："小淫妇儿，会乔张致的，这回就疼汉子。'看撒了爹身上酒！'叫你爹那甜。我是后娘养的？怎的不叫我一声儿？"……把西门庆笑的要不的。①

透过应伯爵的安排，钩丝引线地将事件及场景串连在一起，也将西门庆气盛财粗、贪恋粉色的阔佬形象，及妓女势利贪财、见风转舵的嘴脸表现出来。

应伯爵等帮闲虽然有陪衬主要人物的功能，但对于应伯爵本身的形象是隐写的，在多达四十回的描述中，对应伯爵的穿著打扮仅有"头上戴一顶新盔的玄罗帽儿，身上穿一件半新不旧的天青夹绉纱褶子，脚下丝鞋净袜"②等寥寥数语，这一身努力翻新维持净洁的旧行头维持了他的体面，也相当符合他身为帮闲的身分。尽管我们对应伯爵的长相面貌不甚清楚，但是通过言行举止的描写，以及西门庆、李桂姐、郑爱月儿等妓女，对于这些帮闲的逢迎谄媚、忘恩负义等人物性格还是有一定程度的把握。

但或许是打诨插科人物，应伯爵的内心世界在小说中鲜少提及，少数一次他在第七十二回中教导优儿李铭帮闲的要诀："他有钱的主儿，随他说几句罢了。常言嗔拳不打笑面。如今时年尚个奉承的。拿着大本钱做买卖，还放三分和气。你若撑硬船儿，谁理你？休说你们随机应变，全要似水儿活，才得赚出钱来。你若撞东墙，别人吃饭饱了，你还忍饿。"③讲出寄人篱下必须学会变通，以及不得不看人脸色的悲哀与无奈。

《品花宝鉴》中也有一个相当显目的帮闲角色——魏聘才，他同时拥有才

---

① 兰陵笑笑生著，梅节校订《梦梅馆校本金瓶梅词话》，第301—302页。

② 兰陵笑笑生著，齐烟，汝梅校点《新刻绣像批评金瓶梅》，晓园书局1990年版，第7页。

③ 兰陵笑笑生著，梅节校订《梦梅馆校本金瓶梅词话》，第1199页。

子佳人小说中小人拨乱的形象，对于梅子玉跟杜琴言这一对扮演挑拨的角色，不仅在琴言面前捏造子玉移情别恋的形象，还因为琴言得罪自己而使计谋将琴言送入华府内；然而早先寄寓在梅府时，又对梅家公子梅子玉百般奉承，看子玉相当留意琴言，所以在他面前讲了许多琴言的事情，又从华府带琴言去看望生病的子玉。可以说是扮演不同形象的角色。

魏聘才在第五十回完全退出小说前，在人物的人际关系及场景的切换中占有相当重要的地位。首先，琴言冰冷清高的形象在聘才谈话中出现，不但形成杜琴言脾气"又硬又冷"，不屈下就形象的定论，也奠下子玉对琴言爱慕的情丝。① 其次，奚十一仗财使气霸道的形象从魏聘才的眼中展现在读者面前：

> 好个高大身材，一个青黑的脸，穿着银针海龙裘，气概轩昂，威风凛烈，年纪也不过三十来岁。跟着三四个家人，都也穿得体面。自备了大锡茶壶、盖碗、水烟袋等物，摆了一桌子……见那人的神气，好不飞扬跋扈，顾盼自豪。②

华星北秀美出众的容貌等外在形象，喜好热闹繁华、盛大排场的性格也在魏聘才的眼中展现在读者眼前。

> 聘才探出身子一看……见是个美少年，英眉秀目，丰采如神，若朝阳之丽云霞，若凡风之翔蓬岛，只好二十来岁年纪。看他穿着绣蟒貂裘，华冠朝履，后面二三十匹跟班马，马上的人，都是簇新一样颜色的衣服。接着又有十几辆泥围的热车，车里坐着些粉装玉琢的孩子，也像小旦模样。后面又有四五辆大车，车上装些箱子、衣包，还有些茶炉、酒盒、行厨等物。③

由以上可见，这个喜好到戏园串门子，与权贵结交的市井帮闲，因时常到戏园茶馆等公共场合游走，而有机会接触到流氓、和尚、权贵等各种不同阶层

---

① 陈森著《品花宝鉴》，第二回子玉听完聘才的话后，"这一宿就把聘才的话想了又想，又将车中所见模样神情，细细追摹一回，然后睡着。自此子玉待聘才更加亲厚。"第64页。第三回子玉又向聘才打听琴言，暗自想道："果然有这样脾气，这人就是上上人物，是十全的了。便呆呆思想起来……这条心有些像柳花将落，随风脱去，摇曳到琴官身上了。"第134—135页。第四回子玉又向聘才问琴言的光景："聘才见他心甚注意，便改了口风，索性将琴官的身分、性气一赞，赞得子玉更为倾慕。"第139—140页。

② 陈森著《品花宝鉴》第三回，第100—101页。

③ 陈森著《品花宝鉴》第五回，第201—202页。

的人物角色，变成连接众多人物辐射关系图的支线之一。

相较于应伯爵一开始就活跃于西门庆面前，魏聘才这个帮闲的形象到华府才奠定下来。值得注意的是，迥异于以往小说中帮闲一昧逢迎拍马、打诨说笑的形象，魏聘才的帮闲之路则有转折的心路历程；一开始的踌躇满志，以为进了华府可以轻易跟着主子享受荣华富贵，然而富贵人家人口众多，无法立即跃居于上位，而且相对来说，人际关系也变得相当势利复杂：

> 聘才极意要好，一概应酬，就华府内一只犬也不敢得罪，意思间要巴结些好处来，谁知赔累已多。府中那些朋友、门客及家人们算起来，就有几百人，那一天没有些事。应酬开了是不能拣佛烧香的，遇些喜庆事，就要派分子。间或三朋四友聚在一处，便生出事来，或是撤兰吃饭，或是聚赌放头。还有那些三小子们，以及车夫、马夫、厨子等类，时常来打个抽丰，一不应酬，就有人说起闲话来。①

陈森曾任幕僚，对于寄于他人屋檐下看尽人情冷暖而有所体会，魏聘才的经历何尝不是他的实际遭遇？富贵人家的人多口杂，要能够跃居要位，使主人另眼相待需要一些人情事故的历练，因此作者透过张仲雨传授帮闲收拢人心的要诀：

> 府里有个林珊枝，是他的亲随……你先要打通这个关节，这关通了就容易了。还有那个八龄班，也是不离左右的，小孩子们有甚识见，给点小便宜就得了……譬如你同华公子交接过了，你看他是什么脾气，喜的是什么样，恶的是什么样，自然是顺他意见。顺到九分，总要留一分在后，不好轻易拿出来……打探他心上有一样两样喜欢的，就把这样去迎合他，献点小忠小信，没有一件事求他，他自然就放心了……这叫做钓金蝉。至于为人虽要和气，也不可一味的脓包……可应酬则应酬，不必应酬就不应酬；你应酬那不中用的人，被那要紧人就看轻了。②

可见这个帮闲也不是容易当的，除了要有眼力，收买主子身旁伺候的人，不要应酬不中用的人，以免被看轻以外；还要能够察言观色，迎合主人的喜好。从这里可以看到对帮闲内心少见的心理描写，清楚写出帮闲生涯的冷暖自知，

---

① 陈森著《品花宝鉴》第十八回，第724—725页。
② 陈森著《品花宝鉴》第十八回，第733—736页。

可以说陈森结合了过去的生命历程，将身为幕僚，寄居于门下的自身或看到的现况反映在作品之中，使帮闲的形象—别《金瓶梅》以来的打诨逗趣，别具不同的风貌。

三、买官与科举弊端

《金瓶梅》揭露明代当时黑暗的官场文化，并给与严厉的批判；说明明代中后期政治的极度腐败，根源于以金钱买卖官位的贪腐本质。如第三十回中太师蔡京多次受到西门庆进献财宝的贿赂，为此便给了"空名告身札付"，安排西门庆于山东提型所做个理刑副千户，连负责送礼来的来保、吴恩典都给与官职。

然而以贿赂晋升的官吏实在无法避免贪腐的诱惑，因此多次贪赃枉法之后被御史参了一本：

> 理刑副千户西门庆：本系市井棍徒，夤缘升职，滥冒武功，菽麦不知，一丁不识。纵妻妾嬉游街巷，而帷薄为之不清；携乐妇而酣饮市楼，官箴为之有玷。至于包养韩氏之妇，恣其欢淫，而行检不修；受苗青夜赂之金，曲为掩饰，而赃迹显着。[①]

但仗权势贪财好色的西门庆并未被拿掉官职，而是经由再次贿赂，透过蔡京向皇上打点开脱罪证。显然作者所谓"在朝中卖官鬻狱，贿赂公行，悬秤升官，指方补价"[②]的现象在当时社会可以说是常态，而造成这些弊端的罪魁祸首正是腐败昏庸的统治者。

由于当权者卖官鬻爵，求官者以钱易权，官员的选任成了交易[③]，因此以大笔金钱得到的官位转身变成压榨民脂民膏的工具，以两句话来概论西门庆的敛财方式，就是"靠勾结衙门来拼命敛财，财越积越多；又凭借钱财来贿赂官场，官越攀越高"[④]。同时由于位居要官掌握权势，又因此而接受贿赂，谋财害命，可以说官职买卖的制度，彻底崩坏腐烂不堪的封建体系。

---

① 兰陵笑笑生著，梅节校订：《梦梅馆校本金瓶梅词话》第四十八回，第714页。
② 兰陵笑笑生著，梅节校订：《梦梅馆校本金瓶梅词话》第三十回，第427页。
③ 李娟《从世情小说〈金瓶梅〉看明代中后期官场》，《大连海事大学学报》2013年第1期。
④ 黄霖《黄霖说金瓶梅》，第16页。

到了清朝，满清朝廷更是公然将买卖官职作为清朝选官的门径之一，《清史稿》中记载了清对于捐纳制度的详细施行情况，虽多次停止捐输，却又复因国库亏空而开启捐纳之门。① 因此在《品花宝鉴》中多次可以看到买卖官职的现象，其中奚十一便是从广东带十几万两的银子进京，要捐个大官，本要捐个道台，因进京嫖妓玩相公后凑不上来，只捐了个知州。然而捐官的人一多，候补候选的人也相对多，因此人人想要的肥缺又要靠银子打点关系来取得。第三十三、三十四回中富三便是透过魏聘才做中介，经过唐和尚贿赂在吏部文选司的经承，取得湖北的肥缺，在讨价还价的过程中，唐和尚直白地说出这个交易的划算之处：

> 贵州一任抵不得湖北一年……只要三千吊钱。若说这个缺，一到任就有两万银子的现成规矩，这三千吊钱算什么，核银子才一千二百两。②

三年一任，湖北一年便可捞回贵州三年的油水，贵州自然比不上湖北的富足，可见要透过捐纳谋得一官半职并不容易，资本要够雄厚，才能捐得官职后有机会到富足的地方当差。根据资料的统计，由于候补的官员太多，僧多粥少，十几年得不到一个差委，因此倾家荡产、坐以待毙的大有人在。③ 就连魏聘才也是捐官后在京城等了大半年，还是倚赖妓女玉天仙的嫖钱捐了分发到湖南。像这样只要有钱就能买个官的情形，可以想见其中造成的国家、社会弊病：在上位者透过各种收贿将官位买卖出去，而被层层剥削，花了大笔银子上任当官的，自然也打精了算盘，磨刀霍霍准备向百姓要回这笔。如张仲雨原本是九品又借钱加捐四千两升到六品，听见朋友"名利是一定双收，上司一定欢喜，就是百姓吃苦些"的挖苦，也自道心声：

> 这倒被你猜着，若说将来不要钱，就是我自己也不肯作此欺人之语。况且我这个官，原是花了本钱来的，比不得你们这些有福之人，一出书房就得了官。我将来不过看什么钱可要不可要就是了。④

---

① 清史稿校注编纂小组编纂《清史稿校注》一百十九卷，《选举七·捐纳条》，国史馆 1986—1991 年版，第 3234—3243 页。

② 陈森著《品花宝鉴》第三十四回，第 1351—1352 页。

③ 余育国、齐玉东《清末的卖官制度》，《春秋》2006 年第 3 期。

④ 陈森著《品花宝鉴》，第二十五回，第 988 页。

原是花了本钱买来的官，当然一到官就收钱，如此上下交相贼的情况下，国家的运作自然逐渐崩坏。捐纳的缺失皇帝当然也知道："第用人不可预存成见，登仕籍者只四样，满、汉、科甲、捐班而已，何途没有人才？我最不放心者是捐班，他们素不读书，将本求利，廉之一字，诚有难言。"① 然而在国家府库亏空之下，不得不饮鸩止渴。的确，捐纳的官员到地方搜刮民脂民膏后，又可以更多财富加捐官位，官位越高，越能把持权势，进而鱼肉乡民。《品花宝鉴》就毫不留情地指出捐纳到官后所形成的社会弊病：

> 东乡的捐了个卫千总，西乡的是亲兄弟。一个武举、一个武生，他手下的都是贼盗，他作个窝藏盗首，结交了东乡虎，包揽词讼，把持衙门，又有蛇、蝎二役勾连。我到任时，查三年之内已换了七任知县，盗案、命案共有二百余件。②

在"将本求利"的心态下，这些素不读书的官员与地方把势勾结，掌握着与人民息息相关的衙门，三年内积压的案件居然高达两百余件；而这尚不是个案，在《品花宝鉴》中除了以上人物以外，所提到捐纳以得官职的还有：张仲雨捐九品、潘三（潘奇观）捐了六品、杨梅窗捐九品候选、归自荣幼年夤缘得中举人，加捐了中书；以上几个有的是在富贵人家中的篾片帮闲，其他则是品德操守无耻低劣的富商。而这类人担任政府官职，于百姓国家的荼毒可想而知，可以说，《品花宝鉴》描绘出捐纳官职在国家社会上所形成的巨大弊病。

清代的官吏问题不仅仅在捐班而已，就连正途的科举考试也是弊案迭出，根据记载："每有家资富足文理平常之人，雇倩枪替怀挟抄袭在所不免。"③ 对于这个情况《品花宝鉴》也有记载，如高品为潘三的女婿花中桂当枪手，一千六百两就卖掉一个举人，而归自荣则是应允一千两，请一个无法应考的丁忧廪生当枪手，中举后却避不见面，闹得人尽皆知，最后被革去举人并监押。此外，还有夹带小抄等弊端，如李元茂恰巧碰见曾经做过的旧题目，所以直接抄先生改好的卷子，携带文件进场可以说是有备而来。至于夹带的方式自古以来是花招百出，根据记载考场常见的方法有：

① 张集馨《道咸宦海见闻录》，中华书局 1981 年版，第 119—120 页。
② 陈森著《品花宝鉴》第三十八回，第 1539—1540 页。
③ 商衍鎏《科场案件与科场轶闻》，中国政经研究所 1972 年版，第 10 页。

同治以后，禁网渐宽，搜检者不甚深究，于是诈伪百出。入场者，辄以石印小本书济之。或写蝇头书，私藏于果饼及衣带中，并以所携考篮、酒鳖与研（疑"砚"）之属，皆为夹底而藏之，甚至有帽顶两层靴底双屉者。①

由于进场搜检渐为宽松，因此考生用各式各样的方式将小抄夹带进场，可见作弊的方式也是"精益求精"。

除了代请枪手、携带小抄外，还有一个科举弊端是冒籍参加科举。《品花宝鉴》中提到："元茂与孙氏昆仲都冒了顺天籍贯，府县考过了，到通州院考。"②李元茂与孙氏兄弟本文墨不通，怎么能通过府县考试呢？关键就在于冒籍应考，顺天府属于大兴、宛平两京县，流动人口较多，籍贯容易混淆不易查清，因此成为冒籍考试问题最严重的地方。③故对于一些才小低微，在当地名声不好的人，冒籍变成了考取功名的另一条快捷方式，因此这三个人才有机会通过地方考试。冒籍应考的另一个弊端，就是考生原籍不易辨认外，因为外地人冒充，容易出现除了冒籍同时也冒名的作弊情形。

总而言之，清代末年官职浮滥的情形相当严重，掌握财势就能把持政治，将官位作为市场上论斤秤两的商品；此外，连正规的科举考试也出现许多漏洞，枪手、夹带小抄、冒籍……等问题层出不穷，使得文墨不通如孙嗣徽这等虫蛀千字文之辈亦可荣登榜单之中，这不是"秋试下第，境益穷，志益悲，块然魄礌于胸中而无以自消"④的作者陈森最沈痛的讽刺吗？

小　结

《品花宝鉴》一方面承袭从才子佳人小说到《红楼梦》以来的浪漫笔调、溢美人物形象，将名士、名旦视为才子佳人，特别以梅子玉、杜琴言、田春航、苏蕙芳等两对强调正情而不淫、贞而不移的情观，将怡园打造成让位居于社会底层的优伶得以暂时脱离现实歧视，并能与名士们谈诗论艺的乌托邦乐园。

另一方面则以充满世俗的口吻，沿袭《金瓶梅》讥讽社会现实的样貌。因

---

① 徐珂编撰《清稗类钞》考试类·搜检条，中华书局1984年版，第586—587页。
② 陈森著《品花宝鉴》第五十一回，第2085页。
③ 张松梅、王洪兵《清代顺天科举冒籍问题探析》，《江苏大学学报》2012年第5期。
④ 陈森著《品花宝鉴·序》，第1—3页。

此表面上梅子玉与杜琴言如宝黛之间，坚贞不渝、为情憔悴消瘦；众名旦与名士在怡园如同大观园般风雅地联句作诗、宴饮行令时，同时，却也毫不留情地讥讽那些游走于梨园的帮闲无赖、暴发户等的好色嘴脸，指出清末社会中官职买卖所导致的社会弊端，当科举舞弊层出不穷的时候，如高品般被拒于门外的名士也只能为人做枪手，谋求生活之资了。

周作人曾说："（《品花宝鉴》）书中除所写主要的几个人物过于修饰之外，其余次要的也就近于下流的各色人等，却都写得不错，有人曾说他写得脏，不知那里正是他的特色，那些人与事本来就是那么脏的，要写就只有那么的不怕脏。"① 的确，《品花宝鉴》并无意避开肉麻的闹相公场景，那些敬皮杯的荒诞景象栩栩如生，甚至连描绘男男性交"坐粪车"的形容都似乎太过于津津乐道了，然而就如同胡适所言：

《品花宝鉴》为乾嘉时京师之"儒林外史"。其历史的价值，甚可宝贵。浅人以其记男色之风，遂指为淫书，甚至连描绘男男性交"坐粪车"的形容都似乎太过于津津乐道，不知此书之历史价值正在其不知男色为可鄙之事，正如《孽海花》《官场现形记》诸书之不知嫖妓纳妾为可鄙薄之事耳。②

正是透过这些写实的企图，拼凑出清末士宦官场荒诞沉沦的行乐图，亦为十七世纪以来的人情小说《金瓶梅》《红楼梦》以降的世情小说拉起了内在联系。

［作者简介］黄子纯，台湾师范大学全球华文写作中心研究员，淡江大学助理教授。

---

① 周作人《知堂回想录（下）》，龙文出版社 1989 年版，第 798 页。
② 胡适《再寄陈独秀谈钱玄同》，《胡适古典文学研究论集》，上海古籍出版社 1988 年版，第 717—720 页。

从"反模仿"和"倒影"论，
再看《金瓶梅》与《歧路灯》

马　达　张弦生

内容提要　《金瓶梅》对后世的小说创作有着重大的影响。《歧路灯》就是一部在《金瓶梅》的影响下由文人独立创作的以家庭生活为题材的世情小说。《歧路灯》的作者李绿园，不论从正面或者从反面，都努力从《金瓶梅》加以借鉴。《歧路灯》可以说是《金瓶梅》的"反模仿"的"倒影"。

关键词　《金瓶梅》　歧路灯　借鉴　反模仿　倒影

《金瓶梅》对后世的小说创作有着重大的影响。清代小说《歧路灯》就是一部在《金瓶梅》的影响下由文人独立创作的以家庭生活为题材的世情小说。清代以河南开封为背景的小说《歧路灯》的作者李绿园，不论从正面或者从反面，都努力从《金瓶梅》加以借鉴。2013 年 5 月，在第九届（五莲）国际《金瓶梅》学术研讨会上，拜读了山东师范大学教授杜贵晨先生的题为《〈红楼梦〉是〈金瓶梅〉之"反模仿"和"倒影"论》的大作，很有启发，运用杜贵晨先生的理论，我们试把《金瓶梅》与《歧路灯》的关系又梳理了一遍，以企图使《歧路灯》对《金瓶梅》的继承和扬弃关系更为明白。

杜贵晨先生早就认为，《红楼梦》创作与《金瓶梅》有"后先相反而实极相近似之迹，使我们可以进一步悟到'《红楼梦》深得《金瓶梅》壸奥'之一大法门，是其大处每与《金瓶梅》适得其反，所谓'反弹琵琶'，以成其创新。这种学习借鉴方式，似可以名之为'反模仿'"。并且认为，《红楼梦》主要是立意、结构、主要人物等在内涵与本质上每与《金瓶梅》"后先相反"，却在局部与细节看来又每与《金瓶梅》有"极相近似之迹"①。杜先生便在《〈红楼梦〉是〈金瓶梅〉之"反模仿"和"倒影"论》一文中，从立意、结构、人物、意象等方面对这一立论进行了分别论述。揭示《红楼梦》"深得《金瓶梅》壶奥"的"反模仿"手法，及其总体形象为"《金瓶梅》之倒影"的艺术风貌。对《金瓶梅》和《红楼梦》这两部巨著的历史联系做了探讨和厘清。

这里我们通过研读杜贵晨先生的大作，也试图用这一立论，分别从几个方面，对《金瓶梅》与《歧路灯》的联系也再进行探讨和厘清。

首先应当指出的是，从《歧路灯》中可以看出，李绿园所见到的《金瓶梅》是当时在社会上通行的张竹坡评本《金瓶梅》。《歧路灯》书中第十一回写谭家塾师侯冠玉要用《金瓶梅》作教材，教学生以作文之法，他说：

> 那书还了得么！开口"热结冷遇"，只是世态"炎凉"二字。后来"逞豪华门前放烟火"，热就热到极处；"春梅游旧家池馆"，冷也冷到尽头。大开大合，俱是左丘明的《左传》、司马迁的《史记》脱化下来。②

所谓《歧路灯》与《金瓶梅》的联系，也即指这两部作品的关联。而杜贵晨先生所论《金瓶梅》与《红楼梦》历史联系一文中所说的《金瓶梅》是指"词话本"《金瓶梅》。

李绿园创作《歧路灯》的动因与《金瓶梅》颇有关联。李绿园在《歧路灯·自序》中说：

> 若夫《金瓶梅》，诲淫之书也。亡友张揖东曰：此不过道其事之所曾经，与其意之所欲试者耳！而三家村冬烘学究，动曰此左国史迁之文也！余谓不通左史，何能读此，既通左史，何必读此？况老子云：童子无知而腌举。此不过驱幼学于夭札，而速之以蒿里歌耳！③

第五八回末诗又曰：

> 草了一回又一回，矫揉何敢效《瓶梅》；

---

① 杜贵晨《论西门庆与林黛玉之死：兼及〈红楼梦〉对〈金瓶梅〉的反模仿》，《山东师范大学学报》2009 年第 5 期。

② 李绿园《歧路灯》，中州书画社 1980 年版，第 121 页。

③ 李绿园《歧路灯自序》，李绿园撰，栾星主编《歧路灯研究资料》，中州书画社 1982 年版，第 94 页。

幼童不许轩渠笑，原是耳旁聒迅雷。①

可见李绿园创作《歧路灯》的立意，完全是为了和兰陵笑笑生的这部《金瓶梅》对着干，他为自己订下创作目标——"藉科诨排场间，写出忠孝节烈，而善者自卓千古，丑者难保一身，使人读之为轩然笑，为潸然泪，即樵夫牧子、厨妇爨婢，皆感动于不容已。以视王实甫《西厢》、阮圆海《燕子笺》等出，皆桑濮也，讵可暂注目哉！因仿此意为撰《歧路灯》一册，田父所乐观，闺阁所愿闻"（《歧路灯自序》）②。李绿园在《金瓶梅》中，显然看到了兰陵笑笑生所撕裂的、在财色欲望之下一切价值都不再的、社会的丑陋腐臭和伦理道德的垮塌崩溃。他希望用自己的笔，给日益走向堕落的世家子弟指出一条"用心读书，亲近正人"的"八字方针"之路，以挽救大厦之将倾。

《歧路灯》中所谓《金瓶梅》"热结冷遇"是指的张竹坡评本《金瓶梅》第一回题目"西门庆热结十弟兄，武二郎冷遇亲哥嫂"。此回开篇中说道："只这酒色财气四件中，惟有'财色'二者更为利害。"接着说："说话的为何说此一段酒色财气的缘故？只为当时有一个人家，先前恁地富贵，到后来煞甚凄凉，权谋术智，一毫也用不着，亲友兄弟，一个也靠不着，享不过几年的荣华，倒做了许多的话靶。内中又有几个斗宠争强、迎奸卖俏的，起先好不妖娆妩媚，到后来也免不得尸横灯影，血染空房。"③

而《歧路灯》的第一回题目则是提倡"孝思慈情"的"念先泽千里伸孝思 虑后裔一掌寓慈情"。开篇中说道："话说人生在世，不过是成立覆败两端，而成立覆败之由，全在少年时候分路。大抵成立之人，姿禀必敦厚，气质必安详，自幼家教严谨，往来的亲戚，结伴的学徒，都是些正经人家，恂谨子弟。"接着说："我今为甚讲此一段话？只因有一家极有根柢人家，祖、父都是老成典型，生出了一个极聪明的子弟。他家家教真是严密齐备，偏是这位公郎，只少了遵守两个字，后来结交一干匪类，东扯西捞，果然弄的家败人亡，上天无路，入地无门。多亏他是个正经有来头的门户，还有本族人提拔他；也亏他良

① 李绿园《歧路灯》，中州书画社 1980 年版，第 544 页。
② 李绿园《歧路灯自序》，李绿园撰，栾星主编《歧路灯研究资料》，中州书画社 1982 年版，第94 页。
③ 王汝梅《张竹坡批评第一奇书金瓶梅》，齐鲁书社 1987 年版，第 1 页。

心未尽，自己还得些耻字悔字的力量，改志换骨，结果也还得到了好处。"①

两本书开篇都是开门见山先表出主旨立意。然后一个从"财色"入手——"惟有'财色'二者更为利害"；一个从"家教"入手——"他家家教真是严密齐备，偏是这位公郎，只少了遵守两个字"，设定全书的重心，简介全书的内容，转入故事叙述中。表面看来，一个是"财色"，一个是"家教"；一个是"以淫说法"，一个是以理说法，"用心读书，亲近正人"，似乎为截然不同的主旨，实则是一个问题的正反两个方面。

李绿园未敢"效《瓶梅》"，但是他的作品主旨实从兰陵笑笑生而来，是反其道而行之的"反模仿"。从开篇到进入故事描写，时不时地闪过《金瓶梅》的掠影。

清代刘廷玑《在园杂志》卷二云："深切人情事务，无如《金瓶梅》，真称奇书。欲要止淫，以淫说法；欲要破迷，引迷入悟。"②《金瓶梅》要"以淫说法"，故以潘金莲起头，以李瓶儿、庞春梅共之，西门庆最终暴死于潘金莲的床第间，从而写她们以色坑陷西门庆毁其人其家之祸，写出了这个罪恶之家的林林总总，反映了正常人性惨遭扭曲和异化的过程。《歧路灯》要以理说法，故以正人谭孝移起头，引出他的一群"一个叫娄昭字潜斋，府学秀才；一个叫孔述经字耘轩，嘉靖乙酉副车；一个县学秀才，叫程希明字嵩淑；一个苏霈字霖臣；一个张维城字类村，俱是祥符优等秀才。都是些极正经有学业的朋友。"③而谭孝移之子谭绍闻的狐朋狗友盛希侨、夏逢若等人，则是作为这些正人君子的对立面，出现在小说的描写中。谭绍闻在这些正反两派人们的影响下，堕落——醒悟，再堕落——再醒悟，多次反复，终于改邪归正，重新做人，再兴家业。

尽管主旨立意如此不同，但在编织故事的方法上和故事的结构上，二书却很相似。它们都是使用"障眼法"，假托前朝而写当今。《金瓶梅》假托于北宋，写的却是明代万历年间的社会生活；而《歧路灯》假托于明代，写的却是清代乾隆年间的社会生活。在这层幕布下，它们都是以写实的态度反映了各自的明代万历时期和清代乾隆时期两个中原城市各阶层的生活。由于作品的不同主题

---

① 李绿园《歧路灯》，中州书画社 1980 年版，第 1 页。
② 刘廷玑《在园杂志》，中华书局 2005 年版，第 15 页。
③ 李绿园《歧路灯》，中州书画社 1980 年版，第 2 页。

思想，《金瓶梅》写了西门庆的罪恶家庭由盛至衰的过程，重点写其盛；《歧路灯》写了谭绍闻的家庭由败而复兴的过程，重点写其败。但是两部作品都是以家庭生活为主线，把笔触伸向社会生活的各个方面，都写出了二百多个栩栩如生的各式人物，上至缙绅豪吏、权贵宠宦，下迄帮闲篾片、僧优倡隶，三教九流，无所不包，均堪称百科全书式的巨著。在结构上《金瓶梅》和《歧路灯》都是呈羽毛状。只是《歧路灯》较《金瓶梅》细节方面更精细，针严线密；不但大的地理方位很少有差错，就是书中的街道里巷也大都能和清代开封的实际街道方位相吻合。

郭绍虞先生认为，"写豪奢的家庭易，写平常的家庭难；写情易，写理难！"① 则在《金瓶梅》可以放手为之游刃有余者，在《歧路灯》或不免有所顾忌而搁笔。"写冷语易，写热肠难；写讥讽易，写劝戒难；反写易，正写难！"② 则在《金瓶梅》得以文思泉涌，提笔皆来者，在《歧路灯》便不免须加以推敲而踌躇。而李绿园竟能于常谈中述至理，竟能于述至理中使人不觉得是常谈。这是李绿园模仿兰陵笑笑生而又反其意而为之，并取得成功的难能处。

《金瓶梅》和《歧路灯》在女性人物的塑造上，写出了完全不同的两类人。《金瓶梅》中许多女性对情欲的追求到了颠狂变态的地步，从而揭开了晚明时期极度膨胀的人欲的实像，正如郑振铎先生所断言："要在文学里看出中国社会的潜伏的黑暗面来，《金瓶梅》是一部最可靠的研究资料。"③ 而《歧路灯》中的女性们，不管是谭绍闻的妻子——恪守三从四德俱全的书香门第之女孔慧娘，还是续弦——暴发户商人家庭出身的巫翠姐，以及侍妾、仆女出身的王冰梅大都能遵守封建礼法。尽管在谭绍闻的堕落过程中，有一波又一波的矛盾，但显示了宗法社会温情的一面。杜贵晨先生说：《金瓶梅》中的西门庆"几乎是一个不具现实伦常关系的人"。在他家中，他上无父母，下无兄妹，除了他的性伴侣，无一亲人。外间除了"十兄弟"外，无一知心之交。《金瓶梅》写出一个官商的暴富与暴毙短暂的一生，画出了封建末世前途断绝、社会崩溃的

① 郭绍虞《介绍〈歧路灯〉》，《歧路灯论丛（一）》，中州书画社 1982 年版，第 2 页。
② 郭绍虞《介绍〈歧路灯〉》，《歧路灯论丛（一）》，中州书画社 1982 年版，第 2 页。
③ 郑振铎《谈〈金瓶梅词话〉》，郑振铎《西谛书话》，生活·读书·新知三联书店 1998 年版，第 72 页。

世情。而《歧路灯》中的谭绍闻虽然是独生子女，幼年失怙，但是他被浓厚的亲情包围着。父亲生前为他择良师、佳偶，临终嘱他"用心读书，亲近正人"，一辈子受用不尽；母亲对他爱护有加，父执对他援之以手，严加教育；族兄谭绍衣将他从绝途中拉回；忠仆王忠忍辱负重，尽心侍奉。《歧路灯》写的是封建盛世虽日暮途穷，却还将延续下去的俗世书。李绿园想竭力挽救世事的颓败，写出"康乾盛世"的一抹残阳，但这在批判封建社会的力度上，却从《金瓶梅》后退了。李绿园对《金瓶梅》中的一片鬼蜮和黑暗的感触，也由于他从儒家"温柔敦厚"的诗教文艺观出发，他在《歧路灯》中努力想写出一批正面人物和光明结局。但他又恪守着已经处于僵死状态的封建理学的道德去写这些人物，书中充斥着对礼教的赞叹，反映了作者落后的世界观。他力避《金瓶梅》的"宣淫"，使许多情节不能展开，削弱了作品的深刻性和感染力。正像徐玉诺将《歧路灯》与《品花宝鉴》相比较后批评的那样，"李绿园对于下流生活到底是门外汉"，书中的妓女调情"是乡间小叔嫂及姑表姊妹的爱，并不是娼妓的本事"[①]。不过作者在描写那些正面理学人物时，尚能按照生活中的本来面目去着笔，使我们看到了理学家们的孤陋与伪善。而书中谭绍闻重整家业、父子俱显的结局则只是作者一厢情愿的空想，是不真实的败笔。连作者自己也叹道："后半笔意不逮前茅，识者谅我桑榆可也。"（《歧路灯自序》）从这个角度来看，《歧路灯》也可以说是《金瓶梅》的"反模仿"的"倒影"。

杜贵晨先生在其文引子说指出："从'反模仿'的视角看中国古典小说特别是明清小说，后先作品的'反模仿'确实是多见的现象，从而至少对于明清小说研究来说，'反模仿'是一个很有应用价值的理论。"从《金瓶梅》到《醒世姻缘传》，到《歧路灯》，到《红楼梦》，运用这一理论可以更清晰地看出明清以家庭为题材的世情小说，在《金瓶梅》影响下的发展路径。这也是本文用这一理论来分析《金瓶梅》与《歧路灯》的关联的用意所在。

［作者简介］马达，中州古籍出版社副总编辑、编审。张弦生，中州古籍出版社编审。

---

① 徐玉诺《墙角消夏琐记（其一）》，《歧路灯论丛（二）》，中州古籍出版社 1984 年版，第 278 页。

附录
第十二届国际《金瓶梅》学术研讨会综述

史小军　郭俐兵

[摘要]　第十二届国际《金瓶梅》学术研讨会暨版本展在广州暨南大学图书馆举行。与会学者围绕《金瓶梅》的文本及创作方法，主旨背景，版本、作者及评点，接受传播，"金学"学案，语言文献，比较研究等问题展开研讨，其中"金学"学案研究、接受研究是本次会议的亮点。

[关键词]《金瓶梅》　国际　研讨会　综述

第十二届国际《金瓶梅》学术研讨会暨版本展于 2016 年 10 月 9 日至 13 日在广州暨南大学图书馆举行，来自中国大陆及港台地区、日本、新加坡、越南等 120 余名代表参加了会议。《金瓶梅》版本展览在暨南大学图书馆二楼与研讨会同时进行，成为本次会议的一大亮点。《金瓶梅》协会会长、复旦大学黄霖教授于开幕式当晚以"金蝉是如何脱壳的？——从《水浒传》到《金瓶梅》"为题讲座《金瓶梅》版本的演变过程。

本次研讨会共收到学术论文 69 篇，涉及金学研究的各个方面，包括《金瓶梅》的文本及创作方法，主旨背景，版本、作者及评点，接受传播，金学学案，语言文献，比较研究等问题，参会学者们通过两次大会发言和四个分会场讨论对以上论题进行了热烈的学术讨论，展示了金学研究的新成果，现综述如下：

一、文本及创作方法研究

回归文本是金学研究的共识，文本研究依然是本次会议的重头戏。在提交的论文中，研究涉及文本中的首饰，食物，岁时节令，民俗生日，环境意象、瓢、葡萄架意象，花园，属相，同性恋现象，留文，墙头密约，戏中戏、宣卷描写等，学者们从小处着眼，以小见大，拓宽了研究的视野。

黄强先生的《钗头凤：金瓶梅中的首饰》认为《金瓶梅》中女性佩戴的首饰体现了人物的官眷身份与奢侈的生活倾向，窥一物而知社会潮流，值得关注。

对文本中的饮食等文化习俗进行观照的有香港中文大学洪涛博士的《〈金瓶梅〉的物质文化与相关的汉语史料》、山东临清市志办公室杜明德先生的《略论〈金瓶梅〉中的饮食礼仪及上元夜的习俗》、曲阜师范大学刘相雨博士《论〈金瓶梅〉中的生日民俗》、河北师范大学霍现俊教授、路瑞芳的《〈金瓶梅〉岁时节令描写梳理及表现特征》等。其中霍文对《金瓶梅》中涉及到的众多时令描写进行了梳理，探讨其在数量、地域及结构安排方面的表现特征。

对《金瓶梅》文本中意象关注的有三篇论文，暨南大学史小军教授与学生张静的《〈金瓶梅〉三大版本环境意象诗词比较》，梳理比较了《金瓶梅》词话本、绣像本和张评本中涉及风、雪、炎热天气等自然环境意象的诗词，发现词话本的诗词在之后的版本流变中在数量上相对稳定，个别之处经后世版本整理者的删减，从而得出词话本早于绣像本、张评本，后二者是在词话本的基础上修订而成的结论。金陵科技学院乔孝冬副教授的《〈金瓶梅〉〈红楼梦〉"瓢"借用意象解析》、平顶山学院张国培博士《论〈金瓶梅〉中的葡萄架意象》在金瓶梅意象研究上都有一定的开掘。

在文本的研究上还出现了一些较为新颖的视角，如中国美术学院李辉博士的《西门庆花园的主要空间节点》从建筑学的角度对西门庆花园的描写做了认真细致的梳理，为研究《金瓶梅》作者的文化身份提供了参考。山东外事翻译职业学院叶桂桐教授的《宋惠莲是属马的》从属相角度研究，认为《金瓶梅》作者有意识地将书中一些人物的性格与其属相相联系。徐州工程学院齐慧源教授的《从"墙头密约"看〈金瓶梅〉渔色情节的结构模式特点》，从李瓶儿与西门庆"墙头密约"故事出发，认为《金瓶梅》是一部借色情小说以宣淫、借奸情小说的结局以劝世的世情小说，其惩戒纵欲的结局和说教的理性内容对明末奸情小说产生了一定影响，在中国言情小说史上有着承上启下的作用。暨南大学罗立群教授的《〈金瓶梅词话〉的"宣卷"描写》以"宣卷"为着眼点再现了明代社会民间宗教信仰活动，揭示了僧尼与信众之间的复杂关系及其文化内涵。唐山学院范学亮副教授的《〈金瓶梅〉与〈红楼梦〉中的同性恋描写》、台湾里仁书局徐秀荣先生的《〈金瓶梅〉的戏中戏》均从不同的视角对文本进行了探索。华中师范大学王齐洲教授及广东金融学院陈利娟副教授的《〈金瓶梅词话〉回前诗留文考论》考辨细致，立论公允，从"留文"入手考察小说形式体制与正文的关系及作者的写作态度，继而从第二十一回回前诗对明万历年间与耕堂本《包龙图判百家公案》留文的袭用证明其成书年代不早于万历二十二年。

同样值得关注的是从创作角度进行研究的论文。暨南大学王进驹教授与学生杜治伟的《〈金瓶梅〉的时空建构》认为《金瓶梅》的时空叙事产生了貌似宋朝而更像明代、地域场景具体指实而又无法确究的艺术效果，同时这种叙述策略也存在着叙述场景设置受限、人物命运安排受限等不足。河南大学张进德教授与祝庆科的《〈金瓶梅〉中的时间设置》对《金瓶梅》中的具体时间表现形式及其联系方式进行探讨，丰富了《金瓶梅》的叙事研究。从创作特色角度进行研究的有东华大学杨彬教授的论文《仿似及其类型与文本丕变》等，对《金瓶梅词话》仿似方式进行初步分类，昭示出《金瓶梅词话》对传统小说的疏离与演变。

《金瓶梅续书》的研究也备受学者关注，台湾师范大学李志宏教授在《"离散"寓言—〈续金瓶梅〉的历史观照与经世期望》中认为《金瓶梅》非世情小说，而是寄托了救国的想法，丁耀亢的《续金瓶梅》续书揭示国族盛衰兴亡问题的历史成因，书写形塑了一个家国同构的政治寓言。井冈山大学博士杨剑兵、郁玉英的《清初遗民小说与宋金对峙》论文探讨小说以宋金对峙为历史背景，其影射、观照与暗喻都是作者遗民意识的表现，论文中谈及的以金代流人暗喻清初宁古塔流放是学者较少注意到的现象。

二、主旨背景研究

对《金瓶梅》主旨背景的研究是一个历久弥新的话题，学者从不同的角度揭示《金瓶梅》的主旨内涵，颇有新意。广东技术师范学院项裕荣教授的《对〈金瓶梅〉情色叙事之破家母题解读》，从"破家"母题出发，在色、淫、情三个层面梳理出情色欲望的破家特性，并探讨这些观念与传统婚姻伦理的矛盾关系，这对于当今夫妻伦理的重新认知与建构也有着启示意义。兰州大学张同胜副教授的论文《〈金瓶梅〉的蒙元文化记忆》认为在《金瓶梅》的叙述中，存在着诸多蒙元文化的记忆和书写，这些文化现象表明了《金瓶梅》实乃"集撰"成书，亦暗示《金瓶梅》与蒙元时期的平话、戏曲、宗教等存在着互文性关系，这一现象的发现，对于《金瓶梅》版本考察、成书方式、文化研究有着重要的价值。宝鸡文理学院兰拉成教授的《帮闲：〈金瓶梅〉中的一面嘻哈芙蓉镜》，认为帮闲是《金瓶梅》中的一面嘻哈芙蓉镜，对小说主人公、小说时代及主题具有注解作用。江苏省社会科学院文学所副研究员王思豪的《赋法：〈诗经〉学视域下的〈金瓶梅〉批评观》，在经学视域下考察《金瓶梅》的批评观；山东省临清市政协编辑王明波从地理背景角度研究，《〈金瓶梅〉中的临清社会》考证了《金瓶梅》故事的背景地在临清。对《金瓶梅》主旨从其他角度进行研究的论文还有江苏省社会科学院魏文哲先生的《〈金瓶梅词话〉中的因果报应》、三峡大学王前程教授的《从蒋竹山的婚姻悲剧看晚明社会转型期的乱象》、广东技术师范学院贺根民教授《从民国家庭小说生态看〈金瓶梅〉的示范意义》、济南大学张廷兴教授《论〈金瓶梅〉艳情描写与文学自身发展的关系》、泰山学院王伟副教授的《〈金瓶梅词话〉给予的社会学启示》、天津理工大学付善明副教授的《通俗美：〈金瓶梅〉的文本审视》等。天津师范大学楚爱华教授《〈金瓶梅〉：神话精神的缺失》认为《金瓶梅》因缺失崇高精神、悲剧精神、天命敬畏与道德审判等神话精神导致其与四大名著有距离，但学界普遍认为恰是这一"缺失"才成就了《金瓶梅》以俗世精神和人情世态描写而成为"四大奇书"之首的价值所在。

三、版本、作者及评点研究

对版本、作者的考证是金学研究的传统领域，本次会议上，学者们做了新的探讨。新加坡南洋出版社总编辑董玉振《"崇祯本"眉批揭示其是〈金瓶梅〉祖本的事实》，通过分析"崇祯版"第三十回的一个眉批"月娘好心，直根烧香一脉来。后五十三回为俗笔改坏，可笑可恨。不得此元本，几失本来面目"，认为该眉批是证明崇祯本是祖本的一个不容置疑的证据。有新意，但论据较为薄弱。河北工程大学杨国玉副教授的《〈金瓶梅词话〉卷首［行香子］词源流琐考》，对《金瓶梅词话》卷首的四首〈行香子〉词源流进行考证比较，揭示出明龚居中辑《福寿丹书》天启四年初刊本中的《自乐词》出自《金瓶梅词话》中［行香子］，从而确证万历本在前、崇祯本在后，推断现存《新刻金瓶梅词话》即初刻本。徐州工程学院王军明教授和吴敢先生合著《一奇书的一个重要版本》，梳理了第一奇书的版本系统，认为其早刊本均无回评、图，但有凡例、第一奇书非淫书论，康熙乙亥本当为原刊本，苹华堂本是仅次于原刊本系统的早期刊本，是为第一奇书首先增订图像者，其所增图像出自崇祯本。汪炳泉先生《论〈金瓶梅〉崇祯本的两个系统》，认为内阁本系统为早期刊本，北大本系统中的甲系次之，乙系为最后刊行，而乙系中的王藏本则更是入清以后刊刻的本子。李士勋先生的《加布伦兹译自满文的一百回〈金瓶梅〉德文译本能否称之为"全译本"》，认为该译本删节了书中的性描写部分，所以只能称之为"删节本"（或"洁本"），而不是名副其实的"全译本"。张青松先生介绍了苹华堂本《第一奇书金瓶梅》版本发现过程以及将其公布于学术界的过程。

　　张传生先生在《〈金瓶梅词话〉是正本》中，对《金瓶梅》的版本分传抄本和刊刻本两类进行了梳理，并对《金瓶梅》的十个方面进行再次考证，认为《金瓶梅》诞生在万历二十二年（1595）甲午年，作者"兰陵笑笑生"为丁惟宁笔名，"廿公"是丁耀亢的笔名。《金瓶梅词话序》是母本、主本、正本、家藏本，作者为钟羽正，董其昌是第二篇序言的撰写者。张先生在提交的另一篇文章《庞居士与〈金瓶梅〉》中亦有此推论，并推论五莲是《金瓶梅》诞生地。郑州大学方保营教授在《兰陵笑笑生李贽说》中推断李贽是《金瓶梅》作者。西北大学鲁歌教授在《解"兰陵笑笑生""笑笑先生"之谜》中对二者进行考证，认为"兰陵笑笑生""笑笑先生"应是万历十九年冬到万历四十年之间还活着的人，《金瓶梅词话》抄本、刻本都是万历时的本子，而不是清朝的本子。上述关于作者及版本的推论研究都丰富了金学研究在此问题上的内涵，但具体的结论还有待进一步的确证。首都师范大学研究员周文业《〈金瓶梅〉版本数字化研究》，介绍了《金瓶梅》版本数字化及计算机自动比对，对两本的文字差异做了初步全面的统计分析。从此篇论文可以看出在大数据时代，古代小说版本数字化是古代小说版本研究的重要途径和工具。

四、接受传播研究

　　从接受角度对《金瓶梅》进行研究是近年来比较流行的研究趋势，本次研讨会中，学者们从不同角度对《金瓶梅》传播进行研究：史春燕先生《清代中期〈金瓶梅〉戏曲在北京的传播》、台湾嘉义大学徐志平教授《从文学史看〈金瓶梅〉在民国初年的接受状况》、广东培正学院李建武教授《〈金瓶梅〉经典化过程中的两大坐标轴》分别从戏曲、文学史、经典化等方面论述了《金瓶梅》的接受过程。徐州图书馆研究馆员谭楚子《床第呈欢禁忌？抑或皇族秩序颠覆焦虑？》则从禁书的角度分析了《金瓶梅》历代遭禁的原因，认为并非仅仅因为其中少量床第呈欢的秽亵描写，而是因为整部小说对于真实社会情势的暴露式呈现，在某种程度上构成了对正统官方主流价值观念的颠覆，从而令其焦虑惕戒。

从阅读角度进行《金瓶梅》的接受研究，开辟了金学研究的新领域。南开大学宁宗一教授的《反思：我的〈金瓶梅〉阅读史》，反思自己在审视《金瓶梅》书时的教条式方法论上的错误，认为文本比原则更重要。云南民族大学曾庆雨教授的《〈金瓶梅〉阅读研究》把对《金瓶梅》阅读上升到理论层次探讨，建议以受众的换位思考方式对待文本。董玉振先生对普及《金瓶梅》阅读谈了个人体会，认为简体双版本《金瓶梅》的出版有助于阅读的普及。

对《金瓶梅》海外传播情况的研究也是本次会议的一大亮点，出现了不少新材料。黄霖教授的《日本〈金瓶梅〉编译本过眼录》呈现了他在日本看到的各种《金瓶梅》编译本，使我们对《金瓶梅》在日本的传播有了大致的了解。越南汉南研究所研究员阮苏兰通过会议发言《金瓶梅在越南：1996—2016 之二十年的研究与翻译》，介绍了《金瓶梅》在越南近二十年的传播情况。山西师范大学李奎副教授和晋中学院郭志刚先生在论文《海外汉文报刊中的"金学"相关资料举隅》中，对海外报刊中的"金学"相关资料进行收集，主要对新加坡汉文报刊和加拿大汉文报刊中的"金学"相关资料进行分析，介绍海外金学走向，与会学者对此论题给予了充分肯定。

五、"金学"学案研究

"金学"学案研究是指对名人《金瓶梅》评论的研究或金学家的研究，此研究论题成为本次会议的热点，也是《金瓶梅》研究的新起点。毛泽东、鲁迅、郑振铎、吴晓铃、朱星、夏志清、王汝梅等引起学者们的极大关注。

作为王汝梅教授《〈金瓶梅〉版本史》的责任编辑，齐鲁书社刘玉林《手检目验三十载　历数版本谱华篇》介绍了这部金学著作，这是王汝梅教授三十多年"金学"研究成果的结晶，与吴敢先生的《金瓶梅研究史》一起被诸多学者誉为 2015 年"金学"研究成果的"双璧"。

吉林大学中国文化研究所王汝梅教授和吴晓铃先生的女公子吴华《在双楷书屋，聆听吴晓铃先生论金瓶梅》一文整理吴先生论《金瓶梅》的诸多观点以纪念先生逝世二十周年：现存《金瓶梅词话》是最初刊本；欣欣子是笑笑生化身，笑笑生是李开先；文本写清河以北京为背景，以蔡京影射夏言，社会背景在嘉靖；作者使用以济南为中心的方言；作者写实艺术对《红楼梦》影响多，讽刺艺术对《儒林外史》影响多；把《金瓶梅》承前启后的脉络爬梳清楚，能解决文学发展史上的规律性问题。

台湾师范大学胡衍南教授《随其嗜欲，商榷不同——谈夏志清的〈金瓶梅〉批评》，肯定其批评的同时指出存在的盲点。在如何对待著名学者的研究成果和西方文论的问题上，此篇论文给予我们较多的启迪。

深圳市文联研究员周钧韬总结了《朱星金瓶梅研究的成就与失误》，认为朱星是中国当代《金瓶梅》研究的开创者，但他的研究在《金瓶梅》版本考证及早期《金瓶梅》无淫秽语的洁本说方面也存在着失误。

研究毛泽东与《金瓶梅》的文章就有 2 篇。鲁歌教授在《毛泽东、鲁迅、郑振铎等名人赞〈金瓶梅〉对我的影响》，谈自己研究《金瓶梅》受到毛泽东、鲁迅、郑振铎等名人的影响，认为《金瓶梅词话》远胜于《三国演义》，也胜于《水浒传》，并纠正了自己研究三十年来的一些主要误说。宁宗一、鲁歌等老一辈金学家积极反思自己研究，勇于修正观点，令人钦佩。此外，张传生先生的《毛泽东五评〈金瓶梅〉之鉴》论述了毛泽东五次评论《金瓶梅》的具体话语揭示了《金瓶梅》在展示明代真正历史、揭露社会黑暗和对《红楼梦》借鉴方面的意义，并在《金瓶梅》的传播和接受方面提出了几点忧虑和思考。

六、语言、文献研究

《金瓶梅》中复杂的语言现象是历来研究的关注点，中国社会科学院研究员张惠英《从编辑〈金瓶梅语言研究论文集〉的宗旨说起》认为白话文学匿名作品的语言研究不能先有假设，《金瓶梅》从预先设定的"公认为山东话"，不是科学的讨论白话作品语言的方法，白话作品的文学研究要和语言研究相结合相参照，使文学史和汉语史的研究共同深入。

张传生先生对《金瓶梅词话》中五莲方言素有探究，《〈金瓶梅词话〉独特五莲方言研究》论文对独特难解的五莲方言进行了系统注释。上海师范大学宗守云教授的《〈金瓶梅〉中的"不看世界"和涿鹿矾山话的"不看世情"》从方言比较的角度得出同张惠英先生一致的观点，认为《金瓶梅》并不是用山东话写成，而是"在北方话的基础上，吸收了其他方言，其中，吴方言特别是浙江吴语显得比较集中。我们不妨称之为南北混合的官话。"江苏师范大学李申教授和杜宏先生《〈金瓶梅词话〉校补例举》对《金瓶梅词话》本的几例文字讹误做了校补。

七、比较研究

从比较的角度研究小说文本，是近年来小说研究的一个增长点。中州古籍出版社副总编辑马达和编审张弦生《从"反模仿"和"倒影"论，再看〈金瓶梅〉与〈歧路灯〉》，认为《歧路灯》是《金瓶梅》的"反模仿"和"倒影"，进而明晰《金瓶梅》影响下的明清以家庭为题材的世情小说的发展路径。台湾淡江大学黄子纯通过《从〈品花宝鉴〉对照〈金瓶梅〉的现实之丑》认为《品花宝鉴》沿袭了《金瓶梅》夸张的戏剧笔法，针砭社会的弊端。运河高等师范学校冯子礼教授《土豪风范的历史审视》一文认为以贾母为代表的"大家风范"比吴月娘的"小家子气"有着更高的伦理价值和审美意义，并联系现实，认为"当代土豪的'民国范儿'热"有着比金瓶时代西门庆对贵族风范的艳羡更为丰富的内涵。

综合来看，本次研讨会围绕《金瓶梅》的文本及创作方法，主旨背景，版本、作者及评点，接受传播，"金学"学案，语言文献，比较研究等问题展开讨论，考证新论，揭秘溯源，角度新颖，见微知著，研究者既有热烈的讨论辩论，又有取长补短的自我批评，取得了丰硕的研究成果。除传统的文本、主旨及版本作者研究外，"金学"学案研究、接受研究是本次会议的亮点，数位"金学"专家对自我研究进行反思的论文更是多年来难得一见之作，反映了前辈学者谦逊包容的学术品格和"金学"研究队伍的良好风气。不过，从会议发表的论文来看，品鉴赏析性论文还占据较大数量，微观考察与宏观叙事相结合的具有较强思辨色彩和理论深度的论文还比较稀少，令人耳目一新的学术观点还不多见。但随着"金学"会议的不断召开,"金学"研究队伍日益壮大,"金学"影响的持续增强,繁花似锦的金学研究的春天必将早日到来。(《暨南学报》2017 年第 1 期)

[作者简介] 史小军,暨南大学图书馆馆长,文学院教授;郭俐兵,暨南大学文学院中国古代文学专业博士生。

编后记

　　第十二届国际《金瓶梅》学术研讨会暨版本展于 2016 年 10 月 9 日至 13 日在广州暨南大学图书馆举行。会议由中国《金瓶梅》研究会（筹）主办，暨南大学文学院、暨南大学图书馆承办，国家图书馆出版社、《明清小说研究》杂志社、《暨南学报》编辑部协办，来自中国大陆及港台地区、日本、新加坡、越南等地的 120 余名学者参加了研讨会。

　　10 月 10 日上午，暨南大学图书馆馆长史小军教授主持会议开幕式，暨南大学校长胡军教授、文学院院长程国赋教授先后致欢迎词，中国《金瓶梅》研究会会长、复旦大学黄霖教授致辞，并于当晚以"金蝉是如何脱壳的？——从《水浒传》到《金瓶梅》"为题作了一场精彩的学术报告，阐述了《金瓶梅》的成书过程。与会同时，"《金瓶梅》版本及研究成果展"在暨南大学图书馆二楼开展，同时还举行了由史小军教授和罗志欢研究员合作编著、国家图书馆出版社出版的《金瓶梅版本知见录》首发式。接下来，参会学者通过两次大会发言和四个分会场讨论，对《金瓶梅》的文学价值和文化内涵进行了热烈的学术研讨，充分展示了"金学"研究的新成果。会议于 10 月 11 日下午成功闭幕，随后与会学者进行了实地文化考察，深入了解岭南历史文化。《金瓶梅》研究会副会长兼秘书长吴敢先生做了题为《让"金学"之花越开越靓丽》的会议总结，对本次会议给予了高度评价："本次会议的召开，使'金学'会议由北向南拓展了将近 2000 公里。本次会议学术会议与版本展览相得益彰，会议活动与文化考察相辅相成，组织精密，安排周到，凸显学术，培育友情，是一次令人难忘的盛会，已经载入'金学'史册。"

　　本次会议共收到学术论文 69 篇，因有的学者要另行发表及为了符合出版要求，最终收录 54 篇论文。论文涉及"金学"研究的各个方面，本书分为七个部分：《金瓶梅》的文本及创作方法；主旨背景；版本、作者及评点；接受传播；"金学"

学案；语言、文献；比较研究等。

综合来看，本次研讨会考证新论，揭秘溯源，角度新颖，见微知著，既有传统的文本、主旨及版本研究的新亮点，又有"金学"学案研究、接受研究的新增长点，研究者既有热烈的讨论辩论，又有取长补短的自我批评，取得了丰硕的研究成果。

本次会议有两个显著特点：一是"金学"界群贤毕至，少长咸集，王汝梅、梅节、侯忠义、鲁歌、周钧韬等老前辈悉数到会。宁宗一先生因身体原因虽未到会，但寄来论文并通过电话关心会议情况。二是在会议召开的同时举办"《金瓶梅》版本及研究成果展"和《金瓶梅版本知见录》首发式，这是将文学名著的研究与文学名著的阅读推广紧密结合的一次有益尝试。

在会议举办过程中，暨南大学图书馆和古代文学教研室的老师及研究生们付出了辛勤的劳动；程刚、宋小克老师与我的研究生郭俐兵、李雅琳、盛翔、方蓉及访问学者崔穗旭女士在论文集的整理、校订等方面也花费了不少的精力，本论文集的出版也得到了国家图书馆出版社的殷梦霞总编辑和程鲁洁女士的大力帮助，在此一并致以诚挚的谢意！限于时间仓促，论文集在编写过程中还有诸多不足，请论文作者、读者批评指正。

史小军

2017 年 6 月 10 日